曹操 七

王暁磊
後藤裕也 —— 監訳
濱名晋一 —— 訳
川合章子 —— 訳

卑劣なる聖人

曹操社

目次

※訳注は［　］内に記した。

第一章　曹操の罠

山奥に棲む隠者

建安《けんあん》十一年（西暦二〇六年）夏、天下の争乱はすでに十七年の長きに及び、袁術《えんじゅつ》、呂布《りょふ》、公孫瓚《こうそんさん》、袁紹《えんしょう》といったかつての雄も相次いで世を去った。そしていま、「天子を奉戴して逆臣を討つ」という旗印のもと、曹操は押しも押されもせぬ中原の覇者となっていた。一将功成りて万骨枯《か》る。その陰では戦乱によっておびただしい血が流れ、無数の命が失われた。そのうえに天災、疫病、飢餓も重なって、天下の戸籍の人口は十分の一にまで激減していた。

しかし、広大な九州《きゅうしゅう》の地［中国全土］には戦火と無縁の場所もあった。幽《ゆう》州右北平《ゆうほくへい》郡と遼西《りょうせい》郡の境に位置する徐無山《じょむさん》（現在の河北省遵化《じゅんか》市東部、燕山《えんざん》山脈にある）もその一つである。東北の烏丸《うがん》族が中原の動乱に乗じ、遼西郡を奪って支配地域を広めたため、いまではここが事実上胡人《こじん》と漢人の境となっていた。そして山並みの北には、東西に長く万里の長城が横たわっている。

幽州の長城は秦《しん》の時代のものと言われるが、その基礎は戦国時代の燕《えん》において築かれ、すでに四百年を超える歴史を有する。だが、いまでは守る者もおらず、ずいぶんと朽ち果てていた。険しい岩山と深い谷、緑色濃い密林と群生する茨《いばら》、人気のない寂しさのなか、長城は延々と尾根に沿って続いていた。太平の世であれば誰の目にも留まらない辺境の地であるが、乱世にあっては山林に身を隠すことで安逸と静謐《せいひつ》を得ることができる。とりわけ夏の盛りには、泉から湧き出る爽やかな流れと鳥のさえずりが溶け合い、心地よい音を耳に届けた。岩肌の至る所に名もなき野花が咲き、可憐な姿と馥郁《ふくいく》とした香りでもって、見渡す限り果てしない山の景色に彩りを添えている。

そんな山のなかにも村があった。あぜ道は踏み荒らされることもなく、炊煙は呑気にゆらゆらと立ち昇っている。ここには穏やかで平和な日々があった。戦《いくさ》続きで混乱を極める外の世界とはまるで別世界である。

村は二つの大きな山あいに隠れ、谷には一本の細い道が続くのみで人目につきにくい。山腹には畑が点在し、麓《ふもと》には菜園や果樹園が広がって、のどかな趣がある。谷底には質素な茅葺《かやぶ》きの小屋が規則正しく並んでいた。鶏や犬の鳴き声があちこちから響き、子供たちがはしゃぎ回っている。村人は牛や羊を追い立て、学堂からは朗々と書を読む声が漏れ聞こえてくる。むろん、この村は自然と出来上がったものではない。幽州の名士田疇《でんちゅう》が一族郎党を引き連れて隠棲し、十年あまりの歳月をかけて少しずつ形をなしてきたものである。それが証拠に、谷の入り口や周囲の山の頂には見張り小屋が建ち、多くの若者が槍や棍棒を携えて警戒していた。もしも賊が入ってこようものなら、一斉に取り囲んで打ち倒そうというのである。

ときに、つづら折りの山道を驢馬《ろば》に乗って近づいてくる男の姿があった。年のころは三十を越えたばかり、粗布《そい》をまとい、髪は頭巾で束ねているだけだが、その整った顔立ちは並々ならぬ風格を漂わせている。暑さのためか、男は衽《おくみ》を大きく開けて胸をはだけさせていたので、立派なあご髭がひときわ目立つ。つぶらな目の黒い驢馬に跨がり、竹の杖で拍子を取りながら鼻歌をうたうその姿は、水墨画のなかの牧童さながらである。

村の入り口を守る若者は男の姿を認めると、行く手を遮るどころか自ら出迎え、驢馬から下りるのを手伝っている。「邢《けい》先生、お帰りなさいませ。お疲れでしょう」男は微笑みながらしきりにうなずき、悠然と驢馬を牽《ひ》いて谷のなかに入っていった。

男は河間《かかん》郡鄚《ばく》県［河北省中部］の出身で、邢顒《けいぎょう》、字《あざな》は子昂《しこう》という。若くして博覧強記、品行方正で仁義に厚く、孝廉《こうれん》に推挙されたこともある。郷里の老人からは「徳行堂々たる邢子昂」と称えられた。だが、打ち続く戦乱で仕官の道をあきらめ、司徒《しと》趙温《ちょうおん》の辟召《へきしょう》にも応じなかった。田疇に倣《なら》って隠者然とした生活を送り、日がな一日畑仕事と花の手入れに精を出していた。そんな暮らしが数年も過ぎたころ、いよいよ曹操の勢いが盛んとなり、天下の平定も現実味を帯びてきた。邢顒は長年無為に過ごしてきたことを悔やみ、世情を探りに出かけて、いま帰ってきたのである。

村に入るとたくさんの村人が寄ってきた。外の世界の様子を知りたがる者もいれば、どんな品を持ち帰ったのかと尋ねる者、水を持って来て喉の渇きを癒してくれる者もいた。子供たちは驢馬を取り囲んではしゃいでいる。邢顒は二言三言答えてその場をやり過ごし、胡麻つきの餅子《ビンズ》［粟《あわ》粉などを焼いた常食物］を取り出して子供たちに与え、人垣をかいくぐって村の奥へと向かった。籬《まがき》のところで驢馬をつなぎ、旅の塵をはたき落とすと、身なりをきちんと整えてから軽く柴の戸を開けた。「子泰《したい》殿、ただいま戻りました」

そう声をかけると、茅葺き小屋のなかから威厳ある顔立ちの隠者が姿を現した。年は四十近く、身の丈は八尺［約百八十四センチ］で堂々とした押し出しをしている。浅黒い顔は彫りが深く、広い額にすらりと通った鼻筋、菱の実を思わせる口、大きな耳は外側に張り出し、鬢《びん》から頬までつながった豊かな髭はやや褐色がかっている。目の周りには隈《くま》が出来ていたが眼光は鋭く、身には粗い麻の衣、髪は枯れ枝で留めているだけだが、誇り高い貴人の風格を漂わせていた。男は邢顒の姿を認めると、きちんと拱手《きょうしゅ》の礼をした。これこそかつての幽州従事《じゅうじ》、田疇、字は子泰である。

田疇はここからそう遠くない右北平郡の無終《むしゅう》県［天津市北部］の出身である。早くから名を揚げて財を築いたが、幽州牧《ぼく》の劉虞《りゅうぐ》に請われて従事となってからは、誠意を尽くして力の限り仕えた。董卓《とうたく》が長安《ちょうあん》に都を遷《うつ》すと、事態を憂えた劉虞は、皇帝に謁見させるため田疇を長安に遣わした。当時、河《か》朔《さく》の地［黄河以北の地域］は袁紹と黒山《こくざん》賊が敵対し、中原では曹操と袁術が交戦し、至る所で交通が戦火のために遮断されていた。田疇は上奏文を携え、戦火を避けて北の辺地を回り、苦難に見舞われながらようやく長安にたどり着いた。だが、朝廷からの官位を辞退して故郷に戻ったそのときには、すでに何もかもが変わっていた。劉虞は公孫瓚に殺され、残った将も袁紹に身を寄せていた。田疇は劉虞の墓前で慟哭《どうこく》した。しかし、そのことが罪に問われ、公孫瓚によって獄に入れられたが、多くの州郡の官が取りなしたため一命をとりとめた。出獄後、田疇は劉虞の仇を取ると天に誓い、一族郎党数百人を引き連れて徐無山に隠れた。荒れ地を切り拓いて糧秣《りょうまつ》を蓄える、そんな生活を続けて早十年あまりになる。

互いに礼が終わると、さっそく邢顒が切り出した。「近ごろはいかがですか。わたしはお伝えしたいことが山ほどあります」邢顒は山を出て見聞きしたことを何もかも話そうとした。だが、田疇は外の世界にはまったく関心がないらしく、「疲れたであろう」とそっけない返事をするだけであった。

邢顒は滔々《とうとう》と話し続けた。「探りを入れるうちに外のことがいろいろと明らかになりました。曹操は袁氏の土地をことごとく手に入れ、袁譚《えんたん》、高幹《こうかん》は首を刎《は》ねられ、崔琰《さいえん》、王脩《おうしゅう》、牽招《けんしょう》らは揃《そろ》って曹操に帰順しました。冀《き》州の田租《でんそ》は一畝《ほ》［約四百五十八平方メートル］につきわずか四升《しょう》［約八百ミリリットル］となり、多くの者がこれを称賛しています。われらが幽州の将焦触《しょうしょく》、張南《ちょうなん》は、帰順してから列《れっ》侯《こう》に封じられました。各地の県令《けんれい》は引き続きその地位にとどめられ、官を捨てて隠居していた者も続々と出仕しています。烏丸校尉《うがんこうい》を自称していた閻柔《えんじゅう》でさえ曹操に仕えているようです」

田疇は相変わらず無表情で、家の者に鶏の羹《あつもの》、黍《きび》の飯、そしてにごり酒の用意を命じた。二人はおのおの杯《さかずき》を手にして酒を飲んだ。そのあいだも邢顒は喜色満面で悠然と語り、田疇は黙って外の籬を眺めるばかりである。何を考えているのかまったく読み取れない。

「わたしの話をお聞きですか」邢顒はこらえきれずに尋ねた。

「うん？　聞いておる」田疇は我に返った。

大いに見聞を広めて帰った邢顒はそわそわしていた。「やはり早くこの荒れ果てた山を捨て、故郷に戻りましょう」

「故郷に戻る？」田疇はまた視線を庭に戻した。顔には困惑の色が浮かんでいる。「かつて袁紹が公孫瓚を討ったとき、人をよこしてわれらに帰郷を求め、わしを掾属《えんぞく》［補佐官］に任じようとした。断ったのはこれ幸い、いま袁氏はどうなっている。『日月に常有り、星辰《せいしん》に行有り［太陽と月は変わることなく昇っては沈み、星は運行のとおりにめぐる］』、俗世の栄華など朝顔の花一時に過ぎぬ」

「子泰殿はご存じないのです。孟子《もうし》は『天下の生《せい》や久し、一《ある》いは治まり一《ある》いは乱る［この世に人が生じて以来、天下は治と乱を繰り返している］』と言いました。いま、曹操は袁紹と異なり、天子を奉戴して逆臣を討っています。河北《かほく》［黄河の北］を勝ち取り、もはや四海《しかい》のうちに敵はいません。いずれ荊《けい》州に南下して江東《こうとう》［長江下流の南岸の地域］を取れば、天下太平はすぐそこです」邢顒は期待に胸を膨らませているようだ。

「天下太平だと?」田疇は冷笑した。かつて一族郎党を引き連れて徐無山に移ったとき、田疇は兵馬を募って公孫瓚に立ち向かうつもりでいた。しかし、歴然たる彼我の力の差はいかんともしがたい。そこで、まずはままならない糧秣を蓄えようと、荒れ地を開墾して畑仕事に精を出したのである。その後、天下の情勢はいよいよ混乱を極めた。多くの民が家族ぐるみでこの山に逃げ込み、ここに住ませてくれと泣きついてきた。田疇が善意からそれを許すと、山中の戸数は増える一方となり、ついには五千戸を超えるほどになった。人口の急増ぶりに生産が追いつかず、結局は多くの民が衣食にも不自由したため復讐どころではなくなった。そうして瞬く間に十年あまりが過ぎ、公孫瓚はもちろん袁紹親子ですら滅び去った。いまや劉虞の仇をどこに求めればいいのか……こうして田疇の遠大な計画は、その意志とともに跡形もなく潰えた。この山の民は争いごとから距離を置き、安らかに暮らすことを望んでここに来ている。それをいまさら乱れた世へと戻すことができようか。

邢顒は田疇の心中を見抜き、しばし考え込んで厳しい顔つきになった。「目の前の安逸をむさぼるのみでは、わが大漢の民が後々まで平穏に暮らせましょうか」

「うん?」ぼんやりとしていた田疇の頰がぴくりと動いた。「何が言いたいのだ」

邢顒は襟を正して北東の方角を指さすと、「烏丸」とだけ口にした。

田疇はこの二文字に胸を衝《つ》かれた。烏丸はもともと東胡《とうこ》から分かれた部族で、早くから烏丸山（現在の東北地区のシラムレン川流域）で活動していたためこの名がある。匈奴《きょうど》に従っていたが、元狩《げんしゅ》四年（紀元前一一九年）、漢の武《ぶ》帝が衛青《えいせい》や霍去病《かくきょへい》を遣わして匈奴を打ち負かし、匈奴を漠南《ばくなん》［内蒙古自治区］から放逐すると、その後は漢に臣属し、匈奴の動向を監視した。王莽《おうもう》が帝位を簒奪したときに反乱を起こしたが、光武《こうぶ》帝が漢を再興すると再び臣属した。光武帝は烏丸を遼東《りょうとう》、遼西、右北平、朔方《さくほう》など辺境の十郡に移して漢人と雑居させた。それからも漢王朝は羌《きょう》族や鮮卑《せんぴ》との争いが絶えず、烏丸はときに漢と干戈《かんか》を交え、ときに恭順を示した。霊《れい》帝の御代の後半には、漁陽太守《ぎょようたいしゅ》の張純《ちょうじゅん》と結託して反乱を起こし、公孫瓚に平定された。劉虞が幽州に赴任してからは懐柔策を取ったため、中原は乱れていても烏丸と漢人との関係は良好であった。劉虞が死ぬと、袁紹は各地の勢力と連合して公孫瓚を討伐するため、烏丸をいっそう優遇した。偽の詔《みことのり》を発して大きな部族の首領を何人も単于《ぜんう》に冊《さく》封《ほう》するにとどまらず、袁氏の娘を嫁がせた。一連の懐柔策によって烏丸は日増しに強大となり、さらに北方の鮮卑の内乱に乗じて右北平、遼西、遼東を支配下に置いた。

そしていま、曹操に河北の地を奪われた袁尚《えんしょう》と袁熙《えんき》は烏丸に身を寄せ、各部族の人馬を遼西に集めると、「袁氏の敵討ち」を口実に各地を荒らし回り、殺戮《さつりく》と略奪をほしいままにしている。この悩みの種を思い出すと、田疇の頑なな心が揺れ動いた。大漢の民として、かつては天下を第一に考えていたではないか。

田疇の表情を注視していた邢顒は、その顔がわずかに震えたのを見ると、鉄は熱いうちに打てとばかりに促した。「烏丸の暴虐はここ数日だけのことではありませぬ。烏丸を平定してはじめて幽州の民は平穏な日々を過ごせ、わが大漢の辺境も憂いがなくなるのです。子泰殿がお年を召していればこんなことは申しますまい。しかし、子泰殿もわたしもまだ壮年、功を立てるに遅くありません。お国のために力を尽くすのは士人《しじん》の務め、烏丸の禍《わざわい》を取り除く策を曹操に献ずれば、お国や民のためになるのはもちろん、うまくいけば官職について国事に尽力する望みも出てきます」

田疇は邢顒に出仕の志があるのを見て取ると、静かに酒を飲みながら暗い表情を浮かべた。「わしは山に身を隠して久しい。出仕は気が進まんな。もうそんな考えは捨て去ったのだ」

「子泰殿は己のためを考えるのではなく、この地の民のことを思ってください。この山奥での暮らしは、いったいいつまで続くのですか。年寄りが亡くなっても魂を故郷に還してやれず、子供たちはいまに至るも外の世界がどのようなものか知りませぬ。この山を出てお国に尽くし、民に幸せをもたらせなければ、書を教えて道理を説いても何の意味がありましょう。人はいつの時代も世に出ることを望むもの、この小さな山のなかに生涯押しとどめておくことはできませぬ」

田疇はつらそうな表情を見せた。この山に来たばかりのころは敵討ちと戦の備えのことしか頭になかったが、時を重ねるうちに山への愛着が湧き、いまでは外の世界を怖く感じるようになっている。ただ、こうした日々が早晩終わりを告げることは、田疇にもわかっていた。どんなに辺鄙な土地であっても、外から働きかけてくる力と永遠に無関係ではいられない。現実と向き合わねばならない日は遅かれ早かれやって来るのだ。

「おぬしの言うことは正しい。いずれそのような日が来るであろうな。おぬしは民に先んじて目覚めたのだ」

「山を出ることに同意していただけるのですね」邢顒の言葉を尽くした説得が田疇の心を動かした。

「そうと決まれば速《すみ》やかに荷をまとめて、明日にでも鄴城《ぎょう》［河北省南部］の曹公に拝謁いたしましょう。村人たちを集めて……」

「そう慌てるでない」田疇は手を振って制した。「袁紹、袁尚親子はかつてわしを辟召しようとしたが、やつらは驕り高ぶっているとの評判だったので応じなかった。曹操も兵は強く、人当たりはきつかろう。やはり軽率に動かぬほうがよい」

「子泰殿、それは思い込みというものです。袁本初は四代にわたって三公《さんこう》を輩出した一族の権勢を恃《たの》みに河北に割拠しました。対して曹孟徳《もうとく》は天下の司空《しくう》、天子を奉戴して逆臣を討っています。曹操は賢人を礼遇し、才ある者を広く集めているとのこと。子泰殿とわたしが参れば、いずれ朝廷に重用されましょう」

「朝廷が？」田疇は思わず冷たい笑みを漏らした。「いまの天下のいずこに朝廷がある。袁紹は生前、強盛な兵馬を恃みに威張り散らしていたが、曹操も同じ道を歩んでおるではないか。古往今来《こおうこんらい》、官位と権勢は人の志を変えるもの。官途についた者のうち、身を慎み本分をわきまえて生涯を過ごした者がどこにいる？　おぬしはわしに従って長らく山に隠れ住んできた。名利《みょうり》に恬淡《てんたん》とし、世事には関心がないとばかり思っていたのだが、いまになって出世の道を探ろうとするとは……」

邢顒は言葉に詰まった。

空が暗さを増すにつれ、深い谷はいっそう暗く、あぜ道も茅葺き小屋もおぼろげな景色のなかに溶け込んでいった。田疇は心ここにあらずといった様子でおもむろに箸《はし》を手に取ると、卓上の甕《かめ》を軽く叩きはじめ、しばらくしてようやく口を開いた。「こうしよう。ご苦労だが、もう一度ここを出て曹操に会ってきてくれ。そして、いかなる人物かをしっかり見定めてくるのだ。そのうえでまた相談しよう。古人曰く『飢うれども猛虎に従いては食らわず、暮るれども野の雀に従いては棲まず「飢えたとしても猛虎について狩りをせず、日が暮れたとしても野の雀に従って休まず」』だ。曹操が本当に賢人を礼遇して民を慈しむなら、わしも自ら出向こう。しかし、傲慢で道理をわきまえぬなら、たとえこの山のなかで死のうとも献策はせぬ。残虐で仁の道に外れた奸賊《かんぞく》を助けることはできん」

そのとき、どこかで狼の吠える声が聞こえた。「いかん！」田疇は急いで立ち上がると、黒々とした山林を眺めた。「先月追い払った狼の群れがまたやって来た。みなに早く松明《たいまつ》を用意させよ。若いのを集めて狼を狩らねば」

村じゅうがたちまち騒がしくなり、多くの若者が棍棒を手に準備を整えた。邢顒はしきりにかぶりを振った。「こんなところでは獣との戦いに終わりはありません。やはり早く出ていくべきなのです」

暗がりのなかで田疇の表情はよく見えないが、その声は低く沈んでいた。「獣など怖くはない。まことに恐るべきは人の心だ。体面を保っているうちはまだいい。だが、ひとたび化けの皮が剝《は》がれたそのときは、禽獣《きんじゅう》よりも残忍な顔を見せるのだ……」

沿海部での戦い

いつ果てるともなく寄せる波の音、青州《せい》の海岸に潮騒が絶え間なく時を刻む。とりわけ晩秋の強い西風が波にぶつかると、波はいよいよ高さを増し、岩場に打ちつけて激しく飛沫を上げる。竜のように高く長い大波はときに数丈［約十メートル］ほども盛り上がり、また次の刹那には轟音を立てて岩に襲いかかる。しかし、今日ここで繰り広げられた戦《いくさ》は、そんな巨大な波よりも人々を震撼させた。

袁譚《えんたん》を討っても青州の戦火は収まらなかった。それというのも、遼東太守《りょうとうたいしゅ》の公孫康《こうそんこう》が父の公孫度《こうそんたく》に劣らぬ野心家だったからである。曹操が高幹《こうかん》を討つため西に出征すると、公孫康は配下の柳毅《りゅうき》を海賊の頭目管承《かんしょう》のもとに遣わし、結託して青州を奪い取ろうとした。また、黄巾《こうきん》賊の残党も済南《さいなん》で挙兵し、戦火に乗じて略奪を働いた。降伏と反逆を繰り返してきた昌慮《しょうりょ》太守の昌覇《しょうは》も、この時機に再び反旗を翻した。逆賊たちの勢いは呼応して盛んになる一方で、曹操もついに堪忍袋の緒が切れた。自ら大軍を率いて征討すること三戦三勝、そしていま、曹操は柳毅と管承の主力軍を沿海部に追い詰めたところであった。

三連勝で意気盛んな曹操軍、対するは窮地に立たされ背水の陣を敷く遼東軍、両軍の戦いは紛れもない一大決戦であった。双方の将兵ともにありったけの力を注ぎ、さながら二匹の巨大な竜が絡み合うようにしてぶつかり合った。一見しただけでは敵味方の見分けもつかない。戦場の兵は残らず武器を掲げて力の限り殺し合い、飛び散る血飛沫は風に乗ってあたり一面に漂い、海辺をむごたらしいまでに赤く染め上げた。声にもならない叫び声と武器のぶつかり合う耳障りな音が、遠くの潮騒を通奏低音にして、どこか悲しみに満ちた歌のようにも聞こえる。

邢顒《けいぎょう》は曹操につき従い、戦場の西に位置する小高い丘の上から、眼下で繰り広げられる殺し合いに戦々恐々としていた。一介の文人であり、こうした戦を目にしたことがない。汗のにじむ手のひらを固く握りしめながら、驚愕と恐怖、刺激と興奮を覚え、生まれてはじめての感覚を味わっていた。再び田疇《でんちゅう》に別れを告げて山を下りて以来、毎日のように夢にまで見た光景である。

邢顒は徐無山《じょむさん》を出てからまず鄴城《ぎょう》へと向かったが、曹操は兵を率いて出陣しており、謁見の望みを果たせなかった。留守を預かっていた息子の曹丕《そうひ》には盛大な宴や贈り物で歓待され、半月あまりも引き止められたが、最後は人をつけて青州まで送り届けてくれた。

青州の大軍営に着くとさらなるもてなしを受けた。軍師の荀攸《じゅんゆう》、祭酒《さいしゅ》の郭嘉《かくか》、諫議大夫《かんぎたいふ》の董昭《とうしょう》、参軍《さんぐん》の仲長統《ちゅうちょうとう》をはじめ、すべての掾属が列をなして出迎えた。またもや歓迎の大宴会である。邢顒は長らく山奥に引きこもっていたので、誰もが自分のことなど忘れ去っているだろうと思っていた。しかし、案に相違して曹操陣営にはまだ自分を覚えている者がおり、貴賓を迎えるかのようにもてなしてくれた。邢顒はあまりの感動で胸がいっぱいになった。この大軍営にいれば飲み食いの心配はないが、出陣中の曹操に謁見できないことだけが残念だった。だが、その心配も今朝がた消え失せた。董昭が駆けつけ、曹公がお呼びだと伝えてきたのだ。そうしてわけもわからぬうちに戦場まで連れてこられ、この大戦《おおいくさ》を揃《そろ》って見守ることになったのである。

邢顒は天下の三公《さんこう》のもてなしが周到すぎることに違和感を覚えていたが、それと同時に大いに興味をそそられていた。戦場を見渡しつつも、ときにすぐ左にある総帥の席を横目でちらりと盗み見た。曹操は黄金の鎧の上から赤い戦袍《せんぽう》を羽織り、頭には赤い房のついた兜をかぶり、腰には青銅の名剣を帯びている。長い髭には白いものが交じっているが皺《しわ》は多くなく、肌は白く鼻は低い。濃い眉は鶴翼《かくよく》の形をしていて、眼光は鷹のように鋭く、全身から聡明さと勇猛さがにじみ出ている。

曹操の左側にはもう一人、「賓客」が招かれていた。だが、その者は邢顒と異なり不安に駆られていた。男の名は陰溥《いんぽ》、益州牧《えきしゅうぼく》の劉璋《りゅうしょう》配下の者である。劉璋の命《めい》により、天子に拝謁するため許都《きょと》にやって来た。しかし、それは表向きの理由で、実際の目的は曹操に謁見することである。蜀《しょく》［四川省］の地は、劉璋の父劉焉《りゅうえん》の代からこれを割拠しているが、朝廷との連絡が途絶えてすでに十年あまりになる。曹操が許県に都を遷《うつ》して朝廷を立て直した際にも朝賀に訪れることはなかった。だが、曹操が河北《かほく》を統一しても足を運ばないのはさすがにまずい。これ以上朝賀を拒み続けたら司空《しくう》の怒りを買い、ただごとでは済まなくなる。一方で、曹操はこうした長いものに巻かれようという考えに苛立ちを覚えていた。使者である陰溥に戦場での謁見を申し出たのも、明らかに己の力を見せつけるためである。陰溥は終始不安を覚えていた。眼下で力の限り戦う曹操軍の将兵を望んでいると、いま与えられているこの席も針のむしろのようであった。

曹操がおもむろに口を開いた。「使者殿、わが軍の勢いはいかがかな」

陰溥に称える以外の選択肢はない。「曹公が率いておられるのはすなわち朝廷の官軍、いずれの兵も当たるべからざる勢いです」

「ほう、わしが朝廷に代わって動いていると知っておったのか？」曹操は使者に白い眼を向け、冷たく言い放った。「都を遷した際、なぜ劉璋は使者をよこさなかった。袁術を討つために檄文を発したとき、なぜ兵を出さなかった。わしが官渡《かんと》で苦境にあったとき、なぜ助けに来なかった。河北が平定され、許都の不安がなくなったところでようやく朝廷が目に入ったか。結局、おぬしらは社稷《しゃしょく》と天子を気にかけているのか、それともわしの兵が怖いのか」

陰溥は恥ずかしいやら恐ろしいやらで慌てて弁明した。「劉益州［劉璋］は朝廷を軽視していたわけではありません。蜀の地は都から遠く、漢中《かんちゅう》には米賊《べいぞく》(1)がいて道を塞《ふさ》いでいたため遅くなってしまったのです」

「ふんっ」曹操はさらに皮肉った。「かつて馬騰《ばとう》と韓遂《かんすい》が長安《ちょうあん》を攻めたとき、劉焉はやつらと気脈を通じ、五千の兵馬を遣わしてその片棒を担いだ。それればかりか、劉範《りゅうはん》、劉誕《りゅうたん》の二人の息子に命じて内応させたな。そのときはなぜ米賊に道を塞がれなかったのだ。はてさて、蜀の道には悪霊がいて、乱を起こす者には道を開け、天子に拝謁しようとする者には道を塞ぐらしい」

劉焉が馬騰、韓遂と結んでいたのは争えない事実である。陰溥は言い逃れできず、嘘偽りなく話した。「当時、米賊の張魯《ちょうろ》はまだ謀反を起こしていませんでした」

「謀反だと？　誰が謀反を起こした張本人か、わしが知らぬとでも思うのか」曹操はとっくに蜀の内情を把握していた。「張魯はもともと劉焉の麾下《きか》についていた。それが劉焉に命じられて漢中太守の蘇固《そこ》を討ち、漢中を横取りしたのではないか。米賊が道を塞いだと言うが、本当は劉焉のために蜀に通じる道を守り、朝廷の兵が進軍して来るのを妨げていたのであろう。ただ、ここ数年は劉璋と反目し、漢中に割拠して幅を利かせるようになった。わしが遠く中原にいるからといって、そうした悪巧みに気づいておらぬと思うたか！」

曹操が劉焉の所業を白日の下にさらしたからには陰溥もじっとしていられず、席を離れてくずれるように曹操の足元に跪《ひざまず》いた。「明公《めいこう》［三公の敬称］の仰るとおりです。しかし、先代の州牧はお亡くなりになって久しく、劉益州は生まれながらにして善良、跡を継いでより民を慈しみ、みだりに戦を起こしていません。わたくしめを遣わして天子に謁見させ、明公とよしみを結ぼうとしているのも衷《ちゅう》心《しん》からのことです。何とぞご理解のほどを」劉璋が生まれながらにして善良というのは本当だが、戦に訴えてこなかったのは父親の所業を恥じたからではない。そもそもが惰弱かつ無能で、父親のように一波乱巻き起こす才に欠けているからだ。

「良心に誓って嘘偽りなかろうな。立つがよい」曹操は両の眼《まなこ》で戦場をまっすぐ見据えながら話し続けた。「そちに進むべき道を示してやろう。古人は『道は爾《ちか》きに在り、而《しか》るに諸《これ》を遠きに求む。事は易《やす》きに在り、而るに諸を難《かた》きに求む［行うべき道は近くにあるのに、人は得てしてそれを遠くに求めようとする。なすべきことはたやすいのに、人は得てしてそれを難しく考えてしまう］』と言っている。古人の戒めに従えばよい。今後、劉璋は朝廷を尊崇して進むも退くもわしとともにするのだ。そうすれば寄る辺がないなどと憂える必要はなくなる。帰ったらわしに代わってこう伝えよ。政《まつりごと》とは功罪を明らかにすること。父の罪を子に負わせる法はない。朝廷の命に従ってさえいれば、天下平定の折りには正式に土地を分け与えよう。少なくともその地位を奪うようなことはせぬ。子孫の富貴と蜀の士人《しじん》の前途は保証してやるとな」

「御意」陰溥はしきりにうなずいた。「お言葉を胸にしかと刻み、仰せに背くようなことはいたしませぬ」そう言い置くと、すぐに暇乞《いとまご》いしようとした。一刻も早くこの場を立ち去りたかった。

「待て」曹操は陰溥を呼び止めると、それまでとは打って変わり親しみのこもった口調でねぎらった。「遠路はるばるやって来たその苦労には報いねばな。天子に上奏して劉璋を振威《しんい》将軍に、兄の劉璋《りゅうぼう》を平寇《へいこう》将軍に任ずるとしよう。おぬしは許都で詔書と印綬を受け取り、堂々と蜀に戻って復命すればよい」

地獄から天国とはこのことである。先ほど詰問された際は身の危険さえ感じたが、その直後に褒賞の話が出た。二つの印綬を持って帰れば劉璋も褒めてくれるに違いない。陰溥は喜びに堪えず、また跪いて何度も叩頭した。「かたじけのうございます。蜀に帰りましたら朝廷に従うよう主君に申します。税や賦《ふえき》役を欠かすことはありません」

「よし、よし。帰ったら劉璋にきちんと話をするのだぞ」曹操は早くも面倒くさそうに手を振って陰溥を退《さ》がらせた。

その間、邢顒はずっとその様子を見ていた。陰溥が喜色満面で丘を下りていくと、親指を立てて褒め称えた。「曹公は英明でいらっしゃる」

曹操は微笑んで謙遜した。「英明とはまた面映ゆい」

「明公はお国の重鎮、わたくしめも点数を稼いでおきませんと」邢顒は弁舌さわやかに続けた。「劉焉、劉璋親子は蜀に割拠して久しく、こたびの陰溥の拝謁も本心からのものとは思えません。そこで明公は、わざと仰々しく脅しつけてその過ちを指弾し、そのうえで過去は咎めないと仰ってわだかまりを取り除かれた。さらには恩賞まで……すべては陰溥を帰して朝廷の恩徳を唱えさせ、劉璋を帰順させるためでございましょう」

「はっはっは」曹操は髭をしごきながら高笑いした。「そこまでお見通しとは、さすが邢殿」

「恐れ入ります」

「益州の劉璋は凡庸な男で何の野心もないゆえ、策をもって籠絡するのが最善。もし良からぬことを画策して天下に禍《わざわい》をもたらすなら、あれほど舌を振るうまでもありません。そのような輩に対しては……」曹操はそこで戦場を指さした。

釣られるように目を遣ると、邢顒は膠着していた戦場の変化に気がついた。遼東軍は曹操軍の猛烈な攻勢によりずるずると後退、勇猛な曹操軍の騎馬隊は敵兵の密集しているところに突撃していく。その都度、遼東軍は陣を崩されてばらばらになり、軍の体《てい》をなさなくなった。ほどなくして、「柳《りゅう》都督が斬られた！」との叫び声が聞こえてきた。遼東軍の兵は将を討たれて戦意を喪失し、先を争って得物《えもの》を捨てて逃げだした。だが、海沿いで追い詰められて逃げ場などあるはずもない。曹操軍は勢い込んで押し寄せると、刀を振り上げて遼東軍をめった斬りにし、ほしいままに殺戮《さつりく》した。瞬く間に戦場は血で染め上げられた。至る所に血だまりができ、首のない屍《しかばね》は踏みしだかれてずたずたにされた。見る間に各所の包囲の輪が狭まっていき、とうとう曹操軍は一所《ひとところ》に集まって、天地をどよもす歓呼の声を上げた。「敵は全滅したぞ！」

邢顒は滝のような汗をかき、思わずつぶやいた。「まこと虎狼《ころう》のごとき軍……」

曹操は一つ伸びをして立ち上がると、いまだ驚き覚めやらぬ邢顒の肩を軽く叩いた。「さあ、ともに軍営に戻りましょう」

邢顒ははたと我に返り、慌てて遠慮した。「わたくしめのようなものがとても……」官職にもついていない自分が朝廷の三公と轡《くつわ》を並べられるはずもない。

だが、曹操は有無を言わせず、腕をつかんで急《せ》き立てた。「常人は古俗に安《やす》んじるも、英傑は心の赴くままに動くもの。世の礼法でわしらを律することはできません。邢殿はわが賓客ではありませんか」

邢顒は曹操に痛いほど腕をつかまれたが、内心は得意の絶頂であった。

（1）米賊とは漢末に興った道教の一教派「五斗米道《ごとべいどう》」を指す。首領である張魯《ちょうろ》は漢中に割拠し、教義によって民を治めた。入信する者は必ず五斗の米を納めなければならず、そのため朝廷は「米賊」と呼んだ。

礼遇

一介の布衣《ふい》に過ぎない邢顒《けいぎょう》が曹操と轡《くつわ》を並べて進むと、諸将や掾属《えんぞく》は左右に分かれて道を開けた。勝ちを得た軍は高らかに凱歌をうたい、ほどなく陣に戻ってきた。

曹操軍の様相もかつてとは様変わりしている。新たに帰順した河北《かほく》の者たちを加え、直属の軍はかなり大規模なものになっていた。曹操に任命された文武の官だけであたかも小さな朝廷のようであり、近ごろやって来た多くの地方官は中軍の幕舎《ばくしゃ》の外に居並んでいた。陣中には臨時の将帥台《しょうすいだい》が設けられている。高さはゆうに一丈［約二・三メートル］を超え、台上の左には白旄《はくぼう》［旄牛《からうし》の毛を飾りにした旗で、天子の使節などの象徴］、右には金鉞《きんえつ》［金のまさかりで、最高軍事指導者の象徴］が立てられており、中央にはただ一脚の腰掛けと将帥用の卓が置かれていた。

曹操は馬を下りて軍門を入るとそのまま台に上り、颯爽と身を翻して命じた。「将帥台にもう一脚腰掛けをもて。邢殿の席を用意するのだ」

分に過ぎる待遇である。邢顒は飛び上がって驚いた。傍らから諫議大夫《かんぎたいふ》の董昭《とうしょう》が進み寄り、溢《あふ》れんばかりの笑みをたたえて促してくる。「邢殿、『既に之《これ》を来《きた》せば、則ち之を安んず［招き寄せたならば、落ち着かせてやるべきだ］』です。早くお上がりになってお寛ぎください」仲長統《ちゅうちょうとう》、郭嘉《かくか》も近寄ってきて勧める。邢顒は断りきれず、半ば押されるようにして台に上がると、周囲の者に一人ずつ拱手《きょうしゅ》の礼をして脇の腰掛けに座った。

眼下を望めば、誰一人座っている者などいない。曹操のほかに席を設けられているのは邢顒一人、まさに有頂天であった。しだいに緊張がほぐれると、足元にぎっしりと居並ぶ属官たちに目を凝らした。見知った顔も多くある。かつて袁紹《えんしょう》の部下だった王脩《おうしゅう》、李孚《りふ》、令狐邵《れいこしょう》もいれば、すでに故人になった尚書《しょうしょ》の盧植《ろしょく》の子盧毓《ろいく》、河内《かだい》の名士張範《ちょうはん》の弟張承《ちょうしょう》の顔も見える。河北で名の知られた者たちが自分の足元にいる。邢顒はすっかり舞い上がり、長らく忘れていた仕官の夢を思い出した。

手はずが整って曹操が腰を下ろすと、色白の顔に長い髭を生やした中年の将軍が進み出て跪《ひざまず》いた。手には膨らんだ包みを捧げ持っている。「不肖、于禁《うきん》、東海《とうかい》の反乱軍を打ち破り、逆賊の頭《かしら》、昌豨《しょうき》の首を刎《は》ねました。ここに謹んで献上いたします」昌豨とは昌覇《しょうは》の匪賊時代の呼び名であり、軽蔑の意を込めているのは明らかである。

首を受け取った護衛兵が包みを剝《は》ぎ、将帥台に向かって掲げると、曹操はそれを直視せず于禁に問いただした。「昌豨は糧秣《りょうまつ》が尽きて降参していたと聞く。文則《ぶんそく》はなにゆえわが命《めい》に背いて首を刎ねた？」

于禁は恭《うやうや》しく答えた。「わが君の命は承知しております。ですが軍令には、城を包囲されてから降った者は許すなとありましたゆえ」

曹操は髭をしごきながら諭した。「軍令にそうあるとはいえ、捕らえて護送してきてもよかったであろう。まして昌豨とおぬしは同じ泰山《たいざん》の生まれではなかったか。城を大軍で囲まれてから降伏したのは、きっと同郷のおぬしを頼り、わしに憐れみを乞うつもりだったに違いない。私情に流されないのは大切なことだ。だが、報告もせずに斬っては、世の者たちがおぬしを酷薄《こくはく》だと非難しよう。それでもかまわんのか」

于禁は拳に手を添えて包拳《ほうけん》の礼をとり、赤心《せきしん》を示して申し開きした。「軍令の遵守は臣下として守るべき節義であります。同郷だからといって私情により節義を軽んじることはできません。それに昌豨は叛服《はんぷく》常ならぬ男、謀反は実にこれで五度目です。大目に見ればまた増長することでしょう。それに、わが君の法が厳格でないと、天下の者たちに誤解される恐れがございます。そうなれば、不満を覚えれば反旗を翻し、敗れれば投降して生きながらえるの繰り返し。これでは天下はいつになっても落ち着きません」

曹操とてそうした理屈はわかっている。麾下《きか》わずか一千かそこらに過ぎない弱小の昌豨ごとき、成敗しようとすればいつでもできた。では、なぜ五度目の謀反をも許そうとしたのか。それは、曹操がすでに玉座に向けて一歩踏み出すことを決意していたからにほかならない。曹操としては仁義に厚いところを見せて、人心を収攬《しゅうらん》しておく必要があった。五度も反旗を翻した者を許そうとしたのは、天下に己の度量の広さを示すためである。

于禁は武辺の者ではあったが、いつも注意深く周りに目を配っている。曹操の表情を見てその考えのおおよそを知ると、急いで話を補った。「もとよりわが君は四海に恩沢《おんたく》を施し、情け深く思いやりに満ちていますが、やはり広い天下には頑なで無知な輩もおります。物事の是非を知る者はわが君の広いお心に感激しましょうが、道理をわきまえない者はわが軍の巧拙を論じ、五度も昌覇を攻めて降せなかったなどと言いかねません。かくなるうえは酷薄だとの非難はそれがしが引き受けましょう。わが君が戦乱を鎮めて天下を平定できるのであれば、たとえこの身が犠牲になろうと惜しくはありません。いわんや、たかが誹謗中傷などどうして恐れましょうや」

于禁は曹操の功績を忠誠心たっぷりに褒めそやした。およそ武人らしい物言いとは程遠いが、曹操は何度もうなずいた。「文則の忠心は称賛に値する。こたびの一件、悪いのは文則を止められなかったわしでも、厳しく処断した文則でもない。昌覇の浅はかさに罪がある。文則に帰順を乞うたのが天命であったのだ。反乱した者を誅するのは当然のことである。文則の手柄はよく覚えておこう」

曹操はご満悦だったが、于禁の露骨な阿諛追従《あゆついしょう》に、ほかの将らは不愉快だった。わが身を犠牲にするだとか、非難は自分が引き受けるだとか、まるで自分のほかには人無しと言わんばかりではないか。ちょうど于禁のそばには張遼《ちょうりょう》が立っていた。張遼は臧覇《ぞうは》や孫観《そんかん》、昌覇らと旧知の間柄であり、前々から于禁のことを腹黒いやつだと思っていたが、いま目の前で于禁が朗々と大言して功をせしめるのが我慢ならず、列から飛び出して声を張り上げた。「それがしも申し上げたき儀がございます。賊軍の都督《ととく》、柳毅《りゅうき》の首をここに持ってまいりました」

張遼に于禁のような慎み深さはない。首級を包みもせず、その髻《もとどり》をつかんで曹操に見せた。首は斬られた直後でまだ温かく、血がぽたりぽたりと滴っている。文官たちはこの光景に眉をしかめて袖で顔を覆い、邢顒も思わず顔を背けた。張遼はそれを気にも留めず、于禁のほうに向き直ると、血の滴る首を振って見せた。どうやら張り合っているようである――おぬしの手柄は降伏してきた相手を無慈悲に殺して立てたもの。だが、わしは両軍がせめぎ合う戦場でこの首を取ったのだ――

于禁は冷やかな笑みを浮かべて瞼を閉じ、相手をせずに黙って引き下がった。曹操は上体をのけぞらせて大笑いした。「さすがは文遠《ぶんえん》、こたびの大乱で手柄を立てるのはおぬしだと思っておった。柳毅は公孫度《こうそんたく》親子に『遼東王《りょうとう》』を僭称するようそそのかしたと聞く。無法の限りを尽くした報いを受けたというべきだな。張将軍の大手柄、しかと覚えておくぞ」

「わが君、ありがとうございます」張遼は喜色満面でさらに付け加えた。「柳毅は死にましたが、海賊の管承《かんしょう》はまんまと逃げおおせました。ご下命くだされば賊を討ち取ってご覧に入れましょう」

「お待ちを」東側に並んでいた青《せい》州の地方官の一人が進み出た。「わが君に申し上げたき儀がございます」

曹操が目を遣ると、長広《ちょうこう》太守の何夔《かき》、字《あざな》は叔竜《しゅくりゅう》である。長広はもとは県だったが、管承や柳毅の反乱を受け、支配を強めるために郡となっていた。その何夔が口を開くなら、賊に関することに違いない。

果たして何夔は何憚ることなく直言した。「兵はしばらく用いないようお願い申し上げます」

「なぜだ」

「沿岸には島が点在しています。長年にわたって逃げ回っていたせいか、管承はそのあたりの地理にも明るく、わが軍が不用意に動けば、管承を捕らえるどころか被害を島々に広げてしまいかねません。それに管承どもは海賊ではありますが、配下には多くの漁民もいます。そういった民草は憐れなことに袁譚《えんたん》の統治によって財をむしり取られ、なかには生きる術を失って賊に身を落とした者もいるのです。わたくしの部下に黄珍《こうちん》という郡吏がおります。若いころ管承と付き合いがありましたので、これを遣わして管承を説得したいと存じます。帰順させることができれば賊は民に戻り、沿海の地はおのずと落ち着くでしょう」滑らかな話ぶりとは裏腹に、何夔は手を袖に入れてもぞもぞさせていた。胸の内では不安に駆られているようである。豫《よ》州の豪族の出である何夔の執政における手法は、豪族をなるべく利用することである。干渉せずに済むのであれば豪族に任せ、大事を小事として処理し、小事をなかったことにする。こうしたやり方もいくらか成果を挙げてはいるが、土豪を押さえつけて些細なことでも問題にする曹操とはまったく逆の手法だ。いま何夔は公然と討伐に反対しているのであり、寿命が縮まる思いであった。以前は司空《しくう》府で掾属として務めていたので、曹操が癇癪《かんしゃく》持ちであること、部下の仕事ぶりが気に食わなければ面と向かって譴責し、棍棒で打ち据えることもよく知っている。名士を自負する何夔にとって、人前で辱められることは死よりも耐えがたい。そのため、実は袖のなかに毒薬を忍ばせていた。万一、曹操が打ち据えるよう命じたら、すぐにでも毒を仰いで自尽するつもりである。

曹操はしばし思案したのち、うなずいた。「情け深いことよ。かくなるうえは帰順の件、おぬしに任せよう」

何夔はそこでようやく薬の小瓶から手を放し、ほっと息をついた。「仰せのとおりに」

管承の件が済んで一同が口を閉じると、曹操は文官、武官を見回しながらまた話しはじめた。「柳毅、昌豨の首級を取り、管承を帰順させる策も定まった。済南の反乱も臧覇、孫観らの兵によってまもなく平定されよう。青州を固めれば、八つの諸侯王の国を廃止する上奏についても順調に進められるな」

漢からの自立を考えている曹操にとって、速《すみ》やかなる天下の統一とともに、諸侯国の廃止も欠くべからざる一手であった。一気に斉《せい》、北海《ほっかい》、阜陵《ふりょう》、下邳《かひ》、常山《じょうざん》、甘陵《かんりょう》、済北《せいほく》、平原《へいげん》の八国を廃止することについて、水面下では激しい議論が交わされているが、表立ってはまだ誰も意見を述べていない。今日、曹操がこの件を持ち出したことに一同は大いに驚いたが、頭《こうべ》を垂れて静かに聞き入った。

曹操は誠実そうな表情を浮かべて冷静に話し続けた。「近ごろ朝廷や軍のなかにも、諸侯王の国を廃止して郡とするのはわしに下心があるからだ、などと噂《うわさ》する者がいるらしい。『君子 坦《たん》として蕩々《とうとう》たり、小人《しょうじん》 長《とこしえ》に戚々《せきせき》たり［君子は常に心穏やかでいるが、小人はいつも何かにびくびく怯《おび》えている］』というが、たとえ人に理解されなくとも、わしは廃止を遂行する。その昔、光武《こうぶ》帝が宗室《そうしつ》に領地を与えて諸侯王に封じたのは、これを優遇するためだけでなく、朝廷を守り民を落ち着かせるためであった。ゆえに諸侯国の長官を『太守』ではなく『国相《こくしょう》』と称し、諸侯王の補佐として政務を執らせたのだ。黄巾《こうきん》の乱よりこのかた、宗室の諸侯王は右往左往するばかりで、その役を果たしてこなかった。張角《ちょうかく》が反乱したとき、常山王の劉暠《りゅうこう》、下邳王の劉意《りゅうい》は社稷《しゃしょく》を顧みることなく逃げ出して、天下の笑いぐさとなったものだ。あのような者らに封国《ほうこく》を与えて何になる。それに、一部の諸侯王はもうずいぶん前に世を去った。この混乱した天下では嫡子を探すのも難しく、廃止もやむをえん。国王のいない地がなお国と称して属官を養っているのは、国や民にとってただの浪費ではないか」

廃止の理由づけはもう十分と考えたのか、曹操は話を締め括《くく》りにかかった。「むろん廃すれば立てる。幾日か前に人を遣って調べさせ、琅邪《ろうや》王劉容《りゅうよう》の子を探し出した。名は劉熙《りゅうき》、嫡子ではないが、礼を重んじ思いやりと徳を備えておる。国を復活させ、琅邪王として政《まつりごと》を執らせるよう、朝廷にはすでに上奏しておいた。これでわしが私心なく、分に過ぎた行いをするつもりがないと、天下の者にわかってもらえよう」だが、これには裏があった。曹操が八つの諸侯国を廃止するだけで代わりに誰も立てなければ、おそらく多くの非難を招く。それに曹操がかつて天子を許都《きょと》に迎えられたのは、侍中《じちゅう》であった故劉邈《りゅうばく》の力によるところが大きい。琅邪王劉容こそはその劉邈の兄であり、したがって劉熙は劉邈の甥にあたる。つまり、劉熙に後を継がせるのは、あくまで以前の借りを返すためなのである。ほかの宗室に情けをかけることはない。

邢顒は朝廷で官吏になったことがない。そういった内実を知る由もなく、ただ曹操が公正で非難を恐れないことに感心していた。ここ数日の見聞とも合わせると、曹操は威徳と智勇を兼ね備えた国の柱石であると認めてよい。今後曹操に付き従うことを決心する一方で、田疇《でんちゅう》の用心深さを密かに笑った――実情を探るために自分を遣わしたのは単なる二度手間だったではないか――

曹操は悠揚迫らぬ様子で台上をめぐりながら語った。話し終わるころにはちょうど軍師《ぐんし》の荀攸《じゅんゆう》の前に至り、そこでひときわ大きな声を張り上げた。「廃するべきは廃し、立てるべきは立てる。これが万古不易の理《ことわり》である。いつ何をすべきか、わしは心得ておる。みなにはそれをわかってほしい。陣中で長らく過ごしたよしみに背くことのないように……では、解散だ」長々と話してきたが、最後の言葉だけが嘘偽りない本心であった。

「ははっ」返事を合図に文官、武官たちがおのおの陣に戻っていくと、荀攸も頭を低く垂れて力なくその場を離れていった。曹操はその後ろ姿を見つめ、長いため息をついた。ともに歩んできた荀彧《じゅんいく》は、皇帝の座を窺う曹操にとって、いまや朝廷における最大の障壁であった。その一族にして軍師としての声望も高い荀攸には、是が非でも口添えしてもらう必要がある……しばらくぼんやりしていると、まだ将帥台の上に一人残っていたことを思い出した。振り返ると、邢顒が下りて来て曹操に深々と礼をした。「明公《めいこう》のなされることには目を見開くばかりです。敵に対しては勝利を収め、見識ある者を重用し、賞罰を必ず明らかになさる。まさに名将にして朝廷の功臣」

「これはまた過分なお褒めを」曹操は手を振って制した。

すっかり心服していた邢顒は、身に余る厚遇にも後押しされ、とっくに来意を告げる決心がついていた。「包み隠さずに申しますと、こたびはお目にかかるためだけに参ったのではありません。実は烏丸《うがん》を征伐するためなのです」

「ほう？　それはまた何たる偶然」曹操は髭をしごきながら続けた。「実はわしも同じ考えを持っておった。だが、烏丸と袁尚《えんしょう》の軍が駐屯している柳城《りゅうじょう》（現在の遼寧《りょうねい》省朝陽《ちょうよう》県）は無終《むしゅう》県から六百里［約二百五十キロメートル］、道のりは遠く険しい。糧道《りょうどう》もなければ地形にも暗く、わが大軍をどう進めるべきか迷っておったのだ。地理に明るい者がいれば案内役を任せたいところだが……」

邢顒は二、三歩下がって正式な礼をした。「明公がお望みとあらば、わたくしが道案内をいたしましょう」

天下にこのような奇遇があるだろうか。道案内を欲する曹操のもとに、打ってつけの男が自ら駆けつけたのである。ただ、すべては曹操の掌の上で進んでいたことだった。

事のはじまりは邢顒が鄴《ぎょう》城に滞在していた半月前にさかのぼる。曹操が不在のときは建前上曹丕《そうひ》が留守を預かっているが、軍務は監軍校尉《かんぐんこうい》の荀衍《じゅんえん》が、政務は長史《ちょうし》［次官］の崔琰《さいえん》が司っており、実のところ曹丕は暇を持て余す貴公子に過ぎない。邢顒が「徳行堂々たる邢子昂」と称えられる人物だと聞き、賢人とよしみを結ぶ絶好の機会だと考えた曹丕は、礼を尽くして手厚く邢顒をもてなした。何日かすると、曹丕は邢顒が大きな目的を抱いてやって来たことに気がついた。邢顒が劉楨《りゅうてい》や阮瑀《げんう》といった才智に長けた者と毎日のように語り明かし、決まって烏丸に言及するので、その来意を推し量ることができたのである。

そこで曹丕は曹操の陣に密かに書簡を送った。それを受けて曹操は董昭と計画を練り、綿密な手はずを整えた。邢顒が来たら列を組んで出迎え、軍の威勢を見せつけ、将帥台に上らせる栄誉も与えることにしたのである。邢顒の名もいくらかは知られているが、むろんこれほどの殊栄《しゅえい》は分不相応である。将帥台も董昭が訪問の前日になって作らせたものであり、それもこれも烏丸を討つ案内役を得るためであった。

策謀に長けた曹操は偶然を装い、両手を差し伸べて礼を述べた。「こんな近くにわしの助けとなる恰好の人材がおったとは……邢殿は柳城への道をご存じなのですね。案内を買って出てくださるとは、こちらこそ願ってもないことです」

「わたくしは長年、徐無山《じょむさん》に住み、あのあたりの道はいささか存じております。山を出て東に向かい、令支《れいし》（現在の河北省遷安《せんあん》市）を経て、肥如《ひじょ》（現在の河北省盧竜《ろりゅう》県）を過ぎてから海沿いの道を進めば、軍はおのずと柳城に着きましょう。明公率いる十分な精鋭、優れた武器、敵を懐柔する徳をもってすれば、烏丸を打ち破るなど造作もないことです」

「そうなれば、すべては邢殿のお力によるものですな」

「恐れ入ります」邢顒は付け加えた。「わたくしは道をいくらか知るだけで、敵を降すにはもう一人の力が必要です。かつての幽州従事《ゆうしゅうじゅうじ》、田疇がわたくしとともに山に隠棲しております。この者は地理に明るいのみならず、山河を知り尽くし、烏丸の風土や民の気質、風俗、習慣、部族の内情にも通じています。田疇の助けを得られれば、勝利は確かなものになりましょう。実を申しますと、わたくしを明公のもとによこしたのは、ほかならぬその田疇なのです」邢顒は一時の喜びに酔い痴れ、田疇を売り渡した。

「なんと！」曹操は手を叩いて笑った。「その田疇殿というのは、もしや戦火を避けて北へ迂回し、長安《ちょうあん》に上奏文を奉《たてまつ》った田子泰《したい》殿のことでしょうか。お名前はかねがね伺っていますが、聞けば袁紹父子の誘いを何度も断ったとか。いかにすれば山を出て馳せ参じてもらえましょう」

邢顒は胸を叩いて請け負った。「わたくしにお任せください」

「さすがは邢殿」これで曹操の狙いどおりである。このたびの段取りはすべて報われた。

傍らで見ていた董昭はもうひと押しと思って駆け寄った。「わが君、このうえは邢殿をいかに歓待いたしましょうか」

そこで曹操も気がついてお決まりの台詞を続けた。「中軍の本営で宴を開き、邢殿に一献《いっこん》差し上げようではないか」

董昭も調子を合わせた。「邢殿はご存じないかもしれませんが、いま曹公は禁酒令を出しており、本来なら飲酒は認められません。邢殿のために自ら禁令を破るのですから、どうかこのご厚意を無になさいませぬよう。ささ、酒を酌《く》み交わしながら用兵のことでも語らいましょう」董昭が後ろから邢顒の背中を押し、前にいる曹操が道を譲ると、邢顒の表情は喜びに満ち溢れた。

三人が談笑しながら幕舎に入ろうとしたところで、校事《こうじ》の趙達《ちょうたつ》が慌てて近づき、曹操の耳元でささやいた。「盧洪《ろこう》が許都から密報を伝えて参りました。幾日か前、侍御史《じぎょし》の陳羣《ちんぐん》が刑律《けいりつ》、刑罰の改革について朝廷で議論すべきだと上奏したそうです。刑律はお国の要《かなめ》、これをみだりに変えようとするなど、あるいはわが君に対する謀《はかりごと》があるやもしれません。何とぞ警戒を怠りませぬように」校事の任務は百官の言動を監視して密かに曹操に告げることである。趙達は軍議が終わったと聞いて出番とばかりに報告に訪れたのだった。

曹操はそれにかまわず、自ら帳《とばり》を掲げて董昭と邢顒を先に幕舎に入らせた。そして振り返ると趙達に説明した。「おぬしは勘違いしておる。刑律の件はわしが陳羣に申しつけたのだ」

趙達は驚いた。校事はさまざまな機密に触れる役職である。その自分も知らされていない指図があったとは……とはいえ聞き返すこともできず、ありのままに報告を続けた。「陳羣は上奏して朝議を開くよう求めましたが、荀令君《じゅんれいくん》［荀彧］が時宜に適わぬとの理由で朝議を開かなかったそうです。ところが、どこから話が漏れたのか、孔融《こうゆう》が突然、朝見の場でこの件を持ち出し、またぞろ郗慮《ちりょ》と殿中で言い争いをはじめたのだとか。荀令君は怒って朝見を早めに切り上げたとのことでございます」

侍御史の陳羣と太中大夫《たいちゅうたいふ》の孔融とは忘年《ぼうねん》の交わりを結んでいたが、陳羣が曹操に辟召《へきしょう》され、掾属となってのち抜擢されると、二人の仲はしだいに疎遠になっていった。光禄勲《こうろくくん》の郗慮と孔融もそりが合わない。かたや大学者の門生《もんせい》、かたや聖人の末裔で、互いを面白く思っていないのだ。

曹操は朝見の場で騒ぎがあったと聞くと、怒るどころかほくそ笑んだ。「騒がせておけばいい。そうすれば、ほかのことに口を挟む暇もなくなる。この件は放っておけ。いずれ仔細も明らかになるであろう」

そう言われては、もはや趙達の出る幕ではない。会釈しながら一歩下がって、最後にお愛想を口にした。「わが君の深謀遠慮と深い洞察力の前では、わたしの心配など杞憂に過ぎません」趙達が退《さ》がろうとすると、曹操が呼び止めた。

「待て。おぬしに知らせておくことがある。昨日、高柔《こうじゅう》を刺奸令史《しかんれいし》に任じた。今後そなたと盧洪は形のうえでは高柔の部下となるが、極秘の案件はこれまでどおり直接わしに報告するのだ」

趙達はおもしろくなかった。かつて曹操は趙達ともう一人の校事である盧洪のうち、うまく仕事をしたほうを刺奸令史に任ずると約束した。それなのに、何の手柄もない高柔を今後その地位につけるという。素直に納得できるわけがない。もとより腹黒い趙達だが、曹操の前で露骨に顔に出すわけにもいかず、温和な笑みを貼りつけたまま答えた。「命に従い、今後は高令史とともに朝廷に尽くします」

「いま何と言った?」曹操が聞き咎めて睨んだ。

趙達は慌てて訂正した。「わ、わが君に尽くします」

「よかろう。では、盧洪に書簡をしたため、孔融の動静に目を光らせるよう伝えておけ」そこで郭嘉と華佗《かだ》の姿を目にすると、曹操はすぐに口を閉じた。郭嘉はまだしも、華佗に趙達との会話を聞かれるわけにはいかない。

郭嘉は拱手の礼をして笑顔を見せた。「わが君、華先生の奥方が病を得たため、先生はいますぐ郷に帰って治療に当たりたいとのこと。ですが先生は真面目なお方ですから、わが君に暇乞《いとまご》いしてもよいものかと案じておいでです。そこでわたしからもお願いしたいのです。どうか華先生の帰郷をお許しいただけませぬか」

曹操も笑みを浮かべて答えた。「何の差し障りがあろう。ここ二、三年、先生が手を尽くしてくれたおかげで、わしの頭風《とうふう》もずいぶんよくなった。家人が病に倒れたとあっては、治療に帰らぬ道理はない。路銀をお贈りするゆえ、ご夫人の病が良くなれば、またそのときは戻って来てほしい」

「曹公、ありがとうございます」華佗は恭しく拝礼した。

曹操は華佗の腕を取って小声で伝えた。「わしと妻に調合してくれた薬が効いたようだ。卞氏《べんし》がまた身ごもってな、四十を過ぎて子を宿すとは思いも寄らなんだ。まさに老牛が麒麟を生むだな。気をつけて行かれよ。先生はわしにとってもなくてはならぬお方だ」そう伝えると、郭嘉に向き直った。「いいときに来た。これから一緒に飲もうではないか」

しかし、郭嘉はこれを辞退した。「ここ数日、脾《ひ》や胃の調子がよくありません。今日のお相手は公仁《こうじん》殿にお任せします」

郭嘉が近ごろ痩せたことには曹操も気づいていたが、あまり深くは考えていなかった。「ならば酒は控えて、話をするだけでもいいではないか」

「いえ、やはり戻って用兵の策でも考えます」

「賑やかなのが好きであったろうに……なんだ、改心したのか？」曹操はいつものように軽口を叩いた。「人がゆえなく改心するのは死が近い証拠、気をつけるんだぞ。はっはっは」そうからかうと、笑いながら幕舎に入っていった。

華佗はいたたまれなかった。「奉孝《ほうこう》殿からひとかたならぬご恩を賜りましたこと、老いぼれは一生忘れませぬ」そう礼を述べ、深々と拱手の礼をした。

郭嘉はまだ趙達がそばに立っているのを見ると、話の綻《ほころ》びに気づかれるのを恐れて、無理に明るく笑った。「何を大仰なことを。さあ、早く積み荷のご用意を。もう何日かすれば寒くなって出立もままなりませんぞ」

「さようですな……」華佗の声はかすかに震えていた。「それではお先に……奉孝殿もくれぐれも養生なさいますよう」そう挨拶し終えると、華佗は迷いを振り払うかのようにくるりと振り向き、その場をあとにした。

趙達は華佗の背中をぼんやりと目で追っていた。「なんだ、あの老いぼれ。拱手したかと思えば、いまにも泣き出しそうな声をして……人の病を診る前に己が病んでいるのではないか？」

郭嘉は慌てて話を遮った。「いやいや、病を診るだけの小役人ゆえ世間知らずなのでしょう。ちょっと口添えしただけで、もうわたしを恩人だと思っているのですよ」

「わたしはこの仕事を長くしているせいか、他人のあら探しばかりしてしまう」

「ほう、わたしにも欠点があると」郭嘉は趙達をちらと見た。

「とんでもござらん。賢弟は人並み優れた才知をお持ちだ」郭嘉は曹操のお気に入りである。趙達も関係をこじらせたくはない。「郭殿の才知はみなの称えるところ。そこで愚兄も一つ教えを請いたい。新任の刺奸令史の高柔殿だが、どのような経歴で、なぜわが君の覚えがめでたいのだろうか？」

「覚えがめでたい？」郭嘉はかぶりを振って苦笑した。「そんなはずはないでしょう。わが君は高柔を懲らしめるため刺奸令史につけたのです。あれは高幹《こうかん》の一族で、わが軍は二度も高幹に苦しめられました。高幹一族への恨みは相当深いはずです。刺奸令史はあなた方の上役であっても実権はありません。つまり、あなた方が人徳にもとるようなことをすれば、非難は高柔に向くのです。今後は事あるごとに咎められる日々を送ることになるでしょうな」郭嘉の話しぶりには棘《とげ》があった。

厚顔無恥な趙達は気にも留めない。「ということは、今後とも高令史によくよくお仕えすればいいということか、へへっ」

「人徳にもとるようなことは、どうかほどほどに」

趙達は口を覆って笑った。「だが、他人がぼろを出してくれねばわが身の出世は望めん。先ほどの華佗の表情、あれは尋常ではなかった。おそらくは二度と帰って来んだろう。あの老いぼれが本当に逃げれば、取りなした賢弟も巻き添えを食うのでは？　なんなら人を遣って華佗に見張りをつけようか？」

趙達は郭嘉の歓心を買おうと思ったのだが、郭嘉は気色ばんで趙達を睨んだ。「要らぬことをするな！　この犬め、みだりに人を噛むことは許さん。それから、わたしを賢弟などと呼ぶな。貴様とは何の関わりもない。まだ何か無駄口を叩くなら、わが君に貴様の皮を剝いでもらうぞ！　ごほっ、ごほごほっ」

「は、はい」趙達は咳き込む郭嘉を残し、ほうほうの体《てい》で逃げ帰っていった——曹操がいまもっとも気に入っているのがこの郭嘉である。たとえ生みの親の恨みは買っても、郭嘉の恨みを買うことは誰にもできなかった。

第二章　烏丸《うがん》への遠征

運河を開く

邢顒《けいぎょう》は朝廷の司空《しくう》たる曹操に賓客として厚くもてなされ、幾日もせずに胸襟を開いた。曹操は機が熟したと見るや、邢顒を正式に冀《き》州の従事《じゅうじ》に任命し、自らの護衛兵十名を餞別《せんべつ》代わりに与えた。そして手ずから文書をしたため、まずは山に戻って田疇《でんちゅう》に出仕を請うよう命じた。曹操の人となりを探りに行ったはずの邢顒が、曹操からの辟召《へきしょう》の文書を捧げて帰って来たのである。田疇は邢顒のうかつさに不満を抱いたが、任命を受け入れて曹操の陣に赴くほかなかった。曹操は以前から田疇の名声を聞いていたので、邢顒以上に礼をもって遇した。

北上して遠征を行うには、何より兵糧の問題を解決することが肝要である。幽《ゆう》州、燕《えん》州の地は食糧の収穫高が少なく、中原で糧秣《りょうまつ》を徴発して大軍に補給する必要があった。曹操は董昭《とうしょう》の策を採用した。兵士や民を動員して運河を掘り、呼沲河《こたが》（現在の河北省の滹沱河《こだが》）の水を泒水《こすい》（現在の河北省の沙河《さが》）に引き込み、平虜渠《へいりょきょ》（現在の南運河《なんうんが》）と命名した。また、溝河口《こうがこう》（現在の天津市宝坻《ほうち》東部）から運河を潞河《ろが》（現在の北京市通州《つうしゅう》の北運河《ほくうんが》）まで開削し、これを泉州渠《せんしゅうきょ》（泉州県は現在の天津市武清《ぶせい》県、泉州渠は現在の薊運河《けいうんが》）と名づけることにした。こうして中原と河北《かほく》、遼東《りょうとう》との運河を通せば、兵糧を漕運《そううん》できるだけでなく、周辺地域に対する支配の強化にもつながる。

何夔《かき》は海賊の管承《かんしょう》を首尾よく投降させ、さらに遼東と密かに通じていた凶賊の王営《おうえい》をも、張遼《ちょうりょう》と楽《がく》進《しん》の加勢によって蹴散らした。夏侯淵《かこうえん》、臧覇《ぞうは》、孫観《そんかん》、呉敦《ごとん》らは済南《さいなん》に兵を集結させ、略奪を働きながら逃げ回っていた青《せい》州の黄巾《こうきん》賊を徹底的に討伐した。そうしてついに、中平《ちゅうへい》元年（西暦一八四年）に姿を現した黄巾賊は残らず滅び去った。青州の戦火が収まるにつれ、北海《ほっかい》、平原《へいげん》、阜陵《ふりょう》などの諸侯国も相次いで郡に衣替えされた。曹操は淳于《じゅんう》県［山東省中部］に駐屯すること数か月、事後の処理が片づくと、全軍の将兵に鄴《ぎょう》城［河北省南部］へ戻って休養することを許した。一方、自らは腹心や掾《えん》属《ぞく》［補佐官］を引き連れて、休息を取ることもなく運河の普請《ふしん》の視察に出かけた。短期間のうちに二本の運河を開削することは容易でない。董昭は志願して全権を委ねられると、河隄謁者《かていえつしゃ》［治水や漕運を司る］の袁敏《えんびん》の助力も得て、沿岸の郡県のほとんどの民を徭役《ようえき》に駆り出した。寒風身に染みる厳冬がまもなく到来するというのに、普請は気を緩めることなく進められた。

幽、燕の地と雪とは切っても切り離せない。大雪が降りはじめると、天地は果てまで白く覆われる。強風がすさまじい音とともに氷柱《つらら》を巻き上げて吹きすさび、見通しが利かなくなったかと思えば物音一つしない静寂が訪れ、ぼたん雪がしんしんと大地に舞い降りる。雪は断続的に三日降り続き、いつ降り止むかわからない。曹操は黒い布の幕舎《ばくしゃ》を牛革に替え、火鉢も十分に備えたが、それでも暖かいと感じることはなかった。左右に座る田疇と邢顒は河北での暮らしも長く、こういった天候にも慣れている。褒美にもらった皮の外套を羽織っていると、火鉢のそばでは汗ばむほどである。

曹操は狐裘《こきゅう》の襟元をかき合わせ、しきりに文句を並べた。「まさか郭嘉《かくか》と張繡《ちょうしゅう》が病を得るとはな。

忌々《いまいま》しい天気だ。早くにわかっておれば華佗《かだ》を故郷に帰しはしなかったものを……」

邢顒は慰めた。「二人はこの地の水が合わなかったのでしょう。しばらく養生すればよくなりますとも。どうぞ気を落とされませぬように」邢顒はたった何か月かで完全に曹操陣営の人間になっていた。いつの間に感化されたのか、自分でもよくわからない。

「邢殿の申すとおりならいいのだが……」曹操はやるせなさそうにため息をつくと、俯《うつむ》いて卓上の羊皮紙を見つめた。平虜、泉州両運河の施工図である。雪で普請が中断を余儀なくされており、進捗具合からすると、完成まで少なくともあと二か月はかかる。糧秣の輸送に時間を要すれば烏丸の征伐が滞り、これが滞れば、荊《けい》州に南下して江東《こうとう》［長江下流の南岸の地域］を奪い取る計画にも差し障りが出る。さらには天下を統一することも、ひいては帝位を窺う歩みまでもが先延ばしになる。曹操は焦りを覚えていた。しかし、いくら焦ってもお天道さまが相手では勝負にならない。結局は雪が止むまで待つほかなかった。

先ほどから田疇は押し黙ったまま棒きれで火鉢のなかの炭をいじり、話が聞こえないふりをしている。曹操は田疇を一瞥すると、胸に疑念が湧いてきた。同じ隠者でありながら、邢顒とはなぜこうも気質が違うのか。邢顒を引き込むことはこのうえなく順調に進んだが、田疇はいまも煮え切らない態度で、胸襟を開くことはおろか、「わが君」とさえ呼ばない。田疇の前にはあたかも見えない壁があるようで、いくら心を砕いても越えられない。この感覚は賈詡《かく》を彷彿させた。だが、賈詡は漢室を傾けるような禍《わざわい》をもたらして、いまは小心翼々としている。一方で田疇にそんな負い目はない。なぜこうも人を寄せつけないのか。

「わが君、何をお考えですか」邢顒は、曹操がぼんやりと物思いにふけっているのに気づいて声をかけた。

「ああ」曹操は微笑んでお茶を濁した。「烏丸の状況についてだ。わしはこれまで烏丸と戦《いくさ》をしたことがない。お二方、詳しく教えてはくれぬか」

邢顒も笑った。「わたしは子泰《したい》殿ほど知識が広うございませんゆえ、ここはやはり子泰殿にわが君の疑問を解いていただきましょう」邢顒も田疇が曹操に距離を置いていると感じていたので、わざと機会を拵《こしら》えた。

「それでは田先生にお尋ねしよう」曹操は遠慮がちに頼んだ。

「恐れ入ります」田疇は小さく拱手《きょうしゅ》の礼をするも、気のない様子で曹操に一瞥もくれず話しはじめた。「烏丸は鮮卑《せんぴ》と同じく東胡《とうこ》(1)に属し、もともとは大きな部族ではありませんでした。前代のとき、匈奴《きょうど》の冒頓単于《ぼくとつぜんう》が東胡を打ち破り、鮮卑山に逃げ込んだ部族が鮮卑を、烏丸山に逃げ込んだ部族が烏丸を名乗りました。いずれも根城とした山から名づけたのです」田疇は炭火をいじくりながら話し続けた。「烏丸は騎射に優れ、獣を狩って暮らしています。水や牧草を求めて転々と放牧し、一所《ひとところ》にとどまっていません。穹廬《きゅうろ》「ゲル」を家とし、神とみなす太陽を拝んでいます。肉を食らい羊の乳を飲み、毛皮を衣とします。のちに朝廷は匈奴に対抗するため、烏丸に長城の内側に移り住むことを許しました。風俗や習慣はいくぶん改まりましたが、生まれついての剽悍《ひょうかん》さはそのままです。若きを尊び老いを卑しみ、怒れば父や兄も弑《しい》しますが、母は殺《あや》めません。部族の長は勇敢で戦いに優れた者が務めます」

曹操は冷たく笑った。「五倫《ごりん》も道徳もわきまえぬ野蛮人ではないか」

田疇はうなずいた。「各郡の烏丸で首領を務めるのはみな勇猛で戦上手、おのおの王を自称していますが、ただ勝手に戦うばかりで陣立てもありません。明公《めいこう》の軍であればこれを破るのはたやすいでしょう。上谷郡《じょうこくぐん》の烏丸の首領は難楼《なんろう》、手勢は九千落《らく》あまりです〔「落」とは放牧地でまとまって建てる二、三戸の穹廬をいう単位。一落は二十人前後の集落〕。右北平郡《ゆうほくへいぐん》の首領は烏延《うえん》、八百落あまりを治めて汗魯王《かんろおう》を名乗っていましたが、袁尚《えんしょう》とともに逃亡しました。そして遼西郡《りょうせいぐん》です……」

「では、遼西の烏丸が烏延と袁氏兄弟を受け入れたのですな」

「さよう、遼西の烏丸こそ最強です。手勢は五千落あまりで難楼より少ないものの、勇猛果敢な者ばかり。二十年前に逆臣の張純《ちょうじゅん》と結託して乱を起こしたのも、遼西の首領だった丘力居《きゅうりききょ》です。当時、張純は弥天《びてん》将軍、安定《あんてい》王を自称し、烏丸を率いて青、徐《じょ》、幽、冀の四州に侵略しました。わが大漢の民で殺された者は数知れず、ゆえに朝廷は公孫瓚《こうそんさん》を派遣してこれを撃退したのです」公孫瓚に話が及ぶと、鬱々《うつうつ》としていた田疇の眼光が鋭くなった。いまでも劉虞《りゅうぐ》を殺された恨みを忘れられないのである。

「公孫伯圭《はっけい》という男は勇猛な将であった……」曹操は惜しむような口調で話した。「手には二本の長柄の槍を持ち、三千の騎兵を率いて戦場を縦横に駆け回り、胡人から白馬《はくば》将軍と呼ばれ恐れられたものだ。残念ながら、のちにはみだりに戦を仕掛けるだけの男になり下がってしまったが……」

田疇は賞賛の言葉に反感を覚え、曹操が話し終える前から口を挟んだ。「あの乱は、わが主《あるじ》の劉虞が勇士を募り張純を刺殺して終息させたもの、公孫瓚の功績ではありませぬ」

田疇が目の前で劉虞のことを「わが主」と呼ぶので、曹操は内心甚だ不愉快であったが、笑って聞き流した。

田疇は己の軽率さに気づかず、なおも話を続けた。「劉虞は胡人らに寛大で思いやり深く、それゆえ丘力居は王を名乗るのをやめました。そうして数年間、漢人と胡人とのあいだに大きな衝突は起こりませんでした。わたしが徐無山《じょむさん》［河北省北東部］にやって来たころ、烏丸の侵入を受けて一戦交えたことがあります。ですが、わたしが劉虞のかつての部下で、公孫瓚はわが仇敵だと知ると、彼らはがらりと態度を変えました。向こうの家畜とわれらの穀物を交換するなどして、良好な関係になりました。丘力居が死んだあと、形のうえでは子の楼班《ろうはん》が部族を率いましたが、まだ幼かったので丘力居の甥の蹋頓《とうとん》が実権を握りました。蹋頓は武勇に秀でて謀《はかりごと》にも長けていたので、実質的に右北平、遼西、遼東三郡の烏丸をすべて取り込み、さながら大単于《だいぜんう》といった趣でした。かつて袁紹が公孫瓚との戦で攻めあぐんだときも、蹋頓と手を結んで打ち破ったのです。袁紹はその労に報いるため、偽の詔《みことのり》を発して蹋頓、難楼、蘇僕延《そぼくえん》を単于に任じ、威厳を添えようと絹傘や白旄《はくぼう》［旄牛《からうし》の毛を飾りにした旗で、天子の使節などの象徴］を贈り、さらには袁氏の娘も嫁がせました。しかし、袁紹の策は裏目に出ました。懐柔するにも限度があります。胡人には威厳も示さねばならんのです。袁紹は恩賞を与えるばかりで、結局は蹋頓の野心を助長させてしまいました」

曹操には袁紹の考えがよく理解できた――背後の野蛮人はひとまず手懐け、まずはわしを滅ぼしてから、ゆっくりと片づけるつもりだったのだ。だが、思いがけず官渡《かんと》で敗れてしまった――そんなことを思いながら、曹操は田疇のあとを受けて続けた。「袁紹は小人《しょうじん》の仁しか持ち合わせておらず、お国を正しい方向に導けなかった……いましがた話に出た遼東の蘇僕延ですが、同じ遼東の公孫氏とはいかなる関係にあるのでしょう」

「蘇僕延は峭王《しょうおう》を名乗り遼東の部族を率いていましたが、公孫度《こうそんたく》に遼東を追い出され、蹋頓に身を寄せました。かたや公孫度は、存命中は東で高句麗《こうくり》を、(2)西で烏丸を討伐して支配地域を広げ、辺境に威名を轟かせて遼東王、平州牧《へいしゅうぼく》を自称していました。蹋頓も恐れていたほどで、蘇僕延では相手にもなりません」

曹操は微笑みをたたえて胸の内を吐露した。「先ごろ公孫康《こうそんこう》配下の柳毅《りゅうき》が海を渡って乗り込んできたときは返り討ちにしてやりました。実はその公孫康が烏丸と結託し、大局に影響を及ぼさないか案じていたのです。しかし、先生のお話を伺って安心しました。烏丸を攻め落としさえすれば、公孫康は放っておいてよさそうですな」

公孫度父子に敵意のない田疇は同意を示した。「この数年、われら漢人は権力争いに明け暮れて互いに殺し合ってきました。その間、公孫度は独立した一地方の勢力として支配地域を広げています。性根は曲がり悪辣で横暴ですが、漢人の顔をつぶしているというほどではないでしょう。蹋頓の治める地には十万あまりの漢人がいて、胡人に奴隷のようにこき使われています。明公にはわが大漢の民を救うため、ぜひ蹋頓を打ち破っていただきたい」

烏丸を従わせたい、その点では田疇と曹操の考えは一致していたが、目的はそれぞれ異なる。田疇は北方の憂いを除き、漢人の鬱憤を晴らすことを望んでいる。曹操にもそうした思いはあるが、それよりも袁尚、袁熙《えんき》を追撃し、袁氏の残党が息を吹き返すのを防ぎたいと思っていた。田疇の言うとおり、三郡には十万あまりの漢人がおり、幽州の土豪のなかには自発的に袁氏とともに逃亡している者もいる。いつかは袁氏兄弟にそそのかされてともに反旗を翻す可能性もあり、そこに勇猛な烏丸まで加われば、その力は決して侮れない。曹操はしばし考え込むと、かしこまった口調で願い出た。「もとは配下の将を遣わすつもりでしたが、どうやら自ら出陣する必要がありそうです。ぜひ、お二方の力をお借りしたい」

邢顒は拱手の礼をして承った。「部下たる者、水火《すいか》も辞さぬ覚悟です」

田疇は淡々と答えた。「草莽の臣は従うのみです」曹操は少々ばつが悪かったが苛立ちをこらえ、関羽《かんう》や張遼を従えたときのことを思い出した――見ておれよ。わしを主君と認めんのなら屈伏させてやるまでのこと。早晩、邢顒のようにわが足元に跪《ひざまず》かせてやる――

ちょうどそのとき、護衛兵が報告に入ってきた。「度遼《どりょう》将軍の鮮于輔《せんうほ》殿がお目通りを求めています」

「通せ」曹操は鮮于輔をわざわざ無終《むしゅう》県［天津市北部］から呼び寄せていた。

鮮于輔は帳《とばり》をめくり上げ、寒風とともに入って来て跪いた。「曹公に拝謁いたします」

「無終の烏丸はどうだ」曹操のいまの最大の関心事である。

「目下のところ動きはありません。この凍てつく寒さでは動けますまい」

「運河を築いていることは烏丸も知っておろう。くれぐれも気を抜かぬようにな」

「御意。配下の者を遣わして警戒に当たっておりますので、烏丸の騎兵の姿を認めたらすぐにもこちらに伝令が参りましょう」

「よし、おぬしはしばらくそばにおれ」曹操は満足げにうなずいてねぎらった。「風雪のなか道中ご苦労であった」

「明公が寒さ暑さを厭《いと》わずお国のために心を砕いておりますのに、わたしごときの苦労などたいしたことはありません」鮮于輔は言葉巧みである。「いまは雪も小降りになってきました」

「そうか」それを聞くと、曹操はすぐに立ち上がった。「では、見回りに行くとするか」

護衛兵が動きだすより前に鮮于輔が帳をめくり上げた。外の雪はたしかに小降りになっている。止んではいないが、ちらちらと降るだけで空もだいぶ明るい。曹操は狐裘をしっかり身にまとうと、幕舎の外に足を踏み出した。邢顒と田疇もそのあとに続いた。

大地はすっかり真っ白な雪に覆われている。まさに一面の銀世界で、遠くの山並みも近くの幕舎も残らず雪の塊と化していた。葉を落とした枯れ木さえ、おしろいを塗ったようでどこか高貴さを漂わせている。曹操は齢《よわい》五十を超えていたが、古《いにしえ》の燕《えん》や趙《ちょう》の地の雪景色を目にするのははじめてであった。興味深く眺めながら深く冷気を吸い込むと、気持ちがさらに奮い立つのを感じる。思い切って軍門を出て運河に向かった。

「雪に覆われていますが地面はでこぼこです。足元にお気をつけください」許褚《きょちょ》が急ぎ兵士を引き連れてついて来た。

曹操はそれを冷たくあしらった。「後ろに控えておれ。興趣を台無しにするでない」そう言うと邢顒の手を引き、もう片方の手で田疇の手を取ろうとしたが、うまくかわされた。曹操は無理強いせずにあたりの景色を眺め、ふと『詩経《しきょう》』の一節を口ずさんだ。「北風《ほくふう》其れ涼《りょう》たり、雨雪《うせつ》其れ雱《ほう》たり。恵《けい》にして我を好まば、手を携えて同《とも》に行かん……［北風が冷たく吹きつけ、雨や雪がひどく降りしきる。わたしを思いやってくれるなら、手を取り合ってともに行きましょう……」」

軍営は運河の近くに設置されており、周囲には徭役に駆り出された民の寝起きする天幕がある。曹操らがしばらく進むと、董昭と袁敏が蓑《みの》を着て、小高い丘の前に立つのが見えた。体にはかなり多くの雪がかかっているにもかかわらず、身振り手振りを交えながら何ごとか話し合っている。

「公仁《こうじん》」曹操は遠くから声を張り上げて冗談を口にした。「おぬしらとは気がつかなかったぞ。地元の民かと思うたわ」

笠を脱ぐと、董昭は深刻な表情をしていた。談笑に興じるつもりはないようだ。「わが君、この雪はわれらの大事を誤らせますぞ」

「なにゆえだ」

董昭は遠くを指さして説明した。「ご覧ください。運河は雪で覆われ、下には厚く氷が張っています。寒さはしのげても、運河の材料となる石材は下流にあり、河が凍結しては運びようがございません。役畜《えきちく》で引っ張っても二、三日はかかります」運河の開削は地面を掘って水を引けばよいというものではなく、新しい河道を石材か木の杭で固める必要がある。さもなければ水で土壌が軟らかくなり、何も運べない泥沼になってしまう。

「普請を中断してすでに三日、これ以上時間を無駄にはできぬ」曹操は先ほどまでの興趣からすっかり冷めていた。「即刻、普請を再開させせよ。民らに氷を叩き割らせ、何としても河道を通じさせるのだ」

氷を叩き割れとは――言うはたやすいが、生半可なことではない。氷上で風雪にさらされての作業、少しでも油断すれば氷の運河のなかに落ちてしまう。しかも叩き割って終わりではない。いまの天候ではまたすぐに凍ってしまうので、棒で水をかき混ぜておく必要があり、再び凍れば一からやり直しである。酷寒の地でのこうした苦難にどうして民らが耐えられよう。周りにいた者たちは互いに顔を見合わせて諫めようとしたが、曹操が機先を制した。「おぬしらが何を言いたいかはわかる。だが、この運河はこれからの戦の行方に大きく関わるのだ。完成を遅らせるわけにはいかん。わしがここで普請を監督する」

軍令が下されてしばらくすると、役夫らが天幕から這《は》い出てきた。幽州、燕州の地はひどく貧しく、多くの者が寒さをしのぐ羊の毛皮さえ身に着けていない。服の上から破れた麻布をまとい、草鞋《わらじ》にも麻布を巻きつけているだけである。歩くにも不自由そうで、一歩一歩とおぼつかない足取りで運河のほとりに向かっていった。氷を叩き割るには砕氷用の楔《くさび》や鑿《のみ》を大量に必要とするが、むろん軍中にそれほどの備えはなく、刀槍剣戟《げき》といった武器を使わせるわけにもいかない。錆が生じる面倒もあるが、役夫に持たせれば変事が起こらないとも限らないからである。ほとんどの者が石で氷を叩き割り、手に凍傷を負った者は短い木の棒を持ってあがいた。

天も底意地の悪いことをする。三日三晩も降り続いた雪が、よりによってこのときに止んだ。雪が止むと、骨を刺す冷たい風が吹きはじめ、布を何枚巻こうが寒さはしのげない。強風に吹かれるたびに民らはよろよろとふらついたが、兵士が鞭を持って睨みを利かせているため、岸に上がって風を避けることもできなかった。耐えがたい苦しみである。

曹操はさも当然と言わんばかりに川面を眺めている。かたや田疇は直視できず、思わず願い出た。

「曹公、運河の開削は一時延期としましょう」

曹操は一度出した命令を変更したことはない。いま、珍しく田疇から諫言してきたので、遠回しに答えた。「ここは風が強い。田先生は幕舎に戻って休まれよ」

曹操がお茶を濁すので、田疇は食い下がった。「民がこのような苦しみを受けるのは見ておれません。古人も、『仁は人の安んずる宅なり。義は人の正しき路なり［仁は人にとって安らかな場所、義は人にとって取るべき正しい道筋である］』と言っています。明公は天下万民を慈しむと公言なさっているのに、なぜ民の安らかな場所を顧みず、正道から外れたことをなさるのです」回りくどい言い方だが、曹操の不仁不義を非難しているのである。

しかし、曹操は笑った。「先生の仰ることは間違っていません。ですが、物事には軽重と緩急とがあります。先生は一刻も早く烏丸を征伐し、奴隷のごとくこき使われている民を救いたいと思わぬのですか」

「それはもちろん……」

曹操はもっともらしい理屈を並べた。「ゆえなく民に負担を強いているわけではありません。袁氏を破り、河北を手中に収めて以降、わしは税を軽減し、土地を強奪した者を厳罰に処しました。袁氏父子より民草を慈しんでいるつもりです。それに運河の開削は朝廷の徭役、いまここで従事しなくとも、いずれよそで従事しなければなりません。この者らがここに居るのは、不運だったとあきらめるしかないのです。もし烏丸を打ち破れず袁尚も討てなければ、この者らは再び戦禍に見舞われるでしょう。いま氷を割るのは、何より自分たちのためでもあるのです。一時の苦痛に耐え、長久の安逸を得る……そのほうがよいのでは？」

　とうに落ちぶれた袁氏と比べて自らを誇っているが、五十歩百歩ではないか——田疇はなおも言葉を継ごうとしたが、邢顒が話に割って入ってきた。「わが君は次の戦のことを考えておられます。長引く痛みより一時の痛みのほうがまだましというものではありませんか」田疇は驚いて、目の前の邢顒をまるではじめて出会ったかのように凝視した。

　ちょうどそのとき、近くで氷の割れる激しい音がした。運河の氷が大きくひび割れ、何人かが運悪く裂け目に落ちた。冷たい水のなかで必死に足をばたつかせている。どうしても這い上がれず、声を限りに助けを求めた。氷の上は大騒ぎとなり、多くの者が右へ左へと難を避けた。岸に駆け上がろうとした者も数多くいたが、そのほとんどは鞭を振るう監視の兵に追い返された。それでも何人かの若者がどさくさ紛れに制止をかいくぐり、一目散に逃げていった。曹操は眉をしかめ、振り向いて董昭に命じた。「命《めい》を伝えよ。徭役から逃れようとする者はその場で斬り捨てる。いま逃げた者は捕まえて首を刎《は》ね、見せしめにせよ。凍った運河を叩き割らねば休みはない！」

　田疇はがたがたと震えた。たまたま目にしただけでこれほどの酷薄ぶりである。運河は延々数十里にわたる。いったいどれほどの無辜《むこ》の民が苦しめられていることか。

　そこへ護衛兵が報告に来た。「徐州刺史《しし》の臧覇殿のほか、孫観殿、呉敦殿、尹礼《いんれい》殿の三将軍がお見えです」

　曹操は訝《いぶか》しんだ。「はて、呼んだ覚えはないがな」

　許褚がにわかに警戒の色を強めた。「兵を連れておるのか」かつて官渡の戦いが迫っていたころ、曹操は臧覇、孫観、尹礼らが青州、徐州の沿岸部を治めることを黙認した。それは早期に一帯を自身の影響下に置くためである。その後、臧覇らは曹操軍のために尽力したが、兵馬についてはいまも曹操に差し出すことなく自ら率いている。また、臧覇らが居座る地域には朝廷から派遣した官がいない。つまり、曹操軍の生え抜きからすれば完全なよそ者である。

護衛兵が答えた。「兵は率いておりませんが、車を三、四台引いています。おそらく家族ではないかと」

そう話しているあいだにも、臧覇ら四人は運河のほとりに来ていた。いずれも鎧は着けておらず、剣も身に帯びず、自ら轡《くつわ》を取って馬を牽《ひ》いている。臧覇は背が高くたくましい体格で、眼差しは射るように鋭く、頬髭はぴんと跳ね上がっている。孫観は異様なほどにでっぷりと肥え、呉敦は蟹の甲羅のような醜い顔立ち、尹礼はどす黒い顔の至る所に刀傷が残っている。その容貌やたたずまいは、どう見てもまともな者とは思えない。田疇と邢顒は、曹操陣営のなかにこうした者たちがいるのを知ってひどく驚いた。

「孫嬰子《そんえいし》が曹公に拝謁に参りました」孫観は律儀な男で、雪の上に跪いて額をこすりつけた。臧覇ら三人もそれに倣《なら》った。

曹操は手を振って制した。「臧奴寇《ぞうどこう》、孫嬰子、呉黯奴《ごあんど》、尹盧児《いんろじ》だったな。ちゃんと覚えておるだろう、はっはっは」

孫観、呉敦、尹礼は釣られて笑ったが、臧覇は不安を覚えた――われらが匪賊だったときの呼び名をいまも……

「青州を平定したばかりでまだやるべきことも多いだろうに、なぜここに参った?」

また孫観が我先にと答えた。「俺たちは曹公によくしてもらっています。何年もご無沙汰しているんで、そろそろ顔を出さねばと思っていたんです」この言葉に嘘はない。曹操はかつて孫観を北海の相《しょう》に任じ、兄の孫康《そんこう》をも城陽太守《じょうようたいしゅ》に任命した。兄弟揃《そろ》って官に任命してやったのだから、その恩はたしかに小さくない。

「風雪を冒してわざわざわしに会いに来るとは、感心なことよ」曹操はにこやかに笑みを浮かべた。

そこで臧覇が切り出した。「包み隠さず申しますと、実はほかに厚かましいお願いがございまして……」

「申してみよ」

「われらはもともと野にて危険と隣り合わせで日々を過ごし、妻子にも少なからぬ苦労をかけてまいりました。聞けば曹公は鄴城にお住まいで、多くの将も妻子を鄴城に移しているとか。われらも家の者を鄴城に移し、妻には富貴を味わわせて、子には書を読ませとうございます。曹公、何とぞお許しを」臧覇は壮健な体つきとは不釣り合いなほど、満面に微笑みを浮かべて、しきりにぺこぺこと頭を下げた。

曹操は臧覇らの意図を知り、やはり笑顔で応じた。「おぬしらは戦場を駆け回ってお国のために尽くしてきた。そんなことをする必要はなかろうに……まあ、よい。かつて蕭何《しょうか》［前漢建国の功臣］は子弟を高祖《こうそ》のもとに送り、高祖もそれを受け入れた。耿純《こうじゅん》［後漢の功臣］は一族の屋敷を焼いて退路を断ち、そのうえで光武《こうぶ》帝の味方についたゆえ信頼を勝ち得た。わしも先人に倣うとしよう。望みどおりにいたせ」

これを聞いて驚いた者が二人いた。一人は臧覇、もう一人は田疇である。

がさつな徐州の諸将のなかで、臧覇だけはいささか故事に通じている。曹操が蕭何の話を持ち出したことで、臧覇は心中を見透かされていることに気づいた。かつて劉邦《りゅうほう》は項羽《こうう》と成皐《せいこう》［河南省中部］で対峙したとき、蕭何を関中《かんちゅう》［函谷関《かんこくかん》以西の渭水《いすい》盆地一帯］に残し、兵の徴発と糧秣の輸送に当たらせた。だが、劉邦は蕭何の権力が増大して後方で乱を起こすことを恐れ、何度か人を遣わして慰労してきた。蕭何はそのことに不安を覚え、ある策士の進言を採用し、子弟を成皐の前線に送った。表向きは加勢するためだが、事実上の人質である。それ以降、劉邦が蕭何に疑念を抱くことはなくなった。いま、臧覇らがやろうとしているのはそれと同じことである。青州と徐州は曹操が朝廷の制約なしに臧覇らに治めさせている。それだけの権力を握っていれば、かえって心安らかではいられない。しかも臧覇らは、謀反を起こして討たれた昌覇《しょうは》と密接な関係にあった。そのことを追及される恐れもある。いくら無骨者の臧覇らとて、用心が必要なことはわかっていた。臧覇は恥じ入って顔を赤らめた。振り返って孫観、呉敦、尹礼を見ると、学のない三人はぽかんとしている。

もう一人、驚いたのは田疇である。そもそも田疇には曹操に仕える気がなく、ここにいるのも半ば無理強いされてのことであった。その曹操が顔色一つ変えもせず、自らを高祖劉邦、光武帝劉秀《りゅうしゅう》と同列に並べたのだ。曹操の野心に、田疇は空恐ろしさを覚えた。

曹操は髭をしごきながら、丁寧に話し続けた。「忠誠や仁義は胸の内にて抱くもの。おぬしらが二《ふた》心《ごころ》なく従っておれば、ほかのことはわしが心を砕いてやる。わざわざ口にする必要はない」青州と徐州の沿岸部はいつでも奪回できるが、当地における臧覇らの影響力は小さくない。いきなりその権力を奪えば必ずや混乱を招く。曹操はゆっくり事を進めるつもりでいた。

孫観はうまく丸め込まれていることにも気づかず、無邪気に微笑んだ。「曹公に喜んでもらえて何よりです。ですが妻子は無作法ゆえ、鄴城の者に蔑《さげす》まれないか心配です」

「そんなことはなかろう」曹操は孫観の肩を叩きながら安心させてやった。「青州平定にあたって、おぬしらは大いに手柄を挙げた。亭侯《ていこう》に封じてやる。臧覇の徐州刺史はこれまでどおりとし、威虜《いりょ》将軍の号を加える。孫観は偏《へん》将軍に昇格のうえ、青州刺史も兼ねてもらおう」

「ありがたき幸せ」四人は再び謝意を表した。

曹操は左手で孫観の手を、右手で臧覇の手を引いた。「ここは寒い。続きは幕舎のなかでしよう。家族には陣中で何日か我慢してもらい、鄴城に戻る際はわしが連れて行く。おぬしらは何も心配する必要はない」

そのとき、小高い丘の後ろから、ぼろをまとった男が突然現れた。許褚や孫観らはすぐさま押し寄せ、大きな手で男を組み伏せた。尹礼が髻《もとどり》をつかんで厳しい声で問いただす。「どこの刺客だ。白状せい」

男は顔じゅう垢《あか》まみれで、見たところまだ二十歳にも達していない。いきなり凶暴な大男たちに取り押さえられ、全身の骨がぎしぎしときしんだ。卒倒せんばかりに驚き、ただ悲鳴を上げるだけで何もしゃべれない。

「手を離してやれ」曹操は落ち着いて命じた。「刺客ではなさそうだ」

許褚らが手を緩めると、若者は地べたに這いつくばり、ぶるぶると震えながら懇願した。「わたしは氷を叩き割っていましたが逃げ出してしまいました……曹公、命だけはお助けください」若者は兵士に捕まらず逃げおおせたが、観念したのか、こっそり自首しに戻って来たのである。みな話に夢中で気づかなかったが、運河のほとりではすでに十数人が縛られていた。逃亡して捕まり、斬首を待つ者たちである。

「わしの前まで来て命乞いするとは、あやつらより利口なようだ」曹操は不敵な笑みを浮かべた。「だが残念だったな。わが軍令は絶対である。すでに斬首を命じたからには、救ってやることはできぬ」

若者は鶏が米をついばむように叩頭した。「どうか憐れんでお助けください。喜んで氷を叩き割らせていただきます。もう二度とこんな真似はいたしません」

「こうなるとわかっていただろう。もう遅い」曹操は突き放した。

若者は泣きじゃくり、にじり寄って曹操の足にすがりついた。寒さと恐れで震えながらずっと泣き続けた。この酷寒のなかでこき使われて手足の指はひどい凍傷を負っている。かといって、逃げて捕まれば即刻斬首である。どう転んでも死を逃れるすべはない。

田疇はとうとう我慢ならずに訴えた。「明公、そのような振る舞いはおよしくだされ。『天下に三検《さんけん》あり「天下には三つの見極めがある」』という言葉をご存じないのですか。『衆人《しゅうじん》は家を用《もっ》て検《けみ》し、賢人は国を用て検し、聖人は天下を用て検す「凡人に対してはその家を見て人物を検分し、賢人に対してはその国を見て人物を検分し、聖人に対してはその天下を見て人物を検分する」』です。明公が民を顧みずに政《まつりごと》をすれば、どうして民が明公を押し戴きましょう。こうしたやり方は桀《けつ》や紂《ちゅう》、あるいは苛政《かせい》を敷いた秦《しん》と選ぶところがありません」

普請の完成を焦る曹操はそれを聞いてうんざりしたが、それでも怒りを抑えて答えた。「普請を終えねば兵は動かせず、こやつを斬首せねば威厳は保てず……わしも心苦しいのです」

田疇はなおも食い下がった。「『君子の善を為すや、特《た》だに己に適《かな》い自ら便なるを以てするのみに非ず［君子が善事を行うにあたっては、自分の都合を優先させてはいけない］』。古の智者は、策を講じるに天下にとっての利害を知悉し、臨機応変さを持ち合わせていたものです。明公はなにゆえつまらぬことに目くじらを立てるのですか。この者はすでに自首しています。まさかこんな小さな過ちすら赦せぬと？　明公には義理も人情もないのですか。このままでは天下の人心を失いますぞ。とくとお考えください」

烏丸を討つまではこの男が必要だ――曹操は胸に湧き起こる激しい怒りをひた隠し、勢いよく袖を払うと、足元にすがる若者を足蹴にして憎々しげに言った。「お前を釈放することは軍令を自ら破るに同じ。だが、殺すには忍びないという者もいる。とく立ち去れ！　できるだけ遠くへ行って身を隠すがいい。逃げた者の捜索は続けるゆえ、捕まらなければそれまでだ。しかし、捕まったときは軍令に照らしてその首を斬る！」

田疇がまだ何か言おうとすると、曹操は手を挙げてこれを遮った。「もうよいでしょう。わしは田先生の顔を立てたのに、まだ暴君だと仰るのですか。先生に求めているのは烏丸を討つための方策です。いかにして兵を用いるか、良案をお考えください」そう言うと、今度は運河のほとりに向けて手を高く挙げた。それを合図に、兵士たちが一斉に大刀を振り下ろす。十数人の逃亡した民は首を斬り落とされ、鮮血が雪を赤く染めた。

役夫らはみな静まり返った。もはやこの悲惨な運命を甘受するしかない。逃げようとしていた者もとうとう観念した。胸を痛める田疇を横目に、曹操は冷たい笑みを浮かべた。「『天下の人は流水の如し、之を障《ふさ》げば則ち止まり、之を啓《ひら》けば則ち行く［人々の心は水の流れと同じで、堰き止めれば止まり、水門を開けば流れる］』。生殺与奪の権はわが手中にあり、わしに従うほかないのだ。雪が解ければ明日にでも鄴城へ戻る。民草どものためにこれ以上時間を無駄にできぬ」そう言い捨てるや、諸将を率いて幕舎へと引き返していった。

運よく一命をとりとめた若者はひとしきり泣くと、ぼんやりと力なく身を起こした。曹操に逃げるよう言われても、どこへ逃げろというのか。郷に帰れば捕まるのは間違いない。だが、それ以外に行く当てもない。それどころか、この酷寒に綿入れもなしでは、道中で凍死する恐れさえある。天下広しといえども、この乱世、一介の民に安住の地などないのだ。

田疇は憐れに思って声をかけた。「若いの、おぬしは……」

「ふんっ」若者の涙に濡れた目には憎しみがこもっていた。「親切ぶるのはやめてくれ。あんたら役人は同じ穴の狢《むじな》だ。戦になったら殺されるし、戦でなくてもどうせ殺されるんだ。ああ天よ、民には生きることさえ許してくれないのですか！」若者は手を広げて叫び声を上げたかと思うとやにわに駆け出し、やがて茫漠たる雪原のなかに消えていった。

田疇は呆然と立ち尽くした。ここの気候にはとうに慣れていたはずだが、いまは頭のてっぺんから足のつま先まで異様に冷たかった。

(1)「東胡」とは、北方の匈奴より東にいる少数民族を広く指す言葉という説と、古アルタイ語における「ツングース」の中国語表記という説があり、現在も定説はない。なお、前漢の時代にはほぼ匈奴に併呑《へいどん》されていた。

(2)高句麗とは朝鮮民族の祖先で、現在の漢江《ハンガン》付近を根拠地とした。当時、朝鮮半島には北に高句麗、南に辰韓《しんかん》、馬韓《ばかん》、弁韓《べんかん》の三つの部族がいた。公孫度、公孫康父子の勢力範囲は、遼東半島、朝鮮半島北部、中部を含み、三韓を侵略したこともあった。配下の将の柳毅《りゅうき》は海を渡って膠東《こうとう》半島を奪おうとしたが、曹操に敗れた。

衆議を排す

また新たな一年が幕を開けた。大地に万物が芽吹く春の到来である。二度ほどの小雨を経て空は洗われたように青く、草木は潤いを得て蕾をほころばせている。百獣も目を覚まし、狩りにふさわしい時期である。鄴《ぎょう》城の北十里［約四キロメートル］には、狩りにおあつらえ向きの鬱蒼とした山林がある。草木の生い茂るなか鳥獣が群れをなし、普段であれば狩りを楽しむ者たちが押し寄せる。しかし、この日は少し様子が違った。三百あまりの兵士が山林を厳重に守り、広大な狩り場で刈りに興じるのはわずか十人ほどである。みな曹家の子弟たちであった。

曹丕《そうひ》、曹彰《そうしょう》、曹植《そうしょく》、曹真《そうしん》、曹休《そうきゅう》、夏侯尚《かこうしょう》らが揃《そろ》って軍装に身を包み、弓矢を手に狩りを楽しんでいた。

傍らの阮瑀《げんう》、劉楨《りゅうてい》、徐幹《じょかん》、応瑒《おうとう》らは談笑してご機嫌を取っている。阮瑀らは曹操配下の記室《きしつ》［文書を起草する秘書官］でも若いほうで、文書を練る以外これといった役目がなく、しょっちゅう曹家の子弟の遊びに付き合っていた。

「兄さんはどれほど仕留めたんだい？」曹彰は曹丕より年少であるが武人の威風を漂わせ、平素から勝ち気で勇ましい。体格も立派で、背の低い父親とは似ても似つかない。

曹丕は弓を肩にかけ、手綱を引きながら答えた。「たった十四匹さ」

「はっはっは、一匹多いわたしの勝ちだ」曹彰は得意満面である。「子建《しけん》はどうだ？」

曹植は武術の面では兄らに劣るが、それをもって有能だとは考えておらず、ただ笑顔で答えた。「七匹だけだよ。いまを時めく兄さんには敵わないさ」曹彰は孫権《そんけん》の従兄《いとこ》である孫賁《そんふん》の娘と縁組みをし、数日前に正式に婚礼を挙げていた。曹植はそれをからかったのである。

曹彰はますます自惚《うぬぼ》れて曹真らにも尋ねた。「おぬしらはどうだ？」

曹真、曹休、夏侯尚も騎射に優れているが、あえて曹丕や曹彰には張り合わず謙遜した。「弓馬の術では子文《しぶん》に太刀打ちできんさ」

「はっはっは。騎射や武芸ではわたしが兄弟で随一だな」曹彰は呵々《かか》大笑した。「誰か轡《くつわ》取りにしてやるぞ」

長兄の曹丕は曹彰の傲慢さに眉をひそめた。「たった一匹多かったくらいで有頂天になるな。腕に覚えがあるならもう一度勝負だ」

「やってやるとも」勝負事の好きな曹彰が待っていましたとばかりに返事をすると、ちょうど頭上で鳴き声が聞こえた。群れからはぐれて飛ぶ雁が見える。曹彰は大喜びで空を指さした。「あいつで勝負だ。どちらが先に……あっ、卑怯だぞ」

曹丕は弟が言い終わらないうちに矢をつがえ、雁にめがけて放った。しかし、雁を射落とすどころか羽にかすりもしなかった。

曹彰は腹立たしくもおかしかった。「人を出し抜こうとするからだ。二人で同時に射ればわたしのほうが……」

「先手必勝だ！」曹丕は曹彰の言葉に耳を貸さず、雁を追いかけようと馬を急《せ》き立てた。

「兄貴はまた出し抜こうとするのか。待て！」曹彰も馬に鞭を当てて追いかけた。曹植、阮瑀らは二人の真剣な様子を見てどっと笑い声を上げた。

曹彰は瞬く間に曹丕に追いつき、並走して雁を追った。林の樹木は幹や枝が曲がりくねり、藤の蔓《つる》も体にからみついてくる。弓を構えることもままならず、そのまま一直線に林を抜けた。兄より前に出た曹彰が振り返ると、曹丕は羽織り物が枝に引っかかってじたばたしている。曹彰は笑いながら叫んだ。「この勝負もらった！」曹彰が矢をつがえていまにも射ようとしたそのとき、突然東側から矢が飛び出し、雁は一つ鳴き声を上げてゆっくりと落ちて来た。

曹彰と曹丕は唖然《あぜん》として周囲を見回したが、警護の兵のほかには誰も見当たらない。護衛兵が自分たちの獲物を射るとは考えられない。しばし怪訝《けげん》に思っていると、東のほうから近づく者があった。馬上の男は齢《よわい》二十歳過ぎ、中肉中背で顔は浅黒く、左手に弓、右手に手綱を持ち、将校のように見える。だが、漢の軍装を身に着けてはいるものの長い髪をたらし、馬には鞍も乗せていない。曹彰は驚きを隠せなかった。弦を弾く音がしてから雁に命中するまでかなりの間があった。ゆうに百五十歩の距離はあったであろう。まれに見る弓矢の腕の持ち主ではないか。

さらに男は自分たちを知ってか知らぬか、あるいは眼中に人なきがごとき傲慢さのためか、さっと腕を伸ばして大きな雁を拾い上げると、曹家の者たちには目もくれず馬首を回《めぐ》らせて立ち去った。警護の兵の頭《かしら》は曹丕の腹心、朱鑠《しゅしゃく》である。目の前の光景を見るや、虎の威を借《か》る狐よろしく啖呵《たんか》を切った。「ちぇっ、若君を蔑《ないがし》ろにしおって。引っ捕まえて二百ほど鞭を食らわしてやりますよ」

「お前には無理だ」曹丕は冷たく言い放った。「大人《たいじん》は小人《しょうじん》の過ちを気にかけぬというからな、いちいち腹など立てぬ」

そうこう話しているあいだにも、大きな馬が百頭あまり、東のほうから駆けてきた。馬だけで人の姿はない。言うまでもなく馬は貴重な存在で、それは曹操軍においても同じである。朱鑠は目を輝かせた。「何頭か捕まえて、若君に差し上げます」

しかし、朱鑠の出番はなかった。先ほどの男がさっと指をくわえて鋭く指笛を吹くと、馬は一斉に嘶《いなな》き、男の馬について駆け去った。曹家の者が跨がる馬もつられてしきりに駆けだそうとしたほどである。曹彰はますます訝《いぶか》った。「なんと、あの男が引き連れていた馬だったのか。世の中にはあのように馬を意のままに動かす者もいるのだな」

曹植、阮瑀らがそばに寄って来たところで、夏侯尚が口を開いた。「本日、わが君はお屋敷で軍議を開くそうです。各軍の将が残らず参加するとのこと。おそらくはあの男も命《めい》を受けて馬を届けに参ったのでしょう」

このひと言に四人の記室ははっとした。なかでも徐幹は青州平定後に辟召《へきしょう》されたばかりで、年功が浅く小心翼々としている。「狩りに出てもう半日、若君らも早く戻りましょう。兵も勝手に連れて来たので、わが君のお耳に入れば何かと不都合では」警護は曹家の兵ではなく、朱鑠が媚《こ》びを売るために自軍から連れて来ていた。

朱鑠は曹丕との関係を恃《たの》みに、仮司馬《かしば》(1)に昇進し、だいぶ気が大きくなっている。「この本の虫め。若君がいらっしゃるのに何を恐れることがある」

曹丕も賛同した。「そうだ。まだ弟との勝負がついておらん。もう一度やり直しだ」どうせ兄弟三人が揃っているのだから、過ちを犯そうとも全員の罪である。いちいち気に病むほどのことではない。

曹彰もまた張り切り出した。「よし。今度こそはっきり決着をつけてやる」

二人は再び林に分け入り、雉《きじ》や野兎を見つけると次々に射かけた。しかし、狩りを続けるほどに曹彰との差が開いていく。曹丕はついに弓を放り投げた。「くそ、負けを認めざるをえんか」曹彰はまだ飽き足りなかったが、周りの者が口々に帰城を促すのでようやく狩りをやめた。朱鑠と別れ、一行が談笑しながらしばらく進むと鄴城の北門に着いた。すると、城内からゆったりとした服装の官が、馬に跨がって駆けてくるのが見える。夏侯尚が目ざとく見つけて声をかけた。「劉長史《りゅうちょうし》、いったいどちらまで?」

「これは若君方、ご機嫌うるわしゅう」劉岱《りゅうたい》は手綱を引いて拱手《きょうしゅ》した。何やらずいぶんうれしそうである。「わが君が命を下されたので、わたくしは軍営まで知らせに行くところです」

ふざけるのが好きな劉楨は、近寄って劉岱の髭をつまんだ。「何かいいことでもありましたか?

楽しくてじっとしていられない、そんな様子ですよ」

劉岱は相好《そうごう》を崩した。「この数年、苦労を厭わずわが君のそばにお仕えしてきた。その甲斐あってか、兵を率いさせてもらえることになったのだ。今後、戦《いくさ》で功を立てれば、亭侯《ていこう》になれるかもしれぬ」

劉禎は意外に感じて尋ねた。「何年か前、わが君は王必《おうひつ》に許都《きょと》で兵を統《す》べるよう命じられました。こたび貴殿を将軍に任ずれば主簿《しゅぼ》も長史も空席になる。いったい誰が引き継ぐのです？」

「わが君は何も仰らなかったし、わたしも聞けずじまいだ……おそらく何かお考えがあるのだろう」

曹植は劉岱の手元をじっと見つめていた。「その軍令状をわたしに見せてくれないか」

「承知しました」劉岱は曹丕兄弟の手を煩わさずに済むよう、自ら軍令状を捧げ持って見せた。

吾 義兵を起こし暴乱を誅し、今に於《お》いて十九年、征する所必ず克つは、豈《あ》に吾が功ならんや。乃ち賢士大夫の力なり。天下 未だ悉《ことごと》くは定まらずと雖《いえど》も、吾 当《まさ》に要《かなら》ず賢士大夫と共に之を定むべし。而るに其の労を饗《う》くることを専らにせば、吾 何を以てか焉《これ》を安んぜん。其れ促《すみや》かに功を定め封を行わん。昔 趙奢《ちょうしゃ》、竇嬰《とうえい》の将と為《な》るや、賜《し》千金を受くるも一朝にして之を散ず。故に能《よ》く大功を済成《せいせい》し、永世に流声す。吾 其の文を読み、未だ嘗《かつ》て其の人と為《な》りを慕わずんばあらざるなり。諸将 士大夫と共に戎事《じゅうじ》に従い、幸いに賢人 其の謀を愛《お》しまず、群士 其の力を遺《のこ》さざるに頼り、是《ここ》を以て険を夷《たい》らげ乱を平《たい》らげて、吾 大賞を窃《ぬす》むを得て、戸邑《こゆう》三万なり。竇嬰の散金《さんきん》の義を追思《ついし》し、今 受くる所の租を分かち諸将 掾属《えんぞく》及び故《もと》の陳《ちん》、蔡《さい》に戍《まも》る者に与え、以て衆の労に酬答《しゅうとう》し、大恵《たいけい》を擅《ほしいまま》にせざることを庶《こいねが》うなり。宜しく死事《しじ》の孤を差《わ》かち、租穀《そこく》を以て之に及ばしむべし。若《も》し年《みのり》殷《ゆたか》にして用足り、租《そ》奉《ほう》畢《ことごと》く入らば、将《まさ》に大いに衆人に与え悉《ことごと》く共に之を饗《う》けん。

［わたしが義兵を挙げて暴乱を討伐してから、いまに至るまで十九年、戦で必ず勝利を収めたのは、わが功績であろうか。これこそ賢明なる士大夫の力である。天下はまだ平定し切れていないが、わたしは必ず賢明なる士大夫とともにこれを平定するであろう。しかし、わたしがその功労の恩賞を独占してしまっては、どうして彼らの気持ちを落ち着かせることができようか。速《すみ》やかに功績の大小を明らかにして封爵《ほうしゃく》を行おうと思う。その昔、趙奢（戦国時代の趙の将軍）、竇嬰（前漢の外戚）は将軍になると、千金を賜っても一朝にしてこれをみなに分け与え、そのため大功を成し遂げることができ、末永く名声を残したのである。わたしは二人について記された文を読み、その人となりを慕わずにはいられなかった。諸将、士大夫とともに戦に加わると、賢士が積極的に献策し、諸将がその力を尽くしてくれたおかげで、危難を切り抜け乱を平定できた。わたしは大きな恩賞を掠《かす》め取り、その封邑《ほうゆう》は三万戸に至る。竇嬰が金を分け与えた義挙を思い起こし、いま頂戴している租税を分け、諸将、掾属、および陳、蔡での危難に際して孔子を守った者のように、古くからわたしにつき従ってきた者に与える。そうしてみなの労苦に報い、大きな恩沢《おんたく》を独り占めしないよう誓おう。陣没者の孤児には等級をつけ、租米《そまい》を与えよ。もし作物が豊かに実って必要に足り、租税がきちんと入るならば、大いに民に与えてともに享受しよう］

曹丕は読み終えると微笑んだ。「父上は諸将に情けをかけて財や珍宝を分け与えるようだ。なんと気前のよいことよ」曹操の爵位は武平《ぶへい》侯だが、封邑は武平県［河南省東部］にとどまらず、陽夏《ようか》、柘《しゃ》、苦《く》の三県［いずれも河南省東部］にも及んでいる。しかし、曹家の暮らしはつましい。金銀玉器はもちろんのこと、彫りや飾りを施した家具もなく、その暮らしぶりは曹洪《そうこう》や劉勲《りゅうくん》、許攸《きょゆう》らに及ばない。

曹彰は賞賛した。「父上は財を自らのためには使わず、諸将に褒美として与えるのか。かの孟嘗君《もうしょうくん》［戦国時代の斉《せい》の公族］に並ぶ徳、いや、孟嘗君さえも及ぶところではない」

だが、曹植はかぶりを振った。「これはそんな単純な話ではありません。烏丸《うがん》の遠征には異論も多い。この機に恩を売って人心を収攬《しゅうらん》するおつもりでしょう」

劉岱は横目で曹植をちらと見た——ご三男は察しがいい。たったいまも烏丸親征について激しい議論が交わされ、それはそれは大騒ぎだったのです……

徐幹は動揺した。「やはり早く帰りましょう、わたしたちも仕事がございますし……今日は非番ですが、そんな重要な軍議に欠席したら、若君方はお咎めなしでも、われらはただでは済みません」阮瑀、応瑒も次々にうなずいた。

「いいだろう。では、出世する劉長史には日を改めて宴に招いてもらおうか」曹丕はそう軽口を叩くと、供の者を引き連れて馬で城内に入った。街を抜けて州牧《しゅうぼく》の屋敷に着くと、馬をつないで急いで広間に向かった。二の門を過ぎたところで、今度は文書の束を抱える辛毗《しんぴ》に出くわし、曹丕が急いで尋ねた。「辛佐治《しんさじ》殿、父上はわれらのことを何か言っておりましたか」

辛毗はかつて袁《えん》氏に背いて曹操に降ったため、数十人に上る一族を審配《しんぱい》に殺されている。曹丕は何かと配慮してきたので二人の関係は良好だった。辛毗は曹丕の耳元でささやいた。「お怒りです。お気をつけくだされ」

このときに至って曹丕は怖じ気づいた。衣冠をきちんと整えてから兄弟を連れて庭に進み、頭《こうべ》を垂れて広間に入ろうとした。顔を上げる勇気はなかったが、東側の荀攸《じゅんゆう》、荀衍《じゅんえん》、許攸ら幕僚と、西側の張遼《ちょうりょう》、于禁《うきん》、中軍の史渙《しかん》、韓浩《かんこう》といった武将が、曹操に何ごとか訴えている。曹丕は間が悪いときに来たと思い、どさくさに紛れて人だかりのなかに入り込もうとした。しかし、入り口の敷居を跨ぐや否や、曹操の厳しい叱責を浴びた。「役立たずの三兄弟め、表で跪《ひざまず》いておれ」

近ごろ勢力が拡大するにつれ、曹操の癇癪《かんしゃく》はひどさを増している。曹丕らは申し開きもできず、そそくさと廊下に出ると背筋を伸ばして跪いた。一緒にいた曹真や曹休らは戸惑った――実の子を罰するのはともかく、自分たちまで罰を受けるのか？――かといって、どうすればいいか尋ねるわけにもいかず、仕方なしに揃って跪いた。劉楨、徐幹らは機転を利かせ、うまく左右の群臣をかきわけて紛れ込み難を逃れた。

曹操が曹丕らに八つ当たりしたのも無理のないことであった。このとき、烏丸遠征の一件でみなが曹操に諫言していたのである。事実、烏丸への遠征は曹操が考えていたほど容易ではなかった。事前に多くの下準備を重ねてきたとはいえ、いざとなるとほとんどの者が遠征を望まなかった。中原での戦なら功名のため、あるいは妻子のために命を懸けて戦えるが、はるか遠い土地まで行って胡人と命のやり取りをしたい者などいない。于禁や張遼といった戦好きの者ですらあれこれ口実を並べており、当初から気乗りしていないのは明らかであった。そこで曹操は軍令状をしたため、諸将にいつも以上の褒美を取らせることを約束した。これでうまくいくかと思いきや、肝心の案内役である田疇《でんちゅう》が官職を捨てて立ち去ったとの知らせが邢顒《けいぎょう》よりもたらされた。戦がはじまる前に指南役を失ったのである。もとから遠征に反対していた荀攸、荀衍、崔琰《さいえん》らは勢いを得て諫言し、いままさに曹操は翻意を迫られていた。

崔琰は文官であるが、朗々とよく響く声で聞く者の鼓膜を震わせる。「わが君は軍を動かして遠く辺境に出征しようとされていますが、もし変事が起きたらいかがなさるおつもりか。中原に重きを置き、軽挙妄動は厳に慎まれますよう」その言葉は遠慮なく、曹操の顔色を窺うこともない。

曹操は怒りを抑えて反駁した。「兵糧を運ぶための運河もついに完成した。いまさら断念などできぬ」

許攸も全力で反対した。「なぜそんなにこだわるのです。しばし休みを取り、日を改めて出征しても遅くないでしょう。全軍の将兵はみな長年の戦で疲れ果てています」

曹操は焦っていた。「いまひととき休むより、天下を鎮めて太平の世を作るほうが先決だ」

ついで荀衍が説得した。「袁尚《えんしょう》はただの逃亡者に過ぎません。貪婪《どんらん》な烏丸は親愛の情もなく、袁尚のために動くでしょうか。中原を留守にして遠征している間に、もし劉表《りゅうひょう》が劉備《りゅうび》に許都を襲わせたらどうなされます。烏丸との戦で大軍は動けず、許都を落とされてからでは後悔しても取り返しがつきません」荀攸も大きくうなずいた。

正鵠を射た指摘を受け、さすがに曹操も答えに窮した。だがそのとき、病を押して傍らに控える郭嘉が助け船を出した。「休若《きゅうじゃく》殿、心配には及びません。わが君の威光は天下に行き渡っていますが、胡人は遠く隔たっているのをよいことに決して備えはしておらぬでしょう。その虚を衝《つ》いて奇襲すれば、必ずや一挙にして打ち破れます。袁紹《えんしょう》は烏丸に恩を施してきました。袁尚、袁熙《えんき》ら残党もそのおかげで生きながらえています。いま、わが君の威光が及ぶ四州の民を見捨てて南に向かえば、袁尚らは必ず烏丸の助けを借りて残党どもをかき集めます。胡人が動けば、州民もほかの胡人も呼応しましょう。もし蹋頓《とうとん》が身の程知らずな考えを持てば、青州、冀《き》州を失うやもしれません。ごほっ、ごほっ」

郭嘉は一つ息をついて続けた。「荊《けい》州の劉表は腰を下ろして食客相手に語るだけの人物、劉備を御すだけの才がないことを自覚しています。劉備を重用すれば抑えきれないでしょうし、軽い役目しか与えなければ劉備は力を存分に振るえません。中原を留守にして遠征しても何ら心配ないのです」

「奉孝《ほうこう》の申すとおりだ」曹操はわが意を得たりという思いだった。「賊を除く、その務めを果たすのみ。こんなに簡単な理屈がわからぬと申すか」

周りの者がさらに反駁しようとしたところへ、劉岱が戻ってきた。「わが君、軍令はすでに発布しました。なお、護烏丸校尉《ごうがんこうい》の閻柔《えんじゅう》殿が幽《ゆう》州の軍馬を引き連れて到着されましたのでお連れしております」

「入ってもらえ。長らく辺境にいる閻柔の意見を聞こうではないか。いましがた奉孝が申すには

……」曹操は再び議論をはじめた。

ほどなくして、妙な身なりをした若い将が庭に入ってきた。廊下に跪く曹丕らが顔を上げると、なんと先ほど雁を射落とした男である。

閻柔も啞然とした。せっかちな曹彰は口から出まかせにものを言う。「お前のせいだからな。もしお前が獲物を横取りしなければ、われらは狩りを終えてすぐに帰り、父上に跪かされることもなかった。何もかもお前が悪いんだ」

「父上ですと⁉」閻柔は相手が曹家の若君だったと知るや、驚きのあまり拝礼も忘れて突っ立って

いたが、機嫌を損ねるわけにはいかない。「なんとこちらの若君であられたか。先ほどはとんだご無礼を」そう謝ると、傲慢さはにわかに影を潜め、自らの頬を二度張った。

曹彰は笑った。「ちゃっかりしたやつだな。そんな芝居は要らぬから、われらのために何か手を考えてくれ」

「ははっ。では、いましばらくのご辛抱を」閻柔は羽織り物をまくり上げ、広間に上がった。

曹操は、閻柔が庭で何やらひそひそと話す姿を目にしていたが、その内容までは聞こえない。閻柔が広間に入ってくると、軍議を中断して笑顔を浮かべた。「そちがわしに贈ってくれたのはどのような馬か」

閻柔も満面の笑みで答えた。「よく肥えた良馬を三百頭、いずれも鮮卑《せんぴ》が育てたもので、すでに卞《べん》司馬《しば》に引き渡しております」

「それは大儀であったな。褒美は……」

曹操がそう続けようとしたところで、閻柔が跪いた。「明公《めいこう》、褒美をいただけるのでしたら、若君らをお許し願えませんか」

「面識があるのか」

「こちらに来る際、城の東を通りましたところ、偶然若君らにお会いして一緒に雁を射たのです」

「ほう、そんなことがあったのか」曹操は外に向かって叫んだ。「そこの出来損ないども、入って来い」

曹丕兄弟は血の気の引いた顔で広間に入るなり謝罪した。「申し訳ございませんでした」

「ちょうど紹介しようと思っていたところだ。護烏丸校尉の閻柔、名声赫々《かっかく》たる若き英雄だ。もし閻柔の取りなしがなかったら、日暮れまで跪くところだったぞ。ほっつき歩いていないで、少しは閻柔を見習ったらどうだ」

閻柔をたかだか二十歳過ぎの若者と侮ることはできない。閻柔はこの乱世で数奇な運命をたどってきた。出身は幽州だが、幼くして両親を亡くしてからは各地をさまよい、鮮卑人に囚われて北方の辺地で奴僕にされた。しかし、閻柔は聡明で人情の機微にも通じていたため、胡人の言葉を身につけて騎射の腕を上げてからは、鮮卑や烏丸の首領たちと親しく付き合うようになった。天下が乱れると、鮮卑を使って護烏丸校尉の邢挙《けいきょ》を殺害し、その地位を奪った。その後は胡人と漢人の混成部隊を率い、鮮卑を助けて漢人を襲ったかと思えば、袁紹を助けて公孫瓚《こうそんさん》を討ち、のちには曹操に降って袁尚に矛を向けた。この十年というもの、仕える相手をころころと変え、情勢を見ながらうまく立ち回ってきたのである。曹操は閻柔の将としての才を高く買っていたので、過去のことは気にせず、そのまま護烏丸校尉の職につけていた。

曹丕らは口々に礼を述べたが、曹彰は軽口を叩いた。「たいしたやつだ。また見事な矢を放ったというところだな」

すかさず崔琰が口を挟んだ。「『法言《ほうげん》』に、『身を修めて以て弓と為し、思いを矯《た》めて以て矢と為し、義を立てて以て的《まと》と為す。奠《さだ》めて後に発すれば、発して必ず中《あた》る［行いを正すことを弓とし、考えを正すことを矢とし、道義を立てることを的とする。姿勢を定めたのちに放てば必ず命中する］』とあります。若君方が身を修めて仁愛や孝を大事にするなら、将来きっと実を結びましょう」

それを聞いてみな一様に驚いた。曹操の息子たちの将来は、一介の臣下が口を出すような問題ではない。しかし、正義感に溢《あふ》れる崔琰は口を閉じていられなかった。

曹操は意外にも崔琰の発言を咎めなかった。「崔長史の申すとおりだ。お前たちは人や世間との交わり方をよく学べ」

人あしらいが上手い閻柔はすぐにその場を丸く収めた。「若君方は実に勇ましい。先ほどこの目で見ましたが、矢を放てば百発百中、その腕前はわたしともいい勝負とお見受けしました。わが君と若君、いずれも当世の傑物でいらっしゃる」

「そうです、そうです。父子揃って真に勇ましい」多くの者がおべっかを使って話を合わせたが、内心では閻柔のことをあざけっていた――口の上手いやつめ。媚びを売るのも堂に入ったものだ。その若さで校尉の地位をせしめたのはそういうわけか――

曹操は阿諛追従《あゆついしょう》だとわかっていたが、息子を褒められて悪い気はしない。「おぬしと肩を並べるほどとは、愚息への褒め言葉はもう十分だ。わしにもおぬしのような息子がおればよかったのだがな」

これはむろんお愛想に過ぎなかったが、閻柔はここぞとばかりにごまをすった。「わたしを息子のように思ってくださるなら、わたしも明公を父として仰ぎましょう。これからは実の父のごとくにお仕えいたします。わたしが辺境の守りについてさえいれば何の心配もございません」閻柔はおもねっているように見えて実に賢い。長年、曹操とは遠く隔たっていた外様だからこそ、うまく取り入ってわが身の安泰を図らねばならない。

群臣たちは閻柔の露骨なへつらいぶりに眉をひそめたが、曹操の耳には心地よく響いた。「おぬしは息子らと歳が近い。たしかに息子であってもおかしくないな。そこで一つ尋ねたい。わしは烏丸に出征しようと考えておるが、おぬしはどう思う？」

荀衍らは肩を落とした。これほど狡猾な者が反対するはずはない。

果たして閻柔は大いに褒め称えた。「ご英断でしょう。護烏丸校尉たるわたしも烏丸には長らく苦しめられ、かねてより討伐したいと願っていました。しかし、兵馬は足らず、朝廷のご指示もなく……」非公式の校尉に朝廷からの指示などあるはずがない。これも曹操に迎合するための芝居に過ぎないが、話しながらかぶりを振ったり嘆息したりで、なかなかの名演技である。「……明公はご存じないかもしれませんが、遼西《りょうせい》一帯は馬の産地です。烏丸の者は馬を飼い慣らすことに長けており、烏丸を支配下に置けば、中原の兵のために馬を養わせることができます。そうすれば、遠からずわが軍の鉄騎兵が天下を縦横無尽に駆けめぐることでしょう」

ひと言ひと言が曹操の心に刺さっただけでなく、これで征討の理由がまた一つ増えた。曹操は喜びを抑えきれず、群臣に問うた。「みなの者、聞いたか。これが護烏丸校尉の意見だ」

しかし、参軍《さんぐん》の仲長統《ちゅうちょうとう》はそれでもなお諫《いさ》めようとした。「わが君、目先の利に飛びついて……」

曹操の我慢も限界だった。「おぬしは一介の文人、軍務のことなどわからんのに、勝手な言動は許さぬ」仲長統は言葉を飲み込むと、顔じゅうを真っ赤にした。曹操が仲長統を叱責したのは用兵を阻もうとしたことだけが原因ではない。何より荀彧《じゅんいく》の推挙した人物だったからである。

当初、出征に賛同したのは郭嘉一人であったが、ここに来て閻柔が現れた。これまでずっと黙っていた婁圭《ろうけい》も、曹操の頑なな態度を見てため息交じりに口を開いた。「わかった、おぬしに従って遼西へ行こう」

「よし。やはり昔なじみだ、わかってくれたか」曹操は婁圭の同意を得ると、ついで許攸に目を向けた。しかし、許攸は何も言わずに顔を背けた——千里も彼方の未開の地で苦しい目に遭うなど願い下げだ——

曹操は大いに不満であったが、許攸とはもう長い付き合いである。面と向かって叱責するのも気が引けたので、代わりに邢顒に尋ねた。「田先生はすでに去ってしまったが、邢殿一人でも案内できるか」

邢顒は快諾した。「行く先々の山河や道は、すべてこの頭に入っています。間違えようがありません」

史渙はやはり賛同しかねて再び諫言に及ぼうとしたが、韓浩が袖を引っ張って止めた。「わが軍の勢いはいまや天下に鳴り響き、連戦連勝、向かうところ敵なしだ。いま天下の禍《わざわい》の種を除いておかねば後顧の憂いとなる。わが君の類い稀なる武勇をもってすれば万に一つも失策はあるまい。それを、われら中軍の将校が妨げてどうする?」

さほど大きな声でもなかったが、それを聞いた曹操は満足げに呼びかけた。「韓浩、史渙」

「はっ」二人の将校は慌てて前に進み出た。

「おぬしらは中軍を率いて功も多い。地位を一等昇格させ、韓浩を中護軍《ちゅうごぐん》、史渙を中領軍《ちゅうりょうぐん》(2)とする。部下として長史、司馬を置き、わしに代わって中軍の軍務を任せよう。こたびの遠征で勝ちを収めたら、おぬしらを亭侯とするよう上奏するぞ」いずれも堂々たる地位である。これまで中軍の兵は曹操が自ら指揮を執ってきたが、その全権を韓浩、史渙の二人に託し、さらに属官の任命も許すという。曹操の信頼は言わずもがな、二人にとってはこのうえない栄誉である。

　遠征を支持すれば昇進できる。これでなお反対する者がいるだろうか。于禁は真っ先に躍り出ると、先ほどまでとは打って変わった態度で申し出た。「それほどまでのご決心とあらば、このわたしが先駆けを務めましょう」

　張遼も続いた。「わたしとて水火《すいか》も辞さぬ覚悟です」さらには楽進《がくしん》、朱霊《しゅれい》、徐晃《じょこう》、李典《りてん》、程昱《ていいく》らが出征の命を請うた。

「よし、よし」曹操はうなずきながら筆を執って何か書きはじめた。その最中も諸将が次々に名乗りを上げている。曹操は書き付けを記室の陳琳《ちんりん》に渡した。「わしに替わって読み上げよ」

「かしこまりました」陳琳は上奏文を受け取ると、朗々と読み上げた。


　武力既に弘《ひろ》く、計略周備《しゅうび》し、質忠《しっちゅう》性一《せいいつ》にして、節義を守り執る。戦攻《せんこう》に臨む毎《ごと》に、常に督率《とくそつ》を為し、強きを奮い固きを突き、堅《けん》として陥れざる無く、自ら枹鼓《ふこ》を援《と》り、手の倦《う》めるを知らず。又遣わして別に征《う》たしむれば、師旅《しりょ》を統御し、衆を撫《な》でるに和に則《のっと》り、令を奉じて犯す無く、敵に当たりて決を制し、遺失ある靡《な》し。功を論じ用を紀《しる》し、各《おのおの》宜しく顕寵《けんちょう》すべし。

「武勇に秀で、策略にも優れ、忠誠心に溢れて正直で、節義を全うしています。戦陣に臨めば、常に指揮を執り、力を振るって敵陣を破り、いくら堅固であっても陥落させ、手の痛みを忘れて自ら陣太鼓の枹《ばち》を打つほどです。また、別軍として征討に遣わせば、部隊を統率し、兵を大事にして和を尊びます。

軍令を遵守して違《たが》うことなく、敵に対陣して決断を下す場合も失敗はありません。戦功の程度を論じて明らかにし、それぞれ顕彰し恩寵を下すべきかと存じます」

これほどの高い評価は誰を指して言ったものか。諸将が思いめぐらしていると、曹操が身を起こして声を上げた。「于文則《ぶんそく》、楽文謙《ぶんけん》、張文遠《ぶんえん》」

「ははっ」三人の将軍は進み出て跪いた。

「おぬしら三人は百戦百勝の赫々たる戦功の持ち主である。ただいまをもって于禁を虎威《こい》将軍、楽進を折衝《せっしょう》将軍、張遼を盪寇《とうこう》将軍とし、諸将の上位につくものとする」官位の任命は本来なら朝廷に上奏する必要がある。しかし、このたびは形式的な文章を作ることすらせず、曹操の一存で決められた。

この三人の武人にすればそんなものは必要ない。もとより天子など眼中になく、あるのは曹操の姿だけなのだから。「自ら士卒の先頭に立ち、必ずやわが君のご期待に応えましょう」三人の功名争いは、これよりいよいよ激しさを増していくことになる。

昇進した者はさらに上を目指していく。その一方で、機会を逃した者は不満を募らせた。朱霊は以前から于禁と不仲であり、十分な戦功もあったので、切歯扼腕《せっしやくわん》して悔しがった。李典もすこぶる不愉快ではあったが、慎重を期して顔には出さず、ただ胸の内で思いをめぐらした——若くして兵を起こし、兗《えん》州の乱では一族を挙げて呂布《りょふ》を追い払ったというのに……この数年でも楽進とともに出陣して引けを取った覚えはない。官渡《かんと》［河南省中部］では兵糧を差し出し、博望坡《はくぼうは》［河南省南西部］では敵の包囲を突破し、黎陽《れいよう》［河南省北部］へは敵を蹴散らして兵糧を運んだ。なぜ楽進だけが昇進して、わたしには沙汰がないのだ？　まさか李家一族の功労が大きすぎたとでも……

いずれにせよ諸将が残らず曹操になびいたため、幕僚らに打つ手はなかった。曹操は荀衍をちらと見て申し渡した。「休若《きゅうじゃく》、河北《かほく》の軍務を統括するのも疲れただろう。気苦労も多く、思うままにならぬことも少なくなかったはず。少し休んではどうだ。今日にも留府参軍《りゅうふさんぐん》［曹操遠征中に都にとどまる幕僚］に任じるゆえ気を楽にするといい」

荀衍は愕然とした――なんと、わたしから兵権を取り上げるというのか。

荀攸がすぐさま諫言した。「休若は河北のことを取り仕切って二、三年、仕事を熟知しており将兵も心服しています。いま休若を外《はず》せば、わが君が出征されたあと、誰が河北の留守を司るのですか」

「わたしが引き受けよう」広間の外から声が響き渡った。みな一斉に振り返ると、一人の中年の武将が入って来た。背はそれほど高くなく、髭には白いものも交じっているが、何より左目を覆う黒い布が人目を引く。残る右目には刺すような眼光をたたえ、どこかおぞましささえ感じられた。建武将《けんぶ》軍の夏侯惇《かこうとん》である。

世の人々は夏侯惇のことを曹操の分身のような存在だと考えていた。その夏侯惇が河北の軍務を統べるという以上、不服を唱える者などいるはずもない。荀攸は驚き呆気にとられた。数日前の早馬の知らせでは、夏侯惇は并州《へい》にいたはずである。それがいまなぜ鄴城にいるのだ？　曹操に少しも驚いた様子は見えない。事前に策が練られ、曹操はすでに荀衍の兵権を取り上げるつもりでいたのだ。

荀衍と荀攸は黙って視線を交わした。二人とも同じことを感じていた。曹操の胸の奥底にある感情が静かに顔を出してきた。荀彧に向けられていたその矛先が、しだいに一族にまで及んできている。

荀氏一族の影響力を切り崩そうとしているのだ。

「元譲《げんじょう》、遠路はるばるご苦労であった」荀衍から難なく兵権を取り上げた曹操は笑みを浮かべた。してやったりと言わんばかりである。

夏侯惇も笑みを返した。「命を受けて馳せ参じるのに何の苦労があろう」そもそも夏侯惇には許都の留守を任せていた。だが、曹操は幷州の高幹《こうかん》を滅ぼすと、ついで青州に出兵するため、夏侯惇を幷州に遣わして、新任の刺史《しし》の梁習《りょうしゅう》とともに事後処理を任せた。それから数か月、今度は密かに夏侯惇を鄴城に呼んでいたのである。夏侯惇は文字どおり、曹操のために東奔西走していた。

「うむ。では、元譲を伏波《ふくは》将軍に任じ、封邑千八百戸を加増する。そして河南尹《かなんいん》も兼ね、科制に縛られず、便宜の権を有するものとする。わしが発ったあとは河北の一切の軍務を取り仕切るのだ。報告は重大な変事があったときだけでよい」夏侯惇は高安郷侯《こうあんきょう》として封邑は七百戸であったが、いまやにわかに二千五百戸を有するまでになった。曹操に次ぐ爵位である。許都を離れて鄴城にいながら河南尹を兼ねるということは、都の軍務も夏侯惇が管轄することを意味する。「科制に縛られず、便宜の権を有する」とは、いわゆる切り捨て御免であり、急を要する案件については手続きを踏む必要がない。やはり、曹操がもっとも信頼を寄せているのは夏侯惇なのである。荀彧との関係が冷え込む一方で、曹操はこれまで以上に夏侯惇を頼りにしようと考えていた。

夏侯惇は拱手した。「職は受けるが、爵位は辞退したい」

「爵位高からざれば則《すなわ》ち民敬わず、蓄禄《ちつろく》厚からざれば則ち民信じず。元譲に一層の威厳を添えるのは、あくまで事を順調に進めるためだ。辞退はならんぞ」

「そういうことなら拝受するとしよう」夏侯惇はそう言って拝謝した。

「わしと元譲のあいだで虚礼は無用だ」曹操は手を掲げて制すると、左右に侍る幕僚を見回した。「まだ何か申したいことはあるか」事ここに至っては異論を挟む余地などない。荀攸、仲長統、荀衍、崔琰はいずれも頭を垂れた。「みなに異存がないのなら、軍師《ぐんし》殿と奉孝はともに行軍するように。邢殿には道案内を任せ、閻柔には先発してもらう。一日休み、明日にも出立する」

建安《けんあん》十二年（西暦二〇七年）二月、異論反論の相次いだ遠征が、曹操の執念により決行された。八万の大軍は意気揚々と鄴城を出発、騎馬隊が先を行き、歩兵があとに従った。刀や槍はあたかも麦の穂のごとく、剣や戟《げき》は高く伸びた麻のように隙間なく並び、輜重《しちょう》を運ぶ車は数え切れない。異民族の住む土地は風土が異なるので、十分な幕舎《ばくしゃ》や兵器が用意された。数里［約二キロメートル］にも及ぶ威風堂々とした隊伍は、ゆるゆると進んでいった。砂塵舞う旧道をゆく苦難の道のりである。三月《みつき》経って、ようやく幽州治下の易《えき》県［河北省中部］に到着した。まだ行程の半分にも達していない。目指す柳城《りゅうじょう》［遼寧《りょうねい》省西部］ははるか彼方である。

道中、郭嘉が献策した。「兵は神速《しんそく》を貴《たっと》ぶとか。千里の道を進んで敵を攻めるに当たっては、多すぎる輜重は不利に働きます。敵はわれらの遅れを知って必ずや防備を固めるでしょう。輜重はここにとどめて軽装の兵で倍の道のりを進み、敵の不意を突くべきです」曹操は郭嘉の策を採り入れ、精兵二万を選び出すと、中軍の虎豹騎《こひょうき》［曹操の親衛騎兵］とともに先行することに決めた。そして、胡人と漢人が境を接する無終《むしゅう》県に向けて出発したのである。

（1）仮司馬は司馬の副官である。

（2）中領軍、中護軍は秦《しん》代に設けられた。建安十二年、曹操が韓浩、史渙に権限を与えたのは、中軍組織の大きな改編であったといえる。これは魏晋南北朝《ぎしんなんぼくちょう》ないしは隋《ずい》朝まで引き継がれ、その権限はしだいに拡大し、のちには天子の近衛軍の高級指揮官となった。

第三章　張繍《ちょうしゅう》と郭嘉《かくか》の死

無終《むしゅう》で道を断たれる

曹操は郭嘉《かくか》の言葉に従って軽装の兵で急いだが、やはり思わぬ事態に遭遇した。

古《いにしえ》の燕《えん》や趙《ちょう》の地は四季がはっきりしており、春の花、夏の虫、秋の月、冬の雪をどれも味わえると人々は羨ましがる。だが、誰もがその明瞭な四季を享受できるわけではない。春はときに砂嵐が吹き荒れ、黄砂が天地を覆って降り注ぐ。天高く空気が澄んだ秋でも長雨に悩まされ、ひと雨ごとに寒さが募り、雨が上がったあとは湿気と肌寒さで氷室に入っているかのようである。冬は冷たい風が肌を刺し、ひとたび雪が降れば一面が銀世界となって、行く手を阻まれ山に閉じ込められる。しかし、とりわけ耐えがたいのは夏である。高温と日照りが続き、灼熱の太陽で乾ききった大地には裂け目が走る。そしていったん雨が降り出すと稲光とともに雷鳴が轟き、激しい雨に打たれる。それはあたかも天の川が決壊して水が一滴残らず下界に降り注ぐかのようである。

曹操軍もこの夏の豪雨に苦しめられた。易県《えき》［河北省中部］を出てからは日を拝むこともなく、下は兵士から上は曹操に至るまで分け隔てなく濡れねずみである。やっとの思いで無終県《むしゅう》［天津市北部］に入ったものの、これより東はいよいよ烏丸《うがん》と境を接する。いつ敵と遭遇するかもわからないため、ここから先はうかつに進めない。野営をしている間にも兵士らはますます疲れ、陣は泥沼と化していった。なんとか県城まで移動し、しばし休息して英気を養いたいところである。また、この豪雨のせいで川は急激に増水している。道は通じているか、兵糧の漕運《そううん》に滞りはないか、状況を正確に把握する必要もあった。曹操は臨時のこととて無終県の官舎に中軍の幕舎《ばくしゃ》を置き、斥候《せっこう》を放って周囲の状況を探らせた。

「こたびの不手際、どんな罰でも受ける所存です」案内役に命じられていた邢顒《けいぎょう》は、陣に戻るなり曹操の前に跪《ひざまず》いた。「地滑りが起き、海水面も上昇していて、徐無山《じょむさん》［河北省北東部］から東の海沿いの道は、おそらく水が引くまで通れないでしょう」

曹操は眉間にきつく皺《しわ》を寄せ、むしゃくしゃしてあたりをぐるぐると歩き回ったが、邢顒を責めるのはこたえた。その代わり、そばにいた婁圭《ろうけい》が忌々《いまいま》しげに邢顒を睨んで怒鳴りつけた。「邢子昂《しこう》、おぬしは出兵前に何と申した？　行く先々の山河や道は、何もかも頭に入っていると言ったではないか。ここに来て無理とはどういうことだ！」

邢顒は自分に非があるのでおとなしく頭《こうべ》を垂れつつも弁解した。「今年ほどの雨はここ十年でも珍しく、付近の河川が溢《あふ》れ返って各地で決壊しています。婁司馬《しば》、こんな事態を予測することは不可能です。ご容赦ください」

婁圭は納得しなかった。「この地に何年も住んで案内役を買って出たのであろう。満足に案内もできず恥ずかしくないのか。わしがもしおぬしならもう少し謙虚に振る舞うであろう。たいして能力もないのに出しゃばるでない」

「子伯《しはく》、もういい」曹操は足を止めて眉間のあたりを揉みほぐした。邢顒を咎めるのも億劫で、立ち上がるように促した。「水が引くまでどれくらいかかる？」

「少なくとも十日か半月、長ければ……」邢顒はごくりと唾を飲み込んで続けた。「雨がこのまま降り続けば、二月《ふたつき》、あるいは三月《みつき》でも難しいかもしれません」

「さらに二月、三月か……」曹操は広間の入り口まで歩くと、降りしきる大雨を見つめて立ち尽くした。そしてやにわに振り向いた。「もたもたしておれん。このままでは柳城《りゅうじょう》［遼寧《りょうねい》省西部］に着くのが冬になってしまう。明日には出立だ。水のなかを歩いてでも柳城にたどり着かねばならん」

邢顒は愕然とした。数百里も水のなかを行けば将兵の苦労は計り知れない。しかし、不手際をしでかした手前、行軍を思いとどまるよう進言することもできない。隠者というのは、本来身を清く保って権勢に屈しないものである。だが、いったん官途につけば、しだいに節操を失っていく。あたかも空を飛ぶ鳥に黄金をくくりつけるようなもので、その姿はまばゆくとも、もはや翼を広げて天高く飛ぶことはできない。

「それは無茶が過ぎるのではないか？」婁圭が疑問を挟んだ。「強行軍で兵が疲れ果てているところに敵と遭遇すれば、あまりにも危うい」

「危険は承知のうえだ。水が溜まって道が閉ざされているのは敵も同じこと。わが軍は青州《せい》を平定して士気が高い。突撃部隊を前に配して大軍で押し寄せれば、烏丸人も軽々しくは攻めて来れまい。何としてでも冬が来る前に柳城に到着するのだ。これ以上もたつけば道半ばで大雪に見舞われ、征討がさらに遅れてしまう」曹操は、みなまで口にはしなかった。袁尚《えんしょう》兄弟などいまや辺境の小悪党に過ぎない。曹操が真に恐れているのは、荊州《けい》と江東《こうとう》［長江下流の南岸の地域］の平定に遅れが生じること、ひいては天下を統一して登極するという一大事が遅れることである。

軍師《ぐんし》の荀攸《じゅんゆう》は傍らでじっと黙って聞いていた。曹操が荀家の者を疎《うと》んじていることに気づいて以来、なるべく興を削ぐ話は避けるよう努めてきた。しかし、今日ばかりは曹操の独断専行に我慢できなかった。「親征自体いかがなものかと存じますのに、このうえ危険を冒すなどもってのほか。袁氏が息を吹き返す可能性はもう高くありません。戦《いくさ》が一年遅れたとて何の差し障りがありましょう。何ごとも急《せ》いては事を仕損じます」

曹操は最後の一句を曲解し、荀攸を睨みつけた。「何ごとも？……烏丸の征討のほかに何か言いたいことでも？」

広間の雰囲気がたちまち重苦しくなった。曹操の言わんとするところは明らかである。むろん荀攸のひと言は、曹操が漢の天下を簒奪しようとしていることを当てこすったわけではない。だが、二人のあいだに流れる溝をいっそう深める結果になった。荀攸は慌てて申し開きした。「戦のことを申したまでで、何も他意はございません」

「ふん」曹操がそんな弁解で納得するはずもない。「他意のあるなしなどどうでもいい。はっきりしているのは、わしは急いているということだ。もう五十路を過ぎた。これが急かずにおれようか。天下の権はこの手中にあり、わしがなすことは誰にも邪魔させぬ。軍師殿、わかるな？」

荀攸は胸を引き裂かれるような思いがした。何と答えたものかわからず、ただ頭を垂れて耐え忍んだ。邢顒と婁圭は、もう何年も補佐をしてきた荀攸に対して、曹操がこれほど冷たく当たるとは思いも寄らなかった。できるなら軍師の肩を持ってこの場を丸く収めたい。だが、極めて慎重を要する話題であり、不用意な発言はわが身に禍《わざわい》を招く。やはり言うべき言葉が見つからなかった。ちょうどそのとき外が騒がしくなり、鮮于輔《せんうほ》、張繡《ちょうしゅう》、閻柔《えんじゅう》らが談笑しながら広間の前までやって来た。蓑《みの》を羽織った人物を取り巻いている。官職を捨てて立ち去っていた田疇《でんちゅう》であった。

「田先生」曹操は荀攸のことなど忘れて声をかけた。

「平民の分際で明公《めいこう》に拝謁いたします」田疇は笠を取って深く一礼したが、その言いぐさからは、やはり曹操と近づくつもりはないようだ。

曹操は不愉快さを押し隠して笑顔を浮かべた。「ちょうどよかった。先生が先ごろ立ち去られたのは、わしの配下に入るのを望まなかったからでしょう。すでに朝廷に上奏して、田先生を孝廉《こうれん》に推挙するとともに、蓚《しゅう》県［河北省南東部］の県令の職につけるよう手配しました。天子の任命によるならば不満はないはずです」

「ご厚意に感謝します。しかし、わたしは生まれついての無精者、見識も浅うございます。朝廷の名を汚すことになりましょうからご容赦ください」へりくだった物言いのなかにも冷たい響きがある。「わたしが戻って来たのは官途に未練があるからではありません。道を案内するためです」

曹操は苦難に満ちた行軍の日々で、一段と怒りっぽくなっていた。昨日は郭嘉の病状が悪化し、先ほどは荀攸とひともめし、あらゆる悩みごとが一挙に押し寄せてきた感がある。相も変わらぬ田疇の態度に、また怒りがこみ上げてきた。「殺してしまえ」と喉まで出かかったが、案内を買って出ると聞いてかろうじて飲み込んだ。「ほう、先生には水が溜まった道に対処する方法がおありか」

田疇はかぶりを振って答えた。「この道から柳城へ向かうには、東に向かって徐無山を越え、令《れい》支《し》［河北省北東部］、肥如《ひじょ》［河北省北東部］を経なければなりません。ですが、行く手はずっと海沿いの低い土地です。洪水で車馬は通れず、船を出すには深さが足りません。つまり、この道を進むのは天に登るより難しいかと」

邢顒ははっとした。「子泰《したい》殿は別の道をご存じなのですか」

「いかにも」田疇は慌てずに答えた。「前代、右北平《ゆうほくへい》郡の治所《ちしょ》は無終県ではなく、平剛城《へいごうじょう》（現在の遼寧省カラチン左翼モンゴル族自治県）でした。古老たちの言い伝えるところでは、そこから柳城へとつながる山道があるそうです」

「平剛城?」曹操は驚いた。「かつて漢と匈奴《きょうど》が戦ったという……その名は史書で目にしましたが、現在、幽《ゆう》州の管轄する郡県にそのような地はなかったはず。平剛とはいったいどこにあるのです。よもや北方の辺地でしょうか」

「さよう」田疇は北東の方角を指さした。「わたしの暮らす徐無山の裏から出発して北東に進めば長城の盧竜塞《ろりゅうさい》（現在の河北省寛城《かんじょう》県喜《き》峰口《ほうこう》）、平剛城はそこからさらに二百里［約八十キロメートル］あまりです。平剛を過ぎ、白狼山《はくろうさん》（現在の遼寧省凌源《りょうげん》市の南東部）を越すと、柳城に着くことができます。こちらのほうが海沿いに比べて近道です」

邢顒は悔しがった。「徐無山には何年も暮らしていたのに、その道は知りませんでした」

「それは仕方ない。平剛城は王莽《おうもう》の時代に廃されてから二百年、わたしも道はすでに途切れていると思い込んでいた。二、三年前、鮮卑《せんぴ》の者が徐無山から出ていったので、それでまだその旧道が通じているに知ったのだ。険しい山道がすっかり草木に覆われていたに過ぎない」そう話しながら、田疇は曹操に向かって拱手《きょうしゅ》した。「明公がもしその道を通って兵を進めるおつもりなら、藪《やぶ》漕ぎしてでも道を案内いたしましょう」

口で言うほど簡単なことではない。その場の誰もがかぶりを振った。盧竜塞を出れば、そこはもう大漢の領土ではなく、どんな危険が待ち受けているかわからない。鮮卑の遊牧民に出くわしたら、まさに「前門の虎、後門の狼」ではないか。それに二百年も放置されていた道が最後まで続いているとは限らない。さらに、山々を越えて柳城に至る道中で思わぬ事態に遭遇すれば、険しい峰々に迷い込んで進退きわまるであろう。

田疇はそうした懸念も予想しており説明を加えた。「旧道は荒れているでしょうが海沿いを行くより百里［約四十キロメートル］あまりも近道ですし、鮮卑の各部族は内乱の最中でわれらの邪魔をする余裕はないと思われます。それに明公の大軍による進軍については烏丸も必ずや報告を受けているでしょう。蹋頓《とうとん》は令支や肥如に兵馬を配してわが軍を防ごうとするはず、水が引いてから戦を仕掛けてもはかばかしい戦果を得られるとは限りません。力ずくで正面から攻め込むより、洪水で道を塞《ふさ》がれたので撤退すると触れ回ってはいかがでしょう。烏丸がこれを信じて備えを怠れば、われらは密かに軽装の兵で北方の辺地に道を取り、隙《すき》を衝《つ》いて奇襲を仕掛けられます。さすれば労せずして蹋頓の首を取れましょう」

「妙計だな」曹操は期待に胸を膨らませた。

田疇が一同を見回すと多くの将が眉をひそめているので、ぐるりと拱手の礼をしてへりくだった。

「わたしは一介の案内役、軍のことはみなさまでお決めください。平民ごときが軍機に口を挟むわけにはまいりません。ひとまず席を外《はず》しましょう」田疇はやはり自らを曹操軍の一員とみなさず、話し終えるとその場を出ていこうとした。

邢顒がその袖をつかんで礼を述べた。「わたしではなす術ありませんでした。子泰殿の献策に感謝いたします」

田疇は袖を振りほどいて誤解されぬよう戒めた。「わしが進言したのは功名や禄のためでもなければ、おぬしとの交情のためでもない。一刻も早く蹋頓を打ち負かし、十万の同胞を塗炭の苦しみから救いたい、ただそれだけだ」そう言い残して広間をあとにした。

田疇が広間を出ていくと、にわかに騒然となった。婁圭が真っ先に異を唱えた。「たしかに妙案に聞こえるが、あまりにも危険だ。わが君が自ら辺境へ征討に赴くだけでも危険なのに、さらに危険を重ねるなど断じて首肯《しゅこう》できん」牽招《けんしょう》も続いた。「小官も長らく幽州にいますが、平剛城の話は根も葉もない噂《うわさ》、かりに道が通じていたとしても茨《いばら》が生い茂っていましょう。ましてや白狼山の険峻を越えていくなど……わが君におかれましては熟慮のほどを」許褚《きょちょ》でさえ声を上げた。「あの田とやらを信じられましょうか。一度は官を捨てて逃げた者、敵と通じていないとも限りません」それぞれが言いたいことを口にしたが、田疇の策に従おうという者は誰一人としていなかった。荀攸は叱責されたばかりで、落ち込んでかぶりを振るばかりである。

一同の強い反対にもかかわらず、曹操はこの策に魅力を感じていた。危険は避けられないが、敵の不意を突けば袁尚兄弟と蹋頓を一気に滅ぼせる。あるいは一戦も交えずに柳城へ入れるかもしれない。

しかし、部下の懸念ももっともである。誰が望んで北の辺地まで遠く足を運び、危険に身をさらしたいと思うだろうか。騒がしいなか、突然よく通る声が響いた。「お試しになってみればよいのでは」いつの間にか郭嘉が広間に入ってきていた。

「奉孝《ほうこう》、もう体はいいのか」曹操はことのほか気遣った。

「情けないことに長らく体調を崩していましたが、雨に打たれてかえって調子がよくなりました」郭嘉は呵々《かか》と笑って軽く胸を叩いた。ずいぶん元気そうに見える。「冗談はさておき、先ほどの田先生の話を聞いていましたが、この策は有効だと存じます」

「なぜそう思う」みなが口々に尋ねた。

「『三略《さんりゃく》』にこうあります。『能《よ》く天下の危うきを扶《たす》くる者は、則ち天下の安きに拠《よ》る。能く天下の憂いを除く者は、則ち天下の楽しみを享《う》く。能く天下の禍を救う者は、則ち天下の福を獲《う》「天下の危難を救う人物は天下の平安を占めることができる。天下の憂いを取り除く人物は天下の楽しみを受けることができる。天下の禍を救う人物は天下の幸福を受けることができる」』。烏丸は北方の州郡で長らく暴れ回っています。わが君が烏丸を討つことは単に北の脅威を除くだけでなく、大漢の民に幸福をもたらすことにもなります。この妙計はわが君が不朽の功績を立てるのに役立つのですから、試さない手はありません」郭嘉は辺地の危険については言及せず、烏丸の征討が民に幸福をもたらすことを重ねて強調した。老いの繰り言といった嫌いもあるが、その心は曹操の背中を押すことにある。今後、「天下の安きに拠る」ためにも、この機会に功績を積むべきだと言うのである。

これぞ渡りに船、しかめ面《つら》の曹操も顔をほころばせた。百戦錬磨の曹操が田疇の策の危うさに気づいていないわけがない。これ以上の分析は不要だ。曹操がいま欲しているのは策の長短を並べ立てる者ではなく、賛同の声を上げて一同の気持ちを動かす者である。当初から烏丸遠征については反対意見が多く、誰かが思い切って打開する必要があった。そこはやはり郭嘉、曹操の胸の内を完全に知り尽くしている。

婁圭はまだ納得しかねた。「北の辺地では不測の事態も……」

郭嘉は婁圭が話し終えるのも待たずに反論した。「北の辺地は危険ですが、わが勇ましき軍を阻むことはできません。わたしは田疇殿の赤心《せきしん》と、わが君の用兵の才を信じます。どのみち洪水で通れないのです。待ちの一手で何もせぬくらいなら策を試すのもよろしいかと。もし進めなかったら引き返すだけのことで、その後の行軍に支障はありますまい」そうは言っても、軍において朝令暮改は許されず、実際に進軍をはじめたらそう簡単には引き返せない。郭嘉の言葉は気休めに過ぎないが、曹操が話を引き継いだ。

「そのとおりだ。烏巣《うそう》の戦いを思い出してみよ。策を試せば一縷《いちる》の望みもあるが、試さねば永遠に勝機は来ない。わが意はすでに決した。これ以上は異論を唱えるな。三日後、田疇について山に入る。誰か先頭に立って道を切り開く者はあるか」

諸将が黙ったまま互いに顔を見合わせていると、低い声が聞こえた。「先頭部隊はそれがしが率いましょう」声の主を見ると張繡である。近ごろ張繡はこの地の水が合わないためか体調がすぐれず、眼窩《がんか》も落ちくぼんでいた。曹操はそんな張繡の前に進み出ると、その手をつかんで高々と持ち上げ、ほかの者を焚きつけた。「張将軍が病を押して出征するという。あっぱれだ。体の丈夫な者はどうする？」

　将たるもの多かれ少なかれ激しやすい。そう問われて、なおもためらうような者はおらず、揃《そろ》って拱手した。「水火《すいか》も辞さない覚悟です」

　諸将がみな同意したというのに、参謀や掾属《えんぞく》［補佐官］に何が言えようか。「仕方あるまい。こうなったからにはおぬしと同行しよう。友の振る舞いとしてそれで十分であろう」髭をしごきながら妻圭が折れると、牽招らもうなずくしかなかった。

　曹操は顔をほころばせた。「牽招、すぐに人を遣って道に高札《こうさつ》を立てさせよ。『いまは夏の盛りで道も不通、進軍は秋か冬まで待つこととする』と記すのだ。たくさん書いてそこらじゅうの道に立てておけ。烏丸の斥候が見落とすことのないようにな」

「御意」牽招が命《めい》を受けて広間から出ようとすると、容貌の優れた中年の将が正面から入って来た。

「屯田都尉《とんでんとい》の董祀《とうし》でございます。わが君にお目通りを」

「おお」曹操はにわかに元気づいた。「兵糧を届けてくれたか。洪水で船が転覆するようなことはなかっただろうな」

　董祀は拳に手を添えて包拳《ほうけん》の礼をした。「兵糧を運ぶ船はすべて到着しました。一隻でも足りなければ首をお刎《は》ねください」

「よくやった。でかしたぞ」曹操は喜んで笑みを浮かべたが、董祀が腰に白い帯を結んでいるのを目にして尋ねた。「家に不幸があったのか。喪中にも国事を忘れず兵糧の輸送に自ら当たるとは、見上げた心がけだ」

董祀は恥ずかしそうに答えた。「包み隠さず申しますと、近ごろ妻が亡くなったのです」それを聞いて多くの者が笑った。父母のために喪章をつける者はあっても、妻のためにつける者はいない。しかし、董祀は自分の考えを述べた。「わたしはいい加減な気持ちで結んでいるわけではありません。世間の人こそ道に外れているのです。妻は亡くなった夫のために喪服を着て喪章をつけるのに、なぜ夫が妻の死を悼んではいけないのです？　白い帯を結ぶくらいよろしいではありませんか」そのごたいそうな理屈に、一同はいよいよ笑いをこらえきれなかった。

「馬鹿を申すでない」曹操は口元を押さえて戒めた。「礼法や三綱五常《さんこうごじょう》にもとる考え方だ。いまのような乱世ならまだいい。だが、太平の世で礼法や道徳が盛んに論じられるようになれば、その帯はおぬしの前途を断ってしまうのだぞ。すぐに外せ」

董祀はうなだれて白い帯を外したが、まだぶつぶつ言っている。「賢妻よ、賢妻よ。すでに官界にあるわが身では何ごとも思うようにならぬ。お前を偲ぶことさえできんのだ」

曹操はその様子を面白がって持ちかけた。「亡くなった妻を忍ぶのも人情だが、男子たるもの妻を失ったくらいで落ち込むな。その一途な思いを汲んで、わしが才色兼備な女を後添いに世話してやろう」

「婚儀は言うに及ばず、この身の栄辱と生死とを、すべてわが君に委ねます」董祀は調子のいい男である。

「ごますりはそれくらいにしておけ」曹操は真面目な顔で命じた。「県城の東二十里［約八キロメートル］、徐無山のなかに村がある。日が落ちてから兵糧をそこへ運ぶのだ」

「山のなかに運ぶのですか」董祀にはその意図がわからなかった。

「徐無山に隠棲する田疇先生はわしの友人だ。おぬしは兵糧を運ばせ、もし誰かに聞かれたら、命により村人を救うためだと答えよ。ほかのことは一切かまわずともよい。追ってまた指示を出す」

「かしこまりました」董祀は命を受けると退《さ》がっていった。

曹操は広間にいる者たちをぐるりと見回した。「さあ、帰って休むがよい。出立は三日後だ。それまでは英気を十分に養っておけ。思う存分力を振るえるようにな」諸将は口々に返事をして退がったが、荀攸と郭嘉だけがその場に残った。

「公達《こうたつ》……」荀攸の表情は憂いに満ちている。先ほどは言いすぎたと曹操自身も感じていた。「みなに反対されて、わしも心中穏やかではなかったのだ。先だっての話は気にするな。道は険しいゆえ、おぬしは同行せんでよい。ここから兵を率いて撤退し、敵の目を惑わせてくれ。それから、時機を見て状況を知らせるように。もう数日すれば後続の大軍も到着する。ご苦労であったな」そう言うと曹操は蓑を手に取り、田疇と詳細を話し合うために出ていった。

曹操の後ろ姿を呆然と見送りながら、荀攸はため息を漏らした――どうやら思いの丈を話し合う日々は過去のものとなったようだ。これからは胸襟を開いて語れぬな――曹操とはもうずいぶん長い付き合いである。その性格はよくわかっていた。ひとたび決断すれば、誰も止められない。今後も天子に忠義を尽くすという最低限の臣節《しんせつ》を守り続ければ、曹操にとっては目の上の瘤《こぶ》となる。いずれは昔の恩情や汗馬《かんば》の労もおかまいなしに処刑されるだろう。しかし、漢室に対する忠義を捨てれば、あの世で祖先に顔向けできない。曹操が今日の地歩《ちほ》を固めるために、荀攸は少なからぬ功績を立ててきた。曹操のために献策し、一戦一戦勝利を収めてきた。これまで苦労を重ねてきたのは、漢の天下の墓掘り人を補佐するためだったのか。荀攸はどうすればいいのかわからず煩悶し、郭嘉に向かってつぶやいた。「奉孝、どうも軍師の座はおぬしに譲らねばならんようだ」

「ありえませぬ。軍師は永遠に公達殿です」郭嘉はかぶりを振って苦笑いを浮かべた。「正直に申しますと、昔はたしかに軍師の座をいただきたいと思ったこともあります。ですが、いまは……ああ、差し出がましいことを言うようですが、この天下は早晩、曹家のものとなります。そうすれば、いくら公達殿と令君《れいくん》［荀彧《じゅんいく》］が身を清く保とうと思っても、それは難しい。わが君は周《しゅう》の武王《ぶ》ではありませんし、公達殿らも伯夷《はくい》、叔斉《しゅくせい》［殷《いん》末周初の隠者の兄弟］にはなりえません……ごほっ。率直に申して、曹孟徳《もうとく》がいなければ、大漢の朝廷はとうに存在していなかったはず。帝位についたとしても、それを簒奪と言うのでしょうか。ごほっ、ごほっごほっ」郭嘉は息を大きくついて咳を抑えようとした。そして、再び先ほどの言葉を繰り返した。「能く天下の危うきを扶くる者は、則ち天下の安きに拠る。能く天下の憂いを除く者は、則ち天下の楽しみを享く。能く天下の禍を救う者は、則ち天下の福を獲《う》……」

荀攸はうなずいたりかぶりを振ったりしながら聞いていたが、いろいろ考えてみても悩みは増すばかりである。最後には重いため息をつき、分厚い急報を手に取った。曹操のためであろうと漢のためであろうと、軍務を滞らせることはできない。だが、漢の天下を取り戻すためでなければ、荀攸にとって戦に何の意味があるだろう。進退これきわまるとは、まさにこのことである。

北辺での苦難

建安《けんあん》十二年（西暦二〇七年）七月、曹操は田疇《でんちゅう》、邢顒《けいぎょう》の案内によって徐無山《じょむさん》に登り、盧竜塞《ろりゅうさい》を越えた。ここからが苦しい行軍である。付き従うのは破羌《はきょう》将軍の張繡《ちょうしゅう》、盪寇《とうこう》将軍の張遼《ちょうりょう》、横野《おうや》将軍の徐晃《じょこう》、度遼《どりょう》将軍の鮮于輔《せんうほ》、偏《へん》将軍の張郃《ちょうこう》、護烏丸《ごうがん》校尉の閻柔《えんじゅう》、および中軍の腹心である許緒《きょちょ》、曹純《そうじゅん》、それに韓浩《かんこう》や史渙《しかん》らである。幕僚としては軍師祭酒《ぐんしさいしゅ》の郭嘉《かくか》、軍司馬《ぐんしば》の婁圭《ろうけい》、軍謀掾《ぐんぼうえん》の牽招《けんしょう》が行軍に加わった。

出陣前に十分な備えをしていたが、行軍に移ると道は想像以上の悪路であった。盧竜塞は前漢時代に築かれた山間部の要衝で、匈奴《きょうど》の侵攻を阻んでいた。長年にわたる内乱ですでに無人となっていたが、その姿は雄大にして壮観、高さ三丈［約七メートル］もの城壁が左右に延びている。峻険な山々や切り立った崖と一つになって長城を補っている。盧竜塞より北は連綿と続く山脈で、はるか彼方まで険しい坂がつづら折りになっており、見る者を怯《ひる》ませる。田疇の言う「道」とは山あいを縫うように曲がりくねる谷間のことであり、茨《いばら》が生い茂って足を踏み下ろす場所もない。兵士らは一歩一歩と鉈《なた》を振るいながら茨を切り開き、深い川に出くわせば仮設の橋を架けて渡った。

易《えき》県からは行軍の速度を上げるため、後方の大軍と別行動を取っていた。そのため無終《むしゅう》まで到達した部隊は精兵中の精兵、糧秣《りょうまつ》や輜重《しちょう》を運ぶ者を含めても二、三万しかいない。それでもこの旧道にあっては十分に手足を伸ばすことさえ難しく、ときには真上にのぞく空が細い一本の線にしか見えないような狭い谷を抜けていった。曲がりくねる道を兵士らは押し合いへし合いして進み、行軍の長さは五、六里［約二キロメートル強］にも伸びた。まず北西に進んで越すに越せない険山を迂回し、かつての白檀県《はくだんけん》（現在の河北省承徳市《しょうとくし》の南西部）との境に着いたら、今度は進路を北東に取り、平剛《へいごう》の古城を目指す。田疇と邢顒を案内役にして張繡の部隊が先頭を進み、難所に行き当たれば道を切り開き、橋を架けた。鮮于輔、閻柔らの部隊がその後ろについて進み、曹操は中軍として虎豹騎《こひょうき》［曹操の親衛騎兵］と幕僚らを率いた。後詰めは張遼、徐晃、張郃らの部隊である。中軍や後方の部隊は作戦の主力である。行軍による消耗をできるだけ避け、戦《いくさ》になれば隊列を入れ替えて戦うことになる。また、屯田都尉《とんでんとい》の董祀《とうし》は徐無山を拠点とし、村人を道案内に加えて兵糧と輜重を軍に運んだ。荀攸《じゅんゆう》や斥候《せっこう》からの急報を伝える早馬は、切り開かれた山道を機織り機の梭《ひ》のごとくひっきりなしに行き来した。まさに万全の布陣だが行軍の速度は依然として上がらず、一日で二十里［約八キロメートル］も進めない日さえあった。ただ辛抱強く前へ進むしかない。

悪路だけでなく、忌々《いまいま》しい天気も将兵をうんざりさせた。はじめの数日は雨が断続的に降り続き、汗と雨とで服が体にへばりついた。体の自由も利かない濡れねずみである。おまけに険しい道がぬかるみ、幾度となく足を滑らせた。何日か過ぎて厳しい残暑がやってくると、雨に代わって激しい日射しが襲ってきた。大地が蒸し返されて不快な湿気を放つ。泥まみれの服が乾きはじめると、今度はその泥が固まって全身を覆った。見苦しく疲れ果てたその姿は惨めですらある。夜になると細い道では野営もままならない。高位の者のために少しでも広い場所を探して天幕を張ったが、兵士らは当然野宿である。嚙まれればひどい痒みに襲われる毒虫に怯《おび》えながら眠った。こうして厄介極まりない行軍を進めること十日あまり、先頭部隊が突然歩みを止めた。

「どうした、なぜ前に進まんのだ」ここ数日は曹操も蚊に悩まされていた。顔を覆うため、兜を脱いで麻の布を頭からかぶっている。まだ初秋で気温が高いこともあり、身には粗布《あらぬの》で作った一重の上着のみ、足元は恥も外聞もなく草鞋《わらじ》を履いている。その姿はいささか滑稽であった。

そのすぐそばを、竹棹《たけざお》をついた郭嘉が息も絶え絶えに歩いている。「また川の流れが道を塞《ふさ》いでいるのでしょう」そう力なく答えると、頭をもたげて空を見上げた。太陽の光がじりじりと照りつけているのに、全身に悪寒が走る。寒くて氷の川に浸かっているようだ。しばらく咳は出ていないものの、胸が苦しくて深く息を吸い込めない。四肢に力が入らず全身がだるい。五臓六腑が凍りついたようで一歩進むのも難儀する。まるで地下から足をつかまれ、黄泉《よみ》の国に引っ張られているように感じられた。

婁圭はあちこち転々とすることに慣れており、少しも苦痛を感じていなかった。胸元をはだけて扇《あお》ぎながら、戯《ざ》れ言《ごと》を口にした。「なんという格好だ。孟徳《もうとく》、おぬしと一緒に盗人の仲間にでもなった気分だ。それにしても三里［約一・二キロメートル］進めば山、五里［約二キロメートル］進めば川、田疇はわしらをどこに連れて行こうというのだ。北東に進むと言いながらずっと北西に向かい、柳城はおろか平剛城にもまだ着かぬ」

そんなことを話していると、ちょうど田疇が躍り上がって喜びながら走って来た。衣は茨でぼろぼろ、走りながら叫ぶ姿はまるで気が触れているかのようである。「濡水《じゅすい》(1)、濡水に着きましたぞ」

一同は田疇の言葉に興奮した。濡水は前漢の白檀県に属し、いまは鮮卑《せんぴ》族の住む地域である。まだ全行程の半分に過ぎないものの、濡水を渡れば北東に進路を取ることができる。その後は平剛まで険阻な道もない。曹操は天を仰いで感謝を捧げた。「ああ、蒼天は我に背かず。ついにこの荒れ果てた山を越すことができたのだ」

田疇は息せきながら一同の前までくると、はしゃぎながら遠くを指さした。「お聞きください。水の音が聞こえませんか。はじめてこの地に来ましたが、山紫水明、さえずる鳥たち、なんと素晴らしい……」田疇は目を細めて両手を広げると、大きな体に似合わない無邪気な笑みを浮かべて山の空気を思い切り吸い込んだ。

曹操と婁圭は隠者の風流を理解できず、腕組みしながら大笑いした。郭嘉は田疇の真似をして目を閉じた。耳を澄ますと、たしかに川のせせらぎが聞こえるような気がする。だが、そのさらさらと流れる清らかな音も、郭嘉にとっては冷たく耐えがたいように感じられた。大河の水が滾々《こんこん》と湧き出てくる、そんな生命力に溢《あふ》れたものではない。曰《いわ》く言いがたい冷たさをとめどなく胸中に注ぎ込んでくるようである。そのまましばらく聞いていると、せせらぎはますます大きく激しくなり、川の流れがたちまち押し寄せる氷河のごとく郭嘉を襲ってきた。郭嘉は急に胸の苦しみと体じゅうを走る悪寒を感じた。陽光が少しでも温もりを与えてくれるだろうと、目を開けて空を見上げた。しかし、灼熱の太陽が二つ、四つ、そして八つと分かれていき、最後には無数の太陽が目の前をぐるぐると行き来しはじめた。郭嘉は強烈な目眩《めまい》を覚え、力が抜けて竹棹を取り落とすと、突然山道にばったりと倒れた。

「奉孝《ほうこう》……奉孝……」

郭嘉がゆっくり目を開けると、曹操や婁圭らが心配そうな顔つきで自分をのぞき込んでいた。郭嘉は平静を装い、乱れた心を抑えて無理に微笑んだ。「たいしたことはありません……きっと道が見つかって興奮しすぎたのです」田疇が郭嘉の衣をほどき、風を送って暑気を払おうとすると、郭嘉はそれを拒んだ。「いや、寒いのだ」

「寒い?」曹操は郭嘉の額に手を当てた。「体がこんなに火照っているのに寒いというのか?」

「大丈夫です。ちょっと土地の水が合わんのでしょう」そうは言い繕《つくろ》ったものの、郭嘉自身、はっきりとわかっていた――もはやここまでか……この体、柳城までは持つまい……

曹操は満面に憂いを浮かべながら将兵に告げた。「近ごろは病にかかる者も多い。このひどい天気のせいだ。みな水分を多く取り、そこらに生えている野の果実などはみだりに食べぬようにせい。毒があるかもしれんからな。山の泉も冷たすぎて肺腑によくない。みな疲れたであろうから、ここで半日休息を取る。元気な者は橋を架けよ。明日からまた道を急ごう」

そこへ邢顒が慌ててやって来た。「わが君、鮮卑とおぼしき者が何人か西からやって来ます」

「そうか。おぬしらは奉孝を看病せよ。邢殿、案内してくれ。わしが自ら見に行く」このたびの戦は烏丸を討つためとはいえ、鮮卑族の支配地域を通っている。曹操の不安はぬぐえなかった。できれば余計な諍《いさか》いは起こしたくない。

狭い道には兵士らがひしめいている。水源が見つかったとあって、みな我勝ちに前へ進もうとしていた。韓浩、史渙らが怒鳴りつけて道を開けさせると、曹操はそのあいだを杖を手に急いで進んだ。進むほどに道が広くなってきたかと思うと、ようやく山道を抜けてぱっと視界が開けた。草木は低く、岩や石が転がる広い川原だった。濡水は西から東へ勢いよく流れ、どこへ続くとも知れない幾筋かの小道がまた林のなかへと伸びている。幾日もの艱難辛苦を経て山を抜け出た兵士らは、喜んでふざけ合ったり、川べりで水を飲んで顔を洗ったり、なかには地べたに座りこんで鼻歌をうたっている者までいた。

曹操が邢顒の指さすほうを見ると、近くの老い松の下に閻柔と牽招がいた。羊の皮衣を左前に着た鮮卑の男二人と話をしている。近づいて耳を傾けたがひと言も聞き取れない。男の後ろには女が二人、さらには馬や牛、羊を連れた老人や子供もいる。一様に漢人の兵を恐ろしげに見つめていた。

曹操は牽招を手招きして呼んだ。「あれは何者だ」

牽招は落ち着いた表情で答えた。「わが君、心配はご無用です。彼らは牧畜民で、漠北《ばくほく》［モンゴル国］から来たとのこと。鮮卑の内輪もめで部族の者が殺され、難を逃れる途中でこの地を通りがかったそうです」その昔、檀石槐《だんせきかい》は武力で鮮卑を統一したあと、東は夫余《ふよ》を撃退し、西は烏孫《うそん》に攻撃を仕掛け、北は丁零《ていれい》の南下を阻止して、南は漢との境を脅かした。その領地は東西一万二千里［約五千キロメートル］あまり、南北七千里［約三千キロメートル］あまりに及び、あまたの山河、湖沼、塩湖を擁して甚だ広大であった。各地に首領を派遣して統治に当たらせたが、檀石槐という大実力者の死後は、各首領がおのおの王を名乗り、檀石槐の息子を殺したのみならず、互いに殺戮《さつりく》を繰り返して草原の単于《ぜんう》の地位を争った。その生死を賭けた争いは、中原における曹操、袁紹《えんしょう》、袁術《えんじゅつ》、呂布《りょふ》らによる殺し合いと何ら変わるところはなかった。

曹操は相手が敵ではないとわかると、緊張を解いて興味深そうに尋ねた。「わしに代わって聞いてくれ。いま鮮卑のなかでは誰が一番力を持っているのだ」

「はっ」牽招は再び男たちと会話を交わし、また振り向いて報告した。「軻比能《かひのう》という者だそうです。もとはほかの者に仕えていたただの頭目に過ぎませんでしたが、のちに身を立てて、いまでは七つ、八つの部族を支配しているのだとか。配下の壮士は数万に及び、保有する牛、羊、馬は数え切れないほど。ほかの部族が手を組んで対抗していますが、それでも敵わないとのことです」

曹操は感慨を禁じえなかった。軻比能の来し方の、いかに自分と似通っていることか。かつての曹操は、董卓《とうたく》を征伐する群雄のなかで名もなき将でしかなかった。だが、のちには兗《えん》州の主《あるじ》となり、天子を迎え入れ、官渡《かんと》の戦いからのちは強大な勢力を誇るようになった。袁尚《えんしょう》兄弟や劉表《りゅうひょう》らが手を組んでも敵わない存在である。曹操はそう考えると痛快だった。「中原の地はわしのもの、北辺の地は軻比能のもの、いつか勝負するときが来るかもしれんな」

閻柔が進み出て指示を仰いだ。「この鮮卑の者どもをいかがいたしましょう」

曹操は目つきを鋭くすると、手で「殺せ」と合図をしたが、背後からそれを諫《いさ》める者がいた。「明《めい》公《こう》、お待ちください」

「田先生、どうなされた」

田疇は曹操の手振りを見て訴え出た。「天はむやみな殺生を望みません。この者らはただの鮮卑の民、殺《あや》める必要はありません」

「ここで始末しておかねば、わが軍のことが漏れ伝わります」

「『民の楽しみを楽しむ者は、民も亦《ま》た其の楽しみを楽しむ。民の憂いを憂うる者は、民も亦た其の憂いを憂う［君主が民の楽しみをともにすれば、民もその楽しみをともに楽しむ。君主が民の憂いを憂えるなら、民もその憂いをともに憂える］』と申します。鮮卑はことのほか信義を重んじます。明公が仁義をもって遇されるならば、あの者らは決して明公を売り渡すような真似はいたしません。ましてや彼らが烏丸と出くわすとも限らぬのですから、機密を漏らす機会さえあるかわからぬのです」

「そうだとしてもここは北方の辺地、用心に越したことはありません」

田疇は拱手《きょうしゅ》して真剣な表情で説いた。「『人の為さざる有り、而《しか》る後以て為す有る可《べ》し［人は為してはならぬことを為さない、それができてはじめて為すべきことを為せるのである］』と申します。明公が苦労してここまで来たのは辺境の地を安んじ、民の苦しみを取り除くため。いたずらに殺生を行っては本末転倒ではありませぬか」

曹操は仁義ばかり口にする田疇と話す気が失せ、おざなりに答えた。「そうですな。では先生の仰るとおりにしましょう」そして閻柔の耳元で何ごとかささやくと、ぶらりとその場を離れた。

護衛兵が追い払うと、河原に集っていた兵士らは散っていった。曹操は顔を上げて前方を眺めた。川向こうに険しい山はなく、草木は低く土地は平ら、ここからはずいぶん進みやすそうである。と、川べりで馬にみずから張繡の姿が視界に入った。張繡も遠く前方を眺めている。曹操は何とはなしに話しかけた。「張将軍が先頭部隊を率いてくれたおかげで道が開けた。この功績は大きい。今日はもう進軍せぬゆえ、将軍も馬を下りて休むがよい」

だが、なぜか張繡の返事がない。曹操は近寄ってもう一度声をかけた。「将軍、何を見ておるのだ」

しかし、やはり返答はなかった。おかしいと気づいた曹操がすぐそばまで行って確かめると、張繡の顔からはすっかり血の気が失せていた。髭には艶がなく口は半開きで、両の眼《まなこ》は空しく前方を見つめている。道中は暑く敵の姿も見えないので、みな鎧兜を脱いでいたが、張繡だけはしっかりと身に着けたままであった。張繡は馬に跨がって銀の槍を手にしていた。穂先は足元の大きな石に突き刺さり、体はそれで支えられていたようである。調教の行き届いた西涼《せいりょう》の名馬は、主人を乗せたままじっと命令を待っていた。

曹操は急に空恐ろしさを覚え、爪先立ちでふらつきながら張繡の顔の前で手を振ってみた――すでに事切れている！

曹操は痛切な叫び声を上げた。「誰か！　張将軍が……死んでおる」

誰もがびっくり仰天し、田疇、邢顒らもすぐに周りを取り囲んだ。とりわけ驚いたのは先頭部隊の鮮于銀《せんうぎん》や斉周《せいしゅう》といった配下の将である。最初は呆然自失の状態だったが、やがて地べたに伏して泣いた。「将軍……なぜ逝ってしまわれたのです」

「泣くな！」曹操は怒りを覚えた。「主将が死んでいるのに、なぜ誰も気づかぬ？　泣いてどうなる？　いったいどういうことだ」

鮮于銀は鮮于輔の親族で、急遽抜擢されて張繡の配下にいた。跪《ひざまず》いたままにじり寄ると、涙で声を震わせながら答えた。「出征のとき、張将軍はすでに体調がよくないようでした。この十日あまりは食べた物を吐いたり腹を下したりを繰り返し、食欲もなく、夜も眠れない様子でした。それでも指揮を執り続けたのです」

「それならなぜ早くわしに知らせなかった！」曹操の怒りは激しい。「調子が悪ければ行軍から外《はず》し、休みを取らせることもできたはず」

「張将軍が口外するなと……」鮮于銀は何度も叩頭して許しを乞うた。「張将軍は何日かすればよくなると仰っていました。それに勝ち気な方でしたので……先ほどもわれらと雑談していたばかりなのです。そ、それが、こんなすぐに亡くなられるとは……うう」

曹操はぼろぼろに破れた服で泣き崩れる将らから、馬上の張繡に視線を移した。馬に跨がり鎧兜を身に着けたその姿はなおも威厳に満ち溢れている。その姿を見て曹操は一人得心した――張繡、おぬしはとうに死期を悟っていたのだな。だから武具を脱がぬまま……そうだ、真の将軍とは軍中で果てるもの。鎧兜が揃《そろ》っていなかったり、落馬して地べたに倒れたりしては、おぬしにとって屈辱以外の何物でもない。張繡、おぬしはわが息子を死に追いやった。だからこそ、いつ何どきでも最前線に立ち、息絶えるときでさえ壮烈な死を選んだのだ。過去を許したわしに対する恩返しではない。むしろ己の威厳を誇示したかったのだろう。これでもう借りは一切ないとわしに知らしめたのだ。なんと剛毅な男よ……まだ四十を超えたばかりで前途は洋々たるものであったろうに……

兵士らはわれもわれもと駆け寄って来て亡骸を馬から下ろし、曹操も自ら張繡の瞼を閉じてやった。石の上に深く突き刺さった銀の槍は、四、五人がかりでやっと引き抜いた。

張繡の亡骸をしばらく黙って見つめていると、曹操の胸に名状しがたい不安が頭をもたげてきた。いきなり騎兵の手から手綱を奪うと、曹操は脇目も振らず後方に駆けていった。護衛兵が慌ててそのあとを追う。狭い道をどんどん駆けていくので、兵士らは驚いて右に左に飛びのいた。そして虎豹騎のところまで来ると、曹操はそこでようやく手綱を引いた。車の荷台に郭嘉が横たわり、婁圭と何か話をしている。曹操は馬を飛び降りて駆け寄った。「奉孝、具合はどうだ？」

「たいしたことありません」郭嘉は笑みを浮かべたが、顔色はかなり悪い。

それでも曹操はほっとした。「何かこう、急に恐ろしくなってな。おぬしが……」

「わたしが死ぬのではないかと？」郭嘉はため息をついた。「わが君、ご安心ください。わたしはまだ三十七、そんなに簡単に死ぬものですか」

「これからも多くの大事がおぬしを待っている。奉孝、おぬしがおらねばわしは何もできん」

「なんと身に余るお言葉を……これで何度死んでも平気でいられます」

「そんな冗談はよせ」曹操は郭嘉の乱れた髭を直してやった。「実はな、張繡が病で亡くなった」

「えっ……」郭嘉は言葉を失った。張繡が自分より先に逝くとは思ってもみなかった。

曹操の目に憐憫《れんびん》の色が宿った。「奉孝、おぬしの判断にはいつも誤りがない。だが、先立っては状況を見誤ったな。華佗《かだ》を帰郷させるよう勧めるべきではなかった。華佗が陣中におれば張繡が命を落とすこともなかったであろう。おぬしも病でこんな姿にならずに済んだはず」

「己の欲せざるところは人に施すなかれ……華佗の奥方は医者にかかる必要がありました。わが君はそれでも無理強いなさるのですか」これはむろん郭嘉の詭弁《きべん》である。華佗は一年半も前に、郭嘉が不治の病に冒されていると見立てた。それを聞いた郭嘉は、華佗を故郷に帰すよう曹操にわざと勧めたのである。もし陣中にとどまれば、いずれ郭嘉の病を治せなかったことで曹操から罪に問われてしまう。

曹操は郭嘉の体調が近ごろ優れないと知っていたものの、毎日顔を合わせているためか、かえって体の変化には気づいていなかった。しかし、改めて見れば郭嘉はこの一年でずいぶんと痩せ細り、もともと白く細かった腕などはいよいよ棒のようである。「これはいかん。もう従軍は難しいな……」

曹操は振り向いて田疇に尋ねた。「先生、ここから易県まで戻るにはどれくらいかかりますかな」

「来る際に茨を払ってありますから、良馬で急げば十数日で着きましょう」

曹操に迷いはなかった。「誰か、馬を牽《ひ》いてきて荷車につなげよ。休養のため、郭先生を易県に送り届けるのだ」

「いえ……」郭嘉は身を起こしてそれを断ろうとした。だが、どうしても体が言うことを聞かない。そこでようやく自覚した——もう立ち上がることさえできないのだ——

華佗によれば、郭嘉の病は「瘵《さい》」[2]であるという。『詩経《しきょう》』にも、「邦《くに》の定まること有る靡《な》く、士民其れ瘵《や》む［国が安定せず、士人《しじん》も民も病む］」という。この病にかかると苦痛に襲われ、気力が少しずつ減退していく。「瘵」という病魔はまるで同音の「債《さい》」のように、命の取り立てにやって来るのである。張繡がそうであったように、郭嘉も軍中で華々しく散りたいと考えていたが、それもいまではかなわない——よかろう、わが君の言葉に従うまでだ。ここを離れてから死ねば、わが君を悲しませることもない。そのほうが戦に専念してもらえるではないか……

曹操は郭嘉が不治の病にかかっているとは露知らず、心から回復を願いつつ、再び護衛兵に命じた。「数人で供をして易県に戻り、郭先生に休養してもらえ。道中はゆっくり進んで、荷車を揺らさぬようにな。それから、張将軍の亡骸も運ぶのだ。将軍の故郷涼《りょう》州は遠いゆえ、鄴《ぎょう》城［河北省南部］に葬ることとする。そして軍師《ぐんし》に伝えよ。急ぎ華佗を呼び戻して郭先生の病を診てもらうようにとな。決して遅れるでないぞ」

「華先生のお手を煩わせる必要はございません」郭嘉は何とか体を起こしてそう言おうとした。だが、体勢を崩して危うく荷車の上から落ちそうになり、婁圭と田疇に支えられた。華佗が駆けつけるまで自分の命は保《も》たない、そう悟った郭嘉は、無用なことより伝えるべきことがあると思い直した。全身に走る激痛をこらえ、震える声で告げた。「まだご報告すべき軍機が……」

婁圭は急いで曹操に声をかけると、田疇とともに気を利かせて数歩退いた。曹操は身をかがめて耳を近づけた。その声はあまりに小さく、「遼東《りょうとう》の公孫康《こうそんこう》」というほかは何も聞き取れなかったが、曹操は笑みを浮かべて答えた。「よし、すべておぬしの申すとおりにする。安心して行くがいい。わしがこの戦に勝って戻ったら南下について話し合おう。思惑どおりにいけば、長江一帯にわれらの威名が轟くことになる。わが軍が南下して境に迫れば、劉表や孫権《そんけん》など戦わずして降参してくるだろう。益州《えき》の劉璋《りゅうしょう》でさえわしの前に跪くはずだ。さあ、安心して休むがいい。早く行け」

兵士が軽く鞭を当てると、荷車を牽く馬が進みはじめた。郭嘉は曹操の最後の言葉を噛み締めると、なぜか急に不安に襲われた。もがくように体を起こし、渾身の力を込めて声を上げた。「わが君……驕れる者は久しからず……この理《ことわり》をお忘れなきよう。騎虎《きこ》の勢いに気をつけて……騎虎の勢いには……」途切れ途切れに声を絞りだしただけで息を継ぐのも苦しくなり、体力も気力も尽き果て、荷車の上に仰向けに身を横たえた。

曹操は奉孝の言葉がはっきりとは聞き取れず、婁圭に尋ねた。「奉孝の声が聞こえたか？　騎虎の勢いと言ったように聞こえたが、なぜそんなことを言うのだ」

婁圭は自分なりの解釈を述べた。「強がって従軍して来たのを後悔しているのかもしれないな。病に倒れて帰らざるをえなくなり、ここまで騎虎の勢いで来てしまったと」

邢顒は笑って述べた。「いいえ。そうではなく、わたしが案内を果たしていないと指摘されたのでは。西へ東へ連れ回されて、おそらく都へ帰るのも容易ではない、騎虎の勢いに任せては危ういと」

田疇には田疇の考えがあった——民のために烏丸を征討しようと案内役を買って出たが、戦に負ければ罪を問われ、勝てばその功で仕官させられる。そもそもは曹孟徳を助けるつもりもなかったのに、こうして濁流に足を突っ込んだ。これこそ騎虎の勢いではないか……

曹操は遠ざかる荷車を見送りながら「騎虎の勢い」について考えたが、最後まで郭嘉の込めた意味はわからなかった。何かしら不吉な臭いを嗅ぎ取ったが、いまとなっては自分で自分をなだめるしかない。「奉孝の病が早く癒えてくれればよいのだがな。わしにとって無くてはならぬ男だ」

部下の身を案ずる曹操の表情を目にして、田疇は思わず感心した——曹孟徳はたしかに才ある者を重んじる。部下に対する思いやりだけは敬服すべきだな。おや、これは羊か？——そのとき突然肉の匂いが漂ってきて鼻をついた。その瞬間、田疇がたったいま曹操に抱いたわずかな好感も吹き飛んだ。そして厳しい声で問いただした。「曹公、なぜ約束をお守りくださらぬ。あの鮮卑の者らを殺したのですか？」

「んっ？」曹操は笑って答えた。「わしはそんな命《めい》を下しておらん」

「殺していないなら、どこで手に入れた肉ですか」

曹操はおざなりに答えた。「鮮卑の者がわが軍の整然たる陣容に感服し、羊を贈ってきたのかもしれませんな」

何という人でなしだ！——田疇はその不敵な笑みを見て憤った。「明公、そんなやり方をなさるのであれば、もうお力になることはできません」そう言い捨てると、すぐに立ち去ろうとした。

「先生、待たれよ。そう腹を立てなさるな。誰が軍令を破って殺めたか、すぐ闇柔に調べさせよう」

むろん曹操が命じたのであるから、誰が調べたところで真相は藪《やぶ》のなかである。

田疇は曹操の考えを見透かし、強く忠告した。「明公は民百姓のために兵を挙げたはず。不義の行いが許されるはずはありません。難を逃れてここまで来た鮮卑の者らに、わずかな憐憫の情も抱かれないのですか」

「憐憫?」曹操の顔つきがだんだんと険しくなった。「小人《しょうじん》の仁は君子の仁の敵です。鮮卑の民に命があるなら、わが三万の大軍にも一人一人、命があるのです。千丈の堤も蟻《あり》の一穴《いっけつ》より崩れます。万一わが軍の機密が漏れたら、烏丸は大軍を動かします。そうすれば、われらのほうが屍《しかばね》を野にさらすことになるのです」

「しかし……」

「もういい!」曹操の我慢もこれまでだった。「先生が立ち去るなら引き止めません。しかし、この地まで来たのは烏丸にこき使われる十万もの漢の民を救うためだったはず。それなのに、たった数人の鮮卑のために道半ばで任をなげうつという。いずれが大事か、去るべきかどうか、自身で判断なさるがいい」曹操はそう言い捨てると、妻圭の袖を引いて促した。「行こう。羊の肉でも食おうではないか」

田疇には返す言葉がなかった。これではっきりした。生殺与奪は曹操の個人的な好みだけでなく、当面の利益を考慮して決められる。ある者を厚遇するのは、その人を愛するというよりは、その才を重んじるからである。まさに「之《これ》を愛しては其の生を欲し、之を悪《にく》みては其の死を欲す［愛する者の生を望み、憎む者の死を望む］」だ。目的のためには手段を選ばない、それが曹孟徳の本性なのだ。田疇はそれをはっきりと思い知ったが、あれこれ考えた挙げ句、やはりここに残ることに決めた。一つには自らの宿願を途中で投げ出すのは無念であるため。もう一つには、曹操が立ち去れと言ったのは必ずしも本音ではない。それを強いて離れれば、あの鮮卑の民と同じ末路をたどるかもしれないからである。ひとたび悪人の仲間になれば足を洗うのは難しい。ここまで来たら行動をともにして進むほかない。

しだいに遠ざかる荷車の上で郭嘉は揺られていた。最後にひと目、自軍の軍容を目にしたいが、どうしても力が出ない。それでも無理に首をねじると、後ろに続くもう一台の荷車が見えた。張繡の遺体を載せた荷車である。体の上には戦袍《せんぽう》が掛けられ、槍を握っていた右手はまっすぐ天を指している。死の間際、張繡は落馬せぬよう槍を石に突き刺して体を支えていた。そのまま筋肉が硬直したのである。その右手は張繡の執念を表しているように思えた。かつて宛城《えんじょう》、穣県《じょう》［ともに河南省南西部］といったわずかな支配地域だけで曹操軍を三たび防いだ武勇の人物にふさわしい。

郭嘉はほんの小さな幸せを感じた――自分のような者の死に、かつて風雲を巻き起こした人物が供をしてくれるとは。この一生も決して無駄ではなかった――ただ、依然として気がかりなことがあった――烏丸の征討に不安はないが、わが君は今後について楽観的すぎる。この世のことはいつもそう単純ではない。とりわけ天下の情勢は、時機が来れば成就するようなものではない。そうした考えは独りよがりな幻想だ。権力とは打ち倒してはじめて打ち立てられるもの。有頂天になるのはわが君の悪い癖、疑り深いのはもはや病癖だ。これらは玉座に向かって歩む際の障壁となる。荀令君《れいくん》はもう昔のように信任されておらぬ。荀軍師も難しい日々を送ることになろう。許攸《きょゆう》は志を忘れて財をむさぼり、婁圭は野心のために疎《うと》まれている。董昭《とうしょう》は思慮深く出世するだろうが、用兵に関してはてんで心許ない。関中《かんちゅう》［函谷関《かんこくかん》以西の渭水《いすい》盆地一帯］の鍾繇《しょうよう》は諸事を統《す》べており片時も離れられぬ。程《てい》昱《いく》は文武に秀でるが強情すぎる嫌いがある。わが君はその言葉に耳を傾けぬであろうな。近ごろ寵を受けている陳羣《ちんぐん》や陳矯《ちんきょう》、杜襲《としゅう》、杜畿《とき》らにしても、万事に抜きん出ているわけではない。臣従したばかりの河北《かほく》の旧臣では年功が浅すぎる。賈詡《かく》は飛び抜けて聡明だが、惜しいかな、わが君には御しえまい。多士済々なわが陣営でも、才、徳、年功のすべてに恵まれ、しかもわが君に愛されるような人物はおらぬ。さて、これからは誰に望みを託せばよいのか……

しばし考えをめぐらしていたが、しだいにうんざりしてきた――いまさら悩んで何になる。生きているうちはともかく、死後のためにまで心を砕くことはあるまい。天下の英才は途切れることなく世に現れる。これからのことは残った者に託せばいいのだ。華佗は持ってあと一年と言ったが、わたしは一年半も生き抜いた。半年も儲けたではないか。人は泣きながら生まれ、泣きながら最期を迎える者も多い。しかし、しかしだ、わたしは笑うぞ。ほかの誰とも同じではない、ほかの誰にも思い及ばぬ、それこそがこの郭嘉だ。短くはあったが華々しい生涯ではないか！　位は列侯《れっこう》、財を成し、酒もたっぷり飲み、女も味わい尽くした。最後は有頂天になって笑ってもよかろう！

いよいよ寒さが身に染みてきた。まるで心も凍っていくようだ。目の前の一切がぼやけていく。もう、もがいたり抗《あらが》ったりする必要はない。郭嘉は軽く目を閉じ、穏やかな微笑みとともに永い眠りについた。

（1）濡水は古代の川で、曲逆水《きょくげきすい》とも呼ばれた。現在における易河《えきが》上流の支流である。

（2）瘵とは肺結核のこと。民間では肺労《はいろう》と呼ばれ、古代においては不治の病である。

第四章　烏丸兵《うがん》を大いに破る

白狼山《はくろうさん》の頂

濡水《じゅすい》を渡ると道は平坦になり、曹操軍はわずか数日で平剛《へいごう》の古城に到着した。平剛は前漢時代の右北平郡《ゆうほくへい》の治所《ちしょ》である。武帝《ぶ》の御代には飛将軍《ひ》李広《りこう》がここで匈奴《きょうど》を討った。だが、光陰矢のごとし、匈奴は内地に移り住んで漢の臣下となり、漢人もこの城を捨てた。いまではすっかり荒廃し、城壁は風化して原形をとどめておらず、四方数十里［約二十キロメートル］には人影もない。夕暮れどき、空が暗くなりはじめると、崩れた垣根や壁がことのほか怪しげな雰囲気を醸し出す。秋風がひゅうひゅうと吹くさまは、あたかも物の怪の住む城を思わせる。

平剛に着いたことで行程の半分以上を進んできた。柳城《りゅうじょう》［遼寧省《りょうねい》西部］まではまだ二百里［約八十キロメートル］もあるが、曹操は気を引き締めた。まだ山を越えねばならないが、田疇《でんちゅう》によると、白狼山の頂からは柳城を望むことができ、高い山に遮られるものの敵とはかなり近いらしい。曹操は平剛城で何日か兵馬に休息を与えたかったが、敵に発見されることを恐れ、林の奥深い場所でひっそりと二日間だけ休息を取ることにした。そして、後続の糧秣《りょうまつ》と輜重《しちょう》の部隊が到着すると、すぐに山越えをはじめた。

白狼山は平剛城の東数十里に高々とそびえている。断崖絶壁というほどではないが、大空と大地のあいだに屹立し、その圧倒的な佇《たたず》まいには誰しも思わず息を呑む。松や児手柏《このてがしわ》、桑、楡《にれ》などの雑木に覆われ、奇石が連なり、茨《いばら》が生い茂っている。ひとたび風が吹けば松の葉がかさかさと音を立て、敵が待ち伏せているかどうかもわからない。曹操はしばらく山容を仰ぎ見たあと、意を決して全軍に山越えを命じた。

白狼山の西側には草木が生い茂っており、二、三万もの軍勢の姿を覆い隠した。一見有利に思えるが、こうしたときこそ待ち伏せに遭っても応戦しづらく、奥深い林のなかでは敵味方の区別も難しい。軍旗を立てることも陣太鼓を鳴らすこともできないので、曹操は各隊の将に命じて状況を逐一報告させ、一定の距離を進んでは人数を確認させた。また、多少は遅れても慎重を期するよう言い含めた。兵士には話し声を立てないよう木の枝をくわえさせている。葉と服がかさかさと擦《す》れ合う音のほかは人の気配が消えた。

幸い傾斜は緩く足元もしっかりしていたため、登りはじめればさほど難渋することもなく、騎兵も馬を下りて牽《ひ》けば難なく登れた。曹操も護衛兵の手助けや杖に頼ることもなく、手近な灌木《かんぼく》をつかみながら登っていった。夜明けとともに山越えをはじめ、中腹で干《ほ》し飯《いい》をかじりつつ、午《うま》の刻［午後零時］には山の頂に着いた。

曹操も昼過ぎには頂上に至った。山腹は樹木で覆われていたが、山頂は広々としている。老い松が何本か石のあいだから伸びているだけで、隊列を整えるのにも問題はない。ところが、曹操が息を整える間もなく、邢顒《けいぎょう》が身をかがめて慌てて駆け寄ってきた。「東側に敵が！」

「斥候《せっこう》か？」

「いいえ……」邢顒の顔色は真っ青で唇はかすかに震えている。「大軍勢です。まだわが軍が山上にいることに気づいていないようです」

「全軍、止まれ。山を下ってはならん」曹操の口ぶりはまだ落ち着きを保っているが、その表情は凍りついていた——しまった！　白狼山は柳城の南西、蹋頓《とうとん》が南東の海沿いの道に重点を置いていたなら、ここに大軍が現れるはずはない。山麓にまで大軍を進めているということは、わが軍の動きを把握している。慎重を期してきたはずが、すべて漏れていたのだ！

曹操は虎豹騎《こひょうき》［曹操の親衛騎兵］に囲まれながら頂上の東側に急いで向かった。多くの者は地べたに身を伏せているが、曹操が這《は》いつくばるのは体面に関わる。老い松の陰に身を隠してわずかに頭をもたげて望むと、曹操もその光景に震え上がった。彼方を見下ろすと、山麓から六、七里［約三キロメートル］のところに烏丸軍がひしめき、いまも勢いよく砂塵を舞き上げながらこちらへ迫っている。多勢に無勢で距離もわずか、敵がもし大挙して山を攻め登ってきたら敗北は免れない。要路を抑えて包囲されれば補給と援軍も絶たれてしまう。三万の将兵は確実にこの北辺の荒れ山で死を迎えることになるであろう。

曹操は身を翻して老い松に寄りかかり、眉間に皺《しわ》を寄せて考えをめぐらせた。俯《うつむ》くと、閻柔《えんじゅう》が這いながら足元まで近づいてきている。「おぬしは胡人《こじん》との付き合いが長い。あの軍勢をどう見る？」

「はっ」閻柔は曹操の前までにじり寄り、石にしがみついて首を伸ばした。すると、意外なことに小さく笑いだした。「恐れることはありません」

「ほう」曹操は一縷《いちる》の望みを見いだした。「なぜだ？」

閻柔は顔を上げて答えた。「烏丸や鮮卑《せんぴ》の戦《いくさ》は騎兵頼み。ですが、長柄の槍や戟《げき》はあまり用いず、精鋭部隊は角弓《つのゆみ》と軍刀を備えています。山麓の部隊を見るに、数こそ多いものの騎兵は少なく武器もばらばら、これは蹋頓麾下《きか》の精鋭ではなく、おそらく……」

曹操はよしっと膝を打った。「敵はわが軍の動きを知ったばかりで、慌てて兵をかき集めたということか。精鋭のほとんどは各地に散っており、ここに間に合っていない」

「いかにも！　おそらく蹋頓は柳城あたりの遊牧民に召集をかけたのでしょう。八割がた袁尚《えんしょう》兄弟もあのなかにいると思われます。多勢を恃《たの》みにわれらを追い払おうという魂胆かと」閻柔は話し続けた。「『之《これ》を死地《しち》に陥《おとしい》れ然《しか》る後生《のちい》く［軍は窮地に置かれてこそ奮戦して生き延びる］』、われらも打って出て奇襲しましょう」ほとんど学のない閻柔であるが、唯一知っている兵法を今日は見事に披露した。

曹操はうなずいたものの不安はぬぐえなかった。野育ちの閻柔は自信満々だが、この戦が閻柔の言うとおりになるとは限らない。なかなか決心がつかず、曹操はもう一度首を伸ばしてより注意深く眺めた。烏丸の大軍は間延びしたように広がり、騎兵も歩兵も入り交じって慌ただしく道を急いでいる。軍装は不揃《ぞろ》いで、粗衣《そい》をまとう者もいれば、鎧兜を身につける者、虎や羊の毛皮を羽織る者もいて、裸馬《はだかうま》に跨がった騎兵もいる。戦で陣形を重視しないのは遊牧民の弱点であるが、この日は輪をかけてばらばらであった。問題は双方の兵力差にある。奇襲がうまくいっても反撃は免れず、戦が長引けば手を焼くのは間違いない。曹操が考えあぐねていると、閻柔が急に手を挙げて指さした。「蹋頓です！」

「手を挙げるな！　見つかったらどうする」曹操は足で閻柔の手を踏みつけながら尋ねた。「こんなに離れて、なぜ蹋頓だとわかる？」

閻柔は苦痛に顔をゆがめたが、声を上げるのはかろうじてこらえ、腹立たしさで顔を真っ赤に染めながら答えた。「ご自分でご覧ください。隊列のなかに白旄《はくぼう》［旄牛《からうし》の毛を飾りにした旗］が見えます。あれは袁紹《えんしょう》が与えたもので、蹋頓はどこへ行くにも将帥の旗として使っているのです」

たしかに曹操にもはっきりと見えた。漢の朝廷の白旄と寸分違《たが》わぬ将帥旗が、敵の中軍のやや前寄りに翻っている。賭けに出る価値はありそうだ。賊を捕らえるにはまずその頭《かしら》からと言うが、奇襲により蹋頓を討ち取れば後続との戦いは不要になる。そう考えながら頭を低くして山道を見つめると、これまでの憂いもどこへやら、曹操はにやりとほくそ笑んだ。地形をじっくり観察してわかったのだが、白狼山の東の斜面は草木が生い茂っていた西側と異なり、凹凸《おうとつ》がなく、邪魔になる木もほとんどない。騎兵で一気に駆け降りて奇襲するにはうってつけである。

そうこうしているあいだにも大軍はじりじりと近づき、敵の斥候が山麓に達したのが見えた。もはや一刻の猶予もない。

曹操はすぐに諸将を呼び集めて作戦を伝えた。軍を三つに分け、南側に徐晃《じょこう》、北側に張郃《ちょうこう》、中央に張遼《ちょうりょう》の部隊を置き、その先鋒に鮮于輔《せんうほ》と閻柔率いる幽《ゆう》州の騎兵を配する。そしてまずは左右の両部隊が山を駆け下りて敵陣をかき乱し、その間に中央から敵の本隊を襲って蹋頓を討つという作戦である。

軍令が下ると曹操軍の陣中はにわかに活気づいた。山頂は開けているとはいえ、二、三万もの軍勢が思うように動けるほど広くはない。後続の兵が登り切ってくる前から隊列を組みはじめ、騎兵は平らな場所を探して軍馬に跨がった。慌てて陣太鼓を担いだものの、どこに据えればいいかわからず右往左往している兵もいる。思うように布陣が進まず曹操は苛立ちを募らせたが、こればかりは致し方ない。東を望めば烏丸の斥候が馬を飛ばしてどんどん接近してくる。その距離はもう山頂から百歩あまり［約百五十メートル］、曹操はうっかり身を隠すのを忘れ、遠目にも斥候と互いの顔を見合わせた。

ここ数日、鎧兜に身を固めている曹操はひと目で漢の将軍とわかる。斥候の目にもそれは明らかで、驚いた表情を見せると、すぐさま報告に戻ろうとして馬の手綱を引いた。

すると閻柔が迷いなく立ち上がって矢を放った。斥候は馬首を回《めぐ》らせる間もなく喉に矢を受け、そのまま落馬した。馬はまだそれに気づかず立ち止まっている。閻柔はすぐに二の矢を放ち、今度は馬の左目に命中させた。閻柔の矢は矢じりが三角錐の形をしており、鎧をも貫く強力なものである。矢じりは脳髄にまで達し、馬はひと声嘶《いなな》くと、二、三度脚を踏ん張ったが最後にはどさりと倒れた。こうして斥候は青々とした山中で馬もろともに息絶えた。麓《ふもと》の大軍は注意を怠っているのか、何かに気づいた様子はまだない。この二本の矢は曹操軍に貴重な時間をもたらした。

「危ないところだった」曹操は大木の陰に身を隠しながら冷や汗をかいた。「おぬしの弓矢は百発百中、相当な腕前だな」

閻柔は地べたに這いつくばり、ここでもお世辞を忘れなかった。「千軍万馬を指揮するわが君に比べれば、それがしの弓など小手先の児戯《じぎ》に過ぎません」

さすがにいまはおべっかに付き合っている暇はない。「ここはもうよい。急いでおぬしも兵を率いよ」

諸将が慌ただしく動き回り、もう少しで三つに隊列を組み終えるというところで、またしても敵の斥候がやって来た。今度は十騎あまりおり、これ以上軍の存在を隠し通すのは不可能である。曹操は地団駄を踏んだが、こうなれば打って出るしかない。「左右の部隊は出撃せよ。ただし陣太鼓を打ち鳴らしてはいかん！」

命令一下、徐晃と張郃は兵卒よりも前に立ち、部隊を率いて麓をめがけ突進していった。騎兵に続いて歩兵も一気に駆け降りる。斥候が異変に気づいたときには、曹操軍はあっという間に眼前に迫っていた。こうして敵の斥候は馬首を返す間もなく討ち取られた。

一方、蹋頓はというと、曹操の読みどおり、敵襲の知らせを受けて慌てて出陣してきていた。烏丸の民が白狼山の西で放牧していたところ、偶然にも平剛の古城に曹操軍が集結しているのを見かけ、急いで戻り報告したのである。蹋頓は、麾下の精兵を沿海の要所に派遣していたため大いに驚いたが、取り急ぎ袁氏の兄弟や烏延《うえん》、蘇僕延《そぼくえん》らの部隊を集め、自身の護衛兵にも召集をかけ、さらには部族の若者から壮年の者までを動員して、とりあえず十万の兵をかき集めた。そして機先を制して白狼山を占拠し、地の利を生かして曹操軍の進路を阻んだうえで、各地からの援軍を待って曹操軍を一挙に殲滅しようと考えていた。

むろん斥候の知らせは烏丸軍に届かなかったが、二、三万もの軍勢が山を駆け降りているのに気づかないはずはない。突然地面が揺れたかと思うと、蹄《ひづめ》の音が遠くから響いてくる。前方の山を見上げると、もうもうと土ぼこりが立ち昇っていた。曹操軍の奇襲である！　すぐに進軍を止めて布陣しようとしたが、もうわずか一、二里［数百メートル］にまで迫ってきた。布陣しようにも間に合わず、騒然としている間に早くも曹操軍の二隊が左右から突撃してきた。烏丸軍は陣形もかまわずに慌ただしく矢で迎え撃った。

烏丸の矢が雨霰《あられ》と曹操軍に降り注ぐ。すぐに十数騎の兵が倒れたが、北辺まで四百里［約百六十五キロメートル］も遠征してきた曹操軍に兵を退《ひ》くという選択肢はない。戦うとなれば命がけで前に進むしかないのだ。しかも山上から疾風迅雷の勢いで駆け降りている。矢を浴びせたところで止まるはずもなく、左右の軍は次々と戦友の屍《しかばね》を踏み越えて前進を続けた。気づけば曹操軍は楔《くさび》を打ち込むように敵軍に攻め入り、あたり一帯には烏丸兵の血飛沫が舞った。曹操は山頂からこの光景を見て、すかさず第二の軍令を発した。「中央の部隊も出撃せよ！　陣太鼓を打ち鳴らせ！」

山頂の陣太鼓が遠雷のごとく天地に響くと、精鋭の騎兵を率いた張遼、鮮于輔、閻柔は、弓から放たれた矢のごとく、激しく沸き返る戦場に怯《ひる》むこともなく、一気に麓を目指して駆け降りた。狙いは蹋頓の白旄のみである。麓に達するや否や、張遼らの部隊は破竹の勢いで敵の人馬をなぎ倒していった。

両軍の兵馬がぶつかり合い、刀と槍が激しく交わされると、北辺の冷たい秋風に乗って砂塵と血が虚空を漂う。負傷して倒れた将兵は踏みしだかれて血まみれの肉塊《にくかい》と化し、主《あるじ》を失った馬は闇雲に走り回って悲しげに嘶く。足元には生首が根を離れた蓬《よもぎ》のようにさまよい転がった……烏丸軍は慌てて応戦したものの、曹操軍の勢いを食い止めることができず、いたずらに死傷者を増やした。しかし、遊牧の民は勇猛果敢な強者《つわもの》が多い。とりわけ弓馬に秀で、一対一では漢人をはるかに凌《しの》ぐ力を発揮する。烏丸軍はわずかな時間で態勢を立て直すと、力を振り絞って反撃をはじめた。地べたに倒れながら曹操軍の馬の足を断ち切る者もいれば、続けざまに矢を放ってことごとく命中させる者もいた。蹋頓自身も実に屈強でかつ勇ましく、態勢の不利を知りながら、突撃してくる張遼の部隊に対して逃げも隠れもしなかった。将が怯まず立ち向かえば、兵も覚悟を決める。曹操軍は引き続き盛んに攻め立てたが、烏丸軍を叩きつぶせないばかりか、かえって疲労の色が見えてきた。長い遠征の果てで休息も十分ではない。さすがの精鋭もいよいよ力が尽きかけた。かたや蹋頓の背後からは後続の部隊が続々と到着し、戦列に加わって張遼らを包囲してくる。情勢は曹操軍にとってしだいに不利となってきた。

曹操が山頂で戦況を見つめていると、烏丸の兵は鳥の群れのごとく、どこからともなく戦場に集まってくる。蹋頓の軍勢およそ十万に対して味方はわずか二、三万、このままでは全滅の憂き目に遭うかもしれない。曹操は虎豹騎の頭である曹純《そうじゅん》に命じた。「おぬしらも行くのだ」

「われらもですか?」曹純は驚いた。

「そうだ!」曹操はきっぱりと答えた。「南皮《なんひ》［河北省南東部］の戦いで袁譚《えんたん》をどう破ったか覚えているか。いまも一緒だ。麓の胡人は利を求めて集まった烏合の衆に過ぎない。蹋頓さえ討ち取れば総崩れになる。局面を変えられるのだ」

曹純はいささか躊躇《ちゅうちょ》した。そうは言っても、いまの情勢はやはり南皮のときとは違う。あのときは互いの勢力が拮抗《きっこう》し、戦いの行方がわからない状況だったからこそ、虎豹騎が勝敗を決める最後の決め手となったのだ。しかし、いまは多勢に無勢、もし虎豹騎が残らず山を下りて戦に加わったその隙《すき》に、敵が回り込んで来て曹操を襲ったらどうする？　本当に山を下るべきなのか……

曹純が戸惑っていると、背後から韓浩《かんこう》が叫んだ。「ためらうな！　もし張遼の部隊が全滅したら胡人が攻め上がってきて、どのみちわれらは殺される。山を下りて戦うしかないのだ」

「そうだ」曹操も同じ考えである。「当たって砕けるしかない。敵陣深く四百里も入り込んで、どうせ戻ることはできん。打って出て勝負をかけるのだ！」

曹純、許褚《きょちょ》、韓浩、史渙《しかん》らはおのおの槍を手に取ると、三千の虎豹騎ともども張遼のあとを追った。曹操軍による捨て身の攻撃である。曹操ももう隠れることはない。前に進み出て松の枝をつかむと、山の頂に堂々と立った。自分もともに戦っているのだと将兵に知らしめるためである。周囲には鄧展《とうてん》率いる十数人の護衛と、婁圭《ろうけい》、牽招《けんしょう》、田疇だけが残った。

虎豹騎の加勢は効果てきめんであった。普段は後方で曹操を守る部隊が前線に出てきたのである。しぼみかけていた曹操軍の士気が再び高揚した。将兵らはみな曹操の考えを理解した。周りにどれだけの敵がいようとも、ありったけの武器を残らず蹋頓にお見舞いしろということだ。曹操の爪は自分でも気づかぬうちに木の皮に食い込んでいた。曹操が軍を率いて二十年あまり、白狼山の戦いはこれまでのどの戦よりも危ういものであった。それは汴水《べんすい》の戦い、官渡《かんと》の戦い［ともに河南省中部］の比ではない。いま蹋頓の首を挙げなければ、ここで命が果てるのだ。

そのとき、曹操のすぐそばで叫び声が上がったかと思うと、二人の護衛兵が矢に倒れた。虎の毛皮をまとった烏丸兵が五人、南から回り込んで攻め上がってきたのだ。鄧展の剣術の腕前は軍のなかでも指折りで、すぐさま刀を抜くと烏丸兵に向かっていき兵刃を交えた。だが、一人を倒したところで力が強すぎたのか、刀が根元から折れてしまった。烏丸の兵も剣術に優れている。鄧展の非凡な腕前を知るなり、残る四人が一斉に鄧展に刃を向けた。徒手空拳《としゅくうけん》の鄧展は四本の刀が自分の首をめがけて突き出されると、地べたに転がってそれを躱《かわ》した。かと思うと、あっという間に一人の刀を奪い取り、素手で敵の刃を奪うという神業を見せた。ほかの護衛兵も我に返り、十数人が一斉に長戟《ちょうげき》を繰り出し、残る四人を瞬く間に討ち取った。

「まだいるぞ！」視力のよい田疇が南側の草むらを指さした。十人を超える烏丸兵がいままさに木の枝をつかんで登ってきている。先に来た五人の仲間に違いない。

曹操は一瞬たじろいだが、すぐに大きな声で命じた。「鄧展、おぬしに任せた！」

曹操はそう言うなり刀を放ってよこした。奪った刀を投げ捨てて鄧展がそれを受け取ると、なんと倚天《いてん》の剣である！　刀身は五尺［約百十五センチ］近く、幅は一尺［約二十三センチ］、普通の佩剣《はいけん》よりはるかに大きく、盾として使うこともできる。純度の高い鋼を鍛造して作られた倚天こそは、天下無双の一振りであった。鄧展は驚喜して護衛兵に呼びかけた。「わが君をお守りするのだ、続け！」そう叫ぶと、山を登りくる敵に向かって駆け降りていった。弓に長けた烏丸兵をこれ以上近づければ曹操の命が危うい。

しかし、護衛兵が鄧展について行くと、当然ながら曹操の護衛がいなくなる。曹操と婁圭は若いころ一緒に弓馬や剣術を修練したが、むろん五十を過ぎたいまとなっては当時のようには動けない。震えながら木陰に隠れる邢顒は、鶏を絞め殺すだけの腕力もない白面《はくめん》の書生である。牽招と田疇は剣術の心得があるものの腕前は人並みで、鄧展について行けばかえって足手まといになると考え、残って曹操を護衛することにした。

敵味方とも十数人ずつであるが、一対一の戦いではやはり烏丸に分がある。兵刃を交えると二人の護衛兵があっさりと倒された。頼りは鄧展のみである。婁圭と邢顒は戦闘が不利と見るや、機転を利かせて丸太や石の代わりに陣太鼓を蹴り落とした。これが功を奏し、烏丸兵が体勢を崩すや否や、鄧展は倚天の剣を振り上げて猛然と襲いかかった。立て続けに二人の烏丸兵を一刀両断し、護衛兵たちも必死に戦って、何とか十を超える敵の奇襲部隊をことごとく斬り捨てた。しかし、生き残った味方もわずか四人であった。

いまここに別の部隊が攻めてきたら、今度こそ曹操の命はない。まさに絶体絶命の危機である。曹操らが敵の屍を前に立ち尽くしていると、麓のほうから歓声が聞こえてきた。声は方々から沸き上がり、何を叫んでいるのかわからない。だが、それと同時に、烏丸軍が一目散に退却しはじめ、蹋頓の白旄は人混みのなかに倒れて消えていた。

「虎豹騎が単于《ぜんう》の蹋頓を討ったぞ！　勝ったぞ……曹公万歳……曹公万歳……」歓喜の声がしだいに明瞭になってくる。兵士たちの声にも安堵の思いがこもっているようだ。老い松に寄りかかって立っていた曹操だが、精も根も尽き果てて緊張の糸が切れたのか、膝から崩れ落ちて一つ大きく息をついた。

放歌高吟《ほうかこうぎん》

建安《けんあん》十二年（西暦二〇七年）八月、曹操軍は白狼山《はくろうさん》の西で蹋頓《とうとん》の大軍と出くわしたが、将兵たちの勇敢なる戦いの末に、多勢に無勢ながらも烏丸《うがん》軍を打ち負かした。蹋頓が虎豹騎《こひょうき》に討ち取られると、烏丸の各部族は動揺をきたし、右北平《ゆうほくへい》、遼西《りょうせい》、遼東《りょうとう》の三郡の連合軍は蜘蛛の子を散らすように逃げていった。その後、曹操は柳城《りゅうじょう》をたやすく手中に収め、軍民併せて二十万を超える胡人《こじん》と漢人が降伏した。袁尚《えんしょう》、袁熙《えんき》兄弟は九死に一生を得たが、大勢が決したのを目の当たりにすると、蘇僕延《そぼくえん》、烏延《うえん》、楼班《ろうはん》らと再び逃亡を図り、遼東太守《たいしゅ》の公孫康《こうそんこう》を頼って落ちていった。

曹操が柳城に滞在したのはわずか半月、事後の処理を牽招《けんしょう》と鮮于輔《せんうほ》に委ねると、急いで撤兵した。夏に溢《あふ》れ出た水はすでに引いており、各地の難所もたやすく通ることができた。往路は山越えをしたため苦しんだが、帰路は海沿いの駅路を進んだ。遼西の官道は整備されておらず道幅も狭いが、苦難をくぐり抜けてきた曹操軍の将兵にとって、北辺の峻険な山や深く切り立った谷に比べれば、まさに立派な大通りだった。

大きな戦《いくさ》を終えたばかりで、曹操を含め、行軍は寛いだ雰囲気に包まれていた。日が高く昇ってから出発し、空が暗くなりはじめるとすぐに陣を張った。将兵たちは、まるで物見遊山にでも出かけるかのごとく、浮き浮きした気分で鼻歌をうたっている。時間にゆとりがあれば土地の者から魚をもらって舌鼓を打つなど、誰もがこの得がたいひとときを存分に味わった。柳城を発って一月《ひとつき》あまり、軍はまだ遼西郡内を進んでいた。

全軍の動きは緩慢で、むろん行軍も捗《はかど》らない。ある日、婁圭《ろうけい》は馬上から周囲を見回し、曹操に不満を漏らした。「孟徳《もうとく》、見てみろ。この兵どもはだらけすぎだ。張遼《ちょうりょう》や徐晃《じょこう》もほったらかしにしている。もしわしが総帥ならやつらを呼びつけて叱りつけているところだ。いささか軍功を立てたからといっていい気になりおって」

曹操は顔も上げずに手綱を引きながら笑って答えた。「用兵も政《まつりごと》も同じ、締めるときには締め、緩めるときには緩める。兵が疲れたなら休ませるのも大切なことだ。いま一度軍法を言い聞かせるにしても、易県《えき》［河北省中部］に戻ってからでよかろう。軍師《ぐんし》がこちらに向けて于禁《うきん》を遣わし、われらを出迎えてくれるとのことだ。あと数日もすれば合流できるはず」

「軍を休ませるなら、もう幾日か柳城に滞在すればよかったではないか」婁圭には理解しかねた。

「烏丸は帰順したばかりで互いの警戒も解けていない。しかも、わしは軍の威光を笠に着て威圧的だと思われている。長く大軍をとどめれば、いたずらに胡人の不安をあおるだけだ。わしが去れば胡人も安心する。牽招や鮮于輔は胡人との付き合いも長いから、いずれはうまく手なずけてくれるはずだ」そこで曹操は目を輝かせた。「閻柔《えんじゅう》によれば、烏丸は多くの良馬を育てるそうだ。彼らが馬を飼い慣らしてくれれば、今後は騎馬の不足を心配することもない」

だが、婁圭は楽観していない。「いまさらかもしれんが、こんな不毛な土地までやって来て苦労したのは、袁尚と袁熙を討ち取るためだったはず。だが、まったく見事な逃げ足で遼東まで逃げおおせた。ことによると公孫康と結託して捲土重来《けんどちょうらい》を期しているかもしれぬ。こたびは完全な勝ち戦を収めて後顧の憂いもない。それなのに、なぜ一気に遼東を攻めんのだ。こう安易に兵を引き上げては、未練だけでなく禍根も残すことになる」

このとき曹操の馬の後ろには韓浩《かんこう》が従っていた。韓浩も婁圭と同じ意見であったが、曹操の決断に異を挟《さしはさ》めずにいた。だが、曹操と昔なじみの婁圭が口火を切ってくれたので、韓浩も同調した。「わたくしも婁司馬の仰るとおりかと。大軍が引き上げれば柳城の兵力はわずかとなり、公孫康が機に乗じて攻め入ってくるかもしれません。公孫父子が遼東王を名乗っていたことはお忘れございませぬよう」

「はっはっは」曹操は一笑に付した。「遼東王とやらにそんな度胸があるものか。やつが袁氏兄弟の首を送ってよこすのを待っておればよいのだ。この件はもうよい。おぬしらにもじきにわかる」

曹操が自信満々に言い切るのを見て、韓浩と婁圭は思わず顔を見合わせた。どう諫《いさ》めたものか言葉を探しあぐねていると、邢顒《けいぎょう》が前方からうれしそうに馬に鞭を当ててやって来た。「わが君、ここで野営いたしましょう」

婁圭は眉をひそめた。「ここで野営だと？　今日はまだいかほども進んでおらん。未《ひつじ》の刻［午後二時ごろ］から野営とは、いくらなんでも早すぎる」

「いや、ちょうどよい」曹操は南西の方角を指さした。「さっき邢殿が、あれが有名な碣石山《けっせきさん》(1)だと教えてくれた。頂に登って海を見下ろせば、さぞかし壮観であろう。早めに野営して、山頂で絶景を眺めるのも悪くはあるまい」

帰路は敵の影すら見えず、野営に何の差し障りもない。塹壕《ざんごう》も逆茂木《さかもぎ》も不要で、天幕を張れば事足りる。ほどなくして中軍が碣石山の麓《ふもと》に着くと、邢顒、田疇《でんちゅう》、婁圭らだけでなく、張遼や閻柔といった将も曹操のお供をすることになった。

碣石山は海に面して草木もまばらで、角の取れた岩が多く積み重なっている。下から見上げれば、まるで天の神が波打ち際に投げ入れた大岩のようである。白狼山に比べてはるかに急峻だが、同じ登山にしてもあのときとは一同の心持ちが違う。白狼山へは戦をするためだったが、ここへ来たのは風景を愛でるためである。きつい登りが続いても、笑い声や話し声が途絶えることなく賑やかな道行きであった。とはいえ、硬い小石が散らばって歩きづらく、足を滑らせれば大怪我は免れない。許褚《きょちょ》、鄧展《とうてん》らは慎重を期して、絶えず曹操のそばで手を貸したり後ろから支えたりした。

曹操は何といっても五十を過ぎている。護衛兵の手を借りて頂上に達したときにはかなり息切れしていた。だが、振り返ると田疇がまだ難儀しながらよじ登ってくるので、急いで手を差し出してねぎらった。「田先生、こたびは大軍を先導していただきありがとうございました。この功績は大きいですぞ。さあ、手をお貸ししましょう」

「いえ、明公《めいこう》のお手を煩わせるわけにはまいりません。わたくしのために腰をかがめるなど恐れ多いこと」田疇は曹操の手を取らず、山道の岩をつかんで自力でよじ登った。この二人の会話には相変わらず含むところがある。

曹操はかすかに微笑んだがそれ以上何も言わず、呼吸を整えて身を起こすと、南の方角を眺めた。視界の先には紺碧の海が無限に広がっている。そして時折、天が崩れ落ち地が裂けるような轟音とともに、激しい波が麓の岸壁に打ちつける。その飛沫は高さ数丈［約十メートル］にも届くほどである。婁圭、張遼と一人ずつ登って来ては、目の前の光景を眺めて一様に賛嘆の声を上げた。邢顒は笑みをこぼして絶景を称えた。「見事、見事。いまはちょうど満ち潮、百川《ひゃくせん》東に流れて怒濤逆巻くと言いますが、これほどの眺めを拝めたのですから、苦労して登った甲斐もあるというもの」

閻柔は年若く粗野な男である。眼前の光景に思わず疑問を口にした。「百川は東に流れて海に入ると申しますが、なぜ天下の水は西や北ではなく、いつも東に向かって流れるのでしょう？」

闍柔の疑問に一同は声を上げて笑った。邢顒が教えてやった。「言い伝えによると、その昔、共工《きょうこう》［神話上の水神］と顓頊《せんぎょく》［伝説上の五帝の一人］が天子の座を争った。戦いに敗れた共工は怒って不周山《ふしゅうさん》にぶつかり、そのせいで天を支えていた柱が折れ、地をつないでいた維《つな》が切れた。そこで女《じょ》媧《か》［神話上の女神］が五色の石を溶かして天を補修し、大亀の足を切って天の四隅を支える柱にした。ただ、天は北西に傾き、地は南東に傾いた。そのため太陽と月は逆に南東へと動き、河川は東に向かって流れるようになったらしい」

「ほう、共工が山を壊し、女媧が天を補修したのですか。古《いにしえ》の人はやることが桁違いですな」闍柔は遊牧の民として育ったため、ほとんど学問をしたことがない。これ見よがしに語る邢顒の話を本当のことと信じ込んでしまった。

邢顒は闍柔の姿を見て面白くなり、悪乗りして話し続けた。「古の異能の士は枚挙にいとまがないぞ。たとえば、おぬしは弓術に長けているが、荀子《じゅんし》に『百発して一失あれば、射を善くすると謂うに足らず』とあるのを知っているか。古の北狄《ほくてき》の主であった后羿《こうげい》［伝説上の弓の名手］は、なんと九つの太陽を射落としたそうだ。おぬしの弓術も優れているとはいえ、所詮はありきたりの技に過ぎぬ。いつの日か太陽を射落としてこそ、その道を究めたと申せよう」言い終えるや、わざと厳かな表情で髭をしごいた。

闍柔は無念そうに黙り込み、長いため息を漏らしてつぶやいた。「俺の正確な弓なら太陽を射るのも難しくない。ただ、残念ながら腕力が足らん」

「はっはっは……」周りの者は腹を抱えて笑った。

閻柔はそれでやっと自分が担《かつ》がれたことに気づいた。「邢殿、騙《だま》しましたな！　太陽を射た者などおらんのでしょう！」

邢顒はにこにこしながら言い訳した。「あくまで言い伝えだがな。『孟子《もうし》』にも『淮南子《えなんじ》』にもそう書いてある。信じられぬならわが君に尋ねればいい」

曹操はそんなやり取りにはまるで関心がなく、ぼんやりと海を眺めていたが、その心はまさに波のようにざわついていた――眼下に広がるのはただの海ではない。寄せては返す激しい波の一つ一つが、天下を続々と駆け抜けた英雄たちそのものなのだ。横暴を極めた董仲穎《とうちゅうえい》はいずこに消えた……無類の勇猛さを誇った呂奉先《りょほうせん》はどこへ去った……皇帝を僭称した袁公路《こうろ》の威風はいまどこに……四州を擁して風雲を起こした袁本初《ほんしょ》の足跡はもはや微塵もない……波は休みなく砂を洗う、そして誰もがその波のように次から次へと激しく岸壁にぶつかり、刹那の輝きを見せては消えていったのだ……独りこの曹操のみ、それらの大波を物ともせずに屹立し、いまや天下の浮沈をこの手に握ろうとしている――

曹操は忘我の境に彷徨しながら、両の眼《まなこ》を細めて波の音に耳を傾けた。衣の襟と長い髭が物寂しい秋風に揺れている。そんな姿を目にすると、そばの者も声をかけず静かに見守った。往路では辺境の山の眺めを称えていた田疇も、ここでは海をひと目見下ろしただけで、平らな岩をみつけて腰を下ろしている。仁者は山を好み、智者は水を好むというが、ここでも田疇と曹操の心境はまったく異なっていた。

どれほどの時間が経ったのか、気づけば夕日はしだいに山の端に近づき、三日月は波間にたゆたい、雲はあかね色に染まり、海は金色の光を放っていた。波もようやく穏やかになり、潮が引いたようである。邢顒は意を決して曹操の袖を引き、静かに声をかけた。「わが君、戻りましょう。暗くなると危のうございます」

曹操は邢顒にかまうことなく、頭を上げて胸を張り、袖を翻すと、朗々と詠じはじめた。

東のかた碣石に臨み、以《もっ》て滄海《そうかい》を観る。
水は何ぞ澹々《たんたん》たる、山島は竦峙《しょうじ》す。
樹木 叢生《そうせい》し、百草《ひゃくそう》 豊茂《ほうも》す。
秋風 蕭瑟《しょうしつ》たり、洪波《こうは》 湧き起こる。
日月の行くや、其の中《うち》より出《い》ずるが若《ごと》し。
星漢《せいかん》 燦爛《さんらん》たり、其の裏《うち》より出ずるが若し。
幸い 甚だ至れる哉《かな》、歌いて以て志を詠ぜん。
［東は碣石山に登り、青い海を眺めやる。
海はゆったりと波打ち、山は高くそびえる。
山は樹木が鬱蒼として、さまざまな野草が生い茂る。
秋風が物寂しく吹きつけて、大波が湧き起こる。
日月が移ろうのも、海のなかから現れるよう。

鮮やかに輝く天の川も、海のなかから現れるよう。
なんと幸せなことか、歌って志を詠じるとしよう」

曹操が吟じ終えると、みな一斉に称賛の声を上げた。むろん海の波ではなく、曹操の詩才を称えたのである。簡潔な詩は目の前の絶景をありありと歌い上げ、雄々しい気概がほとばしるとともに、何《なん》人《ぴと》をも受け入れる度量の広さを感じさせる。

「実に素晴らしい。広大無辺な海の姿はまことに自然の妙でございます」邢顒は曹操に触発されたのか、『荘子《そうじ》』の「逍遥遊《しょうようゆう》」を続けて吟じた。「北冥《ほくめい》に魚《うお》あり、其の名を鯤《こん》と為す。鯤の大《おお》いさ、其の幾千里なるかを知らず。化《か》して鳥と為り、其の名を鵬《ほう》と為す。鵬の背、其の幾千里なるかを知らず［北方の大海に鯤という魚がおり、その大きさたるや何千里あるかわからない。この魚は姿を変えて鵬という鳥となる。その背中の広さたるや、何千里あるかわからない］」

「はっはっは」曹操は突然笑い出した。「荘子の話を信じているのか」

邢顒は髭をひねりながら答えた。「千里の鯤はもとより存在しませんが、大魚はおります。わたくしの知るところでは、東海《とうかい》に山ほどの大きさの魚がいて、稚魚でも数軒の家ほどの大きさがあり、その髭だけでも長さ一丈［約二・三メートル］に達し、目は三升［約六百ミリリットル］の大椀にも匹敵するとのこと。民はこれを鯨鯢《げいげい》［鯨《くじら》］と呼んでおります。この魚が浅瀬に乗り上げて海岸で死ぬと、その油があたり一面に流れ出すそうです。民はその肉を食らい、その油を灯《あか》りとして用いるとか。そして、骨を使って長柄の矛を作り……」

張遼は邢顒のすぐ後ろに立っていたが、二人の吟詠を聞いても理解できず、ただ黙って見ているしかなかった。しかし、邢顒の口から武器の話が出たので、やにわに元気を取り戻して口を挟んだ。「そうでした！　昨年、柳毅《りゅうき》や管承《かんしょう》と戦ったとき、手下の海賊どもがそのような矛を使っていました。見たこともない黄とも何とも言えぬ色で、鋭利にしてしなやか。何で出来ているのかわかりませんでしたが、いま思うにあれこそ魚の骨で作った矛だったのでしょう」

「間違いありません。それは鯨鯢の骨です」邢顒は海のほうに向き直り、感慨に堪えぬ様子で語った。「古人の記した信じがたいことも、まったくのでたらめとは申せません。空を駆ける天馬《てんば》や河図《かと》［黄河に現れた竜馬《りゅうば》の背に記されていたという図］、洛書《らくしょ》［洛水に現れた神亀《しんき》の背にあったという文書］、緯書《いしょ》［儒教の教義に関連させた予言書］なども、何かしら基づくところはあるのです」

河図や洛書、緯書と聞いて、曹操は三年前に董昭《とうしょう》が鄴城《ぎょう》［河北省南部］で自分に向かって語った話を思い出した。魏《ぎ》郡の鄴城は天命を象徴する城であり、太白《たいはく》が天を横切り熒惑《けいこく》が逆行すれば［金星と火星が重なって見える現象のこと］、それは新たな王朝が生まれることを示しているというものだ。当初はそんな戯言《たわごと》を信じていなかったが、いまにして思えば当たっているようにも思われる。しかし、口では軽くあしらった。「方術の言葉は聞くだけにしておけ。信じているなどと言えば笑いものになるぞ」曹操はそう話しながら、岩をつかんで前へ進み出た。

「わが君、お気をつけて。足元は断崖絶壁です」許褚が注意を促した。

曹操はそれを意に介さず、海から吹きつける風を受けて崖に堂々と立った。果てしない大海原を見渡していると、覚えず感慨がこみ上げる。「わしが見るに、海は実に大きいが、人の意志も決して引けを取らぬ。神仙が住むという島に出かけて不老不死の霊薬を求める必要などない。命ある限り大海が百川を受け入れるがごとく何人《なんぴと》をも受け入れ、そうして大事を成し遂げる。それこそが真の英雄、偉丈夫《いじょうぶ》というものではないか。朝《あした》に道を聞かば夕《ゆうべ》に死すとも可なり。人生、老いを恐れてなんとする！」曹操はそう言い切ると、両腕を大きく広げてまた詠じはじめた。

神亀《しんき》　寿なりと雖《いえど》も、猶《な》お竟《お》わる時有り。
騰蛇《とうだ》　霧に乗るも、終《つい》には土灰《どかい》と為る。
老驥《ろうき》　櫪《れき》に伏すも、志は千里に在り。
烈士　暮年《ぼねん》なるも、壮心已《や》まず。
盈縮《えいしゅく》の期は、但《た》だ天に在るのみならず。
養怡《ようい》の福は、永年を得可《うべ》し。
幸い　甚だ至れる哉《かな》、歌いて以《もっ》て志を詠ぜん。

「霊異なる亀は長寿といえども死を免れぬ。
空を翔《かけ》る蛇も最後には土や灰となる。
老いた駿馬は厩《うまや》で伏せていても、その志ははるか千里の彼方。
不屈の男子は晩年になろうとも、勇ましい大志を失うことはない。
人の寿命は天の定めにのみよるのではない。
心身を養生すれば寿命を延ばすこともできる。

なんと幸せなことか、歌って志を詠じるとしよう」

「見事でございます！」邢顒は親指を立てて絶賛した。「烈士暮年なるも壮心已まず……わが君は知《ち》命《めい》を過ぎていらっしゃいますが、その雄大な志に陰りなし。他日、必ずや大事を成し遂げられましょう。わが君こそ天下の真の英雄、真の偉丈夫です！」

閻柔はちんぷんかんぷんだったが、とりあえず称賛の言葉を述べた。「傑作、傑作でございます」

「言葉では言い表せませぬ！」

「これぞ大家の作！」

「わが君こそ英雄のなかの英雄でございます……」

称賛の声に包まれて曹操は気分がよく、天を仰いで高々と笑った。少し距離を置いたところでは、田疇が一人座り込んで考えいた——曹孟徳はやはり並みの男ではない。老驥櫪に伏すも志は千里に在り、烈士暮年なるも壮心已まず……平々凡々な輩にこれほど雄渾《ゆうこん》な詩が作れようか。だが、曹操の感慨はどこから湧いて来るのだ？　曹操の千里の志とは、烈士の壮心とは何を意味するのだ……

その思いは金鑾《きんらん》［天子の御車《みくるま》の飾り］や玉圭《ぎょくけい》［天子らが祭礼などに用いる器物］にあり、一心に鴻鵠《こうこく》の志を遂げようとしているのである！

（1）碣石山の具体的な場所については、山東省無棣《むてい》県、あるいは遼寧《りょうねい》省の現在は水没している地点、または河北省昌黎《しょうれい》県などの諸説がある。曹操の烏丸征伐の行程から推測すると、遼寧省か河北省の可能性が高い。

第五章　粛正と専横

郭嘉《かくか》を悼む

建安《けんあん》十二年（西暦二〇七年）十一月、曹操率いる軍はようやく遼西《りょうせい》の地を抜け出て、易県《えき》［河北省中部］に残っていた大軍と合流した。そこには荀攸《じゅんゆう》、曹仁《そうじん》、于禁《うきん》らのほか、上谷郡《じょうこく》の烏丸《うがん》の難楼単于《なんろうぜんう》と代郡《だい》の烏丸の普富盧《ふふうろ》単于もいて曹操を出迎えた。

先の戦いで蹋頓《とうとん》が戦死し、袁尚《えんしょう》らも逃げ出すと、三郡の烏丸は総崩れとなった。この知らせが伝わると、三郡以外の烏丸族たちも恐れをなした。難楼と普富盧は、次に討伐されるのは自分ではないかと案じ、時を移さず易県に駆けつけて曹操に投降したのである。貢ぎ物として軍馬や武器を持参しただけでなく、人質として鄴城《ぎょう》［河北省南部］に住まわせるべく家族も引き連れて来ていた。だが、みなの出迎えも難楼らの投降も曹操を喜ばせることはなかった。なぜならその場に姿を見せていない者が一人いたからである——郭嘉の姿がない。郭嘉は曹操がもっとも目をかけてきた幕僚であったが、二月前《ふたつき》に亡くなっていた。

曹操について従軍すること十年あまり、郭嘉は軍務に関わって数々の奇策を講じ、とりわけ河北《かほく》を攻める際には大きな功績を立てた。軍師祭酒《ぐんしさいしゅ》として亡くなったが、生前はほかの同僚をはるかに凌《しの》ぐ待遇を受け、実際の地位は軍師《ぐんし》の荀攸に次いだ。これはむろん郭嘉の智謀と妙計の賜物《たまもの》であるが、いつも正確に曹操の胸の内を読み取っていたからでもある。曹操を諫《いさ》めるときも盾突くような態度は取らず、追従《ついしょう》するときも卑俗に堕することはなく、自身の賢明さを発揮するときでも曹操を立てることを忘れなかった。曹操は郭嘉に計り知れない可能性を感じていた。いよいよ高い官職を授けて重責を担わせ、いずれは死後のことを託そうとさえ考えていた。だが、天がその才を妬《ねた》んだのか、思いもかけず急逝してしまった。享年わずか三十八歳であった。

曹操は深い悲しみに暮れ、難楼や普富盧をもてなすどころではなかった。そのため二言三言、言葉をかけて人質や貢ぎ物を受け取っただけで、すぐに二人を帰郷させ、あくる日には大軍で郭嘉の棺とともに鄴城へと発った。道中は幾度も停止しながらゆるゆると進んだ。馬上の曹操は何度も振り返っては郭嘉の棺に目を遣った——あのいたずら好きは死んだふりをしているのではないか。ひょっこり棺から這《は》い出てきておどかすつもりに違いない……そんな淡い期待を抱きながら。

だが、そんな奇跡はとうとう起こらなかった。大軍はまもなく鄴城に到着する。留守を預かっていた幕僚たちが、出迎えのために並んでいるのが遠目にも見える。だが、郭嘉を失った悲しみから抜け出せるはずもなく、曹操は馬の手綱を引いて深いため息をついた。曹操が止まれば、また大軍も止まるしかない……

数日来、片時も離れず曹操のそばにいた荀攸が慰めた。「死んだ者は生き返ってまいりません。そう哀しまれてはわが君のお体に障ります。みなも出迎えに来ておりますから、あまり長く待たせるのはよろしくないかと」このたびは凱旋である。宴の準備も調っていることだろう。

曹操も塞《ふさ》ぎ込んだ顔のままで城に入りたいわけではない。しかし、どうしても喜べなかった。「奉《ほう》孝《こう》の死を悼んでいるのだ。あやつは病を押して出征し、大事を成すために命を捨てた。どうして忘れられるものか」

「天が長寿を与えなかったのは口惜しいことです」むろん荀攸も気持ちは晴れない。「郭《かく》奉孝には郭奕《えき》という息子がおります。まだ幼いですが、わが君が奉孝を偲んでおられるなら、息子を厚遇してやるのはいかがでしょう」

「そんなことをしても奉孝の抜けた穴は埋まらん」曹操は荀攸に鋭い眼差しを向けた。「あやつは謀《はかりごと》に長けていただけではない。わしの考えを知悉しておった。誰もが奉孝のようであったなら、天下の大事も成し遂げられるに違いないのだ」いささか棘《とげ》を含んだ言い方である──奉孝はわしの考えを汲み、帝位を望むわしを支持してくれたのに、なぜおぬしらは協力せぬ。おぬしらが奉孝のようにわしの思いを汲んでくれたら、わしもこれほど悲しむ必要はないのだ──

荀攸は追い詰められていた。曹操は立場をはっきりさせるよう再三にわたり迫ってくる。二人の関係はかなり冷え込んでおり、これ以上拒めばどんな結末が待ち受けていることか。荀攸は思い悩んだ末、やむをえず承知した。「わたくしめは奉孝の遺志を継ぎ、わが君と心を一つにしたいと存じます……」最後は嗚咽まじりで声が震えていた。それはこれまでの自分の志に背くことである。荀攸は後ろめたさに激しく苛《さいな》まれた。

曹操は荀攸の眼差しにある思いを感じ取っていた。それは追い詰められて退路をなくし、許しを乞うときの眼差しである。ようやく曹操は満足した。軍師さえ承諾すればほかの幕僚は問題ではない。

曹操に意見できるのは残すところ荀彧《じゅんいく》だけである。曹操が思案していると、遠くからかすかに歌声が聞こえてきた。それは農閑期に村人がうたう歌のようで、ゆったりと流れてくる。

我の生まれし初めは尚《な》お無為《ぶい》なるも、我の生まれし後は漢祚《そ》衰う。天は不仁にして乱離《らんり》を降《くだ》し、地は不仁にして我をして此の時に逢わしむ。干戈《かんか》は日に尋《つ》ぎ道路危うく、民卒《みんそつ》流亡し共に哀悲《あいひ》す……

戎羯《じゅうけつ》我に逼《せま》りて室家《しっか》と為し、我を将《ひき》いて行き天涯に向かう。雲山万重《ばんちょう》帰路遐《とお》く、疾風千里塵《じん》沙《さ》を揚ぐ。人多く暴猛《ぼうもう》なること虺《き》蛇《だ》の如し、弦《つる》を控《ひ》き甲《よろい》を被《き》て驕奢《きょうしゃ》為《た》り……

［わたしが生まれたばかりのころ天下はまだ平穏だったが、物心がついたときには漢室は衰えた。天は無慈悲にも世を乱して人々は離れ離れ、地は無慈悲にもわたしをかくもつらい目に遭わせる。戦乱はもう日々のことで駅路さえ危うく、民も兵も流浪して悲嘆に暮れている……

匈奴はわたしに夫婦になるよう迫り、はるか天の果てへと行くことになった。幾重にも重なる高い山々を越えて故郷はどんどん遠ざかる。疾風が至る所で吹き荒れて砂ぼこりを巻き上げる。同行する多くの者は毒蛇のように凶暴で、弓矢を手に鎧を着込んだ兵士らは驕り高ぶっている……］

その歌声は悲しみと苦しみに満ち、曹操は思わず目を閉じて静かに耳を傾けた——乱世に生まれ合わせた漢の女が、戦乱のなかで胡人《こじん》にさらわれたことをうたっている。故郷を離れた個人の悲しみを詠みながら、戦火を避けて流浪する民の苦しみも余すところなく表現している。一言一句から染み出す血の涙がやり切れない。

「なんと悲しい歌声だ……」郭嘉を悼んでいた曹操はますます塞ぎ込んだが、じっくり聞いてみると、この歌には生き生きとした文才が感じられ、言葉遣いも巧みである。曹操は訝《いぶか》り、誰にともなく尋ねた。「中原から遠く離れた地でこのような歌がうたわれているとはな。詩賦《しふ》に通じた者が作ったに違いない。このあたりにそんな文人が埋もれているのか」

荀攸は心ここにあらずといった様子でかぶりを振っている。すると二十歳過ぎの若い属吏が隊列から進み出て答えた。「わたくしはこのあたりに長く住み、多少のことなら存じております」劉放《りゅうほう》だった。涿《たく》郡の出である劉放は袁熙《えんき》の下で漁陽《ぎょよう》の功曹《こうそう》となり、漁陽太守《たいしゅ》の王松《おうしょう》に曹操への降伏を勧めた功績で取り立てられた。「この歌は隠居の文人が作ったのではなく、匈奴の左賢王《さけんおう》(1)の妻が作ったものです」

「左賢王の妻？」曹操には信じられなかった。「匈奴にも才女がいるものだな」

「その女は匈奴の者ではありません。出身は陳留《ちんりゅう》、わが大漢の名士蔡伯喈《さいはくかい》の娘です。名は琰《えん》、字《あざな》は昭姫《しょうき》(2)と申します」

「蔡邕《さいよう》にそんな娘がいたのか」曹操は驚いた。蔡邕とは若いころに付き合いがあったので、死後もその家族のことは気にかけており、兗《えん》州を手に入れた際には、まだ幼かった蔡邕の息子と娘を見つけて世話してやった。いまでは息子のほうは出仕させ、娘は名臣羊続《ようしょく》の子の羊衜《ようどう》に嫁がせている。ほかに娘がいたとは初耳である。

劉放が話を続けた。「昭姫は蔡伯喈の長女で、年はもう三十を越えておりましょう。早くに河東《かとう》の衛仲道《えいちゅうどう》に嫁ぎましたが、死別して実家に帰されました。そのとき蔡邕は長安《ちょうあん》で官についていたので、昭姫も父の世話のため長安に移ったのですが、あとはご承知のとおり、王允《おういん》が董卓《とうたく》を誅殺、蔡邕も獄死することになりました。そして李傕《りかく》、郭汜《かくし》の乱に乗じた匈奴の於夫羅《おふら》単于があちこちで略奪を働き、その際に昭姫も胡人の手に渡ったのです。その後は左賢王の妻となり、息子を二人産んだと聞いております」

「なんと奇異なこともあるものだ。蔡伯喈はわが国随一の博学な才人、屋敷には二千巻を超す蔵書があったはずだが、運命とはむごいものよ」そう嘆きながら曹操は振り返って郭嘉の棺に目を走らせた。「ああ、才ある者に限って不幸に見舞われる」

劉放が慰めた。「そう悲しまれることはありません。いまも蔡公の教えを受け継ぐ者が二人おります。ともに博覧強記の才人です」

「それは誰だ？」

「一人はかつて何進《かしん》のもとで長史《ちょうし》［次官］を務めた王謙《おうけん》の息子で、名は王粲《おうさん》、幼いころより蔡邕についで学び、いまは荊州《けいしゅう》の劉表《りゅうひょう》のもとにおります。もう一人がこの蔡昭姫で、女ではありますが博学多才で詩賦に通じ、あらゆる楽器を得意としております。この歌も、もとは胡人がうたっていたものを昭姫が胡笳《こか》［葦《あし》の葉で作った中国古代北方民族の笛］で作り直したものです」

注意して耳を傾けると、たしかに中原の曲調とは異なる。「そのような才女が辺境の匈奴のもとにいるとはもったいない。いまや戦《いくさ》も収まった。その昭姫とやらを呼び戻して蔡家の学問を継がせれば、蔡邕への何よりの供養となろう」

「それはどうでしょうか」そこで荀攸が口を挟んだ。「蔡昭姫はいまは匈奴の王妃で、子ももうけております。夫婦の仲を裂かれて果たして喜ぶでしょうか」

曹操はそんなことには頓着しなかった。「漢人でありながら無理やり匈奴にさらわれたのだ。故郷に連れ戻すのは当然のことであろう。左賢王にはいくばくかの金品を与え、蔡昭姫をあがなえばよい。議郎《ぎろう》の周近《しゅうきん》は匈奴の言葉がわかるゆえ、この件を任せるとしよう」

荀攸がまた難色を示した。「周近は朝廷の官、そうした仕事を任せるにふさわしくありません。この件については令君《れいくん》〔荀彧〕に書簡を送って相談するのがよろしいかと」

「わしが決めたことに、いちいち令君の許可がいるのか？」

曹操の口調に荀攸は肝を冷やし、それ以上逆らうことはしなかった。「いえ、そういうわけでは……すべてはわが君の心のままに。軍職の身の上で出すぎた真似をしました。今後は余計なことは申しません」

荀攸がおとなしく引き下がったので、曹操もそれ以上いじめるのはやめた。「まあそう固くなるな。わしの気持ちをわかってくれさえすればそれでよいのだ」そう言うと手綱を緩めた。「この歌はいささか悲しすぎるな。もうよい、早く城内に入ろう」

荀攸は額の冷や汗をぬぐった――わが君との関係には甘んずるとしても、荀彧との関係を断つことはできない。今後も軍師である限り、ますますいたたまれぬのであろうな……

鄴城の留守を任されていた夏侯惇《かこうとん》、仲長統《ちゅうちょうとう》、崔琰《さいえん》、董昭《とうしょう》らは道の端で長らく跪《ひざまず》いていたが、どうしたことか大軍は止まったまま近づいてこない。曹操が何やら荀攸と話し込んでいるようだ。とはいえ、立ち上がるわけにもいかず、ただひたすらじっと待っていた。ようやく軍が動き出したときには一同もほっと息をつき、声の届く距離まで近づくや、一斉に言祝《ことほ》いだ。「勝利のご帰還をお祝い申し上げます」曹操の表情は相変わらず曇っていたが、一同に立つよう手で合図した。夏侯惇は曹操から兵馬を引き継ぐと城外に陣を築きに行き、ほかの幕僚は曹操に従って城内にある州の役所に戻った。郭嘉の棺も一時的に役所の庭に安置された。

湯浴みや祝宴の準備も万端整っていたが、曹操はそうしたことには一切かまわず、ただぼんやりと庭に立って郭嘉の棺をなでた。曹操が休息を取らぬ限りは、ほかの者も寛ぐわけにはいかない。全員がしゃちほこばって曹操のそばでかしこまった。仲長統、崔琰、荀衍《じゅんえん》は互いに目配せすると、同時に一歩進み出て跪いた。「わが君の出陣を止めたばかりか、お供もいたしませんでした。愚かなわれらをどうか厳罰に処してください」

三人につられるように、このたびの遠征に反対した大多数の者も次々に跪いて許しを乞うた。曹操は相変わらずどこかうわの空で一同を見回し、淡々と声をかけた。「みな立つがよい。おぬしらに罪はないぞ。それどころか、わしの出陣を止めた者らには褒美を与えねばならん」

思ってもみなかった曹操の言葉に、一同はわけがわからず顔を見合わせた。

曹操はしんみりとわけを話した。「このたびの戦に勝利を収めたのは運が良かっただけだ。勝ったとはいえ、かなり危うい目にも遭った。白狼山《はくろうさん》の戦いはいま思い出しても寒気がする。おぬしらの諫言こそ万全の策であった。それゆえ褒美を与えるのだ。今後も遠慮なく諫めてほしい。ああ、だが奉孝の策を聞くことはもうないのだな……」

「諫言にも耳を傾けるわが君の度量、改めて敬服いたします。これからも身命を賭してお仕えする所存です」みな曹操の器の大きさと部下を思う心に胸を打たれ、涙を流す者もいた。

許攸《きょゆう》もその場にいたが許しを乞うことはせず、にやにやしながら曹操に近づいて耳元でささやいた。

「阿瞞《あまん》殿、人の生死は天の定め、いつまでも嘆いているわけにはいきません。阿瞞殿が部下思いなことは十分に伝わりました。さあ、そろそろ寛ごうではありませんか」

曹操は心の底から郭嘉の死を悼んでいた。だが、これを機に部下の心を掌握しようという思惑もなくはなかった。その下心を見透かされたのである。曹操は思わず許攸を睨んだが、余計なことを言われても困るので、後ろにいた婁圭《ろうけい》に告げた。「子伯《しはく》、本日よりそなたを将軍に昇進させよう」

あまりの唐突さに、婁圭もとっさには言葉が出なかった。「そ、それは……」

「断ってはならんぞ。そなたは身の危険を顧みずこたびの戦に従軍してくれた。誰かのように口先ばかりで何もせん輩とは違う。昇進は当然のことだ」それを聞いて許攸はむせ返り、がっくりと肩を落として口をつぐんだ。

婁圭はずっと武官を務めてきたが、これまで一人の兵も与えられていない。いま将軍に昇進したとはいえ、曹操はやはり兵の指揮については何も触れなかった。だが、婁圭もすんなりと同意し、すぐに話題を変えた。「それより遼東《りょうとう》に逃げ込んだ袁尚と袁熙だ。禍根を残したままで、やつらが公孫康《こうそんこう》と手を組んだらどうする？　孟徳《もうとく》、すぐにでも手を打っておくべきでは？」

その言葉が終わらぬうちに、韓浩《かんこう》が庭に駆け込んできた。「わが君、りょ、涼《りょう》……」まるで物の怪でも見たのか、うまく言葉が出てこない。その韓浩の後ろから現れたのは、真っ白な髪をした一人の官吏だった。公孫度《こうそんたく》と公孫康の親子に三年あまりにわたって拘留されていた楽浪《らくろう》太守の涼茂《りょうぼう》である。

「涼伯方《はくほう》殿！　どうやって逃げてきたのですか」一同は驚いて口々に尋ねた。

だが、曹操は少しも驚いたそぶりを見せない。まるで涼茂が帰って来るのをとうに知っていたかのようである。「ようやくやつらもおぬしを解放したか。この数年、ずいぶん苦労をかけたな」

涼茂はいまにも泣きだしそうな顔である。「わが君、生きてわが君にお目にかかれるとは思ってもいませんでした。いまだに……いまだに信じられません……」ようやくひと言答えると、とうとうすすり泣きはじめた。辺地で拘留されていた日々は、一日が一年のようにも感じられた。とりわけ曹操と公孫氏が青州《せい》で戦をはじめたときは、生きて遼東を出られるとは夢にも思っていなかった。憂いのためか、五十路を迎えたばかりで髪は真っ白になっていた。

「ええい、そう嘆くな」その言葉は涼茂に言っているのか自分に言っているのか、曹操にもよくわからなかった。「公孫康はおぬしを手ぶらで帰したのではなかろう？」

涼茂は涙をぬぐい、庭の外を指さした。見れば外には五人の下っ端役人がいて、それぞれ両手に黒い漆《うるし》塗りの木箱を捧げている。曹操は中身がわかっているのか、開けて確かめようともしない――木箱の中身は袁紹《えんしょう》の三男袁尚と次男袁熙、それに遼西郡烏丸の首領楼班《ろうはん》、右北平《ゆうほくへい》郡烏丸の首領烏延《うえん》、そして遼東烏丸の首領蘇僕延《そぼくえん》の首級《しるし》であった。

逃がした敵の首がなぜここにあるのか？　誰も事情がわからず、木箱のなかを見て驚くばかりである。涼茂が二巻の竹簡を曹操に差し出した。「これは公孫康自らがしたためた降伏状と朝廷への上奏文です。袁氏兄弟と三郡の烏丸の賊徒どもが遼東に逃れてきたとき、公孫康は弟の公孫恭《こうそんきょう》と謀って策を練りました。宴を開いて歓待するふりをし、その場で五人の首を斬り落としたのです。それを手土産にして朝廷に帰順し、わが君の命《めい》に従う意を示すとのこと。今後は東北の地を守り、誓って永遠によその土地に害を加えないと申していました」

曹操は書簡に目を通すこともなく返答した。「公孫康は永寧《えいねい》侯の爵位を公孫恭に譲っていたはず。五人の賊を誅殺した功績により、新たに襄平《じょうへい》侯の爵位を授けて左《さ》将軍に任じよう。遼東太守の職も引き続き任せることとする。連中が朝廷に背きさえしなければ、わしも無茶は言わん。おぬしは長く遼東に拘留されて内情にも詳しかろう。ご苦労だがもう一度使者に立ってくれぬか」永寧侯は郷侯であり、襄平侯は県侯である。公孫康は降格どころか昇格したのだ。遼東は中原からはるか遠く、武力で制圧してもうまみはさほどない。このまま公孫氏を高句麗《こうくり》に対する防波堤として残したほうが、曹操自身の気苦労も減るというものだ。

「御意」涼茂は命を受けて退出しようとした。

「待て。それから、遼東には邴原《へいげん》、管寧《かんねい》、王烈《おうれつ》らが長年身を寄せている。辟召《へきしょう》するゆえ、三人を連れ帰ってほしい」曹操は三人の賢人に何度も辟召の命を送っていたが、これまでは公孫康が三人を手放さなかった。だが、いまなら手放さないわけにはいかないだろう。

婁圭が誉めそやした。「道理で遼東に兵を送らなかったわけだ。公孫康が袁氏兄弟の首を送ってくることを、とうにお見通しだったというわけか」

「もし力ずくで袁尚を攻めれば、必ずや公孫康と結んでわが軍に抵抗してきただろう。逆に攻め込まなければ、連中は互いに疑心暗鬼になる」いつもの曹操なら自慢げに滔々《とうとう》と語るところだが、今日は少しも愉快そうではない。それどころか、むしろうなだれている。

婁圭の賛嘆は止まなかった。「利のあるうちは交わるが、利がなくなれば人は離れていく。勢いのあるうちは交わるが、勢いがなくなれば手のひらを返す……なるほど、世の常ではないか。どうしてそんなことにも気づかなかったのか。孟徳、やはりおぬしはただ者ではないな」

ところが、曹操は突然すすり泣きだした。「これはわしの考えではない。郭嘉が……奉孝が去り際に教えてくれたのだ……」曹操は拳で自分の胸を激しく叩いて嘆いた。「悲しいかな、奉孝！　痛ましいかな、奉孝！　惜しいかな、奉孝！　ああ天よ、なんとむごい、わが片腕を奪うとは……奉孝……」幾度か泣き声を上げると、曹操は急に目眩《めまい》を覚えてよろけた。

婁圭と許攸が慌てて両側から支えた。「孟徳、どうした？」

「ううっ、あ、頭が……」ここ何年か起こっていなかった頭風《とうふう》が突如再発したのである。たちまち頭の奥に激痛が走り、視界がぼやけていく。そこに悲痛も加わって、ついには気を失ってしまった……

どのくらい経っただろうか。曹操は徐々に意識を取り戻し、自分が奥の間で寝ていることに気がついた。痛みはすでに消えている。体を動かそうとしたとき、耳元で声がした。「頭頂部に鍼《はり》を打ってあります。動いてはなりませぬ」

「うむ」曹操はそう答えてもう一度目を閉じた。だが、治療しているのが華佗《かだ》だとわかり、猛然と身を起こした。「華先生！」

華佗はびっくりした。「鍼がまだ刺さって……」

曹操はそんなことにはおかまいなしに華佗の腕をつかんだ。「いつ河北に戻られた。なぜ奉孝の病を治してくださらなかったのだ」

「頭に鍼が打ってございます。どうか動かれませぬよう」

「そんなことは尋ねておらん」曹操は激しい怒りを覚えた。「なぜ郭嘉の病を治せなかったのかと聞いておるのだ」

部屋の外で待機していた曹丕《そうひ》、曹彰《そうしょう》、曹植《そうしょく》らが、騒ぎを聞きつけて慌てて入ってきた。「父上、華先生を責めないでください。先生が戻られたときには、奉孝殿はもう亡くなっていたんです」

曹操は息子たちの取りなしに耳を貸さず、華佗を突き飛ばすと、見境なく怒鳴り散らした。「肝心なときに戻らず、なぜいまごろになって戻ってきた！　おぬしが居れば、おぬしが居れば、奉孝は死なずに済んだのだぞ！」

華佗は答えに窮し、ただ叩頭して許しを乞うた。曹丕と曹植も父親の怒りが収まらないので一緒に跪いた。「父上、どうか怒りをお鎮めください。お体に障ります」曹林《そうりん》や曹彪《そうひょう》ら幼い息子たちは父の剣幕に驚いて泣きだした。

「何を泣いておる、黙らぬか！」曹操は頭頂部の鍼を自分で引き抜くと、また華佗に詰め寄った。「奉孝のことはしばし問うまい。だが、なぜわしの治療をしておる。どうしてまた頭風が起こったのだ」

病のことなら華佗も明確に答えられる。「わが君の持病は長年放置していたものなので一朝一夕には治りません。こたびは戦の疲労に深い悲しみが加わって再発したのです。薬を処方しますので数か月服用していただければ必ず……」

「何が薬を処方するだ！　おぬしは鍼でわしを治すことができるのに、さては治す気がないのであろう！」曹操は医術に明るくなく、それどころか、そもそも疑ってかかっていた。

「どうしてそのような……鍼は応急の処置に過ぎず、病を完治させるものではありません」

「おぬしのらように巫術《ふじゅつ》で病を治す輩はもったいぶるのが商売だ」曹操はますますいきり立った。

「一月《ひとつき》やる。それでわしの病を完治させるのだ。もしその後また再発したらおぬしの命はないと思え！」

病の治療は戦とは違い、完治に日限を切れるものではない。華佗は床に額をすりつけた。「わが君の病には、ゆっくりと養生することが欠かせません。それをひと……」

華佗が口答えしたため、曹操はさらに激怒した。「ごたごたぬかすなら、いますぐ斬り捨ててくれる！　治すのか治さないのか、どっちだ！」

華佗の類い稀な腕前をもってしても、わずか一月で病を完治するのは不可能である。「どうか期限を延ばしてくださいい……半年あれば必ずや病は好転し……」

父が郭嘉の死の悲しみから華佗に当たり散らし、無理難題を吹っかけている——曹丕と曹植にもそれはわかっていたが、どう諫めたものかわからない。そのとき、外から赤子の泣き声が聞こえてきた。その声とともにおくるみを抱いて入ってきたのは曹沖《そうちゅう》である。「父上、腹を立てないでください。ほら、幼い弟を見てやってください」

「弟？」不意を突かれた曹操は驚いて赤子を見た。「わ、わしの子か？」曹操はそこでようやく出征前に卞《べん》氏が身重だったことを思い出した。たしかに子供が生まれていてもおかしくない。

曹沖はおくるみを父親の懐に押し込んだ。「卞の母上がこの子を生むとき大騒ぎだったんですよ。

華先生がいらっしゃらなかったら母子ともどもどうなっていたことか。ここ数日も卞の母上の脈を取ったり薬を煎じたり、先生にはとてもお世話になっているんです」

その場にいた曹操の息子たちはそこでようやく気がついた。赤子を抱いてきて取りなすとは、なんと機転が利くのだろう。

曹操も結局は人の親である。小さな赤子を目にした途端、先ほどまでの怒りもどこへやら、曹沖の話を聞くうちに喜びが満ちてきた。「よし、よし……この子は少し痩せているようだな。名はつけたのか」

曹彰が屈託なく笑った。「わたしは昨日狩りに出て熊を仕留めました。いっそ曹熊《そうゆう》というのはいかがでしょう……」そう言うそばから曹丕が目配せした——怒っている父上に性懲りもなく狩りの話を持ち出すな！

曹彰が慌てて口を押さえると、横から曹植が割り込んだ。「母上が四十を過ぎても御子を産めたのは華先生が調合してくださった薬のおかげ、父上も斟酌して差し上げてください」

卞氏は四十を過ぎて子を産んだ。当然その体は若いころとは違う。そのためか赤子は生まれつき体が弱く、満一月になってもずいぶん痩せていた。曹操は赤子の細い腕を軽くつまんだ。「かなり痩せているな。丈夫に育つよう願いを込め、名はやはり曹熊としよう」そう言うと赤子を曹沖の手に返した。「冷えてきたから、早く母親のもとへ返してやるがいい。この赤子は卞氏の大事な宝物だからな」

「父上、華先生を責めないでくださいよ」曹沖は父親に片目をつぶってみせた。

曹操はいくらか落ち着きを取り戻し、華佗にちらりと目を遣ると軽く詫びた。「不愉快な思いをさせてしまったな。忘れてくれ。まずは卞氏と赤子の様子を見てやってくれ。わしの頭痛はそれからでいい」

「御意。それでは卞夫人の薬を煎じて参ります」華佗は逃げるように退出しようとして、薬箱を忘れたことに気がついた。戻って床に落ちた鍼を拾う際にはかすかに手が震え、誤って指を刺してしまった——ここで医者をするのはたいそう難儀なことだ……

曹操は郭嘉に追贈する上奏文を書くため、息子らに筆と硯《すずり》を持ってこさせた。すると、曹植が父の疲れを慮《おもんぱか》って代筆を願い出たので、曹操も曹植に任せて寝台に寄りかかり、ゆっくりと言葉を口にした。


臣聞くならく忠を褒め賢を寵《めぐ》むは、未だ必ずしも身に当たるのみならず、功を念《おも》い績を惟《おも》い、恩もて後嗣《こうし》を隆《さか》んにすと。是《ここ》を以《もっ》て楚《そ》は孫叔《そんしゅく》を宗《たっと》び、厥《そ》の子を顕封《けんほう》す。岑彭《しんほう》は既に没するも、爵は支庶《ししょ》に及ぶ。誠に賢君は清良に殷勤《いんぎん》にして、聖祖は明勳に敦篤《とんとく》なり。故《もと》の軍祭酒《ぐんさいしゅ》洧陽《いよう》亭《てい》侯潁川《えいせん》の郭嘉、身を立て行を著《あらわ》し、称《ほまれ》は郷邦《きょうほう》に茂《さかん》なり。臣と与《とも》に事に参《あずか》り、節を尽くすこと国の為にし、忠良淵淑《えんしゅく》にして、体通性達《たいつうせいたつ》なり。大議有る毎《ごと》に、発言は廷に盈《み》ち、中を執って処理し、動《やや》もすれば遺策《いさく》無し。軍旅に在りてより十有余年、行きては騎乗を同じくし、坐《ざ》しては幄席《あくせき》を共にす。東のかた呂布《りょふ》を擒《と》らえ、西のかた眭固《すいこ》を取り、袁譚《えんたん》の首を斬り、朔土《さくど》の衆を平らげ、険塞《けんさい》を踰越《ゆえつ》し、烏丸を蕩定《とうてい》し、遼東を震威《しんい》し、以て袁尚を梟《さら》す。天威を仮《か》り、指麾《しき》を為し易しと雖《いえど》も、敵に臨むに至りて、誓命《せいめい》を発揚《はつよう》し、凶逆《きょうぎゃく》をば克殄《こくてん》するは、勲 実《まこと》に嘉に由《よ》る。臣の今日戾《つみ》を免るる所以《ゆえん》は、嘉 其の功に与《くみ》するなり。方将《まさ》に表顕《ひょうけん》し、賞をして以て報効《ほうこう》するに足らしめんとするに、薄命にして夭殤《ようしょう》し、美志《びし》を終えず。上は陛下の為に良臣を悼惜《とうせき》し、下は自ら奇佐《きさ》を喪失するを毒恨《どくこん》す。昔 霍去病《かくきょへい》の蚤死《そうし》するや、孝武《こうぶ》 之《これ》が為に咨嗟《しさ》す。祭遵《さいじゅん》は功業を究《きわ》めざるも、世祖《せいそ》 柩《ひつぎ》を望んで悲慟《ひどう》す。仁恩をば降下し、念い五内《ごだい》より発す。今嘉 殞命《いんめい》し、誠に憐傷《れんしょう》するに足る。宜しく追贈加封《かほう》し、前を幷《あわ》せ千戸にすべし。亡を褒むるは存の為にす、往を厚くし来に勧むるなり。

「忠臣を褒め賢臣を慈しむには、必ずしも当人だけにとどめず、功績に鑑みて、その恩沢は跡継ぎにまで施されると聞いたことがあります。そのため楚は孫叔敖《そんしゅくごう》（楚の宰相）の功を尊んで、その子孫を顕彰し封邑《ほうゆう》を与えました。岑彭《しんほう》（後漢の武将）の死後も、爵位は庶子にまで及んでおります。実に賢君は才徳兼備な者を手厚く遇し、聖祖は勲功に厚く報いると言えましょう。もとの軍師祭酒《ぐんしさいしゅ》、洧陽亭侯、潁川の郭嘉は、立派な人物で徳行を重ね、名声は故郷と天下に響いています。わたくしとともに政務に携わり、国のために忠節を尽くし、善良にして博学で人徳があり、天賦の才に恵まれた人物でした。重大な朝議のたびにその発言は廷内に響き、中庸を守って解決し、片時も失策はありませんでした。軍に身を置いてから十年あまり、進むときは轡《くつわ》を並べ、座しては同じ幕舎《ばくしゃ》におりました。東では呂布を捕え、西では眭固を討ち、袁譚の首を斬り落とし、北方の賊徒を平らげ、辺地の険しい山々を越え、烏丸を鎮圧し、遼東に威勢を震わせ、それによって袁尚をさらし首にしました。陛下のご威光により指揮も容易であったとはいえ、敵に臨んで詔《みことのり》を広く宣伝し、凶悪な逆賊をことごとく討ち滅ぼせたのは、実は郭嘉の勲功なのです。わたくしが今日罪を免れているのは、郭嘉がわたしの功績を助けたからにほかなりません。

ちょうど表彰して褒美を与え、その恩に十分に報いようとしたとき、不幸にも夭折し、立派な志を成就できませんでした。上は陛下のために良臣の死を悼み、下は自らが類い稀な補佐を失ったことをひどく残念に思っております。その昔、霍去病が早世したとき武帝は大いに嘆きました。祭遵は著しい手柄を立てたわけではありませんでしたが、光武帝は棺を前に嘆き悲しみました。お情けとお恵みを臣下に下され、心から偲ばれたのです。いま郭嘉が亡くなったのは、まことに憐れみ悼むべきこと。どうか郭嘉に追贈し封邑を加え、前と併せて封邑を千戸にしてくださいますよう。死者を褒め称えるのは生者のため、故人に手厚くして来《きた》るべき者を奨励するのです」

出来上がった上奏文を何度か読みなおすと、曹操もすっかり気持ちが落ち着いてきた——過去にこだわっていても仕方あるまい。戦に勝利して北方を鎮めたからには、次は当然南下の準備である。しかし、その前にははっきりさせておくべきことがある。それは戦などよりはるかに重大なことであった……

曹丕は父親の顔色がずいぶんとよくなったので、笑みを浮かべつつ声をかけた。「父上の具合もよくなられたようですし、余計な心配をせぬよう、みなに知らせて参ります」

「おお、そうだな。よく気がついた」曹操は珍しく曹丕を褒めた。「軍のお偉方に礼を失するでないぞ。おそらく来年は荊州に南征するが、そのときはお前たちも一緒に行くのだからな」

曹植が何の気なしに尋ねた。「弟たちはまだ子供ですが、やはり戦に連れて行くのでしょうか？」

「何も戦場のど真ん中に連れて行くとは言っておらん」曹操はそこでようやくかすかな笑みを浮か

べた。「従軍すれば功労を積むことになる。今後のためを思えばこそ、沖らも連れて行かねばならん」曹丕と曹植、曹彰、三人の兄弟はその言葉が持つ意味をじっくりと考えた――沖は必ず連れて行く……どうやら父の心のなかでは跡継ぎがはっきり決まったようだ……

（1）左賢王は、匈奴の主要な頭目の一人。地位、称号の一つで人名ではない。
（2）蔡昭姫とは、いわゆる蔡文姫《さいぶんき》のこと。晋《しん》代の文献では、晋の文《ぶん》帝司馬昭《しばしょう》の諱《いみな》を避けて「昭」を「文」に改めた。そのため、後世では「蔡文姫」として誤って伝わっている。

帝位を想う

疾風迅雷を尊ぶ曹操が、なぜ烏丸《うがん》遠征からの帰路は緩行していたのか、将兵たちにとっては何とも不思議であったが、ようやくその理由が明らかになった。曹操は遠征前に董昭《とうしょう》に命じて、鄴《ぎょう》城の北西に人工の湖を造らせていた。漳河《しょうが》の水を引き入れた湖は「玄武池《げんぶち》」と名づけられ、数多くの船が集められていた。ゆるゆると行軍しながら将兵らを休ませたのは、鄴城に戻るとすぐに水軍の調練をはじめるためだったのである。

曹操軍の兵の多くは北方の出身である。平原や山岳地帯での戦《いくさ》には慣れているが、水上での戦となれば、実力を相当に割り引いて考えなければならない。次なる目標は荊《けい》州の劉表《りゅうひょう》、さらには江東《こうとう》の孫《そん》権《けん》である。両者との戦では長江や漢水《かんすい》が戦場となり、水戦に不慣れなままでは勝利を見込めない。そのため水軍の調練は当面の急務だった。曹操は二、三日静養すると、玄武池へ視察に出かけた。夏侯《かこう》惇《とん》が自ら軍令旗を振るって指揮を執っている。全軍の将兵が櫂《かい》を漕いで船を動かし、水上で陣形を組んでいた。なかなか様になっている。

この日、曹操のもとに急信がもたらされた。荊州を狙ってか、孫権が再び江夏《こうか》に出兵したという。先を越されるわけにはいかない。曹操は急遽調練を中止すると、于禁《うきん》、張遼《ちょうりょう》、張郃《ちょうこう》、朱霊《しゅれい》、李典《りてん》、路《ろ》招《しょう》、馮楷《ふうかい》ら七名の将軍を呼んで命じた。「北方への遠征で中原を留守にしたためか、江東の孫権が荊州を狙っているらしい。おぬしら七名は兵を率いて潁川《えいせん》に戻り、東南の者らを震え上がらせてやれ」

「水軍は調練不足です。いまはまだ敵と戦うのは難しいかと」于禁が諫《いさ》めた。

だが、曹操には考えがあった。「水軍の調練は劉勲《りゅうくん》、張憙、程昱《ていいく》を中軍に編入して引き続きおこなう。おぬしらは先に戻って潁川に駐屯しておけ。後日、合流して一挙に南下する」それから曹操はとくに朱霊に言い含めた。「そなたの部隊はすべて河北《かほく》から新しく集めた兵だ。故郷を離れての戦は初めてで慣れぬことも多かろう。よく面倒を見て、決して一時の怒りに任せて無茶を命じてはならん。よいな」

「心得ました。毫ほども失策を犯すことはいたしません」朱霊は自信満々に答えた。

「おぬしらは玄武池を離れて一日休養したら、明日の朝早くに潁川に向かってくれ」これで差配は万全、そう思ったところで、そばで調練を指揮していた夏侯惇が声をかけてきた。「孟徳《もうとく》、忘れているようだが、長江や漢水はここと違い、風もあれば波もある。この静かな玄武池での調練が本当に役に立つと思うか」

「しないよりはましだろう。それにわれらの兵は十万を下らぬ。倍の兵力で敵に当たるのだから勝てぬわけがない」

夏侯惇にはずいぶん楽観的に思えたが、反論しかけたところで董昭と趙達《ちょうたつ》が慌てて駆け寄ってきた。

「袁氏兄弟の首を勝手に葬ろうとしている者がおります」

曹操は袁尚《えんしょう》や袁熙《えんき》の首を南門にさらし、これを祀《まつ》る者は同罪とみなして処罰すると厳命していたが、これまでも法を犯す者が何人もいた。昨日も烏丸《うがん》族の人質を護送して来た牽招《けんしょう》が城門の上にさらされていた首級を見ると、馬を下りてもとの主《あるじ》に対して哭礼《こくれい》した。曹操は命令を知らなかったのだから致し方ないとして、牽招を罪には問わなかった。しかし、今日もまた似たような者が現われ、しかも首を葬ろうとしているという。今度ばかりは黙って見過ごすわけにはいかない。「誰だ、そんな大胆な真似をしておるのは？」

趙達がここぞとばかりに答えた。「田疇《でんちゅう》でございます。わが君がお与えになった官職を断ったばかりか、罪人の首を葬ろうとしているのです。あやつらに罰を与えねば天下に示しがつきません」

田疇と聞いた途端、曹操の態度が変わった——あれほどたやすく烏丸を討てたのも、田疇の道案内があったればこそである。「わしをそこまで連れていけ。捕らえるのはそれからでも遅くない」

許褚《きょちょ》が護衛兵を連れてあとに続こうとすると、曹操はそれを制し、董昭と趙達の二人だけを同行させた。西門を通り抜けて南門に向かうと、首級のかけられた場所が目に入る。そこで曹操は足を止めた。「城門に上がるぞ」

「田疇なら城外におりますが？」董昭は訝《いぶか》った。

「わかっておる。おぬしらに話があるのだ」そう言うと曹操は先に立って城楼を上りはじめた。守備兵は曹操の姿を目にすると慌てて跪《ひざまず》いたが、曹操はすぐに人払いをした。

城楼に上れば視界が開ける。粗衣《そい》をまとう田疇はもとより、手元の弓まではっきり見えた。田疇はちょうど長竿の先に掛けられた首級を弓矢で射落とし、麻布で丁寧に包んでいるところだった。周囲には武器を手にした兵も大勢いるが、あえて田疇を捕えようとする者はいない――田疇の功績は誰もが知っている。勇み足で捕まえたら、曹操からどんな罰を受けるかわからない。

趙達が大声で叫んだ。「田子泰《したい》［田疇］、貴様よくも……」

曹操がそれを遮った。「田先生は義士である。袁紹《えんしょう》に招聘された昔日の恩に報いるため首を葬ろうというのであろう。まあよい、気の済むようにさせてやれ」

田疇も曹操に気づいたが、城楼に向かって黙って拱手《きょうしゅ》しただけで、包んだ首級を背中に回して結いつけると、小さな驢馬《ろば》に跨がった。曹操が何も命じないので、周りの兵たちも行く手を阻まず、ただ道を開けて田疇が去っていくのを見送った。

「あの者は孤高の士、おそらくわが君のために働くことはないでしょう」董昭が沈んだ声で忠告した。だが、曹操は意外にも寛容である。「あの者の希望を叶えてやることは己を助けることにもなる。田疇に列侯《れっこう》の爵位を贈るとしよう。曹孟徳は功ある者には必ず褒賞を与えると天下に知らしめるのだ」

董昭はそっとかぶりを振った――あの変わり者は官すら望まぬ。ましてや爵位を受け取るだろうか……

曹操は真顔に戻って話題を変えた。「おぬしらをここへ連れて来たのは、内密の話があるからだ……最近、都に何か動きがあるか」

趙達が先んじて答えた。「近ごろ朝廷の百官はわが君のご意向を汲み、刑律《けいりつ》の改革について議論を進めているのですが、ただ、孔融だけが禁酒令に反対して勝手なことをまくし立てています」そう話しながら趙達は帛書《はくしょ》を取り出した。「やつはわが君と禁酒令について議論したいと言って書簡をしたためました。結局は令君《れいくん》に差し押さえられましたが、わたくしがこっそりと書き写しておきましたので、どうぞご覧ください。法にもとる文言などあれば、やつを罰するのに好都合かと」

曹操は読むに値しないと思ったが、つい目を通すとそのまま最後まで読み進めた。

公の初め来《きた》るに当たり、邦人 咸抃舞踊躍《みなべんぶようやく》し、以て我が后《きみ》を望むも、亦た既に至り、酒禁をば施行す。夫《そ》れ酒の徳為《た》るや久し。古先《こせん》の哲王、帝を類《るい》し宗を禋《いん》し、神を和らげ人を定め、以て万国を済《すく》う。酒に非《あら》ずんば以《な》す莫《な》きなり。故に天は酒星《しゅせい》の耀《かがや》きを垂れ、地は酒泉《しゅせん》の郡を列《つら》ね、人は旨酒《ししゅ》の徳を著《あらわ》す。尭千鍾《ぎょうせんしょう》ならざれば、以て太平を建つる無し。孔百觚《ひゃくこ》に非ざれば、以て上聖《じょうせい》に堪える無し。樊噲《はんかい》 巵《やく》を鴻門《こうもん》に解くに、彘肩鍾酒《ていけんしょうしゅ》に非ざれば、以て其の怒りを奮う無し。趙《ちょう》の廝養《しよう》、東のかた其の王を迎えるに、巵酒《ししゅ》を引くに非ざれば、以て其の気を激する無し。高祖《こうそ》 酔いて白蛇を斬るに非ざれば、以て其の霊を暢《の》ばす無し。景帝《けいてい》 酔いて唐姫《とうき》を幸《こう》するに非ざれば、以て中興を開く無し。袁盎《えんおう》 醇醪《じゅんろう》の力に非ざれば、以て其の命を脱する無し。定国《ていこく》 酣飲《かんいん》すること一斛《いっこく》ならざれば、以て其の法を決する無し。故に酈生《れきせい》 高陽《こうよう》の酒徒なるを以て、功を漢に著わす。屈原《くつげん》 醨《かす》を餔《く》らい醨《り》を歠《すす》らずして、困を楚《そ》に取る。是《これ》に由りて之《これ》を観るに、酒何ぞ政《まつりごと》に負《そむ》かんや。
［あなたが来たばかりのころ、天下の者はみな手を打って舞い、躍り上がって喜び、わが君に拝謁しましたが、わが君は禁酒の政策を施行しました。そもそも酒の恩恵たるや、きわめて久しいものです。古《いにしえ》の優れた王は、天帝を祭《まつ》り六宗《りくそう》を祀り、神と打ち解けて人を落ち着かせ、そうして国じゅうを救ってきましたが、それも酒がなければ為しえませんでした。そのため天には酒を司る星が輝き、地には酒泉の名を冠した郡が設置され、人はうまい酒の恩恵を称揚するのです。尭も千の酒甕《さけがめ》を飲み干さなければ、太平の世を築くことはできませんでした。孔子も百の杯《さかずき》を飲み干さなければ、古の聖人と呼ばれるほどには成りえませんでした。樊噲も鴻門の会で劉邦《りゅうほう》を救うのに、豚の肩肉を平らげて酒を飲み干していなければ、怒髪天を衝《つ》く怒りを奮うことはできませんでした。趙の下級役人も、東に向かって王を迎えるために大杯に注《つ》いだ酒を飲み干していなければ、心を奮い立たせることはできませんでした。高祖劉邦も酒に酔って白蛇を斬らなければ、その霊験が現れることはありませんでした。景帝も酒に酔って唐姫を可愛がらなければ、生まれた子の末裔である光武《こうぶ》帝による中興もありませんでした。袁盎も強い酒の力を借りなければ、呉王が遣わした兵によって殺されていました。于《う》定国も一斛もの酒を心ゆくまで飲まなければ、難しい裁判で見事な判決を下せませんでした。酈食其《いき》も高陽の酒徒であったればこそ、漢のために著しい功績を挙げました。屈原は酒粕も薄い酒も口にしないほど清廉であったため、楚国のために苦しみました。このような例を見るに、酒がどうして政事に不利益をもたらすのでしょうか］
曹操は思わず感心した。「尭千鍾ならざれば、以て太平を建つる無し。孔百觚に非ざれば、以て上

聖に堪える無し……高祖酔いて白蛇を斬るに非ざれば、以て其の霊を暢ばす無し。景帝酔いて唐姫を幸するに非ざれば、以て中興を開く無し……か。やはり孔文挙の詩文の才は見事なものだ。酒を飲むことですらもっともな道理を並べ立てる。多聞博識で能文、感心せざるをえんな」そう称えたものの、あとには怒りが湧いてくる。「だが、残念なことにその才をわしのために使おうとせぬ。憎く腹立たしいが、まったく憐れで嘆かわしいやつだ。それにしても、つくづく手こずらせてくれる……」

憎く腹立たしいのはそのとおりであろう。だが、憐れで嘆かわしいとはいったい……董昭は曹操の微妙な言い回しを聞き逃さず、軽々しく口を挟むのは避けた。かたや趙達はうす笑いを浮かべてけしかけた。「たしかに文才はあるかもしれませんが、全編にわたって詭弁《きべん》を弄しているだけです。聖人の末裔のくせに『尚書《しょうしょ》』の『酒浩《しゅこう》』も知らないんでしょうか。ここは一つわが君が聖人の言葉を使って反駁し、あやつに恥をかかせてやるのはどうでしょう」

「聖人の末裔か……」曹操は何か思い出したのか口を開きかけたが、しばし沈思したのちようやく伝えた。「孔融が禁酒に反対しているなら、令は撤回して思う存分飲ませてやろう」

「え?」趙達は曹操がなぜ態度をがらりと変えたかわからず、目をしばたたかせた。「どうしてあのうるさいやつを放っておくんですか。孔文挙は大事を起こすほどの輩ではありませんが、多くの者を惑わせます。このままやつをのさばらせておけば、今後朝政を勝手に論じる連中がますます増えましょう……」

董昭は曹操の考えを知り、密かに趙達の愚かさを笑った。孔融が首を刎《は》ねられるのも時間の問題だ。実際、曹操はかなり以前から孔融に対して腹を立てていた。孔融を殺せばどんなに痛快なことか。

だが、孔融は賢人として名高いうえに、なんといっても聖人孔子の末裔である。これまでは、その声望と人脈を利用して各地の名士を招聘するため手を下さずにいた。その甲斐あって、いまでは華歆《かきん》や王朗《おうろう》、陳羣《ちんぐん》がすでに朝廷や自分に仕えている。江東に流浪している張範《ちょうはん》や遼東に避難している邴原《へいげん》らもまもなく都へやって来るであろう。いまだ馳せ参じない張昭《ちょうしょう》や許靖《きょせい》らは孫氏に忠誠を誓っているか、自分に偏見を抱いているだけだ。いまの孔融は、いわば油を搾り終えた胡桃《くるみ》、すでに利用価値はない。余計な面倒を起こすだけの存在をこれ以上生かしておく必要もない。それどころか、孔融を処刑すれば、自分に異を唱える者たちへの見せしめになる。そうと決まれば、禁酒するしないといった些事で言い争って何になる。酒くらい好きなだけ飲ませてやればいい。どのみち酔えるのもあとわずかだ。

趙達がくどくどと意見してくるので、曹操は面倒になって強く釘を刺した。「今度はお前がつべこべ申すか。己の将来にこそ気をつけたらどうなのだ」曹操は趙達ら校事《こうじ》を奴婢のようにこき使い、自分に口出しすることを許さなかった。

趙達はぶるっと身震いし、慌てて曹操の前に跪き許しを乞うた。曹操は趙達に帛書を投げつけて命じた。「目障りだ。下へ行って邢殿を呼んでこい。邢殿に頼みたいことがある」

趙達は生きた心地がせず、すぐに退《さ》がっていった。曹操は振り向いて城外を見回すと、しばらくしてからつぶやくように切りだした。「河北の人心はなつき、北辺の民らも降伏してきた。次の一手はどうすべきか……」

董昭が慎重に答えた。「水軍を調練して一日も早く南下すべきかと」

「それくらいわかっておる」曹操は振り返りもせずに促した。「いまここには、わしとおぬしの二人のみ。ほかには誰もおらんのだ。とぼける必要はなかろう」

曹操の求める「次の一手」、それはむろん董昭にもわかっている。だが、君臣の分を犯すことになるため、曹操が明確に促さない限り自分からは言い出せない。いまは曹操の許しが出たので董昭も率直に進言した。「わが君による北方の統一、そして八つの諸侯国の廃止、これらは千里の道のはじめの一歩に過ぎません。愚見を申し上げれば、二つの件について検討すべきかと」

「その二つとは？」

「鄴城の拡張と、わが君の昇格とでございます」董昭は即座に答えた。

董昭の言う鄴城の拡張とは、単に城郭を大きくするだけのことではない。鄴城を曹氏の都に作り変えるよう勧めているのだ。皇帝が替わるなら国の都も変えるべきである。一つには万物が一新したと広く天下に知らしめるため、もう一つには、それまでの政治の中心から離れるためだ。許都《きょと》はもともと潁川郡の一つの県に過ぎず、しばしば拡張してきたとはいえ、威厳を示すには不十分である。洛陽《らくよう》は焼き払われてから年月も経ち、いまでは城郭は崩れ落ちて人影もまばら、昔の姿を取り戻すことは一朝一夕にできない。また、長安《ちょうあん》は遠く関中《かんちゅう》［函谷関《かんこくかん》以西の渭水《いすい》盆地一帯］にあり、無法者が幅を利かせ、民は疲弊し、やはり適当とは言いがたい。そう考えると、土地の広さと人口の多さから言ってやはり鄴城がふさわしい。また「鄴」は「業」と同じ読みで、その名もまた大業が成ることを象徴している。魏郡にあることも「漢に代わるは当塗高《とうとこう》」という予言と符合する。河北平定後、曹操は鄴城を新たな本拠地としてきた。冀州牧《きしゅうぼく》の名のもとに新しい幕僚を召し出し、家族ごとこちらに呼び寄せた。いまや許都の司空《しくう》府は重要ではない。許都では曹操の頭上に皇帝がいる。傀儡《かいらい》とはいえ、常に恭順の姿勢を示す必要があった。だが、鄴城なら思いのままに振る舞うことができ、荀彧《じゅんいく》でさえ曹操に口出しできない。どの観点から考えても、鄴城を新都とするのが最良の選択である。

「少し早すぎはせぬか」そう言う曹操の口調はそれほど強くない。

想定どおりの返事に対して、董昭はその必要性を力説した。「中原より北を固めたからには、荊州に南下して江東を討ち滅ぼす、さすれば天下の統一が叶います。『凡《およ》そ事は予《あらかじ》めすれば則《すなわ》ち立ち、予めせざれば則ち廃す［何ごともあらかじめよく考えて謀れば成就し、そうでなければ失敗する］』と申しますから、早めに準備を進めておくべきかと」

「おぬしが申すことにも一理あるが、洛陽の修復にも少なからぬ金がかかっている。このうえ鄴城を拡張するとなると莫大な金が必要となろう。北方は落ち着いたばかりで、冀州の税もかなり低く抑えている。それほど大規模な普請《ふしん》をするとなると……うらむ、どうやらわしの身代《しんだい》から工面するほかなさそうだな」曹操の身代とは封邑《ほうゆう》からの税を蓄えたものだ。曹操は天子を迎えた功績により武平《ぶへい》侯に封じられ、一万戸の封邑を与えられた。さらにその後の度重なる功績によって加封《かほう》され、いまでは武平、陽夏《ようか》、柘《しゃ》、苦《く》［いずれも河南省東部］の四県三万戸を授けられている。実のところ天下第一の富豪である。しかし、曹操は倹約に努めて質素な生活を送っている。その莫大な富をほとんど使うこともなく、先の出征に際して将兵に与えた褒美など微々たるものに過ぎない。それに加えて、梁《りょう》の孝《こう》王の陵墓を掘り返して手に入れた副葬品や袁氏の蔵から接収した品々もあるため、それらを持ち出せば鄴城の拡張に何ら問題はない。むしろ朝廷が一銭も出さないことのほうがおかしい。袁紹や袁術もかつては巨万の財を築いたが、そのほとんどを体面を飾るために費やした。一方、曹操は蓄財に励み、いざというときは惜しげもなく使う。これは曹操の知恵でもあるが、曹家の教えのようなものである。曹操の父曹嵩《そうすう》は私腹を肥やしつつも質素倹約を旨とし、貯めに貯めた一億銭で太尉《たいい》の位をあがなった。曹操の金の使い方は父譲りと言っていい。

董昭は曹操の言葉に、胸の内で思わず笑った――身銭を切るのは誰しも惜しいということか。たしかにかなりの出費になるが、その金で天下を買うのだ――そんなことを思いながら返事した。「わが君に私財を投じさせることになり、たいへん心苦しい限りです」

「では、おぬしに任せたぞ。腕のいい職人を集めて計画を練り、図面が引けたら見せてくれ」鄴城拡張の件がこれで決まると、曹操は髭をしごいてしばし考え、またおもむろに口を開いた。「おぬしは先ほど昇格と申したな。わしはすでに位三公《さんこう》にあり、仮節《かせつ》［皇帝より授けられた将軍などの印《しるし》で、仮節を授けられると、主に軍令違反者を上奏せずに処罰できる］の権限も有しておる。これでもまだ足らぬのか」

「司空は人臣の位としては最高位ですが、結局は臣下の位、百官と変わりありません。古人も『爵位高からざれば、則《すなわ》ち民敬わず、蓄禄《ちくろく》厚からざれば、則ち民信じず』と申すとおり、百官の上に君臨する位に昇られてこそ、当世きっての声望を得られます。その後のことは……」董昭は少し考えて言葉を選んだ。「その後のことは身分を築き上げれば、おのずと成りましょう」

「司空でも天下に号令するに足らぬというなら、いったいどんな身分につけと言うのだ？」

「朝廷を支えて社稷《しゃしょく》を復興したわが君の功績は、古の王侯に比肩するもの。ですが、戦乱なおやまぬこのときに、法を犯して異姓の者が諸侯王につくのは差し障りがありましょう。まずは丞相《じょうしょう》となるのです。あとは時機を見て徐々に進めるのがよろしいかと」

「丞相!?」これには曹操も驚きを隠せなかった。

「まさしく。三公を廃止してかつての制度に戻し、わが君が丞相となって天下の一切を統《す》べるのです。さすれば文武百官はすべてわが君の部下となり、郡県の官も残らず管轄下に入ります。上奏文も尚書《しょうしょ》の手を経る必要はありません」かつての制度とは、丞相、太尉、御史大夫《ぎょしたいふ》が百官を統轄していた、三公制の前身にあたるものをいう。政務はその一切を丞相が取り仕切り、軍事は太尉が司る。御史大夫は副丞相格で百官の監察を担当する。だが、この制度では皇帝の権力がかなり脅かされるため、漢の武帝《ぶ》以降、尚書を設けて権力の集中を防いだ。さらに光武帝の中興の際、思い切って丞相と御史大夫を廃し、太尉、司徒《しと》、司空の三公に改めた。三公も形のうえでは百官の筆頭だが、実際の政《まつりごと》は尚書台《しょうしょだい》が握り、録尚書事《ろくしょうしょじ》を兼任しない限り三公といえどもたいして権力を振るえない。曹操が政に携われるのは司空だからではなく、録尚書事を兼任しているためで、だからこそ尚書令《しょうしょれい》の荀彧を通して尚書を動かせるのである。それが丞相となれば、百官から頭一つ抜け出て何ものにも縛られず、何ごとであろうと行える。唯一欠けるのは天子という名分のみという高みに達するのだ。しかも、かつての制度では丞相、太尉、御史大夫という三つの官職があったのに、董昭は丞相以外について言及していない。つまり復活するのは丞相のみ、ほかの二つは設ける必要はないと曹操にほのめかしている。かつての制度の復活と言いながら、実際は形を変えた権力の集中である。

「丞相……丞相……」曹操は心のなかでそうつぶやくと、不意に眉をひそめた。「丞相という響きは相国《しょうこく》を名乗った董卓《とうたく》を思い出させるな。丞相となれば、わしを董卓になぞらえる者が出てくるのではないか」

董昭は自信満々に答えた。「董卓は暴虐の限りを尽くした悪人、対してわが君は奸賊を滅ぼし、民を苦しみから救いました。わが君と董卓では雲泥の差があり、同日の論ではありません」

そうはいっても、やっていることはほとんど同じではないか――曹操にはやはり勇み足に思えた。曹操は長らく考え込むと、ため息交じりに不安を口にした。「『三略《さんりゃく》』にも『近きを釈《す》てて遠きを謀る者は、労するも功無し［近いところを捨てておいて遠い国を攻略しようと考える者は、その苦労のわりには戦果を上げられない］』とある。戦乱がいまだ鎮まらぬのに高い位に昇っては、天下の者がどう思うか……」

董昭は曹操の懸念を否定せず、言い回しを改めた。「『高山に登らずんば、天の高きを知らず。深渓《しんけい》に臨まずんば、地の厚きを知らず……高きに登りて招かば、臂《ひ》は長《ちょう》を加うるに非《あら》ざれども見る者遠し。風に順《したが》いて呼ばば、声　疾《しつ》を加うるに非ざれども聞く者彰《あき》らかなり［高い山に登らなければ天の高さはわからない。深い谷を間近に見下ろさなければ大地の厚さはわからない……高いところに登って手を振れば腕の長さが増すわけではないが、遠くからでもよく見える。風向きに従って声を上げれば、声の大きさが増すわけではないが、はっきりと聞こえる］』と申します。高い位におつきにならずして、人心をつかみ天下を鎮められましょうか。かつて斉《せい》の桓公《かんこう》は諸侯を呼び集めて天下の秩序を正しましたが、すべては管仲《かんちゅう》の力によるものでした。管夷吾《いご》［管仲］が補佐した相手は諸侯、成しえたのは覇業ですが、その身は宰相の位にありました。わが君が輔佐なさるのは天子、守護するのは今上《きんじょう》陛下の御代、これで丞相になる資格がないと仰るのですか」漢の天下に取って代わることを企てながら、実に巧みな論法である。董昭は漢室に対する曹操の功労を隠れ蓑にしながらも、天下はそもそも曹操の肩にかかっているのだから、丞相になろうと、なったあといかに振る舞おうと、すべて情理に背くことはないとほのめかしているのである。

曹操は無表情な顔でぼんやり聞いていたかと思うと、ふいに尋ねた。「公仁《こうじん》、数日前に臧覇《ぞうは》が鰒《あわび》を贈ってきた。みなで分けるように申し渡したが、おぬしも受け取ったか」

「は？」董昭は曹操がなぜそんな話をするのかわからなかったが、ともかく礼を述べた。「ありがたく頂戴して堪能いたしました」

「鰒はうまいし体にもいい。だが、閻柔《えんじゅう》のような武人らの食い方はいささか下品だと思わんか」曹操は董昭に顔を向けて笑ってみせた。だが、その口調は重々しい。「どんなにうまい物でも食べ方が汚かったら、見ていていい気はせんな」

董昭は目つきを鋭くした。曹操の言わんとするところはこうだ——丞相の座につくことはいいとしても、それは三公制の廃止を意味する。しかし許都には三公の一人、司徒の趙温《ちょうおん》がいる。趙温は蜀《しょく》郡の出で徒党を組むこともなく従順な人物であるが、だからといってすぐに辞めさせるわけにはいかない。正当な理由もなく趙温を罷免すれば、朝野で曹操の株が下がり、とやかく言われるに違いない。趙温自身が自ら辞職するよう仕向けても、誰もが曹操の圧力によるものだと考えるであろう。どうすれば世間から非難を浴びずに趙温を罷免させられるか……極上の料理を食するには、食べ方も上品でなければならない。

曹操は遠くを望みながらしきりにため息をついた。「奉孝《ほうこう》が生きておればな……あれほど策を授けてくれる者はいなかった。やはり代わりが務まる者はおらんか……」

董昭は苦々しく聞いていたが、しばし考えをめぐらせると、がばっと曹操の前に跪いた。「わたくしは非才なれど、わが君のためにこの大事を成し遂げたく存じます」

人物とは、得てしてその立場が作り上げるものである。曹操はこの言葉を待っていた。すぐに振り向いて笑みを浮かべた。「どんな方法がある？」

「こうすれば……」董昭は立ち上がって曹操の耳元でささやいた。

曹操は耳を傾けながら何度もうなずいた。「いい方法だがくれぐれも慎重に進めよ。もし露見したらわしの面子《めんつ》だけでなく、息子の名にも関わる」

「細心の注意を払い、許都に戻ったらまず荀令君に……」近づいてくる足音に董昭は途中で口をつぐんだ。趙達が邢顒《けいぎょう》を連れて城楼を登ってきた。後ろには李典までいる。

曹操は咳払いすると、ことさら声を上げて董昭に命じた。「明日許都へ戻るなら郭嘉《かくか》への追贈、そして蔡琰《さいえん》を救い出す件を令君に伝えてくれ。すべておぬしに任せたぞ。よいな」

「御意」言うまでもなく、曹操はこの件が人に知られるのを望んでいない。すべて任せたとは、先の策を黙認したということだ。

「それから……」曹操は袖のなかから帛書を取り出して董昭に渡した。「これは令君への書簡だ。必ず令君に直々に渡してくれ」

「はっ」董昭が一礼して立ち去ると、代わって邢顒ら三人が歩み寄ってきた。だが、三人は笑みを浮かべてじっと黙っている。

曹操も笑みを返して尋ねた。「なぜ曼成《まんせい》まで来たのだ？　潁川への部隊の移動で何か問題でも生じたか」

李典の顔つきは厳しく、手には錦嚢《きんのう》に入った竹簡をぐっと握っている。李典は曹操に近づくなり跪き、竹簡を頭上に捧げた。「これをわが君に奉《たてまつ》ります」

曹操はからかった。「おぬしは軍中にいても学問を怠らないと聞くが、まさか何か書き上げたのか」

「これはまたご冗談を。こちらは兗《えん》州各県に三千戸あまりあるわが李氏の名簿です。お許しいただけるなら一族を鄴城に移り住まわせ、わが君のために力を尽くしたく存じます」李典は礼節をわきまえ、楽進《がくしん》や張遼より学も見識もある。李氏は兗州の乗氏《じょうし》から鉅野《きょや》［山東省南西部］にかけて勢力を誇っている。石を投げれば李氏に当たるというほどで、かつては曹操を助けて呂布《りょふ》を敗走させた。だが、いま曹操は豪族を必要としていない。それどころか、かえって禍《わざわい》の種とみなしている。臧覇のような連中ですら人質を送っているのだ。李典は長らく悩んできたが、ここで自身の私的な勢力を弱体化させなければ、あらぬ疑いをかけられるかもしれない。

見た目はありふれた竹簡である。だが曹操は、実際の重さ以上にその重みをひしひしと感じていた――この三千戸は李氏に属した小作人で、これまで税を納めることもなければ兵役につくこともなかった。しかし、鄴城に移れば戸籍に編入される。つまり、この竹簡はそのまま三千戸分の税であり兵士なのである。これが曹操のものとなれば、一時は勢力を誇った豪族の李氏が解体されることになる。

曹操は若い李典を見つめ、その見識と心意気に感心した。「なるほど、耿純《こうじゅん》に倣うというのだな」耿純とは光武帝劉秀《りゅうしゅう》を輔佐し、漢の中興にあずかって力あった名将である。ときに劉秀が更始《こうし》帝の命《めい》で河北を転戦していたころ、ちょうど邯鄲《かんたん》で王昌《おうしょう》の反乱が起きた。耿純は一族を率いて駆けつけ、劉秀のために力を尽くした。当時、劉秀の勢力はまだ小さく、耿純は一族が二心《ふたごころ》を抱くのではと恐れた。そこで一族の住む屋敷に火を放って覚悟を示し、以来、一族揃《そろ》っていよいよ一途に劉秀に従った。曹操が李典を耿純になぞらえたのは誉め言葉といえる。

李典は控え目に答えた。「わたくしは微賤で臆病、たいして功績も立てていないのに身に余る爵位をいただき、恩寵に浴しております。一族を挙げて力を尽くすことでようやく気が休まるのです。まだ戦は終わっておりません。鄴城の備えを厚くすれば四方に睨みを利かせることもできましょう。何の徳も才もないわたくしごときが、古の賢人や名将を真似るなどとんでもありません」

李典の叔父李乾《りけん》は、かつて曹操のために兵糧を調達しようとして命を落とし、李典にすれば仇の張遼に対して恨みを晴らすこともできない。それなのに、官渡《かんと》の戦いでは一族じゅうから集めた兵糧を軍に供出した。そして、いままた一族全員を差し出すという。もはやいかなる褒め言葉ももったいぶった態度も必要ない。曹操はしばし考えてから答えた。「わかった、これはありがたく受け取ろう。この功に報いるため、おぬしを破虜《はりょ》将軍に任ずる」

「ありがたきお言葉」このひと声には悲喜相半ばするものがあった。

曹操は李典の肩を軽く叩きながら示唆するように声をかけた。「耿純は光武帝を輔佐してその帝業を成就させた。その功績により雲台《うんだい》二十八将の一人に数えられている。曼成はまだ年若く前途は洋々、しっかり励んで忠を尽くせば、将来は耿純より上の爵位を手にするかもしれんぞ」

聡明な李典はその言葉のうちに曹操の意志を見た。「わが君のため、死をも辞さぬ覚悟で力を尽くします」

邢顒も横で褒め称えた。「わが君が李将軍を厚く遇し、李将軍も忠義の心を燃やしてわが君をもり立てる。まこと名君のもとに賢臣ありですな。わが君が良将を得られたこと、曼成殿が名君に従うことに祝意を表したく存じます」

趙達は邢顒をじろりと睨んだ――俺よりお世辞の上手いやつだ。これで隠者っていうんだからな。

「それはまた大仰な」曹操は手を振って謙遜した。「それより邢殿をお呼び立てしたのは、広宗《こうそう》［河北省南部］の県令に任ずるよう上奏したのをお伝えしようと思いまして」

「お引き立てに感謝いたします」邢顒は内心小躍りして喜んだ。曹操は気に入った者を必ず地方に出し、県令や太守《たいしゅ》として二、三年経験を積ませたあと、呼び戻してさらなる要職につかせる。広宗県は冀州にあり、河北の出の邢顒にとっては成果を挙げやすい。これも曹操の特別な計らいである。

「それともう一つ」曹操は城外を指さした。「先ほど田先生が袁尚と袁熙の首を持っていったとか」

邢顒の驚きは小さくなかった――袁氏兄弟の首を祀る者は斬罪《ざんざい》という軍令が出されている。昨日は牽招が軍令を犯して哭礼を行った。これは幸い曹操に見逃してもらえたが、それなのに今日は田疇が哭礼したのみならず首級まで持って帰ったという。故意にやったとしか思えない。邢顒は急いで田疇のために釈明した。「かつて袁紹父子は子泰［田疇］殿を召し抱えようとしました。子泰殿は応じませんでしたが、いくらかよしみを感じているのでしょう。それに子泰殿にとって袁紹は、公孫瓚《こうそんさん》を討って劉虞《りゅうぐ》の仇を討ってくれた恩人です。子泰殿の厚き忠誠心に免じ、どうかお目こぼしいただけませんか」

「子昂《しこう》、わしを見くびるでない」邢顒が朝廷の臣下となり身分の上下がはっきりしたいま、曹操は邢顒を敬称ではなく字《あざな》で呼んだ。「詰問しようというのではなく、おぬしに田先生への伝言を頼みたいのだ」

「何と諭せばよいのでしょうか」

「諭す？　わしはただ感謝を伝えてほしいのだ。何と言っても道案内を買って出て賊を平定した功労者なのだからな。朝廷に上奏して亭《てい》侯の爵位を授けることにした」

「さようでしたか。子泰殿に代わってお礼申し上げます」

そこで曹操は口調を一変させた。「それから田先生は望まぬようだが、官職につくよう勧めてくれ。これほど大きな功績を立てながら官職につかぬとあっては、よく知る者ならその寡欲を褒めもしようが、知らぬ者はわしの態度を疑うであろう。功ある者には賞を与え、罪ある者には罰を下す。それは朝廷の決まりで、田先生やわしが蔑《ないがし》ろにできるものではない」曹操はそこまで話すと空を見上げた。「もうすぐ正午か。わしは玄武池の様子を見に行かねばならん……とにかく田先生を説得してくれ。冀州か幽《ゆう》州の太守でも県令でもよいから好きに選ぶようにと。もし煩わしい役目が嫌なら、都の侍中《じちゅう》や議郎《ぎろう》あたりでもかまわぬ。今度こそわしの好意を無駄にせぬようにとな」

それぞれの道

邢顒《けいぎょう》は曹操の命《めい》を受けると、伝言を知らせるために昼餉《ひるげ》も取らず田疇《でんちゅう》を探したが、城内にも城外にもその姿は見つからなかった。そこで田疇が袁尚《えんしょう》と袁熙《えんき》の首を持って行ったことを思い出し、城外の北西十六里［約七キロメートル］にある袁紹の墓へと向かった――果たして、田疇は袁紹の墓のそばに二つの小さな土饅頭を作り、その前にぬかずいていた。

「子泰《したい》殿、やはりここでしたか」邢顒は馬から飛び降りると、決まり悪そうに声をかけた。「袁本初《ほんしょ》が召し抱えようとしたとき、子泰殿は山を下りなかったのに、なぜそうまでなさるのです？」

田疇は何も答えず、土饅頭の上を満遍なく叩いてしっかり土を固めると、立ち上がって袁紹の陵墓に目を遣った――陵墓は封土《ほうど》の高さが三丈あまり［約七メートル］もある立派なもので、手前の真新しい小さな土饅頭とは対照的であった。田疇はしばらく呆然と立ち尽くし、おもむろにつぶやいた。「わしは袁紹とのよしみを偲んでいるわけではない。ただ人情の儚《はかな》さを身に染みて感じているだけだ。袁本初は多大な犠牲を払いながらほとんど何も得られなかった。そして世の移り変わりはあまりにも早い。いまは殺された者たちが安らかに眠るのを祈るだけだ……」

「関わりない者のために心を痛めることはありません」邢顒は笑みを浮かべて話題を転じた。「実はいい知らせを持ってきました。曹公が子泰殿を亭《てい》侯に封じ、五百戸を賜るよう朝廷に上奏するそうです。これで子泰殿も列侯《れっこう》の仲間入りです。それだけではありません。どの郡でも好きなところを選んで太守《たいしゅ》になってほしいと。地方が嫌なら朝廷の侍中《じちゅう》にしてくださるそうです。わたしはやっと県令になれたばかりだというのに、子泰殿に対する曹公の待遇は格別です」

田疇はかぶりを振り、墓道の脇にある木を指さした――幹につながれた黒い驢馬《ろば》の背に小さな風呂敷包みが乗っている。田疇が山を下りるときに持ってきた荷物のすべてであった。

「まさか、徐無山《じょむさん》に帰るのですか」邢顒は驚きを隠せない。

「そうだ。すぐに発つ。金輪際、曹操のもとに戻ることはない」

「行軍中に曹公が鮮卑《せんぴ》の民を殺《あや》めたことをまだ根に持っているんですか？　戦《いくさ》も終わったのに、もう固執する必要はないでしょう。亭侯に封じるのは感謝の証し、その好意を無駄にするのですか。子泰殿の功績は誰の目にも明らかです。後ろめたいこともないのに、どうして辞退するのです」

「徐無山に残した者らと引き換えに富貴を得よとでも？」田疇はため息をついた。「わしは仕官など望んでおらぬ。官位も厚禄も、ましてや列侯の爵位など、わしから見れば塵あくたのようなものだ。『志士は盗泉《とうせん》の水を飲まず、廉なる者は嗟来《さらい》の食《し》を受けず［志の高い者は盗泉という名すら憎んでその水を飲まない。清廉なる者は無礼な態度で与えられた食べ物を口にしない］』。わしは一介の民に戻って山で静かに余生を送りたい。二度と濁流に足を突っ込もうとは思わん」

「勝手に去ることができるとお思いですか」邢顒はずばりと核心をついた。「子泰殿が道案内を買って出たことは天下の者の知るところ。もし爵位を受けなければ、曹公が功に報いない恩知らずだと貶《けな》されます。曹公は己の名にかけて、子泰殿が去ることを許さぬでしょう。それに、幽州《ゆう》はすでに平定されたのです。あの山村がそのままということもありますまい。朝廷から移り住むよう命が下れば子泰殿も山に残れません。信じられぬと仰るならお試しになればよい。子泰殿が徐無山に着いた途端、郡県から触れが出されて、村人は残らず鄴城に転居させられます。そのとき子泰殿はどうなさるおつもりですか」

「どうするかのう……」田疇はつらそうにうなだれた。邢顒の言うように、曹操の手のひらの上からは逃れられないだろう。「たとえ鄴城に移っても、わしはただの布衣《ふい》として過ごす。決して仕官はすまい」

「口で仰るのはたやすいことですが、曹公はあらゆる手を使って子泰殿を仕官させようとするでしょう。亡くなった名士の張倹《ちょうけん》や陳紀《ちんき》、桓典《かんてん》らとて、一介の民でいることを望みながら最後はやむなく仕官したのです。遠く遼東《りょうとう》にいる邴原《へいげん》や管寧《かんねい》、王烈《おうれつ》でさえ曹公は辟召《へきしょう》しようとしています。それなのに子泰殿だけが逃れられるわけありません」

田疇もそれは承知していたが頑なにはねつけた。「いざとなれば命を絶つまでのことだ」

邢顒はなおも説得しようとしたが、田疇の覚悟を決めた様子を見てため息を漏らした。「子泰殿とは十年以上のお付き合いになります。才学、智謀、品行、どれをとってもわたしは敵いません。しかし、どうしてもわからないのです。子泰殿の決して節を曲げない頑なさ、それを改めることはできないのですか。身を清く保つのもいいですが、仕官するのがそれほど悪いことですか。それほど節操や仁義にもとりますか」

田疇はかぶりを振った。「仕官が節操や仁義にもとるかどうかは、誰に仕えるかによる」

「曹公に仕えることは、すなわち漢の天下を再興すること。それのどこがいけないのです」

「漢の天下を再興する？」田疇は薄く冷たい笑みを浮かべた。「子昂《しこう》、おぬしも愚か者ではない。曹操が本当は何をしたいのか気づいておるのだろう。認めたくないから知らぬふりをしているだけだ」

田疇の言葉は邢顒の胸を衝《つ》いた——一年あまり曹操の陣営に身を置き、曹操が漢の天下の簒奪を目論んでいることくらい当然見抜いていた。田疇の指摘したとおり、邢顒は自ら目をつぶっていたのだ。邢顒は曹操の掾属《えんぞく》［補佐官］となって前途洋々、間違いなく恩恵にあずかる側である。若い盛りの曹丕にも初対面で歓待してもらい関係は良好だ。利益と節操を秤にかけた結果、邢顒は漢室に対する後ろめたさを心の奥底にしまい込み、どんな陰謀や道に外れた行いも見て見ぬふりをするようになっていた。邢顒はもはや徐無山に隠棲していたころの高潔な人物ではない。権力と欲望に取り憑かれ、すでに後戻りできなくなっている。

田疇は蔑《さげす》むような表情を引っ込めると静かに告げた。「『其の為さざる所を為す無く、其の欲せざる所を欲する無し［人としてすべきでないことはせず、望んではいけないことは望まない］』。わしがおぬしの心を翻せなかったように、おぬしもわしをとどめるのは無理というもの。だが、一つだけ忠告しておこう。今後はしっかりと身を慎むことだ。かつてはわしが曹操の人となりを探りに行かせたのだったな。いまではそのおぬしが愚かにもやつをもり立てるという。よいか、曹孟徳《もうとく》は陰険にして狡猾、そして冷酷非情な男だ！」

邢顒は驚きつつも訥々と異を挟《さしはさ》んだ。「それほどひどい人物でしょうか。袁紹を破って中原より北を鎮めたのですよ。『人の性は皆善なり。其の不善なるに及ぶは、物 之《これ》を乱せばなり［人の本性は誰でも善であるが、それが不善となるのは、富貴や名利といった外物《がいぶつ》が人の本性を乱すからである］』というではありませんか」

「人はそのときどきの境遇によって変わるものだ。現にかつては山奥に隠棲していたわれらが、今日はそれぞれ別の道を歩むことになったではないか」田疇の言葉には無念さが満ちていた。「曹操もはじめは義のために兵を挙げたのであろう。だからこそ天下の志士の助けを得られた。だが、いまの曹操は帝位を夢見ている。人はこれまでのようには従うまい。曹操ももはや他人の言に謙虚に耳を傾けることはなかろう。糧秣《りょうまつ》の漕運《そううん》に際しては民に強いて氷を割らせ、濡水《じゅすい》では通りすがりの無辜《むこ》の民を手にかけた。『一令逆《さか》らえば則《すなわ》ち百令失われ、一悪施せば則ち百悪結ぶ［一つでも道義にもとった命を下せばほかの多くの命もきちんと遂行されなくなり、一つでも悪事をなせば悪事が相次ぐようになる］』というであろう。『易経《えききょう》』にも、『善を積む家には必ず余慶《よけい》有り、不善を積む家には必ず余殃《よおう》有り［善行を積み重ねた家には子々孫々にまで必ず幸福があり、不善を積み重ねた家には子々孫々にまで必ず禍《わざわい》が降りかかる］』とある。わしが見るところ曹操の積んだ善行はすでに尽き、いまは不善を積み重ねておる。いつか必ず禍が降りかかろう。古人はよく天命がどうのこうのと言ったが、つまるところ、人が行いによって天に感銘を与えれば、天もそれに応じてくれる。その逆もまた然りだ」

田疇の話に邢顒は戸惑い、返す言葉がなかった。

「言いたいことはこれですべてだ。賢弟よ、達者でな」田疇は幹に結わえていた縄をほどくと、驢馬の背に跨がった。

「子泰殿、お待ちください。曹公に置き手紙もなされないのですか」

「不仁の者、ともに語るべからず」田疇は振り返りもせずにそう言うと、驢馬にやさしく鞭を当てた。驢馬は田疇を乗せ、とことこと歩きだした。

とうに真昼を過ぎていた。いまは眩しく輝く陽光も、これからしだいに弱まっていく。邢顒は田疇の残した恐るべき予言を繰り返し考えながら、呆然と道端に立ち尽くしていた。

第六章　三公《さんこう》罷免、旧制の復活

孫権《そんけん》の仇討ち

建安《けんあん》十三年（西暦二〇八年）春、曹操軍が調練に精を出していたころ、荊州《けい》の江夏郡《こうか》では白狼山《はくろうさん》の戦いに勝《まさ》るとも劣らない熾烈な戦いが繰り広げられていた――ついに孫権が西陵県《せいりょう》［湖北省東部］に攻め込んだのである。そして激しい戦いの末に、孫権は父の仇である黄祖《こうそ》を斬り殺した。

江夏は漢水《かんすい》と長江が交わる荊州東部の関門で、荊州牧《しゅうぼく》の劉表《りゅうひょう》にとってきわめて重要な土地である。江夏が陥落すれば、敵は漢水をさかのぼって荊州の奥深くまで進めるばかりか、長江に兵を置くことで荊州を南北に分断できる。だからこそ劉表は黄祖をとくに江夏太守《たいしゅ》に任じ、夏口《かこう》（長江と漢水の合流地点で三江口《さんこうこう》とも呼ばれ、西陵県に属す）に兵を駐屯させて東の玄関口を固く守らせていたのである。黄氏は江夏の名家で、黄香《こうこう》、黄瓊《こうけい》、黄琬《こうえん》といった名臣を輩出し、黄祖もその一人である。劉表が黄祖に重責を負わせたのは江夏における黄氏の声望を利用するため、そして何よりも黄祖と孫氏の深い怨恨による。かつて董卓《とうたく》討伐に失敗した袁紹《えんしょう》と袁術《えんじゅつ》は同族でありながら敵対し、遠交近攻の策で互いを牽制した。袁術は公孫瓚《こうそんさん》と結んで冀州《き》を攻めるよう仕向け、袁紹は劉表と通じて南陽《なんよう》に掣肘《せいちゅう》を加えた。当時、孫権の父孫堅《そんけん》は袁術の配下にいた。孫堅はその命《めい》を受けて襄陽《じょうよう》の劉表を攻め、向かうところ敵なしの勢いで進撃した。だが、黄祖の謀《はかりごと》によって峴山《けんざん》におびき出され、矢の雨を浴びて絶命した――孫氏と黄祖の長き怨恨はここに幕を開ける。

孫氏にとって黄祖は不倶戴天の敵である。孫堅の息子孫策《そんさく》は、江東《こうとう》［長江下流南岸の地域］を鎮めると真っ先に江夏へ出兵した。黄祖と劉勲《りゅうくん》の連合軍を完膚なきまでに破ったものの、西陵県を奪い取るには至らず、のちに孫策は刺客の手に倒れ、仇討ちの使命は弟の孫権に託された。孫権は建安八年（西暦二〇三年）と建安十二年（西暦二〇七年）の二度にわたって江夏を攻めた。戦《いくさ》はどちらも孫権側が優勢だったが、黄祖の城は落とせなかった。二度の戦でも虚しく兵を返すこととなり、江東では孫権に対する不満がくすぶりはじめた。張昭《ちょうしょう》や張紘《ちょうこう》を筆頭とする臣下らは、江夏攻めをひとまず中断して域内の山越《さんえつ》(1)を鎮めるべきだと主張した。だが、父の仇を討つまでは黄祖討伐をやめるつもりはないという孫権の意は翻らなかった。わずか二月《ふたつき》ほど兵を休ませただけで、孫権はまた自ら兵を率いて江夏へ向かった。周瑜《しゅうゆ》を前部大督《ぜんぶだいとく》［前線の指揮官］に任命すると、案内役に荊州からの降将甘寧《かんねい》、幕僚に秦松《しんしょう》と魯粛《ろしゅく》、先鋒に凌統《りょうとう》と呂蒙《りょもう》を配し、そのほか韓当《かんとう》、蔣欽《しょうきん》、周泰《しゅうたい》、董襲《とうしゅう》、陳武《ちんぶ》、宋謙《そうけん》といった将らを残らず従えて、水路と陸路の両方から長江をさかのぼった。その全容はまさに怒濤のごとく、意気も盛んに三江口へと迫った。

一方、黄祖は孫権軍襲来の報を受け取ると、即座に強固な防衛態勢を敷いた。都督《ととく》の蘇飛《そひ》に命じて城の周りに兵馬を配し、水軍都督の陳就《ちんしゅう》には戦船《いくさぶね》を率いて長江の水上に防衛線を引かせた。さらに強《きょう》弩《ど》を備えつけた二隻の巨大な蒙衝《もうしょう》を太い綱でつないで漢水の入り口に横づけし、孫権の水軍を一隻たりとも通さないようにした。だが、孫権軍は怯《ひる》むことなく勇敢に攻めかかった。先鋒の呂蒙は決死隊を小舟に乗り込ませて敵船団のなかに突っ込んでいき、大軍のなかから陳就を見つけて討ち取った。董襲は降り注ぐ矢の雨をかいくぐり、大刀を振るって船の通行を阻む頑丈な綱を断ち切った。淩統は自ら兵の先頭に立って雲梯《うんてい》をよじ登り、ついに西陵城に突入して都督の蘇飛を生け捕った。もはや大勢は決したと見るや、黄祖は城を捨てて単騎で逃げ出したが、馮則《ふうそく》という一兵卒に刺し殺された。

　劉表は黄祖が敗れたと聞いて恐れおののき、慌てて新野《しんや》［河南省南西部］の劉備《りゅうび》を救援に向かわせた。だが、劉備が駆けつけたときには孫権はすでに撤兵していた。西陵城に蓄えてあった財貨や輜重《しちょう》、それに戦船はことごとく持ち去られ、俘虜《ふりょ》や民も連れ去られた。わずかに残ったのは、あちこち崩れ落ちたがらんどうの城だけというありさまであった……

　江東軍は黄祖の首級《しるし》を竿の先に高く掲げ、凱歌を揚げて意気揚々と凱旋した。水陸両軍で並走して威勢を示したが、それでもまだ足りないと思ったのか、春秋時代に江東で覇を唱えた越《えつ》王勾践《こうせん》の軍もかくやというほど気勢を上げた。大軍の後方には鹵獲《ろかく》したおびただしい輜重や財物が、やはり江夏軍から奪った戦船に山積みされて長江の水面《みなも》を埋め尽くしていた。さらに陸路には江夏軍の俘虜と西陵城内にいた民が二、三万、縄で手を縛られて数珠つなぎになって歩かされていた。

　賑やかな声が響くなか、隊伍に一人だけ静かな若者がいた。年は二十六になったばかり、色白で眉目秀麗、明るく輝く星のような眼《まなこ》をしている。すらりとした鼻筋に整った口元、白い歯に赤い唇、大きな耳は外側に張り出し、腕は長く腰は細い。とりわけ人目を引くのはやや緑がかった黒い双眸《そうぼう》で、女の流し目のような奥深さをたたえている。蓄えはじめたばかりの短い髭はぴんとそり上がり、かすかに赤紫色をしている。黄金の鎧と銀の兜はまばゆく、深緑の錦繡《きんしゅう》の戦袍《せんぽう》を羽織り、白馬に跨がって歩兵の最前列を進んでいる。爽やかで垢抜《あかぬ》けたこの若き将軍こそ江東の孫権、字《あざな》は仲謀《ちゅうぼう》である。その若さと姿格好からは、これが江東の主《あるじ》であると見抜くのは難しい。

その孫権と轡《くつわ》を並べて進むのは二人の文官である。一人は孫策が江東に地盤を築いたころから仕える幕僚の秦松《しんしょう》、字は文表《ぶんひょう》、白髪交じりだが矍鑠《かくしゃく》としている。もう一人は三十過ぎ、端正な面立ちと毅然とした態度で、近ごろ孫権に抜擢された魯粛《ろしゅく》、字は子敬《しけい》である。二人は孫権が悩みごとを抱えていると感じていたが、あえて何も尋ねずに黙って進んだ。

そのとき、後方から数騎が駆けてきた。先頭は中郎将《ちゅうろうしょう》の蔣欽である。蔣欽は猛将の周泰と同じく、九江郡《きゅうこう》の出である。もとは孫策の身辺を守る護衛兵だったが、戦場で多くの手柄を挙げ、陣営でも屈指の将となっていた。蔣欽は堂々たる偉丈夫《いじょうぶ》であるが、強面《こわもて》でせっかちな性格をしていた。まだ孫権から遠く離れているのに大声で呼ばわっている。「わが君、しばしお待ちを！　お話があります」

孫権が手綱を引いて馬首を回《めぐ》らせると、全軍の隊伍もゆっくりと止まった。蔣欽は馬に鞭をくれて駆け寄り、孫権の目の前で飛び下りるなり跪《ひざまず》いて叩頭した。

「いったい何ごとだ」孫権は訝《いぶか》りながら蔣欽を見つめた。「話があるなら立って申せ」

「立ちません」蔣欽は頑固でもある。「わが君は兵を返すとのご命令ですが承服できません。何とぞ戻って戦を続けてください。江夏を奪い返すまでは……」

蔣欽の言葉が終わらないうちに、あたふたと追いかけてきた韓当、董襲、呂蒙、甘寧らが焦りも露わに声をかけた。「蔣将軍、どういうつもりですか？　早くお立ちを」

孫権は一同を制した。「かまわん。公奕《こうえき》に続きを言わせてやれ」

「わが君、よもやお忘れですか。江夏を攻めるのに、これまでどれだけ多くの将兵が命を落としてきたかを」蔣欽は跪きながらも、義憤に駆られて声を上げた。「父君の仇であることは申すまでもありません。兄君が刺客に襲われたときも、江夏を奪って仇を取ることを、いまわの際《きわ》まで気にかけていらっしゃいました。勝ちを得て黄祖を討ち取りながら、城を捨てて軍を返すべきではありません。あの城を落とすためにいったい何人の若者が散っていったか、よくお考えください。民や財物を手に入れただけで戻るのでは匪賊も同然。それで亡き父君や兄君、陣没した将兵たちに申し訳が立つとお思いですか……」訴え終えると、憤りのあまり蔣欽の眼から涙が溢《あふ》れた。

孫権は厳しい言葉にも動じることなく、顔を上げて諸将を見回すと静かに尋ねた。「ほかの者も公奕と同じ考えか」

孫権の問いに一同は黙り込んだ。みな蔣欽が孫権に盾突くのを止めはしたが、撤退には不満を抱いていた。しばしの沈黙ののち、揚武都尉《ようぶとい》の董襲が口を開いた。「公奕殿の仰ることにも一理あります。ですが……」董襲は生粋の江南《こうなん》［長江下流の南岸一帯］の武人で、まだ三十前である。背は低く痩せて精悍さを感じさせ、柔らかに響く呉《ご》郡の方言を話すが、いったん戦場に出るや命を顧みることはない。普段は思ったことをはっきり述べるのに、今日は言葉を濁している。

「韓将軍はどう思われますか」孫権は韓当に向かって拱手《きょうしゅ》した。

韓当の故郷は北のかた遠く、幽《ゆう》州の遼西《りょうせい》郡である。早くから程普《ていふ》や黄蓋《こうがい》とともに孫堅に従って黄巾《こうきん》賊や董卓軍と戦い、年はすでに五十を越えている。孫権陣営でも年功を積んだ将で、孫策や孫権も常に年長者に対する礼をもって接してきた。韓当は孫権に名指しされ、白いものが交じった髭をしごきながら恭《うやうや》しく答えた。「それがしは向こう見ずなだけで二代の将軍のご恩を賜ってきた身、大事に口を挟むわけにはまいりません。わが君のご一存に従うのみです」韓当ほどの年齢になれば冷静沈着を旨とし、若い者のようにむやみに騒がない。何も言っていないに等しい返答ではあるが、蔣欽の考えに反対したわけでもない。

「韓将軍はご謙遜が過ぎます」孫権はその言葉の含意を噛み締めてかすかに微笑んだ。

「わが君、それがしも申し上げたいことがあります」そう言って進み出たのは、二十歳過ぎの筋骨隆々とした大男である。突き出た鼻に大きな口、眼光は鋭く、獰猛《どうもう》な顔つきをしている。ほかの将らはきちんと鎧兜を身につけているのに、一人だけ兜もかぶらず鎧も留めず、戦袍はぐるぐると紐状にして腰に結んでいる。格好をつけているのか、わが道を行く質《たち》なのか、さらに首には小さな鈴をかけており、少し動くたびにちりんちりんと音を立てる。

甘寧、字は興覇《こうは》、去年荊州から帰順してきたばかりの降将である。主を裏切った男なだけに、礼儀をわきまえずだらしない。そのうえ何にでも首を突っ込みたがるので、ほかの者からは煙たがられていた。ただ、孫権だけは甘寧をいたく気に入り、そういった欠点を少しも気にかけない。「興覇、何を申したい」

「それがしは討ち死にした者のために意見するのではありません」甘寧は無頓着にも懐手《ふところで》しながら答えた。「襄陽を守る劉表の老いぼれは本当に能無しで、二人の息子もただの穀潰しです。一方で曹操は北を統一し、いつ南下してくるかわかりません。それゆえわが軍は江夏を足がかりにし、長江に沿って荊州を攻めるべきなのです。さもなければ海千山千の曹操に必ず先を越されます。われらは荊州を手に入れたらそのまま西へ進み、古《いにしえ》の巴《は》や蜀《しょく》の地まで奪い取るのです。それでこそ曹賊めの向こうを張れるってものです。こんな好機に兵を返すだなんて何ともったいない！」

甘寧は何の気なしに語ったのだろうが、孫権の驚きは尋常でなく、思わず傍らにいる魯粛と目を見合わせた——先に魯粛が進言した策と期せずして同じである。荊州を手に入れて巴蜀の地を狙う、それは孫権、魯粛、そして前部大督の周瑜とのあいだで取り決めた今後の戦略であった。むろんまだ公にはしていない。甘寧はだらしなく見えて武略に通じている。その先見の明は、乱世の変人にとどまらないようだ。甘寧はかつて益州の劉璋《りゅうしょう》のもとで蜀郡の郡丞《ぐんじょう》［郡の次官］についたこともあった。だが、平々凡々な劉璋に嫌気が差し、八百の健児《けんじ》を率いて劉表に身を寄せた。しかし、党錮《とうこ》の禁《きん》にも遭った名士の劉表は、甘寧の礼儀をわきまえない振る舞いが気に入らず、黄祖のもとへ追いやってしまった。年老いた黄祖は甘寧を重用することもなく、甘寧はどこにあってもその才を発揮できなかった。それで江夏の将の蘇飛に手配してもらい、荊州を離れて孫権のもとに投じたのである。よくよく考えてみれば、甘寧は長江の流れに沿って江東まで流れ着いた。一帯の地形をはじめ、関所や要衝から守備兵の数に至るまで、残らず熟知している。

孫権は甘寧の進言に感服したが、一つ二つうなずくだけで、すぐに能面のような表情に戻り話を変えた。「おぬしらにも意見はあろう。だが、わたしの考えを聞きたくはないか」

「どうかお話しください」一同は一斉に拱手した。

「撤兵の件は公瑾《こうきん》と相談して決めたことだ」孫権は鞭を持ち上げて長江に浮かぶ戦船を指さした。

孫権は江東の主だが、周瑜は亡くなった孫策と兄弟のように親しく、官も中護軍《ちゅうごぐん》を拝している。軍中での名望は孫権より高いほどで、古参を押さえつけるには周瑜の名を出すに限る。「江夏が荊州を攻める絶好の地であることはもちろん、難攻不落であることも知っている。いまはまだその時期ではない。西陵は長江の北にあり、われらの支配地は長江の南にある。兵を江北《こうほく》に差し向けても孤立してしまっては危険だ」

孫権が話し終えぬうちに、蔣欽が喚《わめ》き出した。「それがしは死など恐れません！　どうかそれがしに兵を……」

「黙れ！」蔣欽がまだ口を挟んでくるので、孫権は顔色を変えて怒鳴りつけた。「おぬしに何がわかる。孤城で持ちこたえるのに、どれほど兵糧や輜重が必要かわかっているのか。どれくらいの兵が要るかわかるか。南の山越が反乱を起こしたらどうする。劉表が全兵力を傾けてきたらどうする。青州《せい》や徐州《じょ》にいる臧覇《ぞうは》らの兵が長江の下流から攻めて来たらどうするのだ。これらすべてを考えたか。威勢のいいことばかり言うでない！」

若き江東の主はものすごい剣幕で蔣欽を叱りつけた。それまでの上品で礼儀正しい姿とはまるで別人である。もっともらしい理屈をいろいろと述べていた蔣欽だが、ひと言も反論できなかった。「考えが至りませんでした……どうかご容赦ください……」

「立て！」

「はっ」蔣欽はおとなしく従った。

「みな、よく聞くがいい」孫権の口調がまた穏やかになった。「数年前、わたしは陸遜《りくそん》に命じ、試みに屯田を行わせた。最近では黄蓋、朱治《しゅち》、賀斉《がせい》を丹陽《たんよう》に遣わし、黟《い》と歙《きゅう》(2)を掃討させている。なぜだか考えてみたことはあるか。江夏を取ることはもちろん大切だが、後方の安定を図ること、山越の乱を鎮めることはもっと重要なのだ。戦をするには何より軍備が要る。山越どもを降せば、民は安心して農作業に勤《いそ》しめる。そうしてはじめて兵糧が得られ、われらも命をかけて戦えるのだ。われらの兵力はまだまだ足りず、急《せ》いては大事を仕損じる。いま江夏を攻めて戦が膠着すれば、たちまち全体の戦力に影響が及び、大局的にはかえって進退に窮することになる。『孫子《そんし》』にも、『夫《そ》れ兵を鈍《にぶ》らせ鋭を挫《くじ》き、力を屈《つ》くし貨を殫《つ》くさば、則ち諸侯 其の弊に乗じて起こる。智者有りと雖《いえど》も、其の後《のち》を善くする能《あた》わず［兵が疲弊して鋭気が失われ、力が尽き財がなくなると、ほかの諸侯たちはその困窮につけこんで攻めかかってくる。そうなると、こちらに智将がいたとしても善後策を講ずることはできない］』とある。さらなる兵糧の備蓄と兵力の確保、これこそが当面の急務なのだ」孫権はそう話しながら背後の俘虜と輜重を指さした。「江夏の民と財貨を江南に移すのも、そのためにほかならぬ。ここから精鋭を選んで軍に組み入れ、残りの者には田を耕作させる。そうして少しずつ積み重ねていけば、いずれは曹賊めにも対抗できよう。荊州を奪い、大江の南岸の防備を固めて曹賊を迎え撃つ、このことは一日とて忘れたことはない。みなの者、わかったか」

よその土地や城を攻めて略奪するのはこれがはじめてではない。かつて孫策が廬《ろ》江《こう》を奇襲したときも、そこに住む大量の民を江東に移り住まわせ、そのなかから精鋭を選んで部隊を編成し陳武に率いさせた。その意図と今後もその方針を続けることを孫権から聞かされ、諸将もようやく納得がいった。

「公奕よ、みだりに軍の大事を論じた罪で罰する。不服か」

「いいえ、甘んじて罰を受けます」虎のように猛々しい蔣欽が羊のようにおとなしく孫権の命に従った。

「よし。おぬしを丹陽の黄将軍と交代させるゆえ、賀斉を助けて黟と歙の賊どもを鎮圧して来い。功を立てれば罪を帳消しにして褒美を取らせよう」厳しい表情とは裏腹に、孫権の口調はずいぶんと和らいでいた。

「御意」しょんぼりしていた蔣欽が、ぱっと顔をほころばせた。「何はともあれ戦をさせていただければ、それがしは満足です」

「呂蒙、甘寧」

「はっ」二人が拱手して進み出た。

「こたびの戦いではみなに功績がある。とはいえ、おぬしら二人にはとくに褒美を与えたい」

甘寧はこれを聞くと、すぐに戦袍や鎧兜をきちんとして跪き、途端に態度を改めた。「わが君のご寛恕によりそれがしを仇とせぬばかりか、譜代の臣のように扱っていただいております。このうえ褒美など頂戴するわけにはまいりません」これは甘寧の本心であった。まだ黄祖の配下にいたころ、甘寧は孫権軍の先鋒淩操《りょうそう》を射殺《いころ》している。ほかならぬ淩統の父である。その件を不問に付して投降を受け入れたことだけでも、孫権の懐の深さが垣間見える。さらに、このたびの進軍でも淩統を水軍に割り振り、陸路の甘寧と一緒にならないよう配慮していた。

孫権は甘寧が淩操の件を持ち出して辞退したので、激しい口調で叱責した。「おぬしが帰順してきたのは手柄を立てるためではなかったか。そのおぬしの才を生かせぬのであれば、わたしも黄祖と何ら変わらぬ。辞退はならん！」

「実は褒美の代わりにお願いしたきことがございます」

「申してみよ」

「こたびの戦で捕虜になった蘇飛はそれがしの命の恩人、もしそれがしが江夏から逃げ出すのを蘇飛が手助けしてくれなければ、いまごろそれがしは路傍で野垂れ死に、わが君にお仕えすることもかないませんでした。むろん蘇飛の罪は万死に値しますが、お目こぼしいただきたく存じます」

「蘇飛を赦すのはたやすいが、やつが江夏に逃げ戻って再び劉表に仕えたらどうする」

甘寧が叩頭した。「命をお助けくだされば蘇飛も恩に感じ、今後は必ずやそれがしとともにわが君のために力を尽くしましょう。劉表のもとへ逃げ戻るなどありえません。もし蘇飛が逃走したら、わが首をもって償います」

「はっはっは」孫権が不意に笑い声を上げた。「興覇がそうまで信義を重んじるのであれば赦さぬわけにはいかんな。聞けば曹操は袁氏兄弟の首を城外にさらしたが、それを葬ろうとした者を罰するどころか昇進させようとしたらしい。わたしが懐の深さであの悪党に負けるわけにはいかぬ」そう言いながら護衛兵を手招きした。「蘇飛を釈放するよう速《すみ》やかに命を伝えよ。蘇飛には司馬《しば》の職を与え、手柄を立てることで罪を償わせる」

「ありがとう存じます」甘寧は何度も叩頭して謝意を表した。

「礼を言うのはまだ早いぞ。蘇飛は釈放したが、この程度ではおぬしの功績に報いたことにならん。江夏で降伏した兵を預けよう。本日より興覇がこれを率いるのだ」

「この甘寧、命を投げ出してご恩に報います！」甘寧は帰順してきた身ゆえ、配下の兵はほとんどいない。この孫権のひと声であっという間に一千の兵馬を率いる将となった。これでほかの将とも肩を並べることができる。

孫権は満足そうにうなずいた。「阿蒙《あもう》、これへ」

阿蒙とは、軍中の将らが呂蒙をふざけて呼ぶときのあだ名である。呂蒙は汝南《じょなん》の出で、父を早くに亡くして女手一つで育てられた。のちに姉が孫策配下の鄧当《とうとう》に嫁いだ縁で、姉婿を頼って江東に移り軍に入り込んだ。その後、鄧当が流行り病で亡くなると、孫権は鄧当の部隊を解散しようとしたが、呂蒙はそれを受け入れず、兵士を集めて諸将の前で調練した。それを見た孫権は呂蒙に軍事の才があると判断し、別部司馬《べつぶしば》に取り立てて鄧当の部下を引き継がせた。

その呂蒙がこのたびは大手柄を立てた。孫権は呂蒙の浅黒い顔を見るとうれしくなり、その肩を叩いて褒めた。「こたびの勝利は、おぬしが敵陣深くまで入って陳就を討ち取ってくれたおかげだ。その功に報いて横野中郎将《おうやちゅうろうしょう》に昇進とする。一千万銭を与えるゆえ、戻ったらよく母親に孝行するがいい」

「ありがたき幸せ」呂蒙は調子に乗って啖呵《たんか》を切った。「おいらの命は将軍のもの。将軍が気に入らねえやつがいたら、すぐにそいつの首を引っ提《さ》げてきますよ」

孫権は呂蒙の品のない言葉遣いを微笑みながらたしなめた。「将たるもの、向こう見ずなだけでは駄目だ。勉学に励まんとならんぞ。おぬしは若くして従軍し、文筆に疎《うと》い。しっかりと精進せよ」孫権はそう言いながら今度は蔣欽を睨みつけた。「おぬしもだ。よくよく書物を読むように。おぬしは無鉄砲が過ぎる」

蔣欽は素直に聞き入れたが、呂蒙はそれを無邪気に笑い飛ばした。「勉学なんて、おいらたち武人に必要ですか。それに軍務が忙しくって、書物を読む暇なんてありませんよ」

「何も経学《けいがく》を修めて博士《はくし》［五経の教授などを司る］になれと言うのではない」孫権は表情を引き締めた。「おぬしらには幅広い見識を持ち、軍略にも精通してほしいと思っているのだ。軍務に忙しい？　そうは言ってもわたしよりはひまがあるはずだ。わたしは幼いころ『春秋左氏伝《しゅんじゅうさしでん》』を学んだが、まるで不十分だと自覚している。父上や兄上の大業を引き継いでからは忙しくて休む暇《いとま》もないが、それでも時間を見つけては三史《さんし》(3)や兵書を丹念に読んでいるぞ。これが軍務や政務を見るうえで大いに役に立つ。おぬしらは学んだことがないだけで、生来の愚か者ではあるまい。学びさえすれば理解できるのだ。ならば勉学に励むべきであろう」

これには呂蒙も納得したようだ。

「いいか。今日からわたしのために学ぶのだ。『易経《えききょう》』のような謎めいたものは読まずともよい。『孫子』『六韜《りくとう》』『左伝』と三史を読むのだ。孔子も『終日食《く》らわず、終夜寝《い》ねず、以て思うも益無し。学ぶに如《し》かざるなり［一日じゅう食べもせず、一晩じゅう寝もせずに、思索にふけっても得るものはない。学ぶことには及ばない］』と言っているではないか。光武《こうぶ》帝も天下の重責を担いつつ、倦《う》まず弛《たゆ》まず勉学に励んだという。聞くところによると曹操は挙兵以来、軍中でも常に書物を手放さず、先人の兵法書に注までつけているという。恐るべきことだと思わんか。兵法の極意に暗いままで、今後どうしてあの悪党と戦えると言うのだ」孫権が曹操に対抗する意思を口にすると、いつも魯粛はうれしそうにうなずき、秦松は眉をひそめた。

孫権はひとくさり訓戒を垂れると、また手を上げてあちこちの諸将らを指さした。「みなの者、しゃきっとしないか！　士気を振るわせて高らかに凱歌を揚げよ。明るい顔でついてまいれ。いかなる困難にぶつかっても、江東の父老たちにわれらの揚々たる威勢を見せるのだ。わかったか！」

「仰せのとおりに！」諸将は喉もちぎれんばかりの大声で応じ、再び馬に跨がると行軍を続けた。誰しもが姿勢を正してまっすぐに見据え、孫権を中心に勇ましく歩を進めた。

この年若い主君を後ろから眺めていた韓当は、感慨を禁じえなかった――孫策が刺客に襲われて死んだとき、跡を継ぐのは孫堅の三男で勇猛果敢な孫翊《そんよく》だと、誰もが思っていた。ところが孫策は、臨終の枕元に上品で礼儀正しい次男の孫権を呼び、後事を託したのである。曰《いわ》く、「江東の軍を率いて臨機応変に敵と対峙し、天下の群雄と雌雄を決することにかけては、お前はわたしに及ばない。だが、賢人を取り立てて適材適所に配し、おのおのの力を発揮させて江東を守ることにかけては、お前はわたしの上をいく」と。

実際、当初は張昭や周瑜が大事な判断においては意見を通し、誰も若い孫権を重んじていなかった。だが、兄の霊前で泣きやまなかった若者は、意外にも短い期間で威厳を備え、命をきちんと実行させる頼もしい主へと成長した。まず孫河《そんか》、孫輔《そんほ》、孫賁《そんふん》ら年長の一族に与えられていた兵権を取り戻し、呂蒙、周泰、淩統といった将を抜擢すると同時に、呂範《りょはん》、朱治ら譜代の臣の地位も引き上げた。さらに孫策のように豪族を粛清することを取りやめ、孫弘《そんこう》、歩隲《ほしつ》ら戦乱から逃れて来た士人《しじん》たちを引き留めた。加えて屯田を推し進め、山越を討伐し、李術《りじゅつ》と黄祖を討ち、孫氏の基盤をみるみるうちに固めていったのである。

韓当は思い起こすほどに胸がいっぱいになった――やはり先代の見る目は正しかった。傑出した才智と雄大な戦略を持つわが君なら、どんな困難に遭ってもめげることはなかろう。たとえ戦場で討ち死にしようとも、曹賊めに膝を屈することはない――韓当の表情からはすでに一切の迷いが消えていた……

孫権と轡を並べながらも、秦松の胸中はまるで違っていた。早くから孫氏に仕え、献策によって多くの功績を立ててきたが、秦松は江東ではなく徐州の広陵郡《こうりょう》の出である。いまでこそ江東で職務に励んでいるが、長江の北にある故郷への思いはやはり捨てきれない。すでに齢《よわい》五十を超え、若い将らのように向こう見ずでいるわけにもいかず、徐州の名士として故郷の訛《なま》りを忘れることもできなかった。孫策が亡くなってからは、とくに長く故郷を離れている士人たちのあいだで、曹操に投降するしかないという考えが暗黙の了解になっている。実際、秦松もそう考えており、自身も故郷へ帰りたいと願っていた。しかし、孫権は己の覇業に必死になっている。その勇ましい大志を捨てるよう、どうやって説得したものか。秦松は憂慮に満ちた胸中を吐露することができずにいた……

察しのいい孫権は、そういった意見が支配的であることに気づいていた。自然に談笑しているようで、やはり胸中には不安が渦巻いていたのである。曹操への投降は、決して軍議にかけてはならない。一度論じはじめたが最後、疫病のようにあっという間に感染者を増やすであろう。本格的な荊州攻めの準備がまだ整っていないいまの段階では、反対意見を抑えつつ、先延ばしにするしかない。全軍の将兵に凱歌を揚げさせ士気を上げてはみたが、その程度では孫権自身の鬱々とした思いは晴れなかった。孫権はしばらく黙って進んでいたが、悶々とした気持ちをこらえきれず傍らの魯粛に命じた。

「戻ったらすぐに異動の命を起草してくれ。蔣欽を黄蓋と交代させ、建昌《けんしょう》［江西《こうせい》省北西部］を守っている程将軍も呼び戻す」もともと建昌を守っていた太史慈《たいしじ》は、去年病を得て亡くなった。そのあとを任せている程普《ていふ》は、軍でもっとも声望のある老将である。

「承知しました」魯粛は何も尋ねることなく応じたが、孫権の考えは手に取るようにわかった——まだ曹操が来たわけでもないのに動揺が広がっている。程普と黄蓋、軍でも威信のある老将を呼び戻すのは、みなの不安が表に噴出する前に手を打つということか……

（1）山越とは南方の山地に住む少数民族の通称で、多くの部族がいるため「百越《ひゃくえつ》」とも呼ばれる。

（2）黟、歙とは、山越のなかの一部族で、のちに漢化した。この二つの漢字は現在では県名となっており、安徽省《あんき》黄山市《こうざん》の管轄である。

（3）この時代の三史は、『史記』、『漢書』、『東観漢記《とうかんかんき》』を指す。

浮かび上がる野心

孫権《そんけん》が黄祖《こうそ》を討ったとの知らせはすぐに許都《きょと》へともたらされたが、さほど人々の耳目を集めることはなかった。というのも、もはや曹操の優勢は揺るぎないものとなっており、地方の敵同士が勝った負けたといったところで大局には何も影響しないからである。実際、曹操の帰還前だというのに、各地から届く投降の申し出や戦勝に対する祝辞は引きも切らず、朝廷は近ごろ大忙しであった。

尚書台《しょうしょだい》は政務を処理する朝廷の中枢機関である。曹操自身に関わる、あるいは委ねるべきこと以外は、すべて尚書台から書面で指示がなされる。涼州《りょう》の馬騰《ばとう》の入京、益州《えき》との使者の往来、交州《こう》の士燮《ししょう》からの上奏、淮南《わいなん》［淮河《わいが》以南、長江以北の地域］の賊徒の帰順、ほかにも各地の地方官から送られてくる計簿《けいぼ》［地方から朝廷への政治、経済、司法などの報告書］や上奏、軍からの知らせなど、数えきれない案件が卓上に山積みになっている。いくら処理を進めても、まったくもって終わりが見えない。尚書左僕射《さぼくや》(1)の栄郃《えいこう》、尚書右僕射《ゆうぼくや》の衛臻《えいしん》、尚書左丞《さじょう》の耿紀《こうき》、尚書右丞《ゆうじょう》の潘勖《はんきょく》らは、文字どおり席の温まる暇もない。ただ、長官である尚書令《しょうしょれい》の荀彧《じゅんいく》だけは、法を整備するでもなければ計簿を検《あらた》めるでもなく、絹帛《けんぱく》を手にして一人静かに考え込んでいた。

郭奉孝 年四十に満たず、相与《とも》に周旋《しゅうせん》すること十一年、阻険《そけん》艱難、皆共に之を罹《こうむ》る。又其の通達なるを以て、世事を見るに凝滞《ぎょうたい》する所無し。後事を以て之に属《たの》まんと欲す。何ぞ意《おも》わん 卒爾《そつじ》として之を失い、悲痛傷心するを。今 表して其の子に増やし千戸に満たしむ。然れども何ぞ亡者に益あらん。追念の感は深し。且《か》つ奉孝は乃《すなわ》ち孤を知る者なり。天下の人の相知る者少なく、又此れを以て痛惜《つうせき》す。奈何《いかん》せん奈何せん。

［郭奉孝は四十にも満たないが、轡を並べて駆けめぐること十一年、艱難辛苦をすべてともにしてきた。また、よく物事を心得ていて世事を円滑に処理するので、死後のことは奉孝に託したいと考えていた。それが思いも寄らず突然奉孝を失ってしまった。あまりに悲しく心が痛む。このたびは上奏して、奉孝の息子に封邑《ほうゆう》を加封《かほう》して千戸としたが、亡くなった奉孝に何の利益があるというのか。わしはいまも追慕して止まない。それに奉孝はわしをよく理解していた。天下に自分を理解してくれる者は少ない。だからなおいっそう惜しいのだ。この無念をいったいどうすればよい］

これは曹操が直接荀彧に渡すよう董昭《とうしょう》に託した書簡である。荀彧はもう何度読んだかわからない。表向きはひたすら郭嘉《かくか》を褒めているが、じっくり考えるべき一文が含まれている。「奉孝は乃ち孤を知る者なり。天下の人の相知る者少なく、又此れを以て痛惜す」とは、暗に郭嘉以外の者は自分の思いを理解していないとなじっているのだ。これをわざわざ荀彧に宛てて書いたということは……

荀彧の聡明さは郭嘉に比肩すべきものであり、曹操とはもう二十年近くともに歩んできた。荀彧ほど曹操を理解している者はいないと言っていい。曹操は自分を知る者がいないと言うが、荀彧がその心をわからないのではない。曹操の考えが変わってしまったのだ。曹操はいまや権力と欲望の虜になり、漢室をもり立てるという忠義の心を忘れている。荀彧の苦悩は荀攸《じゅんゆう》の比ではない。なぜなら荀彧は劉協《りゅうきょう》に、あの聡明で思いやり深く、しかし何の実権もない天子に、毎日顔を合わせなければならないのだ。劉協との距離が縮まるほどに、何の罪もない傀儡《かいらい》に憐憫《れんびん》の情を覚える。劉協は決して道を踏み外した暗君ではない。

「令君《れいくん》……令君……」

「ん？」荀彧は我に返った。

「何を考えておいでですかな」

「いや、別に何も」荀彧は絹帛を丸めると袖のなかにしまった。声をかけてきたのは尚書左僕射の栄部である。

栄部は天子が長安《ちょうあん》から洛陽《らくよう》に帰還したときから付き従う老臣である。かつては執金吾《しっきんご》も務め、もう六十過ぎになるが、目も耳もしっかりしたもので、仕事も非常にきちんとしている。栄部は錦嚢《きんのう》から取り出した上奏文を掲げながら尋ねた。「征南《せいなん》将軍の馬騰、安南《あんなん》将軍の段煨《だんわい》、もと涼州刺史《しし》の韋端《いたん》らが近く都に到着します。三人に何の職を与えるか、お決めになりましたか」栄部の言う「お決めになりましたか」とは、曹操から指示があったかどうかを尋ねているのだ。

荀彧はすぐさま答えた。「馬騰殿は衛尉《えいい》に、韋誕殿は太僕《たいぼく》に、段煨殿は太鴻臚《だいこうろ》に任じ、許都に屋敷を与えてください」

「曹公はまこと惜しみなく官職をお与えになりますな。関中《かんちゅう》［函谷関《かんこくかん》以西の渭水《いすい》盆地一帯］の三人がともに九卿《きゅうけい》に上るとは」傍らにいた潘勖が筆を動かしながら口を挟んだ。潘勖は文筆に優れ、詔書の推敲を担当している。

「誰に何の職を与えるかは天子に奏上して許可をいただいている。そういう言い方はかえって曹公が越権を犯しているように聞こえるぞ」荀彧は真っ当な君子である。自身は曹操に不満を抱いていても、朝廷の安定を考えればやはり曹操を弁護する必要があった。

潘勖は決まり悪そうに苦笑いを浮かべた。そのとき、耿紀が数人の令史《れいし》［尚書の属官］を引き連れて入ってきた。文書を捧げ持ったまままっすぐ荀彧の卓に近づいてくる。「令君、これは揚《よう》州刺史の劉馥《りゅうふく》から送られてきた文書です。袁術《えんじゅつ》の配下だった者が朝廷への帰順を願い出ています。お目通し願えますか」

荀彧はそれにちらりと目を遣って答えた。「申したはずだ。既往《きおう》は咎めず帰順を受け入れる。曹公がそう仰っているのだ。わたしに尋ねるまでもなかろう」

耿紀は口ごもりつつ頼み込んだ。「少しお目通しいただくだけでいいのです。令君にご覧いただければ安心できますから」

耿紀は自ら責任を取りたがらず、何ごとも伺いを立てないと落ち着かない質《たち》である。荀彧もそれはわかっているが、そのせいで余計に疲れてしまう。肩の荷を下ろして立ち去る耿紀の後ろ姿を眺めながら、荀彧は腹が立って仕方がなかった。すると甲高い笑い声とともに、今度は衛臻が山のような文書を抱えて入って来た。

衛臻は三十路を過ぎたばかりである。この若さで政《まつりごと》の中枢に入れたのは、ひとえに衛臻が衛茲《えいじ》の息子であるからだ。かつて衛茲は曹操とともに陳留《ちんりゅう》で挙兵し、汴水《べんすい》で戦死した。そのため衛臻は曹操から特別に目をかけられ、早くに孝廉《こうれん》に挙げてもらい、黄門侍郎《こうもんじろう》などを経たのち尚書右僕射となっていた。つまりは正真正銘、「曹操陣営の者」である。しかし衛臻は、その立派な人柄ときちんとした仕事ぶりから仲間内の評判も良く、耿紀とはちょうど真逆であった。尚書台の人選は実によく考えられている——栄部は人格高潔で風雅を好む老臣、これを一字で表すなら「賢」である。曹操の腹心である衛臻には「親」の一字がふさわしい。耿紀は光武《こうぶ》帝の中興に功績のあった名将の末裔で「貴」と言えよう。潘勖は博学で文筆に長けており「能」である。そして荀彧は、大局を見据えながら政を統《す》べ、努めて「正」たらんとしている。「賢、親、貴、能」という四本の手綱を「正」なる御者が握っているのだ。曹操がこの五人を選んだのは互いに協力しつつも牽制し合い、誰か一人が権力を一手に握らないようにするためであった。それでこそ曹操が外から尚書台に影響力を及ぼすことができる。

「耿大人《たいじん》はまた令君にお願いですか」衛臻はなかに入ってくると一同に声をかけた。「栄大人、ここ数日お忙しいようですが、お体を大事になさってください」

「気にかけてもらってすまぬな」栄部はにこやかにうなずいた。

「潘右丞殿、詔書の潤色《じゅんしょく》にますます磨きがかかっておられますな。まるで詩賦《しふ》ではありませんか。交州に送るわたしの文書も手直ししていただけるとありがたいのですが」

潘勖は衛臻に褒められて機嫌よく引き受けた。「かまいませんとも。ここに置いておいてください」

衛臻はみなに声をかけてから荀彧の前にやって来た。「これは肉刑を復する件についての孔融《こうゆう》の上奏文です。非常に理に適っているので、令君にもご覧いただきたく」

肉刑の復活と聞いて荀彧は頭が痛くなった。この件は陳羣《ちんぐん》が提案して以来幾度となく議論を重ねてきたが、いまだ意見の一致を見ていない。とりわけ孔融と郗慮《ちりょ》は互いを親の仇とでも思っているのか、朝堂で何度も言い争いを繰り返している。いわゆる「肉刑」とは、『尚書《しょうしょ》』「呂刑篇《りょけい》」に記された五種の刑罰である。周《しゅう》の穆《ぼく》王が呂侯《りょこう》に命じて制定させたもので、黥《げい》（刺青）、劓《ぎ》（鼻削ぎ）、刖《げつ》（足斬り）、宮《きゅう》（男は去勢、女は幽閉）、大辟《たいへき》（死刑）の五つを指し、秦代から漢代前半に至って用いられてきた。だが、漢の文《ぶん》帝の御代、孝女の淳于緹縈《じゅんうていえい》が父親を救うために上奏し、これに感動した文帝が肉刑を撤廃した。唯一残されたのは死刑のみで、ほかの刑に代わるものとして流罪、労役、鞭打ちの刑が設けられた。光武の中興のころは苛政《かせい》を敷かずに天下を治めることを旨としたため、刑罰はますます軽くなり、大抵の小さな罪は絹帛を収めることで償えるようになった。

肉刑の復活とはこうした寛刑を改め、かつての酷刑を復活させるものだが、それを提案するにも十分な理由があった。まず代替として鞭打ちを設けたのは刑罰を軽くするためだったが、結果的にはほんのわずかな罪でもすぐに鞭打ちに処されるようになった。いわゆる「名《めい》軽ければ則ち犯し易く、実重ければ則ち民を傷つく［刑罰の名称が軽ければ罪を犯しやすく、刑罰の実質が重ければ民を傷つける］」である。さらに肉刑は聖人の治世においても妥当なものと考えられており、罰として重いがゆえに罪を犯す者が減り、世の風紀も改められたという。史書にも「政を輔《たす》け教を助け、悪を懲らしめ殺を息《や》めしむ［政の助けとなり教化の助けとなり、悪を懲らしめ人殺しをやめさせる］」とある。

陳羣の上奏は裏で曹操が糸を引いているに違いない、荀彧はそう確信していた。だが、陳羣は曹操の意向についてはひと言も触れず、それどころかこれは父の陳紀《ちんき》が生前に主張していたことだと言い添えていた。陳紀といえば徳が高く人望も厚い人物である。そんな経緯で議題にかけられたため、朝廷の重臣たちのあいだでも喧々囂々《けんけんごうごう》たる論議となって収拾がつかなかった。具体的な政務に口出しできない重臣ほど、こうした制度面での問題について熱心に議論を戦わせた。陳紀は亡くなって久しく、本当にそんな主張をしていたのか定かではない。陳羣が虚言を弄しているとも限らないのだ。荀彧は陳羣の岳父にあたる。とはいえ、娘婿がいったい何を考えているのか、その真意をつかめないでいた。

衛臻もこの件については戸惑いを感じており、率直に疑問を口にした。「天下が定まってから議論しても遅くないように思いますが、提議されれば話し合わないわけにはいきません。つまるところ、曹公は寛刑と酷刑のどちらをお望みなのでしょう。このままではいつまで経っても結論が出ません。この改革ばかりに目を向けておられますが、ほかの件をお忘れになっていませんか。今朝がた、董昭殿がどう言うか探りを入れようとしたのですが、あいにく趙司徒《ちょうしと》に会いに行っていました。曹公が態度を表明してくだされば、議論も落ち着くと思うのですが……」衛臻は婉曲的に言ったが、曹操の意向がわかれば誰も異論など挟めないというのだ。

荀彧は孔融の上奏文に目を落とした。

古《いにしえ》は敦庬《とんぼう》にして、善否《ぜんぴ》別《わか》たず、吏は端《ただ》しく刑清く、政に過失無し。百姓《ひゃくせい》に罪有らば、皆自ら之を取《と》る。末世凌遅《りょうち》し、風化壊乱《かいらん》し、政は其の俗を撓《みだ》し、法は其の人を害す。故に曰《い》わく「上其の道を失い、民散ずること久し」と。而《しか》るに之を縄《ただ》すに古刑を以てし、之を投げるに残棄《ざんき》を以てせんと欲するは、所謂《いわゆ》る時と与に消息する者に非ざるなり……

［昔は情け深い世で、善と悪という区別も明確ではなく、官吏は清廉で刑罰も公明正大に行われ、政には過失がありませんでした。ゆえに民は罪を犯しても、みな自分からその責任を取ったものです。しかし、しだいに道義の廃れた世になると、徳による教化は通用しなくなり、政は世俗をかき乱し、法は民を傷つけるようになりました。そして「朝廷が道義を失い、民の心も長らくばらばらになっている」と言われる状態になりました。それなのに民を戒めるために古の肉刑を用い、民に肢体を損なう刑罰を与えようとするのは、いわゆる時宜に合わせて移り変わるというものではありません……］

荀彧はぼんやりと孔融の文章を目で追っていたが、唐突に上奏文を卓上に戻した。「いま何と申した？　董昭が趙温《ちょうおん》殿に会いに行ったのか」

「ええ」

「そうか。実は一昨日、司徒府で董昭に出くわしたと知らせてきた者がいた……」荀彧は眉をひそめて続けた。「董昭は都に戻ってから尚書台に一度しか顔を出しておらん。それなのに、三日のうち二度も趙温殿のもとを訪ねたというのか……いったい何のために」

「ちょっと行き来するくらいたいした問題ではないでしょう」衛臻にはずいぶん的外れな懸念に思えた。

「違う……」荀彧ははっとした——間違いなく何か裏がある。曹操が烏丸《うがん》を平定してから数か月経つが、これまでならすぐに許都に戻って荊《けい》州に南下する相談をしていたはずだ。だが今回に限っては、鄴《ぎょう》城に腰を落ち着けて兵の調練に勤《いそ》しんでいる。明らかにいつもの曹操と違うではないか。その間に何の知らせがもたらされた？　郭嘉に封邑《ほうゆう》を追贈する件、張繡《ちょうしゅう》の子の張泉《ちょうせん》に爵位を引き継がせる件、田疇《でんちゅう》を亭《てい》侯に封ずる件、禁酒令を緩める件、周近《しゅうきん》を匈奴《きょうど》に遣わして蔡琰《さいえん》をあがなう件、どれもこれも取るに足りないことばかりではないか。朝廷で議論すべき真っ当な事案といえば肉刑の復活くらいであるが、この件については曹操自身態度を明らかにせず、朝議が混乱するに任せている。いったい何をしたいのだ。去年も九州制の復活や諸侯国の廃止を断行したではないか。天下にはまだほかになすべき大事があるはずだ。数か月もの時間があれば、曹操にできることは山のようにある。朝廷じゅうの視線が陳羣の議題に注がれ、誰も曹操が何をしているのか気に留めず、董昭が司徒府に通っていることにも疑念を抱かない。荀彧は朝廷に何か異変が生じようとしているのを感じた……

そのとき、突然庭のほうから声がして、部屋にいる全員が一斉に跪《ひざまず》いた。まだ考えごとをしていた荀彧が目をこすって見てみると、なんと曹操である。

荀彧の驚きは尋常でなかった。呆然としながらも立ち上がって挨拶した。「お、お戻りでしたか」

曹操は笑顔を浮かべながら部屋に入ってきた。「うむ、着いたばかりだ。みなの顔が見たくてな」曹操の後ろには夏侯惇《かこうとん》と董昭の姿もある。

「あまりに突然のお戻りで……事前にお知らせくだされればお出迎えできましたのに」

曹操はゆっくりと荀彧の前にやってきた。「戻るたびに陛下が百官を出迎えによこしてくださる。内心申し訳なく思っていたのだ。虚礼は廃して気軽に出入りしたほうが、百官も公務に支障をきたさずに済む」曹操は跪いている衛臻らに向かって立つように促すと、自ら栄部の手を取った。「栄大人、どうかお立ちください」

栄部も遠慮することなく曹操の手を借りて立ち上がった。「もう陛下にはお会いになられましたか」

「旅の垢《あか》も落としておりませんのに御前を汚すわけにはまいりません。沐浴をして衣冠を整え、日を改めて朝見いたします。礼儀にもとってはなりませんからな……さあ、みな自分の仕事を続けてくれ。ついでに立ち寄っただけだ。そうかしこまらんでよい」

だが、曹操を前にしては誰も仕事など手につかない。潘勖は竹簡を捧げ持ったまま呆然と立ち尽くす令史たちに目配せし、一緒に部屋を出ていった。栄部は自分の卓に戻ったものの、かしこまって直立している。衛臻は真面目な顔で卓上から上奏文を取り上げると、恭《うやうや》しく曹操に差し出した。「肉刑復活の件について朝廷で長らく議論してきましたが、群臣の意見は一致していません。明公《めいこう》のご指示をお願いいたします」

荀彧は衛臻を睨みつけた――まったく若い者は経験が足りぬ。肉刑を復活するかどうかなど、曹操にとってはどうでもいいのだ。朝臣たちの耳目をそらす方便に過ぎない。

果たして曹操は上奏文に目も向けず答えた。「意見が一致しないなら、この件はしばらく措《お》き、後日決めるとしよう」そうあしらうと、腰に手を当てて部屋のなかをぶらぶらしはじめた。こちらで上奏文を手に取ってはあちらで公文書を眺めたりしているが、どれも興味を覚えないようで手持ち無沙汰な様子である。

荀彧はしばらく黙って見ていたが、ついに口を開いた。「許都へお戻りになったばかりでこちらにおいでとは、何か大事な用がおありなのでは？」

「おお、そうだった」曹操はわざとらしく思い出したふりをした。「一つ令君に頼みたいことがあってな。しかし……わしからはちと言い出しにくい」

「どうかお気になさらず仰ってください」

「そうか」曹操はまるで一大決心でもしたかのように、袖のなかから二巻の文書を取り出し、静かに荀彧の卓上に置いた。「これは司徒府の辟召《へきしょう》の命《めい》と上奏文だ。令君と二人にも目を通してほしい。わしは司徒の趙温を弾劾しようと思う」

栄郃と衛臻は驚きのあまり大きな声で尋ねた。「いったい何の罪で？」

曹操は毅然と答えた。「趙温は数日前、わが息子の曹丕《そうひ》を司徒府の掾属《えんぞく》［補佐官］として召し抱えたいと、辟召の命をしたためた。みなも知っていようが、三公《さんこう》が部下を登用する場合、才徳を重んじるのはむろんのこと、何より私心なく公正に行う必要がある。功臣の子弟だからといって任用することは許されん。丕はまだ孝廉に挙げられてもいなければ軍功を立ててもおらず、三公の掾属になる資格はない。それなのに丕が掾属となれば天下の者はどう考える。趙温はわしら父子に取り入ろうとしたのだろうが、わしは私情に惑わされる人間ではない。そもそも漢室が乱れたのは、こうした小人《しょうじん》が徒党を組んで私利私欲をむさぼったからではなかったか。趙温が同じ愚を犯そうとした以上、このまま三公の位にとどめ置くことはできぬ」

衛臻が半信半疑で慌てて文書を開くと、そこにはたしかに趙温自身の筆で曹丕を辟召したいとあった。衛臻は呆然とその場に立ち尽くした。栄邵も目を凝らして一心に文書を読んだ。何となく腑に落ちないが、真筆という動かぬ証拠がある以上、疑ってみても仕方ない。

荀彧は辟召の命を見てぞっとした――なんという悪辣なやり口だ。ここには趙温殿の意思が微塵も感じられない。董昭を使って、趙温殿に若君を召し抱えるよう仕向けたのか。そのうえで今度は趙温殿を罷免するため手のひらを返したに違いない。正当な理由もなく司徒を罷免すれば差し障りがある。私情によって不正を働いたという汚名を趙温殿に着せ、曹孟徳《もうとく》、あなた自身は公正無私を装うというのか。何という腹黒さだ！――

曹操はもっともらしい理屈を話し終えると、さも嘆かわしいといった様子で締め括《くく》った。「趙温が長安から洛陽に帰還する陛下をお守りした古参の臣であることは承知しておる。だからこそ、わしもここ数日は食が進まず、眠ることもままならなかった。だが、高官であればこそ見逃すわけにはいかぬ。この件はわれら父子の問題であると同時に、朝廷の威信にも関わる。毒蛇に腕を噛まれようものなら、壮士たるもの、腕の一本も惜しまぬと聞く。わしとてやむにやまれぬ思いなのだ」

曹操の口ぶりを聞き、このたびは簡単に済みそうにないと栄邵は悟った。無力感を覚えつつも話を合わせるしかない。「わかりました。曹公のお考えどおりに処理いたします」

衛臻も唯々諾々と従った。「明公が仰ることはごもっともです」

曹操は二人の尚書僕射が同意したので、荀彧にはその意向を尋ねることもしなかった。「この件は一刻も早く処理するように。周りがとやかく騒ぎ出す前にできるだけ早く趙温を罷免してくれ」

荀彧は呆然として、しばしその場に立ち尽くした。そして曹操の命には答えず、その背後に立つ董昭に目を遣って皮肉った。「公仁《こうじん》殿、大儀でしたな」

董昭はばつが悪く、ぎこちない笑みを浮かべた——実際は、董昭が趙温を騙《だま》したわけでも、ましてや曹操の名を出して脅したわけでもない。名目上、司徒の地位は司空《しくう》より格上である。趙温自身、司徒の地位にあることでずっと気が休まらなかった。つまり、双方の利害が一致し、趙温が司徒を辞するために口裏を合わせたに過ぎない。

荀彧の皮肉に対して曹操は董昭をかばいつつ、驚くべきことを口にした。「たしかに公仁の功績は小さくない。こたびは平虜《へいりょ》と泉州《せんしゅう》の二つの運河を開削し、玄武池《げんぶち》を造成した。ちょうど千秋亭侯《せんしゅうていこう》の爵位を授けるために上奏しようと思っていたところだ」曹操はさもたいしたことではないように言ったが、これは破格の待遇である。千秋亭は冀州常山国部県《きじょうざんこう》の南部にあり、漢室を中興した光武帝劉秀《りゅうしゅう》が帝位についた地にほかならない。曹操は、その由緒ある千秋亭の名を冠した爵位を董昭に授けるということ。これは董昭が手を貸して曹操が皇帝の位に登ることを意味しているとも取れた。

董昭は慌てて辞退した。「わたしなど滅相もございません」

「なぜだ」曹操は髭をしごきつつ続けた。「令君は万歳亭侯、そなたが千秋亭侯となれば、『千秋万歳 太平を永く享《う》く［天下太平をとこしえに享受する］』となり、実にめでたいではないか」曹操は荀彧が反論する前にその手を取って部屋の外に連れだした。「令君、来てくれ。新しい掾属たちを紹介したい」曹操に手を引かれた荀彧がおぼつかない足取りで外に出ると、黒い衣を着て頭を布で巻いた男たちが庭で待っていた。

曹操は宝物でも数えるかのように一人ひとり指さして紹介した。「この者は李立《りりつ》、字《あざな》は建賢《けんけん》、涿《たく》郡の士人《しじん》で、もとは幽《ゆう》州の従事《じゅうじ》だった……この者は韓宣《かんせん》、字は景然《けいぜん》、勃海《ぼっかい》の士人で高幹《こうかん》との戦《いくさ》で大功を立てた……こちらは呂貢《りょこう》、字は効通《こうつう》、成皐《せいこう》［河南省中部］の士人で、先々帝の御代、忠義の宦官だった呂強《りょきょう》の一族だ……この者は李孚《りふ》、字は子憲《しけん》、鄴城での戦ではわしも痛い目に遭わされた……それから常林《じょうりん》、字は伯槐《はくかい》、并《へい》州刺史の梁習《りょうしゅう》の推挙で来た者だ……さらには沐並《もくへい》、字は徳信《とくしん》、河間《かかん》から来た。清廉でよく民をいたわる人物だ……この者が劉放《りゅうほう》、字は子棄《しき》、漁陽《ぎょよう》の平定で功績を立てた……」

荀彧は見知らぬ者たちを眺めながら小声で尋ねた。「陳矯《ちんきょう》や徐宣《じょせん》、劉岱《りゅうたい》、仲長統《ちゅうちょうとう》はどこへ行ったのです」

曹操は明るく微笑んで答えた。「陳矯は楽陵太守《らくりょうたいしゅ》、徐宣は斉《せい》郡太守に昇格させた。仲長統は経書に明るく、いつまでも参軍《さんぐん》［幕僚］にとどめておくのはもったいない。議郎《ぎろう》として朝廷で働いてもらおうと思っている。劉岱は長らく長史《ちょうし》を務めてくれたので、軍に異動させて将とした。いま左右の長史は薛悌《せつてい》と王思《おうし》が務めている。崔琰《さいえん》は西曹掾《せいそうえん》に任じ、毛玠《もうかい》とともに官吏の人選に当たってもらっている。すべて急ぎの異動でまだ上奏しておらん。これから勅許をいただければよかろう」

荀彧にもようやく明らかになった。曹操は趙温罷免の下準備を進める一方、司空府の人材を大幅に入れ替えていたのだ。自分がよく知る者はすべて昇格して異動し、空いた地位に大量の新しい人材をもってくる。曹操が左右の長史に選んだ薛悌と王思は辣腕と聞くし、替えがきかない毛玠のところに崔琰を入れたのは、その権限を分散させるためであろう。

曹操はまだ紹介を続けていたが、荀彧の心はすっかり凍りついていた。馴染みの薄い名は一向に頭に残らず、ただぽつりとつぶやいた。「こたび明公が急いでお戻りになったのは、荊州を勝ち取る策をお尋ねになるためかと思っておりましたが……」

「荊州を勝ち取る策だと⁉」今度は曹操が驚く番だった。

「さようでございます。近ごろの軍からの知らせをご覧になっていないのですか。孫権はわれらに先んじて江夏《こうか》を攻め落としました。もし孫権が荊州を奪って江南《こうなん》の防波堤とすれば、天下にまた一つ強敵が生まれることになります」荀彧の言葉はかすかに非難めいていた。「歳月人を待たず。瑣末《さまつ》なことを上奏するより、荊州について検討すべきかと存じます」

曹操は返答に窮して顔を赤らめた――令君はわしが天子になることを望んでおらぬが、天下を鎮めるために心を砕いておったのだ。どれだけ政務に追われても次の策を考えて……それなのに……このたびはいささかやりすぎたか――そう思い至ると、むきになっていた曹操もたちまち態度を和らげた。「わしが軽率だった……令君にどんな良策があるのか教えてくれぬか」

「そもそも劉表は文弱、いまや中原が平定され、窮地に立たされていることを自覚しておりましょう。明公は精鋭を率い、間道を通って密かに南下してはいかがでしょう。葉《しょう》県を通って宛《えん》城［ともに河南省南西部］を奇襲すれば、敵は不意を突かれて大混乱に陥るに違いありません。さすれば大勢は決したも同然かと」

たしかにこれは見事な策だ。江夏が甚大な被害を受けたいま、こちらが南陽郡の奇襲に成功すれば、勢い荊州の人心は動揺しよう。ひょっとすると劉表が進んで投降してくるかもしれない。やはり荀彧は英明の士である。曹操が挙兵したばかりのころ、進むべき道を献策したのはいつも荀彧だった。戯《ぎ》志才《しさい》、任峻《じんしゅん》、鮑信《ほうしん》……かつてともに兵を挙げた者たちはもういない。それなのに、荀彧に嫌がらせのようなことをしてよいものか。曹操は自身の過ちに気がついた。荀彧とは一蓮托生なのだ。推挙してくれた者を異動させたところで意味はない。朝廷であれ軍中であれ司空府内であれ、荀彧との関係を断つことはできない。荀彧の影響力があればこそ、自分と荀彧は互いに支え合っていけるのだ。

「文若《ぶんじゃく》……」曹操は長らく口にしていなかった荀彧の字を呼んだ。「苦労をかけたな」

荀彧は遠くを見つめながら、ひと言ひと言はっきりと言った。「お国のために策をめぐらす、それが何の苦労になりましょう」

曹操は言外の意味に気づきながらも、一つうなずいて踵《きびす》を返した。だが、庭を出たところで不意に足を止めた。「お国のために策をめぐらすのは無論だが、別件を同時に進めても矛盾するまい」曹操はそう言い残すと、振り向きもせずに去っていった。荀彧には曹操の言葉がこう聞こえた――天下を統一して民を安んずるのは無論だが、自分が登極《とうきょく》しても差し支えあるまい――

すぐそばに控える新任の掾属たちは、どうすれば滞りなく仕事をこなせるか、そのことばかり考えており、二人の会話の真意に気づくことはなかった。曹操が立ち去ると、みなも荀彧に深々と一礼し、そそくさと曹操のあとを追った。董昭はぎこちなく拱手《きょうしゅ》して荀彧の前を通り過ぎた。荀彧との付き合いで言えば、夏侯惇もかなりの期間になる。夏侯惇はなんとかして荀彧を元気づけたかったが、かける言葉が見つからない。結局はため息を一つ残しただけで一同に続いて出ていった。こうして、庭を埋め尽くしていた者の姿がおおかた消えた。強大な権力を握り、独断専行する主になびいていったのである。

庭には品のよい二人の掾属だけが残っていた。そのうちの一人が荀彧に近づいてきた。「お久しぶりでございます。爾来《じらい》お変わりありませんか」

「これはご丁寧に」顔に見覚えはあるものの誰だか思い出せない。「失礼だが……」

「太原《たいげん》の温恢《おんかい》です」温恢は八年前に曹操に召し抱えられた。そのときはまだ若者だったが、いまや黒々とした立派な髭を左右の頬とあごに蓄えている。荀彧が思い出せなかったのも無理はない。

「ああ、おぬしだったか」荀彧はその名を聞いて丁寧に挨拶を交わす気がなく、適当に相槌を打った。

この数年、温恢の昇進は目を見張るものがあった。廩丘《りんきゅう》県長にはじまり、広川《こうせん》県令を経て、その後は畢諶《ひつしん》のあとを継いで魯《ろ》国の相《しょう》となった。いずれの職にあるときも多くの業績を残し、とんとん拍子に出世してきた。「令君のお導きのおかげで官職を拝命し、常に曹公の命に従ってきたからこそ今日のわたしがあります。そしてこのたび、曹公に呼び戻されて主簿《しゅぼ》に任じられました。まずは令君にお礼を申し上げねばと思っていたところです」温恢はそう言うと荀彧に深々と一礼した。

温恢の言葉に偽りはない。だが、いまの荀彧にはそれも皮肉に聞こえた――当時、曹操の指示に謹んで従うよう言い含めたのは誰だったか。ほかならぬ自分自身である。曹操が今日の地位を得たのは自分が後押ししてきた結果なのだ！

荀彧は苦笑いしながら黙ってうなずいた。すると温恢はもう一人の青年を荀彧の前に引き出した。

「ご紹介します。こちらは孔聖《こうせい》［孔子］の直系で第二十一代目、孔羨《こうせん》、字は子余《しよ》と申します……ほら、早く令君にご挨拶しないか」

孔羨は慌てて拝礼した。「令君にお目にかかれて光栄です」孔子の末裔だというこの青年は二十歳くらいだろうか。背も高くなく容貌も月並みながら、立ち居振る舞いはしっかりしている。

温恢が笑って言い添えた。「曹公が魯国のわたしのもとに書簡をよこされまして、孔子の直系の子孫を探すようお命じになったのです。なかなか骨が折れましたが、ようやくこの子余を見つけ出しました」

荀彧は心ここにあらずだったが、それでも聖人の末裔と聞いて丁重に返答した。「これは失礼いたしました。孔聖のご子孫とあらば、必ずや礼の模範となられましょう」

「それはもちろんです」温恢は得意げに続けた。「なにしろ直系の子孫です。孔融より世代は下になりますが、血筋からすれば子余のほうがずっと正統です。今後は朝廷に聖人の子孫が二人いることになります」

荀彧は背筋が寒くなった――聖人の子孫が二人!?　孔羨は直系で孔融は傍系、曹操にとって孔子の子孫は単なる看板に過ぎない。そしていま、孔融より血統の正しい者が現れたとなると……

「令君……令君！」温恢が声をかけても、荀彧の視線は虚空をさまよっていた。

「すまない。少し疲れたのでまた日を改めて……」荀彧は深いため息をつくと、おぼつかない足取りでぼんやりとしたまま尚書台のなかへ戻っていった。

「令君はどうなさったのでしょう」孔羨はわけがわからず尋ねたが、温恢は決まり悪そうに笑ってお茶を濁した。「お体の調子がすぐれぬのだろう。令君が曹公の一番の股肱《ここう》の臣であることは朝廷じゅうの者が知っている。曹公がご不在のとき、一切は令君がお決めになるのだからな。日夜曹公のために政務を遂行しているのだ。そのご苦労もなまなかではあるまい」

外のことは曹操が、内のことはその忠実な部下である荀彧が責を一手に担う。いわば二人は天下を支配する二本の手である——こうした認識は一人温恢だけでなく、天下のあらゆる者がそう考えていた。だが、右手で誤って左手を傷つけることもある。いまでは両の手は遠く離れ、互いを握り締めることができなくなっていた。

(1) 尚書僕射は尚書台の副長官。建安《けんあん》四年(西暦一九九年)、曹操が左右二名の僕射を設けた。尚書台に二人の副長官を置いたのはこれが歴史上初めてのことである。また、尚書左丞、尚書右丞は尚書台の首席補佐官であり、それぞれ尚書令と尚書僕射を補佐した。

第七章　劉備《りゅうび》、密かに荊《けい》州を狙う

嵐の前

花々の蕾《つぼみ》が膨らみ、木々も芽吹く春三月。大地は生気に満ち溢《あふ》れていた。深い緑に彩られた山々、澄んだ水をたたえた川の流れ、さまざまな鳥のさえずり……いずこも心地よい雰囲気に包まれている。とりわけ荊州襄陽《じょうよう》県［湖北省北部］の北部は漢水《かんすい》が流れる風光明媚な場所である。あるいは馬に跨がり、あるいは小さな車に乗って野がけに出かける者たちの鼻歌が聞こえる。漢水を行き交う船も少なくない。官吏や土地の有力者を乗せた遊覧船、絹帛《けんぱく》などを積んだ商人の貨物船、そして漁師の筏《いかだ》などが水面を賑わしている。いまが戦乱の世であることを誰もが忘れているようだ。

下流からさかのぼってきた一艘の船が、ゆっくりと岸に横づけした。船は中くらいの大きさで装飾も簡素である。船上にいる舵取りや漕ぎ手たちも普通の船乗りと変わらず、黒く短い上着を着て絹の頭巾で頭を覆っている。だがよく見てみると、全員が腰に剣を佩《は》き、後方の帆柱には軍馬がつながれていた。

揺れが収まり岸に踏み板が渡されると、垢《あか》抜けて目鼻立ちの整った中年の士人《しじん》がまず岸に上がった。士大夫の峨冠《がかん》に立派な羽織物、長い髭を風になびかせている。はたから見れば、風流を好む土地の有力者だと思うかもしれない。だが、この男こそ曹操に反旗を翻して中原に波乱を巻き起こし、いまは荊州に身を寄せている劉備《りゅうび》、字《あざな》は玄徳《げんとく》その人である。

光陰矢のごとしとはよく言ったもので、劉備が劉表《りゅうひょう》のもとに来てからすでに七年の月日が経つ。この七年、劉備は一日として再起を願わない日はなかった。だが、夢で戦場を駆けめぐっては、目覚めてやるせない思いに襲われる、そんな日々を過ごしていた。劉表が治める荊州はこの世の春を謳歌していた。詩と酒と歌舞と音楽と、豪族らは享楽に耽《ふけ》り、民百姓は安楽をむさぼっていた。しかし、劉備からすれば、眼前の太平は幻に過ぎなかった。北方を統一した曹操が必ず南下してくる。天地をどよもす大乱が遠からずやってくるのだ。

「わが君、お待ちを」劉備の腹心である趙雲《ちょううん》と陳到《ちんとう》が馬を牽《ひ》いて岸に上がってきた。「ここからは馬で城内へ向かいましょう。そのほうが早く着きます」

劉備は黙ってかぶりを振った。

陳到は戸惑った。「江夏《こうか》の一大事にわれらの救援は間に合いませんでした。黄祖《こうそ》も死んだというのに、わが君は心配ではないのですか。一刻も早く劉表に知らせるべきかと。何をぐずぐずなさっているのです」

「この胸の苦しみ、おぬしらにはわかるまい」劉備は陳到の詰問を一笑に付したが、その口ぶりはいささか口惜しそうである。

劉表は劉備に兵を分け与えて新野《しんや》［河南省南西部］に駐屯させた。表向きは礼遇しているが、劉備を心から信頼しているわけではない。それどころか、ここに至るまで裏切りを繰り返してきたので疑念さえ抱いていた。うわべだけでも打ち解けて関係を維持しているのは、曹操に対する防波堤として利用する腹があるからだ。五年前、曹操は袁尚《えんしょう》と袁譚《えんたん》の兄弟が互いに争うよう仕向けるため、わざわざ南の荊州に攻め込んだ。このとき劉備は博望坡《はくぼうは》［河南省南西部］で夏侯惇《かこうとん》を待ち伏せし、徹底的にこれを打ち負かしたのである。本来なら当然その勝ちに乗じて追撃すべきところを、劉表はすぐに曹操と和を結び、頑なまでに劉備が南陽《なんよう》から打って出ることを許さなかった。その後、曹操が河北《かほく》に兵を向けると、劉備は袁氏兄弟と連携して曹操を南北から挟撃するよう進言した。しかし、劉表は袁氏兄弟に何通か書簡を送っただけで、言を左右にして劉備に出陣させなかった。曹操が烏丸《うがん》に遠征したときも、劉備は隙《すき》を衝《つ》いて許都《きょと》に攻め上がるよう口を酸っぱくして勧めたが、劉表はやはり聞く耳を持たなかった。そうこうしているうちに黄祖を孫権《そんけん》に討たれたのである。みすみす好機を逃した挙げ句、いまでは北に目を向ける余裕もない。劉表はかように優柔不断で軍務に疎《うと》い。だが劉備に対しては、機に乗じて勢力を増し、いずれ襄陽に攻め込んでくるのではないかと警戒していた。しかも、蔡瑁《さいぼう》や蒯越《かいえつ》といった劉表を取り巻く荊州の豪族が劉表以上に劉備を敵視し、折に触れて二人が仲違《たが》いするよう画策していた。

　劉備は劉表の心意《しんい》を見抜き、かつてのように韜晦《とうかい》の才を発揮して新たな機会の到来を待った。このたびの江夏の救援ではいま一歩のところで黄祖が討ち取られ、民もさらわれた。本来なら速《すみ》やかに劉表に使者を送る一方、江夏を守るべく西陵《せいりょう》［湖北省東部］に駐屯すべきである。しかし、劉備は関羽《かんう》や張飛《ちょうひ》に命じて兵を新野に撤退させた。そして自身は平服に着替え、わずかな護衛だけを連れて、のんびりと船で襄陽に復命にやってきた。周囲の将は当を失する判断だと考えたが、劉備にはきちんとした理由があった――兵を江夏に駐屯させれば、自分が江夏を奪う気だと必ずや劉表の疑いを招く。また、大勢の兵を連れて襄陽に来れば、やはり謀反を企んでいると疑うだろう。ましてや襄陽の郊外を颯爽と馬で駆けたりすれば、荊州の豪族たちに何を言われるかわかったものではない。

劉備は連れてきたわずかな護衛さえ船から下ろさず、趙雲と陳到の二人だけを連れて城内に入った。城内の短い道も徒歩で進んだため、劉表のいる州牧《しゅうぼく》の屋敷に着いたときには昼近くになっていた。見れば屋敷の門は固く閉ざされ、その前は大勢の兵士らで賑わっている。そこには酒や肴を並べた卓が置かれ、鎧兜を身につけて腰に剣を佩いた若い将が派手に飲み食いしていた。そばの兵たちはその将のために酒を注《つ》いだり、かいがいしく肴を取り分けたりしている。

「張将軍、楽しそうですな」劉備はひと目でその将が劉表の甥の張允《ちょういん》だとわかった。張允は州牧の屋敷の護衛兵を束ねている。近ごろはことのほか劉表に可愛がられ、とりわけ荊州豪族の蔡氏と親しい。かつて劉表は蒯越と蔡瑁の後押しによって荊州での足場を固めた。その恩に報いるため、二人には襄陽の政務と軍事の全権を委ね、蒯越を軍師とし、蔡瑁には兵権を与えた。張允はこの二人に取り入っているので、当然羽振りがいい。

張允はなかなか垢抜けているが、小さくまん丸な目だけがいささか惜しく、どことなく気だるそうな雰囲気を漂わせている。劉備を目にしても会釈さえ面倒くさいのか立ち上がろうとせず、肴をつまんだ箸《はし》もそのままに、にやにやと笑った。「これは、これは玄徳殿、なんでも江夏が陥落したそうではないですか。玄徳殿の麾下《きか》には猛将が数え切れぬと聞いていましたが、黄祖一人も救えないとはどういうことですかな」

趙雲はこの無礼な輩に大喝《だいかつ》を食らわせてやろうと前に出た。すると劉備がその腕を取ってぐっと引き止め、かろうじて笑みを作って答えた。「いや、まったく張将軍の仰るとおり、敗軍の将は兵を語らずです。しかし、こたびはわれらが知らせを受けたのが遅すぎました。江夏に着いたときには孫権がもう兵を引き上げていたのです。詳しい報告はこれからわが君にお会いして申し上げます」

張允は、劉備の早く切り上げたそうな態度を見ても気にとめず、杯《さかずき》に酒を注いだ。「わが君は病です。玄徳殿に会うことはできんでしょう」

「病⁉」劉備は半信半疑で尋ねた。「何の病です」

「江夏が陥落したと聞いて気を揉んだためか、お風邪を召しています。ここ数日は誰ともお会いしていません」

張允の話が本当かどうか判断しかねたが、固く閉ざされた屋敷の門とそれを見張る護衛の兵からして、まったくの嘘でもないらしい。「ならば軍務の報告は誰にすればいいのでしょう」

張允が面倒くさそうに答えた。「いつもどおり蒯公と蔡公のお二人が取り仕切っています」

二人がまともに相手をしてくれるとは思えないが、劉備は張允に頼んでみた。「ではお手数だが、蒯公にお取り次ぎ願いたい」

「蒯公はお忙しい。玄徳殿に会う時間はないでしょう」

「蔡公のほうは?」

「蔡公も今日は朝から体調がすぐれぬとかで、屋敷でお休みです」張允はわざと話を引き延ばし、劉備を屋敷の外に立たせたまま誰とも会わせないつもりらしい。

劉備はそれでも怒りをこらえ、下手に出て頼み込んだ。「わたしは軍の任務を帯びています。どうか融通を利かせてもらえぬだろうか」

「どんな急務であろうと、病のわが君をお騒がせするわけにはまいりません……」張允は落ち着いた様子で紋切り型の逃げ口上を続けた。「そうですな、ひとまず駅亭に泊まられるがよいでしょう。あとで玄徳殿が見えた旨をお伝えしておきます。わが君の病が回復したら駅亭に使いを遣ります」

「面倒をおかけします」これが居候の身の悲しさである。劉備は受け入れるしかなかった。「わが君に、養生なさるようお伝えください。荊州の官も民も快癒を心待ちにしていますと」

「わかっています……わたしも心配ですからな」張允はため息をついて見せたが、すぐにまたうまそうな肉を箸でつまんで口に放り込んだ。そして先ほどと同じように飲み食いしながら威張り散らしている。これのどこが心配しているというのか。劉備はますます腹が立ってきた。この小人《しょうじん》を蹴り飛ばしてやりたい気持ちに駆られたが、いま一度ぐっとこらえた。「では、これにて失礼します」そう言って張允に背を向けた。もうこれ以上は顔も見たくない。

「おやおや、玄徳殿、まあそう遠慮なさらず」張允は仰々しく呼びかけた。「一緒に飲みましょうや。えっ、お飲みにならない？　そうですか。では、お気をつけて……」

劉備は憤懣《ふんまん》やる方なく、後ろ手を組みながら襄陽の大通りを進んでいった。趙雲と陳到は劉備以上に腹を立て、ぶつぶつ言いながら後ろについて歩いた。「張允のやつ、虎の威を借《か》る狐のくせして偉そうに……少し目にもの見せてやらないと、ますます調子に乗って侮ってくるに違いない」劉備は拳を固く握り締め、怒りを抑えて二人をたしなめた。「あんな恥知らずな輩とやり合うことはあるまい。

もう文句を言うな」そう制すると、俯《うつむ》きながら足早に駅亭に向かった。

かつて劉表は劉備を受け入れるに当たり、家族も一緒に住めるよう襄陽に屋敷を与えると申し出た。だが、劉備は家族が人質になるのを嫌って遠回しにそれを断り、自分が襄陽に滞在する際はいつも駅亭に宿を取った。通い慣れた道を今日も進み、ほどなくして駅亭の前に到着した。すると後ろから呼び止める声がする。「玄徳殿、お待ちを」

黒い衣を着た三十過ぎの男が、幾巻かの文書を抱えたまま慌ただしくやってくる。劉備はその男を見るなり、ぱっと気分が明るくなった。「機伯《きはく》殿でしたか」

男の名は伊籍《いせき》、字を機伯といい、劉表配下の従事《じゅうじ》である。劉表が召し抱えている属官は大部分が襄陽の名家の者か避難してきた名士だが、伊籍だけはこの若さにもかかわらず劉表に重用されている。それは伊籍が劉表と同じく兗《えん》州は山陽《さんよう》郡高平《こうへい》県［山東省南西部］の出だからで、劉表はとくに伊籍に目をかけて傍らに置き、内密の件を数多く処理させていた。劉備は荊州で疎《うと》んじられているが伊籍とだけは親しくし、伊籍も劉表の耳元で劉備のために何くれとなく取りなしていた。襄陽に来るたびに世話を焼いてくれる伊籍は、劉備にとってあたかも穏やかな春風のようで、少なからず安らぎを与えてくれる。

伊籍は小走りで追ってきたのか、鬢《びん》から汗が滴っている。「玄徳殿は神出鬼没ですな。ここ何日かは玄徳殿が来られると思って、出迎えの部下を川辺に遣っておりました。しかし戦船《いくさぶね》も軍も見当たらず……なぜまたそんな軽装でひっそりお戻りになったのです。張允にたまたま会わなかったら、わからず仕舞いでしたよ」

劉備は微笑みながら寛いだ様子で答えた。「ご心配をおかけしました。近ごろはうららかで春風が心地よい好天続き。道すがら景色を堪能しようと思い、兵士らは率いて来ませんでした。さあ、どうぞ駅亭に入って語らいましょう」

ところが、伊籍はかぶりを振ってため息をついた。「玄徳殿まで呑気に遊んでおられるようでは、この荊州、もはや救いようがありませんな」

「どうしたのです」劉備は訝《いぶか》しんで尋ねた。「何をそんなに深刻に悩んでおいでなのです」

「わが君は……」伊籍はそう言いかけて、ちらりと趙雲と陳到に目を遣った。

「おぬしらは先になかに入っていなさい」

二人が駅亭に入ると、伊籍は続きを口にした。「わが君は病が重く、おそらくそう長くは保《も》たないかと」

「何ですと？」

「ここ数年、幾度も病にかかっていますが、そのたびごとに悪化する一方です。こたびは黄祖を討ち取られ、しかも曹操が潁川《えいせん》に兵を配したと聞き、憂悶のあまり起き上がることもできません。三日前には長沙《ちょうさ》の張仲景《ちょうちゅうけい》を呼び寄せて診てもらったのですが、もはや打つ手がなく、余命いくばくもないとのことでした」

劉備は頭のなかが真っ白になり、呆然とその場に立ち尽くした。

伊籍が続ける。「いまは多事多難のとき、東には孫権、北には曹操がいて荊州を狙っています。よりによってこんなときに……若君たちはまだ心許ない。いったい誰を頼ればよいのです。玄徳殿、どうかもう少し親身になってください」

劉備は静かに答えた。「若君たちのみならず、ここには蒯家と蔡家がいます。わたしはただの居候、出しゃばった真似はできません」

「そんなこと仰らずに。玄徳殿は久しく曹操と戦い、麾下には関羽や張飛といった義士も抱えています。玄徳殿をおいて若君を補佐するにふさわしい方はいません。蒯越や蔡瑁は曹操と昔なじみ、連中に任せれば諸手を挙げて荊州を差し出すに違いありません。わが君が苦心して治めてきた荊州を、どうしておいそれと敵の手に渡せましょう。玄徳殿、われらのためにも、ひいては荊州の民のためにも、どうかこの重責をお引き受けください」

劉備は真摯に訴える伊籍の言葉に胸を打たれ、思い切って探りを入れた。「機伯殿のお気持ちはありがたいのですが……たとえわたしが引き受けたくとも、劉景升殿がお許しになるかどうか」

「それはやり方次第でしょう」伊籍はほっと息をついた。「戻ってわが君を説得してみます。玄徳殿は日を置いて将軍府へお越しください。そのときにわが君の前で直接お話ししましょう。玄徳殿が引き継ぐのが一番ですから」

劉備は劉表の身近で仕えているわけではないが、劉表については伊籍以上にわかっている。いくら勧めようが無駄骨に終わるに違いない。どう口説いたところで劉表が自分に大権を握らせることはない。だが、伊籍の好意を汲んで止めることはしなかった。「わかりました。では、またの知らせをお待ちしています」

「よかった」伊籍は安心した様子で、抱えていた文書をぽんぽんと叩いた。「このとおり、わたしはまだ仕事がありますので、また夜にでもお訪ねします」

劉備は穏やかな笑みを浮かべた。「どうぞお気になさらず。酒や肴を調えて待っていますから」

伊籍は軽く一礼すると、来たときと同じように慌ただしく去っていった。その背中を見送る劉備の顔からゆっくりと笑みが消えた。劉表のもとで雌伏すること七年、いままさに劉表が死のうとしている。いよいよ自分にも機運がめぐってきたわけだが、劉備はかえって不安を感じていた。それというのも、この薄氷を踏むような状況のなかで、ある計画を密かに進めていたからである。

いまをさかのぼることちょうど二年前、劉備は襄陽の西の隆中《りゅうちゅう》に住む若い隠者の噂《うわさ》を耳にした。その男は複姓を諸葛《しょかつ》、名を亮《りょう》、字を孔明《こうめい》といい、「臥竜《がりゅう》」と称されている。諸葛亮は抜きんでた智謀を持ち、多くの荊州の名士とも親密な関係にあった。劉備は身分や年齢にこだわることなく三たびも自ら諸葛亮を訪ね、天下の大事について教えを請うた。そしてついに、高い志を持つこの若者を出廬《しゅつろ》させるに至った。

それからというもの、劉備と諸葛亮は水と魚よろしく志を一つにした。諸葛亮は天下の大事を成すために、ある計画を打ち出して劉備に強く勧めた。「荊州 北は漢沔《かんべん》に拠り、利は南海に尽くし、東は呉会《ごかい》に連なり、西は巴蜀《はしょく》に通ず。此れ武を用うるの国なれども、其の主 守る能《あた》わず。此れ殆《ほとん》ど天の以《もっ》て将軍に資《し》する所なり［荊州は、北は漢水・沔水に跨がり、利益は南海にまで通じ、東は呉《ご》や会稽《かいけい》に連なり、西は巴や蜀に通じていて、武力を役立てるべき国であるのに、領主はとても持ちこたえることができません。これこそ天が将軍のご用に供している土地といえましょう］」。つまり劉備に荊州を奪い取ってその主《あるじ》となることを進言したのである。荊州を手に入れさえすれば、西に攻め入って益州を得ることができる。古《いにしえ》の巴や蜀の地は周囲を天険に囲まれ、肥沃な土地がどこまでも続き、「天府《てんぷ》の国」と呼ばれている。漢の高祖劉邦《りゅうほう》もこの巴蜀の地に拠って天下を得た。だが、いまの益州牧《しゅうぼく》の劉璋《りゅうしょう》は暗愚で無能、人口も多く土地も豊かなのに民をいたわることを知らず、そのため心ある者たちは明君の登場を待ち望んでいるという。もし劉備が荊州と益州を領有し、要害の地を守り抜き、西戎《せいじゅう》と和議を結び、南蛮《なんばん》を手なずければ、その名望と勢力は一挙に拡大する。そうして秦川《しんせん》［関中《かんちゅう》］と南陽の両面から出兵して中原を攻めれば、曹操とも十分に渡り合える……

劉備は目から鱗《うろこ》が落ちる思いでこの進言を聞き、実行に移すことを決心した。だが、一連の策の前提がまずは荊州を手に入れることである。荊州を支配できなければ蜀に入る要路を確保できず、すべては机上の空論となる。いまの劉備は兵力も少なく、劉表に疑いの目を向けられており、伊籍が思うほど簡単に事は運ばないであろう。となると、どのようにして劉表の手から荊州を引き継げばいいのか。劉備は搦《から》め手から攻めることにした——劉表の子、劉琦《りゅうき》を籠絡するのだ。

劉表には三人の息子がいる。先妻の生んだ長子の劉琦と次子の劉琮《りゅうそう》は成人し、庶子で三男の劉脩《りゅうしゅう》は十三歳になったばかりである。息子は父に似るというが、たしかに三人は劉表の気質を受け継ぎ、詩文を好むが軍略には疎い。揃《そろ》って白面《はくめん》の書生で、かといって目を見張るような才覚はない。最年長の劉琦は顔立ちが父親によく似ており、劉表からも可愛がられて跡継ぎと目されていた。そこで劉備は策を弄し、劉琦とよしみを結ぶことにした。世事に疎いこの若者を手なずけて後継の手助けをすれば、いずれは間接的に荊州を支配することもできると考えた。だが、世の中そんなに甘くはない。去年、次子の劉琮が蔡瑁の姪を嫁に迎え、状況が一変したのである。劉表の先妻はすでに亡くなり、いまは蔡瑁の姉が正妻となっている。三人の息子はすべて先妻の生んだ子で、本来なら誰が跡継ぎになろうと蔡氏には関わりない。だが、劉琮が自身の姪を娶《めと》ったとなると、事は自分の利益にも関わってくる。そこで蔡氏は毎日のように枕元で劉琮を跡継ぎにするよう促し、蔡瑁や張允らも劉琦の悪口を吹き込んだため、劉表はしだいに劉琮を可愛がるようになり、果ては跡継ぎにしようと考えるようになった。意気地がない長子の劉琦は劉琮に対抗するどころか、酒色に溺れて身の安全だけを顧みるようになり、こうして劉備の希望はますます潰えていった。

いま劉表が死ねば跡を継ぐのは劉琮である。そうなれば、劉琮と関係の深い蒯越と蔡瑁の権力がさらに増し、劉備の策は完全に頓挫してしまう。荆州を望むことなど夢のまた夢、劉備は焦りを感じずにはいられなかった。

劉備は駅亭の門前で伊籍を見送ったまま立ち尽くし、がっくりと肩を落とした。この半生、あちこちの戦場を駆け回りながら、偉業を成し遂げるのはおろか、拠《よ》って立つ地すら得ることもなく、境遇は悪くなる一方である。どうして何一つうまくいかないのか。恨むも嘆くも詮《せん》ないこととは知りながら、劉備は人知れずため息をついて駅亭に入った。襄陽に来ると必ず駅亭に泊まるので、ここの駅亭には自分だけの離れがある。趙雲と陳到が先に亭長《ていちょう》［宿駅を管掌する官吏］に声をかけていたので、劉備はそのまま自分の離れへと向かった。だが、部屋に足を踏み入れるより早く、室内で端座している二人の中年の文人に気がついた。二人は誰憚ることなく卓のそばで碁を打っている。

劉備は二人の姿を見て意外に思った。「なぜおぬしらがここにいる？　新野の留守居はどうした？」そこには劉備の部下、徐庶《じょしょ》と劉琰《りゅうえん》の二人がいた。

徐庶は字を元直《げんちょく》といい、潁川の出である。眉は濃く目は大きく、文人ながらまるで武人のような顔つきである。若いころは剣術を好み、弱者の味方をする義侠の士を自認していた。人を殺《あや》めて故郷から逃げたところを捕えられ、幸いにも友人の助けで牢獄から抜け出した。それからは剣を筆に持ち替え、荊楚《けいそ》［長江中流一帯］で学び多くの友と交際した。北方が曹操によって平定されたため、各地を流浪していた士人の多くは北へ帰ったが、徐庶は逆に老母を新野に迎え、居候の劉備に身を寄せていた。そして劉備のために人材を集め、名士を味方に引き込んでいる。劉備が諸葛亮を招くことができたのも、徐庶が仲を取り持ってくれたおかげである。

もう一人は劉琰、字は威碩《いせき》、徐庶よりやや年上で、整った目鼻立ちに華美な衣装、立ち居振る舞いも上品で優雅である。外見は儒者のようにおっとりしているがとくに秀でた才や学はなく、単に装いが学者風なだけである。実際には豫《よ》州魯《ろ》国の小金持ちに過ぎず、名士としての才智や品格に欠けていたが、自身を魯国の恭《きょう》王の末裔と称していた。風流人として遊びの腕前だけは確かで、闘鶏や狩りから酒に色事、蹴鞠《けまり》や囲碁から簫《しょう》に笛まで、飲む、打つ、買うのほか歌舞音曲にも精通している。劉備と劉琰は、劉備が曹操のもとで豫州牧になったときに知り合い、互いに中山靖《ちゅうざんせい》王の末裔と魯恭王の末裔を称していたことからすぐに意気投合した。劉琰は義理堅い質《たち》で、劉備が曹操に逆らうと自分も屋敷や家業を手放して従い、何年もの放浪生活を劉備とともにした。そのため、学問にも軍略にも見るべきところはないが、劉備の信頼はすこぶる厚い。言ってみれば、劉備の気晴らしのための食客である。

徐庶はじっと碁盤を見つめたまま、しばらくして劉備の問いに答えた。「われらは一昨日の夜に来ました。劉表の病が重いと聞いて、参らないわけにはいきません」劉備は部下に対しても威張らないので、その関係は主従というより気心の知れた友人である。

「おぬしらも知っていたのか」劉備は二人の対局を邪魔しないよう、静かに部屋の片隅に腰を下ろした。「劉表は病重篤でもう長くないらしい。外からは曹操が迫り、内では蒯越や蔡瑁が警戒を厳にしている。劉琮が跡を継いだら荊州は手に入らぬばかりか、身の置きどころさえなくなってしまう。まったく悩ましいことだ。劉琦の胸の内もよくわからぬ」

劉琰が劉備の話を引き取った。「あの若造は蔡氏に殺されるのを恐れ、毎日酒色に溺れています。気を紛らしたいのでしょうが、あれでは劉表に疎まれるばかり……劉琦が跡継ぎの座を劉琮から奪うのは、まず望み薄でしょうな」劉琦はまだまだ遊び盛りな貴顕の子弟、劉琰はその道の達人としてよく招かれているので、劉琦の人となりをよく知っていた。

徐庶は黒の碁石を碁盤の上に置いて笑った。「わが君、そんなに悩むことはありません。すでに孔明が手を打っています」

劉備はくよくよ悩んでいたが、それを聞いて目の前が明るくなった。「孔明がおぬしたちをよこしたのか」

「いえ、孔明もわれらと一緒に来ました」

「そうなのか？」劉備はきょろきょろと見回した。「孔明はどこだ？　ちょうど相談したいと思っていたのだ」

徐庶は思わせぶりな笑みを浮かべた。「ご安心ください。孔明はわが君の大事のために布石を打っている最中ですから」

大事のための布石？　劉備は孔明の奇策とやらをぜひ聞いてみたかったが、そのとき徐庶が碁石をまた一つ置いて拱手《きょうしゅ》した。「この勝負、いただきました」

劉琰は隅々まで碁盤をじっと見て大声を上げた。「お、おい、またおぬしの勝ちか!?　どうもおかしい。この劉琰、遊びにかけては負け知らずだが、おぬしと孔明にだけはどうやっても勝てん。この一局も明らかにわたしが優勢だったのに、いつの間に逆転されたのだ？」

「威碩殿は碁を理解できておらぬとみえる。碁はまさに盤上の戦《いくさ》、奇手によって相手の裏をかくもので、一手一手が巧妙につながっているのです」徐庶はそこまで話すと意味ありげに劉備に目を向けた。「たとえ明日をも知れぬような劣勢でも、懸命に謀《はかりごと》をめぐらせれば、局面を動かして危機を好機に転じることができるのです……」

梯子を外《はず》して策を問う

襄陽城《じょうようじょう》の東に一つの屋敷があった。敷地はさほど広くないものの、整然と並ぶ楼閣や緑なす修竹に風情がある。劉表《りゅうひょう》の長子、劉琦《りゅうき》の邸宅である。礼法に照らせば、名家の嫡子が父親と別居するべきではない。巷《ちまた》でも「孝廉《こうれん》のくせに父とは別居」などと揶揄《やゆ》されるとおりである。

むろん当初は劉琦も州牧《しゅうぼく》の屋敷に住んでいた。長子で顔立ちも似ていたので、劉表の期待は大きかった。だが、劉表の愛情はしだいに弟の劉琮《りゅうそう》に移り、蔡氏も仲違《たが》いするようけしかけるため、劉琦はともすればすぐに叱られ、びくびくと怯《おび》えながら過ごすようになっていった。そうしてついに、わだかまりのある弟や継母と離れるため、城の東に屋敷を建てて身の安全を図ったのである。跡取りと目されていた貴公子のはずが落ちぶれた。内心の忸怩たる思いとは裏腹に、打つべき手もなければ、それを思いつくだけの才覚もない。日がな一日、酒と女と管弦の音で憂いを紛らわせた。苦しみのなかにわずかな楽しみを見いだそうとする、物憂げな毎日である。

ところが、今日の劉琦はずいぶん明るく、召使いに命じてわざわざ屋敷じゅうを塵一つないようきれいに掃除させた。なぜなら長らく待ち望んでいた大事な客——諸葛亮《しょかつりょう》がやってくるからだ。

諸葛亮は荊《けい》州の士人《しじん》ではない。原籍は琅邪《ろうや》郡の陽都《ようと》［山東省南部］県で、前漢の名臣諸葛豊《しょかつほう》の末裔にあたる。父の諸葛珪《しょかつけい》は泰山《たいざん》の郡丞《ぐんじょう》となったが、諸葛亮が八歳のときに病死した。それ以降は兄の諸《しょ》葛瑾《かつきん》と弟の諸葛均《しょかつきん》とともに、叔父の諸葛玄《しょかつげん》に養われることになる。しかし、落ち着いた日々はそう続かなかった。当時の豫章太守《よしょうたいしゅ》の周術《しゅうじゅつ》が病死した際、袁術《えんじゅつ》と親しかった諸葛玄はその命《めい》により豫章太守になった。ところが、西の都長安《ちょうあん》の朝廷はこれを認めず、朱皓《しゅこう》を太守として送り込んできたため、一つの郡に二人の太守がいる状態となった。天子に直接任命された朱皓は揚《よう》州刺史《しし》の劉繇《りゅうよう》と組んで諸葛玄を攻撃し、兵の少ない諸葛玄は敗れた。加えて、後ろ盾である袁術が皇帝を僭称して人心を失い、諸葛玄はやむなく荊州の劉表のもとに身を寄せた。その後は劉表に重用されることもなく、気が塞《ふさ》いだままこの世を去った。

ときに諸葛亮は十六歳、学問に精を出して努力を怠らず、多くの士人に面倒をみてもらった。とりわけ沔南《べんなん》の賢人黄承彦《こうしょうげん》は、不遇に遭っても志を変えない諸葛亮を高く評価し、娘を嫁がせたばかりか、荊州で身が立つように何かと手助けした。黄氏は並みの一族ではない。黄承彦の妻は荊州の有力な豪族蔡瑁《さいぼう》の姉であり、そして蔡瑁のもう一人の姉は劉表の後妻である。つまり黄承彦は劉表と相婿の関係にあり、おのずから方々に顔が利く。さらに諸葛亮の姉は、蒯氏一族で房陵《ぼうりょう》太守の蒯祺《かいき》に嫁ぎ、兄の諸葛瑾は江東《こうとう》の孫権《そんけん》に仕えて厚い信頼を得ている。そのため、異郷に身を置く諸葛亮ではあったが、望みさえすれば劉表、蒯氏、蔡氏から孫権まで、利用できる縁故はいくらでもあった。

これだけの親族に囲まれていれば、通常なら伝手《つて》を頼ろうとするであろう。しかし、諸葛亮はそうはしなかった。劉表が惰弱であること、蒯越《かいえつ》や蔡瑁といった大豪族らは保身を図るばかりで何の大志も抱いていないことを、とうに見抜いていたからである。そこで劉表らとは行き来せず、襄陽の西にある隆中《りゅうちゅう》に草庵を結び、崔州平《さいしゅうへい》や石広元《せきこうげん》、孟公威《もうこうい》といった、よその土地から来た若い才人とばかり付き合い、「臥竜《がりゅう》」の美称を得ていた。詩賦《しふ》を作り、古今の諸事を論じて日々を過ごした。自らを管仲《かんちゅう》［春秋時代の斉《せい》の政治家］や楽毅《がくき》［戦国時代の燕《えん》の武将］になぞらえ、ふさわしい主《あるじ》が現れるのを待った。大志と才覚を持つ真の君主を待ちわびて、ついにやって来たのが劉備《りゅうび》だったのである。

劉琦と諸葛亮は遠い親戚にあたるわけだが、これまでほとんど付き合いはなく、劉備を介して両者は近づくようになった。劉琦は諸葛亮の才智を知ると、何度か新野に書簡を送り、継母と弟にどう向き合うべきか尋ねた。だが諸葛亮は、他人が身内のことに口出しするのは避けるべきだとして、助言するのを拒んでいた。

ところが、今日はどういう風の吹き回しか、諸葛亮のほうから劉琦を訪ねてきたのである。劉琦は大喜びですぐに酒と肴を用意すると、手ずから酒を諸葛亮の杯《さかずき》に注《つ》いだ。「孔明《こうめい》殿は玄徳《げんとく》殿に仕えてからずっと新野においでで、なかなか襄陽にいらっしゃらない。ぜひ何日かでも泊まっていってください」

「どうぞ、おかまいなく」諸葛亮は二十八歳、上背があり眉目秀麗、口ぶりも穏やかで終始落ち着き払っている。だが、こうした冷静沈着な雰囲気は、見方によっては老成しているともいえた。「江《こう》夏《か》の救援から戻った玄徳さまがまもなく復命に来られます。わたしは主を迎えるためにこの地に参りました。若君におかれましては平素から目をかけていただき、たびたびお手紙も頂戴しておりましたので、今日はせっかくの機会ということでご挨拶に伺った次第です」

劉琦は諸葛亮の訪問が儀礼的なものに過ぎず、また助言はもらえそうにないと知って失望したが、笑顔で酒を勧めた。「孔明殿、親戚のあいだで水くさいではありませんか。さあ、堅苦しい挨拶は抜きにして、まずは一杯お召し上がりください」

だが、諸葛亮は折り目正しく端座したままで、穏やかながらもどこか近寄りがたい。劉琦もとりとめのない世間話をしながら酒を飲むばかりで、大事なことは何も言えなかった。しかし、劉琦はどうしても心配事が頭から離れず、わずか二、三杯飲んだだけで、我慢できずに遠回しに尋ねた。「孔明殿、先に書簡でお尋ねした件ですが……」

諸葛亮は劉琦が言い終える前に話を遮った。「それは若君のお家のことですので、わたしが関わるわけにはまいりません」

「そ、そうですね」劉琦はきっぱりと断られ、歯切れの悪い返事をした。その場の雰囲気はますます気まずくなった。もともと付き合いがないのに劉琦が諸葛亮の訪問を待ちわびたのは、良案を尋ねるためである。その相談ができないとなればとくにほかに話題もなく、二人は黙って向かい合ったまま、しばらく手酌で杯を重ねた。

劉琦は内心、気が気でない。とうとうこらえきれずに諸葛亮の前でひれ伏した。「先生！」呼び方も変わっている。「先生は部外者が身内のことに首を突っ込むべきでないと仰いますが、わたしは弟と継母に追い出され、父は重い病に臥せっています。もし父が亡くなれば、あの母子が大権を握ることになり、わたしを許しておかないでしょう。わたしの命は風前の灯火《ともしび》、それでも先生はお見捨てになるのですか」

「若君、そのような真似はおやめください」諸葛亮は慌てて立ち上がり、劉琦を起こそうとした。「わたしはお父上からすれば陪臣に過ぎません。どうして君主のお家のことに口を挟めましょう。事は重大であり、もし外に漏れたらただでは済みません。どうかお許しいただき、面《おもて》をお上げください」

外に漏れたらただでは済まない――つまりは何か妙案があるのだ。劉琦は諸葛亮の袖を握り締めて必死に助けを求めた。「事はわたしの生死に関わるのです。どうか先生、ご教示ください」

「若君にそのようにされてはわたしも長居できません。これにて失礼します」諸葛亮は劉琦の手をほどくと部屋を出ていった。

劉琦は藁《わら》にもすがる思いである。このまま諸葛亮を帰すわけにはいかない。慌てて追いすがるとその腕を取り、作り笑いを浮かべて引き止めた。「お待ちください。先生がそうまで仰るなら仕方ありません。ですが、何も慌てて帰らずともいいではありませんか。この件についてはもう口にしませんから、どうぞ部屋にお戻りください……」

諸葛亮も強くは拒まなかったが、気乗りしない様子で部屋に戻った。劉琦も同情を買うのはやめて、再び諸葛亮に酒を注いだ。「何日か前に古い書物を手に入れたのですが、年月が経ったせいで所どころ欠けているうえ、文字は鳥篆《ちょうてん》［篆書の一種］で書かれています。おそらく昔の兵書だと思うのですが、浅学非才のわたしにはわかりません。お手数ですが先生に鑑定をお願いできませんか」

「古い書物ですか」諸葛亮は少し興味を惹《ひ》かれたようだ。「ですが、そうした珍しい書物なら先輩の経学《けいがく》の士に尋ねるべきです。わたしも知らないものかもしれません」

「実を申しますと、すでに州牧府の者をかき集めて聞いてみたのですが、誰一人としてわからないのです。博覧強記の先生ならご存じかと思いまして」劉琦は童僕を呼んで命じた。「あとで先生を書庫にお通しするから、先に整理して打ち水をしておくように。客人を待たせることはできんからな」

これを聞いて諸葛亮が笑った。「何もそこまでしていただかなくても」

「普段は散らかし放題ですから、先生に笑われないようにいたしませんと……」劉琦はそう言い訳すると、さらに童僕に何か耳打ちしたが、諸葛亮もわざわざ見咎めることはしなかった。

二人はまた酒を飲みはじめ、その書物を入手した経緯などについて雑談した。ほどなくして童僕が片づけ終えたと告げに来たので、劉琦は灯《あか》りを手に諸葛亮を裏庭にある書庫へと案内した。書庫は竹で組まれた二階建てで、大きくはないが風情がある。なかに入って諸葛亮が目にしたのは、卓上に置かれた玉や琴、投壺《とうこ》、碁盤、六博《りくはく》［盤上遊戯の一つ］といったものばかりで書物はない。書庫というより若旦那の遊び部屋である。

劉琦はこぼれんばかりの笑みを浮かべて説明した。「まったくお恥ずかしい限りですが、これらは気晴らしの遊び道具。書物は上にあります」劉琦はそう言いながら自ら梯子[1]を運んでくると、二階に立てかけた。「先生、お先にどうぞ……」

諸葛亮は衽《おくみ》をかき合わせて二階へ上がったが、一階以上にごちゃごちゃしている。壁には色とりどりの弓矢や蹴鞠《けまり》が掛けられていて、やはり書物は見当たらない。劉琦も諸葛亮のあとからすぐに二階へ上がってきた。「どうですか、なかなかのものでしょう？」

「その書物はどこですか？」

「実は古い書物なんてありません。ここにおいで願ったのは、いかにして難を逃れるべきか、先生に教えを請うためです」

これにはさすがに諸葛亮の顔色が変わった。「若君がまたその件を持ち出すなら、わたしはこれで失礼します」そう言って一階へ下りようとしたが、先ほどまであった梯子がいつのまにか外されている。

劉琦は再び諸葛亮の前にぬかずいた。「わたしが妙計を請うても、先生は外に漏れるのを嫌って教えていただけません。ですが、いまこの場には先生とわたしの二人のみ。先生の口から出た言葉はわたしの耳に入るだけです。何とぞお教えください」

「若君……」諸葛亮はしばらく躊躇《ちゅうちょ》したものの、ついに心を決めたのか、とうとう承諾した。「いいでしょう。そこまで思い詰めておられたなら、これ以上言葉を濁すのは失礼というもの」

これでようやく劉琦の望みが叶うことになった。「それで、いったいどうすれば？」

「ともかく、まずはお立ちください」諸葛亮はそう言って劉琦に手を差し出したが、答えを聞くまで立ち上がるつもりはないようである。諸葛亮はその様子を見て笑みを浮かべた。「若君、若君はこれしきのことに何をそんなに悩んでおられるのです。よもや申生《しんせい》と重耳《ちょうじ》のことをご存じないわけではないでしょう」

「申生と重耳……」『春秋《しゅんじゅう》』に精通しているわけではないが、劉琦も二人の故事くらいは知っている。春秋時代、晋《しん》の献《けん》公は軍略に優れ、周辺諸国を併呑《へいどん》したが、晩年は驪《り》姫を寵愛し、猜疑心が強くなった。驪姫は自分が産んだ息子に君主の座を引き継がせるため、太子の申生、公子の夷吾《いご》と重耳を陥れようと讒言《ざんげん》し、これを信じた献公は三人を殺そうと人を遣わした。申生は愚直に忠孝を重んじ、そのせいで最後は自死を余儀なくされた。一方で国都から遠ざけられていた夷吾と重耳は、その知らせを聞くと国外に逃れた。世に言う「驪姫の乱」である。献公の死後、晋の国内は乱れ、驪姫母子は殺された。その後、夷吾と重耳はそれぞれ秦《しん》の穆《ぼく》公の助けで晋へと戻り、相前後して君主の座についた。とりわけ重耳は「春秋五覇」の一人、晋の文《ぶん》公として名声を博した。重耳は秦の穆公から受けた恩を忘れず、「秦晋の好《よし》み」と言われるほどに良好な関係を結んだ。

諸葛亮は伏し目がちに、しごく当たり前のことのように言った。「かたや国内に踏みとどまって命を落とし、かたや亡命して生きながらえ、千辛万苦の末、ついに覇業を成し遂げました。先人の栄光と挫折に鑑みれば、取るべき道はおのずと明らかなはず」

「つまり、わたしに襄陽を離れろと……」劉琦は目を輝かせたが、しだいにまた暗い表情に戻った。「しかし、いったいどこへ行けばよいのか……」

諸葛亮はしばらく押し黙っていたが、おもむろに口を開いた。「それは若君が荊州の主になりたいかどうかによります」

これまでは己《おの》が保身に精いっぱいで、弟と跡継ぎの座を争うつもりはなかったが、まだ挽回の余地があるのかもしれない。劉琦は怪訝に思いながらも、思わず立ち上がって諸葛亮の手をつかんだ。「先生、命が助かるだけでなく、わたしが荊州の主になれるのでしょうか」

「嫡子と庶子の別や長幼の序は古来の定め、若君が跡を継ぐのは当然のことです。たとえ小人《しょうじん》が裏でこそこそ動いても、若君の望みが叶わないわけではありません。人事を尽くして天命を待つ。目下のところ、必ずうまくいくとは限りませんが、試してみる価値はあるでしょう。ただ……」諸葛亮は話の途中で突然口をつぐみ、劉琦に鋭い視線を投げかけた。そして劉琦の手を振りほどくと、ため息をついて言った。「ただ、若君は安逸に流れ、大志を抱かれていないようにお見受けします。やはりやめておきましょう。この話はなかったことに」

劉琦はすでに心をつかまれてうずうずしていた。諸葛亮は自分を見くびっている。いつも持ち上げられて育ってきた劉琦にはそれが耐えられない。瞬時に闘志をたぎらせて声を荒らげた。「諸葛孔明殿！　わたしが普段からだらしないなどと侮らないでもらいたい。これでも気概は失っていないつもりだ。孟子も『天の将《まさ》に大任を斯《こ》の人に降さんとするや、必ず先ず其の心志《しんし》を苦しめ、其の筋骨を労せしめ、其の体膚《たいふ》を餓えしむ［天が大きな使命を与えるときには、必ずまずその者の心を苦しめ、その身を苦しめ、飢えに苦しめさせるもの］』と言っている。この劉琦、いかなる苦労にも耐えてみせる。わたしが荊州の主にならねば誰がなる。いまこそ当たって砕けよだ！」

これこそ諸葛亮が求めていた意気込みである。

内心ではほくそ笑みながらも、諸葛亮は驚いたふりをして劉琦を制した。「若君、声が大きいですぞ。壁に耳ありです……」

「恐れることなどない」諸葛亮がなだめると、劉琦はますます威勢を増した。「ここにはわたしの家来しかおらぬ。たとえ誰かに聞かれてもかまうものか。わたしにも意地がある。伸《の》るか反《そ》るか命がけだ！」

諸葛亮は手で劉琦の口を塞《ふさ》いでたしなめた。「包み隠さず申し上げますから、どうか落ち着いてください。黄祖《こうそ》は討ち死にし、孫権も西陵《せいりょう》を捨てて引き上げました。いまこそ若君は江夏を守るお役目を願い出るのです。その任につけば襄陽から離れて身を守れますし、今後のために力を蓄えることもできるでしょう」

劉琦は先ほどまでの勢いもどこへやら、江夏で孫権の侵攻を防ぐと聞いた途端、不安を口にした。「江夏を守る……そんな大役を担えるだろうか」兵を率いて戦うことはおろか、劉琦はこの二十年あまり父のそばを離れたことさえない。孫権が再び攻めて来たとき自分に防げるとは思えなかった。

「若君は孫権を恐れておいでですか」諸葛亮はまた劉琦を挑発した。

「孫権を恐れる？　わたしが恐れているのはただ……」

そこで諸葛亮はやさしく微笑んだ。「ご心配には及びません。若君が赴くとなればお父上が必ず兵を補充してくれましょう。そうして城と兵馬を手にすれば、今後跡継ぎの座を争う際の力となります。さらには玄徳殿が密かに若君を支援しますから、蒯越や蔡瑁にも対抗できるはずです。お父上に不幸があれば、連中は長幼の序を乱して弟君を跡継ぎに立てるでしょう。そのとき若君は玄徳殿と兵を挙げ、両軍の兵馬で襄陽を攻めるのです。玄徳殿は若君を荊州の主に推戴します。長幼の序を保って正道を取り戻し、荒波を乗り越えて大勢を一変させるのです」

劉琦は長いあいだ黙って考え込んだあと、ぽつぽつと言葉を紡ぎ出した。「……そうだ、そうですよね。すぐに父上に話してみましょう」

「お待ちください」諸葛亮はにこやかに劉琦を制した。「事は重大です。軽々しく口になさるのはよろしくありません。まずは蔡夫人に話を通してはどうでしょう」

「わたしが自分で父に頼みます。なぜあの女を通す必要があるのです?」劉琦はその名を聞くなり怒りだした。

「若君、それは違います。いまお父上は病床にあり、荊州のことは何もかも蒯越と蔡瑁が取り仕切っています。もし若君が直接お父上にお願いすれば、二人は何か裏があると勘ぐって許さないかもしれません。それよりは蔡夫人のもとへ行き、弟と跡目を争う気はないので襄陽を出てのんびり生きていきたいと訴えるのです。そうすれば蔡夫人は、若君は臆病風に吹かれて逃げたいのだと考えるでしょう。また、若君が去れば弟君と争う邪魔者がいなくなるわけですから、夫人にとっても好都合。江夏行きがうまくいくよう取り計らってくれるに違いありません」

「何という妙案だ、素晴らしい。深謀遠慮とはまさにこのことです」劉琦は胸の憂いが霧消し、屈託なく笑った。

諸葛亮は恭《うやうや》しく謙遜した。「これは過分なお褒めにあずかり恐縮です。年若い弟君では重責に堪えられるかわかりませんし、わたしも荊州の官の端くれとして、英明な主君に荊州を治めていただきたいだけなのです」この言葉に偽りはない。

劉琦はすっかり得意げである。「もしわたしが父上の跡を継いで晋の文公のように覇業を成し遂げたら、先生はわたしの狐偃《こえん》か趙衰《ちょうさい》(2)といったところですね」

「ありがとうございます……」諸葛亮は深くお辞儀した——その程度の見識で自分を晋の文公になぞらえるとは……おぬしの狐偃や趙衰となることに興味はない。わたしがなるのは百里奚《ひゃくりけい》、漁夫の利によって大業を打ち立てる秦の穆公をお助けするのだ——

（1）漢代の二階建て以上の建物には一般的に階段がなく、梯子で上り下りした。室内を広く見せるために使わないときは片づけた。

（2）狐偃と趙衰は、春秋時代の晋国の名臣。晋の文公に従って各地を流浪し、文公が晋国の王位を継ぐのに功績があった。

劉表《りゅうひょう》、遺児を託す

劉表、字《あざな》は景升《けいしょう》、山陽《さんよう》郡高平《こうへい》県の出である。漢室の血統に連なり、前漢の景《けい》帝の四男である魯《ろ》の恭《きょう》王劉余《りゅうよ》の末裔にあたる。身の丈は八尺［約百八十四センチ］で威厳ある顔立ち、名を成したのは同年代の者より早く、二十歳を超えたころには士大夫たちから高く評価されていた。ずいぶんと年長になる張倹《ちょうけん》や岑晊《しんしつ》らとともに党人《とうじん》の「八及《はっきゅう》」の一人に数えられ、(1)党錮《とうこ》の禁《きん》では揃《そろ》って苦難に見舞われた。

のちに黄巾《こうきん》の乱が起こって党錮の禁が解かれると、劉表は大《だい》将軍何進《かしん》の掾属《えんぞく》となり、北軍中候《ほくぐんちゅうこう》を経て、天下が乱れたころには朝廷により荊州刺史《けいしし》に任じられた。

荊州はもともと豊かな地ではなく、黄巾の乱でも甚大な被害を受けた。董卓《とうたく》討伐の軍が立ち上がったころは、孫堅《そんけん》が当時の荊州刺史王叡《おうえい》を殺害し、蘇代《そだい》、貝羽《ばいう》、張虎《ちょうこ》といった土豪らが荊州に割拠した。民草は途方に暮れ、加えて疫病が流行し、見渡す限り荒れ果てた——劉表が受け継いだのは、混乱を極めて収拾のつかない、そうした荊州であった。

はじめ荊州の政治の中心は襄陽ではなく、南陽《なんよう》郡の魯陽《ろよう》県［河南省中西部］にあったが、このとき魯陽はすでに袁術《えんじゅつ》に占領されていた。一介の文人である劉表は単身荊州に赴任し、頼るべき兵もいなければ属官もおらず、ひとまず宜城《ぎじょう》県［湖北省北西部］に落ち着いた。幸い蒯《かい》氏と蔡《さい》氏の支持を得ることができたため、兵馬を調えて袁術と干戈《かんか》を交え、孫堅を討ち取り、割拠する者たちを降すなどして荊州を平定した。そうして襄陽を州の新しい治所《ちしょ》に定めたのである。以来十数年、劉表は民が安んじて暮らせるよう統治に励む一方、戦乱を避けて南へ避難してきた名士たちを礼遇し、儒学による教化や文化の振興《しんこう》に努めた。その甲斐あって襄陽の街はしだいに賑わい、宋忠《そうちゅう》や邯鄲淳《かんたんじゅん》といった著名な文人、杜夔《とき》や邵登《しょうとう》といった音律の名手らが大勢集まった。名医として名高い張仲景《ちょうちゅうけい》に至っては劉表のもとで長沙太守《ちょうさたいしゅ》となり、政務を処理するかたわら、『傷寒雑病論《しょうかんざつびょうろん》』という優れた医書をものした。乱世をよそに荊州には豊かな文化が花開き、その隆盛は許都《きょと》をも凌《しの》ぐほどであった。これは奇跡と言っても過言ではない。

ただ、経世済民に優れていた劉表も、天下に覇を唱えるための軍事的な才には恵まれていなかった。

風雲急を告げ、情勢が刻一刻と変化する後漢末にあって劉表が取った対応策は、孫氏の侵攻に対しては江夏《こうか》の黄祖《こうそ》を、劉璋《りゅうしょう》の侵攻に対しては房陵《ぼうりょう》の蒯祺《かいき》を、曹操の侵攻に対しては南陽の張繍《ちょうしゅう》を当てて防がせるというもので、張繍が曹操に降伏したあとは代わって劉備《りゅうび》をこれに当てた。劉表はこうした防波堤を築いて襄陽の守りを固めるとともに、内政面では蔡瑁《さいぼう》や蒯越《かいえつ》ら土地の有力な豪族に権力を与え、足元のわずかな領地における太平をなんとか維持した。その一方で、劉表自身がとりわけ時間を費やしたのは、避難してきた士人《しじん》をもてなし、酒を飲んで詩を高らかにうたい、風雅に耽《ふけ》ることだった。

実のところ、劉表とて大業を成し遂げたいと思わなかったわけではない。だが、能力の不足と危険を冒さぬ慎重さゆえ、北方の曹操、江東《こうとう》の孫権《そんけん》という強敵と渡り合うに至らず、とうとうその時機を逸したのである。しかし、いまさらそれを持ち出したところで意味はない。歳はもう七十に近く、すでに病膏肓に入っている。曹操が大挙して南下してくるその日まで保《も》たないことは、劉表自身わかっていた。

劉表は痩せ細った身を寝台に横たえていた。その顔にはまるで血の気がない。横の屏風にぼんやり目を遣ると、伝説上の西王母《せいおうぼ》［神話上の女神］が武《ぶ》帝に桃を与えた場面が描かれている。英邁《えいまい》な君主であった武帝劉徹《りゅうてつ》は死の間際まであらゆる神に不老不死を願ったが、ついに死を免れることはなかった。かの武帝でさえ死を逃れることはできなかったのである。そのことで劉表はかえってわずかに慰められ、そばに座る劉備のほうをゆっくりと振り返った。

そのとき、密かに大志を抱くもとは一介の草鞋《わらじ》売りが、恭《うやうや》しくも悲しげな表情で、劉表のために布団をかけ直した。劉表の病をひどく憂いているようにも見えるが、それはうわべだけかもしれない。

劉表は決心がつかず、深く息を吸い込むと震える声で詫びた。「わしがうかつだったばかりに黄祖を死なせ、玄徳《げんとく》殿にも苦労をかけてしまったな。まったく恥ずかしい限りだ」荊州一帯に号令を発する主《あるじ》の言葉としては謙虚だが、そこには劉備との心理的な隔たりが感じられた。

劉備の塞《ふさ》ぎ込んだ顔が、わずかに落ち着きを失った。「黄祖の死はわが君のせいではありません。わたしの力が及ばなかったからです。咎められないだけでもありがたいことですのに、われらの罪までかぶろうとなさらないでください」

劉表は劉備の答えに満足したが、気を許すことはできない。「わしはもう駄目だ。曹操はすでに蹋頓《とうとん》を討ち取って許都に戻ったそうではないか。荊州に攻めてくるのも時間の問題であろう。わしの命もそれまで保たぬ。今後はどうしたらいいと思う?」

これはいかようにも解釈できる問いである。どの息子を跡取りにすればいいか、それともどうやって曹操の侵攻を防げばいいか……いずれにしても、その答えには劉備の思惑がにじみ出るであろう。その野心をたやすく推し量ることができる。しかし、劉備はびくびくしながらうまく言い逃れた。「いつも良いことばかりではありません。ちょっとした病や揉め事があるのは当然のこと。わが君は事後のことを案ずるより、いまはしっかりと養生してください。そうすれば病も必ず癒えるはずです」

「そうだといいのだが」劉表は劉備にはぐらかされ、綿入れの掛け布団を軽く叩くと話題を変えた。「以前、玄徳殿は曹操が遠征している隙《すき》に許都を襲うよう勧めてくれた。しかし、わしはその策を容れなかった。いまにして思えば悔やんでも悔やみきれぬ。中原に足を踏み入れることは二度とあるまい」

「ご自分を責めてはなりません」劉備は相変わらずへりくだっている。「天下は乱れ、いまも戦《いくさ》が続いております。これからも機会はあるでしょう。前回は残念でしたが、必ず次もあります」

「そう言って慰めてくれるのだな」劉表は深いため息をついた。「だが、北方の戦乱はすでに収まり曹操は盤石、乗じる隙があるだろうか。時勢を見通す点で、わしは玄徳殿に遠く及ばなかった……ごほっ、ごほっ」話の途中で咳が止まらなくなり、息をするのも辛そうだ。劉備は慌てて劉表の背中をさすって声をかけた。「どうか無理をなさいませんように」

そばでは伊籍《いせき》が二人を見守っていた。胸中じりじりとして、密かに劉表を責めた――わが君はいまがどんな状況かわかっておられるのか。腹を割って話さねばならぬのに、まだ玄徳殿を疑っている――伊籍は従僕が薬湯を持って入ってきたのを見ると、その茶碗をひったくるようにして自ら受け取り、劉備に渡して目配せした。

劉備もその意図を察して薬湯を劉表に飲ませようとしたが、薬湯はまだ少し熱かった。劉備は一匙《さじ》すくうと何度か軽く息を吹きかけ、ほどよく冷めたところでそっと劉表の口元に持っていった。「慌てず、ゆっくりお飲みください」そして、劉表の口元から垂れた滴《しずく》を袖の端で拭《ふ》き取った――劉琦《りゅうき》や劉琮《りゅうそう》といった実の息子よりも細やかな気配りである。

薬湯を飲み干すと咳も治まり、劉表は目を閉じて気持ちを落ち着かせた。伊籍はいまが頃合いと見て、劉表の耳元でささやいた。「軍務については玄徳殿に引き継いでもらってはいかがでしょう」

「そうだ、忘れておった」劉表はぱっと目を見開いて尋ねた。「昨日、琦が黄祖に代わって江夏の守りを引き継ぎたいと言ってきた。玄徳殿はどう思う?」これを聞いた伊籍はいささかがっかりした。

というのも、劉表が兵権を劉備に譲って曹操と徹底抗戦し、蔡瑁と蒯越の権力を牽制することが伊籍の望みだったからである。そのためにずいぶんと知恵を絞ってきたのに、劉表にはまったくその気がないようだ。

劉備はしばし考え込んでから答えた。「曹操が頭一つ抜けているとはいえ、江東の侵攻も防がねばなりません。江夏はそのための要衝、決して他人に任せるべきではないでしょう。若君が名乗り出たのなら、それがよろしいのではないかと。今後、東南の敵にはわが君と若君とが当たられ、西北の敵はこの劉備が力を尽くして防ぎ止めましょう」

だが、劉表の返事は曖昧なものだった。「そうしたいのは山々だが、わしにはもうその力がない。息子の琦も元来落ち着きがなく、この重責に一人では堪えられぬであろう。玄徳殿、そなたはしばし新野《しんや》を離れ、息子を支えてやってはくれまいか」

劉備はいまいち要領を得なかった。「つまり、江夏に駐屯して若君をお助けせよと？」

「いや、そうではない。有事の際には江夏に駆けつけられるよう、漢水《かんすい》の沿岸に駐屯してほしいのだ」これまで劉表は劉備を信用しておらず、曹操の侵攻を防ぐためだけにその力を利用してきた。だが、新野は襄陽から少し離れたところにある。将来もし劉備が手を切ろうとすれば、若い劉琮では劉備をうまくあしらうことはできない。そこで、そうした事態を未然に防ぐため、漢水の沿岸に駐屯するよう言い出したのだ。つまりは劉備の兵を南に移し、襄陽から目の届くところに置こうというのである。加えて、わざわざ漢水沿岸と言ったのは、劉備を江夏にやることもできないからである。なんとなれば劉琦と兵力を合わせて劉琮を攻めることも考えられる。そうなれば、劉琮の立場が一気に危うくなるであろう。

劉備はやきもきしながら必死に頭を働かせた。「では、お許しいただけるなら、兵を樊城《はんじょう》［湖北省北部］に移しましょう。江夏に何かあれば漢水を下ってすぐに救援に駆けつけられます」

「うむ、それがよい」樊城と襄陽は漢水を挟んで指呼《しこ》の間にある。劉備が樊城に入ればそれは襄陽の監視下に入るのと同じで、劉表にとっても願ったり叶ったりである。「ならば明日にも新野に戻り、速《すみ》やかに兵を調えて樊城に移ってほしい。早ければ早いほどわしも安心できる」それは掛け値なしに劉表の本音である。

劉備は誓いを立てた。「ご安心ください。必ずやわが君のご厚恩に報いる所存です」

劉表はじっと黙って劉備を見つめてから、突如恭しい口調になった。「玄徳殿、わしは病膏肓に入り、まもなくこの世を去りましょう。息子らは才に乏しく、諸将も各地に散っている。玄徳殿、わしが死んだあとは、そなたが荊州を治めてくださらんか」

これこそ伊籍が待ち望んでいた言葉である。目を輝かせてすぐに口添えしようとすると、劉備が手にしていた茶碗を置いて床にひれ伏した。「わたくしは卑賤の身で何の才もありません。荊州を預かるなどとは何と恐れ多い。若君方は賢明で、将来必ずや大いに活躍されるに違いありません。わたくしはただ犬馬の労を厭《いと》わずお仕えするだけです。どうかいましがたのお言葉は取り下げてください……」そう訴えると何度も床に額を打ちつけた。

劉表は気力を奮って身を起こし、じっと劉備を見つめた。劉備は戦々恐々として身をがたがたと震わせ、すっかり肝をつぶしている。劉表はそれでも気を抜かずに説得を続けた。「これは冗談ではない。玄徳殿、どうか辞退なさらぬよう。天下で曹操に立ち向かえるのは、玄徳殿をおいてほかにおらぬ。かつて陶謙《とうけん》は玄徳殿に徐《じょ》州を譲ったが、わしも荊州をお譲りしたい。これはすべて……すべてわが大漢の、劉氏の天下のためなのです」劉表はじっくりと言葉を選び、強いて理由をひねり出した。

だが、劉備は叩頭をやめない。「かつて汝南《じょなん》で敗れたとき、わたしはわが君のご恩によって生きながらえました。すでに大きな果報を頂戴し、これ以上何を求めましょう。どうかお体をいたわり、理に背くような考えはお捨てください」そう言うや、嗚咽して両の眼《まなこ》から涙を流した。

伊籍は何度もかぶりを振った――劉琮は文弱で無能、蒯越や蔡瑁は自分たちのことしか頭にない。曹操に対抗できるのは玄徳殿だけだというのに、いま断られたら荊州はどうなる……

伊籍は劉表が再び頼み込むことを切望したが、劉表は話を切り上げた。「理に背くことではない。玄徳殿の疑念が過ぎるのだ。わしはずっと貴殿を信頼してきたが、望まぬとあらばこの話はなかったことにしよう。琮はまだ若く、今後も玄徳殿の協力が必要、蒯越や蔡瑁らと力を合わせ、どうか愚息を助けてやってほしい。そうしてくれれば、わしは世を去っても玄徳殿らに感謝する……」最後の言葉は劉表の偽らざる気持ちであった。

劉備は激しく泣きながら答えた。「少しばかり具合が悪いだけで、どうして世を去るなどと仰るのです。わたしが望むのはわが君のお体が回復されることだけです。荊州の民もわが君が天下を安んじて漢室を復興されるのを待ち望んでいます。わが君がこの世を去ることなど、断じてありません……」

この言葉は劉表の胸に響いた。劉表は媚《こ》びへつらいを嫌っていたが、民百姓のことを持ち出されたことで劉備に探りを入れていたことすら一瞬忘れ、思わず涙を浮かべた。「おお、われを知る者は玄徳殿よ……」

伊籍は二人のいささか芝居じみたやり取りに、がっかりしてため息をついた。劉備はなおも劉表を慰めていたが、ようやく泣きやむと暇乞《いとまご》いした。「どうかあまり悩まれず、心を落ち着けて養生してください。急ぎ新野に戻って兵馬の移駐を終えましたら、またお見舞いに伺います」

「うむ。頼んだぞ」劉表は手を振って別れを告げた。

劉備は立ち去る間際も劉表を気にかけるかのように何度も振り返り、部屋の出口でまた声をかけた。「くれぐれもお体をお大事になさってください。荊州の民にとって、わが君はなくてはならない方ですから……」そして、天を仰いで嘆息すると静かに出ていった。

伊籍は苦々しげに劉備の後ろ姿を見つめていた。苦心惨憺して面会の機会を設けたのは、劉表が劉備に胸襟を開き、死後どうやって曹操に対抗するかを話し合ってくれると思ったからだ。だが、その考えはまったくの空振りに終わった。

伊籍が呆然としていると、劉表の病床の横に置かれた屏風がわずかに揺れた。我に返って見てみると、屏風の後ろから張允《ちょういん》と数人の兵が姿を現した。なんと、おのおのが抜き身の刀を手にしている。

「不届き者！　何をする気だ！」伊籍は張允らが劉表を襲う気だと思い、怯《おび》えながらも一喝した。するど、劉表が力なく口を開いた。「わしが隠れているよう命じたのだ……」

愕然とする伊籍を尻目に、今度は脇の小部屋から痩せた男が一人現れた——年のころは五十前後、色白の端正な顔立ち、左右の頰とあごに白髪交じりの長い髭を蓄えている。この者こそ劉表の知恵袋、蒯越、字は異度《いど》である。

「劉備に荊州を奪うつもりはないようだな」劉表のこのひと言で、蒯越とは打ち合わせ済みだったことがわかる。

蒯越は不満げに異を唱えた。「わたしも横の部屋で聞いていましたが、劉備の態度はやけに大仰だと思いませんか」

「どういう意味だ？」

「わが君が劉備に与えた恩恵は呂布《りょふ》や曹操ほどではありません。それなのに、あそこまで忠誠心を示しました」老練な蒯越の眼力はさすがである。「過ぎたるはなお及ばざるがごとし。あれはおそらく劉備の芝居です」

伊籍にもようやく事態が呑み込めてきた——蒯越らはこの機に劉備を誅殺する気だったのだ！　それならわが君が自ら荊州を譲りたいなどと言い出したのも納得できる。もし玄徳殿が提案を受け入れていれば張允らに殺されていただろう。まんまと蒯越の策に騙《だま》されたが、玄徳殿は何か裏があると感づいて、ああした態度を取ったのかもしれない。なるほど、馬鹿を見たのはせっせと仲を取り持った自分だけということか……

張允も風向きを見てすぐ蒯越に迎合した。「わたしも劉備は信用できないと存じます。おじ上、すぐに捕らえましょう」

だが、劉表は劉備のこぼした涙に心を動かされたのか、張允らを制した。「もうよい。劉備が何か企んでいたとしても、それを実行するほどの度胸はあるまい」

蒯越はそう思わなかった。「いえ、劉備は曹操にさえ反旗を翻した男ですぞ。それでも度胸がないと仰いますか？　後顧の憂いは断つべきです。すぐにでも劉備を……」蒯越は首を斬る仕草をして見せた。

伊籍が慌てて口を挟んだ。「なりません！　劉備は曹操にとっての仇敵、劉備を利用して曹操の侵攻を防ぐのが良策です。味方を殺して敵を利するなど、もってのほかではありませんか」

蒯越は何も答えなかった——伊籍の目には曹操は敵と映っているが、蒯越にとってはそうではないらしい。

劉表も伊籍の意見に賛同しなかったが、その理由は蒯越とはまるで違っていた。「劉備は一万あまりの兵を擁し、関羽《かんう》や張飛《ちょうひ》といった猛将を従えている。劉備一人を除くのはたやすいが、連中まで一網打尽にするとなると難しい。劉備を害して連中が騒ぎだしたら収拾がつかなくなる」

劉表の話も一理ある。蒯越はそれ以上強くは勧めなかったが、小さくかぶりを振った。「禍《わざわい》の芽を残すべきではありません……情勢の変化や予期せぬ問題が起きてからでは、なおのこと難しくなります」

だが、劉表の懸念は劉備にあるのではなかった。「いまは何もないことが一番だ。軍を動かさずに済むならなるべくそうしたい。劉備は樊城に移して見張っておれば何もできぬであろう。それよりも滞りなく劉琮に跡を継がせることだ。ほかのことはまたあとで考えればよい」寿命が残り少ない劉表にとっては、息子の劉琮のことだけが気がかりである。「おぬしらもしっかり琮をもり立ててくれ」

「水火も辞さぬ覚悟です」伊籍は君臣の義を慮《おもんぱか》ってそう答えたが、内心はまるで違った——若君らには見込みがない。どちらが跡を継いでも大事は成せぬ……

「万事われらにお任せください」蒯越の返事には含みがあった。

劉表もそれを感じ取ったが、蒯氏は荆州の豪族のなかでも劉表が頼りとする一族である。深く問い詰めることはできず、しばし黙り込んだ。病は重く、体がますますつらくなる。ふと縁者でもある蔡瑁のことを思い出した。「ここ数日、徳珪《とくけい》の姿を見ないが、どうしておる」

蒯越は張允と目配せし、慌てて答えた。「蔡公も病のため屋敷で養生中です。ですが、ご安心ください。若君の補佐に支障はありません」普段の蒯越は軍師として果断に行動し思慮も行き届いているが、いまはどこか曖昧で辻褄も合っていない。

「病……病か……」劉表はそうつぶやくと、体ごと蒯越のほうを向き、穴の開くほど蒯越の目を凝視して再び命じた。「異度、おぬしらでよくよく琮をもり立ててやってくれよ」その口調は先ほどよりずっと重々しい。

だが、蒯越は判で押したような返事を繰り返した。「ご安心を。万事、お任せください。わが君のご厚恩に決して背きません……」

「異度、おぬし……」劉表は蒯越の答えを反芻《はんすう》した。万事任せよとは、必ずしも劉琮をもり立てて曹操の侵攻に抗《あらが》うことを意味しない。しかし、劉表は言いかけた言葉を飲み込んで、力なく蒯越を見つめた――もとより劉備には頼れぬが、蒯越や蔡瑁はどうだ？　日ごとに不利が明らかとなり、早くも旨い道を探っておる。われら父子とともに苦しい思いをして曹操と戦うよりは、諸手を挙げて荆州を差し出したほうがいいに決まっている。戦火を免れて自らの土地を守れるだけでなく、劉備に荆州を掠《かす》め取られることもない。それどころか、うまくいけば曹操の下で官職の一つでももらえるではないか。これは歴とした裏切りだ。いや、元に戻るだけと言えなくもない。天下が乱れはじめたころ、蒯越らは朝廷から逃げ出して故郷に舞い戻った。難局を乗り切るためには名望ある者の助けが必要だったからだ。そこへ折よく自分がやってきた。荊州牧《しゅうぼく》の自分がいなければ、蒯越らとてここに根を張る大義名分を得られなかったはずだ。だが、わしとて蒯越らがいなければこの荊州に腰を落ちつけられなかった。世上のことはまことに測りがたい。いったいどちらがどちらを助けたのか……ともかく、いまとなっては蒯越らがここにとどまる理由はない。朝廷に戻って官に復帰すればいいだけだ。乱世に名を揚げたい連中や劉備のような命知らずのほかに、誰がいったい戦を続けたいというのだ。そんなことをすれば、新たな朝廷から目の敵にされる。それにしても、蔡瑁は仮病ではないのか……それとも自分を避けているのだろうか。あれは妻の弟だが、曹操とは古くからの知り合いだ。二人だけではない。鄧羲《とうぎ》や傅巽《ふそん》といった高官も曹操に投降するつもりかもしれぬ。わしの目の黒いうちは控えても、死んでしまえば憚ることはないのだろうな。もう、どうでもよいわ。人の将《まさ》に死なんとす、其《そ》の言《げん》や善《よ》しという。最後に難儀を押しつけることもあるまい。この半生、何をなすでもなく暮らしてきたが、いまさら悟ったところで仕方ない。病床で死を待つだけの老いぼれにできることなど何もないではないか。曹操が一日でも遅くやってきて、われら親子の平穏な日が一日でも長く続くことを願うだけだ……

長い沈黙ののち、劉表はほんの少し手を上げて、蒯越らに退《さ》がるよう促した。蒯越は何か慰めの言葉をかけたかった。だが、何をどう言えばいいのかわからない。そしてそれ以上に申し訳が立たず、顔向けできなかった。いまは君臣の間柄とはいえ、古くからの友人でもある――景升殿、わたしの気持ちはわかってくれているな――蒯越は深々と一礼すると、張允らを連れて退出した。

伊籍は終始眉をひそめていたが、蒯越が出ていくと腹立ちも露わに訴えた。「蒯越や蔡瑁にわが君の偉業を受け継ぐ気はありません。連中の頭にあるのは自分たちの利益だけで、後事を託すなどとんでもない。いまの荊州は累卵の危うきにあります。もし曹操の大軍が押し寄せ、連中が若君に投降を迫ったらどうなさるのです。まさか劉備のことを一度たりとも信じたことはないのですか」同郷の近臣である伊籍以外、劉表にここまで遠慮なく意見する者はいない。

だが、劉表はかぶりを振って拒んだ。「蒯越や蔡瑁に頼るのはたしかに心細いが、劉備に任せるのはもっと安心できん。それに荊州の政務は蒯越と蔡瑁が握っておる。劉備に後を託したところでうまく引き継ぐことはできまい。幸いにしてこの十数年、襄陽が戦火に見舞われることはなかった。いま内輪もめで争うようなことになれば、官吏にも民にも迷惑をかけることになる」

「しかし……」

劉表は伊籍が言葉を継ぐのを許さなかった。「もう何も言うな。わしを一人にしてくれ。静かにしたいのだ」

むろん伊籍は不本意だったが、もはやどうしようもなかった。伊籍はまだ若く、勲功を立てることも夢ではない。乱世に生まれついたからには、手柄を立てて家名を揚げ、史書に名をとどめてこそ大丈夫といえる。敵に屈して生を偸《ぬす》んだり、ましてや安逸だけを追い求めて生をむさぼる道理はない。そんな安逸はしょせん砂上の楼閣、いつまでも続くことはない。本当に私利私欲なく民を第一に考えるなら、そもそも荊州に割拠する必要があったのか。ましてやそれを途中で投げ出すなど、もはや欺瞞《ぎまん》に等しい。伊籍はそんなことを考えているうちにしだいに劉表に嫌気が差し、うなだれてその場を離れた。

童僕は劉表に横になるよう促したが、劉表は童僕にも部屋を出るよう命じた。寝室に静寂が訪れる。遣り切れないのか、遣る瀬ないのか、あるいは死出の旅に出る者ならではの憂鬱なのか、寝台の背もたれに体を預けながら、劉表はしおれた花のようにうなだれた。ふいに庭から楽しげに歌う小鳥のさえずりが聞こえてくる。劉表は現実に引き戻された——おお、襄陽にまたうららかな春が訪れたか……

窓越しでもいい、もう一度この目で襄陽の春を見てみたい。十数年、心血を注いで造り上げたこの世の楽園を……劉表は上体を起こして座ろうと両腕を突っ張った。だが、弱り切ったいまでは自分の体を支えることさえ難しい。ただ座るためにあらん限りの力を振り絞り、顔じゅうが汗だくになった。そうしてどうにか上体をまっすぐにすると、窓の外に目を向けた。しかし、その先に見えたのは、ひっそり静まり返った別棟と、物言わず劉表の望みを打ち砕く無情の塀だけであった。

腕が震えて支え切れない。劉表は寝台にばったりと倒れ込み、がっかりしてため息をついた——おおかた曹操らはわしのことを取るに足りぬやつだと思っているのであろうな。だがこの数年、わしは襄陽の民に平穏な日々を届けた。大漢の経学《けいがく》や文化の灯火《ともしび》も絶やさず守ってきた。それが無意味だったとは思わぬ。たとえ儚《はかな》いものだったとしても、戦乱のなかを流浪するよりどれだけましなことか。太平の世であったなら、わしも三公《さんこう》や九卿《きゅうけい》に列せられ、もっと大輪の花を咲かせられたであろうに……あいにく乱世に生まれ落ちたばかりに……いや、ここまで至っただけでもなかなかではないか。心残りなどない。荊州牧、鎮南《ちんなん》将軍、成武《せいぶ》侯、仮節《かせつ》［「節」とは皇帝より授けられた使者などの印《しるし》で、主に軍令違反者を上奏せずに処罰できる］の権……党錮の禁で退けられた者のうち、これほどの栄誉を手にした者がいたか。溢《あふ》れんばかりの正義の志を抱きながら力及ばぬのは、あるいはわれら清流の士人《しじん》が持つ宿命だったのかもしれない。琮よ、琦よ。父はお前たちの行く末を見届けることはできぬ。自分の身は自分でしっかり守るのだぞ。曹孟徳《もうとく》、孫仲謀《ちゅうぼう》、そして劉玄徳よ。わしはおぬしらから襄陽を守り抜いたぞ。だが、いまは手を引いて去らねばならぬ。どうだ、うれしいか。しかしな、そのうちおぬしらにも死が訪れる。せめていまだけは帝位を夢見ているがいい……

（1）八及とは、『後漢書』「党錮伝」の記載によれば、張倹、岑晊、劉表、陳翔《ちんしょう》、孔昱《こういく》、苑康《えんこう》、檀敷《たんふ》、翟超《てきちょう》の名士八人である。及とは、人を導くことができ人々から仰がれる者をいう。八及のほかに劉表は雑史《ざっし》のなかで八俊《はっしゅん》、八友《はちゆう》にも名を連ねている。八及、八俊、八友で含まれる人物は異なるが、いずれも宦官に敵対する清流の名士である［なお、本書第三巻から第五巻では「八俊」とした］。

第八章　曹操、丞相《じょうしょう》となる

丞相拝命

建安《けんあん》十三年（西暦二〇八年）六月、漢王朝と曹操個人の運命を変える大事件が起こった――罷免されたばかりの司徒《しと》の趙温《ちょうおん》が、三公《さんこう》を廃止して曹操を丞相に任じるよう上奏文を奉《たてまつ》ったのだ。

この提議は朝野を大いに騒がせた。趙温が曹丕《そうひ》を辟召《へきしょう》したことに違和感を抱いていた者は、この上奏により、七十を越える老臣の置かれている立場が痛いほどわかった。趙温は曹操の駒に過ぎなかったのだ。三公が廃止されて丞相が大権を一手に握れば、古人のいう「天子を丞《たす》け万機《ばんき》を助け理《おさ》むるを掌《つかさど》る［天子を輔弼《ほひつ》して政務の全般を助け治めることを管掌する］」ということになる。今後は冀《き》州が曹操の管轄下に入るだけでなく、天下の州、郡、県、そして文武百官が残らず曹操の配下となる。内外の諸事はすべて曹操の与《あずか》るところとなり、竜を縫い取った長衣を身につけていない以外は、天子とほとんど同じになるのだ。

この変事を受けて文武百官の態度はおおむね三つに分かれた。まず大部分は呆然としたのち、長年権力を掌握する曹操に抗《あらが》っても無駄である、これが如何《いかん》ともしがたい時代の流れだと、臣下の道に背いて同調するか無関心を決め込んだ。

また、董昭《とうしょう》や陳羣《ちんぐん》といった、曹操が政務に携わってから取り立てられた官僚や掾属《えんぞく》［補佐官］は、趙温の提議を卓見だの赤心だのと大いに称賛した。とりわけ司空《しくう》府の掾属らは、一日も早く丞相の位について天下の人心を慰撫すべきだと力説した。言うまでもなく、自分たちの前途がさらに明るくなるからである。司空府が丞相府に昇格すれば、掾属らの俸禄も秩三百石《せき》から秩六百石へと倍増し、掾属全員にとってはいいこと尽くしである。

しかし、多くはないが反対する者もいた。そのほとんどが天子を守って長安《ちょうあん》から洛陽《らくよう》へ戻った旧臣たちである。彼らは漢室の天下に対して一様に思い入れが強い。だが、何にでも噛みつく孔融《こうゆう》を除けば、その場で異議を申し立てる者は誰もおらず、せいぜい陰で悪態をつくだけであった。もとより漢の天下は大切だが、自分の首と秤にかけ、曹操にこの世から抹殺されるのを恐れたのである。

そうしたなかで困ったのが礼制を司る太常《たいじょう》府の官である。大漢では二百年以上丞相を置いておらず、突然旧制を復活すると言われても、丞相拝命の式典を知る者はいない。古《いにしえ》の法制を記した文献を調べ、史書をひもとき、玉石を選び抜いて急ぎ丞相の印を拵《こしら》えた。しかし、いくら調べても高祖《こうそ》が蕭何《しょうか》を丞相に任命した式典については不明である。幸い曹操は太常府の官を困らせることはなかった。丞相拝命を体《てい》よく三度辞退したのち、天下がいまだ収まっていないので礼法にこだわる必要はなく、丞相の印さえ届けてくれればいいという。

殿上にて天子の命《めい》を拝することなく朝廷に印を届けさせるとは、これではどちらが主君かわからない。曹操は威厳を見せることで、己の格の高さを天下に知らしめるつもりだった。こうして賑やかな丞相拝命の茶番が幕を開けた——

まず、皇帝の劉協《りゅうきょう》が曹操の功績を列挙する詔書を発し、この詔書と丞相の印を太常卿《たいじょうけい》の徐璆《じょきゅう》が拝受、節《せつ》［皇帝より授けられた使者などの印《しるし》］も携えて司空府へ赴くことになった。朝廷の百官も残らず礼服を着てこれに随行する。事情を承知している者はすべて曹操の段取りどおりだとわかっているが、知らぬ者からすれば、天子と百官のほうが是が非でも曹操を丞相に迎えたいように見える。

慌ただしく準備が整えられ、徐璆が皇宮《こうぐう》で跪《ひざまず》いて詔書や節を受け取った。司空府は皇宮のそばにあるが、礼制に則ると実に面倒な道のりとなる。まず天子の使者の証しである大使車《たいししゃ》に乗らなければならない。大使車は四頭立てで、朱漆《うるし》塗りの車輪と白い車蓋《しゃがい》、赤い帳《とばり》のついた馬車である。左右にはそれぞれ功曹車《こうそうしゃ》、賊曹車《ぞくそうしゃ》、斧車《ふしゃ》、督車《とくしゃ》といった馬車が随行し、後ろには九卿《きゅうけい》や侍中《じちゅう》ら高官を乗せた四台の馬車が続いた。行列の先頭では四十人の騎馬と十二人の弓手《きゅうしゅ》、弩手《どしゅ》が露払いを務め、おのおの部下を従えて威厳を誇示した。この長い隊列に郎官《ろうかん》［宮中を守衛する役職］も加わるため、先頭が司空府に到着しても、最後尾は皇宮をようやく発つところだった。許都の内外に住む役人、農民、職人、商人がこぞって見物に繰り出した。大勢の者が道の両側にずらりと並んだことで、曹操の面目は大いに施された。

司空府でも周到な準備がなされた。「司空府」の扁額《へんがく》は早くも取り払われ、新たに「丞相府」の扁額をかける準備が整っている。王必《おうひつ》が鎧兜を身につけた兵を率いて屋敷の周囲を固め、掾属らは真新しい黒い服に着替えて門の外にずらりと整列している――制度上、司空府の掾属や令史《れいし》［属官］の人員は七十人あまりが上限だが、丞相府になると三百八十人あまりを雇える。この掾属らの列も今後はもっと規模を増すことだろう。使者の車が到着すると、掾属らは一斉に跪いて万歳を叫んだ。あたり一帯がにわかに厳かな雰囲気に包まれ、その声は瓦を震わせて落とさんばかりである。使者に随行している百官も丁寧にお辞儀をして返礼した。かたや身分の低い属吏、かたや堂々たる朝臣だが、どちらが実質的な権力を握っているかは互いに承知している。百官が礼を終えて後ろに下がると、瞬く間に道ができた。そこを徐璆を乗せた馬車が進み、徐璆は謁者《えっしゃ》［賓客の補助などをする官］の手を借りて馬車を降りた。そして、詔書を両手で高く捧げ持ちながら屋敷の門をくぐり、尚書《しょうしょ》以上の重臣があとに続いた。節を携えた使者の来駕は皇帝の御成りに等しい。そのため、屋敷内の至る所で警備の者や童僕たちが次々と跪いて拝礼した。

徐璆は今年七十になる。かつて袁術《えんじゅつ》に何年も軟禁されたが、それでも頑なに臣道を守り抜いた。ついには袁術が病死した混乱に乗じて伝国《でんこく》の玉璽《ぎょくじ》を持ち出し、朝廷に返還するという大功を立てたため、太常に任じられた。祭祀は戦《いくさ》と同じく国の大事であるため、それを司る太常は九卿の筆頭である。三公がなくなったいま、徐璆は曹操に次ぐ高い地位にある。矍鑠《かくしゃく》とした徐璆は真剣な面持ちで脇き目も振らず、しっかりとした足取りで進んだが、心中は穏やかでなかった。二十四年前、黄巾《こうきん》の乱が勃発したとき、徐璆は朱儁《しゅしゅん》に従って反乱軍を鎮圧した。曹操とも轡《くつわ》を並べた仲である。当時も曹操のことをなかなか用兵の才があると認めていたが、まさか天下を統《す》べる丞相にまで昇り詰めるとは夢想だにしていなかった。しかも、自分がその印を届ける使者になろうとは、まったく世の中はどう転ぶかわからない。徐璆が気持ちを落ち着けながらゆっくり広間に入ると、すでに寝台はどけられ、香台は準備が整っているのに、任命を受ける当の本人の姿は影も形もなかった――「三たび辞退してのち受ける」のを常とする丞相さまは、まさかまだ何か企んでいるのか。

徐璆は知る由もなかったが、このとき曹操はある心配事があり、後ろ手を組んで奥の間で行きつ戻りつしていた。許都に戻る直前、曹操は于禁《うきん》、張遼《ちょうりょう》、張郃《ちょうこう》、朱霊《しゅれい》、李典《りてん》、路招《ろしょう》、馮楷《ふうかい》の七部隊に潁川《えいせん》付近に駐屯するよう命じたが、揃《そろ》って戦好きな将たちである。駐屯後、一日たりとて静かな日はなかった。いずれも輝かしい武勲を立てた将ばかり、曹操の前ならおとなしくしているが、御前を離れたら誰にも押さえが利かない。昨日は兵糧の分配で衝突したかと思えば、今日は輜重《しちょう》の手配で喧嘩するといった具合で、てんでに送りつけてくる報告書に曹操の身は埋もれてしまいそうだった。どれも取るに足りないことばかりだが、おのおの言い分がある。あまり関わって問題をこじらせるのは論外、何より七人には力を尽くして戦ってほしいこともあり、曹操は見て見ぬふりをしていた。些細なことで争っているうちはまだいい。だが、今朝もたらされた早馬の知らせでは、朱霊の麾下にいる中郎将《ちゅうろうしょう》の程昂《ていこう》がなんと謀反を起こしたという。

「朱文博《ぶんはく》は何をしておったのだ！」曹操は怒りも露わに声を荒らげた。「河北《かほく》の兵は降伏したばかりゆえ寛大に扱えと幾度となく注意しておったのに、いいかげんに聞き流しておるからだ。荊《けい》州に攻め込む前から謀反を起こされるとは、とんだお笑いぐさではないか。七人とも手柄を鼻にかけて規律を軽んじておる。朱霊を見せしめにして、ほかの将にも灸を据えてやらねばならん」朱霊はすでに程昂を捕らえて斬り捨て、第一報で自身の罪を認めて悔いている。だが、やはり周囲に悪影響を与えたようで、待遇に不満を持つ河北の兵士らが故郷に逃げ帰っているという。もとより朱霊とそりが合わない于禁の告げ口によれば、朱霊は兵を鞭打ち、配下の将を口汚く罵り、糧秣《りょうまつ》を分捕っているという。朱霊の傲慢さをあげつらって、曹操の怒りの炎に油を注いだ。

長史《ちょうし》の薛悌《せってい》は、金魚の糞よろしく曹操について歩きながら必死になだめた。「朱霊は過ちを認めておりますし、もうよろしいのではありませんか。だいたい于禁の話が大げさ過ぎるのです。実際にはたいした損失も出ていませんし……」

「痛みは我慢できても痒みは耐えられん！」曹操は微々たる損失に腹を立てているのではない。よりによって丞相に任命されるという今日この日に、自分の顔に泥を塗ったことが許せないのである。

今度は主簿《しゅぼ》の温恢《おんかい》が落ち着いて諫《いさ》めた。「今日という大事な日に起こったからこそ、わが君は大事を小事、小事を無事として処理なさるのが肝要かと存じます。謀反人はすでに斬り捨てたのですから、誰に嘲笑されることもありません。徐太常も広間でお待ちですし、式の次第をこれ以上遅らせるわけにもまいりません」

「仕方ない」ようやく曹操の足が止まった。曹操はまたしても頭にかすかな痛みを覚え、小声でつぶやいた。「めでたい日なのに、何一つとして思いどおりにならん。華佗《かだ》はどういうつもりだ。いま一つ煎じ薬は効かぬし、鍼《はり》を打たねば収まらぬときもある。まさかわざと完治させず、わしをゆする気ではあるまいな」曹操は頭風《とうふう》の愚痴をあれこれ並べ立ててから、ようやく話を本題に戻した。「まあ、いまは問うまい。楽進《がくしん》と張遼の兵を一部朱霊に分け与える。朱霊に返信を出すから書き取ってくれ」

記室《きしつ》の陳琳《ちんりん》は先ほどから曹操のそばで筆を執って控えており、曹操の向かっ腹が収まったのを見て筆を動かしはじめた。

兵中に危険を為す所以《ゆえん》の者は、外は敵国に対し、内は奸謀不測の変有るなり。昔 鄧禹《とうう》 光武《こうぶ》の軍を中分《ちゅうぶん》して西行し、而《しこう》して宗歆《そうきん》、馮愔《ふういん》の難有り。後に二十四騎を将《ひき》いて宜陽《ぎよう》に還《かえ》るも、禹豈《あ》に是《これ》を以て減損《げんそん》するや。来書懇惻《らいしょこんそく》にして、多く咎過《きゅうか》を引くも、未だ必ずしも云《い》う所の如くならず。
［軍で危険を惹き起こすのは、外で敵に対峙しているとき、内に好からぬ謀《はかりごと》があって不測の事態が起こった場合である。その昔、鄧禹は光武帝の軍の半分を引き連れて西に遠征したが、配下にいた宗歆と馮愔が干戈《かんか》を交え、その後二十四騎だけを引き連れて宜陽（河南省西部）に逃げ帰った。鄧禹はこの一件で威厳を損なっただろうか。送られた手紙は非常に誠実で、失敗がいくつも記されているが、必ずしもそのとおりではあるまい］

陳琳にはわかっていた――曹操が朱霊を叱責せず、中興の名将鄧禹(1)と同列に論じたのは言葉のあやに過ぎない。最後の「来書懇惻にして、多く咎過を引くも、未だ必ずしも云う所の如くならず」には、朱霊に対する猜疑心が垣間見える。朱霊が世事をわきまえていれば、これで少しはおとなしくするだろう。

校事《こうじ》の趙達《ちょうたつ》には企みがあり、書簡に目を通すと、平然と恐ろしいことを言いだした。「軍で謀反が起こるのは監視が不十分だからです。こたびは朱霊殿の罪は問わずとも、刺奸令史《しかんれいし》の責任は追及すべきかと」この差し出口はまったくのお門違いである。そもそも刺奸令史は朱霊の軍で任務についていないのだから、謀反を見抜けなくても仕方ない。だが、いまこの職にあるのは高柔《こうじゅう》である。曹操は高《こう》幹《かん》一族に対する憂さ晴らしのため高柔を刺奸令史に任じた。趙達はそれを知っており、この機会に高柔を陥れようと図ったのである。

鬱憤が溜まっていた曹操は趙達の案に乗った。「そなたの申すとおりだ。高柔を一年の減俸にしよう」曹操は減俸に処したが、罷免はしなかった。まだ高柔を職につかせておき、猫がねずみでもなぶるかのようにいたぶろうというのだ。

温恢は不公平だと思ったが、とりあえず優先すべき課題について意見した。「誰を処罰するかより、軍に人を遣わして諸将を和解させることのほうが大切です。于禁と朱霊はともに向こう意気が強いので、二人のあいだを取りもたなければ、今後もこうしたことが起こりましょう」

「それもそうだな……誰を遣わすか」曹操は軽く額を叩きながら考え込んだ。

温恢には意中の人物がいたが、あえてその名は口にしなかった。「穏やかでおっとりした者を選ばれるのがよろしいかと」

「穏やかでおっとりした者か……」曹操の目がきらりと光った。「すぐに趙儼《ちょうげん》を七軍の総護軍《そうごぐん》に任じよう」趙儼はおとなしい人物として知られ、四十年近い人生で一度も顔を真っ赤にして怒ったことがないという。趙儼が七軍の護軍となれば、気の荒い将がどんなに腹を立ててもうまくやってくれるだろう。

こうしてこの一件が片づくや、周りの者はよってたかって曹操の衣冠を整えた。そして大慌てで奥の間を出ると、曹丕と曹植《そうしょく》があたふたとやって来た。曹操は玉帯《ぎょくたい》を締めながら尋ねた。「こんなところで何をしておる。勅使が到着したというのに、庭に出て跪かんのか」

曹丕は汗をぬぐいながら答えた。「沖《ちゅう》、彪《ひょう》、林《りん》がどこかへ行ってしまったのです。父上は見かけておりませんか」父親が官職を授かるときは息子らも盛装して出迎え、跪いて皇帝に拝謝する必要がある。とうに新しい服に着替えさせていたはずが、いまになって姿が見えないとは。「わしが見かけるわけなかろう」曹操はいらいらして地団駄を踏んだ。「いたずら小僧め、いったいどこへ遊びに行ったのだ。ぼさっとせずに早く探しにいけ！」

曹操のひと声で司空府はにわかに騒がしくなった。司空府ともなれば部屋がいくつも連なり、庭も入り組んでいる。曹丕、陳琳、薛悌らが夫人や侍女、女中たちを引き連れて、曹沖らの名を叫んで探し回った。実のところ、幼子が参加しなくてもたいしたことはない。しかし、曹操は必死だった――再嫁《さいか》してきた杜《と》氏が産んだ曹林、司空府の侍女だった孫《そん》氏が産んだ曹彪、この二人がいなくても何ら問題はない。曹操が気にかけていたのは環《かん》氏の産んだ曹沖である。曹操は曹沖を後継ぎにしようと密かに思い定めていた。自分が天子に登り詰めようと顕官《けんかん》で終わろうと、死後は一切を受け継がせる気でいる。そのためには、今日のような晴れ舞台で朝廷の重臣たちに顔見せしておく必要がある。そのため、数日前には曹沖のために「搶冠《そうかん》(2)」を行い、字《あざな》を倉舒《そうじょ》と名づけていた。

曹操が焦りながら部屋を抜けて庭を突っ切ると、どこかから家僕の大きな声が聞こえてきた。「若君、どうしてこんなところにおられるのです。みな探していたのですよ」どうやら二の門の内側にある離れのほうからだ。そこはいくつかの小部屋と竈《かまど》があり、料理番が酒や食べ物を置いている場所である。貴顕の子弟が遊びに来るようなところではない。そこでは、華佗が弟子の李瑠之《りとうし》と薬を煎じていた。新しく弟子にした呉普《ごふ》と樊阿《はんあ》もそばにいて、何やら体をひねって奇妙な動きをしている。

呉普はまるで大きな鳥のように、片足立ちで両手を広げて上下に動かしている。樊阿はまるで猿のように肩をすぼめて背を丸め、耳をつかんで頬をかいている。曹操はそのまま視線を移して急に激昂した――なんと、曹沖ら三人の息子たちが地べたに腹這《ば》いになり、二人の真似をしていたのである。熊の真似だか虎の真似だか知らないが、下ろし立ての衣装はすっかり泥にまみれていた。

「何をしておる！」曹操は激しい口調で怒鳴りつけた。

呉普が慌てて跪いた。「こ、これは司……曹丞相。た、ただいまは師父が古人に倣《なら》って編み出した導引術《どういん》［養生法の一種］を行っておりました。習得すれば体が強く丈夫になるのです。これを『五禽戯《ごきんぎ》』と申します」

「馬鹿をぬかせ！」曹操は曹沖を引っ張り起こして懐に抱き寄せた。「沖、こいつらがどんな連中かわかっておるのか。歴とした列侯《れっこう》の子が鳥獣の真似などしてはならん！」

華佗が慌てて釈明した。「若君方に教えていたわけではありません。ただ、若君方が面白がって……」

曹操は冷たく遮った。「華先生、わしは先生に十分すぎるほど気を遣ってきた。いまだ先生はわしの病根を取り除けていないが、それを咎めてもいない。だが、これよりは弟子どもも屋敷内で寝起きすることは許さん。たったいま出ていくがいい。ここは丞相府だ。市中の見世物小屋ではない！」

曹沖は父が怒っているので、すぐに機転を利かせて薬を煮ている炉を指した。「父上、この薬炉《やくろ》を見てください。下に火があって上に水があるでしょう。先日、『易経《えききょう》』を学んだばかりですが、下に火があって上に水があるのは『既済《きせい》』と言うらしいんです。円満の意味でしょう？　父上は今日丞相になり、僕らは一家円満で、すごく縁起がいいではありませんか」

むろん曹沖は父をなだめるために言ったのだが、華佗の弟子の樊阿は真正直な質《たち》で、思わず口を挟んだ。「若君の説明は適切ではありません。『既済』の卦《か》にある辞《じ》［卦に付された解釈の言葉］には、『亨《とお》ること小なり。貞《ただ》しきに利《よろ》し。初めは吉にして終わりは乱る［支障なく行われるのは小事だけである。正しいことを固く守るのがよい。いまは事が成就して吉だが終わりには乱れる］』とありまして、たとえば月満つれば則ち虧《か》け、水満つれば則ち溢《あふ》ると同じです。卦の字面はいいのですが、実のところ不吉な卦でして……」そこまで話して、樊阿はようやく自分の失言に気づき、慌てて口をつぐんで叩頭した。

朱霊の件でけちがつき、このめでたい日にまたも不吉な言葉が飛び出たのだから、曹操はなおさら機嫌を悪くした。そこで温恢が曹林を抱き上げた。「さあ若君方、早く参りましょう。朝廷じゅうの文武百官が待っているのです。これ以上遅れたら大騒ぎになりますよ」

温恢は子供に話しかけるふりをして曹操を促した。曹操もそれはわかっているので、なんとか怒りを押さえ込むと、歯がみしながら樊阿を睨みつけた。「おぬしらはいますぐ出ていけ。今後ここへ来ることは許さん。来れば首を刎《は》ねる！　華先生も自重なさってください」そう言い捨てると、子供たちを連れてその場を去った。

曹操が威儀を正して広間に現われたとき、徐璆はすでに我慢の限界に達していた。天子の詔書を奉じてきた使者に対してこれほど雑な応対は見たことがない。徐璆は座ることも、勅使として掲げた詔書を下に置くこともできない。これは使者を馬鹿にしているだけでなく、天子でさえ眼中にないということだ。徐璆自身はまだいい。だが、後ろに控える二人の謁者は、かたや手に節を持ち、かたや丞相の印を持っている。どちらもかなりの重さがあり、ずっと捧げ持っている謁者たちの手は震えていた。二人は胸の内で曹家の先祖に何度悪態をついたかわからない。

曹家の子息たちは静かに廊下に並んで跪いた。左右の最前列は曹丕と曹沖である。徐璆はようやく詔書を広げると一同に向かって読み上げ、曹操が三拝九拝の正式な礼をした。ところが、曹操は丞相の印を受け取る段になって、またしても辞退した。「この曹操、才も徳も足らず、とてもその任に堪えられません。徐公は三代の天子に仕えた老臣、丞相の地位には徐公がつかれるがよろしいかと」

徐璆は腰を抜かさんばかりに驚いた――この期に及んでまだわざとらしい芝居を続ける気か――徐璆は数歩下がって深く一礼した。「曹公には輝かしい功績があり、この老輩など足元にも及びません。どうか天下のために重責をお引き受けくださ い」

「どうか天下のために重責をお引き受けください」広間にいる百官たちも一斉に唱和した。

曹操はわざとらしくため息をついた。「なんと……ほかにいないのなら仕方ありません。丞相の任をお引き受けしましょう」

こうして謙譲の美徳を示してから、曹操はついに長らく自身で画策してきた丞相の座についた。ときに曹操、五十四歳。勅使の役目を終えた徐璆は廊下に下がると百官ともども曹操に正式な礼を行い、すべての者が曹操の足元にひれ伏した。曹操は手短かに挨拶を述べ、夕方からの酒宴に百官を残らず招いた。そして自身は奥の間に退《さ》がって礼服を脱ぎ捨て、そのまま南征について考えをめぐらせた。

(1) 劉秀《りゅうしゅう》は河北で皇帝になったあと、鄧禹に二万の精鋭を与えて関中《かんちゅう》[函谷関《かんこくかん》以西の渭水《いすい》盆地一帯] を攻めさせた。鄧禹配下の宗歆と馮愔は仲が悪く、ついに馮愔は宗歆を殺して反乱の兵を挙げた。鄧禹は赤眉《せきび》軍に敗れ、二十四騎のみを引き連れて宜陽に逃げ戻り、このことで一度官職を剝奪されている。

（2）古代の士大夫《したいふ》階級において男子が成人する儀式は「元服」と呼ばれ、元服前の男子は冠をかぶることを許されず、髪を総角《あげまき》に結って、まだ字《あざな》もなかった。元服後にようやく冠をかぶることができ、字を与えられた。これがいわゆる「弱冠」である。『周礼《しゅらい》』によれば二十歳で行われるが、漢代には一般的に十六歳ぐらいで行われた。また、規定の年齢より早く元服することを「搶冠」といった。

わが世の春

夕刻に丞相《じょうしょう》府で開かれた酒宴はことのほか盛大で、朝廷の主だった者が珍しく一堂に会した。曹操が丞相となった初日から、その顔に泥を塗るような真似はできない。普段はあまり表に出てこない者も参加して、朝議より人数が多いほどであった。曹操はそのような場で、光禄勲《こうろくくん》の郗慮《ちりょ》を御史大夫《ぎょしたいふ》に昇格させると宣言した。

曹操が三公《さんこう》を廃して丞相になったのは大権を一手に握るため、誰もがそう思っていた。にもかかわらず御史大夫、すなわち副官を置くとは、いったいどういうわけか。むろんこの大抜擢は世間の目をごまかすためであり、実際は何の権限も与えられない。寝耳に水の郗慮は呆気にとられたが、曹操は有無を言わせず上座に引っ張り上げた。郗慮は宴席で百官の祝賀を受ける羽目になったのである――盛大な丞相拝命の儀式に比べて気の毒というほかない。

曹操は美酒の入った杯《さかずき》を掲げつつ一同を見回した。何人か重要な人物が欠けている。「伏国丈《ふこくじょう》〔国丈は皇后の父〕と趙司徒《ちょうしと》の姿が見えないようだが」

東側［主人側］に座る華歆《かきん》が即座に答えた。「伏国丈は病が重く、動くこともままなりません。趙司徒もいまは一介の民、邪魔になってはと遠慮したのでしょう」皇后の父である伏完《ふくかん》は漢室の威光が失墜してゆくのを目の当たりにし、娘の伏皇后からも漢室を救うよう再三にわたって手紙で訴えられていた。その心労が祟《たた》ったのか、いまでは卒中で病床に臥せるようになり、息をしているだけ死人よりましという状態である。趙温《ちょうおん》に至っては、曹操を丞相にするため手を貸しすぎたことで、百官に合わせる顔がないらしい。

曹操は荀彧《じゅんいく》の姿も見えないことに気がついた。「令君《れいくん》はどうした?」

華歆は気まずそうに笑みを浮かべた。「間の悪いことに、数日前に荀常伯《じょうはく》［荀悦《じゅんえつ》］が亡くなられました。令君は葬儀でお忙しく、また『哭《こく》すれば則ち歌わず［弔問に訪れた日には歌うようなことはしない］』とも申しますので、憚ってお越しになりませんでした」侍中《じちゅう》の荀悦は荀彧の従兄《いとこ》にあたる。荀彧は従兄の死を言い訳にして宴会に参加しなかった。

曹操は不愉快だったが文句は言えない。「それは知らなかったな。日を改めて弔いに参ろう」そのとき、耳ざわりな笑い声があたりに響き渡った――例によって孔融《こうゆう》である。

顔を出すべき者が来ないのに、余計な輩は律儀にやってくる。孔融は禁酒令が解かれてからますます調子に乗り、連日のように太医令《たいいれい》の脂習《ししゅう》や議郎《ぎろう》の謝該《しゃがい》といった飲み仲間を屋敷に集めては、一日じゅう酒盛りを繰り返していた。今日もすでに酒の匂いを漂わせている。

曹操は憎々しげに孔融をちらりと見やって声をかけた。「文挙殿《ぶんきょ》、ここ何年かお会いしていなかったが、お変わりござらぬか」

「尋ねるまでもなかろう」孔融は高笑いして続けた。「わしがつつがなく過ごしているかどうかくらい、趙達《ちょうたつ》らが丞相に報告しておるだろうからな」

宴席に並んだ一同は飛び上がらんばかりに驚いたが、華歆や陳羣《ちんぐん》らがその場を丸く収めるため、にこやかに口を挟んだ。「ご冗談を。文挙殿はまったく洒落が効いておられる」

曹操の口調は冷たかった。「文挙殿は何か不満でもおありか」

孔融は手にした杯をもてあそびながら答えた。「酒席には客が溢《あふ》れ、杯には酒が満ちている。わしに不満などあろうはずもない」――そう、もうすぐ天子の姓が変わるかもしれんのだ。いくら不満があったとて、酒を飲む以外にいったい何ができよう――

曹操は孔融を困らせてやろうと思った。「今日は賢人の方々が一堂に会しています。文挙殿、一曲うたって酒宴に興を添えていただけませんか」

「ほう、わしに詩をうたえと?」孔融は不満げな眼差しを向けたが、一転して微笑みを浮かべた。「よかろう」また孔融が時宜に合わぬ傲慢な詩を作るのではと、群臣らのあいだに緊張が走った。孔融は杯を置いて立ち上がると、広間の中心に進み出て、袖を翻して吟じはじめた。

六月 棲棲《せいせい》として、戎車《じゅうしゃ》 既に飭《ととの》う。
四牡《しぼ》 騤騤《きき》として、是《こ》の常服《じょうふく》を載《の》す。
玁狁《けんいん》 孔《はなは》だ熾《さか》んなり、我 是《ここ》を用《もっ》て急ぐ。
王于《ここ》に出征し、以て王国を匡《すく》わしむ。

物を比するは四驪《しり》、之を閑《なら》わすに維れ則《こ》あり。
維れ此の六月、既に我が服を成せり。
我が服既に成り、于《ゆ》くこと三十里。
王于に出征し、以て天子を佐《たす》けしむ。
四牡 修広《しゅうこう》なり、其れ大いに顒《ぎょう》有り。
玁狁を薄伐《はくばつ》し、以て膚公《ふこう》を奏《な》さん……
[夏六月というのに忙《せわ》しなく、兵車《へいしゃ》の準備は整った。
四頭立ての牡馬は元気よく、軍装も積み込んである。
北の異民族の勢いは盛んで、そのためにわが軍も差し迫っている。
王はわれらに出征して、国を救うよう命じた。
四頭の黒馬を揃え、一糸乱れず進むよう馴《な》らす。
この六月、われらの軍備はすでに整っている。
軍備が整っているので、わが軍は日に三十里を進む。
王はわれらに出征して、天子を助けるよう命じた。
四頭立ての牡馬は高さがあり、頭も大きい。
北の異民族を征伐し、大功を立てるのだ]

一同は気が気でなかったが、耳を傾けるうちに胸をなで下ろした。孔融が吟じたのは自作の詩ではなく、『詩経《しきょう》』の「六月」である。この詩は周《しゅう》の名臣である尹吉甫《いんきっぽ》が周の宣《せん》王を輔佐して西の異民族を征伐したことを称えたものである。天下の丞相である曹操の赫々《かっかく》たる戦功を称えるにふさわしい。だが、ごく少数の博学の士はぞっとした。たしかに尹吉甫は周の名臣だが、最後は暗愚な周の幽《ゆう》王によって死に追いやられている。曹操を天寿を全うできなかった尹吉甫になぞらえるとは、呪い殺そうとでもいうのか。郗慮や王朗《おうろう》らは行間をそう読んだものの、曹操が満面の笑みでうなずいているので気づかぬふりをした。しかし、実際は郗慮や王朗らも曹操の笑みを読み違えていた。曹操は若いころ古典に通暁《つうぎょう》しているとして議郎に挙げられた。『詩経』など当然すべて頭に入っており、言外の意味に気づかないわけがない。曹操が笑っていたのは詩が素晴らしいからではない。己の死が近づいていることも気づかずに高歌《こうか》する孔融が滑稽だったからだ。

孔融が「六月」の詩を吟じ終えると、一同は手を叩いてしきりに称賛した。御史大夫の任命を受けた郗慮は曹操に酒を注《つ》ごうとした。「曹公、おめでとうございます」

「わしはかまわん」曹操はその手を止めて誘った。「今日、わしとそなたは陛下より大任を仰せつかった。今後は朝廷の文武百官にいっそう助けてもらわねばならん。どうだ、二人でみなに注いで回らんか」

「それはよいお考えです」郗慮も同意して立ち上がり、曹操のあとに従った。

広間の中央にいた孔融は、曹操と郗慮が近づいてきたので、振り返って自分の杯を手に取った。だが、孔融が向き直ったそのとき、曹操は孔融を無視してそばを通り過ぎていった。孔融はそれを見て怒るどころか喜んだ。曹操に自分の皮肉が通じたとわかったからだ。孔融はさも愉快そうに手酌で酒をなみなみと注いだ。

官位の序列からすると、真っ先に酒を注ぐべきは九卿《きゅうけい》の面々である。徐璆《じょきゅう》、丁沖《ていちゅう》、王邑《おうゆう》らが次々に腰を上げて曹操に返杯した。曹操はとうに出来上がっている丁沖を見てからかった。「この酔いどれめ、先日も酔っぱらって刀を抜き、人を殺すと言って庭じゅう駆け回ったそうだな。本当か？」

丁沖が酔っ払うのはいつものことだが、酒に飲まれて暴れ回るのは珍しい。丁沖は憂いを抱えていた——丁家は三公を出した家柄で、丁沖自身も天子が長安《ちょうあん》から洛陽《らくよう》に帰還するのを手助けした功臣である。かつては曹操とともに許都《きょと》の建設に携わり、大漢の再興を待ち望んでいた。それなのに、思いがけず曹操の野心が増大した。さらには丁《てい》夫人が離縁されて両家の関係に溝が生じている。そして、数十年来の友人にしてかつての親類が、とうとう今日の地位にまで昇り詰めた……その日は飲むほどに憂いが募り、つい取り乱してしまったのであった。

曹操は丁沖が相変わらず酒を飲むばかりで何も答えないので、甘い言葉で機嫌を取ることにした。「いまの官職が気に入らないなら遠慮なく言ってくれ。おぬしのために暇の多い職を用意してやる。息子二人も大きくなったろうから、日を改めて丞相府に連れて来て毛玠《もうかい》に会わせるといい。息子たちにも官職を与えよう。われらは古くからの友人ではないか。そなたの息子らのために心を砕くのは当然のことだ」

「ひっく」丁沖がしゃっくりをした。いまの内緒話も理解できているか怪しいものだ。曹操はため息をつき、かぶりを振りながらその場を離れた。郗慮は礼を失してはならないと、杯を掲げて軽く口をつけると、慌てて曹操のあとにくっついていった——副丞相とは名ばかりの従僕である。

丁沖の次は大司農《だいしのう》の王邑の番である。王邑はかつて河東《かとう》に勢力を張っており、朝廷が高幹《こうかん》と角逐《かくちく》を繰り広げるなかでうまく立ち回ってきた。曹操が強引に杜畿《とき》を河東太守《たいしゅ》に据え、ようやく入朝させたのだ。かつての王邑は河東の主《あるじ》として権勢を誇っていたが、いまは羊のようにおとなしい。曹操はせせら笑いを浮かべながら声をかけた。「王大司農、近ごろはいかがお過ごしかな。河東時代の部下が挨拶に来ることもあるのでは？」

王邑は杯を脇に置くと何度も拝礼した。「丞相の人を見る目は実に確かでございます。杜太守は河東に赴任してから職務に励み、数々の手柄を立てています。わたくしなど足元にも及びません。かつての部下も杜太守の下でお国のために尽力しており、わたくしのことなどとうに忘れたようです。近ごろは体の具合がすぐれず、毎日閉じこもってただただ書と睨めっこしております」王邑はあらぬ疑いをかけられぬよう言葉を尽くして説明したが、話すうちに胸が痛んで涙を流しはじめた。

だが、曹操はこれを不憫に思うどころか大笑いした。「余計なことを考えず自適の生活を送っているとは結構なことです。これまでの人生あれこれ心を砕いてきたでしょうから、しばらく休まれるがよかろう。はっはっは……」

王邑も一時の英傑と言ってよかったが、いまは他人に軒を借りている以上、皮肉られても作り笑いを浮かべるほかなかった。余生を無事に送れればそれで十分である。

王邑の傍らでは、馬騰《ばとう》、韋端《いたん》、段煨《だんわい》らが気ままに話に花を咲かせていた。三人とも関中《かんちゅう》で勢力を張っていた者で、いまは九卿に収まっている。段煨は高齢で、李傕《りかく》を討った功績もあり、曹操との関係も悪くない。韋端と馬騰は、曹操と袁氏の争いの際、曹操の側について手助けした功がある。二人は許都に居を移したとはいえ、韋端の配下は息子の韋康《いこう》が、馬騰の部隊は息子の馬超《ばちょう》がそれぞれ引き継ぎ、いまもなお涼州《りょう》に兵力を擁していた。

韋端と馬騰は都にやって来たばかりである。曹操は顔合わせをした程度なので、この機会に距離を縮めて二人の人となりを見定めたかった。韋端は端正な容貌で言葉遣いにも品がある。さすがは京兆尹《けいちょういん》の名門といったところか。一方、馬騰の体格はたくましく顔は強面《こわもて》で、年は五十過ぎか。席上でもあちこち体を動かして落ち着きがない。官服はまるで借り物のようで、どう見ても朝廷の高官には見えなかった。瞳は褐色で、頬髭は跳ね上がっている。馬騰は中興の名将馬援《ばえん》の子孫だというが、胡人の血が混じっているようだ。曹操が不審そうに自分を眺めているので、朴直《ぼくちょく》な馬騰は単刀直入に聞いた。「丞相さま、なしてそんな顔を？　おいが不細工と思うてんでないかい？　向こうじゃ、みなこげな感じだ」曹操はこれを聞いて目が点になった。

韋端は笑いをこらえるのに必死だ。「丞相、悪く思わないでください。馬衛尉《えいい》は涼州弁がきついのです」曹操も思わず笑った——情勢を落ち着かせるためとはいえ、こんな無骨者を九卿にしてしまったのか……これからも朝堂で「なして」とか「こげな」とか言うようなら通訳をつけねばならんな……

馬騰は屈託なく笑いながらあれこれ話し続けた。曹操はわからなくなると韋端に通訳を求め、かなりの時間をかけてようやく馬騰の境遇を理解した。たしかに馬騰は右扶風《ゆうふふう》の馬氏の末裔だが、馬騰の家系は馬融《ばゆう》や馬日磾《ばじってい》の家系のようには隆盛しなかった。馬騰の父は不遇な日々を送り、天水《てんすい》郡の小さな県の県尉《けんい》になったに過ぎない。その後は官職を失って隴西《ろうせい》に流れ、羌《きょう》族の女を娶《めと》った。そして生まれたのが馬騰だという。そのため馬騰には胡人の血が流れている。父が早くに亡くなったので、馬騰は幼いころから薪割りをして口を糊《のり》していた。のちに辺章《へんしょう》、韓遂《かんすい》、王国《おうこく》らが反乱の兵を挙げると、馬騰は官軍に身を投じて奮戦し、司馬《しば》になった。だが、霊帝《れい》の御代は朝廷が腐敗しており、相前後して任命された涼州刺史《しし》らもろくに務めを果たさなかった。お国のために尽力したいと考えていた馬騰はとうとうその機会を得ず、結局は匪賊に身を落とした。馬騰は勇猛で戦上手《いくさ》なうえ男気に溢れていたので、すぐに仲間内でも頭角を現し、のちには韓遂と協力して賊の首領を殺し、二人で兵馬を分けて涼州に割拠するようになった。

はじめ曹操はこの無骨者を快く思わなかったが、あけすけで愚かとも言えるほどの無邪気さに、しだいに愛らしさを覚えるようになった。馬騰の兵力は段煨や韋端以上である。もし抜け目ない男なら、高官に任じるという曹操の甘い言葉に乗り、兵馬を置いて都にやって来ることはなかっただろう。馬騰は息子の馬超だけを残し、ほかの息子や娘を残らず引き連れて上洛してきた。おそらくは自分が人質であることをわかっていない。

いずれにせよ馬騰をうまく目の届くところに置けたのは喜ばしい。画竜点睛を欠くとすれば韓遂を入京させられなかったことである。韓遂は息子一人を送ってよこしただけであった。曹操は韓遂とは形式的に付き合うこととし、馬騰には恩を売ることにした。「馬衛尉が一家を挙げて都へ移ってきたことは称えられるべきだ。朝廷に上奏して、貴殿の息子の馬休《ばきゅう》を奉車都尉《ほうしゃとい》に、馬鉄《ばてつ》を騎都尉《きとい》に任じよう。また、涼州にいる長子の馬超は偏《へん》将軍に昇格させよう」奉車都尉は皇帝の車馬を司り、騎都尉も秩二千石《せき》で、どちらも実権はないものの光栄な官職には違いない。ただ、曹操にとって偏将軍は忌まわしいものだった。かつてこの将軍位にあったのは梁国《りょう》の王子劉服《りゅうふく》である。劉服といえば玉帯《ぎょくたい》に仕込まれた密勅の一件を思い出してしまう。次には関羽《かんう》が白馬《はくば》と延津《えんしん》の戦いで功を立てて偏将軍となったものの、劉備のもとへ去ってしまった。それからは曹操がこの将軍位をあまり好まないため、長らく空席になっていた。

馬騰は都の言葉を話せないが、聞いて理解することはいくらかできる。曹操が何やら長々と話していたのは、どうやら感謝の意を表しているらしい。曹操は最後に満面の笑みを浮かべた。「わしに心から従ってくれるなら、子々孫々まで栄耀栄華を約束しよう」いままでの曹操なら、こうした場合にはいつも自分を「朝廷」に置き換えていた。それがいまは堂々と、ついにわざわざ朝廷と断ることもなく自分の存在を主張しはじめた。

馬騰らのもとを離れても曹操は終始にこやかだった。ふと顔を上げると、入り口のそばに白髪頭の二人の老臣がいる。光禄大夫《こうろくたいふ》の楊彪《ようひょう》と騎都尉の司馬防《しばぼう》である。曹操は急いで酒を注ぎにいった。「楊公、司馬公、この曹操めの顔を立ててお越しくださったのですか。ああ、どうぞ座ったままで。たしか楊公は足を悪くされていたはず。障りがあってはなりませんから、どうぞ座ったままでいてください」

楊彪は曹操に太尉《たいい》を罷免され、それればかりか投獄されて満寵《まんちょう》に拷問にかけられた。釈放後は足の持病と称して門を固く閉ざし、公私を問わずどんな集まりにも参加していない。だが、さすがに今日ばかりはそうもいかずに顔を出したのだが、案の定嫌味を言われてしまった。司馬防は曹操が孝廉《こうれん》に挙げられたとき尚書右丞《しょうしょゆうじょう》［尚書《しょうしょ》らの補佐］の官職にあった。洛陽の県令になりたいという曹操の要求を尚書の梁鵠《りょうこく》とともに退けており、いたたまれない気持ちである。

かつて自分の頭上であぐらをかいていた二人が、ずいぶん居心地悪そうにしている。曹操は意趣返しの快感を味わいながら、司馬防の肩を軽く叩いて皮肉った。「かつてわしが洛陽の県令になりたいと申したとき、貴殿は洛陽北部尉《らくようほくぶい》［洛陽北部の治安を維持する役職］に任じましたな。いまではどう思いますかな」

司馬防はそつなく答えた。「明公《めいこう》、当時といまでは同日の論ではありません。明公がかつて孝廉に挙げられたとき、あのときは能力、年功からして県尉が適切ではないかと考えた次第です」

「はっはっは、ならばいまは丞相がふさわしいというわけですな。ところで司馬公、ご子息の司馬《しば》朗《ろう》はいま兗《えん》州で官についていますが、わしは非常に高く買っております。今後も昇進させるつもりです。しかし、貴殿は少し出し惜しみが過ぎますぞ。お宅には八人も息子がいるのに、なぜ一人しか力を貸してくれませぬ。次男の司馬……何と言ったかな」

「司馬懿《しばい》と申します」

「そうそう、司馬懿です。わしが何度も辟召《へきしょう》したのに一度もやってきません。まさかわしでは補佐するに足らぬと思っているのでは？」

「と、とんでもございません」司馬防は飛び上がって驚いた。

「まあ、過去のことは問いますまい。お手数だが、ご子息に一刻も早く都へ来るよう勧めてもらえませぬか。決して悪いようにはしませんぞ」曹操はついで楊彪に言った。「たしか楊公にも楊脩《ようしゅう》という子息がおられましたな。年は三十過ぎでしたか。かつてあの禰衡《でいこう》が都に人なし、孔文挙と楊徳祖《とくそ》がいるのみと称したほどの才子。ぜひ丞相府で召し抱えたいと思っているのですが、明日にでも来るよう言ってください。老婆心ながら、跡継ぎが大きくなれば前途を考えてやるのが親の務め。ぶらぶらして破廉恥な輩と付き合うなどもってのほかでしょう」これはもちろん孔融のことである。

楊彪はひと言も発することなく屈辱に耐え忍んだ。そして杯を持ち上げると、憂いに沈んだ顔でぐっと飲み干した――楊家は四代にわたって三公を輩出した家柄、これまで徳行に欠けたことなどない。それが今日のように落ちぶれて、曹孟徳《もうとく》ごとき腐れ宦者《かんじゃ》の子孫に侮辱されるとは……人生という酒はなんと苦いものか。

曹操は二人にひとしきり皮肉を浴びせると、機嫌よく広間を下りて、外にいる群臣たちと一緒になって酒を飲んだ。広間に上がれない下級の官吏たちはみな曹操の一派である。誰もが満面に笑みを浮かべて熱心に酒を勧めてきた。曹操は七、八杯も立て続けに飲むと顔がますます赤くなってきた。郗慮はそれを見て控えさせようとしたが曹操は郗慮を押しのけ、ふらふらとした足取りで、今度は議郎の金旋《きんせん》と韓玄《かんげん》が座る卓の前にやってきた。

金旋、字《あざな》は元機《げんき》、京兆尹の出で、かつて曹操が追い払った兗州刺史の金尚《きんしょう》の実弟である。韓玄は河内《かだい》の出で、中護軍《ちゅうごぐん》の韓浩《かんこう》の兄である。曹操と良好な関係にある二人は満面に笑みを浮かべ、二人で争うように媚《こ》びへつらった。

曹操は金旋をじっと見つめて言った。「この曹孟徳が申し訳なく思う者を挙げるなら、そなたの兄もそうだ。あのとき令兄《れいけい》を兗州から追い出していなければ、むざむざと袁術《えんじゅつ》の手にかかって死ぬこともなかったであろう。令兄に申し訳ないと思えばこそ、そなたにつらい思いはさせぬ。まもなく南征の兵を出すが、そなたにも従軍してもらうぞ。長江の南岸を手に入れた暁には、そなたを郡守にするつもりだ」曹操は公然と私情を優先して官職をやると口にした。

「お引き立てくださりありがとうございます」金旋はうれしさのあまり泣き出した。「天に昇った兄の御霊もきっと丞相のお心遣いに感謝しておりましょう」

「これくらいで泣くことがあるか」曹操は金旋を慰めると、ついで韓玄に声をかけた。「そなたら兄弟は長年従軍して少なからぬ功績を挙げておる。ぞんざいにはせぬぞ」

「感謝いたします」韓玄は文武のどちらにも秀でておらず、ただ朝廷で古株というだけだ。それなのに思いがけず登用を約束されて喜んだ。

曹操の杯が空くと韓玄がすかさず酒を注いだ。曹操が次の席へふらつきながら進もうとしたとき、長史《ちょうし》の王思《おうし》が外から笑みを浮かべて駆け込んできた。「お喜び申し上げます。朝廷に吉報がもたらされました」

「どんな吉報だ？」杯を重ねていた者たちが一瞬にして静かになった。

王思は顔をほころばせて報告した。「劉璋《りゅうしょう》が益州従事《えきじゅうじ》の張粛《ちょうしゅく》を使者に立てて朝貢してきました。先だって陰溥《いんほ》に言い聞かせたのが奏功したのか、こたび張粛は蜀錦《しょっきん》に絹帛《けんぱく》、陛下への贈り物のほか、叟《そう》(1)の兵を三百人も贈ってまいりました。どうやら劉璋には土地を差し出して帰順する考えがあるようです」

「益州からの朝貢に異民族の帰順、これは祥瑞《ずいしょう》でございます」韓玄がすぐさまお追従《ついしょう》を述べた。

「まだあります」王思は言葉を続けた。「議郎の周近《しゅうきん》が匈奴《きょうど》と話をつけました。左賢王《さけんおう》が蔡昭姫《さいしょうき》を漢に送り返すことに同意したそうです」高幹の死後、并州《へいしゅう》は曹操が支配している。時の人である曹操のご指名とあっては匈奴も返さざるをえない。

郗慮は杯を掲げると高らか呼びかけた。「大漢の威光が四海を照らし、夷蛮戎狄《いばんじゅうてき》も続々と臣服してまいりました。みなでともに乾杯し、わが朝の栄光を祝おうでは……」

「郗公はわかっておりませぬ」金旋は郗慮の言葉を横取りした。「これは何もかも曹公……いえ、丞相の功績です。みなで丞相のために祝杯を挙げましょう！」

曹操はもう十分に酔っていたが、その後も一同から酒を注がれ、ふいに妄想が頭をもたげてきた――天下を平定して帝位に即くのは時間の問題だ。劉表《りゅうひょう》、孫権《そんけん》何するものぞ。わが大軍が攻め込めば、たちまち兜を脱ぐに違いない。

いまの曹操は一切の制約から解き放たれ、憚るものは何もなかった。五十年あまり生きてきて、今日ほど愉快な気分になったことはない――天地がいかに広くともわしにはかなわぬ。民らはみな、わが足元にひれ伏す宿命なのだ。

曹操はさらに妄想をたくましくした――そうだな……天下を統一したら大漢の朝廷を率いて国を治め……いや、違う……新たな朝廷の先頭に立って太平の世へと踏み出そう。そして堯《ぎょう》、舜《しゅん》、禹《う》、湯《とう》、古《いにしえ》の聖王をはるかに凌《しの》ぐ存在となるのだ！

曹操は酒に詩興を催され、石段へと踏み出すと、杯を掲げて高らかにうたいだした。


酒に対《むか》いて歌わん、太平の時、吏は門に呼ばず。

王者は賢にして且《か》つ明、宰相 股肱《ここう》は皆忠良。

咸《み》な礼譲あり、民は争訟《そうしょう》する所無し。
三年耕せば九年の儲《たくわ》え有り、
倉穀《そうこく》は満ち盈《み》ち、斑白《はんぱく》は負載《ふたい》せず。
雨沢《うたく》此《か》くの如くして、百穀《ひゃっこく》用《もっ》て成り、
走馬《そうば》を却《しりぞ》け、以て其の土田《どでん》に糞《つちか》う。
公侯伯子《こうこうはくし》男《だん》を爵せば、咸な其の民を愛し、
以て幽明《ゆうめい》を黜陟《ちゅっちょく》し、子のごとく養いて父と兄との若《ごと》き有り。
礼法を犯せば、軽重は其の刑を随《したが》う。
路《みち》に拾遺《しゅうい》するの私《わたくし》無く、
囹圄《れいぎょ》は空虚にして、冬節《とうせつ》にも人を断ぜず。
耄耋《ぼうてつ》は皆以《もっ》て寿の終わるを得、恩沢《おんたく》は広く草木昆虫に及ぶ。
[酒を前にして太平の世を歌おう。徴税の官吏が門で呼び声を立てることもない。
君主は才智と徳行を兼ね備え、宰相も股肱の臣も忠義に厚く善良である。
誰もが礼儀を重んじ、民も争い訴えることはない。
三年田畑を耕せば九年分の貯えが得られ、
蔵には穀物が満ち満ち、老人が働く必要はない。
君主の恩沢はこれほどで、いろいろな穀物が豊かに実り、
軍馬を戦に用いることなく、田畑で肥料を施すために使う。

公侯伯子男の爵位を持つ者は、みな封邑《ほうゆう》の民を慈しみ、
暗愚な者は罷免して賢明な者を登用し、民を自分の子供のように慈しみ養って父や兄のようである。
礼法を犯せば、その軽重によって刑罰の重さが決まる。
道に落ちている物を拾って自分のものにするような者はおらず、
牢屋は空っぽで、よく処刑が行われる冬至にも処刑がない。
老人たちはみな天寿を全うし、君主の恩徳は広く草木や昆虫にまで及ぶ」

政《まつりごと》は公明正大、五穀豊穣、民は安寧で老いや病の心配もない。悪事は起こらず、みな善良で争いもなく、民は誰もが平等で恩沢は万物に行き渡る――ここにうたわれているのは、まさに『礼記《らいき》』に記された「大同《だいどう》世界［人類が一つとなった理想の社会］」である。曹操の見立てでは、戦火を収めることはもはや問題ではない。今後取り組むべきはいかにして世を治めるかだ。もはや天下は曹操の手の内にある。その場に居合わせた一同は、曹操に好意を抱いていない者でも、この歌に心を揺さぶられた。天下が乱れて二十年あまり、各地の戦乱でおびただしい血が流れたが、そろそろ終わらせるべきではないか。劉家の天下がこのまま続こうとも、あるいは曹家の天下になろうとも、そろそろ誰もが気を楽にして安心な暮らしを送っていい。

「ご列席のみなさま！」董昭《とうしょう》が突然立ち上がった。そして誇らしげに曹操のそばまでやってくると、一同をぐるりと見渡して高らかに宣言した。「いましがた詩に詠まれた聖賢こそ、まさにわれらが丞相のことであります。その功績においては天下に比肩しうる者はなく、民を苦しみから救った丞相は

まこと天下第一の英傑にして、われらが九州《きゅうしゅう》［中国全土］の柱石！　いかがでしょう。みな立ち上がって丞相に献杯し、ご長寿とご安泰を言祝ぐというのは！」

これは献杯などではない。曹操に対する忠誠を試す踏み絵である。立ち上がらない者がいればひと目でわかる。華歆、王朗、陳羣はすでに孔融を見限っており、真っ先に立ち上がった。段煨、馬騰、韋端らは、なお自分たちの話に夢中であったが、それでも周りに合わせて立ち上がった。王邑も慌てて力なく立ち上がる。楊彪と司馬防の二人もため息交じりに支え合いながら立ち上がった。郗慮はもちろん曹操の背後に侍立《じりつ》している。広間の外にいる者に至っては言うまでもなく、金旋や韓玄らが率先して立ち上がると、みな我先にと続いた。

ただ二人、動かなかった者がいた――丁沖はすっかり酔いつぶれて人事不省に陥り、卓に突っ伏していびきをかいている。孔融も酒甕《さけがめ》を抱いて眠っていた。だが、孔融のほうは本当に酔いつぶれて眠っているのかわからない。

董昭はそんな孔融には目もくれず、杯を高く掲げた。「丞相の恩沢は天下にあまねく行きわたる。さあ、われら全員で丞相のご長寿とご安泰を祈念申し上げましょう！」

「丞相の恩沢は天下にあまねく行きわたる……丞相のご長寿とご安泰を祈念申し上げます……」

心の奥底から祝う者、悲しみに堪えない者、風向きを見て従う者、それぞれの思惑を含んだ祝福の声が一つとなり、瓦を震わさんばかりに堂内に響き渡った。曹操は居並ぶ者たちを尊大な態度で眺め、心地よい称賛に酔い痴れながら満足そうに何度もうなずいた。

（1）叟は「氐叟《ていそう》」「青叟《せいそう》」とも呼ばれ、漢代から晋代《しん》にかけて甘粛《かんしゅく》、陝西《せんせい》、四川一帯に暮らしていた少数民族である。のちに徐々に漢化し、いまは存在しない。

御史大夫《ぎょしたいふ》

賑やかな宴は日暮れどきまで続いてようやく散会した。一堂に会した重臣らは一様に愛想笑いを浮かべて曹操の機嫌を取っていたが、内心は不安や怯《おび》え、やるせなさに苛《さいな》まれており、丞相《じょうしょう》府の正門を出たところでやっと胸をなで下ろした。誰しも官界の浮き沈みを何十年もつぶさに目にしてきた者ばかりである。曹操が何を考えているかは手に取るようにわかる。漢室の天下を保つことは多くの者にとっての宿願だが、曹操が権力を一手に握るいまとなっては重臣たちにも抗《あらが》う力はない。「其の光を和らげ、其の塵に同ず［才能や学識を隠して俗世間と交わること］」に徹し、残りの人生を穏やかに送るのが関の山である。漢室復興の願いは、風に吹かれた落ち葉のようにどこかへ消えてしまった。

だからと言って、誰もが安穏とした生活を送れるわけではない。老司徒《しと》の趙温《ちょうおん》は幸いにも無事に致《ち》仕《し》したが、御史大夫に任じられた郗慮《ちりょ》は曹氏一派に無理やり加えられてしまった。曹操が三公《さんこう》を廃止して丞相を復活させたのは、明らかに朝廷の権限を独り占めするためである。それなのに郗慮を御史大夫につけた。その理由は郗慮本人さえ聞かされていない。漢の古制に照らせば、御史大夫は副丞相に相当し、政《まつりごと》に口を出して百官を監察する権限を有す。だが、郗慮が拝命した御史大夫は理解に苦しむものだった――御史中丞《ぎょしちゅうじょう》や侍御史《じぎょし》を動かせず、御史大夫府を開くことも許されないのだ。御史中丞らを動かせないのだから、百官を監察する権限がない。また、御史大夫府を開いて掾属《えんぞく》を辟召《へきしょう》できないのだから、政に関与する権限もない。これでは名ばかりで、何の実権もないではないか。

いきなりかぶせられた御史大夫の冠は断ることも投げ捨てることもできず、郗慮に尽きることのない悩みをもたらした。ほかの者なら曹操に表立って反対できずとも、逃げ出せたかもしれない。だが、郗慮は丞相に次ぐ御史大夫という立場上それもできず、初日から思いのほか苦しむことになったのである。宴席では副丞相として、酒を注いで回る曹操に付き従った。やる気のないそぶりも、目立つような真似も許されない。ただひたすら愛想笑いを浮かべて頬がひきつった。ようやく散会となり、屋敷へ戻る馬車に乗り込むと、口を開くのも億劫なほどに疲れ果てていた。

だが、それで終わりではなかった。屋敷の門前に到着した途端、馬車を降りる前から使用人頭が大慌てで駆け寄ってきた。灯《あか》りをかざして報告する。「申し上げます。半刻［一時間］前から客人がお見えで、屋敷のなかでお待ちです」

郗慮は溜まりに溜まった不満をぶちまける機会とばかりに、使用人頭に当たり散らした。「誰が勝手に屋敷に入れることを許した。わしは誰とも会いたくない。すぐにそいつらを追い出せ！」

使用人頭は困惑した表情で郗慮に近づくと、小声で説明した。「お越しになったのは丞相府の掾属たちです」

「何だと?」郗慮の苛立ちもあっという間に消え失せた――まさか曹操が？　さっきまで一緒にいたのだ。直接伝えれば済むところを、なぜわざわざ密かに人をよこしたのだ……

「すぐにでもお会いになったほうがよろしいかと。たいそう偉そうな三人で、わたくしが勝手には屋敷に入れないと言うと、平手打ちを食らわされました……だ、旦那さまなど……」使用人頭は怖気《おじけ》づいて口をつぐんだ――郗慮など取るに足りぬ、丞相府の掾属らはそう豪語したのだ。

曹操が丞相となったいま、丞相府の下僕ですら大威張りである。郗慮とてぞんざいに扱うことはできない。やむなく疲れた体を引きずって客間に向かった。すでに亥《い》の刻［午後十時ごろ］が迫り、屋敷はすっかり闇に包まれていたが、客間にだけは小さな灯りがともり、卓のそばに座る三人の客の姿がぼんやりと浮かび上がった。

「郗公、ようやくお戻りになりましたか」まったく遠慮する様子もなく上座に座った男はわざとらしい口ぶりで続けた。「御史大夫へのご就任、おめでとうございます。われらはお祝いを申し上げに参りました」そうは言いつつも、立ち上がるそぶりさえ見せず、郗慮に対する敬意はまったく感じられなかった。

郗慮は目をこすると、ほのかな明かりを頼りに相手を確かめた――話しかけてきた男は痩せて背が低い。馬面《うまづら》に寄り気味の眉で、上目遣いをしている。口は尖って頬はこけている。曹操配下の校事《こうじ》、盧洪《ろこう》である。その右手には丸々とした顔に笑みを浮かべ、ぶくぶくと太った男がいる。もう一人の校事、趙達《ちょうたつ》である。あとの一人は色白で長い髭を蓄え、襟を正して座っている。郗慮に恭《うやうや》しく拱手《きょうしゅ》してきた。丞相府を代表する書き手の路粋《ろすい》、字《あざな》は文蔚《ぶんうつ》であった。

路粋はまだいい。だが、盧洪や趙達はろくでなしである。厄介事を持ってきたに違いない。郗慮は体じゅうがぞくぞくと震えた。曹操に次ぐ高位の御史大夫でありながら、思わず三人の属吏に拝礼しようとした。

趙達は笑いながらそれを制した。「おやおや、われらの身分で郗公の拝礼を受けるわけにはいきません。どうかそのままお座りください」趙達は郗慮に着席を促すと、入り口に立つ使用人頭に退《さ》がるよう合図した。使用人頭は扉を固く締めて出ていった。郗慮の屋敷の使用人に対して、まるで自分が主人であるかのような振る舞いである。

三人が上座に座っているため、屋敷の主《あるじ》たる郗慮が客座に腰を下ろすことになった。気が気でない郗慮は早速尋ねた。「こんな夜更けにいったい何の用かな」

「実は喜ばしいことがあり、郗公のお手を煩わせることになりまして」趙達がにやにやしながら答えた。「文蔚殿、例の品を郗公にお見せしてください」

路粋は趙達を軽蔑しているのか、返事もせずに懐から竹簡を取り出すと、直接郗慮に手渡した。喜ばしいこと……郗慮はそれを言葉どおりに受け取っていいものかわからないまま竹簡を受け取った。暗くぼんやりとした部屋ではよく見えない。郗慮は腰をかがめて竹簡を灯りに近づけた。そして、冒頭の一行を見ただけで腰を抜かさんばかりに驚いた――太中大夫孔融《たいちゅうたいふこうゆう》既に其の罪に伏す！

「こ、これは孔文挙《ぶんきょ》の罪状ではないか」郗慮は驚きのあまり、危うく竹簡を灯火の上に落とすところだった。

趙達は笑い飛ばした。「郗公は平素から孔融と折り合いが悪く、朝堂では幾度となく言い争いをしておられた。皇帝陛下が処刑なさろうというのです。郗公の鬱憤を晴らしてくださるというのですから、これほど喜ばしいことはありますまい」

趙達の言葉がでたらめなのは、もちろん郗慮にもわかっている。天子が自ら孔融を処刑するなど考えられない。この竹簡は路粋が曹操の意を受けてでっち上げたものだ。孔融と馬が合わないのは確かだが、だからといって死ねばいいとまで思ったことはない。いや、むしろ不憫にさえ思えてくる。郗慮は心を落ち着けて読み続けた。

太中大夫孔融 既に其の罪に伏す。然《しか》るに世人 多く其の虚名を采《と》り、核実《かくじつ》を少《か》く。融の浮艶《ふえん》にして、変異を作《な》すを好むを見、其の誑詐《きょうさ》に眩《くら》み、復《ま》た其の乱俗を察せざるなり。此の州の人説くに、平原《へいげん》の禰衡《でいこう》は融の論を受け伝え、以《もっ》て父母の人と親《しん》無きは、譬《たと》えば缶《ほとぎ》の器の若《ごと》く、其の中《うち》に寄りて盛るのみと為す。又言う、若し飢饉に遭いて父不肖なれば、寧《むし》ろ余人を贍《すく》い活かすべしと。融 天に違《たが》え道に反《そむ》き、倫を敗り理を乱す。市朝《しちょう》に肆《さら》すと雖《いえど》も、猶《な》お其の晩《おそ》きを恨む。更に此の事を以て上に列《つら》ね、諸軍の将校掾属に宣示《せんじ》し、皆に聞見《ぶんけん》せしめよ。

「太中大夫の孔融はすでに罪に服した。しかし、世間の者たちは孔融の虚名を取り上げるばかりで、内実を調べようとしない。孔融が美辞麗句を並べ立て、好んで奇抜なことを行うのを目にし、そのごまかしに惑わされ、良風美俗を損なっていることに決して考えが及ばない。ここ豫《よ》州の者は、平原郡の禰衡が孔融の論を伝えて、父母が子と関係ないのは水と甕《かめ》のようなもので、子が生まれる前に一時的にそのなかにいるだけだと言っているという。また、もし飢饉に遭ったとき、父親が愚かだったならば、ほかの者に食べ物を恵んで命を助けよと言う。かように孔融は天に背いて道を踏み外し、人倫を損ない道義にもとる。市中に屍《しかばね》をさらすも、遅きに失したと残念に思うほどである。以上のように、改めてこのことを記すゆえ、諸軍の将校や掾属に示してこれを熟知させよ」

曹操は孔融に、妄言で民を惑わし、三綱五常《さんこうごじょう》を乱し、天意に反したという罪を無理やり着せようとしている。これは迫害であり、名士に対する冒瀆《ぼうとく》にほかならない。とりわけ恐るべきはその書き出しである。「孔融 既に其の罪に伏す」、つまりこれは孔融の処刑後に世間に発布するものなのだ。まだぴんぴんしている者の死後の準備を進め、処刑するだけでは飽き足らず、その名を貶《おとし》めようとしている。この世にこれほど陰険なことがあろうか。

「こんな馬鹿な話があるか！」普段は温和で上品な郗慮もさすがに怒りを露わにし、自身の論敵のために弁護した。「孔融は四海のうちでも、知らぬ者とてない当代きっての名士だ。あやふやな罪をなすりつけて刑に処するなど、誰も納得せんぞ。天の理《ことわり》はどこにある？　良知すらなくしたか⁉」そう声を荒らげると、竹簡を思い切り床に叩きつけた。

路粋は罪状を拵《こしら》えた張本人だが、曹操の命《めい》を受けてやむをえずしたことであり、郗慮の辛辣な批判に言葉を失くしてうなだれた。だが、盧洪はそんなことにはおかまいなく、下から覗き込むようにして睨みつけた。「郗鴻豫《こうよ》、無礼であるぞ！　副丞相になったからといって調子に乗るな。いいか、おぬしを殺すことなど蟻《あり》を踏みつぶすより……」

「まあまあ、落ち着いてください」趙達が笑いながら割って入った。「盧殿も何もそこまで……郗公の仰ることももっともです。たしかにこんな曖昧な罪で死刑にするのは無理があります。しかし、孔文挙は北海《ほっかい》の相《しょう》を務めていたころ、袁紹《えんしょう》とつながりがありませんでしたか？　それに張紘《ちょうこう》とも付き合いが深く、密かに孫権《そんけん》と通じている疑いもあります。われわれはもっと大きな問題について取り上げるべきかもしれませんな」趙達はうららかな春のように穏やかな笑みを浮かべながら、売国奴という罪をでっち上げた。

郗慮は、この卑劣な小人《しょうじん》をじっと睨みつけ、怒りに全身が打ち震えるのを感じた。「き、貴様ら、ここを出ていけ！」

「そういらいらなさいますな」趙達は落ち着いたままである。「肝心な話をまだしていません。いまわたしが話した罪状はこちらの竹簡には書かれていません。それは郗公による上奏文にて糾弾していただきたいのです」

「ど、どういう意味だ？」

それには盧洪が、ぞっとするような冷たい声で答えた。「単刀直入に言いましょう。おわかりかと思いますが、これは死後に発布するものです。しかし、孔融を弾劾する上奏は別に必要です。それを郗公に作ってもらいたいのです」

「なんだと？」郗慮は雷にでも打たれたかのような衝撃を受け、そばの卓上に突っ伏した。郗慮が孔融を嫌っているのは確かだが、そりが合わないといっても、相手を亡き者にしたいと思うほどではなかった。孔融は好き嫌いが激しく、大義を重んじて小事にこだわらない。一方、郗慮は模範的な読書人で、曹操に対しても付かず離れずを守っている。かたや聖人の子孫、かたや大学者の門生《もんせい》で、互いに驕って相手を軽んじている節がある。そして郗慮は曹操の力を借りて孔融より上の立場にいるが、だからと言って不倶戴天の間柄というわけではない。それどころか孔融の才学と名声には一目置いている。もし自らの手で稀代の文人をあの世に送ってしまったら、天下の者たちに何と非難されるだろうか。

趙達は郗慮が微動だにせず黙っているので声をかけた。「ご心配なく。ただの上奏文ではありませんか。あとのことはほかの者がきちんと処理しますから」

「こ、これは丞相のお考えなのか」

盧洪は眉をひそめた。「どうして丞相を巻き込もうとするのです。この件は丞相とは関係ありません」

趙達も蛇足ながら言い添えた。「郗公、われらは丞相に迷惑をかけてはなりません。それよりご自身の職責をよくお考えください。郗公は御史大夫です。不法な輩を弾劾し、お国のために裏切り者を除くのが貴殿の職務ではありませんか。わたしの申していることは間違っていますか」御史中丞や侍御史を動かすことはできないのに、忠臣への死刑宣告だけやらせるとは……

ようやく郗慮にもわかった。これが御史大夫の役目なのだ。決して曹操の引き立て役などではなく、曹操の代わりに異を唱える者を除き、曹操の代わりに人を陥れ、曹操の代わりに凶行を重ね、曹操の代わりに唾棄されるのだ。

「どうですか？　腹は決まりましたか」

「わしにはできぬ……」郗慮は歯がみした。「わしは貴様らのような恥知らずな走狗《そうく》ではない！」

「この老いぼれめ！　下手に出ればつけ上がりやがって」盧洪が郗慮の襟首をつかみ、手を振り上げて平手打ちを食らわそうとした。

「待つんだ！」趙達が盧洪を止めた。「『刑は大夫《たいふ》に上らず［刑罰は官僚に適用されない］』と言う。副丞相に手を上げるなどもってのほか」趙達はにたりと笑うと、郗慮の耳元でささやいた。「郗公、われらがどう孔融を処罰するつもりかご存じですか。孔融本人だけでなく、一族郎党を皆殺しにするのです。酒を味わい珍味に舌鼓を打ち遊山に出かける、それもすべては命あってこそ。死ぬのはもったいないと思いませんか。郗公、あなたは鄭玄《じょうげん》先生の自慢の門生、名声も四海に轟いておいでです。お屋敷にはお子さんやお孫さんも大勢いるでしょう。奥方は賢明で、お子さま方も孝行だとか。もし瞬く間に、みなさんが残らずあの世に旅立ってしまったら……」

郗慮は、満面に笑みを浮かべる非道な輩をおののきながら見据えた。「わしを脅す気か」

「だったら、どうだと言うのです」盧洪は躊躇《ちゅうちょ》なく答えた。「郗公がやらぬなら別の者を探すまで。そうなったら皆殺しにされるのは孔融一家にとどまらんでしょうな」

「わしに何の罪がある!?」

「あなたは孔融の一味です」盧洪が言下に答えた。そんな話をいったい誰が信じるというのだ。だが、権力を持つ者はその手に首掻き刀を握っている。権力者が黒と言えば、白も黒になる。道義や廉恥など意味をなさない。

趙達の口調は相変わらず穏やかかつ親しげであった。「盧殿、これはまた軽率なことを。郗公を困らせてどうするのです。郗公も覚えておいでのはず。趙彦《ちょうげん》や董承《とうしょう》、梁《りょう》国王子の劉服《りゅうふく》といった前車の轍があるでしょう。郗公は鄭玄先生の自慢の高弟、刑を受けるような辱めは耐えられますまい。不幸にもそんな日が来ようものなら、郗公はそのお体ばかりか名誉も失い、鄭玄先生も草葉の陰で安らかに眠れぬでしょう。口さがない者たちは鄭玄先生まで謗《そし》るに違いない。刑を受けるような弟子を取るなど見る目がないだとか、実は大した才覚もなく、名声もあの手この手で得たものだろうとか……いかがです？　妻子に禍《わざわい》が降りかかっても、先師の顔に泥を塗ってもかまわんのですか？」

郗慮は震えが止まらなかった。だが、それは憤りのせいではない。恐怖のためだった。

「われらも郗公によかれと思って申し上げているのです」趙達はもっともらしい言葉を続けた。「鼂《ちょう》錯《そ》や袁盎《えんおう》の件をご存じでしょう？　鼂錯は景《けい》帝に袁盎を殺害するよう求めました。袁盎には鼂錯を陥れるつもりがなかったのに、二人はそりが合いませんでした。そこで袁盎はやむなく先に手を下したのです。郗公と孔融も同じではありませんか。もし貴殿が先に手を打たなければ、孔融が先に手を下すでしょう。孔融と貴殿、どちらが死ぬべきか、よくよくお考えください……」

「丞相に会う！」郗慮は最後のあがきを見せた。「丞相にお会いして、事の次第をはっきりさせねば！」

「残念ながら丞相にはお会いできません」趙達はかぶりを振った。「丞相は明日の朝早く軍に赴かれます。劉表に奇襲を仕掛けるべく、すでに曹仁《そうじん》殿と曹洪《そうこう》殿が精鋭を集結させているのです。今宵くらいは丞相も酔いつぶれているだろうとお思いでしたか？　とんでもない、しゃきっとしたものです」

「もう無駄話はいいだろう」盧洪は面倒くさくなって毒づいた。「老いぼれ、弾劾するのかしないのか、はっきり返事をしやがれ。御史大夫を降りるなら、替わりたくてうずうずしている連中が列をなしているんだ。弾劾しないなら覚悟しておくんだな」

郗慮もとうとう打ちのめされた――自分一人が死ぬだけならいい。だが、家族に何の罪がある？　先師にどんな過ちがあるというのだ！――郗慮は突っ伏したままむせび泣いた。ひとしきり泣いてようやく声を絞りだした。「……やる、なんでもしよう……ううう……」

「やっと話がついたな」盧洪は肩の荷が下りたところで、最後に憎まれ口を叩いた。「まったく似非《えせ》君子どもは面倒くさいったらないぜ」

趙達は手を伸ばして郗慮を助け起こした。「そう嘆くことはありません。老婆心ながら『中庸《ちゅうよう》』にも、『誠なる者は、自ずから成るなり［誠とはおのずからそうあるもの］』とあります。決心なさったからには誰かにやらされているとは思わずに、自ら進んで誠心誠意やることです」孔融を処刑するために自分を利用するという趙達らの魂胆など、郗慮も当然見抜いていたが、袖で顔を覆ってただ泣くことしかできなかった。趙達は最後まで笑みを浮かべている。「時間も遅く、これ以上お休みの邪魔をするわけにもいきません。仔細については丞相が出兵したあとで相談しましょう。どのみち、この件は丞相とは無関係なのですから。では、これにて失礼いたします。郗公に嫌われては困りますからね」そう言って出ていこうとしたが、戸のところで振り返ると不敵に笑った。「お気を落とさず、お体を大事になさってください。何しろ貴殿はわれらのような恥知らずな走狗とは違うのですからね。へへへ……」

趙達と盧洪は嫌らしい笑い声とともに大手を振って出ていった。路粋はずっと黙ったまま、目の前の一部始終を呆然と眺めていた。慰めの言葉をかけようとしたが、結局は何も言わずに深々と一礼しただけで去っていった。

郗慮は床に座り込んで泣き続け、自責の念に苛まれた――孔文挙、そなたの勝ちだ。そなたに見下されるまでもなく、わしは自分自身を見下すぞ。ああ天よ、富めば則《すなわ》ち事多く、寿《ひさ》しければ則ち辱《はじ》多しとはこのことか！　何という世の中なのだ。弱者にまた別の弱者を害するよう脅すとは、ほとんど魑魅魍魎《ちみもうりょう》の住む世界ではないか！

第九章　劉表《りゅうひょう》の急死と荊《けい》州降伏

劉琮《りゅうそう》、土地を差し出す

建安《けんあん》十三年（西暦二〇八年）七月、曹操は荀彧《じゅんいく》の策に従って、于禁《うきん》、張遼《ちょうりょう》、張郃《ちょうこう》らの七部隊を潁川《えいせん》に配して南征すると見せかけ、その裏で精鋭部隊を率いて密かに間道を進み、葉《しょう》県を通って宛《えん》城［ともに河南省南西部］に奇襲を仕掛けた。劉表の支配下にある漢水《かんすい》北側の各地は虚を衝《つ》かれ、たちまち大騒ぎとなった。曹操軍は破竹の勢いで攻め進み、南陽《なんよう》の大半の県城がわずか半月のあいだに陥落した。

この猛攻に対し、襄陽《じょうよう》［湖北省北部］では対抗策を打ち出せず大混乱に陥った――病床に伏していた劉表は曹操軍の侵攻を聞いて病状が悪化し、とうとう帰らぬ人となった。享年六十七であった。

強敵が迫っているときに主《あるじ》を失い、劉備《りゅうび》と劉表の長男である劉琦《りゅうき》が兵を擁しているため、襄陽の群臣にはまったくなす術がなかった。そこで蔡瑁《さいぼう》と蒯越《かいえつ》が大勢を掌握し、劉琦の弟である劉琮を荊州の主の座に据えて事態を落ち着かせた。劉表の葬儀も執り行われたが、事態が切迫しているため万事簡略に済ませた。幸い陵墓は劉表の前妻が亡くなったときに造成してあり、副葬品もすでに整えられていた。みな白い喪服を着込み、劉琮が臣下を引き連れて父の棺を陵墓のなかに安置すると、墓前で形ばかりの哭礼《こくれい》をしただけで葬儀は終わった。一同は慌ただしく城内に戻り、すぐに今後の対策を協議しはじめた。

大広間は、戦《いくさ》に出ている将を除けば勢揃《ぞろ》いで、足の踏み場もないほど人でごった返した。みな一様に白い喪服を着ているので、見渡す限り白一色に染まっている。新しく荊州牧となった劉琮は二十歳になったばかり。端正な顔立ちのなかにまだ幼さが残り、体つきも同年齢の者と比べて明らかに小さく、痩せていた。むろん覚悟を決めて父のあとを継いだのだが、強敵が迫るこのときに喪服に囲まれるのは不吉な気もする。ただ、御簾の後ろには継母の蔡《さい》夫人が控え、左右には蒯越と蔡瑁の二人が侍っているおかげで、何とか気持ちを落ち着けることができた。

「諸君……」主君として臣下に話をするのはこれが初めてである。劉琮はまだ恥ずかしさをぬぐい切れなかった。「曹操の侵攻は止まるところを知らず、新野《しんや》〔河南省南西部〕以北の城を相次いで失ったうえ、この危機を前に父上まで身罷った。敵を退ける良策があれば遠慮なく述べてほしい」

群臣は何も答えない。蒯越や蔡瑁も息を殺して黙っている。

劉琮は眉をしかめ、やむをえず再び呼びかけた。「兄にはわが地位を奪う下心があり、いまも兵馬を擁して江夏《こうか》にいる。父上の葬儀は急のこととて知らせておらず、わたしが荊州の主となった。もし兄が兵を率いて攻めてきたらどうすればいい？」

群臣は隣同士でひそひそとささやき合うだけで、やはり何か進言する者はいなかった。蒯越は眉間に深い皺《しわ》を刻み、幾度か口を開きかけたが、結局は何も言わずに俯《うつむ》いた。蔡瑁も虚《うつ》ろな眼差しで成すところを知らず、ぼんやりと立ち尽くしている。

「はあ……」劉琮はしきりにかぶりを振って訴えた。「ここ襄陽にはこれだけの者がおりながら、わたしの力になってくれる者は一人もいないのか」実のところ、群臣に劉琮を手助けするだけの力がないのではない。いまのこの内憂外患の状況下において、すでに心変わりしていたのだ。

「わたくしはわが君の力になりたく存じます！」そのとき伊籍《いせき》が決然と立ち上がった。「当面の急務は江夏に遺言書を送り、理を説き情に訴えて、兄君を慰めることです。そのうえで劉備と文聘《ぶんぺい》らの兵を漢水に集結させ、江陵《こうりょう》の糧秣《りょうまつ》と輜重《しちょう》をこちらに回し、全軍の将兵に褒美を与えてねぎらいます。そこで、わが君は自ら漢水のほとりまで出向いて将兵を激励するのです。主従とご兄弟が心を一つにして敵に当たれば、荊州を守り抜けましょう」

劉琮にも漠然とした考えはあったが、伊籍がはっきりと示してくれたので、すぐさま決断し、軍令用の小旗に手を伸ばそうとした。しかしそのとき、「なりません」という低く力強い声が耳に飛び込んできた。劉琮が声の主を見ると、東曹掾《とうそうえん》の傅巽《ふそん》である。涼州《りょうしゅう》北地《ほくち》郡の出で、かつては朝廷で尚書郎《しょうしょろう》を務めていたこともある。戦乱を逃れて荊州に来たところを劉表に辟召《へきしょう》され、鎮南《ちんなん》将軍府でもかなりの声望がある。

「伊機伯《きはく》の考えは間違っています」傅巽は劉琮に拱手《きょうしゅ》してから異を唱えた。「果たして、わが君と兄君のこじれた関係がすぐに修復されるでしょうか？」傅巽の言葉に群臣も口々に同意した。「まことに仰るとおり」

その点では劉琮も自信がなかった――劉表が亡くなる直前、江夏から劉琦が見舞いに駆けつけたのだが、屋敷を守る張允《ちょういん》が追い返していた。それというのも、劉表がいまわの際《きわ》に朦朧とした意識のなかで、やはり長男を跡継ぎにすると言い出すことを懸念したためである。張允は、江夏の守りを疎《おろそ》かにすべきではないという口実を設けて、劉琦を屋敷に入れもせず襄陽から追い出した。父親の最期にひと目会うことさえ許さなかったのである。それも含めて積もりに積もった恨みが、たった二言三言の釈明でぬぐえるとは思えない。もともと気弱な劉琮は傅巽に問われて決心が揺らいだ。「では、先生はどう思われますか」

傅巽は山羊髭《やぎひげ》をしごきながら、真剣な表情で答えた。「わたくしに策がございます。荊州の民を動揺させず、またわが君の名声と爵位を保つ妙策です」

劉琮の傍らに立つ蒯越は胸をなで下ろした――やっと表立って提議してくれる者が現れた。

名声と爵位を保つ――劉琮はその意味を深く考えもせず尋ねた。「そんな妙策があるのですか？」

傅巽は深々と頭を下げた。「曹操に帰順するのです」

「なんですと！」父の期待を一身に受けた劉琮には、何としても荊州を守り抜くという気概があった。傅巽の答えに怒りの炎がめらめらと燃え上がった。「わたしは諸君とともに荊楚《けいそ》［長江中流一帯］の地に拠《よ》って立ち、亡父の偉業を受け継ぎつつ、変わりゆく天下の情勢を見守りたい。それが無理だと言うのか。父上が亡くなった途端にこれまでの苦難を忘れ、荊州をおめおめと敵に差し出せと言うのか！」劉琮の怒りは話すほどに募り、色白の顔を真っ赤に染めると、ついに軍令旗を手に息巻いた。「そなたはわたしが若いと思って馬鹿にしているのだろう。だが、わたしにも考えはある！　兄上の件はひとまず措《お》き、まずは劉備を呼んで敵を迎え撃つ策を相談する」

劉琮がそう言い終えるや、御簾の後ろから蔡夫人の声が聞こえてきた。「なんて愚かな子。劉玄徳《げんとく》はお前の兄とつるみ、お前の地位を狙っているのですよ。あの男を呼んだりすれば、襄陽を奪い取られるに違いありません。そうなれば、われら親子はどこに身を置くというのです……」

蔡夫人の声は大きくはなかったが、冷や水を浴びせられた劉琮の手から軍令旗がことんと落ちた。劉琮の怒りに面食らった傅巽であったが、形勢が変わったと見るや、すぐに言葉を継いだ。「どうか怒りをお鎮めください……古《いにしえ》より物事には順逆《じゅんぎゃく》の理《ことわり》があり、強弱にも定められた趨勢があります。曹操は天子を奉戴して四海を鎮め、その出兵には大義名分を有しています。ましてや中原の軍が荊楚に南下してくるのは、泰山が頭上からのしかかってくるようなもの。臣下の身で主君に刃向かうのは道理に背きます。体制を新たにしたばかりのわれらが朝廷を迎え撃とうとしても、その勢いは防ぎ切れるものではありません。いわんや、逃げ足だけが取り柄の劉備を用いても、曹操に敗れるは必定。この三つにおいて当方には分がありません。帰順を拒むのは滅亡への道にほかならないのです」

「し、しかし……でも……」劉琮はすでに平常心を失っている。降伏は何としても避けたいが、かといってどう反論すればいいのかわからない。

ちょうどそのとき、傍らから発言する者がいた。「恐縮ですが、わたくしもひと言申し上げたく存じます。よろしいでしょうか」群臣が一斉に目を遣ると、まだ若いその男は痩せて背が低く色白で、手を挙げる姿は婦女子のよう、足を踏み出すさまは風に吹かれる枝垂《しだ》れ柳のようである。いかにも書生らしい風貌は劉琮以上に弱々しい。だが、この者こそ先々帝の御代に三公《さんこう》を務めた王暢《おうちょう》の孫で、名は王粲《おうさん》、字《あざな》は仲宣《ちゅうせん》である。山陽《さんよう》郡高平《こうへい》県［山東省南西部］の出で、父の王謙《おうけん》は何進《かしん》の大《だい》将軍府で長史《ちょうし》［次官］を務めた。幼くして蔡邕《さいよう》のもとで学び、十七歳で司徒《しと》府に辟召されている。文才は申し分なく、口を開けばすべてが立派な詩文になるというほどの人材であった。およそ文人墨客なら誰しもが敬服する存在である。

「仲宣、遠慮なく申すがいい」劉琮は普段から王粲と詩文の談義をしていて仲が良い。王粲が進んで発言するのを喜んで許可した。

王粲は劉琮に深々と一礼して尋ねた。「お伺いしますが、わが君は曹操と比べてご自身をどう思われますか」

劉琮は正直に答えた。「わたしは父の跡を継いだばかりで、曹操とは比ぶべくもない」

「では、劉備とはどうでしょう」

劉琮は少し考えたが、劉備には長年兵を率いてきた実績があるので、しぶしぶ負けを認めた。「劉備にも及ばぬであろうな」

「いかにも」そこで王粲の口調が一変した。「わが君、考えてみてください。劉備に任せたところで、もし曹操を食い止められなければ荊州を失うことになります。では、劉備が曹操を食い止めたら？劉備がわが君の配下に甘んじるとお思いですか。わが君のためを思えばこそ、降伏するよりほかに道はないのです」

劉琮は呆然として言葉もなかった。王粲はゆっくり広間の中央に進み出ると、よく響く声で続けた。

「かつて天下が大いに乱れて豪傑が並び立っていたころは、まだ勢力の強弱がはっきりしていませんでした。豪傑は誰もが自ら皇帝に、あるいは列侯《れっこう》になろうとしました。しかし、いまや大勢は決したと言っても過言ではありません。わが君は情勢を見て身の振り方を考えることで、はじめて安全と富貴を保てるのです。愚見を申し上げれば、曹孟徳《もうとく》は傑物です。雄大な計略は当代随一、智謀も人に抜きん出ています。下邳《かひ》で呂布《りょふ》を捕らえ、官渡《かんと》で袁《えん》氏を討ち、孫権《そんけん》を長江の外へ追いやり、烏丸《うがん》を白登《はくと》で打ち破りました。その神のごとき用兵による戦功は枚挙にいとまがありません」王粲はそう言うと、床にきちんと跪《ひざまず》いて締め括《くく》った。「わたくしは戦乱に遭ってここ荊州に逃れ、先君とわが君から多大なるご恩を蒙りました。いまこそ言を尽くさずにはおれぬのです。もしわが君が兜を脱いで天の理と人心に従えば、曹公も必ずや厚く遇してくれましょう。ご一族の血脈を絶やさず、長く幸福を享受するためにはこれが万全の策なのです！」

広間に詰めていた者らは内心快哉を叫んだ——降伏を説くにもさすが才子の名に恥じぬ見事な物言いよ——群臣らも王粲に倣《なら》って一斉に跪いた。「ご一族の血脈を絶やさず、長く幸福を享受するためにはこれが万全の策なのです……」

「み、みな揃いも揃って……これまでの処遇を忘れたか！」劉琮はほとんど我を失っていまにも泣きだしそうである。

蒯越はいまが頃合いと見るや、一歩前に進み出て低い声で畳みかけた。「傅公悌《こうてい》と王仲宣の言葉に偽りはありません。先君は生前、荊州の地を守り民草を安んずることを第一に考えておいででした。天下は久しく乱れております。わが君が太平の維持を決断なされば、きっと民もご温情に感謝いたしましょう。わが君、どうかご安心ください。この蒯異度《いど》は先君よりわが君のことを託されました。いまこそ老い先短い命をなげうって全力で曹公に進言し、わが君とご母堂を守ってみせます……」言い終えると蒯越は涙を浮かべた。

劉琮は、父が死に臨んで自分をもり立てるよう頼んだ重臣たちから口々に降伏を迫られ、がっくりと肩を落とした。だが、自分にはまだ兵権を握る叔父がいる。叔父さえ後押ししてくれれば、群臣も言うことを聞くに違いない。そう思って振り向いたとき、さっきまでそこにいたはずの蔡瑁の姿はすでになかった。

張允は劉琮がきょろきょろしているのを見て言った。「わが君、蔡公ならもう退《さ》がられました。もともと具合が悪かったところに葬儀も重なり、お疲れが溜まったようです。先ほど気分が悪いと仰って屋敷にお戻りになりました」

それが叔父上の答えか！——劉琮の気持ちはこれで完全に挫けた。振り返って御簾のなかの継母をのぞくと、先ほどまでの凛々しさはどこへやら、さめざめと泣いている。再び広間の群臣に目を遣ると、拱手する者や叩頭する者、声を放って泣く者など態度はさまざまだが、誰もが一様に「降伏」を口にしている。ただ一人、伊籍だけは満面に怒りを露わにしていたが、いかんせん伊籍の年功は月並みで権力もなく、地団駄を踏むくらいしかできなかった。

劉琮の目からついに涙がこぼれ落ちた。劉琮にもやっとすべてが呑み込めた。実の母でなければ実の叔父でもない。豪族は自らの土地を守ることに汲々とし、避難してきた名士らは北へ帰ることを望んでいる。曹操には太刀打ちできず、劉備には頼れず、血を分けた兄とは仲違《たが》いしている。苦労の末につかみ取った跡継ぎの座はすでに朽ちていたのだ……みなが前もって結託し、自分だけが蚊帳の外で孤立していたのである。

「ならば……そうするしかあるまい……」劉琮は消え入りそうな声でそれだけ言うと、おぼつかない足取りで奥の間に引き下がった――すぐ後ろにいたやはり庶子で幼い弟の劉脩《りゅうしゅう》と兄弟二人で抱き合って泣きながら……

劉琮が奥に下がるや否や、群臣たちの悲痛な泣き声がぴたりとやんで勝手気ままに話しだした。なかには喜びの表情を浮かべる者さえいる。蒯越はやるせなさを押し殺して深いため息をついた。考えてみれば降伏もそう簡単なことではない。樊《はん》城［湖北省北部］にいる劉備や外に出ている諸将らのことを思うと、状況はまだまだ不安定だ。蒯越は急いで将帥の卓から軍令旗を手に取ると、張允に渡した。「至急すべての城門を閉じるのだ。わしの命《めい》がなければ何人《なんぴと》たりとも城から出ることを許さん」

張允は尋ねた。「蔡公の屋敷は城外にありますから、いまごろは城の外に出られたと思いますが」

「蔡大人《たいじん》はかまわぬ。ほかの者は一切通すな。いまのことはこのうえない機密である。漏らす者があれば即座に斬り捨ててもかまわん」蒯越はそう言うと、釘を刺すように伊籍をじろりと睨んだ。続けて第二の命令を発した。「鄧羲《とうぎ》はおるか」

「ここに」治中従事《ちちゅうじゅうじ》の鄧羲が進み出た。

「そなたは鎮南将軍の節《せつ》［皇帝より授けられた使者などの印《しるし》］を持って速《すみ》やかに南陽へ向かい、曹操に降伏を申し出るのだ。多くの従者を連れて行く必要はない。人里離れた脇道を進み、ときには回り道や渡しのないところを徒歩で渡るなりして、くれぐれも邪魔者にみつからぬようにいたせ」

「はっ」鄧羲は急いで支度にかかった。

「傅巽、王粲！」

「はっ」

「二人は襄陽付近の諸将に秘密裡に城に戻るよう文書をしたためてほしい……劉備を除いてだ」察しのいい劉備を襄陽に呼べば、必ず降伏の件に気がつくだろう。もし劉備が襄陽に来ることを拒み、劉琦と手を組んで軍を起こせばたちまち内輪もめとなる。劉備だけは何としても欺き通さねばならない。

傅巽にも気がかりがあった。「ご長男はどうしましょう。まだ先君が亡くなったことも知らせていませんが」

蒯越にはすでに算段があった。「先君の成武《せいぶ》侯の印をご長男には送って安心させよう。帰順の件はしばらく伏せておく」蒯越は劉備にも劉表の死を隠しておきたかったが、劉備が駐屯している樊城は襄陽と指呼《しこ》の間にあり、どのみち埋葬の動きは漏れていよう。とりあえずは降伏の件さえ隠し通せればいい。

「承知しました」傅巽と王粲が大広間を出ていった。

蒯越はもう一本軍令旗を引き抜いたが、先ほどまでの手際の良さとは打って変わり、しばらく悩んだ末にもとに戻してから呼びかけた。「宋仲子《そうちゅうし》先生はおいでか」

「はっ、ここに」長い髭を蓄えた六十近い文人が群臣のなかから進み出た。

宋忠《ちゅう》、字は仲子。荊州の大儒で、『周易《しゅうえき》』や『法言《ほうげん》』に注釈を施し、『五経章句《ごきょうしょうく》』を編纂したことで知られる。荊州内で官吏についている門生《もんせい》も数多く、わざわざ蜀《しょく》郡から学びに来ている者もいた。劉表が宋忠を従事《じゅうじ》につけたのも自分に箔《はく》をつけるためであり、実務を命じたことはなかった。

「宋先生にお頼みしたいことがございます。少し危険が伴いますが、お引き受けくださいますか」

「異度殿、遠慮は要らぬ。上の者が下の者に命を出すのは当然のこと」

「恐れ入ります」蒯越は宋忠の腕を取った。「では、詳しい話は奥で……」

蒯越もいなくなると、残った者たちはますます遠慮がなくなった。曹操に降伏することで一致を見たため、なかには喪服を脱ぎ出す者もいた。甚だしきに至っては、曹操が自分たちにどんな官職を与えてくれるか、襄陽の身代《しんだい》はどうなるのかなどと話す者もいる。悲壮感を漂わせていたはずが満面に笑みをたたえ、声を上げて泣いていたのが嘘のように、これでおこぼれを頂戴できるとほくそ笑むのであった……

劉備《りゅうび》の逃避行

劉備が駐屯している樊《はん》城は漢水《かんすい》の北岸に位置し、南陽《なんよう》郡鄧《とう》県［湖北省北部］の管轄下にある小さな城に過ぎない。だが、襄陽《じょうよう》城とは漢水を隔てて向き合う形になっており、北方に対して荊《けい》州の中心部を守る軍事上の要地である。また、劉琦《りゅうき》の駐屯する江夏《こうか》は襄陽から離れているが、漢水と長江が合流する地点にあり、孫権《そんけん》の攻撃に備える要衝である。その樊城と江夏はそれぞれ荊州の北部と東部にあり、漢水を使って自由に連絡を取り合えるため、どちらかに危険が迫れば、もう片方がすぐさま船で援軍に駆けつけることができる。

つまり、襄陽にとって守備に有利となる形勢であるが、それは両地を領有している場合である。もし樊城と江夏の軍が敵となったら、一転して襄陽は窮地に立たされる。だからこそ諸葛亮《しょかつりょう》は劉琦に対して江夏に移るよう献策し、劉備は劉表《りゅうひょう》から相談を受けた際に樊城への移動を申し出たのだ。こうしておけば外に対しては曹操と孫権の侵攻から襄陽を守ることができ、内に対しては劉表が逝去すれば、劉琦に跡を継がせるという名目で襄陽に軍を向けることができる。そして襄陽を奪ったあと、劉琦を傀儡《かいらい》にして荊州を牛耳るのである。諸葛亮が思い描く、「荊益《けいえき》を跨有《こゆう》し、其の巌阻《がんそ》を保つ［荊州と益州を領有し、要衝に将を配して守る］」という構想を実現するための第一歩である。つまり劉備が樊城へ移るのは、自ら進んで劉表の監視下に身を置きつつも、実は今後を見据えた非常に優れた手なのであった。ところが、曹操の南征と劉表の急死が時を同じくして起こるという、もっとも望ましくない事態になってしまったのである。

曹操の奇襲は南陽の各地を混乱させ、ついで潁川《えいせん》に駐屯していた七部隊も侵攻してきた。堵陽《とよう》、博望《はくぼう》、西鄂《せいがく》が相次いで落城し、宛城《えんじょう》［いずれも河南省南西部］も包囲された。樊城には味方の劣勢を告げる報告が次々ともたらされ、戦乱に追われた避難民も洪水のように押し寄せてきた。また襄陽では、劉表の埋葬を済ませた蔡瑁《さいぼう》と蒯越《かいえつ》が劉琮《りゅうそう》を擁立し、鎮南《ちんなん》将軍と荊州牧《しゅうぼく》の地位を引き継がせる一方、劉琦には成武《せいぶ》侯という名ばかりの位を分け与えた。劉琦はこれに激怒し、印綬を床に投げつけて弟と雌雄を決せんと兵馬を調えた。だが、西陵《せいりょう》［湖北省東部］を離れる前に曹操軍の別働隊が江夏の郡境まで迫っているとの情報が入り、劉琮どころではなくなった。

劉備は難しい選択を迫られていた——曹操軍に当たるため北へ救援に向かうのは相当の危険を伴う。南陽の敗色は濃厚だが、かといって劉琮からは何の指示もない。もし手のひらを返して南へ向かい襄陽を攻め取るにしても、劉備の兵力は一万あまりしかなく、劉琦と力を合わせなければ成功は望めないだろう。たとえうまく城を奪えたとしても、人心を落ち着かせる時間すらないのでは曹操を食い止められるとも思えない。劉備と諸葛亮は相談の末、ようやく一つの結論を導き出した。目下の最良の策は私心を捨てて劉琮と劉琦を結束させ、漢水を防衛線にして曹操を阻止する以外にない。そもそも外敵の侵入を防がなければ、荊州に平穏な日々は戻ってこないのである。

そうと決まれば劉備はすぐに行動に移した。新野《しんや》に残っていた兵や民を樊城に移動させて背水の陣を敷く一方、劉琮に書簡を送って敵を迎え撃つ策を進言し、同時に徐庶《じょしょ》に命じて諸将の家族を軍中に移させ、曹操軍の俘虜《ふりょ》にならないよう手を打った。だが、劉琮からの返事はいくら待っても梨の礫《つぶて》であった。強敵を目の前にして襄陽の群臣どもは何をやっているのだ。情勢の悪化に目を塞《ふさ》いでいるのだろうか。じりじりしながら待っていた劉備のもとにようやく宋忠《そうちゅう》がやって来た。だが、宋忠が携えてきたのは敵を迎え撃てとの命《めい》ではなく、驚天動地の凶報だった——劉琮はすでに曹操に降伏したゆえ、劉備も武器を敵に差し出す用意をしておけというものだった。

およそ天下の者が一人残らず曹操に膝を屈したとしても、劉備だけは降伏するわけにはいかなかった。かつて徐《じょ》州で曹操に反旗を翻し、玉帯《ぎょくたい》に仕込まれた密詔の件にも一枚嚙んでいる。もしまた曹操の手に落ちれば、問答無用で斬り捨てられるであろう。宋忠の知らせを聞いた劉備は、雷に打たれたかのような衝撃を受けてしばし絶句した。そして猛然と怒りを露わにし、宋忠の鼻先に指を突きつけた。「よ、よくもそんな勝手な真似を！　降伏を考えていたならなぜ真っ先に相談せぬ？　それを敵が迫ってからのこのこと、いったいどういう了見なのだ！」

宋忠は、劉備は容貌も立ち居振る舞いも垢《あか》抜けており、穏やかな人物であるという印象を持っていた。その劉備がいま目の前で烈火のごとく怒っている。宋忠は震え上がって弁明した。「玄徳《げんとく》殿、何とぞご理解のほどを。わたしはわが君と蒯異度殿から玄徳殿に伝えるよう命じられただけなのです。きっと二人が曹公にうまく取りなして……」

「黙れ！」劉備は宋忠が話し続けるのを許さなかった。「わたしに曹操へ降伏しろだと？　いっそ首でも斬り落として、曹賊めに送りつけてくれたほうがどれほどましか！」

宋忠は、青筋を立てて怒る劉備を見ておずおずと後ずさり、足がからまって仰向けにひっくり返った。

劉備の怒りは一向に収まらない。護衛兵の手から佩刀《はいとう》をひったくると、宋忠に飛びかかって襟首をつかみ、とうとう首に刀を突きつけた。「宋忠！　お前はわたしの死に水を取りに来たのだろう。だが、先にお前を斬り殺してやる。それから曹操と捨て身で戦うまでだ！」

一介の文人に過ぎない宋忠は劉備の剣幕に肝をつぶし、床にへたりこんだまま、がたがたと震えた。

「お、お、お待ちください！　どうかお助けを！　こ、これは蒯異度殿のお考えで、わたしは何も関与していません！」

傍らに立つ諸葛亮が慌てて劉備を止めた。「どうかおやめください」その言葉が終わらぬうちに刃のきらめきが目に入った。

宋忠は悲鳴を上げて目を閉じた――だが、どこも痛くない。恐る恐るゆっくり目を開けると、刀は耳のすぐ横で床に突き刺さっていた。

劉備は激怒していたものの、まだ理性は残していた。荒い息づかいとともに身を起こして吐き捨てた。「お前を殺してもこの憎しみは消えぬ。お前らのように死を恐れ、己の出世のために主君を売り渡すような輩を斬っては、わたしの名折れだ。さっさと失せろ！」

「い、命を助けてくださり、ありがとうございます」名士の風格はどこへやら、宋忠は転がるようにして外へ駆け出した。馬に跨がっても震えは止まらず、お供のことなど無視して馬に鞭打ち、脱兎のごとく樊城から逃げ出した。

まだ怒りの収まらない劉備は寝台に腰を下ろして気炎を揚げた。「だがまあ、何も知らぬよりはましか。われらだけでも曹賊と戦い、華々しく散るのも面白かろう」

だが、諸葛亮はすべて見抜いていた。「おそらく、すぐに知らせてはわれらが襄陽を襲うと考えたのでしょう。逆に遅すぎてはわれらが曹操軍と衝突するかもしれず、そうなれば連中は曹操の怒りを買って釈明できない……それゆえ時機を見て知らせてきたのでしょう。宋忠を使者によこしたのも、名士に対してはわれらも手を出せないと踏んでのこと、まったくよく考えたものです」

「蒯異度は狡猾極まりないからな」劉備は歯ぎしりした。

「とはいえ、われわれも座して死を待つわけにはまいりません」諸葛亮は両の眼《まなこ》を炯々《けいけい》と光らせ、厳しい顔つきで言った。「樊城は小さく、また漢水の北にあって孤立しています。曹操軍がやって来れば敗北は必定、できる限り早くほかの地へ移るべきです」

「先生、わたしに気を遣わずともよい。それは移るとは言わず、逃げると言うのだ」これまでの半生、劉備は不遇のなか各地を転々としてきた。そのため、逆境に慣れているとも言える。先の怒りも鎮まり、落ち着きを取り戻した。「では、みなを集めてどこへ逃げるか話し合おう」

ほどなく、関羽《かんう》、張飛《ちょうひ》、趙雲《ちょううん》、陳到《ちんとう》、麋芳《びほう》といった武将らと、劉琰《りゅうえん》、麋竺《びじく》、孫乾《そんけん》、簡雍《かんよう》といった幕僚たちが勢揃《ぞろ》いした。ここが生死の瀬戸際とあって、劉備は魏延《ぎえん》や薛永《せつえい》、士仁《しじん》ら下級の将、および数年前に養子に迎えた劉封《りゅうほう》にも軍議への参加を許した。みな一心同体というわけだ。事態は切迫している。悠長に話し合うわけにもいかず、急いで相談した結果、二つの案が出された。

一つは、ひとまず漢水を下って夏口《かこう》へ退き、江夏にいる劉琦と合流してそこで曹操を迎え撃つ。劉琦はすでに劉琮と袂《たもと》を分かつ決意をしており、劉備の麾下《きか》には水陸合わせて一万あまりの兵がいる。こちらの案だと夏口まで船で安全に行けるうえ、曹操軍が樊城まで来たとしても、船がなければ追撃を受けることもない。これが当面もっとも早く打てる手である。

もう一つは長江沿岸の江陵《こうりょう》へと向かう案である。荊州の輜重《しちょう》や兵糧の蓄えはほとんど江陵にあり、戦船《いくさぶね》の備えもまずまずある。江陵を占拠して物資を奪えば部隊の規模を大きくできるほか、荊州を南北に分断して曹操の勢いを食い止めることも可能となる。だが、もちろん利点ばかりではない。樊城を南下して江陵まではおよそ五百里［約二百キロメートル］、あいだには山川や湿地があり移動は容易でない。それに、新野から移した部隊を加えても兵数は二万に足らず、もし曹操が情報をつかんで背後を突いてきたらまず勝算はない。

劉備は難しい選択を迫られることになった。「江夏にせよ江陵にせよ、急場しのぎに過ぎぬ。うまく行き着いても、しばし生き長らえるだけだ。それより、今後どうやって曹操を食い止めるか……劉琦が押さえている江夏に行っても兵を一か所に集めるだけだ。曹操に立ち向かうことを考えれば、江陵を奪って兵力を増やしておいたほうがいい。それに南下して江陵に向かう途中、襄陽に立ち寄って劉琮を翻意させることができたら、曹操の隙《すき》を衝《つ》いて奇襲できるやもしれん」もっとも、劉備自身これが甘い考えだとは十分にわかっていた。しかし、いまとなっては一縷《いちる》の望みにすがるほかない。

そうと決まれば行動あるのみである。樊城の兵馬が残らず移動を開始した。将兵たちが大騒ぎで船に乗り込むなか、諸将の家族に触れ回っていた徐庶も戻ってきた。だが、徐庶の後ろには諸将の家族のみならず、数多くの民までついてきている。故郷を守りたいと志願してきた者もいるが、大半は南陽からの避難民である。年寄りを支え、幼子の手を引き、みな家族総出といった様子である。軍にあって民の数が多すぎることに、劉備は不安を覚えた——これから遠く江陵へ逃げるというのに、行軍に遅れが生じないだろうか……

その不安は、漢水を渡る段になって現実になった。船の指揮は関羽が執っていたが、そもそも数は多くない。兵士と輜重だけでも数度の往復を要するというのに、これに大勢の民が加わったのである。まるで家ごと運べないのが無念だと言わんばかりに、米びつや布団から、戸のつっかい棒、果てはよくわからないがらくたまで抱えている。子供が泣けば大人は大声を上げ、漢水の両岸は騒々しいこと極まりなかった。劉備について先に漢水を渡っていた劉琰は、両岸の混乱ぶりを目にして大いに焦った。「こうぐずぐずしていては、いつ江陵に着けたものかわかりません。民を連れて行くのはやめましょう！」

劉備も内心葛藤していた。目の前の民らを連れて行くのには一長一短がある。江陵に着いてまた兵が必要となったとき、避難民たちは手っ取り早くその供給源となるであろう。しかし同時に、老人や病人、女子供も数多く、戦《いくさ》に加われないばかりか行軍の足を引っ張ってしまう。とはいえ、にわかに兵として使える者だけを選り分けることもできず、劉備は思い悩んだ末に命を下した。「ひとまずは民を漢水の南に渡してしまおう。その後われらと来たい者は連れて行くし、望まぬ者は襄陽に残せばいい。それならこちらも仁義を尽くしたといえよう」

諸将やその家族らが川を渡り終えると、劉備は民らの渡河を関羽に任せ、自身は二千の精鋭を率いて襄陽城へと向かった。だが、襄陽城の城門は固く閉ざされ、跳ね橋も吊り上げられている。城壁の上には旗指物が風にはためき、鎧兜を身につけた兵士がぎっしりと並んでいて、弓弩《きゅうど》の備えも十分のようだ。おそらく宋忠が戻るなり、時を移さず準備万端備えたのであろう。

劉備はがっくりと肩を落とした。一つには、自分の判断が甘かったせいで襄陽を手に入れられそうにないため、そしてもう一つには、劉表の無念に思いを致したためである。あらゆる手を尽くして生涯荊州を守り通したのに、自分の死後、これほど早く領地が明け渡されることになるとは思ってもみなかっただろう。劉備は状況がはっきりしないので軽々しく城壁の下へは近づかず、遠巻きにして大声で呼びかけた。「城壁の上の衆、取り次いでくれ。それがし劉備が鎮南将軍にお会いしたいとな」

その声が響くや、門楼《もんろう》の上に若い将が姿を見せ、居丈高に怒鳴り返してきた。「大耳の賊め！　まさか死を目前にしてまだ襄陽を取る気でいるのか？」

それが蒯越や蔡瑁一派の張允《ちょういん》だとわかると、劉備は歯がみするほど憎らしかったが、かといって急に態度を変えることもできず、怒りを抑えて続けた。「どうか誤解なきよう、わが君にひと言お伝えしたいことがあるだけです」

張允がせせら笑った。「貴様は叛服《はんぷく》を繰り返し、妖言によってみなを惑わしてきた。金輪際、われらが主にお会いできると思うな。わかったらとっとと立ち去れ！」

われらが主——つまり、劉備はあくまでよそ者で、荊州の将とは認めないということである。劉備は怒り心頭に発し、馬に鞭をくれると堀の近くまで駆け寄って叫んだ。「張允！　わたしが襄陽を奪いに来たと思うなら、矢でも射かけたらどうだ！　わたしは己のためではなく、荊州の将兵や民のためを思い、嘘偽りなき本心を伝えにきたのだぞ！」

張允は大言を好むが根は臆病である。劉備の大義凜然たる態度に気圧《けお》され、矢を射よとの命も下せず、ためらいがちに劉備に尋ねた。「な、なんの話があるというのだ」

魏延と劉封の二人は城壁からの矢を警戒し、兵とともに劉備の周りを固めた。劉備は城に向かって叫んだ。「かつて劉荊州［劉表］殿は単身で荊州に赴任され、蘇代《そだい》や貝羽《ばいう》らを誅して袁術《えんじゅつ》を追い払い、曹操とも干戈《かんか》を交えてきた。戦乱から逃れてきた賢人を受け入れて豪傑を厚遇し、苦心惨憺してこの地に地盤を築いたのだ。それなのに、おぬしらは荊州を託されながら、この困難に一致団結して敵を迎え撃たず、信義に背いて荊州の地を敵に差し出そうというのか!?」劉備は何度も主を変えてきたとはいえ、生まれつき強情で、胸には勇ましい大志を抱いている。この言葉は真心から出たものであり、気迫に満ち溢《あふ》れていた。「それがしの意を汲んでわが君がご長男との関係を修復し、力を合わせて江《こう》沔《べん》［漢水の中上流］を防衛線とするなら、われらも先頭に立って力の限り戦い荊州を守ってみせよう。敵は遠征の軍、戦を長引かせることは避けたいはずだ。東の孫権、西の劉璋《りゅうしょう》とも組んで豪傑を荊楚《けいそ》の地に集結させ、ともに曹賊めを迎え撃てば、天下がどう転ぶかはまだわからぬ！　戦わずして降伏するなど、それで先代に顔向けできるのか！　そんなことをして全軍の将兵や荊州の者たちに会わせる顔があるのか！」

城壁の上にいる兵士らは、もちろんみな荊州の者たちである。数日来、何やらおかしなことが起きているると薄々気づいてはいたものの、あれこれ尋ねるのも憚られておとなしく従ってきた。だが、いまの劉備の発言で、張允らが曹操に降伏しようとしているとわかり、ざわざわと騒ぎはじめた。張允は兵士らが動揺するのを見て、このまま劉備に話させてはまずいと考えた。「黙れ！　曹操は天下の丞相《じょうしょう》、天子に代わって四方を討伐しておるのに帰順して何が悪い。貴様こそ朝廷に弓を引く裏切者ではないか！　己《おの》が身の危うさから人心を惑わすようなことをほざくのであろう。すぐさまここから離れろ！　これ以上妄言を弄するなら遠慮はせんぞ！」

「豎子《じゅし》与《とも》に謀るに足らずとはこのことだ！　若君に会わせろ！」

「わが君が貴様のような者に会うはずなかろう！」張允は大声で怒鳴った。「一時はともに仕えたよしみで見逃してやるというのだ。それでも立ち去らんというなら一戦交えてやる。そうなってからでは逃げ出すこともできんぞ！」むろんこれは脅しに過ぎず、城内に兵馬はあっても、張允には実際に城から出て劉備と戦う度胸はなかった。

襄陽周辺の将らには城内に戻るよう密命が下されていたが、何人か拒んで従わない者もいた。なかでも数千の兵を従えて襄陽の北東十里［約四キロメートル］に駐屯している文聘《ぶんぺい》は音信不通で、敵対してくる可能性がないとは言い切れない。すでに劉備と手を組んでおり、劉備と戦っているあいだに文聘の軍が城内に攻め込んできたらとんでもないことになる。張允が勝手に城門を開けられるわけがなかった。

ちょうどそのとき、騒がしい声が聞こえてきた。漢水を渡り終えた民が城の堀のあたりまで押しよせて来たのだ。老若男女のかまびすしい声が城外に響く。「城門を開けろ、城門を開けてなかに入れてくれ！　曹操軍だ、曹操軍がやってくるぞ……」まだ劉琮が曹操に降伏したとは知らず、襄陽なら曹操軍の襲来から逃れられると思っているのだ。

「静かにしろ！　静まれ！」張允も必死で声を張り上げるが、すぐに喧騒《けんそう》にかき消されてしまう。避難してくる民の数は膨れ上がる一方で、地べたにひれ伏して助けを求めたり城壁の上に向かって門を開けろと怒鳴ったりしながら、城の周りを埋め尽くしはじめた。張允は気が動転し、後先も考えずに命を下した。「矢を射ろ！　早く矢を射るのだ！」兵士らは一瞬ためらったものの命令には逆らえない。合図とともに一斉に矢が放たれ、無辜《むこ》の民の頭上にたちまち雨か霰《あられ》のごとく降り注いだ。

民らは大混乱に陥った。あっという間に射殺《いころ》された者や、あちらこちらに逃げ惑い、気づけば地べたに突き倒され、踏みしだかれて命を落とした者も数知れない。なかにはそれでも前に進もうとする者もいた。悲鳴が天高く響き、目を覆いたくなるような惨劇が繰り広げられた。劉備らも避難民の人波に飲み込まれたが、かろうじてその場に踏みとどまった。改めて左右を見回せば民の多くが逃げ出し、劉備の周りには屈強な男がいくらか残っているだけであった。張允は効果ありと見て、二の矢を射かけるよう命を下そうとしたが背後から制止された。「待て！」張允が振り返ると、後ろにいたのは蒯越であった。張允はその顔を見てようやく落ち着きを取り戻した。

蒯越は城壁の上から劉備に向かって拱手《きょうしゅ》した。「玄徳殿、お変わりありませんか」蒯越は荊州の名士で、その顔を知る民も少なくない。蒯越が現れたことで、城壁の上も下も騒ぎはしだいに静まっていった。

劉備ははらわたが煮え繰り返っていたが、礼を失するわけにもいかず、型どおりに挨拶を返した。

「これは蒯大人《たいじん》、若君にお目にかかりたいのですがよろしいですかな」

「わたしはまさにその件でわが君に遣わされたのです」蒯越は髭をしごいて続けた。「わが君からの言伝《ことづて》です。天下は長らく乱れ、民草は困窮しています。どうか玄徳殿においては人々のことを思いやり、これ以上塗炭の苦しみを味わせることがないよう、一刻も早く兵を収めて天命に従っていただきたい。玄徳殿が兜を脱いで投降することをご了承くだされば、曹公にはわれらが取りなし、必ずや刑を免れるよういたしますとのことです」

居候に奪われるくらいなら敵に明け渡したほうがましというのであろう。曹操がやって来ても蒯越や蔡瑁の富貴は守られるだろうが、劉備が権力を握ればおそらく望みどおりにはなるまい。

劉備は蒯越の落ち着き払った態度を見て望みを失った——どうやら襄陽の連中はこぞって降伏する気でいるらしい。ならば残るは南へ逃げるのみ——劉備は適当に切り上げてその場を離れようと考えた。すると周りの民たちが騒ぎだした。「蒯公さま、どうかわれらをお助けください。もうすぐ曹操軍がやって来ます。早く城門を開けてください！」みな劉琮が曹操に降伏したことを知らず、なぜ城門が閉じられているのかもわかっていない。劉備と劉琮は仲間だと思い込んでおり、安全な場所に早く逃げ込みたい一心である。

蒯越は眉をひそめて叫んだ。「騒ぐでない！　どうかみなには驚かずに聞いてほしい。わが君はすでに許都《きょと》の朝廷に帰順することを決められた。みなも里に帰り、安心して生業《なりわい》に励むがよい。戻れぬ者はその場で腰を下ろしているように。劉将軍が去ったあとで門を開くゆえ城内に……」

話の途中でまたも民らが騒ぎだした。「朝廷に帰順？　いったいどこの朝廷だ？」荆州は劉表が治めて二十年にもなる。その存在はあたかも皇帝のようなものであった。しかも、劉表はわざわざ許都に朝廷があることを教えなかったため、朝廷が存続していることを知らない者も多い。

蒯越は辛抱強く説明した。「朝廷とは……曹丞相、曹公のことである」だが、民たちがまだきょとんとしているので、はっきりとその名を口にした。「つまりは曹操のことだ！」

「曹操」と聞いた途端に民らはまたも大混乱に陥った——これまで荆州では北方を敵とみなしていた。官吏たちは事あるごとに、曹操は悪行の限りを尽くす賊であると触れ回ってきたのである。いまさら曹操に帰順すると言われても理解が追いつかない。

民の一人が大声で喚《わめ》いた。「曹操に降伏なんてできません。聞けば曹操は徐州の民を皆殺しにし、官渡《かんと》じゃ七十万人も生き埋めにしたとか。蒯公は曹操に降伏すると言うが、われらの命がどうなってもいいのですか」曹操が徐州で城を攻め落としては城内の者を皆殺しにしたのは事実である。だが、それも理由がないわけではない。また、官渡で生き埋めにして殺したのは七万人である。それがどうして七十万になったのか。長年荆州の官吏たちが曹操の悪行を吹聴した結果、噂《うわさ》が広まるとともに誇張されていったのだろう。

「決して曹操に降伏してはならん。曹操は民に五割もの税をかけるそうじゃ。こんな年寄りにはとても耐えられん」そう叫ぶ老人もいた。実は五割以上の税が徴収されるのは屯田を耕す民だけで、戸籍のある普通の農民にはそれほどの税はかからない。しかし、荆州の民は屯田が行われている豫《よ》州と淮南《わいなん》［淮河《わいが》以南、長江以北の地方］の農民を身近で見ているため、それが一律だと勘違いしているのである。当然ながら、冀州《きしゅう》ではわずか一畝《ほ》［約四百五十八平方メートル］につき四升［約〇・八リットル］の田租《でんそ》しか納めなくていいことなどは知らない。為政者《いせい》とは、自分たちにとって都合の悪いことは広めないものである。それゆえ、こうした事実は民に知らされておらず、それがいまになって自分たちに跳ね返ってきたのだ。

虐殺と重税、この二つは民がもっとも敏感な言葉である。二人の声をきっかけにして、みな一気に騒ぎ出した。

「役人は俺らのような貧乏人に死ねって言うのか⁉」

「曹操に降伏なんてできねえ。早く逃げようぜ！」

「襄陽に入れないなら、劉将軍について行こう！」

「ああ神様、わしら貧乏人をお助けください……」

実際は、おとなしく家に帰って為政者が変わるのを静かに待てば何の問題もない。曹操とて意味もなく人を殺《あや》めたりはしない。だが、興奮して騒ぎ立てる民を前にしては、いくら策謀に長けた蒯越でもなす術なく、声はすでに嗄《しわが》れ、背中じゅうを汗が伝った。そのとき、突然大きな音が鳴り響き、襄陽城の跳ね橋が落ちて城門が開かれた。

「誰かが門を開けたぞ！」その叫び声に、蒯越は驚きのあまり全身から血の気が引いた。もし劉備がこの機に乗じて攻め込んで来たら一大事である。もはや民草にかまってなどいられない。「矢を射よ！　早く矢を射るのだ！」張允もすぐに城壁を降りて兵を集めに向かった。幸い城を取り囲んでいた大多数は普通の民である。風を切る矢の音に驚いて逃げ惑うばかりで、あえて城内に飛び込む者はいなかった。劉備も慌てふためき、城内から兵が出てくるものと思い込んで一目散に逃げ出した。

この突然の出来事に、城の内も外も大混乱に陥った。劉備はひとしきり逃げたところで、背後から自分の名を呼ぶ声を聞いた。聞き覚えのある声に振り向くと、後ろから城の守備兵ではなく一群れの人々が追いかけてくる。粗衣《そい》を着た農民、武冠《ぶかん》をかぶった士人《しじん》、役所の下級役人など実にさまざまであるが、鎧兜に身を包み手に佩剣《はいけん》を握って先頭を走るのは、なんと荊州従事《じゅうじ》の伊籍《いせき》であった。

劉備が手綱を引いて止まると、伊籍は息を切らせて駆け寄り、礼も飛ばして頼み込んだ。「劉荊州が亡くなったいま、わたしは劉将軍について行きます。どうか麾下に加えてください」

「それは願ってもない」劉備はこんな状況でも自分を見捨てない者がいることに胸を打たれた。

「わたしだけではありません」伊籍はそう言って背後を指さした。「この者たちも劉将軍に付き従うことを望んでいます」

伊籍は降伏に反対したが蒯越らを翻意できず、そのまま城内に閉じ込められた。そこで、気持ちを同じくする下級の役人らと相談し、密かに城を抜け出す準備を進めていたが、城門の警備は常に厳しく、なかなか実行できずにいた。ところが今日、劉備が民を引き連れてきたことで騒ぎが起こり、城内に動揺が広がった。伊籍は好機到来とばかりに城門の守備兵を殺害し、跳ね橋を落として逃げ出してきたのだ。一緒にやって来たのは寒門《かんもん》の出の官吏や若い盛りの将校、小間使いや雑役夫といった者たちもいる。いずれも曹操への降伏を決めた連中とは異なり、豪族から冷や飯を食わされて反感を抱いていたり、若く血気盛んな年ごろで野心満々だったり、あるいは手柄を立てて名を揚げたいなどと考えていた。これまで不遇をかこっていた分、今回の企てに一か八か賭けたのである。

劉備は続々と城門から出てくる人の波を目にして元気を取り戻した。このとき、そばにいた劉封と魏延が進言した。「いま襄陽の城内は混乱しています。一気に攻め込んではいかがでしょう?」

だが、劉備はかぶりを振った。「劉荊州は亡くなる直前、わたしに若君のことを託された。その信義に背いて城を奪うことはできぬ。やはりわれらは南へ向かおう」そう言って却下したが、実際は劉備も奪えるものなら城を奪いたかった。だが、蔡瑁と蒯越の両家はかなりの兵馬を有しており、たとえ運よく襄陽城を奪えたとしても、じきにやって来る曹操の侵攻を防ぐことはできない。この地にとどまることは、そのまま死を意味するのである。

一時は混乱をきたした襄陽の守備兵たちも徐々に落ち着きを取り戻した。張允は兵を率いて城門に到着すると、城外に出ていった者を追って数十人ばかり殺したことで、逃げ出そうとする人の流れも止まった。張允は劉備や伊籍を追わずに慌ただしく城内へ戻ると、再び門を閉ざして跳ね橋を上げた
――蒯越は一連の騒ぎが収まったのを見てようやく一つ大きな息をついた。

襄陽城に静けさが戻ると、門外に無残な民の死体だけが残された。あたり一面には家財道具も散乱し、堀は血に赤く染まっている。劉備は遠く城を見やってため息を漏らし、大声で叫んだ。「蒯越、張允、貴様らは年若き主君を脅しつけ、わが身の栄達だけを求めて無辜の民を殺めた。この劉備、貴様らとともに悪事に手を染めることは絶対にない。わが命ある限り、曹賊めと戦い続けるぞ!」そう大見得を切ると、劉備は漢水を渡ってくる大部隊と合流するため、伊籍らを率いて東に向かった。

移動の途中、至る所で逃げ惑う民たちに出くわした。なかには重傷で倒れて動けない者も少なく

ない。すすり泣く声は絶え間なく、劉備はいよいよ胸を痛めた。ため息をつきながらしばらく進むと、前方の山あいに高さ一丈七尺［約四メートル］ほどの陵墓が見えてきた。一畝ほどの広さがあり、封《ほう》土《ど》の前に真新しい墓碑が立っていた——劉表の墓である。

劉表は遠大な志こそ抱いていなかったが、二十年ものあいだ荊州に寛政を敷き、その慈愛によって人々から慕われてきた。いまも陵墓の前では、曹操が荊州を受け継ぐと知った多くの民が苦衷を訴えている。その傍らでは、軍を集結させた諸葛亮と張飛、劉備の家族を警護して来た趙雲と陳到らが、首を長くして劉備の到着を待っていた。諸葛亮たちは劉備に気がつくとすぐに出迎え、道を急ぐよう促したが、劉備はそれを制して馬を下りると、劉表の墓前で深々とぬかずいた——劉備は劉表が英《えい》邁《まい》な人物だと思ったことはない。それどころか、劉表から荊州を奪おうと目論んでいた。しかし、亡くなってはじめて、劉表は自分を庇護する大樹だったことに気づいた。劉表がいたからこそ、荊州はこれまで曹操の手に落ちることはなかったのだ。

劉備の目に涙が浮かんだ。劉表を思って胸が傷んだのか、それともわが身の上を思ってか、劉備自身にもはっきりしなかった。しばし悲しみに身を委ねたのち、劉備はようやく馬に跨がって出立しようとしたが、そこから一歩も動けなかった。

なんと、四方八方からどんどんと民らが集まり、劉備らを取り囲んでしまったのである。そのうちの一人が何度も叩頭して訴えた。「将軍が行かれるなら、どうかわれらも連れて行ってください……」ほかの者もしきりにうなずいている。民らは曹操を恐れるあまり、劉備を救世主と思っているようだ。あっという間に周囲一面が跪《ひざまず》く民で埋め尽くされた。劉備について行けば苦難から逃れられると思っているのか、劉備や諸葛亮らの馬の手綱をつかんで離さない。溺れる者は藁《わら》をもつかむとは、まさにこのことである。

哀願する声や泣き叫ぶ声、劉備を持ち上げる声が途切れなく続く。とはいえ、劉備も素直には喜べなかった。あちこちを流れてきたこの半生で、これほど大勢の者たちに頼られたことはかつてない。民が従ってくるということは民が自分を選んだということである。これは曹操に抵抗して戦うための大きな力となる。その一方で、民らのなかには老人や女子供が数多く、おまけに家畜まで引き連れて、行軍の妨げになるに違いない。

徐庶はそばにいた二、三人の民に優しく声をかけてどかせると、劉備の耳元でささやいた。「いまは急いで江陵にたどり着くことが肝要です。樊城からついてきた民も多くおりますし、曹操軍が来たら到底守れません。ここの民らは残していきましょう」

劉備は何も答えずに民らを見渡した。自分に熱く向けられた数え切れないほどの眼差し……劉備の心に義気が頭をもたげた。かと思うと、それは一気に膨らみ、男伊達としての心意気が胸いっぱいに満ち満ちた。劉備は勇ましく声高らかに叫んだ。「荊州の民が劉備を見捨てぬというのに、どうしてわたしがそなたらを見捨てられようか。みな荷物をまとめてついて来るがよい！」

「将軍さま、ありがとうございます……」民らは一斉に感謝の声を上げ、おのおの家畜を牽《ひ》いたり荷車を押したり、荷物を背負ったりして進みはじめた。誰もが救いの神を見いだしたと思ったが、実はいっそう険しい道に足を踏み出したことに、このときはまだ気づいていなかった。

徐庶は苦り切った様子で不満を漏らした。「わが君、しくじりましたな」

だが、今度は劉備もきっぱりと答えた。「そもそも大事を成すには人こそすべて。みながわたしに命を預けるというのだ。どうして見捨てることなどできよう。曹操が天子を擁して袁紹《えんしょう》を滅ぼし、天の時を得たというなら、わたしは人の和で対抗するしかない」

こうした大義名分を持ち出されては徐庶にも返す言葉がない。諸葛亮も不安な表情で同意するしかなかった。「わが君はどんなに困難な局面に陥ろうと、信義を蔑《ないがし》ろにしないお方、まったく頭が下がります。ですが……いえ……」多くの民の面前で大言したのである。撤回もできない以上、いまさら何を言っても仕方がない。

だが、劉備も弥縫策《びほうさく》を講じておく必要性は感じており、二人に顔を寄せて小声で指示した。「危険なことは承知しておる。だから関羽に一万の水軍を率いて先に江夏へ向かわせる。なんとかして劉琦の持つ船を残らず漢水の沿岸に移動させ、われわれを拾ってもらうのだ。江陵まで逃げ切れば一番だが、もし途中で曹操軍に追いつかれそうになったら、すぐに船で江夏へ逃げよう。これで一時的にはしのげるはずだ。おぬしらは秘密裡に事を運び、決して外に洩れぬよう注意してくれ、よいな」命じ終えると劉備は大きく息を吸って胸を張り、堂々として落ち着いた様子を見せながら、民の輪のなかに入って老人や子供をいたわった。

しかし、諸葛亮と徐庶は不安をぬぐえなかった。劉備の策も万全というわけではない。数万の兵と民に、家族、荷車、兵糧、輜重までがぞろぞろ続き、万一敵軍に追いつかれでもしたら、抵抗するどころか全滅の憂き目に遭いかねない。これはまさに伸《の》るか反《そ》るかの大博打《ばくち》であった。

襄陽《じょうよう》の新たな主《あるじ》

去るべき者は去り、来るべき者は来る。建安《けんあん》十三年（西暦二〇八年）九月、曹操は自ら先手《さきて》の部隊を率い、漢水《かんすい》を渡って襄陽城のすぐそばに到着した。

漢水まで軍を進めて威容を見せつければ荊《けい》州の群臣も降伏に傾くはず、曹操はそう考えて、毎日のように荊州は戦わずして手に入ると豪語していたが、いざ劉表《りゅうひょう》が亡くなり劉琮《りゅうそう》が降伏を申し出てきたという知らせが入ると、にわかには信じられなかった。そこですぐに、かつて荊州に身を寄せていた婁圭《ろうけい》を呼んで事の真偽を尋ねた。婁圭は曹操の心配を笑い飛ばした。「天下は混乱し、誰もが天子の任命を自らの拠《よ》り所としている。劉表父子は漢室に連なることを自負してきたのだからなおのこと。劉琮が白旄《はくぼう》［旄牛《からうし》の毛を飾りにした旗で、皇帝の使節などの象徴］を持たせて使者を送ってきたからには、本気で降伏したいに違いない。何を心配することがあろう」そう言われて曹操もようやく降伏を信じるとともに、一つの結論に達した――天下の趨勢は統一へと向かいはじめたのだ。これからの戦《いくさ》は案外楽なものになるかもしれない。

かつて劉表が終生誇りにしていた襄陽城の四つの門は大きく開け放たれ、曹操軍の前に無防備にさらされた。城の守備兵はみな武器を捨てて城外に整列し、章陵太守《しょうりょうたいしゅ》の蒯越《かいえつ》と治中従事《ちちゅうじゅうじ》の鄧羲《とうぎ》が城内の官を残らず従えて曹操を出迎えた。みな喪服を脱いで新しい衣服に身を包み、にこやかに新しい主人に拝礼している。高揚した面持ちで恭順の意を示すその様子は、まるではじめから曹操の部下だったようであり、埋葬されたばかりの劉表のことなど、きれいさっぱり忘れたかのようだ。ただ、劉琮と劉脩《りゅうしゅう》の兄弟だけは必死に涙をこらえ、荊州牧《しゅうぼく》と鎮南《ちんなん》将軍の印綬を捧げて、道ばたで跪《ひざまず》きながら運命の裁きを待っていた。

馬上からそれを眺める曹操の尊大な態度は、あたかも自分以外に荊州の主にふさわしい者はいないと言わんばかりである。曹操は主簿《しゅぼ》の温恢《おんかい》に印綬を受け取らせると、城内に向けて馬を進めた。しかし、その途中でふいに手綱を引いて馬を下りると、白髪交じりの髭を蓄えた官を助け起こした。「はっはっは、荊州を得たことよりも、異度《いど》殿を得たことのほうが喜ばしい」

蒯越は驚いた。「二十年以上も経ちますのに、丞相《じょうしょう》はわたしを覚えておられるのですか？」

曹操は蒯越の手を取って親しげに答えた。「かつては何進《かしん》の大《だい》将軍府の東曹掾《とうそうえん》［太守や軍吏などの異動や任免を司る役職］でしたな。昔なじみを忘れるものですか」荀攸《じゅんゆう》、許攸《きょゆう》、婁圭も次々に馬を下り、口々に「異度殿」と懐かしそうに呼びかけた。

蒯越は昔懐かしい顔を前にして感慨もひとしおだった――当時の自分は大将軍府の東曹掾として人事を掌握していた。そのころは天下の名士の任免を司り、なんと威勢の良かったことか。しかし、いまでは相手のほうが身分は上で、逆に自分は「主君を売り渡した」輩に成り下がってしまった。なんと惨めなことか。そう思った途端、蒯越の口から自然に言葉が漏れた。「まったくお恥ずかしいことで……」

「何を恥ずかしがることがある。そなたはわしにとって功臣、そなたがあいだに立って事を進めてくれなければ、容易には荊州を手にできなかった」

それは事実である。劉表が亡くなったばかりで人心は落ち着かず、劉備《りゅうび》と劉琦《りゅうき》も兵を擁して隙《すき》を狙っている。荊州を差し出して降伏するのも簡単な状況ではなかった。曹操は本心から言ったのだが、蒯越は胸がつかえてほかには何も言えなかった。「まったくお恥ずかしい限りです……」

「徳珪《とくけい》はどこにいる？」曹操は早く蔡瑁《さいぼう》に会いたかった。

蒯越はいっそう気まずそうにして答えた。「徳珪は具合が悪く、ここ数日は屋敷で臥せっております。丞相のお迎えに出向けぬこと、何とぞお許しください」

仮病ではないのか？――曹操は一瞬疑ったが、すぐに気を取り直した。「さあさあ、ともに城内へ入ろう」昔なじみとはいえ、自分の立場もある。蒯越は遠慮したかったが、曹操がしっかりと腕を取って放さないので、頭《こうべ》を垂れたまま従った。城を取り巻く堀のそばまで来ると、曹操はふと足を止め、城楼を見上げて笑いはじめた。

「阿瞞《あまん》殿、何がおかしいのです」曹操の後ろにいた許攸が尋ねた。

「いやなに、ここには知り合いが多いと思ってな」そう答えながら曹操は城楼を指さした。「城楼に刻まれた『襄陽』の二字を見てみよ。あれは誰の筆だと思う？」

許攸もよく整った篆書《てんしょ》を見て思わず笑った――これは老いぼれの梁鵠《りょうこく》が書いたものではないか――梁鵠、字《あざな》は孟皇《もうこう》。かつて曹操は官を得たいと思い梁鵠を訪ねたが、望んだようにはしてもらえなかった。その梁鵠が荊州に身を隠していたのである。これぞ因果応報というべきか……

そんな因縁があるとは露知らず、蒯越が口を挟んだ。「なんと、丞相は梁孟皇とお知り合いでしたか。いま孟皇殿は城の西に住んでいます。召し出して旧交を温めるのもよいかと存じますが」

「そうだな……昔なじみとは会えるうちに会っておくべきかもしれん」曹操はかつて親交のあった王儁《おうしゅん》を思い出してため息をついた。そして、いよいよ一同を従えて城内に入っていった。その際、荊州の幕僚は曹操陣営の後ろに付き従い、劉琮と劉脩の兄弟に至っては兵士らの集団に埋もれた。

鎮南将軍府は鄴《ぎょう》城の丞相府ほど広くないが、こじんまりとして優美で古風な趣があり、劉表の学識の深さや品の良さが感じられる。屋敷には大量の書画や珍宝、経書などが集められ、乱世では得がたい文化的な財産である。だが、そういった文化も光り輝く矛や軍馬の前では脆く危うい。いまや屋敷内の品々は残らず曹操のものとなった。広間の主人の席にどっかりと腰を下ろした曹操の視線の先には、地べたに跪いて沙汰を待つ劉表の息子たちがいる。劉琮らは進んで投降してきたので、曹操も度量の広さを見せることにした。これまで荊州を占拠してきたこと、袁紹《えんしょう》と気脈を通じていたこと、天子のみに許される郊祀《こうし》［天子が都の郊外で冬至に天を、夏至に地を祀《まつ》る行事］を行ったこと、そして官軍に抵抗したことなど、もろもろの罪は咎めず、荊州の官民には一からやり直す機会を与えると宣言した。そのうえで劉琮を列侯《れっこう》に封じ、青州《せい》刺史《しし》への転任を言い渡して、即日任地に発つよう命じた。また、弟の劉脩は孝廉《こうれん》に挙げるので、家族を引き連れて鄴城に移るよう言いつけた。

これらは前もって荀攸、許攸、婁圭らと話し合って決めたことである。劉氏は荊州をおよそ二十年に渡って統治してきた。本人にその気がなくとも、今後これを担ぎ上げて謀反を企む者が出てこないとも限らない。劉琦を味方に引き込んでいる劉備がいい例だ。だからこそ劉琮を荊州にとどめておけなかった。赴任先に青州を選んだのも、ゆえあってのことである。青州は臧覇《ぞうは》や孫観《そんかん》に自ら治めることを認めており、劉琮が赴任しても実権を持つことはない。劉脩を鄴城に移すのは、むろん人質である。

即日出立するよう言い渡された劉琮はうろたえて泣きついた。「荊州を献上して天子に帰順したからには、多くを望むつもりはございません。しかし、父が亡くなったばかりです。どうか一周忌までは墓の傍らで喪に服すことをお許しください」

曹操はそれも許さなかった。「大礼《たいれい》は小譲《しょうじょう》を辞せず、大孝《たいこう》は小節《しょうせつ》に拘《こだわ》らず〔君臣の大きな礼が守られていれば小さな礼譲は問題ではない。孝心《こうしん》を抱いていれば、小さな不義理は問題ではない〕という。おぬしは朝廷に帰順し、忠臣としての父の名誉を守った。墓守りまでせずともよかろう。孝心にこだわりすぎだ。すぐに出立してもなんら差し支えあるまい」

劉琮は襄陽で生まれ育った。両親の墓も襄陽にあり、到底離れがたい。「それにしても青州は遠うございます。どうか官職を変更し、荊州にとどまることをお許しください。いくら身分が低くともかまいません……」

曹操は劉琮が言い終えるのも待たず、さも意外そうに声を上げた。「なんと物分かりの悪い若君だ。わしは天子に代わり丞相として百官を任免しているが、随意に変えることなどできぬ。それに、おぬしの兄が江夏《こうか》に陣取っており、荊楚《けいそ》はいまだ戦火の只中なのだ。よって、おぬしがこの地に残れば何かと具合が悪い。やはり離れてもらうしかあるまい」

劉琮は文人に囲まれて育った名門の子弟なので、これまで人に向かって何かを頼み込んだことなどない。曹操の目に怒りの色が浮かぶと、早くも泣き出しそうになった。「丞相……わたしは何の官職も望みません。故郷で静かに父母の墓を守りたい、ただそれだけなのです。どうかお聞き入れください……」

「故郷？」曹操がせせら笑った。「なぜ襄陽が劉使君《しくん》［刺史の敬称］の故郷なのだ。劉景升《けいしょう》が山陽《さんよう》郡高平《こうへい》県の名士であることは誰でも知っている。故郷に暮らしたいと言うなら、兗《えん》州こそ使君の故郷ではないか。つべこべ言わず速《すみ》やかに出立せよ！」

劉琮の目からはらはらと涙がこぼれ落ちた——生まれ育ったこの襄陽が他郷になるなんて！——弟の劉脩は劉琮以上に気が弱く、涙をぬぐってばかりいる。曹操はとうとう我慢の限界に達し、護衛兵に命じた。「劉使君が荷物をまとめるのを手伝って差し上げろ。直ちに出発してもらうのだ」すぐに大勢の護衛兵が劉琮を取り囲み、腕を取って引きずっていった。劉脩は兄に別れを告げるため追いかけようとしたが、衛兵に行く手を遮られて奥の間に連れて行かれた。

先だって蒯越は劉表の恩に報いるため、その面前で若君らを守ると誓いを立てた。いま、あえなく連れ去られる二人を見て、慌てて曹操の前にひれ伏した。「荆州を献上した功労をもちまして、どうか丞相には少しばかり寛大なご処置をお願い申し上げます」そう言って叩頭した。

曹操はそれを笑い飛ばした。「異度殿、何を慌てておる。劉景升は名士として名高い。その息子をわしが手にかけるわけなかろう。それを抜きにしても蔡家の面子《めんつ》をつぶしたりはせん。わしは劉琮らを遠ざけたいだけで他意はない。いずれ一家が鄴城に移る際には、ここの品々も自由にさせよう。以後の生活もきちんと面倒を見るゆえ、異度殿も安心するがいい」

蒯越はそれを聞いて胸をなで下ろし、ほかの者を引き合わせようとしたが、曹操がそれを遮った。「任官の件は急がずともよい。それよりはまず軍の大事を解決せねば。劉琦は苦労知らずの坊ちゃんだから心配いらぬが、問題は劉備だ。あれを野放しにはできん」徐《じょ》州での反乱や玉帯《ぎょくたい》に仕込まれた密詔の件を曹操は忘れていなかった。劉備だけは許すわけにはいかない。

「荊州の兵糧や輜重《しちょう》は、長江の南岸に通じる要路上の江陵《こうりょう》に蓄えてあります。劉備はどうもそちらへ向かっているようです」

「なぜそれをもっと早くに言わん！」曹操は敏感に反応した。「やつが逃げて何日になる？」

「十日あまりでしょうか」蒯越は平然と答えた。「手元の報告によれば、劉備は十万近い民を引き連れ、一日で十里あまりを進むのがやっとだとか。江陵までは五百里もありますから、まだ半分も進んでいないでしょう。すでに江陵には人を遣って守りを固めさせています。明公《めいこう》が兵を調えてから追っても十分に間に合います」

「守りを固めたとはいえ、時間が経てば不測の事態も起きやすい……」かつて劉備は徐州の乱で、数日のうちに何万という兵を集めている。官渡《かんと》の戦いの際も、汝南《じょなん》で劉辟《りゅうへき》や龔都《きょうと》と手を組み、後方を攪乱《かくらん》してきた。劉備の影響力を身をもって知る曹操は、直ちに命《めい》を下した。「曹純《そうじゅん》、韓浩《かんこう》、史渙《しかん》！」

「はっ」虎豹騎の頭《かしら》の曹純、中護軍《ちゅうごぐん》の韓浩、中領軍《ちゅうりょうぐん》の史渙が前に進み出た。

「江陵の兵糧を奪われるわけにはいかん。おぬしらはすぐに劉備を追撃し、先に江陵を占拠するのだ」

「しかし……」三人は顔を見合わせ、曹純が疑問を呈した。「われらが追撃に出てしまっては、誰がわが君をお守りするのですか？」曹操は襄陽まで騎兵とともに急行してきたため、ここにいる兵の総数は一万ほどである。そのなかから精鋭の虎豹騎がいなくなれば、万一の変事に対応できない。

「すぐに楽進《がくしん》らが来るゆえ問題なかろう。こちらの守りはそれで十分だ。それに蒯公らはみなわしの古なじみ、何も起こるはずがない」曹操はそう答えると、蒯越に微笑んで信任を示した。

今度は韓浩が意見した。「われらは荊州に来たばかりで道を知りません。誰かに道案内をしてもらう必要があります」

たしかにこれは厄介な問題である。曹操が蒯越に尋ねるより早く、広間の外から志願する声が上がった。「この張允がご案内いたしましょう」

張允が劉表の甥であることは曹操も知っている。見れば張允は中肉中背、整った面立ちに作り笑いを浮かべている。とても百戦錬磨には見えないが、かといってその熱意を無下にはできない。「将軍の勇気は称賛に値する。それでは……」

曹操が話している途中でにわかに外が騒がしくなり、許褚《きょちょ》と鄧展《とうてん》が縄で縛り上げた将を庭に引っ立ててきた。その将は身の丈九尺［約二メートル七センチ］もあり、広い肩にどっしりとした腰つきをしている。黒く日焼けした顔、毛むくじゃらの頬髭に虎のように鋭い目、すっと通った鼻筋に大きな口を真一文字に結んでいる。見るからに勇猛な将であった。

許褚は怒りも露わに曹操に報告した。「荊州の武将たちは城内で降伏したのですが、こいつだけは城外におり、兵の引き渡しを拒んでいました。丞相府の軍令旗を目にしてやっと城内に来たのです。わが君、こやつを処罰してください！」

ところが、曹操は腹を立てるどころか喜んだ。「将軍のご尊名は何と申される？」

男は俯《うつむ》いたまま曹操の問いかけに答えようともしない。代わりに張允が答えた。「この者は文聘《ぶんぺい》、字を仲業といい、南陽の者だが、われらが投降を決めた際もほとんどの将は素直に従いましたが、この者だけは兵を率いたまま城に戻ることを拒んだのです。実に忌々《いまいま》しいやつです。どうか丞相、厳罰に処してやってください」文聘は許褚らによって曹操の前まで引き出されたが、立ったまま跪こうとせず、大きな頭を垂れてため息をついた。これを見たそばの護衛兵が一斉に怒鳴りつけた。「丞相の前であるぞ。どうして跪かん！」

「よいよい、文将軍を困らせるでない」曹操は文聘に近づくと、髪の先からつま先まで穴の開くほど眺めた。見れば見るほど立派な武人だが、その表情があまりに悲しげなので思わず尋ねた。「荊州の将は残らず降った。文将軍は目と鼻の先にいながら、どうしていまごろになって来られたのか」

文聘の目には涙が浮かんでいた。「劉荊州さまを補佐してお国に尽くすことができず、また若君を助けて敵の侵攻を食い止めることもできませんでした。襄陽は降伏しましたが、それがしは漢川《かんせん》に拠《よ》って官軍に抵抗する所存でした。生きては父君を亡くされた若君を裏切ることなく、死んでは土に還った先君に恥じることがないようにと、それだけを願っていたのです。しかし、いまやこんなことに……」文聘は嗚咽しながら続けた。「亡国の将となり悲嘆に暮れ、慚愧に堪えず、新しい主君に会わせる顔がなかったのです……」九尺もの大男が泣きながら話し、地団駄を踏んで悔しがった。その号泣は瓦を震わさんばかりである。

「いい加減にしろ！」張允は冷たくあざ笑った。「丞相の面前で無礼だぞ」

「おぬしこそ黙れ！」曹操は逆に張允を責めた。「文聘は恥を知っている。だが、同じ荊州の将でありながらおぬしはどうだ？」

「は、はい……丞相の仰るとおりです」張允は顔を真っ赤にして広間の端に引っ込んだ。

「文仲業こそ真の忠臣である」曹操は心から感心し、自ら文聘の戒めを解いた。「荊州の主は代わるが、わしとてこの地の民をいたわるつもりだ。わしを見捨てずに助け、ともに大事を謀《はか》ってはくれまいか」そう言うと、拳に手を添えて文聘に包拳《ほうけん》の礼をとった。

天下の丞相が敗軍の将に包拳の礼をとるとは……文聘の涙も驚いて引っ込み、虎のように鋭い目を丸くして尋ねた。「それがしには何の徳も才もございませんのに、どうして……」

曹操はいっそう恭《うやうや》しく答えた。「何を言うか。将軍は才徳を兼備しておる。わしは長らく天下を鎮めたいと願ってきた。せっかく得がたい義士と知り合えたのだ。もし将軍が劉荊州を補佐したのと同じようにわしを手伝ってくれるなら、天下の危難を除き、民を戦乱から救うこともできるはず。そして、将軍自身も朝廷で栄誉と富貴を得られよう。将軍、いかがかな?」

「そ、それは……」文聘は答えに詰まった。劉表も文聘を重用したが、やはりそこは文人である。武人を下に見ているところがあり、これほど文聘に対して懇《ねんご》ろに向き合ったことはなかった。だが、曹操は丞相の地位にありながらも、礼をもって文聘にへりくだった。文聘もいささか決まり悪く感じた。

曹操は文聘が頬に朱を注ぐのを見て、いっそう前のめりになった。「将軍、ためらうことはない。麾《き》下《か》の兵はそのままで結構、わしは一兵も取り上げぬし、輜重や糧秣《りょうまつ》も追加しよう。荊州の兵は将軍のような荊州の壮士に率いてもらったほうがよい。ほかに希望があれば遠慮なく言ってくれ」

とうとう文聘もいたたまれず、がくっと膝を折って跪いた。「敗軍の将が何を申すことがございましょう。丞相にご厚意を賜ったからには、身命を賭してお仕えする所存です」

「それでよい」曹操は再び文聘を助け起こした。「実は緊急に将軍の力を借りたいことがあってな。引き受けてもらえるかな」

「もちろんでございます！」文聘は曹操の言葉を遮るように勢い込んで答えた。蒯越は目の前の光景に目を丸くした――俗に兵を動かす者は将を動かす者に敵わないというが、さすが曹孟徳《もうとく》は人たらしの達人、わずか二言三言で文聘を手なずけてしまった……もし劉表親子が曹孟徳のように武人に接していたなら、荊州も今日《こんにち》のようにはなっていなかっただろうに……

曹操は厳《いか》めしい表情で文聘に命を下した。「文将軍をひとまず中郎将に任ずる。中軍に属するように。いま劉備が江陵に逃げ込もうとしているが、将軍は精鋭の騎兵を率いて追撃の道案内に立つのだ。すべてうまくいけば別に褒美を取らせる」

「仰せのとおりに」

曹操があまりにも簡単に先手の部隊を手に入れたので、史渙は何ともおかしくなり、つい文聘に軽口を叩いた。「文将軍、われら中軍の者はみな幽《ゆう》州の良馬に跨がっている。その道案内となればわれらの前を駆けねばならんから、よければ足の速い馬を何十頭か見繕《つくろ》ってやろうか？」

文聘は史渙をじろりと睨んだ。「北の者がどれほどのものか。人も馬もおぬしらには負けん。まあ、見ているがいいさ」

「よし、では行こう！」四人の将は口々に話しながら兵の点呼に向かった。

史渙や文聘らが去ったのを見て、曹操はようやくひと息ついた。「明日大軍が到着したら、直ちに軍勢を率いてあとを追う。何があっても劉備に輜重を奪われてはならん。ところでわしは私用がある。城内のことは軍師に任せたぞ」

許褚と鄧展が慌てて曹操に駆け寄った。「この地に参ったばかりで人心はなお測りがたいものがあります。われらが警護いたします」

「その必要はない」曹操は手を振って二人の申し出を断った。「ちょっと古い友を訪ねるだけだ。おぬしらのような武辺者が来るとかえって具合が悪い」

いつもは黙って従う許褚だが、それでも今日だけは聞かずにおれなかった。「丞相が自らお訪ねになるとは、いったいどのような方なのです？」

曹操は許褚を煙に巻いた。「これがすごい男でな。その友がわが軍に加わってはじめて荊州を手に入れたと言えよう。それがいま病と称して出て来ぬのだ。わし自ら出向くほかなかろう」曹操はそう言うと、許攸と婁圭に目配せした。二人とも思わず口元を覆って笑った。

第十章　長坂坡《ちょうはんは》の戦い

旧友との再会

漢水《かんすい》は古くは沔水《べんすい》と呼ばれ、益《えき》州の漢中《かんちゅう》郡に源を発している。高祖劉邦《こうそりゅうほう》がここから国を興したため、のちに漢水と改められた。漢水の水は泥を含んで支流も多く、襄陽《じょうよう》付近では大小無数の中洲を形成する。なかでも最大のものが蔡洲《さいす》である。

蔡洲は景色がよく、人が住めるばかりか、荘園まであるほどに広々としている。荘園を囲う壁にはすべて黒い石が用いられ、敷地内には建物が軒を連ね、楼閣が高くそびえている。屋根には瓦がびっしりと並べられ、垂木《たるき》は鳥が首をもたげてついばんでいるような洒落た形をしている。その豪華さは庶民の住む家とは比べものにならない。蔡洲はその名のとおり襄陽の名家である蔡家の土地で、この屋敷に住むのが一族の当主蔡瑁《さいぼう》である。

蔡家の名が知られるようになったのは蒯《かい》家よりかなり遅く、ここ百年ほどのことである。蔡瑁の父の蔡諷《さいふう》は学識豊かで善行を好み、士人《しじん》たちの評判もよく、多くの名門豪族と縁戚関係を結んだ。なかでも蔡諷の姉が嫁いだ南陽《なんよう》の名士張温《ちょうおん》は、曹操の祖父曹騰《そうとう》に推挙されて都で官につき、のちには司空《しくう》や車騎《しゃき》将軍にまで昇り詰めた。おかげで蔡家の家格も上がり、瞬く間に荊《けい》州屈指の豪族となったのである。こうした縁で曹家と蔡家は結びつきを深めていった。蔡瑁は若いころ学を修めるために上洛したことがあり、長らく伯父の張温の屋敷で世話になっていたが、曹操とはそのころの遊び仲間であった。

あれから三十年あまり、荊州を平定した曹操が昔なじみを思い出すのは自然なことであろう。ましてや名声赫々《かっかく》たる蔡瑁はその手に兵権も握っており、事実、これを引っ張り出さなければ荊州が落ち着くことはない。そのため、曹純《そうじゅん》ら四人の将に劉備の追撃を命じたあと、曹操は許攸《きょゆう》と婁圭《ろうけい》を連れて旧友のところへ足を向けることにした。となると、すでに降伏した荊州の者たちも当然これを粗略にすることはできない。失礼のないようにと蒯越《かいえつ》が蔡洲への道案内に立ち、張允《ちょういん》が自ら舟を操った。

船べりにもたれかかる許攸の態度は曹操より偉そうである。蔡家の荘園を眺めながら短い髭をしごいて反り返らせ、うれしそうに口を開いた。「こんなに広い荘園の壁がすべて黒石とは、いったい幾ら費やしたのだ。蔡瑁の青二才め、本当にここらで一番の金持ちらしい」蔡瑁も自分ももう五十を超えているというのに、許攸の脳裡にはふらふらと遊んでいた当時の姿が浮かんでいるようである。

張允は竹棹《たけざお》を操りながら話に加わった。「これでもほんの一部です。蔡家はこの一郡だけで四十五か所もの荘園を所有していますから。蔡洲はそのなかの一つに過ぎません」

「ほう」許攸は舌を巻いた。「まったく、どれだけ金を持っているんだ」

張允が続けた。「陛下のお膝元におられたら、これくらい珍しくもないでしょう。それに、蒯大人《たいじん》に伺ってごらんなさい。蒯家の身代《しんだい》は蔡家のまだ上を行きますからね」

蒯越は張允を睨みつけたが何も言わなかった。

舟の舳先に立つ曹操の耳にも二人の話はしっかり届いていた――なるほど、道理で簡単に降伏したわけだ。これだけの身代があれば戦乱など望むはずもないからな。袁紹《えんしょう》も劉表《りゅうひょう》も豪族の力で隆盛を極め、豪族によって滅んだということか……袁紹の場合は死後もまだ審配《しんぱい》らをつなぎとめる力があった。だが劉表はどうだ。北方の情勢も手伝って、豪族はわが身可愛さで国を売った。やはり天下を安定させるには豪族を抑え込まねばならん……

曹操があれこれ考えているうちに舟は蔡洲の岸に着き、一同は互いに手助けして舟を下りた。蒯越が門のところで呼び立てると、召使いが出てきて恭《うやうや》しく一礼した。「旦那さまは病で臥せっており、どなたもお会いになれません」

「天下の丞相《じょうしょう》が見えたというのに、それでも会わぬ気か」

召使いは謙虚で礼儀正しいが折れる気はないようだ。「お役人さまでも権威を振りかざすのはいかがなものかと。みなさま、どうか日を改めてお越しください」

曹操は我慢できずに口を挟んだ。「蔡瑁とは子供のころ一緒に遊んだ仲、敷居がすり減るくらい互いの家を行き来したし、夜中に人目を盗んで塀を乗り越えたこともある。そのわしが今日はわざわざ足を運んだというのに、会わぬ道理はなかろう」そう言って召使いを押しのけると、足早に敷地内に入って声を上げた。「徳珪《とくけい》、曹阿瞞《あまん》が会いに来たぞ！」

許攸と婁圭も勝手にあとに続き、あちこち歩き回って大声を上げた。「蔡徳珪、われらが襄陽に来たのに顔も見せないとはどういうつもりだ。隠れていないで早く出て来い……」丞相のご一行とあっては無理に押し入るのを遮ることもできない。

曹操らが喚《わめ》きながら敷地内を歩き回るので、屋敷の者は何ごとかとざわめき立った。百人を超える召使いたちも、主人の名を呼び捨てにする声を聞いてぞろぞろと表の広間まで押し寄せてくる。それでも曹操があたりかまわず大声で叫び続けるので、蒯越と張允が慌ててみなに説明した。「こちらは曹丞相であられる。この屋敷の主人にわざわざ会いに来られたのだ」召使いたちは慌てて跪《ひざまず》いて叩頭した。だが内心では、天下の丞相ともあろう者が私人の屋敷に勝手に押し入ってくるとは、どういう了見なのだと毒づいた。

曹操はまったく遠慮することなく、ずかずかと奥の間まで進んだ。侍女や女中たちは驚き慌て、頭を抱えて身を隠した。曹操はちょうど水を運んでいた女中から碗をひったくると、ひと息に飲んで喉を潤し、さらに大声で呼んだ。「蔡徳珪！　わしを避けようというのだろう。そんな必要はないから、隠れていないで早く出てこい」

さらに何度も呼び続けていると、奥の間の扉がぎいっと鳴り、立派な服を着た男が姿を現した。曹操は呆気にとられた。「と、徳珪なのか」

男はどこか決まり悪そうに小さくうなずいた。

曹操は自分の目を疑った。何度も目をこすって男を凝視した――老けている。記憶のなかの蔡瑁とはまるで違う。あのずんぐりとしていた若者が、いまは小さな年寄りそのものだ。目元に浮かんでいた才気は消え、髭にもずいぶんと白いものが交じっている。しかし、考えてみれば自分も同じこと。何しろ三十年あまりの時が経っている。若かりし日々はとうに過ぎ去り、互いに年を取ったのだ……

蔡瑁は病んでいたのではない。ただ後ろめたかった。劉表の縁戚であり、劉琮《りゅうそう》のことを託された。

それでいながら荊州を差し出すのを黙認したのである。どんな顔をして劉琮の前に立てようか。また、古い友人である曹操に対しては、二十年にもわたって劉表を支え、戦場でも相まみえている。曹操にも合わせる顔がない。劉琮と曹操のあいだで板挟みになり、どちらに対しても後ろめたさがぬぐえない。蔡瑁は今日ほど身の処し方の難しさを思い知ったことはなかった。

むろん蔡瑁も曹操が来るだろうと思ってはいたが、これほど早いとは予想外だった。しかも無理やり押し入ってきたので、これ以上隠れているわけにもいかない。幼なじみの姿を見た蔡瑁の脳裡に、闘鶏をして遊んでいたころの光景がありありと蘇り、しばらくは何も言葉が出てこなかった。

しばし黙って向き合っていたが、曹操がそろそろと口を開いた。「元気だったか？」

蔡瑁は唇を震わせた。「阿瞞……曹丞相……」それだけ答えると、丁寧に深々と拱手《きょうしゅ》の礼をした。

光陰矢のごとし、過ぎ去りし日々は二度と戻って来ない。いまや互いの立場は大きく変わった。かたや天下の丞相、かたや州郡の官。かたや列侯《れっこう》の一人、かたや地方の一豪族。かたや天下を見下ろす成功者、かたややむなく主《あるじ》を売り渡した男……二人のあいだには目に見えない高い壁が立ちはだかっており、昔に戻るべくもなかった。

曹操はしばし立ち尽くし、やがてゆっくりと笑い出した。「おぬしとわしの仲ではないか。そのような堅苦しい真似はよせ」

許攸と婁圭は曹操と違いざっくばらんである。二人して左右から蔡瑁の手を取りからかった。「まったく徳珪ったら、俺たちが来たのに顔も見せないとはどういうことだ。どれどれ、いったい何の病にかかったんだ、うん？」

「お恥ずかしい限りで……」蔡瑁も蒯越と同じく返す言葉を知らず、ただ頭を下げるばかりである。

「はっはっは……」曹操は蔡瑁に歩み寄ると、やはりその手を取って話しかけた。「荊州での暮らしは順調そうだな。襄陽城に入る際、梁孟皇《もうこう》の書いた扁額《へんがく》を目にしたぞ。かつておぬしと一緒に孟皇を訪ねたのを覚えているか。あのときは二人して門前払いを食らわされたな」

蔡瑁も笑みを返したが、かなりぎごちない。「もちろん覚えていますとも。梁鵠《りょうこく》はいま荊州に住んでいますが、明公《めいこう》が天子を輔佐することになるとは思いもしなかったでしょう」

「おぬしには荊州を差し出した功績があるのに、どうして会いに来なかったのだ」

「それは……」蔡瑁は言葉より先にため息をついた。「会わせる顔がなかったからです」

「おいおい」曹操は寛大なところを見せた。「おぬしとは竹馬の友なのに、何を気にしている。子供のころに歌った『煢々《けいけい》たる白兎《はくと》、東に走り西に顧みる。衣は新なるに如《し》かず、人は故《こ》なるに如かず［独りぼっちの白い兎、東へ走ったかと思えば西を振り向いて見て気がかりが絶えない。衣服は新しいものがよかろうが、人は昔なじみがよい］』という歌を覚えているか。降伏したばかりの見知らぬ連中さえ許したのだ。昔なじみのおぬしを許さぬはずがなかろう。昔話に花を咲かせ、今後のことを語ろうではないか。別れていたあいだの話はなしだ」

「はい、はい……」蔡瑁は何度もうなずいた。

婁圭も横から口添えした。「許子遠《しえん》などは袁紹に仕えていたのだし、わたしも荊州に長年身を置いていたが、孟徳《もうとく》は昔と変わらぬ気持ちで付き合ってくれている。ましてや徳珪と孟徳の付き合いはわれらより古いのだ。わたしならもっと気楽にするがな。これからはともに曹家の世話になろうではないか」

「そのとおり」許攸は遠慮のかけらもない。「阿瞞殿を恐れる必要はないぞ。互いの生い立ちまで知った仲。阿瞞殿も勢力を擁するまではそれは惨めなものだったし、官渡《かんと》の戦いでも袁紹に追い詰められて行き場を失うところだった。わたしが献策していなかったら、いまごろどこに葬られていたことやら。だから安心するがいい」蔡瑁もようやくいくらかは気持ちが落ち着き、少しずつ緊張がほぐれた。

曹操も一緒になって笑っていたが、さすがに内心の不愉快さはいかんともしがたかった――許攸め、図に乗りおって。わしを幼名で呼ぶのはまだしも、ところかまわず内情をさらけ出すとは、少し懲らしめてやらねば――しかし、曹操はそうした考えはおくびにも出さず話題を変えた。「子文《しぶん》も荊州にいるそうだな。会いに行きたいが案内してくれぬか。昔なじみで集まろうではないか」

王儁《おうしゅん》の名が出るや、蔡瑁の顔から笑みが消えた。「子文は……二年前に亡くなりました」

「何だと？」曹操は呆気にとられた。「死んだのか……」

「子文は任官を拒んで長江の南、武陵《ぶりょう》郡に隠棲していたのですが、数年前に傷寒《しょうかん》［腸チフスの類い］にかかりました。張仲景《ちょうちゅうけい》が何度か診てくれたものの、もう手遅れで……」蔡瑁はかぶりを振ってため息をついた。「戦時中ということもあり、わたしがそのまま武陵に葬りました」武陵に葬った本当の理由を口にすることは憚られた。王儁の郷里は豫《よ》州の汝南《じょなん》郡にある。本来なら亡骸を郷里に送り返してやりたいところだが、当時は劉表と曹操が敵対していたためそれもかなわなかったのだ。

曹操は悲しみに襲われ、かつて都でともに学んだ婁圭と許攸はさめざめと泣いた。蒯越が横から慰めた。「あまりに悲しまれてはお体に障ります。江陵《こうりょう》の件が落ち着いたら、王儁の棺を故郷に送ってやりましょう。せっかく旧友が再会できたのですから、今日は明るくすべきです」

「そうかもしれん」許攸の涙は出るのも早かったが、引っ込むのも早かった。「子文の話はもうやめよう。ところで腹が減ったたな。徳珪は飯の用意をしてくれんのか？」

曹操は横目で許攸を盗み見た——かつての同窓に対して何という無礼な。この分だと、わしのこともなんとも思っておらんのだろう。これでいつかわしが帝位についたら、どれほど威張り散らすことやら……

蔡瑁が許攸の求めを断れるわけもない。「おお、これはこれは。すぐに酒席を用意するので、あとは食べながらにしましょう」

さすがは富豪の家柄である。瞬く間に酒席の支度も整い、山海の珍味が所狭しと並べられた。だが、みな箸を動かすのも忘れて思い出話に花を咲かせている。酒も入って蔡瑁も寛いできたのか、妻子を呼んで曹操に挨拶させた。すっかり昔からの友人に戻って打ち解けた様子である。曹操が蔡瑁を訪ねたのは単に旧友と会うためだけではない。荊州を安定させるために蔡瑁の力を借りたいという狙いがある。そのため会話は徐々に本題に入った。「荊州には隠棲している賢人も少なくないと聞くが、何人か推挙してもらえぬか」

「城内の士人でしたら邯鄲淳《かんたんじゅん》と宋仲子《そうちゅうし》が傑出しています」

曹操は笑って退けた。「その二人ならわしも知っているが、経書をもてあそぶだけであろう。ほかに抜きん出て才徳兼備な者はおらぬか」

「才徳兼備ですか……」蔡瑁は少し考えてから答えた。「鎮南《ちんなん》将軍府の者はひとまず措《お》くとして、ここから東に数里ほど流れを下ると中洲が二つあります。一つを魚梁洲《ぎょりょうす》といい、ここには龐徳公《ほうとくこう》という人物が住んでいます。この者は人徳があり度量も広く、才子を見抜く力がすこぶるあります。大賢人と言って差し支えないでしょう。魚梁洲の向かいにあるのが白沙洲《はくさす》で、こちらにも隠者が一人住んでいます。複姓を司馬《しば》、名を徽《き》、字《あざな》を徳操《とくそう》といい、土地の者は『水鏡先生《すいきょうせんせい》』と呼んでいます。潁川《えいせん》から難を逃れてきた者です。普段はとても寡黙で、土地の者が何を尋ねてもいつも『好《ハオ》「よし」』としか答えないため、人は彼を『好好《ハオハオ》先生』とあだ名しているようです。うわべは朴訥《ぼくとつ》としていますが、胸に良謀を抱き、後進の者たちを少なからず導いています。劉表もこの二人の高名を知ってしばしば召し出そうとしましたが、断られていました」

曹操はしきりにうなずいた。「古人も『馬を相《み》るに輿《よ》を以てし、士を相るに居を以てす「馬は馬車を引かせてみなければ良し悪しがわからず、人は住まいを知らなければ賢愚がわからない」』と言っているが、風流な場所に隠棲しているところを見ると、等閑に付すべき人物ではなさそうだ」

「龐徳公と水鏡先生が大賢であるのはもちろん、門生《もんせい》の若者らも非凡な者ばかりです。襄陽の西に檀渓《だんけい》という場所があり、ここに後進の者たちが幾人か住んでいます。石韜《せきとう》、字は広元《こうげん》、孟建《もうけん》、字は公《こう》威《い》、そして劉備の元にいる徐庶《じょしょ》、字は元直《げんちょく》です。一番若いのは崔州平《さいしゅうへい》といい、涿《たく》郡の名門崔家の者です」

「崔州平？」曹操は目を輝かせた。「先々帝の御代に太尉《たいい》だった崔烈《さいれつ》の子で、崔鈞《さいきん》の弟のことだな」

「そうなのですか。わたしはよく存じませんが」

曹操が興奮して立ち上がった。「かつて崔鈞が袁紹の挙兵に従ったため、崔烈は長安《ちょうあん》に攻め込んだ李傕《りかく》と郭汜《かくし》によって殺害された。そのとき崔烈は息子たちを守って逃げるよう家僕に命じたらしい。まさか息子の崔州平がこの地まで流れてきていたとは……崔鈞はいま西河太守《せいがたいしゅ》に任じておるゆえ、州平が北に戻れば兄弟が再会を果たせるな」

婁圭が口を挟んだ。「徳珪、それだけか。わたしは襄陽の近くに『臥竜《がりゅう》』と『鳳雛《ほうすう》』という二人の若者がいると耳にしたことがある。どうしてその二人のことを孟徳に伝えない？」婁圭はしばらく荊州にいたため、いくらかは当地のことを聞き知っている。

「ほう。まだ、そんな人物がいるのか」曹操が興味を示した。「臥竜」や「鳳雛」とあだ名される人物が浅学非才なわけがない。

蔡瑁の顔に緊張が走った。「たしかにおります。『鳳雛』とは龐統《ほうとう》、字は士元《しげん》のことで、龐徳公の甥にあたります。もとは郡の功曹《こうそう》をしていましたが、劉表が亡くなると官を捨てて逃げてしまい、いまは行方知れずです。『臥竜』のほうは諸葛亮《しょかつりょう》、字を孔明《こうめい》といい、いまは劉備の麾下《きか》にいます……」蔡瑁は諸葛亮のことを持ち出したくなかった。諸葛亮の舅にあたる黄承彦《こうしょうげん》の妻が蔡瑁の姉だからだ。縁戚に敵陣営の者がいるなど面目丸つぶれである。

徐庶や諸葛亮ら劉表の召し出しを拒んだ者が、劉備のためにはむしろ進んで奔走している。これがもっとも曹操の癇《かん》に障った――あの大耳の賊め、誰彼となくたぶらかしおって、必ず死地に追いやってやる――曹操は蔡瑁の腕を引いて立ち上がらせた。「いつまでも屋敷にこもっていてはならん。すぐさま城内に戻りわしを手助けしてくれ」

「いますぐにですか?」

「そうだ。すでに劉備追討の兵を遣わしてあるが、首尾よく運ぶかわからん。わしが襄陽におるのは今日だけ、明日には大軍を率いて先手《さきて》の部隊に合流し、江陵に進軍する」曹操は早くから算段を立てていた。「江陵の兵糧や戦船《いくさぶね》を大耳の賊にやるわけにはいかん。わしが出たあと、襄陽のことはしばらく任せるゆえ、民を慰撫して人心を落ち着かせてほしい。それから賢人がよそへ流れぬよう、わしの名刺［名前を記した竹木《ちくぼく》］を持って龐徳公や司馬徽、崔州平らを召し出してほしいのだ」

蔡瑁は後ろめたさから職を辞するつもりでいた。しかし、曹操がしきりに請うので、しだいに心を動かされた。「承知しました。わたしでよければ力を尽くしたいと存じます」

「いまの役職では役不足であろう。上奏しておぬしを長水校尉《ちょうすいこうい》に任じ、亭侯《ていこう》に封ずる。また、参軍《さんぐん》事《じ》も務めてもらおう。劉備を討ち取ったらともに朝廷に戻ろうではないか」長水校尉は北軍《ほくぐん》の五校尉の一つで、都を防衛する責務がある。ただ、都を許《きょ》県に移してからは、都の防衛に当たる軍を曹操が握っている。北軍の校尉の俸禄は秩二千石《せき》と高いものの、実際はお飾りに過ぎない。曹操が蔡瑁に長水校尉の職を授けたのは帰順に対する褒賞である。ただ、許都への転任は襄陽における蔡瑁の影響力を削ぐためでもあった——つまるところ、蔡瑁もこの地に巣くう豪族なのである。

曹操はそれ以上時間を無駄にしたくなかった。早々に酒宴を切り上げると、すぐに襄陽城へ戻ろうと蔡瑁を急《せ》かした。仕方なく蔡瑁も荷物をまとめ、剣を佩《は》くだけで屋敷をあとにした。一同が舟に乗ろうとしたところで、対岸から船脚の速い舟が近づいてきた。舟の上には痩せこけた下級の役人が立っている。

曹操は遠目にもそれが盧洪《ろこう》だとわかった。「こんなところまでどうした？」

盧洪は舟から飛び降りるや否や地べたに跪いた。「わたくしの不注意で、孔文挙《ぶんきょ》の遺体が盗まれました」

蔡瑁は訝《いぶか》しみ、そばの許攸に尋ねた。「孔文挙とは、まさかあの孔融《こうゆう》殿のことか」

「そうさ。ほかに孔文挙がいるか？」

「殺されたのか？」

許攸はちらりと曹操に目を遣り、自分のほうにまったく注意を向けていないのを確認してから小声で答えた。「阿瞞殿を怒らせたのさ。阿瞞殿は御史大夫《ぎょしたいふ》の郗慮《ちりょ》を脅して孔融の罪を上奏させ、一家十数人を皆殺しにした。そして亡骸を許都の城外にさらしたんだ」許攸はさらに余計なことまで付け加えた。「おぬしも気をつけろ。阿瞞殿は昔のままじゃない。瞬き一つせずに人を殺《あや》めるぞ」さすがに許攸は聡明である。自分のことになると目が曇るだけで、他人の状況はよく見えていた。

曹操はこのとき孔融のことで頭がいっぱいで、許攸の減らず口に気づいておらず、すぐさま盧洪に命じた。「戻って王必《おうひつ》に伝えよ。屍《しかばね》を盗んだ者を捕えたら直ちに処刑……いや待て、わしが戻ってから自ら処罰を科す。手心など加えぬぞ。わしの命《めい》に逆らう不届き者をこの目でしかと見てやろうではないか」

蔡瑁は半生にわたって温和な劉表に仕えてきたので、こんな場面に遭遇したことがない。恐怖に身の毛がよだち、濁流に足を突っ込むべきではなかったと深く後悔した。だが、たったいま承諾したばかりで引き返すこともできない。

「徳珪！」曹操が大声で呼んだ。

「は、はい！」蔡瑁は全身に震えが走り、思わず剣を落とした。

船上から曹操が手招きをしている。「何をぼうっとしておる。早く来るのだ」

「ぎょ、御意！」蔡瑁は慌てて剣をつかみ舟に乗り込んだが、早鐘を撞《つ》くような胸の鼓動が鎮まらない――あの孟徳がこんなに横暴になっていたのか。乗りかかったこの舟を下りるにはいったい……

趙雲《ちょううん》、幼い若君を守る

劉備《りゅうび》の逃避行はあまたの山や川が行く手を阻み、何より民たちが行軍の足手まといとなり、予想以上に困難を極めた。行列は坂道を転がる雪だるまのように膨れ上がり、襄陽《じょうよう》を発ってほどなくして五、六万人ほどになった。途上にある中盧《ちゅうろ》、宜城《ぎじょう》、編《へん》県［いずれも湖北省北部］と行く先々で衝撃を与え、人々は行列を眺めながら戦々恐々、たいへんな事態になったと大騒ぎである。

「鎮南《ちんなん》将軍があの世に行って、劉琮《りゅうそう》が曹操に降ったらしい。それにしてもなんて数だ」

「きっと曹賊が襄陽で殺しまくったんだ……すぐにここにも来るんじゃねえか？」

「劉家だろうが曹家だろうが収穫を持ってくだけだろ、殺しまではしねえさ」

「でもよ、屯田送りで重税をかけられるかもしんねえぜ。お前だってそんなの嫌だろ？」

「それじゃ、俺たちもついて行くか」

「でも、こいつらどこへ行くんだ？」

「この一大事につべこべ言っている暇はないぜ。なんでもこの行列の劉将軍は漢室とつながった仁義の人って話だ。ここについて行けばきっと間違いねえ」

噂《うわさ》には尾ひれがついて広まり、沿道の民らは誰しも曹操が来れば皆殺しにされると思い込んだ。劉備について逃げる民がどんどんと増え、わずか十数日でその数は十万、荷車の数は一千を超えた。どう転んでも早く進むことは不可能である。加えて道が悪く、一日に進める距離はたった十数里［約六キロメートル］だった……

夕日が沈んでまた一日が終わる。毎日野宿の劉備ら一行は、この夜も篝火《かがりび》のそばで眠りについた。逃亡のための貴重な時間をすでに十四日も費やしている。曹操軍が漢水《かんすい》を渡ったという知らせも届いているのに、やっと当陽県《とうようけん》［湖北省中部］の県境まで達したに過ぎない。江陵《こうりょう》まではまだ半分以上、三百里［約百二十キロメートル］近い道のりが残っている。明日以降もこんな速度なら曹操軍に追いつかれるのは時間の問題である。

劉備は何度も寝返りを打ったが、四更［午前二時］を過ぎても寝つけない。心配のあまり起き出すと、馬車の上に立って周囲を見渡した。薄暗い灯火《ともしび》に照らされ、あたり一面がびっしりと人で埋め尽くされている。横になる者、座る者、荷にもたれる者、老若男女の民と兵士が入り交じり、まさに黒山の人だかりだ。馬車、牛車、荷車、輜重車《しちょうしゃ》、さらには農家の手押し車までが無秩序に入り交じっている。こんな状態では戦うどころか、敵が追いついた途端に全滅は免れない。

劉備が気を揉んでいるところへ一人の若者が近づいてきた。「父上、眠れませんか」あくびをしながら声をかけてきたのは、養子の劉封《りゅうほう》である。

劉封は二十歳になったばかりの若者である。もとの姓は竇《とう》、漢室の名門である扶風《ふふう》の竇氏(1)の末裔だが、幼くして両親を亡くしたため、封邑《ほうゆう》を受け継ぐどころか仕官の道まで閉ざされた。そこで、母方の叔父である新野《しんや》県令の劉泌《りゅうひつ》を頼って来たところ、ちょうど新野に駐屯していた劉備の目に留まった。竇封《とうほう》が立派な顔立ちで英気に満ち、武芸にも秀でていたので、劉備は養子にして絶えず身近に置いていた。

「危殆《きたい》に瀕して、おちおち眠ってなどおれぬ」劉備は軽くため息をついた。「前方へ行って将軍たちを呼んできてくれ……くれぐれもみなの眠りを妨げぬよう、そっとな」

「はい」劉封は忍び足で前方へと向かっていった。劉備は篝火のそばに戻り、腰を下ろしてあぐらを組んだ。すると、諸葛亮《しょかつりょう》、徐庶《じょしょ》、伊籍《いせき》らも起きてきた。不安に苛まれて眠れないのはみな同じである。車座になって座った一同のもとに、まもなく張飛《ちょうひ》、趙雲、陳到《ちんとう》、霍峻《かくしゅん》らも集まってきた。

劉備の声はことのほか暗い。「無事に江陵へたどり着くのは不可能だ。数日で曹操軍の先手《さきて》に追いつかれるだろう。兵を分けて後方を守らせる」

だが、諸葛亮はかぶりを振った。「ついて来ている民の多くは兵士の家族、兵はみな家の者を守るために散っていますから、後方を守りに行かせるのは難しいでしょう」

「難しくてもやるしかねえ！」張飛は感情も露わに声を荒らげたが、自分の声が大きすぎたと気づいていくぶん声を潜めた。「このままじゃ、とても戦《いくさ》にならん。曹賊めに追いつかれたらおしまいだ。ここは家族を捨ててでも必死でやるしかねえだろうよ！」

張飛の言うことにも一理ある。だが、事はそう簡単ではない。兵士らも家族を置き去りにして命がけで戦えるだろうか。諸葛亮は悩んだが、ほかに良策もないのでそれとなく示唆した。「いま、わが軍は頭数ばかり多く戦には不利です。そろそろ次善の策を考えておくべきかと」

劉備は力なくうなずき、西側のほど遠くない場所に目を遣った――数台の馬車と、劉備や諸将の家族が見える。黄巾《こうきん》の乱よりこのかた、劉備は文字どおり東奔西走してきた。何度か妻を亡くし、いまは糜《び》氏と甘《かん》氏の二人しかいない。糜氏と二人の娘はかつて曹操軍の捕虜となったが、幸い関羽《かんう》に守られて再会できた。劉備はこのうえ息子までは望むまいと考え、後事を託そうと劉封を養子に迎えた。ところが、一年前に甘氏が初めて新野で元気な男の子を産んだのである。大喜びの劉備は劉封の名である「封」に続けて赤子の名を「禅《ぜん》」(2)とし、幼名を阿斗《あと》とした。五十近くになってもうけた、まさに目に入れても痛くない息子である。勝敗はまだわからないとはいえ、曹操軍に追いつかれたとき、一歳にも満たないわが子をどうやって守るというのか……

劉備の傍らに侍立《じりつ》していた趙雲は、劉備の視線の先に気がつくと跪《ひざまず》いて申し出た。「戦況が不利になりましたら、わが君は先へ逃げることをお考えください。奥方らと若君はわたしが誓ってお守りいたします」

その言葉を聞いて劉備は胸がいっぱいになった――かつて高祖《こうそ》は彭城《ほうじょう》［江蘇《こうそ》省北西部］で敗走したとき、馬車から息子と娘を投げ捨てたという。夏侯嬰《かこうえい》が助けておらねば末代まで笑われていただろう。では自分はどうだ……挙兵してからというもの下邳《かひ》でも小沛《しょうはい》でも妻子を囚われた。そのときはやむをえず恥を忍んだが、今度はわが身すら危ういうえに、また妻子を巻き添えにしようとしている……

劉備が思い悩んでいると何やら後方が騒がしくなり、かすかに叫び声も聞こえてきた。一同は驚いて立ち上がり、北の方角に目を遣った。空はすでに白みはじめ、遠くまで十分に見渡せる。横になったり荷物にもたれていた兵士や民もほとんどが目を覚ましたようだ。すでに出立のため荷物をまとめ、干《ほ》し飯《いい》をかじっている者もいるが、彼らも聞き慣れない声に首を伸ばして後方を眺めている。一帯は長坂坡《ちょうはんは》と呼ばれる場所で、当陽城の北に開けた傾斜地である。視界を遮る林などは数里先までないが、総勢十万とあっては、目に入るのはどこまでも地を覆い尽くす人群れで、それ以外は何も見えない。

肝っ玉の小さい劉琰《りゅうえん》の顔は早くも真っ青になっていた。「まさか……曹操軍が追いついたんじゃ……」

張飛はそれを鼻で笑った。「ふん、馬鹿馬鹿しい。曹賊めがこんなに早く来られるわけなかろう。少なくともあと三、四日はかかる。それに後方には斥候《せっこう》を放ってあるんだ。敵が来たなら先に報告が来るから安心しろ。誰かが金目の物を盗んで喧嘩でもしているんだろう。二、三人、兵を遣って確かめれば済むことだ」

一同ももっともだと思い、護衛兵を差し向けると、また腰を下ろして相談をはじめた。だが、いくらも経たないうちに雷にも似た轟音が聞こえてきた。再び後方に目を遣ると、どうやらただ事ではない。兵士も民も騒ぎ出し、徐々に叫び声がはっきりと聞こえてきた。

「逃げろ、早く逃げろ！　曹操軍が攻めて来たぞ！」

劉備は頭のなかが真っ白になり、立ち尽くしたままつぶやいた。「ど、どうしてそんなことが……」

北の地平線に土煙が舞い上がり、逃げ惑う者たちが津波のように恐ろしい勢いで劉備のいるほうへ近づいてくる。人々は天地をどよもすような叫び声を上げながら必死で逃げた。荷車がひっくり返り、天幕がなぎ倒され、驚いた牛馬や家畜があちこち勝手に駆け回る。家財道具が散乱したところで誰も見向きもしない。劉備のいる陣も急ごしらえで、いくら護衛がいたとしても非常事態が出来《しゅったい》すれば防ぎ切れるものではない。無我夢中で逃げる民が陣の柵を押し倒し、騒々しくなだれ込んでくる。相手が普通の民とあっては護衛兵も手を上げることができず、なす術なく突っ立って見ているか、なかには浮き足だって武器を捨て、民と一緒に逃げ出す者までいた。

そのとき、劉備の目の前を一筋の光が通り過ぎた。誰かが篝火の燃えさしを蹴り飛ばしたため、鼻先を煙とともにかすめたのだ。劉備はやっと我に返った。目をこすって確かめるようによく見ると、どこもかしこも逃げ惑う民ばかりである。しかも、護衛兵や家族とはぐれたばかりか、張飛や趙雲、霍峻らの姿も見当たらない。劉封と魏延《ぎえん》の二人だけが劉備を挟むようにして左右を守っていた。二人が何とか劉備を馬上に押し上げると、そばにいた諸葛亮や徐庶らもすぐに馬に跨がり、まだ近くにいた十数人の腹心の兵も集まった。魏延と劉封はおのおの大刀を手に、劉備を護衛しつつ駆けだした。民らが右往左往しているため、当初は方向を間違えたが、途中で気がつくと馬首を南へと向けた。

劉備はまだ驚き覚めやらず、呆然としながら軍馬に鞭打って劉封のあとを追った。長坂坡はなだらかな傾斜地だが、いまはあたり一面に荷物や屍《しかばね》が転がっている。麋竺《びじく》と麋芳《びほう》の兄弟が両側から劉備の肩を押さえていなかったら、劉備はとっくに馬から転がり落ちていただろう。そんな状況でも劉備はまだ後方を振り返りつつ、胸の内で自問を繰り返していた——なぜこんなに早く……本当に曹操軍なのか？

追ってきたのはたしかに曹操軍であった。曹操は烏丸《うがん》を平定してから、牽招《けんしょう》や閻柔《えんじゅう》を派遣して古《いにしえ》の幽《ゆう》や燕《えん》の地を統治させた。それが功を奏し、あまたの良馬が中原に持ち込まれたことを劉備は知らなかったのだ。曹操軍の中軍はほとんど幽州の軍馬に入れ替えられ、とりわけ虎豹騎《こひょうき》［曹操の親衛騎兵］には選《よ》りすぐりの良馬が与えられた。しかも、道案内をする文聘《ぶんぺい》は帰順したばかりで、手柄に飢えていた。五千の追っ手は休むことなく、わずか一昼夜で三百里あまりを駆け抜け、飛ぶような勢いで当陽までやって来たのだった。劉備のもとに斥候の知らせが届かなかったのも当然で、斥候たちは曹操軍の後ろに置き去りにされていたのである。逃げる劉備軍に真っ先に斬り込んだのは文聘であった。自ら麾下《きか》の百騎あまりを率いて道案内を務め、ここまで一昼夜駆け続けてきた。空も白みはじめてきたころ、さすがに疲れを感じ、小休止してから追撃を再開するつもりでいた。しかし、密林を抜けて長坂坡に差しかかったそのとき、目の前に驚くべき光景が広がった――いったい何人いるんだ？――広い原野は数え切れないほどの兵士と民で埋め尽くされていた。

　文聘は面食らったが、武者震いして命《めい》を下した。「捕えよ！　劉備を捕えるのだ！」戦でもっとも肝心なのは士気である。勢い込んで追撃をはじめた曹操軍もさすがに疲れが見えていたが、突然視界に無防備な敵の姿を捉えた。劉備軍にとどめを刺すまたとない好機である。すぐさま鬨《とき》の声を上げて襲いかかった。

　劉備軍は兵士もいるとはいえ、最後尾はほとんどが老人や病人である。予期せぬ曹操軍の襲来に卒倒せんばかりに驚き、その場から動くこともままならず馬に蹴散らされた。誰もがにわかに大混乱に陥り、兵士も民も一緒になって逃げ出したが、むやみやたらと逃げ回るので、曹操軍に殺されるよりも味方に踏みつけられて死んだ者のほうが多かった。文聘は敵の脆さを見てすぐに声を張り上げた。

「こいつらを根絶やしにする必要はない。劉備を追うのが先だ!」そう叫ぶと真っ先に敵のなかに突進し、これに中軍の騎兵と虎豹騎が続いた。まさに長坂坡を吹き抜ける一陣の旋風《つむじかぜ》である。

曹操軍の総数わずか五千に対して、劉備軍は十万を擁する。だが、その大多数は家を捨ててきた避難民であり、武器の代わりに荷物を持っているようなありさまである。むろん兵士もいるが、この大群衆のなかでは反撃はおろか、立っていることさえ難しい。そのため、曹操軍は駆けてきた勢いのままに突撃し、刀や槍を繰り出しては、至る所で死体の山を築いていった。

曹操軍は突き進むにつれて気を引き締めた。というのも、敵は徐々に兵士が増え、散発的ながらも刃向かってくるようになったからである。劉備はそう遠くない――文聘はそう踏んで一段と追撃の手を強めた。押し倒された柵を越えたところで、十数台の荷車が行く手を阻むのが見える。そして曹操軍を食い止めようと、荷車の背後から大刀を手にした何十人もの敵兵が飛び出してきた。文聘は少しも怯《ひる》まず長柄の矛を振るって雑兵《ぞうひょう》を刺し殺した。そのまま前方へ駆けようとしたそのとき、自分の名を呼ぶ怒鳴り声が聞こえた。「文仲業《ちゅうぎょう》、血迷ったか!?」

文聘が目を遣ると、正面の荷車のそばに血気盛んな三十前後の若い将が立っていた。大刀を手に目を怒《いか》らせてこちらを睨みつけている。荊州の将、霍峻である。

「霍仲邈《ちゅうばく》、おぬしこそなぜ劉備に降ったのだ」

「良禽《りょうきん》は木を択《えら》んで棲《す》むものだ。出世のために主君を売り渡す輩にどうこう言われる筋合いはない。どうだ、俺と一騎打ちしようではないか」

「望むところだ」文聘が曹操に投降したのはその情にほだされたからである。主君を売り渡した輩とまで言われて、おめおめと引き下がるわけにはいかない。文聘は昔のよしみも忘れて怒り心頭に発し、馬に鞭打って長柄の矛を振るおうとした。そこへまた正面から一騎駆けだしてきた。「二人ともおやめください！」

文聘が目を遣ると、今度は襄陽城から脱走した伊籍である。「伊機伯《きはく》か！　劉備とぐるになって謀反などしおって。今日がお前の葬式だ、覚悟しろ！」

伊籍は霍峻を止めるためにその手綱を握ってから文聘に反論した。「わたしが謀反したですと？　文将軍、その目を見開いてよくご覧なさい。罪もない荊州の民を殺《あや》めているのは誰か、無慈悲に民を殺しているのは誰か、自分の胸に手を当ててよく考えるのです。あなただって荊州の人間ではないのですか！」

そのひと言で文聘は思わずぞっとした。後ろを振り向けば、行く手を阻んだ数十人の兵を部下たちが皆殺しにしていた。さらに数人の騎兵が槍を振り回し、身に寸鉄も帯びていない民草をいまにも殺そうとしている。これは追撃ではない、紛う方なき殺戮《さつりく》である。それも荊州の兵が荊州の民を殺しているのだ。文聘は背筋が寒くなった——この文聘、曹操をもり立てるだけならまだしも、同郷の民を殺しては世間に顔向けできぬ——そこですぐに大声で制した。「民に危害を加えるな！　劉備を捕まえるだけでよいのだ！」

しかし、部下たちは目を血走らせて得物《えもの》を振り回している。文聘の声が耳に入らないのか、目の前の兵がいまにも槍で老人を刺し殺そうとしていた。文聘は飛びかかってその槍を奪い、思いきり平手打ちを食らわせた。「馬鹿野郎！　聞こえなかったのか。これより民を殺めた者は軍法によって処罰する！」そして振り返ってみると、伊籍と霍峻の姿はとっくに人波に紛れて消えていた。

文聘は多くの同郷の民を殺したことを深く後悔し、途方に暮れてその場から動けなくなった。将軍が動かなければ配下の兵も動けない。そのうちに後方の大部隊が追いついてきた。轡《くつわ》を並べて駆けてきた曹純《そうじゅん》と韓浩《かんこう》は文聘の部隊が立ち止まっているのを見て厳しく叱責した。「おい、こんなところで何をしている！　さっさと追わんか！」二人の部隊は文聘率いる荊州の騎兵をその場に残し、敵に槍を浴びせつつ邪魔な荷車をどけながら、鬨の声を上げて追撃していった。

長坂坡は一帯が大混乱に陥っていたが、功を焦る曹純は脇目も振らず前進を続けた。半刻［一時間］もすると逃げ惑う兵士や民もまばらになり、突如前方に何台かの馬車と少数の騎兵の姿が見えた。馬車に乗っているからには、劉備でなくても名のある者に違いない。曹純はそう考えてどんどん追いかけ、護衛がもっとも多い中央の馬車に狙いを定めた。馬車が騎馬から逃げ切れるものではない。ましてや曹純らが乗っているのは幽州の良馬である。ほどなくして追いついた虎豹騎は続けざまに矢を放ち、護衛の騎兵を次々と射殺《いころ》していった。さらに弓の名手が馬車の側面に回り込み、ひょうと矢を放つと、御者が喉を射抜かれて車から転げ落ちた。すかさず回り込んだもう一人が手を伸ばして手綱を引いたため、馬車はゆっくりと止まった。虎豹騎が馬車の周りを隙間なく取り囲む。

「なかにいるのは何者だ。出てこい！」兵たちが何度叫んでも、なかからは何も音がしない。

「何をぐずしている！」曹純は馬車の前に回り込むと、槍で馬車の簾《すだれ》を引きちぎった。なかにいたのは二人の中年の女である。一人はおくるみにくるまれた赤子を抱き、もう一人は左右に

十三、四歳の少女を抱き寄せている。大人も子供も悲鳴を上げ、俯《うつむ》いて縮み上がった。
曹純はどんな大物がいるかと期待していたので女子供の姿を目にして落胆したが、よくよくのぞき込んで確かめると一転小躍りした――この二人は劉備の妻だ！

かつて関羽は、ともに下邳城にいた甘夫人と糜夫人を連れて許都《きょと》に身を寄せたことがあり、曹操も二人には危害を加えないと誓いを立てた。ときに曹純は中軍の将で、劉備の夫人たちの顔を遠くから目にしたことがあった。とりわけ甘氏は玉のような肌をした美貌の持ち主で、一度見たら忘れることはない。かなり前のことではあったが、いま目の当たりにして記憶が鮮やかに蘇った。

「大耳の賊の女房と子供だ。生け捕りにしろ！」曹純の命令一下、兵士たちは恐ろしい形相で馬車を一斉に取り囲んだ。だが、狭い馬車のなかまで乗り込むことはできず、外から闇雲に手を突っ込むしかない。女たちも兵士の手から逃れようと馬車のなかで必死に抵抗したが、ついには二人の少女が、そしてとうとう糜夫人が外に引きずり出された。

残るは甘夫人と赤子だけである。甘夫人は隅に身を寄せて声を上げたが、呼べど叫べど助けはやって来ない。一人の兵士が馬車に飛び乗り、甘夫人の腕から阿斗を奪い取ろうとした。甘夫人は悲しく恨めしくやるせなかった。それでも命がけで抵抗しようとしたとき、急に外が騒がしくなった。その刹那、目の前で冷たい光が輝いたかと思うと、阿斗を奪おうとしていた兵が銀の槍の餌食になり、馬車の軾《しょく》［車の前部に取りつけられた横木］に磔《はりつけ》にされた。

馬車を取り囲む曹純らの後ろから、不意に一騎の騎馬が疾走してきた。そして一筋の閃光がきらめき、悲鳴とともに何人もの虎豹騎が瞬時に銀の槍の餌食になった。敵はたった一騎で曹純らの重囲《じゅうい》を突破して馬車の前まで近づいて来たのである。無人の野を駆けるがごときその姿に、曹純は驚いて馬首を回《めぐ》らせた。数歩後退して相手の姿を認めると、男は三十過ぎ、凛々しい顔立ちに左右の頬とあごから黒々とした髭をなびかせ、立派な体軀《たいく》の白馬に跨がっている。白い鎧兜と戦袍《せんぽう》を身にまとい、手には輝く銀の槍を握っていた。

「趙子竜《しりょう》……」かつて劉備は四年ほど曹操のもとにいたので、曹純はその部下の多くを見知っている。

趙雲は糜夫人と娘が捕らわれているのを見て静かに言った。「奥方の手を放せ」

「ほざけ！　お前一人で何ができる」曹純は手を振って部下に合図した。「こやつを捕らえよ！」大勢の兵士が一斉に趙雲に襲いかかった。

趙雲が手中の槍を繰り出すと、その切っ先は雨に散る梨の花のごとく舞い、瞬く間に三人の兵を返り討ちにした。趙雲はその場をほとんど動いておらず、余裕綽々でまったくの無傷である。曹純は驚いて後ずさった。そもそも曹純は孝廉《こうれん》に挙げられた文人である。兵の統率には長けているが武芸は人並みで、趙雲の相手が務まるはずもない。

趙雲は右に左に槍を繰り出しながらも、馬車から離れず、あっという間にまた近づいてきた三人の命を奪った。彼らとて並みの兵ではない。曹操軍でもとりわけ勇猛な虎豹騎の一員がいとも簡単に討ち取られたのだ。ほかの者も曹純につられてじりじりと下がって距離を取った。

「もう一度言う。奥方を放せ！」趙雲は敵が怖気づいたと見て今度は声を荒らげた。

曹純は思わず従いそうになったが、振り返って見れば、味方の兵はおのおの散って敵を追撃しているとはいえ、近くにまだ二十人あまりいる。しかも遠くのほうには砂塵が舞い上がり、史渙の率いる一隊もやって来ている。自信を取り戻した曹純は無理やり笑みを作って言い返した。「ふざけるな。お前こそ武器を捨てておとなしくお縄についたらどうだ。嫌だと言うなら一斉に矢を浴びせ、馬車ごと針ねずみに……」曹純が言い終えぬうちにまたも騒ぎ声が上がり、西の方角から敵将が単騎で突進してきた。虎豹騎は袁譚《えんたん》の首を刎《は》ね、蹋頓《とうとん》を討ち取り、向かうところ敵なしの部隊であったが、またもや単騎での突破を許して今日は面目丸つぶれである。その将はあごに髭がないだけで、趙雲とまったく同じ出で立ちをしている――陳到、字《あざな》は叔至《しゅくし》、また侮れない強敵が一人現れた。

趙雲は落ち着いて見えたが、内心ではかなり焦っていた。自分一人で二人の奥方や、馬車のなかにいる幼い阿斗を救うのは難しい。万が一にも劉備の血を分けた唯一の息子を失うわけにはいかない。そこへ陳到が駆けつけてくれた。「叔至！　馬車を警固して先に行け！」これに驚いたのは曹純である。趙雲のことはひとまず放っておき、配下の兵とともに陳到を取り囲んだ。陳到は逃げも隠れもせず、馬を駆けながら鞍の上で中腰になったかと思うと、勢いをつけて飛び上がり、包囲する敵の頭上を飛び越えて馬車の横に着地した。その間、呆然と宙を見上げていた曹純は陳到の空馬に体当たりされ、馬もろとも転倒してしまった。

陳到は片手に長柄の槍を、もう片手に手綱を握り、馬車を御して駆けだした。すぐに数騎の虎豹騎が詰め寄ったがことごとく返り討ちにされ、陳到はその場を離れていった。曹純は落馬した際に傾いだ兜もそのままに、地べたに這《は》いつくばりながら大声で命じた。「追え！　早く追うのだ！」だが、時すでに遅く、趙雲が銀の槍をしごいて行く手を遮り、またも三、四人を血祭りに上げた。ちょうど曹純のそばでは二人の兵が麋夫人を取り押さえている。曹純は低い体勢のままそちらに転がり込んで一気に近づき、身を起こすなり剣を引き抜くと、刃を麋夫人の首筋に押し当てた。「趙雲！　投降せねばこの女を斬り殺す！」

それを聞いても趙雲は動じなかった――勝手に人質を殺すことなど曹純にはできぬはず――そう考えると相変わらず槍をしごいては敵兵を殺し、陳到の馬車が逃げる時間を稼いだ。趙雲に道を塞《ふさ》がれ、麋夫人を手にかけることもできず、馬車はみるみる遠ざかっていく。曹純は苛立って地団駄を踏んだ。そのとき、蹄《ひづめ》の音を響かせながら史渙の部隊がすぐ近くまでやって来た。曹純は大いに奮い立った。「趙雲、さあどうする。こちらはいくらでも付き合ってやるぞ」

衆寡敵せず、趙雲がいかに勇猛であろうと、押し寄せる兵馬には無力である。かといって、敵の手の内にある麋夫人を見捨てて一人逃げ出すことができるだろうか。

麋夫人は趙雲の胸中を察して胸が締めつけられた――子竜がここを動けないのは君臣の義を守るため――涙ながらに横を見ると、二人の娘はすでに縛られて馬上にあり、もはや一刻の猶予も許されない。いったいどこからそんな力が湧いてきたのか、麋夫人はつかまれた右手を振りほどいた。「子竜、早く逃げなさい！」叫ぶと同時にあてがわれた刃をぎゅっと握り締め、自らの喉に思い切り突き刺した。

趙雲はもとより、曹純や虎豹騎たちまで大いに驚き、あっと手を出して止めようとしたが、見れば喉からはどくどくと血が流れ、麋夫人はすでに息絶えていた。

「お……奥方！」いまのこの状況では悔やんでばかりもいられない。趙雲は涙を呑んで馬首を回らせると、土煙を巻き上げて去っていった。

史渙はすぐ近くまで来ていたので、その一部始終をはっきりと見ていた。剣術、馬術とも腕に覚えがある史渙はまっすぐ趙雲を追いかけた。趙雲まであとわずかというそのとき、趙雲がいきなり振り向いて矢を放ってきた。史渙は上半身をのけぞらせて矢を躱《かわ》し、内心趙雲をあざ笑った――ふん、矢はその程度か――喜んだのもつかの間、突然体がぐらりと傾いたかと思うと、体じゅうに激痛が走り、気づけば地べたに腹ばいになっていた――趙雲は馬を狙ったのだった！

戦場での落馬は死に直結する。幸いあとに続く騎兵がすぐに手綱を引いたため、史渙は味方に踏み殺されずに済んだ。だが、兵士らに助け起こされて史渙が新しい馬に乗ったときには、趙雲の姿はすでに見えなくなっていた。

曹純と史渙はすぐに追撃を指示し、二人の兵を合わせた数百人ほどが、屈辱を晴らそうと殺気をみなぎらせて馬を急がせた。ほどなくして馬車がまた視界に入ってきた。曹純は黒い幌《ほろ》の馬車を指さして叫んだ。「あれだ、劉備の妻子はあのなかだ」味方も増えて雪辱に燃える曹純は大いに意気込んだ。虎豹騎は馬を駆けさせて距離を詰めると、四方八方から一気に槍を突き立て、御者も馬もまとめてあの世に送った。そして勢いよく馬車の簾をめくると、一同は目を丸くした――甘氏ではない。なかに乗っていたのは六十も過ぎたような老婆であった。

どうやらよく似た馬車と間違えたようである。趙雲と陳到は甘夫人の馬車を守って別の道を行ったに違いない。曹純は悔しさと恥ずかしさで腹の虫が治まらなかった。見れば老婆はこの状況でも恐れることなく、落ち着きを失っていない。曹純は、これはただの老婆ではないと思い、きつく問いただした。「お前は何者だ！」

老婆は顔を背けて何も答えない。

「口を割らねば斬るぞ！」

それでも老婆は唇をぎゅっと噛み締め、曹純のほうを見向きもしなかった。

老婆の後ろに小間使いとおぼしき二人の女がいる。曹純は手を伸ばして一人をつかみ問い詰めた。

「お前の主人は誰だ！」

使用人は主人に似るというが、小間使いも固く口を閉ざして何も答えなかった。ただでさえむしゃくしゃしていた曹純は、小間使いを馬車から引きずり出すと、ひと言「殺せ」と命じた。虎豹騎は有無を言わせず直ちに小間使いを斬り殺した。

さすがに老婆もやむをえず答えた。「わたしは玄徳《げんとく》公に仕える従事《じゅうじ》、徐庶の母です」

たいそうな時間を費やして捕らえたのが劉備の部下の家族だったとは……曹純はがっかりした。老婆を護送しておくように命じ、自身は再び趙雲らを追いかけようと馬に跨がった。このとき文聘が追いついてきて激しい口調で責めた。「曹将軍、あなた方は朝廷の軍なのに、どうして無辜《むこ》の民に手をかけるのです！」

曹純があたりに目を遣ると、たしかに少なからぬ兵が追撃をやめ、勝手に略奪をはじめている。

「すべての兵に命じよ。みだりに民を殺めたり金目の物を奪ったりすることは許さぬ。さあ、引き続き敵を追うのだ！」曹純は民を惨殺することより、時間を無駄にして劉備を取り逃がすことを危惧した。

史渙も混乱する戦場を見回し、思わずため息をついた。「劉備は逃げ足が速いし、護衛の将は勇猛だ。こんなに時間を費やしてはもう追いつけまい。韓浩《かんこう》がうまくやってくれていればいいのだが……」そう言うと、もうもうと砂煙が上がる南のほうを望み、再び深いため息をついた。

史渙が期待したとおり、韓浩は劉備の姿を捉えていた。韓浩の部隊はさらに十里［約四キロメートル］あまり進んだところで、数十人ほどの小部隊に守られて死に物狂いで逃げる劉備を発見した。空はすっかり明るく、韓浩の部隊が長坂坡で追いはじめてからすでに一刻［二時間］あまり経っていた。劉封、魏延、糜竺、諸葛亮らは一晩じゅう一睡もしていない劉備を守って必死に逃げ、その半里先では張飛が二十名ほどの精鋭を率いて先駆けを務めていた。

韓浩は襄陽からの長い距離を一昼夜にわたって追撃してきており、劉備以上に疲れていた。もう何百里駆けたかわからない。上り坂が終わったところでやがて下り坂となり、そしてまた丘陵を越えた。ふと道が平坦になったかと思うと、今度は水の流れる音が聞こえてきた。前方に大きな川が見える。向こう岸には鬱蒼とした林が広がっていた。

韓浩は舌打ちして声を張り上げた。「急いで追え。大耳の賊を逃がすんじゃないぞ！」しかし、ここで追撃を命じたことがあだとなってしまった。なぜか前方の兵士らは手綱を引いて馬を止め、川岸で立ち止まっている。韓浩は激怒し、急いで馬に鞭を入れて前へ進み出ると、兵士らを怒鳴りつけようとした。だが、川辺まで来てようやく韓浩にも事態が飲み込めた。

川には幅三丈［約七メートル］ほどの橋が架かっており、その真ん中に二十一騎の敵兵が立ち塞がっている。手に長柄の槍を持ち、肩に長弓をかけた二十騎とは別に、ただ一人、とりわけ目を引く将がいる。頭一つ背が高く、虎か熊のような体軀、鋲《びょう》を打ちつけた鉄兜には朱色の飾り房、鎖帷子《くさりかたびら》の上には獬豸《かいち》［伝説上の神獣］をかたどった肩甲《かたよろい》、身には黒絹の戦袍を羽織り、腰には獅子と蛮王をかたどった帯を締めている。下は黒い裳《も》を穿き、黒く錆びついた脛当《すねあて》と八角形の獣面《じゅうめん》をかたどった膝甲《ひざよろい》、足元は虎頭《ことう》の軍靴《ぐんか》を履いている。跨がる軍馬は青毛《あおげ》の煙雲獣《えんうんじゅう》、手にする蛇矛《だぼう》は長さ一丈八尺［約四メートル］、柄は家鴨《あひる》の卵ほども太い。面立ちに目を遣ると、黒々としてきりっとした顔つき、濃い眉は鬢《びん》へと斜めに伸び、高い鼻筋に大きな口、大きな耳は外側に張り出し、あごの下には縮れた髭がわずかに生え、とりわけ双眸《そうぼう》が人目を引く。斜に見てこちらを視界に捉えながらも、曹操軍を気にかけるでもなく、それどころか笑みさえ浮かべている。そして足元には、曹操軍の屍が十いくつか無造作に転がっていた。

　韓浩はもともと袁術《えんじゅつ》配下の将である。曹操に帰順したのちはまず夏侯惇《かこうとん》の下につき、それから任《じん》峻《しゅん》や棗祗《そうし》を手伝って屯田の監督に当たった。そうした働きぶりが評価されて中軍に転属してきたため、橋の中央で立ちはだかる敵将が誰かは知らなかった——むろん、これぞ万夫不当《ばんぷふとう》の猛将、張飛、字は益徳《えきとく》である。

　だが、兵士たちはもう知っている。たったいま、大勢の味方が橋板に足を踏み出すや否や、一斉に得物を振り回す二十一人の敵兵によって返り討ちにされたのだ。なかでも真ん中にいる黒い将軍は、手中の蛇矛をいとも簡単に操っては突き刺し斬り伏せし、あっという間にうずたかい屍の山を築いた。十騎あまりが一合《ごう》も打ち合うことなくあの世に送られたのである。後続がおいそれと向かっていけるはずもない。

韓浩は橋の上の様子に驚いた。だが、劉備を逃がすわけにはいかず、左右に向かって叫んだ。「恐れることはない。こちらは多勢だ、一斉に襲いかかれ！」だが、声だけが虚しく響き、誰も動こうとしない。一様に救いを求めるような目で韓浩を見つめるばかりである。

そのあいだにも後ろから味方の兵が続々と駆けつけて百人ほどになったが、橋の上で全身から殺気を放つ張飛の姿に、あえて突っ込もうとする者はいない。韓浩は焦って汗みずくになり、まずは自分が先頭を切らねばとようやく覚悟を決めた。いざ、踵で馬腹を蹴ったそのとき、突然雷のような大声が聞こえてきた。「燕人《えんひと》張益徳これにあり！　死にたいやつから前に出ろ！」

竜や虎の咆哮《ほうこう》か。その怒鳴り声に曹操軍の将兵はみな押し黙り、韓浩に生じたなけなしの決意も跡形もなく消え失せた。張飛は蛇矛を突き出して再び怒鳴り立てた。「戦うでもなく退《ひ》くでもなく、どういうつもりだ！　さあ、かかってこい！」

韓浩は張飛の声に縮み上がり、馬まで怯《おび》えはじめたので、慌てて手綱を引き数歩後ろに下がった。すると、それを見て兵士らもじりじりと下がり、橋を取り囲む輪が大きくなった。すでに兵士は二、三百にもなっていたが、後ろのほうは前で何が起きているのかわからず、ただ前の者に合わせて後退した。

張飛は目を怒らせて曹操軍を睨みつけた。曹操軍は依然として増え続けているが、喊声はおろか咳《しわぶ》き一つ聞こえない。張飛は半刻ほども睨みを利かせて時間を稼ぎ、そろそろ劉備も林の奥深くまで逃げ込んだだろうと考えた。そこでぎょろっと目をむき、体をのけぞらせて大笑いした。「はっはっは……曹操軍に肝の据わった者はおらんのか。雑兵ばかりもう殺し飽きたわ。今日のところは貴様らを見逃してやる。だがな、もしまだ向かってくるようなら……」そこまで言うと張飛は蛇矛を足元に突き立て、三体の屍を串刺しにして曹操軍に向かって軽々と放り投げた。

死体が宙を舞うとは……曹操軍の兵たちは驚愕してさらに後ずさった。

それと同時に張飛は馬首を返し、二十人の部下とともに疾駆していったが、曹操軍の兵は立ち尽くしたまま誰も追いかけようとはしなかった。ややあって、誰からともなく「矢を射かけろ！」と声が上がり、韓浩も我に返った――驚きのあまり、矢を射ることすら忘れていたのだ。慌てて一斉に矢を射るよう命じたが、敵の影にも届くことはなかった。張飛らが橋を渡って南の林に入っていくのを、ただ手を拱《こまぬ》いて逃がしてしまったのである。その後も何度か矢を射るだけで、結局は橋に足を踏み出すことさえできなかった。

その後ずいぶん経ってから、曹純らも当陽橋に到着した。韓浩と麾下の数百騎が呆然と橋のたもとにたむろしているので、曹純はそのわけを聞いてしきりに口惜しがった。だが、統制も失われたままで、向こう岸の林には伏兵が潜んでいるかもしれない。曹純は銅鑼を打ち鳴らして分散した兵を集めることにした。そうしてさらに時間を無駄にしたが、ようやく兵馬を調えて橋を渡り、追撃を再開した。
二、三日後、曹操率いる大部隊が長坂坡へとやって来たとき、そこにはまだ大勢の民が残っていた。身内を埋葬する者、重傷を負って道端に倒れている者、親とはぐれて行く当てを失った子供など、延々数里にわたって痛ましい泣き声が満ちていた。これにはさすがに曹操も胸を痛め、当陽県の官吏には、民を城内に引き入れてしばらくとどめてやり、あとは好きに帰郷させるよう命じた。逃げ遅れた劉備軍の兵は、名を記させて麾下に取り込んだ。そうして曹操も橋を渡り、一路南へと進んだが、目にするのは至る所に散らばった劉備軍の輜重ばかりで、とうとう江陵まで敗残兵はただの一人も見当たらなかった。

曹純ら四人の将は兵馬を率い、江陵の城外で曹操を出迎えた――劉備は江陵に来ていない。完全に見失ってしまったのである。長い追撃の果てに捕らえたのは、劉備の二人の娘と徐庶の母親のみであった。曹操は訝《いぶか》った――それにしても、劉備はいったいどこに消えたのだ……

（1）後漢の和帝の時代、外戚の大《だい》将軍竇憲《とうけん》が輔政《ほせい》の任にあり、三人の弟竇篤《とうとく》、竇景《とうけい》、竇瓌《とうかい》が揃《そろ》って列侯《れっこう》に封じられた。その後、竇憲は専横を極めて不正を働いたため、宦官の鄭衆《ていしゅう》によって降格され、一族は処刑か流罪となった。ただ竇瓌は慎み深い有徳の士であったため、難を免れて羅《ら》侯に改封され、のちに羅侯の竇氏と呼ばれた。『三国志』では劉封のことを「羅侯の寇《こう》氏」とするが、この「寇氏」は「竇氏」の誤りである。

（2）「封禅《ほうぜん》」とは、古代の帝王が行った祭祀のことである。天を祀《まつ》る「封」の儀式と、地を祀る「禅」の儀式からなる。

魯粛《ろしゅく》、江を渡る

曹操が江陵《こうりょう》に着いて当惑していたころ、劉備《りゅうび》と腹心の部下たちはすでに漢津《かんしん》の渡し場におり、一行が目指す次なる目的地――江夏《こうか》に向かう船を待っていた。

劉備も大勢の民を引き連れての行軍が危険なことは承知していたので、事前に万一に備えて策を講じていた。一万の水軍を関羽《かんう》に与え、先に劉琦《りゅうき》のいる江夏へと向かわせていたのである。水路の移動は陸路より何倍も早い。関羽は十数日のあいだに、江夏に到着して船を調達し、また漢水《かんすい》をさかのぼって船を沿岸に停泊させた。さらにあちこちの渡し場に小舟を配して、劉備が着いたらすぐに知らせるよう手配した。江陵への行軍が不首尾に終われば、劉備はすぐに軍民からなる本隊と別れ、漢水沿岸から船に乗って江夏に逃げる。備えあれば憂いなしではあったが、実際には曹操軍の追撃の手が劉備の予想をはるかに上回っていた。曹操軍はたった一昼夜にして三百里を追いつき、長坂坡《ちょうはんは》で曹操軍に遭遇したときはまだ江夏に逃げる心の準備さえできていなかった。もし張飛《ちょうひ》が危険を冒して追っ手を食い止めていなければ、劉備はとっくに曹操軍の刀の餌食になっていただろう。

劉備ら一行は当陽橋《とうようきょう》を渡るとすぐさま東に転じた。漢水を目指して駆けに駆け、ようやく着いた渡し場で待機していた兵を見つけ、関羽への連絡を命じた。あとは関羽の船を待つのみである。

当陽の南には鬱蒼と生い茂る林があった。これが曹操軍の視界を遮り、さらには混乱した民が追っ手の足を止めてくれた。曹純らは劉備が行き先を変えたことに気づかず、まっすぐ南に向かって江陵を占拠した。おかげで劉備らはとうとう難を逃れることができた。

それにしても今回の逃走劇は混乱を極めた。十万いた軍民で残ったのはわずか百人に満たず、全滅と言ってよい。諸将の家族もみな散り散りになった。関羽の水軍と合流するまでは安全と言えないが、劉備は不安な気持ちを鎮め、じりじりしながら川岸で半日近く待ち続けた。そこへ趙雲《ちょううん》と陳到《ちんとう》がやってきた——二人は甘《かん》夫人と阿斗《あと》を守って難を逃れたあと徐庶《じょしょ》の母が捕まったのを知ったが、また曹操軍に追いつかれては元も子もない。やむをえず自分たちも鎧兜を脱ぎ捨て、馬車も乗り捨てて、逃げる民の群れに交じった。そうして半日近くを費やし、ようやく劉備らに追いついたのだった。

趙雲は劉備に、二人の娘が曹操軍に捕らえられ、糜《び》夫人が節に殉じた顚末《てんまつ》を告げた。むろん劉備も悲しんだが、糜竺《びじく》と糜芳《びほう》はしきりに涙を流した。幸い阿斗が無事だったので劉備の血筋は保たれたが、まだ危地を脱したわけではない。どんなにつらかろうと、急いで船に乗って岸を離れ、関羽の本隊と合流しなければならない。待っているあいだにあたりに船がないか探し、とりあえず五、六隻の舟が見つかった。劉備は諸葛亮《しょかつりょう》を連れて真っ先に舟に乗り込んだ。家族や諸将も次々に乗船したが、徐庶だけは岸辺に跪《ひざまず》いたまま動かなかった。

「元直《げんちょく》……」その姿に劉備は嫌な予感がした。

果たして徐庶は胸に手を当てながら悲痛な声を上げた。「わが君の知遇を得て、ともに王覇の大業を成そうと願ってまいりました。この忠心は天のみが知るところでございます。しかし、老母が敵の手に落ちたとあっては心が乱れ、お役に立てそうもありません。ここでお別れして北に行き、母に孝養を尽くしたく存じます。どうかこの赤心《せきしん》に免じてお許しください」

「ああ……」劉備はやるせなく、天を仰いで長いため息をついた——荊《けい》州にいたこの数年、思いどおりにならないことも多かったが、唯一の収穫は諸葛亮と徐庶という二人の智謀の士を得たことである。だが、この世のすべては常に移ろうもの、いま徐庶が劉備のもとを去ろうとしていた。

養子の劉封《りゅうほう》がそっと劉備に近づき、耳元でささやいた。「徐元直は長らくわが軍にあり、父上が荊州を狙っていたことを知っています。もし元直を北に行かせれば、その母親を救えたとしても必ずや曹賊めの用いるところとなるでしょう。わが軍にとってきわめて不都合かと。父上、どうして徐庶をこのままとどめ置かないのです？　徐庶が来なければ曹賊めはきっと徐庶の母を殺《あや》めるはず。母が殺されれば徐庶は必ず復讐を誓い、死んでも父上に従うに違いありません……」そこまで言ったとき、突然劉封の頬に激痛が走った。劉備が思い切り平手打ちを食らわせたのである。

劉備は劉封を怒鳴りつけた。「曹操に元直の母を殺させてその情を利用しようとは、何たる不仁。元直を引き止めて孝道に背かせるのも、また不義に当たる。そんな不義不仁な所業に及び、天下の者がそれを知ったなら、どうして王覇の大業を成せようか。かつて曹操が徐《じょ》州に攻め込んだとき、呂布《りょふ》と張邈《ちょうばく》が留守の兗《えん》州を乗っ取った。別駕《べつが》の畢諶《ひつしん》は兗州にいる母が捕らわれの身となり、曹操のもとから去ることを願い出たが、曹操もそれを拒まなかった。兗州の士人《しじん》は揃《そろ》って曹操の徳を褒め称えたものだ。その曹賊と敵対しているこの劉備が徳行で劣ってよいものか！」そう言うと劉備は岸辺に向かって拱手《きょうしゅ》した。「母を大切に思うのは人の天性、ましてや孝子《こうし》として知られる元直に母君の苦難を見過ごせるはずもない。かまわず北へ参るがよい。ただ、この劉備のことも忘れずにいてくれ！」

徐庶は涙で頬を濡らし、何度も叩頭して誓った。「わが君に受けたご厚恩、生涯忘れることはございません。北へ行って曹操の元にとどめ置かれても、わが軍のことは断じて洩らしません」

徐庶の言葉に劉備もいくぶんか慰められたが、これ以上言葉を交わすのもつらく、徐庶に背を向けて最後の言葉をかけた。「道はここで分かれるが、元直も達者でな。そう思い詰めるでないぞ。いつかまた会える日もあろう……船を出せ！」

諸葛亮はなお離れがたく、よくよく言い含めた。「元直殿、機会があれば必ず戻ってくるのですぞ」どんなに聡明な者でも今生《こんじょう》の別れに当たっては詮《せん》無いことを言う。実際、ただ自分を慰めるためのものでしかなかった。いったん北へ旅立てば、再び戻ってこられる望みはほとんどない。

徐庶はむせび泣きながら、声にもならない声を絞り出した。「わが君、どうかお元気で……」徐庶はその場でじっとひれ伏していたが、劉備は決心が鈍るのを恐れ、岸に背を向けたまま何も言わなかった。

諸葛亮は名残惜しく、いつまでも親友を見つめていた。船がしだいに遠ざかり、徐庶の姿が完全に見えなくなると、肩を落としてため息をついた。徐庶への憐れみだけではない。自らの落胆ゆえのため息である。諸葛亮は草庵を出てから荊州を手に入れることに全身全霊を傾けてきた。荊州を支配下に置くことこそが、蜀《しょく》を手に入れてさらに歩を進める戦略の第一歩だからである。もっとも容易に蜀へと入れるのは、襄陽《じょうよう》の西にある房陵《ぼうりょう》郡を通る道である。長江をさかのぼるとなると天険の三峡《さんきょう》を越えねばならず、まったくもって雲をつかむような話である。だからこそ諸葛亮は襄陽と房陵のあいだに位置する隆中《りゅうちゅう》に草庵を構えた。はた目には隠棲しているように見えたかもしれないが、実は早くからこの道の地形をくまなく探っていた。大志を抱く主君が現れたら、自身の戦略を実現しようと待っていたのだ。

その主君が現れたのに、荊州が手に入らなかった。襄陽を失ったからには入蜀の策は潰《つい》えたも同然、荊州と益州をともに領有して中原で覇を競うという「隆中対《りゅうちゅうたい》［天下三分の計］」は儚《はかな》い夢と消えた……

諸葛亮は悔しさを噛み締めた。ふと振り返ると、逃走で疲れ果てたのか、劉備が船べりにもたれかかって眠っている。諸葛亮はいささか滑稽に思えてきた――逃走の最中で命さえ危ういのに、自分はまだ蜀に入ることばかり考えている。わが君を見ろ、奥方を失い二人の娘も敵の手に落ち、徐庶との別れもあったのにこんなに泰然としているではないか。くよくよしている場合ではなかろう。どうやらわたしはまだ草庵を出て志ばかり大きい田舎の書生に過ぎぬようだ。自らの才に自惚《うぬぼ》れていただけで、まだまだ世間に揉まれる必要があるということか……

諸葛亮が物思いにふけっていると、真正面から大きな船が見えてきた。帆を高く揚げて船脚速く近づいてくる。舳先には「関」と大書された黒い大旆《たいはい》を掲げていた——関羽の船である。関羽は漢水沿岸のあちこちの渡し場に船を停め、小舟を使ってそのあいだの連絡を取っていた。劉備が着いたという知らせを受けて迎えに来たのだった。すぐに船のあいだに渡り板が架けられ、劉備らは続々と大船へ移った。このたびの手に汗握る逃走劇がようやく終わりを告げた。

関羽の船には思いがけない客も乗っていた。年のころは三十過ぎで礼儀正しいその男は、孫権《そんけん》の腹心である魯粛《ろしゅく》、字《あざな》は子敬《しけい》であった。

小舟で少し睡眠を取った劉備は、気持ちもすっきりして元気を取り戻していた。相手が自分に会いに来たのだと知ると、慌てて衣を整えた——平素は身なりを重んじる劉備であったが、さすがに今日はそうもいかない。全身ほこりまみれで服もあちこち破れている。船上とて新しい服もなく、とりあえず顔を洗って髪を梳る《くしけず》だけで面会した。

「お初にお目にかかります」魯粛は劉備を見るなり跪いて正式な礼をとった。

劉備は相手の大げさな拝礼に意図を感じた——礼もて人に下るは必ずや求むる所ありという。この者の狙いは何だ？——劉備はさっと魯粛のもとに近づくと、にこやかに両手で助け起こした。「魯先生、ご主君の呉侯《ごこう》のお名前はかねがね伺っております。お慕いしながらもお目にかかる機会がありません。ところで、こたびはいったいどんなご用件でしょう」

魯粛は慎み深く答えた。「わが主《あるじ》は劉荊州［劉表《りゅうひょう》］殿が病でお亡くなりになったと聞き、わたくしをお悔やみに遣わしたのです」

「わざわざのお越し、若君になり代わって呉侯に御礼申し上げます」劉備はそう返礼の挨拶をしたものの、思わず噴き出しそうになった——孫権の父の孫堅《そんけん》は劉表と黄祖《こうそ》に殺されている。以来、孫家と劉家は十数年来の仇同士で、冠婚葬祭の場で顔を合わせる間柄ではない。

魯粛も見え透いた口実だとわかっているのか、軽く咳払いをしてすぐに話題を変えた。「聞くところでは、曹操が南下して劉琮《りゅうそう》は降伏し、劉将軍だけが勇敢にも抵抗なされたのだとか。あいにく衆寡敵せずここまで来られたわけですが、江夏は孤立しており、これを守り抜くのは難しいように存じます。将軍は今後どのようになさるおつもりですか？」

今後の算段を聞いてきたので、劉備にもしだいに魯粛の来意が見えてきた。だが、あえてその点には触れず、身を翻してため息を漏らした。「魯先生、お気遣いは無用です。わたしは曹操軍に抵抗したのではなく、追い詰められて逃げて来たのですから。荊州の大半は曹操の手に渡り、江夏のような孤城だけでは挽回もできません。幸い蒼梧太守《そうごたいしゅ》の呉巨《ごきょ》とは昔なじみなので、そちらへ身を寄せようと考えています」蒼梧（現在の広西チワン族自治区蒼梧市で、漢代には未開の地であった）とは、交州《こう》の管轄下の郡である。交州は辺境にありたいした勢力もいないので、かつて劉表が食指を伸ばし、朝廷に断りもなく呉巨を遣わして蒼梧太守としていた。

今度は魯粛が忍び笑いした——そんな話でごまかそうとは、噂《うわさ》に違《たが》わず狡猾な男だ。交州のような未開の地に身を寄せるだなんて。たとえそれが本当でも、江陵でさえ行けないのに、蒼梧など行き着けるはずもない——魯粛はそう思って探りを入れた。「失礼ながら、わたしには将軍が真実を仰っているようには思えません」

「では、先生は真実をお話しになられたのかな。本当に弔問《ちょうもん》のために荊州へ？」

「それは……将軍もご存じでしょうに、なぜわざわざお尋ねになるのです？」魯粛は劉備の問いには答えず、また問いを返した。

二人は黙ったまま向かい合っていたが、ふと笑みを浮かべて、どちらからともなく手を取り合った。

「はっはっは……」劉備は体をのけぞらして笑った。「曹操の大軍が攻め込んできているというのに腹の探り合いとは、まったくおかしな話ですな」

魯粛も思わずにっこりした。「将軍にお会いするのは初めてです。敵か味方かもわからず、とんだ失礼を。もっと早くに将軍が率直な方だと知っていたら、こんな回りくどい真似はいたしませんでした」

「さあ、さあ、こちらへ」劉備は魯粛の手を引いて座らせた。「腹を割って話しましょう。呉侯が貴殿を遣わしたのは、わたしと手を組むおつもりでは？」

「いかにも」もう何も隠す必要なはい。「わが主は聡明で情け深く、賢人を敬い礼遇するお方、江表《こうひょう》［長江の南岸一帯］の英傑は残らず帰順しています。すでに六郡を有し、兵は精鋭にして糧秣《りょうまつ》も十分、もし将軍がわが主と同盟を結べば、ともに大業を成し遂げられましょう。将軍のお考えはいかに？」

劉備も微笑んだ。「戻って孫仲謀《ちゅうぼう》殿にお伝えください。この劉備、死のその日まで曹操と戦う覚悟です。この決意が揺らぐことは断じてありません。孫仲謀殿が兵を出してお助けくださるなら、わたしも死力を尽くして戦いましょう」

「さすがは将軍」魯粛はぐっと親指を立てた。「実を申しますと、わが君はすでに対岸の柴桑《さいそう》［江西省北部］にて将軍をお待ちです。もし同盟に同意してくださるなら、長江を渡って曹操軍のことなどお聞かせ願えませんか。戦略を早めに決めるに越したことはありません」

「呉侯がお越しですと？」劉備は少し考えてから口ぶりを改めた。「すぐにもお会いしたいのは山々だが、劉琦殿が江夏でわたしをお待ちなのです。劉琮が兄に背いて敵に降伏したいま、わたしまで江夏に行かなかったら劉琦殿の不安はいや増すでしょう。思わぬ面倒が起こらないとも限りません。このたびはどうかご勘弁ください」これにはもちろん劉備なりの考えがあった。ようやく家族を引き連れて曹操の魔の手を逃れたのに、もし長江を渡ってから孫権に家族を拘束されたら……同盟どころか投降するしかない。

魯粛にも劉備の不安は理解できたので、無理強いしなかった。「もし将軍のご都合が悪いようでしたら、腹心のどなたかを遣わせるというのはどうでしょう？」

魯粛の提案に即座に答えた者があった。「事は急を要します。わたしが長江を渡って呉侯に会いに参りましょう」そう願い出たのは諸葛亮だった。

草庵を出て劉備を補佐するようになってから、諸葛亮はずっと江東《こうとう》との同盟を考えていた。曹操は北方を統一して強大な兵力を蓄え、天子を擁して諸侯に号令している。これと正面切って干戈《かんか》を交え、そのうえで勝ちを得るのは容易ではない。一方、孫家は江東の統治に乗り出してからすでに三代を経ており、唯一曹操と渡り合える勢力である。劉備が荊州に足場を築こうとするなら、孫権とは敵対せず同盟を結ぶべきである。長らく荊州は江東と敵対関係にあるが、唇歯《しんし》の間柄には違いない。曹操が荊州を残らず占領してしまえば次に狙われるのは江東であり、唇亡《ほろ》びて歯寒しということになりかねない。孫権が魯粛を遣わして劉備を助けようというのも、結局は自分たちを守るためなのだ。だが、両者が力を合わせて曹操を江漢《こうかん》の地［長江中流と漢水の流域一帯］で食い止めれば危機を回避できる。諸葛亮はそう考えると、襄陽を手に入れられなかった悔しさを忘れてようやく元気を取り戻し、自ら柴桑行きを志願したのであった。

劉備は内心とても喜んだ——諸葛亮ほど適任な者はいない——そこですぐに魯粛に引き合わせた。

魯粛は諸葛亮を頭のてっぺんから足の爪先まで見て尋ねた。「ひょっとして、隆中にお住まいの諸葛孔明《こうめい》殿ではありませんか？」

「どうしてわたしの名をご存じで？」

魯粛はうれしそうに微笑んだ。「わたしは子瑜《しゆ》殿の友人なのです」

たったひと言の返事で、諸葛亮は手応えを感じた——これで同盟が結べる——子瑜とは諸葛亮の兄、諸葛瑾《しょかつきん》のことである。魯粛は孫権の腹心であり、諸葛瑾の友人でもあるという。魯粛に仲を取り持ってもらい、加えて自分が利弊《りへい》を明らかにして同盟の意義を説けば、この件は必ず成功する。

諸葛亮は魯粛に兄との関係を聞き、もはや多くを語る必要を感じず、魯粛の手を取った。「先生が兄のご友人なら、わたしにとっては兄同然。事は一刻を争います。われらはこのまま長江を渡って呉侯のもとへ参りましょう」

「結構ですな」魯粛も、焦《じ》れったいところがまるでない諸葛亮の言動を喜んだ。「ですが、わたしを先生と呼ぶのはやめてくれませんか。『子敬』と呼んでくだされば結構です」

二人は二言三言交わして手はずを整えると、劉備に別れを告げて小舟に乗り換え、柴桑へと向かった。二人が「子敬殿」「孔明殿」と親しげに呼び合うのを見て劉備も気が安らぎ、これなら援軍の件も問題なかろうとほっとひと息ついた。このときの劉備は、諸葛亮と魯粛の出会いが孫権の出兵を実現させるだけでなく、今後数十年にわたって断続的に続く孫劉《そんりゅう》同盟の幕を開くことになるとは思ってもいなかった。劉備にとってはこの同盟が、いまは命をつなぐ幸運であり、いずれは不幸を招くことにもなるのであるが……

第十一章　結束して曹操に抗《あらが》う

江東《こうとう》を脅す

曹操は徐庶《じょしょ》が帰順してきたと聞き、わざわざ召し出して面会した。だが、徐庶は何を尋ねても知らぬ存ぜぬの一点張りで、劉備《りゅうび》軍の内情や動静を一切漏らさなかった。曹操は内心腹を立てたものの、相手は捕らわれた老母のために降った孝子《こうし》、むやみに咎めることはできない。そこで冀《き》州の従事《じゅうじ》という下級の役人に任命して、遠く北方へと追いやってしまった。劉備の二人の娘は一顧だに値しないとばかりに、捕えた兵に褒美としてくれてやった。一介の兵士の手に落ちた二人にどんな末路が待ち受けているかは言わずもがなである。

劉備には逃げられたが難なく江陵《こうりょう》を接収し、大量の輜重《しちょう》や糧秣《りょうまつ》を手に入れた。さらに、長沙《ちょうさ》、武陵《ぶりょう》、零陵《れいりょう》、桂陽《けいよう》の四郡へと通じる長江流域の要衝も支配下に置いた。後方にいた曹仁《そうじん》、曹洪《そうこう》、于禁《うきん》らの七隊も続々と襄陽《じょうよう》に到着し、支配を盤石なものにした。房陵太守《ぼうりょうたいしゅ》の蒯祺《かいき》も江陵に使者を遣わして来て帰順を願い出た。いまや劉琦《りゅうき》が拠点とする江夏《こうか》を除き、荊《けい》州の郡県が残らず曹操の手に落ちたのである。

曹操は大勢が決したと考え、江陵に入ってからは劉備の追討を急がず、人心を安んずることに専念した。帰順した蒯越《かいえつ》ら十五名を一時に列侯《れっこう》に封じ、王粲《おうさん》、傅巽《ふそん》、裴潜《はいせん》らを掾属《えんぞく》［補佐官］として召し抱えた。ほかにも忙しい合間を縫って、親友王儁《おうしゅん》の棺を長江の北へと運ばせた。

王儁は汝南《じょなん》の出で武陵に隠棲したまま客死したが、南北の情勢が逼迫していたこともあり、そのまま武陵で葬られていた。荊州南部の諸官は、王儁を故郷に改葬するよう曹操直々に命じられて仰天した。武陵太守の劉先《りゅうせん》、長沙太守の張機《ちょうき》、零陵太守の劉度《りゅうたく》、桂陽太守の趙範《ちょうはん》は、もとは劉表《りゅうひょう》の部下である。だが、たとえ荊州が新たな主《あるじ》を迎えようとも、自らの地位は守らなければならない。全力を尽くしてこの任務をやり遂げることにした。四人の太守は相談の結果、劉先を代表とし、まず四郡の功曹《こうそう》［人事を司る属官］を引き連れて王儁の墓を掘り起こしに行き、棺を綺麗に飾り立ててから長江の北へと向かった。葬列の馬車や船は儀仗を従えてあたりに威を払い、朝廷の三公《さんこう》や九卿《きゅうけい》もかくやというありさまである——生涯官職につかなかったのにこれほど派手に見送られるとは、本人もあの世で驚いているに違いない。

棺を迎える長江の北側は、野辺の送りよりもさらに盛大であった。曹操は祭壇を築き、自ら文武の官を率いて棺を出迎えた。長江沿いには隙間なく旗指物が翻り、兵がびっしりと列を成している。劉先の船がゆらりゆらり長江を渡ってくるのを眺めると、曹操の胸中にはさまざまな思いが去来した。それにしても、約二十年ぶりの再会が幽明境を異にするものとは夢にも思わず、とめどなく流れる涙が長江の水面を打つに任せた。

劉先は自らも棺を担いで岸に上がり、そこからは曹操、許攸《きょゆう》、婁圭《ろうけい》も加わって祭壇へと運んだ。文武の諸官が次々に香を焚いて拝礼し、祭文《さいぶん》が読み上げられ、地に酒が注がれた。最後に曹操は棺を汝南に送り届けて埋葬するよう婁圭に命じた。一切の儀式が終わったところで、劉先はようやく四郡の功曹とともに地位を返上する旨の上奏を奉った。曹操はその意図を汲み取り、四郡は引き続き四人の太守が治めること、戦《いくさ》が終わったら改めて褒美を与えることを言い渡した。これで四郡の功曹らも無事に任務を全うし、おのおの感謝の言葉を述べて立ち上がった。だが、劉先だけはなおも頭《こうべ》を垂れて跪《ひざまず》いていた。

「劉太守、どうして立ち上がらないのだ」

劉先は曹操の問いに叩頭して謝った。「かつて丞相《じょうしょう》に逆らった罪をお詫び申し上げたいのです」先だって劉先は劉表の命《めい》で使者として許都《きょと》に赴いたことがある。その際、殿中で曹操を凶悪な輩と罵った。曹操が新しく主となったいま、劉先が心穏やかでいられるはずがない。

だが、曹操はこれを一笑に付した。「わしは荊州の官民に、過去にはこだわらず一からやり直すと宣言しておる。かつておぬしが盾突いたのは、劉景升《けいしょう》への忠誠心ゆえ、罪を咎めるどころか、むしろ褒めてしかるべきだ。朝廷でも重臣たちが感心しておったぞ。わしの見るところ、おぬしは太守に収まる器ではない。許都へ行って尚書《しょうしょ》の任につき、荀令君《じゅんれいくん》らとともに朝政に携わってくれ」

太守が秩《ちつ》二千石《せき》であるのに対し、尚書は秩六百石に過ぎない。しかし、国の政《まつりごと》に携わるという重大な責務を負う。劉先は感激し、興奮もそのままに、一緒にやって来た零陵の名士劉巴《りゅうは》を曹操に引き合わせた。劉巴は年若いが、すでに名を知られている。劉表が何度も茂才《もさい》に推挙して召し出そうとしたが、出仕を拒み続けてきた。それがこのたびは自ら馳せ参じたのである。曹操の面目は大いに施された。しかも劉巴は長江の南側から身を寄せてきた最初の人物である。曹操は礼を尽くして天下に知らしめるべきだと考え、その場で軍謀掾《ぐんぼうえん》に任じた。そこへ文聘《ぶんぺい》と張允《ちょういん》が、荊州の各郡から戦船《いくさぶね》が到着したと報告に来た。曹操は大喜びで、一同と水軍の巡閲《じゅんえつ》に出かけた。

曹操陣営の者は陸の戦なら十分に経験を積んでいるが、きちんとした水軍の戦い方を知る者はほとんどいない。かつて黄河で袁紹《えんしょう》と戦ったときには、民から徴発した小舟の船脚の速さに舌を巻いたほどである。長江の風を受け、波を蹴立てて進む戦船を、曹操は生まれてはじめて目の当たりにし、大いに見聞を広めた。広々とした長江のほとりに、大小数百の戦船が停泊している。数丈［約十メートル］に及ぶ楼閣を備えたものもあれば、機織りの梭《ひ》のように細長い形の船もある。旗指物が林のごとく並び立ち、風を受けた帆は雲のように膨らんでいる。船隊は支流が流れ込む場所までびっしりと並んでいた。曹操はとりわけ一番大きな船に目を奪われ、指さしながら賛嘆の声を上げた。「なんと勇壮な戦船だ！　見よ、三層の楼閣があるぞ！」

張允がにこにこしながら近づいてきた。「丞相はずっと北方で戦をしておられたからご存じないのでしょう。黄河は浅く幅も狭いので船も小そうございますが、この長江で戦うには大きな戦船が必要です。あれは楼船《ろうせん》と申します。長さは十六丈［約三十七メートル］、帆柱は四本、三層の楼閣が設けられ、数百人乗り込むこともできます。あの船は丞相のためにご用意したもの、いわば中軍の大本営にあたります。もちろん将軍方にも大きめの船をそれぞれ用意しています」

曹操は興奮を抑えられず、小躍りして喜んだ。「見事、見事だ！　半生にわたって戦場を駆けめぐってきたが、とうとう長江で馬に水飼うのだな……あれはどういった船だ？」曹操は牛革で覆われた数丈ほどある大きな船を指さした。

「あれは蒙衝《もうしょう》といって牛の革で周りを覆ってあります。両側には櫂を通す穴があり、前後左右には弩《ど》［機械仕掛けの弓］を射たり、矛で刺したりするための小窓が設けられています。敵の矢を通さぬばかりか近づくことも容易ではありません。ですから、旗艦の楼船を守るのにぴったりです」

曹操は水戦の経験はないが、やはり飲み込みが早い。「守りが固く敵を近づけぬなら、こちらから突進して攻めるのにも向かぬな」

「さすが丞相は戦においても天賦の才をお持ちです。一を聞いて十を知るとはまさにこのこと」張允は説明だけでなく、ごまをすることも忘れなかった。「仰るとおり、蒙衝は主に兵の運搬や護衛に使います。そして、いざ両軍が戦う際には闘艦《とうかん》の出番です。ああ、あちらです」そう言って一隻の船を指さした。「前には大旆《たいはい》を立て、後ろには陣太鼓を置き、船べりを姫垣のように囲っています。その高さは五尺［約百十五センチ］あり、上には板を渡して覆っています。兵はこのなかに立ったままで待機し、船同士が接近すれば長柄の矛や戟《げき》を繰り出して戦います。これこそ水戦の主役です。荊州の水軍にはこの闘艦が百隻以上あり、三、四万もの兵を配することが……」

「三、四万だと？」曹操がいきなり話を遮った。「江東の孫権《そんけん》はどのくらいの水軍を有している？」

張允は軽蔑も露わに答えた。「孫権の麾下《きか》の者は水戦に長けていますが、水軍全体で三、四万といったところ。かたやわが荊州は闘艦だけで三、四万、到底相手になりません。あの数十隻をご覧ください。細長く堅牢で、前が角のように尖っている船です。あれは冒突《もうとつ》といい、舳先には鋭い刃がついています。水の勢いに乗って敵の船に体当たりして突き刺すのです」水軍に暗い北方の者を相手に、張允は聖人にでもなったかのように滔々《とうとう》と弁を揮《ふる》った。「あちらの数十艘は赤馬《せきば》、赤漆《うるし》で塗られています。小回りが利いて船脚も速いので、巡視や水先案内に用います。まあ、陸戦でいう斥候《せっこう》のようなものです。ほかに普通の戦船もあります。最大のものは長さ十二丈［約二十八メートル］、幅一丈六尺［約三メートル七十センチ］、戦に長けた兵二十六人と櫂を漕ぐ水兵五十人、舵取りが三人、それに若干の弓手《きゅうしゅ》や弩手《どしゅ》、まさかりや鉤《こう》［鉤爪《かぎづめ》状の武器］を用いる兵など、総勢百人ほど乗ることができます」

後ろで説明を聞いていた楽進《がくしん》が口を挟んだ。「得物《えもの》は長いに越したことはない。まさかりや鉤を手にした兵など乗せて役に立つのか？」

張允は思わず笑って答えた。「将軍はご存じないのです。水上での戦ではまず弓や弩を遠くから射かけ、互いの船が近づいてから槍や矛の戦いになります。さらに船がぶつかると鉤を敵の船べりに引っかけ、まさかりで敵船の装甲を叩き壊す必要があります。それでようやく味方の兵が敵の船に乗り移ることができるのです。戦局がめまぐるしく変化する水上での戦はなかなかに奥深く……」張允は話すほどに得意になり、いかにもご満悦といった様子であったが、楽進や夏侯淵《かこうえん》といった武将らは一様に苦り切った顔をしていた。一方、荀攸《じゅんゆう》、許攸《きょゆう》、程昱《ていいく》らは、はじめは戸惑い、徐々に不安を覚えた。二十年に及ぶ戦の経験が、長江ではまるで役に立たないことがわかったからである。

だが、曹操はそんな不満や不安をよそに、身を乗り出して尋ねた。「それで、全部あわせるとどれくらい用意できる？」

張允は少し考えてから答えた。「戦船以外にも小舟や漁船を徴発すれば六、七万は乗船できます」

「十分だ」曹操は胸算用を立てていた。六、七万人が乗船するとなると、残る陸上の部隊は四、五万ほど、ほかに襄陽城には于禁らの七部隊が駐屯している。曹操軍の総数は十五万近くとなり、江夏の攻略など蟻《あり》を踏みつぶすようなものである。

「丞相、どうぞご乗船ください」張允が護衛兵に命じて渡り板を架けさせると、曹操を先頭に次々と乗り込んだ。

水面に浮かぶ大きな楼船に立つと、いっそう視野が開けた。滔々と東に流れる長江、整然と並ぶ戦船、両岸には鬱蒼とした山林が広がり、曹操はいつになく爽快な気分になった。許褚《きょちょ》が北を指さして知らせた。「ご覧ください。若君たちがお着きになったようです」曹操が船べりから岸を見下ろすと、護衛兵の輪のなかに息子や甥らがいた。馬上で楽しげに語らいながら近づいてくる。

息子らを従軍させているのは実績を作るために過ぎず、これまでも前線に出したことはない。途中で故郷の譙県《しょう》［安徽省《あんき》北西部］に寄ったり、ここ何日かは物見遊山に興じている。自ら得物を抜いて戦うどころか、譙県を守る将軍の曹瑜《そうゆ》がつけた護衛に常時警護されている。曹沖《そうちゅう》は覆いかぶさってくるような楼船の上に立つ父を見つけると、思わず大きな声を上げた。「なんて大きな船だ！　父上、勇ましいですね！」

「はっはっは……」曹操も得意満面で手を振って応じた。曹沖は密かに自身の後継ぎにと決めた息子である。このたびの戦に連れて来たのは、まさに曹沖が出征したという事実を作るためである。まだ数えで十四歳だが、加冠《かかん》したからには成人とみなされる。もとの総角《あげまき》姿がとても愛らしかったので、曹操は結い上げて簪《かんざし》で留めるのが惜しくてならなかった。だが、士大夫の峨冠《がかん》をかぶった曹沖の姿は思った以上に大人っぽい。優れた見た目と相まって、曹操が喜んだのは言うまでもない。

息子らを船に乗せると、曹操は手招きして曹沖を呼び寄せた。「決めたぞ。水陸の両方から江夏を攻め、江表《こうひょう》［長江の南岸一帯］へも軍を展開する。われら親子が力を合わせて戦うのだ！」

もとより十四歳の子供に戦のことなどわかるはずもない。だが、曹操が決めた以上、誰からも反論はなく、曹沖への期待を知る者などはお追従《ついしょう》を口にした。「若君はお若いのに勇ましく、まこと良将の器がおありです」

ついで曹操は夏侯尚《かこうしょう》を指さした。「伯仁《はくじん》、おぬしを中軍司馬に任ずる。ただいまより従軍せよ」中軍司馬は総帥の重要な片腕である。二十歳になったばかりで戦の経験もない夏侯尚をこの要職につけるのは、むろん才能を見込んでのことであるが、何より曹真《そうしん》の妹を娶《めと》った曹家の娘婿だからである。荀攸らは密かに眉をひそめたが、異を挟《さしはさ》むのは憚られた——畢竟《ひっきょう》、軍は丸ごと曹操のものなのだ。

曹植《そうしょく》は文人との交わりを何より好む。父らへの挨拶を終えると、すぐに荊州の幕僚に向かって尋ねた。「宋仲子《そうちゅうし》先生と邯鄲子淑《かんたんししゅく》先生はおられますか？　ご挨拶しとう存じます」そう言って深々とお辞儀した。

「若君にそうまでされてはわれらも恐縮してしまいます」宋忠《そうちゅう》と邯鄲淳《かんたんじゅん》は慌てて前に出ると、まだ年若い曹植に返礼した——近ごろでは、貴顕の子弟を前にしては名士も形無しである。

曹植の顔がぱっとほころんだ。「仲子先生でいらっしゃいますか。先生の校合《きょうごう》なさった六経《りくけい》［儒教の経典で、『易経《えききょう》』、『詩経《しきょう》』、『書経《しょきょう》』、『春秋《しゅんじゅう》』、『礼記《らいき》』、『楽経《がくけい》』のこと］は、書き写されて北のほうまで伝わっています。拝読して以来、先生に私淑しておりました。乱世にあって先賢の学問を残すのは、後世に対する多大な功績だと存じます」

「若君、大げさでございます」宋忠は謙遜した。「その昔、蔡伯喈《さいはくかい》［蔡邕《さいよう》］は洛陽の東観《とうかん》［史料庫］

で経書を校合し、それを石碑に刻んで太学《たいがく》［最高学府］の門外に立てました。残念ながら董卓《とうたく》が洛陽に火を放った際に失われてしまい、さらには乱世とあって、学問に打ち込む者も多くありません。『朱砂が足らねば赤土も尊し［朱色顔料の原料が足りなければ赤土でさえ貴重がられる］』と考え、後学の徒のためにいくらか便宜を図らんとしただけです。いま為さねば、後世に誤りだらけの六経が残るかもしれませんから。ですが、わたしの才は所詮月並み、邯鄲先生には遠く及びません」

邯鄲淳、字《あざな》は子淑、潁川《えいせん》の出である。若いときから文筆の才で名を馳せ、名士たちにもて囃《はや》されてきたが、そのころ曹植はまだこの世に生を享《う》けていなかった。いまや邯鄲淳は古希を過ぎ、才気に溢《あふ》れ垢《あか》抜けたかつての姿はすっかり影を潜めている。人生の大半を文人として平穏に過ごし、自由闊達で陽気だったが、思いがけず老いてからは天下の大乱に遭い、荊州に避難する羽目に陥った。曹植は何度もお辞儀をして称賛した。「邯鄲先生の『曹娥碑《そうが》』を拓本で拝見したことがあります。思わぬ眼福にあずかることができました」

若い曹植が「曹娥碑」のことを持ち出したので、邯鄲淳は皺《しわ》だらけの顔にうれしそうな表情を浮かべた。もとより気さくな質《たち》であったが、船上には自分より年上の者もいなかったので、思い切って自慢した。「かつて蔡伯喈は召し出されるもこれをよしとせず、会稽郡《かいけい》に難を避けました。そのとき、わざわざ長江を渡って『曹娥碑』を見に行ったそうです。ただ、すでに日が暮れてはっきり見えず、灯《あか》りも持っていなかったので、手でなぞって黙読したとのこと。そして、石碑の裏に自ら次の八字を刻みました」

「ほう」これには曹操も興味を惹《ひ》かれた。「何と書いたのです？」

邯鄲淳は白い髭をしごきながら、意味ありげに答えた。「黄絹幼婦外孫齏臼《こうけんようふがいそんせいきゅう》」一同は首をかしげた。

「二字ずつでまったく関係のない四つのものを並べただけでは?」

「謎解きだと思って、みなさまも答えを考えてみてください」

曹操と曹植は眉間に皺を寄せて考え込み、ほかの者も首をひねってかなり長いあいだ考えたが、ついに答えを得られなかった。

「わかりました!」そのとき突然、若い掾属が一同のなかから進み出た。曹操が顔を上げて見ると、光禄大夫《こうろくたいふ》の楊彪《ようひょう》の息子楊脩《ようしゅう》である。楊脩は南征の直前に丞相府に辟召《へきしょう》されたばかりであるが、才能を買ったというよりは、父親の楊彪を牽制するため採用したに過ぎない。

楊脩は一同に向かってお辞儀をすると、微笑みを浮かべながら説明した。「黄絹とは色糸のことで、糸と色を合わせれば『絶』の字になります。幼婦とは少女のことですから、女と少で『妙』、外孫は女《むすめ》の子のことですから、女と子で『好』の字になります。そして齏臼は辛い物とそれを受ける器、つまり受と辛で『辤〔辞の異体字〕』の字になります。この四つを連ねると……」

「絶妙好辞〔極めて巧みな美文〕」曹植がすかさず答えた。「なるほど、邯鄲先生が自慢なさるわけだ」

曹操も微笑んで拍手した。「素晴らしい。邯鄲先生の碑文も素晴らしければ、蔡伯喈の洒落っ気ある讃辞も、楊徳祖《とくそ》の謎解きも見事だ」

「まさに後生畏《おそ》るべしですな」邯鄲淳も楊脩を称賛した。すっかり感心した曹植は楊脩に拱手《きょうしゅ》し、楊脩も礼を返した——このとき交錯した若い二人の視線には、互いにもっと早く知り合いたかったとの思いが込められていた。

曹操が尋ねた。「邯鄲先生、荊州で何か新しいものは？」

邯鄲淳はため息をついた。先ほどまでの自慢げな様子は影を潜め、やるせなさを漂わせた。「歳ですっかり呆《ほう》けたのか、堅苦しい文章を記すのが億劫になってしまい、ここ何年かはもっぱら滑稽な話を集めています。いずれはそれらをまとめて『笑林《しょうりん》』(1)とでも名づけるつもりです」

『笑林』ですか」曹丕はその手の話が大好きである。「面白そうですね。先生、よろしければ一篇お話しくださいませんか。ぜひ拝聴したいのです」

「かまいませんとも。それでは丞相とご一同に一つ話を披露して笑い飛ばしていただきましょう」

邯鄲淳はひと息つくと話しはじめた。「平原《へいげん》郡に複姓の陶丘《とうきゅう》という男がおり、勃海《ぼっかい》郡の女子《おなご》を嫁にもらいました。女子は見目麗しく、夫婦仲は睦まじく、互いに敬い合って暮らしていました。ところがある日、妻の母親が娘を訪ねてきたところ、これを目にした陶丘はひどく不機嫌になり、しばらくすると妻を離縁してしまったのです……」

「どうしてです？」曹丕が我慢できずに口を挟んだ。「その母親が陶丘を怒らせたのですか」

「いえ、違います」邯鄲淳はよどみなく続けた。「妻も理由がわからず、陶丘に自分のどこが至らなかったのかと尋ねました。すると陶丘はこう答えました。『お前の母は年老いて醜かった。娘は母親に似るというから、お前も将来必ず醜くなるに違いない。だから前もって離縁したのだ』」

みな一斉に噴き出した。楽進や夏侯淵ら武将たちも笑い転げている。

邯鄲淳も笑った。「『笑林』に収める予定のものはたいていこんな話で、みなさんに喜んでいただければ幸いです。ですが、誰の考えにも一理あるものです。この陶丘もまったくの愚か者かというと、そうとも限りません。陶丘は、『安きに居《お》りて危うきを思う』をよく理解していたのではないでしょうか」この解釈に一同の笑い声はさらに大きくなったが、邯鄲淳はかまわずに話し続けた。「『安きに居りて危うきを思う』、これは夫婦の愛について語る言葉としては不適切でしょうが、お国を思う者はいつ何時でも心に刻んでおくべきかと存じます。強大な勢力を恃《たの》みに天下を甘く見ると、いつか痛い目に遭うかもしれません」

荀攸の目がきらりと光った——この方は老いてますます辛辣で、東方朔《とうぼうさく》を彷彿させる……

この世には、さまざまな道理に通じていながら、乱世ゆえに誰にも聞いてもらえず笑い戯れている者がいる。表向きはおどけて遊んでいるようにしか見えないが、実は暗に時弊を当てこすっているのである。武《ぶ》帝の御代には東方朔がいた。邯鄲淳もまたこの類いの人物と言えよう。

だが、曹操は話の後半には耳を傾けず、ただ笑うばかりであった。「結構、結構、これで邯鄲先生の『笑林』は味わった。いずれみなで一緒に『曹娥碑』を見に行こうではないか」

それを聞いて、許攸はさらに腹を抱えて笑った。「あ、阿瞞《あまん》殿、笑いすぎておかしくなったのでは。『曹娥碑』は江東の上虞県《じょうぐ》［浙江省東部《せっこう》］にあるんですよ。孫権が支配している地域なのにどうやって見に行くんです？」

「すぐにやつの土地ではなくなる」曹操がにやりと笑った。「わしは決めたぞ。江東を攻める。いまの勢いをもって劉備と孫権を一網打尽にしてやるのだ」

曹操の突然の宣言に一同の顔から笑みが消えた。

誰もが驚き呆然とするなか、荀攸はなんとか諫《いさ》めようとした。「孫権は東南を占拠して連戦連勝、軽んじてよい相手ではありません。まずは劉備を討ち取り、日を改めて江東への出兵を論じてはいかがかと」

曹操はふんと鼻でせせら笑った。「わしには十万あまりの兵がおる。孫権の軍は劉備と合わせても半分にも満たぬのだ。何を恐れることがある」

荀攸は内心つぶやいた——官渡《かんと》の戦いの際、こちらの兵力はそれこそ袁紹の半分もなかったというのに——だが、そのままは口にできず、続けて遠回しに諫めた。「孫権とは水上での戦になります。これはわが軍の得意とするところではありません。おそらく……おそらく一気に打ち破るのは容易ではないかと……」荀攸は曹操が荀氏一族を疎《うと》んじるようになってから、ことのほか言動に気を遣っていた。

「軍師《ぐんし》殿は用心が過ぎる」曹操は張允と文聘を指さした。「たしかに中原の兵は水上での戦に慣れておらぬ。だが、荊州の兵はどうだ。まずは荊州兵を先鋒とし、わしが勇猛な中軍とともに援護すれば、江東を平らげることができよう」

勇ましく勝ち気な文聘、地位と金のことしか頭にない張允、二人は声を揃《そろ》えて同意した。だが、蒯越は内心不安のほうが大きかった。荊州の水軍は数こそ多いとはいえ、これまでは守るばかりで打って出たことはない。しかも、孫氏との戦で優位に立ったことは一度もないのである。ましてや主が代わったばかりで士気の低い水軍を当てにするのは危険だ。とはいえ、蒯越は帰順したばかりで、曹操からの評価も高い。わざわざ曹操の意に沿わない進言をするのは憚られた。

曹操は何ごとにおいても楽観的である。「もしかすると戦の必要すらないかもしれんな。天下の大勢はすでに決している。孫権に時勢を読む力があれば、戦わずして降伏してくることもありえよう。昨日入った知らせでは、劉備は孫権と手を組もうとして長江の南に使者を遣わしたそうだ。力を失った劉備は必ず孫権を頼ると踏んでいたが、遠からず孫権から劉備の首が送られて来るかもしれんぞ。去年の公孫康《こうそんこう》がそうであったようにな」

奮武《ふんぶ》将軍の程昱が一歩進み出て諫めた。「丞相のお考えには、にわかには賛同いたしかねます。孫氏の力は公孫氏の比ではありません。遼東《りょうとう》の地は辺境にあり、公孫康は丞相に敵わぬことを重々自覚していました。ですが、孫氏は勇猛で戦上手、大難を目前にして手を拱《こまぬ》いているとは思えません。たしかに丞相は天下に向かうところ敵なく、荊州を平定して江表にもご威光は轟いています。抗戦するにしても孫権一人では難しいでしょう。ですが劉備もいくらかは名声があり、麾下の関羽《かんう》や張飛《ちょうひ》は万夫不当《ばんぷふとう》の猛将、孫権は彼らを恃みにわが軍を迎え撃つに相違ありません。やはり、これをたやすく破るのは難しいかと」

だが、曹操には成算があった。「実はな、わしは江陵に到着してからすぐに準備をはじめていたのだ。一昨日、朝廷に上奏文を送っておいた。豫章《よしょう》太守の孫賁《そんふん》を征虜《せいりょ》将軍に任じて、その息子を人質として差し出させるつもりだ」孫賁は孫権の従兄《いとこ》にあたる。かつて孫曹両家は一時的に歩み寄り、その際に孫賁の娘が曹操の息子の曹彰《そうしょう》に嫁いだ。親戚でもある孫賁を昇格させながら人質を要求するとは、暗に孫氏に降伏を促していると言える。「孫権が降伏を望むなら受け入れ、降伏せぬなら力ずくで奪い取るまでだ。穏やかに求めて駄目なら強く出るしかあるまい。中原の大軍をもってすれば、ちっぽけな江東など奪えぬはずなかろう」

江東六郡を「ちっぽけ」と言い切る曹操に、みなも侮りすぎだと感じたが、さりとて面と向かって意見することもできない。そのとき低く重々しい声が聞こえた。「明公《めいこう》の仰ることはもっともです。いまのわが軍の勢いをもってすれば天下を震撼させるに十分、どうして江東ごときを落とせないことがありましょう」なんと、声の主はめったに進言などしない賈詡《かく》であった。

「やはり文和《ぶんわ》殿はよくおわかりだ」曹操は賈詡に持ち上げられて得意げである。

「しかし……」賈詡の論調はしだいに変わっていった。「それならば戦を仕掛ける必要もないのではありませんか。わが君は袁紹を打ち破り、いままた漢水《かんすい》の南一帯を手中に収められた。威名は遠くまで轟き、強大な軍勢を擁しています。古《いにしえ》の楚《そ》の富をもって官吏や兵をねぎらい、民を慰撫し、安心して暮らせるようにしてやれば、労せずして江東を降伏させることができましょう」

曹操は賈詡の言葉に首をかしげた。「つまり戦に訴えるなと？」

「まさしく。明公がいまの支配地を維持しつつ、民を慰撫して天下の者の憂いを取り除けば、四海の豪傑はことごとく中原に帰順し、隠棲している士人《しじん》らも共感して従いましょう。数年を経ずして江東の孫氏は必ずや衰退し、明公と干戈《かんか》を交えるどころか、きっと降伏を申し出てくるに違いありません」

「はっはっは……」曹操は天を仰いで笑った。「文和殿、みなはそなたを深謀遠慮と称するが、こたびはちと突飛すぎるのではないか。孫権に降伏を迫るためには長江で気勢を上げ、軍の力によって脅しをかけるべきであろう。無駄に仁徳や金を費やしていたら、いつ望みを叶えられるかわからぬ」孫氏の征討を急ぐ最たる理由は、一刻も早く天下を鎮めて自ら帝位につくためであるが、それだけは口が裂けても言えない。だが、これ以上待つのはまっぴらだった。

世知に長けた賈詡は、曹操の返事を聞くなりぼそぼそとつぶやいた。「わたくしが浅はかでございました。明公のご意見に従いましょう」それだけ言うと口をつぐみ、俯《うつむ》いて列のなかに戻っていった。

荀攸はあれこれ思い悩んで落ち着かず、なんとか再び曹操を諫めようとしたが、腹を立てた曹操が機先を制した。「烏丸《うがん》の出兵もわしの独断で、そなたらは阻止しようとした。だが、結果はどうだ？　わしがなすべき大事はまだまだある。これ以上は口を挟まんでもらいたいものだな」

荀攸は全身に緊張が走った――天下平定を目前にして、このうえ「なすべき大事」とは何なのだ――荀攸は諫めるのをあきらめた。口出しが過ぎればあらぬ疑いをかけられる。悪くすると身に禍《わざわい》が降りかかるかもしれず、荀家はますます肩身が狭くなる。

このときの曹操は、自分が標榜してきた広く進言を求めるということを、きれいさっぱり忘れていた。すぐに檄文をしたためようと卓を持ってこさせ、曹沖を抱えて膝に乗せると言いつけた。「沖は書道の腕が上がったそうだな。檄文の内容を父が口頭で言うからお前が書き取りなさい」そう言って筆を持った息子の手に自分の手を添えると、筆を動かしつつ口を動かした。「近者《ちかごろ》辞を奉じて罪を伐《う》ち、旌旗《せいき》は南指《みなみさ》し、劉琮《りゅうそう》は手を束《つか》ぬ。今水軍八十万の衆を治め、方《まさ》に将軍と呉《ご》に会猟《かいりょう》せんとす［近ごろ詔《みことのり》を承って罪ある者を征伐し、軍旗を南へ向けたところ、劉琮はいささかも抵抗しなかった。いま水軍八十万を率い、将軍らとともに古の呉の地で狩りをしようと思う］」

「これで終わりですか？」曹沖はあまりの短さに驚き、目をぱちくりとさせた。幼いとはいえ、檄文が時局を述べ立てた長文からなることを曹沖も知っている。

「終わりだ。これで孫権は肝をつぶして恐れおののく」そう言うと曹操は筆を擱《お》いた。たった二言三言の檄文に、幕僚たちは曹操の傲慢さを感じずにはいられなかった。それに、十数万の兵を八十万に水増しするとは誇張もはなはだしい。

「よし、では、これで解散だ」曹操は有無を言わさず散会すると、曹沖を船べりに連れていった。「見よ。向こうの東側はすべて孫権の支配地だが、もう数日でこの父のものになる。わしのものになるということは沖のものになるということ、父がすることは何もかもお前のためなのだ」

曹沖は幼いながらも、曹操が話すことの意味をきちんとわかっていた。「父上は英邁《えいまい》で類い稀なる武勇をお持ちです。わたしが大きくなってお役に立てるようになったら、父上に孝養を尽くし、きっと期待に応えてみせます」曹操はその返事に気をよくし、曹沖の頭をなでながら、滔々と流れる長江に向かって心底うれしそうに微笑んだ。いまこの瞬間、曹操はこの世界で自分こそがもっとも成功し、もっとも幸福な人間だと確信した。

「丞相……」背後から曹操を呼ぶ小さな声が聞こえた。その声は明らかに震えている。

曹操は振り向いた。「華先生、何かご用かな」

華佗はためらいながらも思い切って願い出た。「実は、幾日かお暇を頂戴したいのです。家内が……」

「また病か」曹操は疑うような目を向けた。

「こたびは半月で結構です。半月すれば必ず戻ってまいります」華佗は顔を上げるとすがるように曹操を見つめた。

華佗と親しい曹沖が口添えした。「最近は父上の持病も落ち着いているようですし、先生を行かせてあげましょう。たった半月ではありませんか。これからも弟の熊《ゆう》が丈夫になるよう面倒を見てもらわなければなりませんしね」

曹操は曹沖が取りなすので、致し方なく許した。「そうだな。では先生、なるべく早く戻って来るように」

「丞相の寛大なお取り計らいに感謝いたします」華佗は深々とお辞儀した。「戻りましたら、ますます医の道を究めたいと存じます。聞けば荊州はしょっちゅう傷寒《しょうかん》［腸チフスの類い］が流行るそうなので、わたしも暇をみつけて……」

「わかった、わかった。早く行くがよい」曹操は面倒くさそうに華佗を追い払った。

曹沖は船べりにつかまりながら笑顔を向けた。「父上、華先生は名医なだけでなく、読書人でもあるんです。父上も先生の話をもっとよく聞くべきです」

「ほう、子供のくせに一丁前な口を利く。危ないから身を乗り出すでないぞ……」曹操は微笑みながら注意すると、振り返って幕僚たちを見渡した。一同は思い思いに景色を楽しんでいる。曹操は、趙達《ちょうたつ》が温恢《おんかい》と談笑しているのを目にすると、手招きして呼び寄せた。

「何かご用でしょうか」

曹操は趙達の耳元に口を近づけた。「華佗はしょっちゅう妻の病を口実に暇乞《いとまご》いするが、どうも怪しい。おぬしは何人か連れて華佗のあとをつけ、本当かどうか探るのだ。もし本当なら四十斛《こく》［約八十リットル］の穀物を下賜し、さらに半月の休みを与えてやるが、もしやつがわしを欺いていたら、すぐに捕まえて牢にぶち込むのだ。あの老いぼれは頭風《とうふう》を治せるものだから、わしの弱みを握ったとでも思っておるのだろう。ふん、わしは万人の上に立ち、戴くのは陛下だけという歴とした丞相だぞ。巫術《ふじゅつ》で病を治す輩にどうして操られたりするものか」

趙達は「はい、はい」と返事をしながらも内心では違うことを考えていた――何が万人の上に立ち、戴くのは陛下だけですか。その陛下だってただのお飾り、どうせこの戦に勝てば捨てるつもりでしょうに……

（1）『笑林』は邯鄲淳の作で、中国最初の笑話集である。原本はすでに散逸し、二十篇あまりが現存する。

孫権《そんけん》、劉備《りゅうび》と盟を結ぶ

諸葛亮《しょかつりょう》は魯粛《ろしゅく》とともに長江を渡り、柴桑《さいそう》［江西省北部］で孫権《そんけん》に謁見すると、自身の考えを述べた――わが主《あるじ》の劉玄徳《りゅうげんとく》は曹操に敗れたとはいえ、麾下《きか》には関雲長《かんうんちょう》の水軍一万があり、江夏《こうか》の劉琦《りゅうき》殿も一万近くの兵を擁しています。かたや曹操軍はわが主を追撃するため一昼夜に三百里あまり［約百二十キロメートル］を進む強行軍、遠征ですっかり疲れ果てております。強弩《きょうど》の末《すえ》、魯縞《ろこう》を穿《うが》つ能《あた》わずです。兵法にも、「百里にして利に趣《おもむ》けば上将《じょうしょう》を蹶《たお》さる［一日に百里もの行軍をして戦えば総大将を失う］」とあるように、曹操は兵法の禁忌を犯しています。しかも、北方の者は水上での戦《いくさ》に不慣れで、荊州《けいしゅう》の兵は降伏したばかりで曹操に心服しておりません。江東《こうとう》がわが主に援軍を差し向けてくだされば、両家で力を合わせて曹操軍を打ち破ることができましょう――

孫権はこれを聞いて喜び、鄱陽《はよう》［江西省北東部］で乱の鎮圧に当たっている周瑜《しゅうゆ》に即刻帰還するよう書簡を出した。さらに自身は兵馬を整えるため、魯粛と諸葛亮を連れて呉《ご》県［江蘇《こうそ》省南東部］に戻った。だが、呉県へ戻った途端に悪い知らせがもたらされた。

許都《きょと》から豫章《よしょう》にやって来た使者が孫賁《そんふん》を征虜《せいりょ》将軍に任じ、孫賁は勅命に従って息子を人質に出そうとしたという。幸い老臣の朱治《しゅち》が制止したため人質の件は取り止めになったが、敵の来る前から身内が二心《ふたごころ》を抱くとは、その悪影響は計り知れない。さらに、この件が片づく間もなく早馬の知らせが入り、すでに降伏していた山越《さんえつ》［南方の少数民族の通称］の黟《い》と歙《きゅう》が、曹操軍が攻めてくると聞いて再び謀反したという。当地に遣わしていた賀斉《がせい》が苦戦を強いられているとのことで、孫権はやむなく一部の兵を割いて加勢に向かわせた。そこへ今度は曹操からの檄文である。

近者《ちかごろ》辞を奉じて罪を伐《う》ち、旌旗《せいき》は南指《みなみさ》し、劉琮《りゅうそう》は手を束《つか》ぬ。今 水軍八十万の衆を治め、方《まさ》に将軍と呉《ご》に会猟《かいりょう》せんとす。

［近ごろ詔《みことのり》を承って罪ある者を征伐し、軍旗を南へ向けたところ、劉琮はいささかも抵抗しなかった。いま水軍八十万を率い、将軍らとともに古の呉の地で狩りをしようと思う］

たった二行だが、それゆえにこそ曹操の傲岸不遜《ごうがんふそん》さがひと目で見て取れる。両軍の命がけの戦いを曹操は狩りに譬《たと》えたのだ。この短い檄文は静かな池に一石を投じたかのごとく、たちまち江東の群臣を不安に陥れた。これは焦眉の急である。孫権は周瑜が戻るのも待たず、配下の文人、武人を一堂に集めて軍議を開いた。

「曹操は劉備を破って江陵《こうりょう》に達し、荊州の水軍を接収した。武陵《ぶりょう》など長江南の四郡も帰順を表明し、まさに長江を席巻する勢いだ」表情は険しいが腹案ならすでにある。孫権は腰を下ろしたまま大きな声で語りはじめた。「幸いなことに、劉備が江夏に逃れて劉琦と合流している。先ほど曹操はわが江東に檄文を送ってよこしたが、一気に九州《きゅうしゅう》［中国全土］を併呑《へいどん》し、天下をわが物にせんとの腹だ。この危難を前に、われら江東の若人が背を向けてよいものか！　劉備とともに曹操打倒の兵を挙げようでは……」

「恐れながら申し上げたき儀がございます」突然、よく通る声が上がった。

主君の話を遮るとは何者か。孫権の話に熱心に耳を傾けていた者たちは訝《いぶか》しみ、横目で声の主を探した。すると、一人の若い属吏が人垣を割って出てきた――奏曹掾《そうそうえん》の陸績《りくせき》、字《あざな》は公紀《こうき》、先々帝の御代に廬江太守《ろこうたいしゅ》を務めた陸康《りくこう》の息子である。かつて孫策《そんさく》が袁術《えんじゅつ》のもとにいたとき、陸康が太守を務める廬江を攻めたことがあった。陸康は一年にわたり治所《ちしょ》を守ったが結局は病死し、県城も時を同じくして陥落した。その後、孫権は士人《しじん》を懐柔するために広く恩徳を施し、この因縁浅からぬ陸績を召し抱えた。ただ、陸績は江東にいながら常に漢の臣下を気取っていたので、あまり重用されていなかった。

孫権は話の腰を折ったのが陸績だとわかると、にわかに表情を曇らせた。「公紀よ、何ごとだ。わたしが話し終えるのを待てんのか」

陸績は生来の大声で答えた。「わたくしが思いますに、決して劉備に手を差し伸べてはなりません」

「なぜだ!?」

「これまで劉備は叛服《はんぷく》を繰り返し、信義に背いてまいりました。呂布《りょふ》を裏切り、曹操に背き、袁紹《えんしょう》を頼ったかと思えば劉表《りゅうひょう》のもとへ逃げ込み、しかも行く先々で戦っては敗れ、まことに不吉な男です。それに劉琦は贅沢三昧の放蕩息子にして、兄弟で骨肉の争いを繰り広げるような輩。義にもとるこんな連中をどうして助けるのですか」

孫権は腹立たしくもおかしかった。「二人の品行など目下の情勢とは関係なかろう」

「品行に難のある者が大義を語れましょうか」陸績も引き下がらない。「わが君は劉表と長年にわたり干戈《かんか》を交えてきました。それをいまさら手を組むのですか……朝《あした》には秦《しん》につき夕べには楚《そ》につく、そんなことでは天下の物笑いの種となりましょう」

あまりに無礼な物言いに孫権は怒りを爆発させた。「おのれ陸績、何という言い草だ! ならばお前は曹操が荊州を併呑するのを黙って見ていろと言うのか!」

ここでまた若い声が上がった。「この期に及んでは荊州の陥落を見るだけでは済まず、もはやわれらが江東の地も守りおおせぬでしょう」

孫権はまたも驚きを隠せず、声のしたほうにきっと目を向けた。声の主は主簿《しゅぼ》の吾粲《ごさん》、字は孔休《こうきゅう》である。

呆気にとられる群臣たちを横目に、若い吾粲が進み出た。「北方の州郡は残らず曹操に平定され、すでに益州《えきしゅう》の劉璋《りゅうしょう》や交州《こうしゅう》の士燮《ししょう》さえも遠く朝廷を尊奉《そんぽう》するようになっています。もはや天下の大半は曹操の手に握られているのです。わが君が東南の片隅で一人粘り強く逆らっても、いつまでも持ちこたえられるものではありません」

孫権は眉をひそめた。「これ以上曹操を持ち上げ、わがほうを貶《おとし》めるような戯言《たわごと》を続けることは許さん」

「禍《わざわい》が目の前に迫っているのにどうして黙っていられましょう」吾粲は孫権に一礼して続けた。「どうか直言をお許しください。事ここに至っては、われらには降伏しか道は残されておりません」

恐れていた降伏の二文字がとうとう出てしまった。

孫権は陸績と吾粲をじっと見つめながら疑念を抱いた——二人のような下っ端がこれほど盾突くとは……きっと黒幕がいるに違いない——そこでわざと音を立てて卓を叩いた。「貴様ら二人は諸官の面前で妄言を吐いた。人心を動揺させた罪で棒叩き五十の刑に処す。そして討虜《とうりょ》将軍府から追放する」

「どうかお怒りをお鎮めください」そう声を上げると、軍謀掾《ぐんぼうえん》の陳端《ちんたん》が進み出て拝礼した。「二人の発言は良心によるもの、罪に問うべきではありません」

秦松《しんしょう》も立ち上がった。「あえて卑見を述べさせていただけば、二人の発言にも一理あるかと」

これではっきりした——陰で糸を引いていたのは長江の北から来た士人たちだ。秦松や陳端は孫策の時代に加わった幕僚である。徐《じょ》州の出であり、この瀬戸際におそらく江東を捨てて故郷に戻りたいと考えているのであろう。ともに赫々《かっかく》たる功績があり、声望も高い。後学に対する面倒見もよく、陸績らのように代わって矢面に立とうという連中が出てくるのも必然と言えた。

孫権といえども、こうした老臣にまで怒りを向けるわけにはいかず、理詰めで説得を試みた。「江東には数万の兵がいるのに、なぜ降伏などと」

「それは違います」秦松は恐る恐る反論した。「たしかに江東はまずまず豊かではありますが、ゆとりがあるとまでは言えません。山越の反乱という内患も解決されていないのに、外敵を食い止められるでしょうか。何より戦になれば民草が苦しみます。わが君はお父上と兄君から英邁《えいまい》さを受け継がれたはず。わたくしが進言するのはわが君のため、そしてまた民のためでもあるのです。いまこそ兜を脱いで降伏し、そのご盛徳を全うされるべきでしょう」

陳端もすぐに同調した。「先代が兵を挙げたのも民草を思ってのこと。いまや天下は太平に向かい、戦がやもうとしているのです。わが君、何とぞご再考ください」

「ふん」孫権はそれを鼻で笑うと、居並ぶ諸将を指さした。「そなたらも同じ考えか？」

老いてなお気性の激しい黄蓋《こうがい》が大声を上げた。「そんなふざけた話があるか！　先代や先々代に従って各地を転戦してきたわしが、曹操ごときに膝を屈することはできん！」

韓当《かんとう》も憤って叫んだ。「将たるものは軍に尽くし、武運尽きれば死あるのみ。降伏など片腹痛いわ！」

諸将の筆頭である盪寇《とうこう》中郎将の程普《ていふ》は孫堅《そんけん》、孫策に従って幾度も死線をくぐり抜けてきた。その言葉には相応の重みがある。「お二人は江東をわが君のみの江東とお思いか。六郡はすべて討逆《とうぎゃく》将軍［孫策のこと］が勝ち取ったものであり、われらが命がけで手に入れた土地でもある。力づくで奪おうというのなら、われら老いぼれの屍《しかばね》を越えてからだ」

扶義《ふぎ》将軍の朱治、征虜《せいりょ》中郎将の呂範《りょはん》といった古参の将らも口々に抗戦を唱え、なかには武者震いして勇み立つ若い将もいる。だが、陳端はそれをたしなめた。「将軍方、どうかご静粛に。事には軽重の別というものがございます。中原の情勢が流動的なときでしたら、わが軍は攻めてくる敵を迎え撃つべきでしょう。しかし、いま曹操は北方の勇猛な兵を手中に収め、荊州の水軍も得て総数は八十万に達します。その兵馬が竜虎なら、戦船《いくさぶね》はさながら蛟《みずち》、軍旗はあたかも空を覆い尽くす雲、その勢いは席《むしろ》を巻き取るかのよう、江東はまさに累卵の危うきにあるのです。彼我の兵力差を考えればどちらが勝つかは明々白々、勝利を得られるわけがありません」

何人かの老将たちは憤りを露わにし、黄蓋などは真っ白な髭を震わせて歯がみした。「何が竜虎のごとき八十万の兵馬だ、本当にその目で見たのか⁉　これ以上くだらん話をするなら、この拳で二度と口が利けんようにしてやるぞ！」一度口にしたことは何があってもやり遂げる、それが黄蓋という男である。周囲の者たちは慌てて黄蓋を押しとどめた。「将軍、どうか怒りをお鎮めください」

むろん陳端に黄蓋とやり合う勇気はない。驚いて後ずさると、そばにいた者に向かってつぶやいた。

「匹夫の勇など何の役にも立たぬわ」

広間は一段と騒がしくなり、主戦派と降伏派がはっきりしてくると、孫権は眉間に深い皺《しわ》を刻んだ。事前に黄蓋らを呼び戻していなければ、降伏一色になっていたかもしれない。だが、たとえ秦松や陳端の意見を突っぱねても、戦う前からこんなありさまでは先が思いやられる。孫権が一喝してみなを黙らせようとしたそのとき、低く重みのある声が聞こえてきた。「わたしも物申してよろしいか」決して大きくないその声にはあたりを圧倒する威厳があり、人で溢《あふ》れていた広間が水を打ったように静まり返った――撫軍《ぶぐん》中郎将にして討虜将軍府の長史《ちょうし》［次官］張昭《ちょうしょう》である。

張昭は字を子布《しふ》といい、広陵《こうりょう》の出身である。彭城《ほうじょう》の張紘《ちょうこう》とともに「江東の二張」と並び称され、孫策にとりわけ重用された。孫氏はこの二人の妙策によって江東の地を得たと言っても過言ではなく、施政に係わる法令も二人によって制定されている。官吏の半数近くは二人が推挙した者であり、江東にとどまる名士のほとんどは二人の顔を立てて残っていた。張昭はいまわの際《きわ》にあった孫策から内外の政務を託されており、孫権の後見ともいえる存在である。

「子布は抗戦か、それとも降伏か?」そう尋ねる孫権の声はかすかに震えていた。

張昭は五十を過ぎたばかりだが顔じゅうに深い皺が刻まれ、痩せぎすのためもあってか、年のわりにずいぶんと老けて見える。張昭は孫権の前にゆっくり進み出ると、がばと跪《ひざまず》いた。「わたしは……わたしは降伏すべきかと」

孫権は頭をがつんと殴られたような衝撃を受け、目の前が真っ暗になった。張昭はもっとも頼りになる重鎮である。兄の跡を継いでからは政《まつりごと》の師であり、人としての生き方や世間との交わり方の模範にもなってきた。父の孫堅が早くに亡くなり、兄の孫策も若くして世を去ったため、張昭は実の父のようなものである。そして張昭も自分を慈しみ、教え導いてくれた。その張昭を切り捨てることなど到底できない。孫権はしばし言葉を失った。

「子綱《しこう》、そなたの意見は?」孫権は張紘にも意見を求めた。

張紘も内心では降伏するべきだと考えている。だが、張紘はかつて使者として許都を訪れ、江東に戻ってきたものの形式上は朝廷からの派遣である。「降伏」という言葉を使うのもしっくり来ず、考えあぐねた末に答えた。「戦おうにも戦えず、降ろうにも降れずとなれば……和を講ずるべきでしょう」何をどう言い換えようとも、つまりは城下《じょうか》の盟《ちかい》［敵に居城まで攻め寄せられての屈辱的な講和］である。朝貢の使者を送った益州の劉璋と同じで、実質的な投降にほかならない。

張昭や張紘まで降伏を主張したため、様子見していたほかの者もためらわなかった——留府長史《りゅうふちょうし》の孫邵《そんしょう》、従事《じゅうじ》の顧雍《こよう》、功曹《こうそう》の虞翻《ぐほん》が先を争うように跪いた。「張公のご意見に従うべきかと」それに続いてばたばたとかなりの人数が跪き、一部の将軍もためらいはじめた。荊州の幕僚たちが劉琮に降伏を勧めたときと、まったく同じ光景である。

孫権は劉琮のように惰弱ではないが、全身に冷や汗をかいた。広間を見渡し、自分と同じく断固たる決意を持った者がいないか探した——だが、いまや三人の老将と朱治、呂範も焦燥に駆られ、味方は誰もいそうにない。中軍の司馬《しば》の諸葛瑾《しょかつきん》に目を留めた。諸葛亮の兄の諸葛瑾なら絶対に味方してくれるはずだ。「子瑜《しゆ》、何か申すことはないか」

諸葛瑾は言いよどみ、しばらく迷った挙げ句にようやく口を開いた。「わたくしは、わが君のご意向に従います」諸葛瑾は主戦派であるが、弟の諸葛亮が劉備に仕えている。そのため、何を言っても身内の肩を持っていると疑われ、下手をすると寄ってたかって降伏派に叩かれかねない。結局、何も言わないことにした。

孫権は大きくため息をついて頭《こうべ》を垂れた——もとより投降を訴える者が出るとは考えていたが、まさかこれほど多いとは思ってもいなかった。自分を長年補佐してきた重臣たちでさえ熱心に降伏を勧めるとは……多くの者が降伏に傾いて大勢が決しているのに、まだ徹底抗戦を唱えるべきなのか。さすがに孫権の固い決意もぐらついた。

「わが君……」孫権の傍らに立っていた魯粛が突然口を開いた。「厠《かわや》にでも立たれては」

「ん？」孫権はつかの間呆気にとられたが、ややあって答えた。「あ、ああ、そうだな……みな、しばらく待っていてくれ」そう言って立ち上がると、あたかもそれが最後の頼みの綱でもあるかのように魯粛の腕を固くつかみ、そのままふらふらと脇部屋に入っていった。

扉を抜けて屛風の裏まで来ると、孫権は童僕を退《さ》がらせた。そこでようやく魯粛がずっと我慢していたことを告げた。「一同の意見はわが身を守るための戯《ざ》れ言《ごと》です。ともに大事を図ろうとする前向きなものではありません」

「そんな馬鹿な……」孫権はにわかには信じられなかった。

魯粛は孫権の両の眼《まなこ》をじっと見つめた。「われらのように、わが君に仕えている者なら曹操に降伏してもかまわないでしょう。しかし、わが君は決してなりません。もしわたしが曹操に降伏すれば従事くらいにはなれます。牛車に乗って役人や兵を供に従え、士大夫たちとも交際できましょう。職務を忠実にこなせば、いずれは郡の太守や州の刺史《しし》にさえなれるかもしれません……」ここで魯粛の口調が一変し、孫権に向かって深々と拝礼した。「しかしながら、わが君が曹操に降伏していったい何を得られるのでしょう」

孫権は凍りついた――孫氏は二代にわたって天下を駆けめぐってきたが、もし曹操の手に落ちれば権力を失う。運がよくても県の役人になって車が一台、屋敷が一つ、童僕が数人与えられるくらいだ。子孫は名ばかりの閑職にしかつけず、また日の目を見るためには何世代も経なければならない。運が悪ければ、曹操にばっさりと首を斬られて終わり、先祖の祭祀も絶えてしまう。

私利私欲がしばしば大義より人の心を動かすことを、魯粛はよくわかっている。「みなの意見は聞き入れず、どうか急ぎご決断ください」

孫権は荒い息をついてうなずくと衣冠を正し、決意も新たに再び魯粛を連れて広間へ戻った――広間はすさまじい喧騒《けんそう》に包まれていた。陸績や吾粲らが黄蓋を取り囲んで何やら休みなく話しており、韓当は陳端と議論を戦わせている。程普は声を荒らげて張昭と張紘を詰問しているが、二人は押し黙ったままである。大忙しなのが朱治と呂範で、あちこちをなだめすかしている。

「いい加減にしないか！　喚《わめ》き立ててみっともないぞ！」孫権は思い切り怒鳴りつけると、足早に席に戻った。「わたしは決めた。劉備と力を合わせて曹操と戦う！」秦松や陳端らはこの短いあいだにどうして孫権の決意がこれほど固くなったのかわからず、恨みがましく魯粛を凝視した。

「わが君、どうかご再考を」張昭が再び跪き、声を響かせて自身の意見を述べた。「曹操は無慈悲な梟雄《きょうゆう》ですが、丞相《じょうしょう》の位にあり、天子を擁して四方を討伐しています。つまるところ曹操の命《めい》は朝廷の命、これに逆らうことは不義不忠にあたります。わが江東が恃《たの》みとするは長江ですが、曹操はすでに荊州を奪い、劉表の水軍をことごとく手中に収めました。蒙衝《もうしょう》や闘艦《とうかん》の数は千隻を越え、沿岸を威勢よく進んでいます。それと同時に陸路からも軍を進めており、長江の天険という地の利は、いまやわがほうだけのものではありません。加えて兵力の差は歴然、衆寡敵せずでございます。刃向かえば江東の地には人影一つ残らぬこととなりましょう」

張昭が先頭に立ったことで、降伏派が一斉に口を揃《そろ》えた。「どうかご再考ください」

まさか股肱《ここう》の臣が最大の障壁になろうとは、孫権は夢にも思っていなかった。張昭の切々とした訴えは理に適ったもので、反論の言葉が見つからない。孫権が思い悩んでいると、広間の外から高らかな笑い声が響き渡ってきた。「はっはっは……平素から思慮深い張公が戯れ言を宣《のたま》うとは、今日はまたどうされたのですかな」その笑い声とともに、眩しく輝く鋼《はがね》の刀を携えた兵士らが庭に入ってきた。鎧に身を包んだ兵士らのなかから、颯爽と若い男が歩み出てくる。

年のころは三十あまり、身の丈は八尺［約百八十四センチ］ほど、腕は長く腰はすらりとして、粋な体つきに麗しい容貌をしている。面立ちは美しい玉のよう、眉は漆《うるし》で描いたかのように黒く、瞳は星のように輝いている。まっすぐ通った鼻筋に整った口元、紅を引いたように赤い唇、綺麗に並んだ真っ白な歯をのぞかせて、満面の微笑みを浮かべている。頭には青藍《せいらん》の頭巾を戴き、身には錦の緞子《どんす》の上着をまとい、腰は銀の絹糸の打ち紐で縛り、鵞鳥《がちょう》の毛の羽扇《うせん》を手にした姿は、端正で気品に溢れている。言葉遣いは軽妙で、立ち居振る舞いも垢《あか》抜けている。その姿は、天下を遊学し、座して風雅を語る文人を思わせる。この青年こそ、孫策とともに江東の基礎を打ち立てて以来、長らく兵権を握る男、名は周瑜、字は公瑾《こうきん》である。

周瑜の登場に、孫権はにわかに元気づいた――兵を連れて来るとはでかしたぞ。

長いあいだ押し黙っていた諸葛瑾が口を開いた。「公瑾、やっと参ったか。みな口々に降伏……」

「聞いておった」周瑜は張昭をじろりと睨んだ。「先ほどの張公のお言葉は本心から出たものですかな」

張昭はまずい相手が来たと思いながら、逆に問い返した。「公瑾はどう思うのだ」

「学者の世迷い言ですな」周瑜はそう切って捨てると、表情を一変させた。「曹操は漢の丞相を騙《かた》る逆賊ですが、わが君は英明かつ武勇に優れ、お父上と兄君の功を受け継いでおられます。江東に勢力を保って治める地は数千里、擁する兵は精鋭にして将は志高い。われらこそ天下を駆けめぐり、漢室のために悪人を退治するべきなのです。こたびは曹賊めが自らやって来たのですから、まさに飛んで火にいる夏の虫、どうして膝を屈して降伏する必要などありましょう」

周瑜が語気も荒く曹操を「逆賊」と呼び、飛んで火にいる夏の虫とまでこき下ろすので、広間は反対の声で溢れ返った。しかし、周瑜の言葉は大いに孫権の意に適うものだった。孫権は魯粛と視線を交わし、二人してほっと息をついた。

「みなさんは檄文が来たため腰が引けているのでは？　わたしがその不安を解消して差し上げましょう」周瑜は後ろ手を組んで広間を行きつ戻りつしながら、教え諭すような口調で続けた。「曹操は足元を固めることもせず、四つの禁忌を犯しています。一つ、北方はまだ安定しておりません。関《かん》西《せい》［函谷関《かんこくかん》以西の地］の馬超《ばちょう》や韓遂《かんすい》らは曹操にとって後顧の憂いです。二つ、北方の兵は水上での戦に不慣れです。荊州の兵もわれらに幾度も敗北を喫して勢いがありません。曹操は得意とする騎馬戦ではなく、不慣れな水戦で古の呉越《ごえつ》と勝負しようとしているのです。三つ、いまは冬の寒さが厳しく、馬に与える飼い葉がありません。そして四つ、中原の兵を長江や湖沼の多い場所で戦わせるのですから、水が合わず、必ずや病を生じるでしょう。これらは用兵において禍の種になります。曹操は軽率なことに四つもの禁忌を犯しているのです。たとえ兵馬がどれほど多かろうと恐れるに足りません」

周瑜はそう力説すると、振り返って孫権に深々と一礼し、さらに力強く声高らかに願い出た。「わが君、いまこそ賊を除くべきときです。どうかわたしに精鋭五万をお与えください。夏口《かこう》に駐屯し、わが君のために必ずや打ち破ってご覧に入れましょう！」

張昭らは周瑜の迫力に顔から血の気が引いた。一方、程普や黄蓋ら主戦派の将たちは大いに沸き立ち、次々と拳に手を添えて孫権に下命《かめい》を請うた。「わが君、われらも戦いとうございます。曹賊めとけりをつけましょう！」

将軍たちの声が響くや、広間の外からも大きな声が聞こえてきた。「江東の民を守るため、わが君のために戦います！」意気天を衝《つ》かんとする兵士らの声は瓦を震わせ、彫りと彩りを凝らした梁《はり》を渡した広間に、すさまじい殺気が渦巻いた。

孫権は内心で快哉を叫ぶと、勢いよく立ち上がって高らかに宣言した。「逆賊曹操は漢を滅ぼして自ら帝位につかんとし、袁紹、袁術、呂布、劉表、そしてこのわたしを目の敵にしてきた。いまやほかの者はみな滅び去り、残ったのはわが江東のみ。これに鑑みれば、われらだけが曹操と共存するという道はない。戦うべしとの公瑾の意見、これこそわが意に沿うものである。江東は心を一つにして曹賊めと雌雄を決する！」

秦松や陳端ら降伏派は肩を落とし、ふと広間の外に目を向けた。すると、白く輝く鋼の刃を持った兵士らが、殺気も露わに整列していた。もし再び降伏を口にすれば、瞬く間に禍が降りかかるに違いない。「わが君のお考えに従います……」みな不本意ながらもそう答えるしかなかったが、張昭だけは両目を閉じたまま押し黙っていた。

周瑜は舌鋒鋭く追及した。「それがしは死をも辞さぬ覚悟でわが君のために戦います。しかし、煮え切らぬ者が大事を台無しにしてしまわぬか心配でなりません」

「そんな懸念はわたしが自ら払拭してやる」そう言うと、孫権は腰に佩《は》いた剣を引き抜き、目の前の卓をめがけて振り下ろした。がつんという大きな音を立てて卓の角が斬り落とされた。「これより曹操への降伏を口にする者は、何人《なんぴと》もこの卓と同じ目に遭うと思え！」

一同は肝を冷やした。曹操に勝てるとは思えない。かといって、降ると口にした途端、あの世に送られるのである。このうえあえて降伏を口にする者などいるだろうか。広間に沈黙が流れた。こうして反論を封じ込めると、孫権はただちに周瑜、程普を左右の都督《ととく》に、魯粛を賛軍校尉《さんぐんこうい》に任じた。また、朱治には糧秣《りょうまつ》の運搬を命じ、二日後に出陣することとした。江東の命運をかけた方針がこうして決定され、軍議は散会となった。みなもそれぞれの思いを胸に持ち場へと戻っていった。

いったん発せられた軍令は、よほどのことがなければ取り消されることはない。秦松や陳端らも承諾の言葉を口にして広間をあとにしたが、内心は無念千万であった――そもそも戦を望む主が剣を手に軍議を取り仕切るなど尋常の沙汰ではない。それでどうして文官たちの心が動くだろうか。

孫権は諸葛瑾に声をかけた。「子瑜、いろいろと言いたいこともあっただろうに、すまなかったな。ついては駅亭に赴き、そなたの弟に出兵の件を伝えてくれぬか」

だが、諸葛瑾は微笑みながら拱手《きょうしゅ》して、それをやんわり断った。「弟を連れて来たのは子敬《しけい》殿です。この件もやはり子敬殿からお伝え願いましょう。はっはっは……」そう言い置くと、にこやかに一礼して広間を出ていった。諸葛亮が呉に来てからもう何日にもなるが、兄弟はまだ一度も顔を合わせていない。なんと言っても実の兄弟である。こっそり会ってもよさそうなものだが、二人は他人から疑われるのを避けるため、公私をはっきりと分けて考えていた。

騒がしかった広間もすっかり静まり返ったが、退出の際には多くの者がため息をつきながら、江東はおしまいだと嘆きの声を漏らしていた。その場に残った周瑜はすぐさま孫権の前に歩み寄った。「わが君、ご心配なさる必要はありません。みなは檄文に記された水陸合わせて八十万という言葉を鵜呑みにしたのです。曹操の中原の兵はかき集めてもせいぜい十五万、しかも遠征続きで疲れ果てており、すべて動かせるわけではありません。荊州の降伏兵は多く見積もって六、七万、それもまだ曹操に対して疑心を抱いています。疲労困憊した兵と心服していない兵で江東を攻めようというのですから、数ばかり多くとも恐れるに足りぬのです」周瑜は表向き降伏派を非難しながらも、実際は決意がぐらつくことのないよう孫権に言い聞かせていた。

孫権も聡明な男である。周瑜の意図は見抜いていた。「公瑾、心配せずともわが心は変わらぬ。ただな、みな保身のことばかり考え、張子布までが降伏を主張したのにはひどく失望させられた。思いを同じくしたのはそなたと子敬のみ、二人の言葉に助けられたな。とはいえ、にわかに五万は用意できぬ。山越と戦っている賀斉にも兵を回さねばならんのだ。ひとまずは精鋭三万を預けよう。兵糧と戦船ならいつでも用意できる。そなたと程将軍が先行してくれ。わたしもすぐに兵馬を整えて駆けつける。勝利すればそれが一番だが、もし戦況が不利になったら……」孫権はそこで歯を食いしばった。「わたしが自ら前線に出る。将兵たちと生死をともにするぞ」寡兵でもって大軍に挑むのである。これが大博打《ばくち》であることは孫権にも十分わかっていた。決死の覚悟は当然だが、いまはまだ自分が出陣する時期ではない。いまもし呉郡を離れたら、誰が降伏派を押さえつけるのだ。

周瑜は孫権の決意を知って心底ほっとした――戦でもっともあってはならないこと、それは総大将が怯《ひる》むことである。上に立つ者が敵を恐れてびくびくしては、到底将兵も命をかけて戦えない。ましてやこのたびの戦では、三万の兵で十数万の敵に立ち向かわねばならないのである。後ろに控える総大将があれこれ迷っていては、勝てる戦も勝てるはずがない。

「疾風に勁草《けいそう》を知り、国乱に忠臣顕《あらわ》るというが、今日のようなことがなければ、誰が心を一つにしてくれるかわからず仕舞いであった……」孫権はそこではっとして顔を上げた。扉のところにまだ張昭の痩せた姿があった。孫権はこれまでの話を張昭に聞かれていたと知り、ばつが悪い思いをした。

「子布、まだ何か用か?」

張昭はゆっくりと孫権のそばまで戻ってきた。「いささかお話ししたいことがございます」

孫権は先ほど自分が斬り落とした卓の角に目を落として釘を刺した。「戦のことならもう決めたことだ。これ以上は何も申すな」戦に異を唱える者は斬ると明言したばかりだが、ほかの者ならともかく、やはり張昭を手にかけることはできない。

張昭は暗い表情のまま口を開いた。「肺腑より出づる言葉、申し上げぬわけにはまいりませぬ」

「子布……そなた……」孫権はしばしためらったが、えいとばかりに太ももを叩いた。「ええい、申すがいい」

「わたくしは戦の準備がありますので先に失礼します」周瑜は気を利かせてそそくさと退出した。

孫権は張昭を見ようとせず、適当に卓上の知らせを手に取った。目を落としてみても内容はまるで頭に入ってこなかったが、それでもかまわない。耳だけを張昭のほうに向けた。すると、しばらく黙っていた張昭が突然切りだした。「わが君、兄君が臨終の際、わたしに託されことを覚えておいでですか」

　恐れていた問いが投げかけられた。この件だけは触れられずにいたかったが、聞かれた以上、孫権は知らせを卓に置いて答えた。「いつも心に刻んで片時も忘れたことなどない。この数年、わたしは江東を守るため、ただそれだけのために忠実に職務を果たしてきた。何か間違っていたか」

　張昭はしきりにかぶりを振った。「わが君は民を安んじ、将を取り立て、兵を挙げて父君の仇を討たれました。もちろん何ら間違ってはおりません。しかし、兄君は臨終の際、もし江東に勢力を築いてもうまく事が運ばなければ、西へ戻り中原へ行くようにと仰いました。そのことをお忘れですか」

　孫氏の出は呉郡だが、袁術の配下として身を起こし、兵を率いて江東に攻め寄せた。そのため、地元の江東の士人の目にはよそ者として映っている。江東の官吏と長江の北からやってきた官吏の軋轢の原因にもなっていた。

「たしかに兄上はそう言ったが、そなたはわたしの顔を立てて後の半分しか言っておらんな」孫策は臨終の際、若い孫権が臣下を心服させられるかを案じ、軍事と政務の全権を張昭に委ねてこう言い遺した——もし仲謀《ちゅうぼう》に後事を託せるだけの才がなかったら、そなたが仲謀に取って代わってくれ。うまく事が運ばずとも、慌てず西に戻れば心配ない——と。つまり、張昭は孫権を廃位させる権限まで与えられているのだ。

　張昭は深く一礼した。「この胸には忠心あるのみ。わたくしめが臣の道を踏み外すことはございませぬ」

「わたしが元服したとき、そなたは全権を返してくれた。そなたの忠心を疑ってはおらぬ」孫権はそう言いつつうなずいたが、そこで口調をがらりと変えた。「しかし、西へ戻るのと曹操に降るのは同義ではない。まさかわたしに父や兄の大業を打ち捨てて曹操の臣下になれというのか。そなたらはそれで安心できるのかも知れぬがな」

張昭は痛いところを突かれたが、それでも義憤に駆られて強く反駁した。「なんと、わが君はわたしが降伏を勧めたのを己《おの》が身を守るためとお思いですか。どうか見くびらないでいただきたい！　黄《こう》巾《きん》の賊が乱を起こしてより三十年、いったいどれだけの士人が迫害されて命を落としたことか。いったいどれだけの民が山野に屍をさらしたことか。それでもまだ足りぬと仰るのですか。いま北方はようやく落ち着きを取り戻し、各地に割拠していた者のほとんどが曹操に帰順しています。残るはこの東南の一角のみ。それでもわが君は曹操と干戈を交え、さらに多くの命を戦で散らそうというのですか。江東六郡を戦火で覆うおつもりですか！」話すうちに張昭の憤りはいよいよ高まり、自分でも抑え切れなくなった。「かの孔子や孟子でさえ仁義のためには身命を賭すと言っています。君子たるもの大義のためには死をも恐れぬもの。いわんや兜を脱いで帰順しても位を失うことはない。それで何が不満なのです！　わが君は先ほど、わたしが自分の保身ばかり考えていると仰いましたが、保身を考えて地位にしがみついているのはわが君のほうではありませんか！」これほど激しく主君に諫言できるのは張昭だけである。ほかの者がこんなことを言おうものなら、問答無用で斬り捨てられるに違いない。

「ええい、黙れ！」

孫権に一喝されても張昭は口を閉じなかった。「かつてお父上が董卓《とうたく》を討とうと兵を挙げたのは天下を安んじるため。それがもうすぐ果たされようというのにわが君は……」

「黙らぬか！」孫権は怒り心頭に発し、目の前の卓を蹴り上げると、とうとう剣の柄《つか》に手をかけた。だが、張昭は怯むどころか身じろぎもせず、射竦《いすく》めるような眼差しで孫権をじっと見つめた。

孫権の憤りは激しかったが、畢竟《ひっきょう》、忠臣にして恩師、かつ厳父とも慕う張昭を斬り捨てることなどできない。一時の激情に駆られて大きな過ちを犯すのを恐れ、孫権は顔を背けた。柄に添えた手はまだ怒りに打ち震え、剣がかたかたと小刻みに音を立てる。最後には革帯ごと外して忌々《いまいま》しげに床に投げ捨てた。「そなたの申すとおり、わたしはあきらめ切れぬ。漢室を守るだの祖業を保つだの、すべては方便に過ぎん。わたしはただ天下に覇を唱えたい！ そなたに止めることはできぬのだ！」

今度は張昭が黙り込む番だった――道理は所詮ただの道理に過ぎない。権力なき道理は野蛮な覇道の前にあっては無力なのである。

孫権の怒りもしだいに収まってきた。「このうえ道理など並べ立ててくれるな。この世に絶対的な是非などそうあるものではない」そう言い置くと袖を翻して広間を出てゆこうとしたが、最後に振り返り、厳しい表情で言い放った。「天下は一人の天下に非ず、曹操に野心があるならば、わたしにも天下を争うだけの力がある。人は等しく裸一つでこの世に生まれ落ちてきた。王侯将相《おうこうしょうしょう》、寧《いずくん》ぞ種《しゅ》有らんや。そなたら時代遅れの者の目に、わたしが至尊《しそん》に上り詰める姿を見せてやる！」

張昭は驚愕の表情で目の前にいる野心満々の青年を見つめた――ああ天よ！ これが兄の霊前でさめざめと泣いていたあの若者なのか。わたしが心魂を傾けて支えてきた年若き主君なのか。これは……これは、もう一人の曹操ではないか！

第十二章　赤壁《せきへき》に戦端を開く

孫劉同盟

孫権《そんけん》がここまで早く手はずを整えるとは、劉備《りゅうび》にも予想外であった。わずか半月のあいだに、周瑜《しゅうゆ》と程普《ていふ》の水軍を樊口《はんこう》［湖北省東部］に展開し、長江を隔てて向かい合う江夏《こうか》とで敵を挟撃する態勢を整えた。劉備は恵みの雨のような援軍の到着を喜び、すぐに糜竺《びじく》と孫乾《そんけん》に数十頭の牛や羊を持って行かせ、友軍をねぎらった。周瑜は遠慮することなくそれらを受け取ると、二人に言伝《ことづて》を持たせて帰した――曹操との戦《いくさ》について協議するため、劉備殿が自ら長江を渡ってお越しいただきたい――

関羽《かんう》と張飛《ちょうひ》は激怒した。たしかに劉備は何度も戦に敗れはしたが、徐州《じょしゅう》刺史《しし》や豫州牧《よしゅうぼく》、左《さ》将軍を歴任している。それに引き換え周瑜はどうだ。孫権の下で左都督《さととく》となり、建威《けんい》中郎将を勝手に名乗っているだけの三十過ぎの若造ではないか。周瑜のほうから長江を渡って挨拶に来るのが筋であろうに、劉備に駕《が》を枉《ま》げて会いに来いという。かくも傲慢な態度からして、江夏の諸将など眼中にないのは明らかだ。

諸将は周瑜の無礼を罵倒したが、劉備は平然としたものであった。「江東《こうとう》の兵はわれらの求めに応じて来てくれたのだ。挨拶に行かねばせっかくの同盟にひびが入りかねない。目下の危機を回避するためなら、周瑜に頭を下げるのはおろか、虎穴にだって入る覚悟だ。まあ、そう心配するな。孫権らも曹操軍という強敵を前にして同舟相救《どうしゅうあいすく》う気持ちのはず。命まで取りはせぬだろう」そう言うと、劉備は周瑜に誠意を示すため、趙雲《ちょううん》と陳到《ちんとう》の二人だけを護衛に連れ、小舟に揺られながら長江を渡っていった。

樊口は長江の南岸、樊渓《はんけい》という支流が流れ込むあたりで、夏口《かこう》対岸の下流に位置し、江夏郡鄂県《がく》にある。樊口が近づくにつれ、劉備は一帯の景色に目を奪われた――漢水《かんすい》に比べてずっと緩やかな樊渓の流れ、樊口は夏口のように騒々しくなく、眺めているだけで心が癒される。季節は晩秋だが、近くにそびえる山には松や児手柏《このてがしわ》が賑わいを見せ、もの寂しさを感じることもない。諸葛亮《しょかつりょう》の話によれば、鄂県は春秋時代に呉《ご》国の首都があったところだという。県の西に位置するこの山は古くは西山《せいざん》と呼ばれた。伝承によれば、呉国では干ばつがあると呉王が西山に祈禱師を遣わし、山を燔《や》いて雨を祈願させ、その火が山火事のように燃え上がると恵みの雨が降ったという。「燔《はん》」と「樊」は同音であるため、人々はいつしかこの山のことを「樊山」と呼ぶようになり、それに連れて麓《ふもと》の流れを樊渓、樊渓が長江に流れ込む場所を樊口と呼ぶようになった――すべては山を燔いた伝承にはじまっておるのか……なかなか興味深い。

劉備は美しい眺めを愛でつつ伝承に思いを致し、覚えずため息を漏らした――鄂県は江夏に属する。だが、黄祖《こうそ》の死後、長江より南は残らず孫氏の勢力範囲となった。思えば孫氏とは敵同士であったのに、いま厚かましくも周瑜に会おうとしている。向こうにどれほどの誠意があるのか――

そうこうしているうちに小舟は樊渓に入った。おびただしい数の戦船《いくさぶね》が大小入り交じって停泊している。劉備は驚きを禁じえなかった。というのも、戦船の数では荊州に及ばず、長年の戦で相当傷んでいるに違いないと思っていたからである。ところが、目の前の光景は劉備の予想を大きく裏切った。どの船も船べりや装甲がきちんと修理されている。それどころか、兵士らの手で磨き上げられた甲板は日の光を受けてきらきらと輝き、まるで新造したかのようですらあった。ここにも周瑜や孫権の軍事の才覚が見て取れる——念入りな整備を怠らぬからこそ、これまで勝ち抜いてこられたのであろう。後生畏るべしとはいうが、周瑜や孫権は若いのに、まったくもってたいしたものだ——

劉備が感心していると、小舟が岸に着いた。迎えに来ていたのは将でも幕僚でもなく、元服前の童僕である。清潔な服を着て実に愛らしい。「道中お疲れさまです。都督のご命令でお待ちしていました」

趙雲と陳到は周瑜自身が出迎えに来ないので気分を害したが、劉備はまったく意に介せず、にこにこしながら童僕の頭をなでた。「はっはっは……周瑜殿は実に面白い。それで、都督はどこにいらっしゃるのかな」

「ずいぶん前からお待ちです。どうぞこちらへ」童僕はそう言うと、先に立って劉備を案内した。

趙雲と陳到は片時も劉備のそばを離れず張り詰めた気持ちで警固していたが、江東の将兵たちは忙しく動き回って見向きすらしない。丁重に挨拶をしてくる者はおろか、近寄って声をかけてくる者もおらず、あるいは劉備らが来ることを知らされていないのかもしれなかった。趙雲はますます不満を募らせた——周瑜め、思い上がりおって——しかし、劉備は平然とした様子で、黙ったままのんびりと童僕のあとについて歩いていった。

そのまま陣を通り抜けて樊山の麓まで来たが、童僕は相変わらず歩を進めていく。趙雲が痺れを切らした。「小僧、どこまで連れて行く気だ」

「都督は山の上においでです」

趙雲よりも気の短い陳到は、いきなり童僕の襟首をつかんで怒鳴りつけた。「本当のことを言え！山中に伏兵を忍ばせているのだろう？」

童僕も肝が据わっている。目を大きく見開き、口を尖らせて言い返した。「馬鹿にしないでくださ い。都督は騙《だま》し討ちなどしません。それに、あなたたち相手にわざわざそんな謀《はかりごと》など必要ありません」

陳到は返答に詰まった。「き、貴様、ふざけるな！」

「誰がふざけていると？　もし都督が軍務に忙殺されていなかったら、みなさまにわざわざお越しいただくこともなかったのです。まさかわれらが意地悪をしているとでも思っているのですか。ほら、弱い者いじめをしているのはどちらです？　わたしをつかんで離さないのはあなたではありませんか。将軍が子供をいじめたなんて噂《うわさ》が広まったらどうするのです……」童僕はいたずらっぽく笑うと、小指で鼻をかいて小馬鹿にした。「ああ、恥ずかしい、恥ずかしい」

陳到は錐《きり》でも突き立てられたかのように、ぱっと手を引っ込めた。「小僧……くそっ！」怒ったところで仕方がない。

劉備は横で大笑いした――なんと利発な子だ。この子を見ただけで主人の才がわかろうというもの。さぞかし周瑜も機知に富む人物なのであろう。そうでなければこんな童僕も育つまい……

そのとき突然、山の上から琴の音が聞こえてきた。ときに高く、ときに低く、さまざまな鳥が鳴き交わしているかのように耳を楽しませてくれる。劉備は貧しい家の出だが幼いころから音楽が好きで、襄陽《じょうよう》でもしょっちゅう劉表《りゅうひょう》お抱えの楽人《がくじん》らの演奏を聞いていた。その者らの腕も素晴らしかったが、いま山上で爪弾いている者には遠く及ばない。滑らかな調べで、どの音も聞く者の心をつかみ、伸びやかな心地にさせてくれる。劉備は微笑みを浮かべると、童僕の案内も無視して琴の音を頼りに山を登っていった。

「わが君……」陳到は不安げに声をかけた。

だが、劉備は振り返りもせず、趙雲や陳到を置き去りにして、夢中で琴の音の主を探した。それほど高い山ではない。二度ほど山道を曲がると、青々とした松や児手柏の隙間に、竹で作られた亭《ちん》を見つけた。そこに綸巾《かんきん》をかぶり、羽毛の上着をまとった若い男が座っている。面立ちは眉目秀麗かつ優しげで、はるか遠くを見やりながらも、手は軽やかに琴の上を滑っている――なんという男だ。この光景、そしてこの琴の調べ、この世にかくも粋な男がいるだろうか。

「長江を越えてはるばるのお越し、恐縮至極でございます。この音色で旅の疲れを癒していただこうかと思いまして」周瑜はそう話しながら弦《げん》を弾く力を徐々に緩め、あたかも雁が鳴きながら遠くに飛び去るかのように余韻をもって締め括《くく》った。

一人で先にやって来たのに、なぜ自分だとわかったのか？――そんな疑念はおくびにも出さず、劉備も挨拶を返した。「先生は呉侯麾下《きか》の周都督でございましょう」劉備は自分の言葉におかしくなった――つまるところ先生と都督、どちらなのだ？――しかし、目の前の若い男が軍を統率する将とはとても思えない。その雰囲気や佇《たたず》まいは風流な文人そのものである。

周瑜は亭を出て軽く会釈した。「劉豫州、お初にお目にかかります」

劉豫州とは、また久しぶりに聞く呼称である。かつて曹操のもとで豫州牧を務めていたころの呼ばれ方だ。いまの劉備は荊州で居場所を失い逃げだした身である。顔を合わせるなり周瑜に劉豫州などと呼ばれて胸が痛んだが、強いて作り笑いを浮かべた。「すっかり落ちぶれてしまいましたが」

「さあ、こちらへ」周瑜は亭にある長椅子を示した。

ようやく亭の近くまで登ってきた趙雲と陳到、それに童僕は、二人が腰を下ろして話をしているのを見ると、そっとおのおの主人の後ろに侍立《じりつ》した。

周瑜は童僕に命じた。「お前は山を下りなさい。いま黄将軍率いる後続部隊が到着したようだから、本営に来るよう伝えてくれ。尋ねたいことがある。それから程将軍だ。前軍の幕舎《ばくしゃ》のあたりにいるだろうから、やはりこちらに来てもらってくれ。都督同士で相談したい」

劉備には理解しかねた——ずっとここにいるのに、なぜそんなことがわかる？　まさかこの世には何でも見通せる者が本当にいるのか？——しかし、左右を見回して謎が解けた。児手柏が立ち並んでいて気づかなかったが、この亭は絶壁の近くに建っている。はっきりではないにしても、注意深く見れば木立のあいだから樊口に出入りする船が見える。また、右手の林の隙間からは麓の陣が一望できた。周瑜は決して琴に興じていたのではない。ここから全軍の動きを把握していたのだ。

将たるもの、仰ぎては天文を知り、俯《ふ》しては地理を察《み》るべきだという。この一点においても、周瑜に対する劉備の評価はまた上がった。さらに観察すると、周瑜の卓上には羊皮紙が広げられている。どうやら江漢《こうかん》［長江中流と漢水の流域一帯］の水路図らしい。朱筆で丸を付けた場所がある——もしや周瑜には曹操軍を迎え撃つ策があるのだろうか？——劉備がよく見ようとした瞬間、周瑜はさっと羊皮紙を丸めてしまった。「さて、劉豫州にご足労を願ったのはほかでもありません。来《きた》るべき敵を打ち破るためです」周瑜のほうから単刀直入に切り出してきた。

劉備は少し驚いたが、すぐにこぼれるような笑みを浮かべて尋ねた。「都督にはその策がおありですか？」

周瑜も劉備が地図を見たことに気づいており、もったいぶるようにして答えた。「あるにはあるのですが、まだ固まってはいません」

周瑜は答えをはぐらかしている。劉備は重ねて尋ねた。「われらはすでに盟友、少し教えてくださいませんか」

「もちろんです」周瑜はそう答えながらも地図を袖のなかにしまい込み、大雑把に説明した。「江夏の北を残して荊州の大半は失われました。江陵《こうりょう》［湖北省南部］まで軍を進めた曹操は水軍を整え、わが江東へも檄文を発してきたところです。まず長江を下って江夏を攻め、それから江東へと軍を進める算段でしょう。わたしはこちらから打って出て、夏口の南で曹操軍を食い止めたいと考えています。敵を江夏の前で食い止めれば、劉豫州と劉琦《りゅうき》殿をお守りできますし……」周瑜はそこでしばし考えて付け足した。「劉豫州の御身が無事なら、わが江東も平穏を保てましょう」これは周瑜の本心である。いまや劉備と孫権は命運をともにしている。劉備の窮地を救うことは江東の危機が去ることを意味するのである。周瑜は、義により救いの手を差し伸べるなどと飾らずに、思うがままを素直に吐露した。

劉備はことのほか喜んだ。江夏を守るために周瑜自ら敵を食い止めてくれるなら、これほどありがたい話はない。だが、ひと口に夏口の南と言ってもかなり広く、周瑜はどこで、どのようにして曹操軍を食い止めるつもりなのか。劉備は小さくため息を漏らし、さっきより持って回った言い方で探りを入れた。「ですが都督、言うは易く行うは難し、彼我の兵力差はかけ離れています。それに長江は連綿と続いており、いったいどこで干戈《かんか》を交えればよいのやら。いやはや、不安は尽きません……」嘆けばすぐにでも教えてくれる、劉備はそんな淡い期待を抱いたが、周瑜はじっと俯《うつむ》いて弦をいじっている。

口の堅い男だ……この若造、一筋縄では行かぬな――劉備は無駄に気を揉んだだけで、再び尋ねるのも決まりが悪く話題を変えた。「先ごろ子敬《しけい》［魯粛《ろしゅく》］殿が長江を渡ってお見えになり、孔明《こうめい》も呉侯にお会いするためこちらへ来ているはず。二人の仲介がなければ、今日こうして都督とお会いすることはかないませんでした。どうでしょう、二人をここに呼び寄せてともに話し合うというのは？」

周瑜は口を割らないが魯粛ならどうか。あるいは諸葛亮ならうまく聞き出すかもしれない。

周瑜は即座に顔を上げ、きっぱりと拒んだ。「わたしは呉侯の命《めい》を受けてお国の大事を預かる身、みだりに持ち場を離れるわけにはまいりません。子敬にお会いになりたいなら、日を改めて江夏に遣わせましょう。いずれにしても今日はご遠慮いただきたい」

「そうですか」どのみち周瑜と魯粛で何も言わないと口裏を合わせていれば、魯粛が来たところで意味はない。むしろ手間が増えるだけである。「それで、孔明はどこに？」

「孔明先生は優れた才能をお持ちです。しかもこたびの同盟の功労者ですから、わが君がお引き取めして歓待しています。何日かすればお戻りになるでしょうから、どうぞご安心ください」

劉備はひとまず安心した。だが、戦が終われば戻ると言われては、これ以上問うべき言葉もない。もうお手上げだと劉備は率直に尋ねた。「周都督はああ言えばこう言うで作戦の詳細を教えまいとされます。それはなにゆえですか」

「仰るとおりです」周瑜ははっきりと答えた。「むしろ、劉豫州こそ何とかして作戦を知ろうとなさいますが、それはなぜですか？」

理由はきわめて単純で、両者とも互いを信頼していないからだ。同盟関係にあると言いながら、やはり両者とも自己の利益を考える。戦の際にどちらの被害が大きくなるか、どちらの負担が重くなるか。そして戦のあと、どちらが多くの利益を得るか。周瑜が何もかも教えて劉備がうまく立ち回れば、江東は他人を守るためだけに力を消耗することになる。劉備のほうでも周瑜に企みがないか確かめておかねば、自分の知らぬ間に江夏を敵に差し出されかねない。

ここで話が行き詰まった。劉備はにわかに嫌悪感を覚えたが、相手の勢力下にいるいまは我慢するしかない。致し方なく別の話題を振った。「ところで、都督が率いて来られた兵はいかほどですか」

「三万です」

「それは少ない」

「たしかにいささか足りぬでしょうが、劉豫州と劉琦殿のところには二万の兵がいると聞いています。しばしこれをわたしのところへ移していただけませんか？」

どこの世界に兵馬をくれと持ちかける者がいるだろうか。劉備は自分の聞き間違えかと耳を疑った。

「どういうことですかな？」

「劉豫州の兵馬をお貸しいただければ合わせて四、五万になります。わたしがこれを指揮して曹賊めと戦いますから、どうぞ劉豫州は高みから見物してください」

劉備は必死で怒りを抑え込んだ。「さすがにそれはいかがなものか」

だが、周瑜はにっこり微笑んで劉備に拱手《きょうしゅ》した。「劉豫州、どうか腹を立てずにお聞きください。用兵の道は心を一つにすることが肝要、もしわれらがばらばらに戦って己《おの》が利のみを求めれば勝ちは得られません。ですが、わたしが……」

「なんでお前がわが軍を率いるのだ！」趙雲が亭の外から怒気も露わに叫んだ。

「控えよ！　周都督はわたしと話をしているのだ。誰が口を挟んでよいと言った」劉備は口では叱責したが、内心では快哉を叫んでいた。

周瑜は趙雲を一瞥しただけで、また劉備に向かって話し続けた。「劉豫州がわたしを信じられないと仰るなら、江東の兵馬を残らず率いてくださってもかまいません。それならいかがです？」

こんな提案をしてくるとは予想だにしていなかった。自分が江東の兵を率いるのは不可能だ。用兵の才はひとまず措《お》くとしても、江夏の兵はわずか二万で、調練も不足し、疲れ果てている。まともに戦える兵となれば数千にも満たぬであろうし、郡県の守りもある。兵の頭数では江東の軍に遠く及ばず、そもそも江東軍を乗せるだけの船もない。周瑜から兵を預けられたとしても受け入れられるはずがない。

劉備が黙り込んだので、周瑜は話をもとに戻した。「劉豫州が率いるのが難しいようでしたら、やはりわたしが犬馬の労をとりましょう」

劉備は苦笑いを浮かべた。「周都督、盟を結ぶからには互いに敬意を持つべきで、相手に強いるような真似はいかがなものかと」

周瑜はかぶりを振った。「『力を陳《つら》ねて列に就《つ》き、能《あた》わざる者は止《や》む［力を尽くして職務に励み、それができなければ去るのみ］』と申します。いま全軍を率いて曹操軍に対抗できるのがわたしだけなら、進んでその任に当たりたいと思います。劉豫州なら必ずわかってくださるかと」

「どうしてそう思われるのです。無理を強いられたわたしが袂《たもと》を分かつとは思わないのですか」

「思いません。劉豫州のお人柄はわかっているつもりです。貴殿は大局をわきまえ、大事を成すお方。血気にはやるような匹夫なら、当陽《とうよう》［湖北省中部］で曹操軍に立ち向かって討ち死にしていたでしょう。貴殿が全力で逃げたのは、天下を駆けめぐる大志があるからです。たとえ一時は背中を見せても、大事をしくじるわけにはいかなかった……違いますか？」そう問い詰める周瑜の表情がにわかに厳しくなった。かすかに笑っているように見えた双眸《そうぼう》も炯々《けいけい》と光り、じっと劉備を凝視している。

周瑜の眼差しを真っ向から受け止めた劉備は、ややあってうなずいた。「公瑾《こうきん》殿はわたしのことをよくわかっておいでだ」

「では、承諾くださるのですか？」

「ええ」腹の底まで見透かされた以上、拒むも何もない。「ただ……」

「わかっております。これはあくまで一時的なこと。戦が終われば必ず江夏にお返しします。貴軍の糧秣《りょうまつ》もこちらで用意いたします。それでよろしいですかな」

言うべきことをすべて周瑜に先回りされたが、劉備もしっかりと釘を刺した。「どうか口約束に終わらぬよう、戦のあとは必ず兵を返してもらいますぞ」

「はっはっは……」周瑜は天を仰いで高々と笑うと、袖を払って立ち上がった。「劉豫州は用心深いお方だ。とはいえ、負け戦となればお借りした兵は全滅、わたしも生きてはおりますまい」

このとき劉備は目の前の文雅な青年が、実は男気のある偉丈夫《いじょうぶ》であり、信頼できる盟友であるとともに、いつか強敵になるだろうと思った。

「陣中に宴の用意をしております。どうぞ劉豫州もご参加ください」

だが、劉備は周瑜と酒席を楽しむ気にはなれず遠慮した。「軍務でお忙しいのに、あまりお邪魔するわけにはいきません。わたしはすぐに戻って兵を手配することにいたしましょう。呉侯には都督からよろしくお伝えください。では、これにて失礼します」そう言って立ち上がった。

「そういうことでしたら麓までお送りしましょう」周瑜も兵を借りる話がついたからには、強いて劉備を引き留めるつもりはなかった。片づけるべき仕事は山ほどある。社交辞令に費やす時間すらもったいない。周瑜は亭を出ると、劉備を船着き場まで送るつもりで歩きはじめた。するとそこへ、麓の陣に遣わしていた童僕が戻ってきて耳打ちした。「黄将軍率いる部隊が到着しました。しかし、将軍は船上で休息をとっています」

「なぜ本営に来んのだ」周瑜はそう尋ねながら、自ら麓の状況を確かめた。

先ほどの利発さはどこへやら、童僕の返事は歯切れが悪い。「将軍は連日の行軍でお体の調子がすぐれないのだとか……とにかくすぐには伺えないそうです」

「では、程都督は?」

童僕の返事はさらにしどろもどろになった。「程将軍は……えっと、ご病気です」

「二人とも具合が悪いだと？」周瑜は思わず眉をひそめた。

劉備には二人の話ははっきり聞こえなかったが、周瑜の顔色が変わったのを見て気を利かせた。「都督は軍務でお忙しそうですからここで結構です。長江を挟んですぐ近くにいるのですから、またお目にかかる機会もありましょう」そう挨拶するとすぐに一礼した。

「何のおかまいもせず失礼しました」周瑜は微笑みを浮かべて返礼し、劉備の姿が見えなくなるのを待って童僕に命じた。「お前は何人か兵を連れ、劉備が贈ってきた牛や羊を老将たちの陣に運び込み、こう伝言するのだ。軍務に忙殺されて迎えに上がれず申し訳なかった。しっかり養生するように。夜になったら見舞いにいくとな。ああ、それからこう付け加えてくれ。ここ数日でわたしの判断に誤りがあったなら、忌憚なくご指導いただきたいと」

病というのは口実に過ぎない。程普も黄蓋も、すべてが周瑜の一存で決まることがおもしろくなかった。ともに孫堅《そんけん》、孫策《そんさく》の代から従い、血みどろになって奮戦してきた老将である。年功はむろん声望も申し分なく、とても周瑜のような青二才に唯々諾々とは従えない。とりわけ程普は左右の都督として、その位では周瑜と並ぶ。しかし、孫権が明らかに周瑜を重んじるので、余計に指示を聞きたくはなかった。これは尾を引きかねない、周瑜はそう感じていた。大戦《おおいくさ》を前にして老将たちの機嫌を損ねては、曹操に勝てるはずもない。二人のもとへ童僕を走らせると、周瑜は黙って地図を広げ、朱筆で丸を付した箇所を食い入るように見つめた――江東を守り抜く気概は誰にも負けぬ。玉砕も覚悟のうえだ。敵を食い止める場所も抜かりない。だが……だが、十数万もの大軍を相手にどう戦えばいい？　大博打《ばくち》に打って出て負けたらどうする？――はたから見れば単に腰を下ろして笑顔で寛いでいるように見えるかもしれない。しかし、周瑜は胸の内に誰にも言えぬ懊悩を抱え込んでいた……

周瑜が地図を睨んでなお考え込んでいたとき、劉備はすでに船上の人となっていた。水主《かこ》が櫓《ろ》を漕ぐたびに、小舟は木の葉のように揺れて長江の北岸へと進んでいく。ときは晩秋、西からの風が強い。樊口から夏口へは北西に進むことになり、水主たちは向かい風に逆らって力の限り舟を漕いだ。すでに疲れ果て、汗をびっしょりかいている。だが、劉備の目にその姿は映っていなかった――周瑜はこちらから打って出て、大江の水面で敵と対峙して雌雄を決するという。その考え自体は悪くない。少なくとも江夏への攻撃は防げる。だが、流れに乗って攻めてくる曹操軍に対し、こちらは流れに逆らって戦うことになる。北西の風がさらに強くなれば天候も敵に味方する。孫権はまだいい。長江の南岸にいれば多少なりとも地の利がある。しかし江夏は半ば曹操軍に包囲されている。もし周瑜に何かあれば江夏に援軍は来ず、座して死を待つしかない……

とはいえ、焦ったところで何も変わらない。どのみち劉備の選択肢は一つ、じっとこらえて待つしかないのだ。劉備は先ほどの周瑜とのやり取りを思い返した。若く整った顔立ちに垢《あか》抜けた立ち居振る舞い、そして誇りに満ちた言葉の数々……劉備の胸に曰《いわ》く言いがたい感情が頭をもたげてきた――かつては自分もあのように颯爽としていたのに、いまはどうだ……

こみ上げてくる苦い思いを少しでも隠そうとしたのか、劉備は髭を軽くなでつけたが、ふと白いものを見つけて慌てて引き抜いた。だが、抜いた先からまた一本見つかった。もう一度引き抜いて三本目を見つけたとき、ついにあきらめた。日々の荒波のなかですっかり忘れていたが、もう五十路も目の前である。髪や髭に白いものが交じっていても何ら不思議はない。「英雄老いたり」とは若いころによく聞いた言葉だが、いま、劉備はその悲哀を身をもって感じていた――曹操は宦官の孫とはいえ、早くから官界に身を置いて名を知られ、数々の荒波を乗り越えた果てに覇業を成そうとしている。孫権には父兄から継いだ江東の地があり、何よりまだ若く勇ましい。ああ、劉備よ、お前は草鞋《わらじ》売りから身を起こし、来る日も来る日も自分は景《けい》帝の末裔だとばかり叫んでいるが、それで何か恩恵があったのか？　苦労ばかりのこの半生、何を成し遂げるでもなく白髪ばかり増やしおって……ちっぽけな江夏を劉琦と分け合うだけの明日をも知れぬ身ではないか。人の運命とはこうまで違うものなのか！　天よ、あまりに不公平ではないか！

「わが君、ご覧ください」陳到が劉備の考えごとを遮り、北の方角を指さした。「関将軍の船です。きっと心配で迎えに来たんですよ」

劉備の胸に渦巻いていた悲哀がしだいに霧消していった――そうだ、たしかに天下の大半を転々と逃げ回ってきたが、わたしには生死をともにすると誓ってくれた弟たちがついている。曹孟徳《もうとく》よ、孫仲謀《ちゅうぼう》よ、おぬしらにこの幸せがわかるか？　おぬしらは天の時と地の利を得たかもしれぬ。だが、この劉備は人の和を得た。人さえいれば立ち上がれるのだ！

迎えに来たのは一隻の闘艦で、船上には関羽、張飛、糜竺、劉琰《りゅうえん》、そして鎧兜に身を包んだ大勢の兵士がいた。接近した二隻に渡り板が架けられ、劉備ら三人が闘艦に移ったところで、一同はようやく安堵のため息をついた。

真っ先に口を開いたのは関羽である。「話はまとまりましたか？」

劉備は苦笑いでうなずいた。「こちらの兵を残らず差し出す。そして周瑜の指揮のもと、長江をさかのぼって曹操を食い止めることになった」

張飛は目をむいて怒りを爆発させた。「周瑜の野郎、なんて傲慢な！　同盟ってのは主従になることじゃねえ。なんで俺らがやつの指図に従わなきゃならんのだ」

張飛より賢明な関羽は、長い髭をしごいて静かに不満を抑えた――支配地、兵力、財力、どれをとっても孫権のほうが勝《まさ》っている。それに指揮を統一したほうが軍を臨機応変に動かせる。自分より勢力を擁する相手が、建前とはいえ義によって手を差し伸べると言ってきたのだ。首を縦に振るしかなかろう……

麋竺もよく状況をわかっていた。「立場によっては下手に出なければいけないこともあります。周瑜を助けることは、われら自身を助けること。やはり兵を差し出しましょう」

趙雲も同調した。「まさに先生の仰るとおり、わが君もすでに周瑜の申し出をお受けになったわけですし……」

「いや」劉備はすぐに趙雲の言葉を否定した。「たしかに周瑜の申し出に合意はしたが、すべての兵を預けることはできぬ。劉琦の率いる水軍だけを引き渡そう。江夏各県の守りにはわれらの部隊を充てることにする。襄陽周辺には曹操の七部隊が駐屯しており、備えを怠ることはできぬからな。それから……雲長《うんちょう》と益徳《えきとく》は精鋭二千を率いて、遊軍として不測の事態に備えてほしい」

麋竺が眉をひそめた。「もしやまた逃げる算段ですか。もうわれらに逃げるところはありません。精鋭が残っているなら前線に投入すべきでしょう。そんな思い切りの悪いことでは、周瑜に知れたら臆病風に吹かれたと笑われてしまいます」逃避行の際に麋夫人《び》は死んでしまったが、麋竺は劉備と親戚という気安さがあり、物言いに遠慮がない。

だが、劉備はかぶりを振って毅然と反論した。「利を以て相交わるは、利尽きれば則ち散ず。戦に負ければそれまでだが、もし曹操に勝てたなら、周瑜はそのまま北上してくるであろう。そのときにはこちらも手柄を訴えて荆州の分割を要求せねばならん」事ここに至っても、劉備は諸葛亮の隆《りゅう》中対《ちゅうたい》［天下三分の計］を忘れておらず、荆州を足がかりにする希望を捨てていなかった。

大きくうなずく者、小首をかしげる者、あるいは苦笑する者もいる。劉備はその一人ひとりに視線を走らせ、どんと胸を叩いた。「途方もないことをと思う者もいるだろうが、忘れてはならぬ。わたしは貧賤の出でも天下太平をずっと願ってきた。おぬしらが行動をともにしてきたのも、功名を立てて天下を安んぜんとの志があったからではないか！　曹操にも膝を屈さぬのに、どうして孫権のためにただ働きなどするものか。この劉備はいつ何時も変わらぬ。どんなに小さな場所でもこの劉備あるところがわが邦土《ほうど》。曹操、孫権、何するものぞ、全精力を傾けて三国鼎立《ていりつ》を実現するのだ！」

英雄としての志を全うせん、劉備のその気概に誰もが心を揺さぶられた。関羽と張飛はそれぞれ劉備の手をしっかと握り、張飛が励ました。「兄者、もう何も言うな。兄者について行くと決めたあの日から、俺たちは生きるも死ぬも一緒と決めたのだ。兵を分けるのは俺たちに任せて、兄者は大船に乗った気持ちでいてくれ」

麋竺は振り返って孫乾と簡雍《かんよう》に声をかけた。「われらは糧秣を調達して輜重《しちょう》を確保しよう。やはり全精力を傾けてだ」

伊籍《いせき》もそばにいた向朗《しょうろう》に向かって微笑んだ。「われらは兵を手放すことになるが、長年荆州で仕事をしてきたぶん顔が利く。残る将兵にしっかりと各県城を守らせ、曹操の襲来に備えようではないか」

魏延《ぎえん》、劉封《りゅうほう》、霍峻《かくしゅん》、士仁《しじん》といった小隊の将も大声で叫んだ。「われらは周瑜に従って戦をするとのこと。わが君、ご安心ください。一人も欠けることなく帰ってきます。ただの一人だって死なせやしません！」

「すまん。苦労をかけるな……みんな……」劉備の態度はあたかも友人に対するようだった。

そこで劉琰が慌てて声を上げた。「わたしは何をすればいいのです？」

簡雍はこんなときも冗談を忘れない。「おぬしか……おぬしにできることと言ったら、今日から飯を抜くというのはどうだ。少しでも食糧が浮くからな」

一同はどっと笑ったが、劉備は大真面目に答えた。「おぬしにしかできん重要な任務がある」

「何でしょう？」劉琰は目を輝かせた。「何でもきっとやり遂げます」

「もちろんだ」劉備は意味ありげな笑みを浮かべた。「たった一つでいい。今日より劉琦の遊び相手を務めてくれ」

「遊び相手？　何をして遊ぶのです？」

「蹴鞠《けまり》でも闘鶏でも、女と戯れて酒を飲むのでも何でもいい。劉琦のしたい遊びに付き合ってやるのだ。外で何が起きても気にすることはない。若君は優柔なところがあるからな、いざ敵が迫ってきたら投降するなどと言い出しかねん。おぬしは若君の機嫌を取り、われらの足を引っ張るような真似をさせないでくれ。それができたらおぬしの手柄だ」

「わかりました」劉琰は臆面もなく引き受けた。「ほかのことはからっきしですが、遊ぶことならこの劉琰にお任せください！」

「頼んだぞ。では、これよりおのおの務めに励み、天下平定のために戦おう！」明日をも知れぬ身で天下を論ずるなど滑稽極まりない。だが、劉備は幾度敗戦を重ねても、そのたびに不撓不屈の精神で再起し、青雲の志を失うことがなかった。劉備は滔々《とうとう》と流れる長江を見つめながらつぶやいた。「かつて盧植《ろしょく》先生に経書を学んだが、それはあたら名声を求めるためだけのものだった。もう大半は忘れてしまったが、『易経《えききょう》』にあった一節だけは忘れたことがない……天行《てんこう》は建《けん》なり、君子以《もっ》て自ら強《つと》めて息《や》まず［天の運行は一日として休止することなく力強い。君子たるもの、かくのごとく自ら努めて励まねばならぬ］」

みなその一節を反芻《はんすう》するうちに、これは窮地を脱するためでなく、中原に鹿を逐《お》うための戦なのだ、そんな熱い思いがふつふつと湧き上がってきた。

緒戦の不覚

建安《けんあん》十三年（西暦二〇八年）十月、曹操は江陵《こうりょう》で一月《ひとつき》休息したのち、ついに大軍を率いて長江沿いを進み、圧倒的な軍勢で江夏《こうか》へと向かった。

むろん曹操のほうでも、すでに江東《こうとう》の軍が進発したという情報をつかんでいる。しかし曹操からすれば、周瑜《しゅうゆ》や孫権《そんけん》など天下の広さも知らぬ青二才である。ちょっと大軍でぶつかってやればひとたまりもなかろう、そのまま劉備《りゅうび》と周瑜の主力を一網打尽にすれば手っ取り早い、そう考えていた。そのため曹操は曹仁《そうじん》に江陵を、曹洪《そうこう》に夷陵《いりょう》［湖北省南西部］を守らせるため兵を少し割いたほかは、水陸の兵を残らず引き連れて出陣した。さらに劉勲《りゅうくん》、張熹《ちょうき》、馬延《ばえん》らの部隊を南に渡らせて両岸の警備を固め、水陸両軍で並走して下流へと進軍した。仰々しく数日も進むと、早くも江夏の郡境に達したが、敵の兵馬や戦船《いくさぶね》はおろか、一人の投降兵にすら出くわさなかった。

　曹操は楼船《ろうせん》にどかっと腰を下ろし、息子らを従えて左右の景色を眺めた。視線の先に広がるのは見渡す限り自軍の旗である。江上から両岸まで威勢よくはためき、敵地に入ったというのに、曹操はまるでわが家に帰ったかのような安心感すら覚えた。長江に浮かぶ水軍は張允《ちょういん》と文聘《ぶんぺい》によって配置され、陸地以上の威容を誇っている。船手《ふなて》の最前列には赤馬《せきば》や冒突《もうとつ》といった小型の船が、その後ろには数十隻の闘艦《とうかん》が並び、いずれにも選び抜かれた百戦錬磨の精鋭が乗船している。船上には長柄の矛やまさかりが冷たい光を放っていた。闘艦のあとに続く数隻の楼船のうち、中央に位置する最大のものが曹操の旗艦である。三層の楼閣は高さ数丈［約十メートル］に達し、船上には鎧兜に身を包んだ兵士が林立するほか、武将や文官も整列している。船首には纛旗《とうき》を立て、太い腕をした伝令の兵たちが吊《つ》るされたかごを上下に動かしたり赤い小旗を振り動かしたりして、全軍に陣形の命《めい》を伝えていた。この巨大な旗艦には漕ぎ手だけで百人以上いるが、いまはまったく力を入れていない。両岸の歩兵に合わせるのでなければ、長江の流れと北西の風に乗って、とっくに下流へと進んでいたであろう。

　楼船のあいだには牛の革で覆われた数十艘の蒙衝《もうしょう》が護衛にあたっている。弓矢を構えて楼船を守り、いついかなるときも敵の船を近づけない。さらに楼船の後ろには、大小数え切れないほどの闘艦、輸送艦などが続いており、七万近い曹操軍が乗り込んでいた。旗指物は陽の光を遮るほどで、どこまで続いているのか見渡せない。水上の大船団と両岸の大部隊とにより、まさに中華の天地が埋め尽くされた。このたびの出兵が、建安以来、最大規模のものであることは間違いない。

曹操はおもむろに髭をしごき、いかにもご満悦といった笑みを浮かべ、傍らにいる荀攸《じゅんゆう》に声をかけた。「おぬしらはわしの出陣を止めたが、見てみろ。江東の水軍は影も形も見えぬではないか。聞けば連中はわれらの大船団を目にして肝をつぶしたらしい。江夏で手を束《つか》ねて死を待つ劉備も、見かけ倒しだけの孫権も論ずるに足りんな」

荀攸と程昱《ていいく》は押し黙ってしまったが、荊楚《けいそ》［長江の中流一帯］の出である蒯越《かいえつ》にはいささか思うところもあった。「丞相、油断は禁物です。もう少し進むと沙羨《さい》県［湖北省東部］に入りますが、あのあたりは曲がりくねり、川幅も狭くなっています。周瑜の伏兵に備えるべきかと」

「わかっておる」曹操はぞんざいに答えただけで、息子らのほうを振り返った。曹丕《そうひ》、曹彰《そうしょう》、曹植《そうしょく》だけで、曹沖《そうちゅう》以下の幼い子らの姿がない。「沖らはどこへ行った？　さっきまでここにいたはずだが」

曹丕が我勝ちに答えた。「弟たちはまだ幼く、船の揺れと寒さのせいか、先ほど沖と林がもどしてしまいました。それゆえわたしが船内に入って休むよう言ったのです」北方で生まれた子供たちはこれまで船に乗ったことがない。それが急に何日も船に乗ることになったものだから、みな揃《そろ》って真っ青な顔をしていた。かく言う曹丕ら年嵩の息子たちでさえ、何度となくこっそり嘔吐していたほどである。幼い弟たちに耐えられるわけがなかった。

船酔いしていたのは、実は曹操も同じである。ただ、総帥としての自負に加えて気分が高揚していたこともあり、ほとんど症状が出なかったに過ぎない。曹丕の言葉を聞き、思い出したように胸のあたりがむかむかしたが、曹操はそれをぐっとこらえて説教した。「若いうちに苦労せず、どうして将来人に抜きん出ることができよう。お前たちを連れて来たのは鍛錬のためだ。それなのに一日じゅう船内にいたのでは意味がないではないか。すぐに沖らを……」

「わが君、ご覧ください」そばにいた護衛兵が曹操の話を遮った。

「どうした?」

「赤馬が戻ってきました」赤馬は警邏《けいら》の役目を担う船で、陸上の斥候《せっこう》にあたる。曹操が兵の指さすほうを見ると、たしかに細長い赤馬がゆっくりと近づいてくる。掲げられているのは自軍の旗だが、少し様子がおかしい。

水上での警邏は陸上と異なる。船は行き来するにも向きを変えるにも手間がかかる。流れの影響も受けるので、よほどのことがない限り、報告に際して船を戻したりはしない。もし敵影でも見つけたのなら、訓練された伝令兵が旗を振り動かして知らせる。それなのにこの赤馬は向きを変えて戻ってきた。しかも急ぐでもなく、甲板で旗を振り動かす兵の姿もない。みな船内にこもって何をしているのだ。訝《いぶか》しんでいるあいだにも赤馬はゆらりゆらりと近づいてきた。

北方の者は操船に疎《うと》いが、蒯越にはひと目でわかった。「あれは誰も漕いでいません。水面を漂っているだけです!」

そのとき、真正面から十数艘の漁船が近づいてきた。蓑笠《みのかさ》を着た漁師が舟歌をうたっているが、何をうたっているかまでは聞き取れない。こうしたことはこれまでもあった。漁師は戦《いくさ》の最中でも魚を捕らなければ生きていけない。戦を怖がっていては飯の食い上げである。曹操軍もそうした船にたびたび出くわしたが、その都度停船させて船内を調べ、敵の間者がいないとわかれば、魚だけ奪って船は放してやった。だが、このたびの漁船はどれも大きく、十数艘が前後一列に連なっている。どこかの豪族が所有している船団のようだ。

曹丕と曹植は甲板から首を伸ばして前方に目を遣っていたが、いきなり背中に力が加わり、四つん這《ば》いにさせられた――文聘がなりふりかまわず後ろから押さえつけたのである。そして叫んだ。「罠だ！　赤馬の兵は漁船の連中に殺されたのだ！」

張允やほかの兵も駆けつけてきた。「速度を上げろ！　あの漁船にぶつけて転覆させるのだ！」そう大声を上げながら二人は懸命に足を踏み鳴らした――水軍の決まりで、指揮官が足を踏み鳴らすのは加速しろという命令である。しかし、二人はあくまで荊州の降将《こうしょう》であり、直接水軍を指揮できるわけではない。船を指揮するのは前方にいる曹操軍の者で、二人がここで足を踏み鳴らしても何の意味もなさない。

曹操はまるでわけがわからず、二人が焦って地団駄を踏んでいるのかと思った。だが次の瞬間、二人の意図を汲み取るや、すぐに命を下した。「張将軍と文将軍の言うとおりにせよ！　漁船に船をぶつけるのだ！」だが、戦船の指揮が曹操軍に移っていたことと南北の兵が入り交じっていたことが災いし、旗を振る者や大声で怒鳴る者など、右往左往して無駄な時間を費やした挙げ句、ようやく前方の闘艦が漁船に向かって突進した。

だが、時すでに遅し。見る間に漁船は散開し、どの船も曹操軍の船隊の前で向きを横にした。戦船は大きく堅牢で、漁船は小さい。二つの船が真正面からぶつかれば、漁船のほうが粉々に砕け散る。だが、横向きになってぶつかれば、衝突の力も分散されてせいぜい転覆するだけで済む。そうして水面に横たわった船は航行の妨げとなり、進軍に影響を及ぼす。前方の船が停止すれば当然後ろの船も進めず、立ち往生したところを敵に襲われたら恰好の的となるだけである。

曹操が状況を把握したとき、敵は早くも布陣を終えており、漁船の後ろから突如として数十隻の戦船が現れた。どの船も江東の黒い軍旗を掲げ、銅鑼を打ち鳴らし、喊声を高らかに上げながら近づいてくる。中央の楼船には、大きく「周」の一文字を縫い取った総帥旗が高々とはためいていた――周瑜である！

曹操軍のなかで水戦に長けた者はいないに等しい。荊州の兵は経験があっても、ここ数年は守備をしていただけである。一方、江東の水軍は長らく江淮《こうわい》［長江と淮河の流域一帯］で戦い、近ごろも鄱《は》陽《よう》［江西省北東部］の賊船を掃討したばかりで、操練の必要すらないほどである。水主《かこ》は見るからに屈強で、手には大きな漕ぎだこが出来ており、腕も並みの人間の太ももくらいの太さがある。そんな水主の漕ぐ船が遅いはずがない。風や流れに逆らいながらも、その速さは順流の曹操軍とほとんど変わらなかった。曹操軍の備えが整わぬうちに、敵はいよいよ目前まで迫ってきた。

このとき、漁師らが一斉に蓑と笠を脱ぎ捨てた。蓑の下には何も着ておらず、素っ裸である。そして次から次へと長江に飛び込んでいった。曹操は呆気にとられて声も出ない。てっきりこちらの進路を阻むために周瑜が募った漁師なのだと思った。だが、文聘が船べりを叩いて叫んだ。「しまった！　水練だ！」

「スイレン？　なんだそれは？」曹操には何のことやらわからない。

だが、根っからの戦好きである文聘は船首に身を乗り出して何も答えない。曹操はおろか、三皇五帝《さんこうごてい》が降臨しても答えている暇はないと言わんばかりだ。文聘が軍旗をひったくって自ら指揮を執りはじめたので、張允が代わって説明した。「水練とはとくに泳ぎに長けた兵で、俗に水鬼《すいき》とも言います。優れた者なら何十分も潜っていられるほどです。もしもあの水練が鑿《のみ》や金槌を持っていたら、われわれの船は底に穴を開けられて沈められるかもしれません」

「なんだと⁉」曹操と荀攸は驚いて青くなり、足元に目を落とした。許攸《きょゆう》はおろおろして四つん這いになり、甲板に耳をそばだてている。

これには張允も思わず噴き出した。「ご安心ください。この船はだいぶ離れていますし、前にもたくさんの船があります。いくら優秀な水練でもここまでは来られません。ただ、前の船は被害に遭うかもしれませんが……」

そのとき前方から大きな音が響き、味方の闘艦が敵の漁船に衝突した。十数艘の漁船は、あるものはばらばらに壊れ、またあるものは転覆し、闘艦に乗り上げたものもあった。しばらくして水上の衝撃は収まったが、砕けた甲板や船べりなど、漁船の残骸が水面のあちこちに漂っているため、すぐ後ろの闘艦はもとより、ほかの船までが大騒ぎした挙げ句に次々と停まった。その影響はさらに後方の楼船や蒙衝にまで及び、曹操らの船もゆっくりと停まるしかなかった。

文聘はにわかに肩を落とし、悔しそうに太ももを打った。「ちくしょう！　やられた！」

戦はまだはじまってもいないのに、何をやられたというのだ？――曹操のそんな思いとは裏腹に、江東の戦船はどんどん迫り、一定の距離を置いて曹操軍に矢を射かけてきた。江東の矢は人の見分けでもつくのか、武器を手にした兵ではなく、もっぱら船を漕ぐ水主ばかり狙ってきた。そして矢の雨が収まったときには、狙われた船は自力で動けなくなっていた。敵の楼船で軍令旗が振られた。すると今度は、軍旗以外は曹操軍とほとんど変わらない十数隻の闘艦がどっと押し寄せてきた。船首に立つ兵がまさかりを滅茶苦茶に振り回す。曹操軍の闘艦は装甲板がぼろぼろに砕かれ、続いて鉤《こう》［鉤爪《かぎづめ》状の武器］のついた縄が十数本投げ込まれた。江東の兵は鉤爪が船べりにしっかり食い込んだのを確かめると、一、二、三と声をかけて曹操軍の船を力いっぱい引っ張った。そして両軍の船が接舷《せつげん》するより早く、江東の兵士らは曹操軍の船に飛び移っていった。片手に環首刀《かんしゅとう》、もう片手には鉤鑲《こうじょう》［鉤のついた盾の一種］を握り、曹操軍の兵を次々になぎ倒していった。

曹操軍も精鋭ではあったが、それは陸戦の話である。波風のない玄武池《げんぶち》で調練しただけでは、所詮付け焼き刃に過ぎなかった。兵は数日にわたって船に揺られ、目眩《めまい》や吐き気に苦しんでいる。そのうえ大勢の敵が次々と甲板に飛び乗ったせいで船はますます揺れた。川に落ちなかっただけでも曹操に対して面目を施したと言わねばならない。武器を握ることさえままならず、立ち向かうどころか、甲板に這いつくばって死を待つのが関の山だった。荊州兵にとってみても、相手はこれまで散々痛い目に遭わされてきた江東の軍、しかも、新しい主《あるじ》は海の物とも山の物ともつかず、そもそも命がけで戦えるような心境ではない。形ばかりの抵抗を見せるとすぐに武器を捨て、川に飛び込んで逃げてしまった。敵を食い止める力はないくせに、逃げ足だけは見事なものである。

曹操も水上での戦については先日少し説明を受けただけで、それも所詮は畳の上の水練である。今日は楼上からはじめて本物の水上戦を目の当たりにし、しばらく呆気にとられていたが、ふと我に返って叫んだ。「加勢せよ！　急いで救援に向かえ！」

できるものなら文聘もとうにそうしている。決して怠けているわけではない。文聘は戦船を左右に動かそうと軍令旗を必死に振り回したが、周囲の船が衝突したり減速したりで密集してしまい、思うように身動きが取れないのだ。こうなっては船の数が多いほど不利である。かなり時間を要してどうにか数隻の蒙衝を移動させた。狭い隙間を縫って敵の船に迫り、まさに矢を射かけようとしたそのとき、最前列の船が急に停まり、大きな音を立ててゆっくりと沈みはじめた——敵の水練が船底に穴を開けたのだ。

それは護衛用の船で、乗っているのは弓矢の腕に優れた北方の兵ばかりである。そもそも敵の船と近づいて戦うことは想定されておらず、沈没するなどまったくの想定外である。泳げる者は数えるほど、ましてや犬かきができる程度では長江の岸までたどり着くのは難しい。悲痛な叫び声が響いては水面に溶けて消えた。救命用の小舟が大急ぎで周囲を漕ぎ回る。しかし、助け出せたのはわずか数人で、ほとんどは大河に飲み込まれた。

勝ちに乗じて進軍してきた曹操軍の士気はなお高い。少々痛い目に遭ったところで、兵士たちは戦いたくてうずうずしている。だが、如何《いかん》せん船が密集して進めず、いまは大声で敵を罵ることくらいしかできない。長江の両岸に陣取る歩兵の大軍に至っては虚しく見ているだけである。曹操も、十数隻の船に乗っていた味方の兵がいいように敵に討たれ、死体が次々長江に放り込まれるのを、地団駄踏んで見ていることしかできなかった。すると敵は大胆にも曹操軍の軍旗を引き抜き、闘艦そのものを奪って東に漕ぎ出した。こうして襲撃を受けた船は残らず敵の手に渡った。

さても見事な周瑜の商才、十数艘のおんぼろの漁船をそっくり闘艦と取り換えたのである。曹操軍がいくらか身動きが取れるようになったころ、江東の船団はすでに撤退をはじめていた。大規模な曹操軍を前にして、これしきの勝利で大勢が変わることはない。むしろ長引くほどに自軍が不利となる。周瑜の判断は早かった。

そんななか、江上に豊かな余韻を響かせる琴の音が聞こえてきた。その音色は天籟《てんらい》のごとく、聞く者の心に染み入ってくる。江東の戦船は、まるでそののどかな調べに合わせるかのように軽やかに下流へと遠ざかり、船影はやがて小さな点となって消えた。曹操軍の混乱は追撃できるほどには収まっていない。曹操は眼下に広がる長江を前にため息を漏らし、敵がみすみす離れていくのを手を拱《こまぬ》いて見ていた……

勝利を確信していたのに出ばなを挫かれ、数千の兵ばかりか二十隻以上の戦船をも失ってしまった。そのため行軍の態勢は完全に乱れ、休息と整備の必要に迫られた。曹操はすべての船をいったん北岸に停泊させ、文聘と張允に陣形を立て直すよう命じると、自身は幕僚や護衛兵、息子たちを連れて船を下りた。泳げない者にとって船は危険で、陸に上がれるなら上がるに越したことはない、それがこの戦で得た教訓であった。

陣が出来上がる前から、対岸の赤馬より報告がもたらされた――南岸を進んでいた部隊が敵の待ち伏せに遭い、一千あまりの兵が失われたという。曹操は怒りを抑え切れず、口汚く罵った。「おのれ周瑜！　よくもわが軍に奇襲など食らわせおって。必ずや首級《しるし》を挙げて陣門に掲げてやる！」

そばで聞いていた諸将は思わず噴き出しそうになった――戦っている相手がしかけてくるのは当然である。周瑜に文句を言うほうがおかしい。

だが、それは曹操の読みが外れたゆえである。十数万もの大軍で江夏に迫るのは、表向きは劉備を滅ぼすためであるが、真の狙いは江東を震え上がらせることにある。もし周瑜が時局に通じていれば、この勇壮な大軍を前にして退却し、孫権に投降を勧めてしかるべきである。それがなぜ戦いを挑んでくるのだ？　もっとも、これしきの敗戦で曹操の自信が揺らぐことはなかった。

軍師《ぐんし》の荀攸は火中の栗を拾う思いで進言した。「わが軍の兵は多くが北の者たちです。弓馬の術には長けていますが、水上での戦は不慣れです。長江で戦うのは自ら長所を捨てるようなもの。あまり戦にはやるのはよろしくないかと」

「ふん」荀攸の進言にも曹操は一顧だにしなかった。「多勢で寡勢《かぜい》を、強勢《きょうせい》で弱小な勢力を攻めるのだ。周瑜ごとき何を恐れることがある。今日は不意打ちを食らってしくじったまで。警戒が足りなかっただけだ。陣形を整え直したら、すぐに進軍を再開する。周瑜ごとき若造など、わしの敵ではないわ。張允に前軍を率いさせ、文聘に水軍全体の指揮を執らせる。荊州兵を主力として進めるのだ。わしが陸から援護する」要は曹操も水が怖いのであるが、それを口にするのは面子《めんつ》が許さなかった。

蒯越は船を停泊させるために指示を出していたが、たまらず口を挟んだ。「どうか直言をお許しください。ここは彎曲して川幅が狭くなっております。もし敵が長江沿いに兵を置いて守りを固めたら、わが軍は進むことさえ難しいかと」

蒯越の言葉に曹操も自分の非を悟った。眉間に皺《しわ》を寄せてしばらく考え込んだのち、やむをえず荀攸の意見を容れてまた命を出した。「長江の南岸に渡って命を伝えよ。陣を直ちに焼き払い、兵馬は北岸の部隊と合流する。地理に暗いわれらのほうから敵を利することはない」これは曹操が長期戦を覚悟したことを意味する。

幸い江東の戦船は撤退したため、長江を渡っての兵の輸送に問題はなかった。曹操軍の有する船は数多く、わずか一刻〔二時間〕ほどで、長江の南岸を進んでいた劉勲、張熹らの部隊が北岸に戻ってきた。劉勲らは臨時に設けられた中軍の幕舎《ばくしゃ》に入ってくるなり、口々に敵を罵りはじめた。「ちくしょう！　周瑜はわれらが地理に暗いとみて兵を伏せていました。わが君、なぜわれらを呼び戻したのです。孫権の根城を叩き潰してやるつもりでしたのに……この恨み、晴らさでおくべきか」

曹操には、将たちの勝手な発言がおかしくも腹立たしかった。「己の不注意を棚に上げて、わしが呼び戻したことにまで文句を言うのか？　そのままいたら今夜あたり敵に囲まれて、どんな死に方をしていたかわからんぞ！」

劉勲は曹操と昔なじみである。そのため普段からやや砕けた口調で話をするが、叱責されるや必死で言い逃れをはじめた。「こたびの一件、われらの不注意とはあんまりです。われらは江南の者ではありませんし、丞相がわざわざ長沙太守《ちょうさたいしゅ》の張機《ちょうき》に命じ、道案内の部隊を設けたのもそのためかと。それなのに連中ときたら、何の役にも立ちませんでした。自分たちの土地のことさえ知らないんですから」

蒯越は、曹操が張機に矛先を向けるのを恐れ、慌ててかばった。「劉将軍、それは言いがかりというもの。ここは江夏郡、長沙の管轄ではありません。張太守が送って来た案内に任せればよいというものでもありません。張太守を責めても仕方ないのです」表向きは劉勲に答えた形だが、実際は曹操に聞かせたつもりである。だが、当の曹操は荒く息をするばかりで、聞こえているのかさえわからない。

ちょうどそのとき、二人の男が幕舎に駆け込んできて跪《ひざまず》いた。校事《こうじ》の趙達《ちょうたつ》と盧洪《ろこう》である。これは厄介事が持ち上がるに違いない。しかも今日は二人まとめてである。いったいどれほどの者が陥れられるのか……曹操を除く誰もが息を凝らして成り行きを見守った。

おしゃべりな盧洪がまず口火を切った。「孔融《こうゆう》の遺体を葬った者が判明しました。太医令《たいいれい》の脂習《ししゅう》です。すでに枷《かせ》をはめ、鎖で戒めて牢に入れてあります。しかし、遺体をどこに隠したかは頑なに口をつぐんで白状しません。丞相の裁決をお願いいたします」

「よくも……」曹操は拳を握って力を込めた。「たかが太医令の分際でわしに盾突くとは。おぬしは戻って監視を続けよ。絶対に自尽させるな。劉備を滅ぼして江東を平らげたら、わしが直々に取り調べてやる。容赦なく痛めつけて吐かせるまでだ。一族郎党を皆殺しにして、孔融もろとも死体をさらしてくれる！　それでもまだ刃向かおうとするやつがいるか楽しみだ」

「承知いたしました」盧洪が答えると、今度は入れ違いに趙達がにじり寄った。「申し上げます。人を遣って華佗《かだ》を譙《しょう》県［安徽《あんき》省北西部］まで尾行させましたところ、やつの言い分が偽りだとわかりました。やつの妻は病でも何でもなく、華佗が戻ったのは生薬を拵《こしら》えるためと、医書を執筆するためでした。丞相を欺いていたのです。すでに捕えてありますが、処分はいかが……」

「殺してしまえ！」曹操は握り締めた拳を卓に叩きつけた。「聞きに来るまでもないわ！　やつは医の道でわしを脅すつもりだ。そんなやつを手元に置いて何になる！」

医書の執筆は畢竟《ひっきょう》民草のためである。あまりに厳しい処分にみな驚いた。しかし、頭に血が上った曹操を止められる者はいない。曹操はこのたびの敗戦の苛立ちをなんとかこらえていたが、とうとう八つ当たりしはじめた。「ふん。太医令やら軍医やら、わしにとって『医』の文字ほど縁起の悪いものはない。連中に真っ当なやつは一人もおらん」そうぶつくさ言うと、劉勲のでたらめな訴えを思い出して声を荒らげた。「長沙に人を遣れ！　張仲景《ちゅうけい》［張機］を追い出すのだ！　道案内さえろくに選べぬ巫術師《ふじゅつし》風情に太守など務まらぬ！」

「丞相、何とぞご再考を」このままではまずい、そう考えた蒯越は腹を据えて諫《いさ》めた。「才智についてはひとまず措《お》くとしても、張仲景は長沙の民のために傷寒《しょうかん》［腸チフスの類い］を治し、大いに徳を積んでおります。荊州を手中に収めてすぐに張仲景を罷免すれば、おそらく……」

だが、いまの曹操に進言は無用である。「医者など掃いて捨てるほどおるわ。なぜわしが小悪党ごときに気を遣わねばならん。いいから張仲景を追い払え！」そして列の最後尾にいる金旋《きんせん》と韓玄《かんげん》を指さした。「武陵《ぶりょう》太守の劉先《りゅうせん》は許都《きょと》に異動し、いままた長沙太守に欠員が生じた。おぬしらがこの穴を埋めよ。よいか、しっかりと務めを果たして、この曹操が荊州をこれまでどおり治める様子を、江南の者に見せてやれ！」

「承知いたしました」金旋と韓玄は情実によって登用された者たちである。曹操は以前から二人に昇進を約束していた。だが、いきなり郡の長官を任じられるとは思ってもおらず、二人は僥倖《ぎょうこう》に舞い上がった。

蒯越は二人を見て憂慮を深めた――金旋は京兆尹《けいちょういん》、韓玄は河内《かだい》の出である。しかも地方の政《まつりごと》に携わった経験がない。二人を長江の南に赴任させても、その任に堪えられるとは思えなかった。劉表《りゅうひょう》は長らく土地の有力者や豪族を抜擢してきた。それが急に北方の人間に代われば官吏や民も素直には指示に従わぬであろう。とはいえ、いまこの場で反対を口にする勇気はない。蒯越は曹操の怒りが少し収まるのを待ってから説得することにした。

善事より善人なきを恐るべしとはよく言ったものである。趙達がまたも讒言《ざんげん》を繰り出した。「華佗は一介の軍吏であり、丞相を欺き法を犯したのは、ひとえに監視が不十分だったからです。校事のわれらも罪は免れませぬが、刺奸令史《しかんれいし》の高柔《こうじゅう》こそ、その責めを負うべきかと」

まったく関係がないのに、趙達はまたも高柔に罪をかぶせようとした。曹操もその話に乗った。「そうだ。戒めとするため、高柔に鞭打ち三十をくれてやれ」高柔は高幹《こうかん》の一族である。曹操にとって当たり散らすのに理由は要らなかった。

曹操の怒りが冷めやらぬうちに、今度は主簿《しゅぼ》の温恢《おんかい》が幕舎に入ってきた。「申し上げます。益州牧《えきしゅうぼく》の劉璋《りゅうしょう》がわが軍を慰労するため、張松《ちょうしょう》とやらを遣わしてきました。丞相へのお目通りを……」

「待たせておけ」温恢の言葉を遮って曹操が毒づいた。「つい先日、許都で張粛《ちょうしゅく》に会ったばかりだというのに、今度は張松だと？　すぐにまた使いをよこしてくるとは、劉璋は面倒このうえないな。十数年も朝廷に使いを送ってこなかったくせに、送ってきたと思ったら今度はひっきりなしだ。陰溥《いんほ》から数えてもう三度目ではないか。しかも、どいつもこいつも無駄話ばかりで役立たずときたものだ」

温恢は曹操に拱手《きょうしゅ》して話を続けた。「こたび参った張松は、その張粛の弟になります」

「誰であろうとしばらく陣中で待たせておけ。のちほど会うとしよう。軍務で忙しいこのときに、いちいちそんな人畜無害な者に会っている暇はない」曹操が話しているそばから急に外が騒がしくなり、斥候が飛び込んできた。「江東の水軍がまた現れました！」緒戦がよほど恐ろしかったのか、斥候は拝礼すら忘れている。

「何？　周瑜めが引き返してきただと？　まさかまた攻めてくる気か。わしがこの目で確かめてやる」曹操は鼻息荒く青釭《せいこう》の剣を引き抜いて幕舎を飛び出した。劉勲らは滑稽だった——敵は江上、剣を抜いてどうするつもりか？

一同も曹操のあとについて幕舎を出ると、長江のほとりに立って遠くを眺めた——長江の水面は陽光を受け、白く眩しく光り輝いている。そのはるか向こう、たしかに川をさかのぼってくる数隻の戦船が見えた。しかし、こちらに近づいてくるというよりは、船は対岸に向かって長江を横切っているようだ。その向こう、さらに下流のほうを見やると、畳《たたなわ》る山のごとき船影が見える。まるで全軍が出陣してきたかのようである。むろん闘艦などの数は曹操軍ほど多くないが、一糸乱れず隊列を組んでいるのがわかる。闘艦のあいだを先登《せんとう》や赤馬といった小舟がひっきりなしに往来し、威風は曹操軍に引けを取らない。

「軽々に打って出るなと全軍に伝えよ」曹操も水上戦の何たるかを少しずつ理解しはじめていた。

「周瑜は対岸に陣を築くつもりか？」

蒯越が同意した。「いかにも。やつは長江を挟んでわれらと対峙するつもりのようです。ここを抜けねば江夏へは参れません。丞相、くれぐれもご用心ください」

「はっはっは……」曹操は突然笑いだした。「周瑜は人より抜きん出ていると思ったが、どうも買いかぶっていたようだな。兵の頭数から言えば、われらは連中に勝っている。戦船もわれらのほうが多い。兵糧や軍備に至っては何倍あるかわからんほどだ。それが陣を築いて対峙するとは、身のほど知らずもいいところだ。よかろう。そちらが陣を築くならこちらも陣を築いて、どちらに利があるか目に物見せてやる。戦が長引けば、やつらはどうせろくに戦えぬ。軍備に窮して兵が疲れ、士気が落ちたそのときに周瑜がどうするか見ものだな。直ちに命を伝えよ。水陸両軍ともこの地に陣を築く！」

荀攸と蒯越は顔を見合わせた。これでは時間がかかり過ぎる。かといって、にわかに代案も思い浮かばない。本音を言えば、二人は長江沿いを進軍するのに反対であった。歩兵と騎兵を前面に押し出し、襄陽《じょうよう》から漢水《かんすい》の両岸を通って江夏を攻めていれば、いまごろはとっくに劉備のところまで攻め寄せていたはずだ。しかし、曹操が一石二鳥にこだわったせいで周瑜との戦端が開かれ、いまさら引き下がることはできない。ここで兵を江陵にでも撤退させたら、間違いなく敵に弱みを見せることになる。降伏したばかりの荊州の兵らも動揺し、今後に差し支えるのは必定であろう。

荀攸は後ろを振り向いて自身の陣営側の地形を眺めた。付近の河岸には何も植わっておらず、北には山並みと鬱蒼とした林が連綿と続いている。初冬のころおいとあって葉は残らず落ち、あたり一帯は荒涼としている。しかも、山林は北へと続く道を阻んでおり、陸路で江夏に向かおうとすれば、長江沿いの小道を回っていかなければならない。荀攸自身にもなぜかはよくわからない。だが、不吉な予感が脳裡をかすめ、慌てて蒯越に尋ねた。「ここは何という場所ですか」

「烏林《うりん》です。江夏郡の沙羡県内になります」

「烏林……」荀攸は噛み締めるようにつぶやき、再び尋ねた。「それで、向こう岸は？」

蒯越は南岸にそそり立つ絶壁を眺めながら答えた。「赤壁《せきへき》(1)です」

（1）地理的な位置関係を説明すると、曹操と周瑜が戦った地の北岸が烏林、南岸が赤壁であり、主な戦場は烏林である。のちに北宋の蘇軾《そしょく》が長江に遊んだ折り、黄州《こうしゅう》の赤鼻磯《せきびき》［「赤鼻」と「赤壁」は中国語で同音］を赤壁と思い込んで二篇の『赤壁賦《ふ》』を作った。そのため、後世の者はこの戦を「赤壁の戦い」と呼ぶようになった。

第十三章　周瑜《しゅうゆ》、苦肉の計

得失

曹操と周瑜、双方は長江を挟んで対峙した。緒戦を落とした曹操は北岸の烏林《うりん》に大軍を駐屯させ、周瑜は南岸の赤壁《せきへき》に陣取った。そして、そのまま半月あまりが経過した。この間、曹操は攻めるそぶりも見せず、周瑜軍もまったく動きを見せなかった。併せて二十万近い大軍が集結しているというのに、一帯には殺伐とした雰囲気がまるでなく平穏そのものであった。たまに両軍の巡視艇が出くわしても、遠くから矢を射かけるだけでそれぞれの任務に戻っていった。

両軍が睨み合ったまま動かずにいるのは、双方ともに必勝の自信が持てなかったからである。曹操軍は数で勝るものの、周瑜率いる水軍の練度には到底及ばない。それは先の緒戦で曹操も思い知らされた。数を恃《たの》みに突撃すれば相当な死傷者を覚悟せねばならず、それでも必ず勝てるとは限らない。また、周瑜軍も水上での戦《いくさ》に長けているとはいえ、やはり兵力差は歴然である。乾坤一擲の戦を仕掛けて敗れれば、江東《こうとう》六郡がすべて敵の手に落ちる。そうした双方の思惑の結果、まるで示し合わせたかのように、互いに時機の到来を待つという策を採ったのだった。

だが、それは実力が拮抗《きっこう》していることを意味するのではない。戦で双方が対峙するとなれば、士気の高さだけでなく総合力が物を言う。要は兵糧と資金である。曹操は中原と河北《かほく》という広大な後背地を持っている。天下の生産力の半分を有し、ゆうに十数万の軍を養うことができる。一方、周瑜の頼みの綱は江東の六郡だけである。しかも山越《さんえつ》の反乱や降伏派の猖獗《しょうけつ》という悩みを抱え、情勢が安定していない。前線で周瑜が敵を迎え撃ち、後方では孫権《そんけん》が領内の不満を抑え込むという状況にあって、いったいどれだけ持ちこたえられるのか。しかも曹操には、現在対峙している軍のほかにも、襄陽《じょうよう》付近に于禁《うきん》や張遼《ちょうりょう》らの率いる七部隊、総勢四万近い兵がいる。

勝利を示す天秤は常に曹操軍のほうに傾いていた。どう転んでも敗れることなどありえない、それほどの感触を曹操は持っていた。日々、水陸の陣を見て回り、後方からの報告に目を通し、なお息子らとお国の大事について語らう余裕があった。陸上の陣については曹操陣営の宿将《しゅくしょう》が、水上の要塞については荊《けい》州の諸将が諸事を切り盛りし、曹操の職務の大半を代行していた。曹操からすれば、この戦はもはや自身が頭を悩ませる必要すらなく、あとはただ時間の問題に過ぎなかった。

曹操は襄陽にいる名士たちを招聘するよう、かねてから蔡瑁《さいぼう》に命じていた。さすがは襄陽の名門蔡氏である。二月《ふたつき》もしないうちに、襄陽に流れて来ていた名士らを十数人も集めた。しかも、全員が劉《りゅう》表《ひょう》に仕えることを拒んでいた者たちである。曹操は荀攸《じゅんゆう》と蒯越《かいえつ》に、掾属《えんぞく》［補佐官］を率いて出迎えるよう命じ、この日、中軍の幕舎《ばくしゃ》で一同と顔合わせをした。曹操は名士らと会えて喜んだが、それ以上に蔡瑁が自分のために働いてくれたことがうれしく、なかなか昔なじみの手を離そうとしなかった。

一同を見回してみると、年長者は礼儀正しく品があり、若い者はきりっとして勇ましく、誰しもが才気に溢《あふ》れている。そのなかでも曹操の目はある者に吸い寄せられた。

その男の顔は目立って醜かった。冬瓜のような顔は血色が悪く、額が異様に広い。鼻は低く、左右の眉はちぐはぐで、つり上がった目の下にはほくろがあり、下あごはしゃくれ、髭は豊かだがあちこちに向かって伸びている。身の丈は低くはないのだろうが、猫背のため高く見えない。しかも膝のあたりはがに股、足先にいくほど内股で、どうやって歩いているのか想像もつかない。

「徳珪《とくけい》、こちらは……」曹操は思わずこう続けそうになった――わしは賢者を招くように言ったのに、どうして化け物みたいな者を連れてきたのだ――

蔡瑁は一つ咳払いをすると大真面目に答えた。「こちらは姓を和《か》、名を洽《こう》、字を陽士《ようし》と申されます」

「汝南《じょなん》の和陽士殿か」掾属たちは小声でささやき合った。にわかには信じられないといった様子である。

もちろん曹操も和洽《かこう》の噂《うわさ》は聞いていた。かつて許劭《きょしょう》らの「汝南月旦評《げったんひょう》」で褒め称えられた人物である。何進《かしん》が何度も辟召《へきしょう》し、袁紹《えんしょう》も引き入れようとしたが、結局は荊州に移って隠居を決め込んでいた。よく聞きしに勝ると言うが、この者の場合は評判倒れ、そのごたいそうな顔を前にして曹操はしばし呆然とし、思い出したように挨拶した。「ご高名はかねがね伺っております」

初対面でのこうした反応には慣れているのであろう。和洽は一礼を返すと、曹操陣営の掾属たちをぐるりと見回し、あっけらかんとして言った。「お集まりのみなさま方、さてはこの見てくれを笑っておいでですな?」

「とんでもありません」楊脩《ようしゅう》が微笑みながら進み出た。「容貌の特異な方は奇才であると決まっています。黄《こう》帝は竜のような顔だったと言いますし、嚳《こく》は歯が二列、尭《ぎょう》は眉が八色で、舜《しゅん》には瞳孔が二つずつあったとか。それに、かの文王《ぶん》には四つの乳があり、周公《しゅうこう》は背骨が弓なり、重耳《ちょうじ》は一枚あばらだったと言います。いずれも明君でなければ名相、特異な容貌が悪いこととは申せません」

曹操は心地よく聞いていた。お世辞とはいえ楊脩の博識が透けて見える。これなら曹操陣営の面目を施すとともに、孤高を自負する者に侮られることもなかろう。ところが、和洽はその醜い顔をくしゃくしゃにして率直に言った。「先生が仰ったのはどれも巷《ちまた》の言い伝え、もし本当にそんな姿の者がいたら、それは人ではありません。『論衡《ろんこう》』にも、『火 熱きに苦しまず、水 寒《つめた》きを痛しとせざるは、気性自《きしょうおの》ずから然《しか》ればなり［火の熱さや水の冷たさに苦痛を感じないのは、その人が生まれつきそうなっているからだ］』とあります。わたしの容貌もまた生来のもの、どうすることもできぬのです。この見てくれで生まれ落ちたからには、他人に笑われることを気にしたところで無益です。『易《えき》』に『否《ひ》極まれば泰来《たいきた》る［不運も極まれば幸運がめぐって来る］』とありますが、あれはきっとわたしのような者に向けて言ったのでしょうな」そう言うと、また顔をくしゃくしゃにした。おそらく笑っているのだろうが、それは泣き顔よりも醜く、見るに堪えなかった。

曹操は和洽が能弁能文の士であるとみて、やはり名声に偽りはないと思った――まったく人は見かけによらぬ。『無塩《ぶえん》の美を知らざるは是《こ》れ無心のためなり［醜い者の良さがわからないのは思慮に欠けるからである］』とはよく言ったものだ――曹操があれこれ教えを請おうとすると、機先を制して和洽が尋ねてきた。「丞相《じょうしょう》、わたくしには一つわからぬことがあります。ご教授願えませぬか？」

「恐れ多いことです」醜い顔で真面目に迫ってくる和洽を見て、曹操はかえって気を引き締めた。

和洽はゆっくりと話しはじめた。「劉景升《けいしょう》父子は、才智はもとより軍務にも疎《うと》く、天意をわきまえませんでしたが、天子を奉戴して逆臣を討たんと、官軍を率いて南征してきた丞相に帰順したのは幸いでした」ここで和洽は口調を一変させた。「しかし、農事に勤《いそ》しんでいた荆州の民は、官軍の到来を耳にした途端、我先にと算を乱して逃げ出し、多くがこの乱世に流民となりました。荆州に居候していた田舎者の劉備《りゅうび》が南に逃げた際には、十万もの民が、年寄りを支えて幼子の手を引き、家族総出でついていったと聞いております。長坂坡《ちょうはんは》で劉備が敗れたときは一万近い無辜《むこ》の民が傷つきました。父と子は地べたに座り込んで抱き合って泣き、妻や夫の亡骸を葬った者の怨嗟の声は天にも届かんばかりだったとか。古人も『力は以《もっ》て百鈞《ひゃっきん》を挙ぐるに足れども、以て一羽《いちう》を挙ぐるに足らず。明《めい》は以て秋毫《しゅうごう》の末を察《み》るに足れども、輿《よ》の薪を見ず［百鈞もの重い物を持ち上げる力がありながら、一枚の羽も持ち上げられない。秋になり細くなった獣の毛の先を見分ける視力がありながら、車に積んだ薪も見えない］』と言っています。丞相の恩恵はわたしらごときにまで及んでいますのに、荆州の人心を得られぬのはなぜでしょう。逃げ回って犠牲になった民がいけないのでしょうか」

和洽の言葉に、幕舎のなかは水を打ったように静まり返った――面と向かって非難するつもりか！

曹操は無言だった。これも和洽の醜さがなせる業なのか、なんとあの曹操が怒りを露わにすることもなく、ただ胸中で考えをめぐらせている――どうも荆州に隠れ住む連中は一筋縄ではいかんようだ。見くびられぬよう、少し思い知らせてやらねばならん――

曹操が何と答えようか頭をひねっていると、楊脩が横から代わって答えた。「劉表は政《まつりごと》を執っていたころ、事あるごとに朝廷を謗《そし》りました。官軍が来たら荆州でも屯田をはじめて民を苦しめるだとか、城内の民を皆殺しにするだとか……どれも戯言《たわごと》に過ぎませんが、そんな噂が口から口へと伝わり広まっていきました。それに加えて、野心満々の劉備が民をあおって惑わしたのです。もとより官軍がそんな義にもとるような行いをするはずありません。三人市虎《しこ》を成すとはよく言ったものです。噂とは実に恐ろしい」

和洽はまた顔をくしゃっとつぶし、噂の真偽などどうでもいいとばかりに切り返した。「真偽のほどはわかりませんが、火のないところに煙は立たぬとも申します。いずれにせよ、朝廷にとって喜ばしい噂ではないはずです」

「諸子の書によく取り上げられる古《いにしえ》の伝承に、『楚《そ》王　細腰《さいよう》を好む、宮中に餓死多し』というのがあります。荀子《じゅんし》は、『楚の荘《そう》王　細要《さいよう》を好む、故に朝《ちょう》かに餓人《がじん》有り』と記し、韓非子《かんぴし》にも、『楚の霊《れい》王　細腰を好みて、国中に餓人多し』とあります。また、墨子《ぼくし》は事細かに、『楚の霊王　士の細要なるを好む。故に霊王の臣　皆一飯を以て節と為し、脇息《きょうそく》して然《しか》る後帯《のちおび》し、牆《しょう》に扶《よ》りて然る後起《た》つ「楚の霊王はすらりとした臣下を好んだ。そのため臣下らは一日一食を基本とし、息を吐いてから帯を締め、垣根につかまって立ち上がった」』と記しています」楊脩は堂々と諸子百家の一節を一言一句違《たが》わず諳《そら》んじてみせた。「みなさま方、考えてもみてください。楚の霊王が好んだのはほっそりとした腰の宮女で、朝臣や楚国の民とは何の関係もありません。古の賢人である諸子百家ですら伝承を誤って伝えているのです。いわんや無学な民をやです」

楊脩の反駁を聞いて曹操は気分をよくした——先の「曹娥碑《そうがひ》」の謎解きでも見所があると思っていたが、どうだ、この応対ぶりは。どうやら父と違って学があるのみならず、情勢を見誤ることもない。この若造は使えそうだな……

和洽は何も言い返さなかったが、胸の内では悪態をついていた——数の多寡はあるにせよ、徐《じょ》州で民を皆殺しにしたのは事実、五割の田租《でんそ》を搾取するのも本当のことではないか。乱れたこの世ではやむをえずとも、いずれ厳刑はやめるべきだ。劉玄徳《げんとく》の野心は油断ならぬが、この曹孟徳《もうとく》の苛政《かせい》も耐えがたい……この二人は勢力を異にするだけの恐るべき輩、何も知らず真に苦しむのは結局のところ無辜の民なのだ。今後はここで直臣《ちょくしん》となってこの者の過ちを正し……

　蔡瑁が緊迫した空気を和ませようと、曹操に別の者を紹介した。その人物は長沙《ちょうさ》郡の出で、名を桓《かん》階《かい》、字を伯緒《はくしょ》といった。曹操がその名を知らなかったので、傍らの蒯越が言い添えた。「桓先生はかつて長沙太守《たいしゅ》の張羨《ちょうせん》に、劉表へ反旗を翻すよう勧めた方です」

　曹操は慌てて衣冠を整え、深々と一礼した。「なんと、官渡《かんと》の勝利をもたらしてくれたのはあなたでしたか」官渡の戦いの際、劉表は袁紹と通じて曹操軍の背後を衝《つ》く計画を立てた。だが、肝心なときに桓階が当時の長沙太守の張羨に謀反を勧めたため、劉表は反乱の平定に手間取った。結局劉表は袁紹との約束を守れず、曹操は北に張りついて最終的に勝利を得ることができた。桓階は曹操のために大功を立てたと言っていい。

　桓階は謙虚に答えた。「その昔、斉《せい》の桓《かん》公は東西の異民族を討伐することで周《しゅう》への尊意を示し、晋《しん》の文《ぶん》公は叔帯《しゅくたい》を謀殺して周の襄《じょう》王を復権させせました。袁氏は朝敵でしたから、これに与《くみ》するのは禍《わざわい》を招く道。わたしはただ荊州の民のことを考えたまでであって、丞相のために進言したわけではありません」

　曹操は首肯《しゅこう》することしきりであった——率直なこの物言い、この者も用いるに足る——

蔡瑁はほかの者も順を追って紹介した。経学に秀でた魁禧《かいき》、字は子牙《しが》、かつての河東《かとう》太守韓術《かんじゅつ》の孫の韓曁《かんき》、字は公至《こうし》、長安で尚書《しょうしょ》を務めたこともある趙戩《ちょうせん》、字は叔茂《しゅくぼう》、先々帝の御代に大《だい》将軍を務めた竇武《とうぶ》の孫である竇輔《とうほ》。さらには若い石韜《せきとう》、字は広元《こうげん》、および孟建《もうけん》、字は公威《こうい》、この二人は諸葛亮《しょかつりょう》とも親交がある。そして河内温県《かだいおんけん》［河南省中部］の司馬氏の一族である司馬芝《しばし》、字は子華《しか》、この者は司馬《しば》朗《ろう》や司馬懿《しばい》の縁者にあたる。

曹操は一同に礼を尽くし、年配の者は掾属に、若輩の者は令史《れいし》［属官］に任じていった。そうして挨拶を交わしながらも、曹操は一同の後ろに隠れている黒い服の人物に気がついていた。みなが歓談しているのに、その男は必死になって身を隠している。曹操が左に目を遣れば右へ、右に目を遣れば左へ身を隠すといった具合で、まるで隠れん坊でもしているようだ。顔こそはっきりは見えなかったが、曹操はそれが誰か気づいた。「梁《りょう》尚書！　選部尚書《せんぶしょうしょ》の梁孟皇《もうこう》殿ではありませんか」

これ以上隠れ続けるのは不可能だと悟り、梁鵠《りょうこく》もおとなしく前に出てきた。「丞相に拝謁します。小生は一介の亡命者、とうに尚書ではありません。昔の件はどうかご寛恕賜りとう存じます」そう言って何度も何度も深く頭を下げた。

七十近い老人が「小生」と自称するので、あちこちから失笑が漏れた。実のところ、梁鵠は才徳兼備というわけではない。選部尚書は公正に選ばれたものではなく、涼州刺史《りょうしし》になっても混乱を収拾する力はなかった。ただ、書の腕が抜きん出ていたため、先々帝の霊《れい》帝の寵愛に浴した。鴻都門学《こうともんがく》［霊帝の命《めい》で設立された書画技能の専門学校］の出の賈護《かご》や江覧《こうらん》、任芝《じんし》といった佞臣《ねいしん》らと同じ類いである。

曹操も梁鵠の顔を見るまではいくらか憎しみを抱いていた。しかし、いまやすっかり老いさらばえ、曹操の前でがたがたと震えている。もはや皇帝の寵臣だったころの横柄さは微塵も感じられなかった。曹操は憐れみと憂さ晴らしをかねて、わざと梁鵠を持ち上げた。「梁尚書、もう長い付き合いになりますな。もしあのとき梁尚書がわしを門前払いしてこの鼻っ柱を折ってくれていなければ、どうして今日のように朝廷で輔政《ほせい》の任につけたでしょう。これでも大いに感謝しているのです」

感謝されても言葉どおりに受け取るわけにはいかない。梁鵠はますます深々と腰を折ってお辞儀を繰り返した。「小生こそお見それいたしました。かつての罪をお目こぼしいただけるなら、書の道をもって罪をあがないたく存じます」

楊脩は、梁鵠がいい年をして見栄も外聞もなくへりくだるのを見てからかった。「貴殿はかつて天子のために、のちには劉表のために筆を揮《ふる》いました。そして今度は丞相のために筆を揮うと仰る。つまるところ、ご自分の書には誰も及ばぬとお考えなのですな」

梁鵠は目の前の若者が誰かわからないので、機嫌を損ねないよう微笑んで答えた。「いえいえ、先生の仰るように、わたくしの書など平々凡々たるものです。ただ思うに、篆書《てんしょ》に長けていると誇る近ごろの者は、その真髄をわかっておらぬようです。そもそも篆書の起こりは鳥の足跡、そこから倉頡《そうけつ》が文字を作りました。ゆえに止めは雀が伏せるかのように、払いは雀が羽ばたくかのように筆を運びます。首を伸ばしたり翼を休めたり、雲を衝くような勢いのときもあります。角ばらず丸まらず、時に地を歩み時に空を舞い……」幕舎のなかには筆で食っている者も少なくない。これこそまさに名家の解説であると、みなうれしそうにうなずきながら耳を傾けた。この老人がどれほど人品卑しかろうと、書に対する造詣の深さはやはり敬服せざるをえない。

曹操は歯痒かった。梁鵠が憎らしいのは確かだが、それも何十年も前の話である。蔡瑁も梁鵠を咎めることはしなかったのに、自分だけが度量の乏しい振る舞いをするわけにはいかない。ましてや梁鵠の篆書は天下一品で、霊帝のみならず曹操自身も高く評価している。ついに曹操は同意した。「貴殿が書の道で力を尽くしたいと言うなら、仮司馬《かしば》として陣にとどまってもらうとしよう」

中軍の仮司馬は要職の一つで、普通の掾属よりもさらに地位が高い。この裁定には荀攸や楊脩らも内心首をかしげた――字が上手いだけの者をなぜそれほど高い地位につける必要があるのだ？――だが曹操にしてみれば、これは己の度量を天下に知らしめるためだけではなく、自分が漢室に取って代わったときのことを考えての処遇であった。いずれは鄴《ぎょう》城に宮殿を建造することになるだろう。そのときは、宮殿の扁額《へんがく》を墨痕も鮮やかに梁鵠に揮毫《きごう》させるのだ。

蔡瑁に連れられて来た者は、この老いぼれが当たりを引くとは誰も思っていなかった。みな口々に祝いを述べたが、言葉の端々にあざけりが含まれている。だが、梁鵠はそれをすべて褒め言葉として捉えた。腹を立てるどころか一同に礼を述べ、何度も海老のように腰を折り曲げた。これには一同も言葉を失い、かえって梁鵠の厚顔ぶりに感心するほどであった。

曹操は改めて荊州の人士らの顔ぶれを見回すと、不愉快な気分になってきた。そもそも荊州に隠棲する名士を招聘したのは、自身を褒め称えさせて荊州の人心をつかむと同時に、名士らを使って自分の役に立てたいと考えたためである。ところが、この者らは遠回しながら自分に苦言を呈している。しかも、いまなお自分と朝廷のどちらに重きを置くか態度をはっきりさせていない。早いうちに少し脅しをかけておかなければ、将来また孔融《こうゆう》のような者がこのなかから出てこないとも限らない。「わしは陣の見回りに行く。みなもせっかくここまで来たのだから、ご一緒にいかがかな」

曹操は軍の威容を見せつけることで、一同を脅しつけようと考えた。

和洽や桓階らは曹操の狙いを知りつつも、断ることができずに談笑しながらついていった。普段の見回りで長江のほとりまで行くことはない。だが、今日は大勢を引き連れて陸の陣や輜重《しちょう》を見たあと、水軍の威容を見せつけるため、接岸している戦船《いくさぶね》にも乗り込んだ。

滔々《とうとう》と流れる長江の水面には、夜空に輝く星のように数百もの戦船が散らばり、帆柱は層をなす雲か連なる山々のようで、たしかに見る者を驚かせる大船団である。しかし、よく見るとすべてが順調というわけでもなかった。立派な戦船と十分に練られた陣形は見事なものだが、何より船上にいる兵士たちに覇気がない。南下して長江に入ってからというもの、北方から来た曹操軍の兵は慣れない風土と船酔いにずっと苦しんでいた。船に配属されてからは持ち場を離れることもままならず、船そのものを陣として朝から晩まで船上にいる。この半月、なんとか耐えてきたものの一向に慣れることはなく、おおかたは青ざめた顔を苦痛でゆがめていた。武器を杖代わりについてふらふらと船べりに立っている者もいれば、甲板にへたり込んで軽く目を閉じ、必死に目眩《めまい》を我慢している者もいる。それでも大型の船に配属された兵はまだましであった。小型の舟にいる兵となると目も当てられない。たいした波が来たわけでもないのに、まるで酔っぱらいのごとくふらつき、川面に向かってひたすら嘔吐している兵は、いまや胃液を吐いている。さらには冷たい風が少し吹いただけで、誰もが引きつったように体を震わせた。本来、総帥の姿を目にしたら喊声を上げて威勢を示すべきなのに、このときばかりはほとんど病人の呻《うめ》き声に近かった。こんな様子では和洽らを脅かすことなど到底不可能である。

数日前に水上の要塞を見回ったときは、風土に慣れない兵がいくらか見受けられたものの、今日ほどひどくはなかった。ほんの数日でこんな事態になるとは思いも寄らず、日々の報告も右の耳から左の耳へと聞き流していた。要は兵士らが我慢すればやり過ごせるものと甘く考えていたのだが、現状を見るにとても戦どころではない。陣営に帰順してきた名士らも決まりが悪く、さすがに和洽も曹操の立場を気遣ってお茶を濁そうとした。「官軍の戦船はまことに数が多く、勝利も……」

「うっ」和洽の言葉を遮るように、曹操のそばにいた護衛兵が吐き気を催し、吐瀉物《としゃぶつ》を甲板にまき散らした。

「き、貴様……」曹操は護衛兵に指を突きつけ、凍てつくような目で睨みつけた。これでは面目丸つぶれである。荀攸と蒯越が慌てて前に出てその場を取り繕《つくろ》った。「ご一同は馬上の長旅でお疲れの様子、まずは幕舎にご案内しましょう。軍務については日を改めて論じてはいかがでしょうか」

「そうだな」曹操はこれ幸いと、かろうじて笑みを浮かべて一同を送り出した。和洽らが岸に上がったのを確認すると、曹操はすぐに振り向き、先ほど嘔吐した護衛兵に平手打ちを食らわせた。打《ぶ》たれたことで兵はなおさら船酔いがひどくなり、船べりから身を乗り出して胃液を吐いた。曹操はちっとも怒りが収まらず、狙いすまして兵の尻を蹴り飛ばすと、兵士はそのまま長江へと真っ逆さまに落ちていった。この護衛兵も北方の者で泳ぐことができず、水面でじたばたしながら必死で助けを求めた。だが、曹操の面前で救いの手を差し伸べる勇気のある者はいなかった。

蔡瑁と楊脩も黙ったまま曹操の傍らに立ち尽くしていたが、たまりかねた蔡瑁がついに曹操を諫《いさ》めた。「北から来た者が水が合わず、船酔いをするのも当然のことです。どうかお怒りを鎮めて、あの者を大目に見てやってください」

「ふん。不甲斐ないが、引き上げてやれ」蔡瑁の取りなしに曹操も義理を立てた。「わしは顔をつぶされて腹を立てたのではない。わが軍は多勢とはいえ、戦力が落ちれば敵を防ぐどころか周瑜に虚を衝かれるやもしれん。徳珪、おぬしは長らくこの大江で軍を率いてきた。何か波風に対する策はないのか」

「あるにはあるのですが……」

「かまわん。申せ」

「冬が到来するたびに、戦がないときは戦船を鉄の鎖でつないで安定させていました。大きいものは五隻、小さいものは十艘で一列につなぎます。鎖でしっかり固定すれば波風に揺れることもなく、船の上を馬で行き来することもできます……」

「よし」曹操はそこですぐに命じた。「全軍に鉄の鎖を作らせろ」

「お待ちを」慌てて蔡瑁が言葉を継いだ。「何ごとにも難はあるもので、この方法によると波風は防げますが、素早く船を展開できません。万が一、敵が火攻めを仕掛けてきたら、すべての船に被害が及びます。荊州の水軍では何度もそうしてきましたが、いつも平時の冬でした。敵と対峙しているときに戦船をつないだことは、いまだかつてないのです」

「火攻めか……」曹操は戸惑ってしばし考え込んだが、突然笑い声を上げた。「わが軍は北におり、敵は南にいるではないか。寒さ厳しい冬には北西の風が吹く。周瑜が火攻めをしてきたら、火がどちらの軍に燃え広がるか自明ではないか」

蔡瑁は油断は禁物と、懸念を口にした。「たしかにそうですが、天に不測の風雲ありです」

だが、曹操に迷いはなかった。「まずは戦船を鎖でつなぎ、兵の苦しみを除くことが先決だ。春になったら鎖を外して敵を迎え撃てばいい。そのころには兵らも休養して元気を取り戻していよう。わが軍は多勢、兵が万全でなくとも敵を圧するだけの力がある。睨み合って中原の力を見せつけてやれば、あるいは春を待たずに動揺しはじめるかもしれん。干戈《かんか》を交える前に敵が瓦解し、土地を差し出して帰順してくることもありうる。長く水軍を率いてきたおぬしがちょうど軍中におるのだ。この件は任せたぞ」

蔡瑁にはあまりに楽観的に思えた。孫権や周瑜は死ぬまで戦い続けるだろう。たとえ大勢が決しても、最後まで抵抗するに違いない。膝を屈して投降してくるとはとても思えなかった。

蔡瑁は険しい顔つきをしている。まだ不安がぬぐえず、戦に心が向いていないようだ。そこで曹操は蔡瑁を安心させてやろうと考えた。「陸での戦ならわしのほうがおぬしに勝る。だが、水軍を率いればわしはおぬしに及ばぬ。案ずることはない。いまこの場で発令し、おぬしには水軍都督《すいぐんととく》を兼任してもらおう。もう長い付き合いではないか。おぬしのほかに頼れる者はおらんのだ」

曹操の熱い言葉とは裏腹に、蔡瑁の声は沈んでいた。「都督とは分不相応ですが、全力を尽くしたいと存じます……」そう答えてふと遠く岸辺に目を遣ったとき、蔡瑁はいわく言いがたい不安に襲われた――孟徳とのあいだにはまだ友情が残っているのか？　それとも利害で結びついた単なる主従の間柄なのだろうか……虚々実々、孟徳の言葉をどこまで真に受けてよいものか……

蔡瑁がそんなことを考えていると、さっきまでの熱のこもった調子はどこへやら、曹操がぶっきらぼうに話題を変えた。「おぬしの言っていた司馬徽《しばき》と龐徳公《ほうとくこう》だが、今日はどうして来なかった？」

「声望のある司馬公と龐徳公はとくにわたしが自ら迎えに行ったのですが、すでに二人とも家族を連れて引っ越したあとで、行く先もわからずじまいです」

「どこへ行ったかわからぬだと？」二人は仕官を望まず身を隠したに違いない。「それなら崔州平《さいしゅうへい》は？元平《げんぺい》の弟が身を隠すことはなかろう」

そこで蔡瑁は思い出したように錦嚢《きんのう》を取り出した。「そうそう、実は崔州平も荊州を離れていました。人を遣って探させましたが、やはり行方がわかりません。ただ、家に残されていた錦嚢を持ってきました。こちらです」

「わしにか？」曹操はわけもわからぬままに受け取った。錦嚢には「漢丞相 曹孟徳公 親展」と書かれている。その口はしっかりと封がされ、蔡瑁も開けるのを憚ったようだ。曹操はすぐに開けてみた。なかには麻の粗布が丸めて詰め込んであり、丁寧に一文が記されていた。どうやら土地の民謡のようだ。

公河を渡る無かれ、公竟《つい》に河を渡る。河に堕《お》ちて死す、其れ公を奈何《いかん》せん。

［あんたは川を渡っちゃならぬ、あんたは川をとうとう渡る。川に落っこち溺れ死ぬ、あんたをどうしたもんかいな］

「おのれ、わしが敗れることを願っておるわ！」曹操は麻布を迷わず長江に投げ捨てた。「こやつの兄がおらねば捕らえて処刑するところだぞ！　高潔な名士というのは薄情者ばかりだな。この天下には自分たちがおらねばならぬとでも思っているのか。烏丸《うがん》を討伐したときは、何度も田疇《でんちゅう》に亭《てい》侯に封じてやると言ったのに無視しおった。今日の連中も同じだ。わしはもう見切りをつけたぞ。こうした連中はまったく耳を貸そうとせぬ。堯《ぎょう》の世にも巣父《そうほ》や許由《きょゆう》のような隠士がいたが、もう連中とかかわるのはやめだ。野で好きなだけ高潔を気取らせておけばいい」

さっきまで温厚だった曹操の目に突如として凶悪な光が宿ったのを見て、蔡瑁はぞっとして俯《うつむ》いた。そのとき、しばらく黙っていた楊脩がこらえ切れずに口を挟んだ。「実はわたしも丞相に推挙したい者がいます。よろしいでしょうか。益《えき》州の劉璋《りゅうしょう》が遣わしてきた張松《ちょうしょう》です。先日、陣中でたまたま会って少し話をしたのですが、この者の見識は並みではありません。軍にとどめたまま半月あまり経ちますが、時間を割いてお会いになってはいかがでしょうか？」

曹操は冷たくあしらった。「この半月、そんな暇があったか？　そうでなくとも会うつもりはない。劉璋は十数年も朝廷と不通であった。それがようやく使者をよこしたと思ったら、今度は何度も送ってきてきりがない。わしがその張なにがしを厚遇すれば、それこそ劉璋をつけ上がらせてしまう。陰《いん》溥《ほ》が謁見に来たとき何と言った？　今後は益州から税を欠かさず送ると約束したのだぞ。そのくせ、この二、三年で送ってよこしたのは申しわけ程度の蜀錦《しょっきん》だけだ。兵を送ってきたと思ったら、年老いた蛮族ばかり数百人……これでもそやつを厚遇しろと言うのか。この世には人の好意を誤解する者がいる。おぬしがかまってやるほどひどくなるのだ」

曹操の言うこともっともである。楊脩も道理に直接異を唱えることは避けた。「ただ、張松は任務で来ているだけで、そこまで困らせる必要もないかと存じます。あのように才ある者が自らやって来たのですから、幕下に加えて損はないかと」

曹操は張松と正式に面会したことはない。だが、陣の見回りに際して遠目にその姿を見たことがある。張松は小柄で、品のない顔立ちは和洽と甲乙つけがたい。かといって和洽ほどの名声もなく、あの程度の小役人など掃いて捨てるほどいる。張松のどこが抜きん出ているというのか。曹操は楊脩をなおざりにあしらった。「天下に才のある者は山ほどおり、今日も十数名を得た。劉璋配下の小物など召し抱えたら、天下の笑いものになろう。わしは別に張松を困らせたいのではないぞ。さっさと立ち去ってもらいたいだけだ。わしの代わりに主簿《しゅぼ》に声をかけて官吏名簿を当たらせよ。適当に郡県の職でもくれてやればよかろう」真剣に推挙したのに二言三言で片づけられてしまい、楊脩は泣くに泣けなかった。

曹操は張松を厚遇せず、任官の件を主簿の温恢《おんかい》に丸投げした。だが、多忙な温恢も益州の官吏名簿をきちんと調べず、掾属と簡単に相談しただけで、張松を益州は永昌《えいしょう》郡比蘇《ひそ》県［雲南省西部］の県令に任命することにして冊文《さくぶん》を拵《こしら》えた。張松は、先に益州から使者として入京した張粛《ちょうしゅく》の弟である。張松を県令としたのは、すでに張粛を広漢《こうかん》の太守に昇格させており、弟が兄の地位を越えるのはまずかろうとの判断からである。それでも比蘇県は塩の産地で、比較的豊かな土地である。曹操からすれば、これでも張松のような無名の小物にはもったいない官職であった。

張松は任命書を受け取ってあきれた――この者を張粛の弟と侮ることはできない。張松は劉璋にすこぶる重用され、益州では副刺史に相当する別駕《べつが》を拝命している。たしかに朝廷から任命された役職ではないが、蜀における張松の名望は推して知るべしであろう。曹操は益州第二の地位にある者を、理由もなく県令に左遷したのである。

張松にとっては半月も待たされた挙げ句に散々な結果となった。いったい何が曹操の機嫌を損ねたのかわからないが、あれこれ尋ねるのも憚られる。張松はやむなく任命書を手に曹操陣営を離れた。蜀へと帰る道すがら、張松は考えれば考えるほど腹が立ち、とうとう任命書をめちゃくちゃに引きちぎって長江に投げ捨てた。

この些細な出来事が戦場での勝敗にも引けを取らない大事になろうとは、このときの曹操は夢にも思わなかった。だが、この軽率な過ちのために、曹操は一生涯後悔する羽目になるのである。

蔓延する疫病

北方の兵士らの船酔いを軽減するため、曹操は鉄の鎖を作らせて、波風で揺れないよう大部分の戦《いくさ》船《ぶね》を鎖でつないだ。とはいえ、状況は曹操が期待したように好転するどころか、むしろどんどん悪化していった。十一月に入ると、兵士らは次々に病で寝込んだ。荊《けい》州の兵はまだましであったが、北方の兵は十人のうち三、四人が病で倒れ、その数は日ごとに増えていった。しかも船上の兵士にとどまらず、一部の陸上の陣からも病人が出た。症状は誰もがほぼ同じで、発熱、倦怠感、食欲不振などである。これが単に水が合わないだけでないことは曹操もうすうす気づいていた。そんな折り、汝南太《じょなんたい》守《しゅ》の満寵《まんちょう》と揚《よう》州別駕《べつが》の蔣済《しょうさい》が報告に来たことで、嫌な予感が当たってしまった。

「何？　傷寒《しょうかん》［腸チフスの類い］だと？」曹操の額に冷や汗が浮かんだ。

蔣済が真剣な表情で答えた。「冬になると江漢《こうかん》［長江中流と漢水《かんすい》の流域一帯］の地ではよく疫病が流行ります。ですが、いまは荊州だけでなく汝南や盧江《ろこう》まで傷寒が猖獗《しょうけつ》を極めています。劉使君も半月前に河川の普請《ふしん》の視察に出かけ、戻ってから発熱が続いており……」蔣済の言う「劉使君」とは、揚州刺史《しし》の劉馥《りゅうふく》のことである。合肥《ごうひ》城を拡張したり、芍陂《しゃくひ》の水利を進めたりして曹操に重用されている人物だが、まさか州の長官まで疫病に感染するとは……

満寵がため息交じりにあとを引き取った。「汝南では民のあいだでこの病が広がっており、屯田を捨てて逃亡する者も出ています。さらには張赤《ちょうせき》という匪賊が流民を寄せ集めて反乱を起こしました。桃山《とうざん》を根城に五千家あまりを集め、いま李通《りつう》将軍がその鎮圧に追われています」

曹操は直ちに二人を連れて長江のほとりまで足を運び、兵士らの様子を調べた。症状は淮南《わいなん》［淮河《わいが》以南、長江以北の地方］や汝南で爆発的に流行している傷寒と同じだという。やはりこの地域一帯で広く疫病が流行っているのは確かなようだ。疫病自体は決して珍しいことではない。その多くは春から夏にかけてで、傷寒だけが立冬を過ぎてから流行る。天候の急変や不衛生な飲食によって発病し、罹患した者の多くは痩せて体力が衰えていく。前線に出るような兵士はそもそも体が丈夫なので普段ならかかりにくいのだが、気候や風土に慣れないうえ、連日の船酔いで体力が落ちていたのだろう。軍でもっとも忌むべきが疫病である。ましてや十数万もの兵士が長江沿いに集結しているこの状況で、万一これ以上疫病が蔓延すれば、戦力は言うに及ばず、何より士気に大きく関わる。

満寵はずっと心配そうな顔をしていたが、ある人物のことをふと思い出した。「丞相、どうして華《か》佗《だ》先生に相談なさらぬのです。先生に薬を処方してもらえば、みなきっと良くなりましょう」

曹操は自嘲とも取れる苦笑いを浮かべた。「華佗は……処刑した」

呆気にとられている満寵の横から、蔣済が口を挟んだ。「華佗が死んだとは言え、まだ張機《ちょうき》がおります。張機は『傷寒雑病論《しょうかんざつびょうろん》』を著しており、この病にとりわけ精通しています。長沙《ちょうさ》から呼び寄せてはいかがでしょう」

曹操は重々しくかぶりを振った。「張仲景《ちゅうけい》は郡守の座から罷免して下野させた」

当世きっての名医二人が揃《そろ》って不当な扱いを受けるとは……蔣済と満寵は互いに顔を見合わせた。いかなる理由で二人を処罰したのかはわからない。だが、蔣済は曹操を安心させようと言葉を継いだ。「郡の役所から追い出したとしても、人を遣って探せばよいのです。それに荊州には張機の医書が出回っています。これをほかの軍医にも丹念に読ませ、兵士らの治療に当たらせてはいかがでしょう?」

そうするよりほかに道はなさそうだ。曹操は船上の病人を残らず下ろして歩兵でその穴を埋めるよう命じ、水軍の各部隊を率いる将を荊州の者に交代させた――荊州の将はたしかに水戦に長けているが、帰順してまだ日が浅い。曹操は兵を統率させるのは得策ではないと判断し、蔡瑁《さいぼう》、文聘《ぶんぺい》、張允《ちょういん》のほかはこれまで基本的に副官に任じていた。

慌ただしく兵の移動がはじまった。比較的病状の軽い者は武器を杖代わりにしてよろよろと歩き、病状の重い者は倒《こ》けつ転《まろ》びつしながら何とか船を下りた。ほかに数十人、重湯《おもゆ》さえ喉を通らず手の施しようがない病人もいた。そうした者は陣の奥まで担いでいって放置しておくしかなかった。曹操の脳裡にも迷いが生じたが、それでも戦を続けねばならぬと自分に強く言い聞かせた――わがほうの力がいくらか弱まったとはいえ、まだ頭数では大きく上回る。敵を打ち破るだけの十分な兵力があるのだ。長期戦に持ち込めば周瑜のほうが分は悪い。ここを乗り切れば必ず好機が訪れるはずだ――

行き交う兵士らのあいだを縫って、曹丕《そうひ》と曹植《そうしょく》がやってきた。「父上、沖《ちゅう》が病になりました」

「なんだと?」その衝撃は曹操にとって、数千の兵が病になるよりも大きかった。

曹植はおずおずと言葉を継いだ。「昨晩、沖は表に出て遊んでいましたから寒さにあたったのかもしれません。今朝になって少し熱が上がり、食事も取っていません」

曹操は最愛の息子が病にかかったと聞くや、目の前の将兵などにはかまっておれず、慌てて曹沖のもとに駆けつけた。曹沖と兄弟たちは牛革を張った幕舎で一緒に寝泊まりしている。曹操が帳《とばり》を開けた途端、幕舎のなかは軍医や童僕のほか、中軍の将らでごった返していた。曹操の緊張が一気に高まった。曹操はほかの者を押しのけて寝台のそばに近づいた――曹沖は寝台に横たわっておらず、あぐらをかいて座っていた。日ごろは艶のある紅顔が、今日はいくぶん青白い。

「父上……」曹沖が座り直して拝礼しようとすると、曹操はそれを制して曹沖の額に手を当てた。やはり少し熱がある。いつもより元気もないようだ。物分かりのいい曹沖は、父を心配させまいと健気に振る舞った。「父上、ご心配には及びません。たいしたこともないのに、みなが騒ぎすぎなんですよ」曹操がちらりと振り返ると、一同は思わずたじろいだ。たしかに大事はなさそうだが、誰もが知るように曹沖は曹操にとってかけがえのない存在である。万一のことがあれば中軍の者に責任を負えるはずもないが、とにもかくにも様子を見に来るのは当然のことである。

曹操は胸をなで下ろした。そして寝台の横に重湯の碗を見つけると、手に取って曹沖に飲ませようとした。曹沖は腕を持ち上げてそれを曹操の手から取った。「恐れ多いことです。父上のお手を煩わせることはできません」そう言って重湯を口のなかに流し込むと、それをひと息に飲み干し、まるでご馳走でも口にしたかのように唇を舐めた。実のところ、いまの曹沖はどんな山海の珍味を出されても味などわからない。ただ、普段から心優しく親孝行な子であったから、美味しそうなふりをしてみせたのだ。

しかし、それで落ち着けるような状況ではない。息子たちがいる幕舎は暖かく、料理番もこまごまと気を遣っている。それなのに病になったのだ。ましてや外にいる将兵たちは……曹操はすぐに命《めい》を下した。「軍中に疫病が流行している。軍務に関わりのない者は急いでこの地を離れよ。とくにまだ幼い沖や林はいますぐ出発するんだ。江陵《こうりょう》や襄陽《じょうよう》でも安心できんな。いっそ譙県《しょう》［安徽《あんき》省北西部］あたりまで戻って静養させよう」

そう聞いて、傍らに立っていた老将の曹瑜《そうゆ》が下命《かめい》を乞うた。「若君たちをお連れしたのはわたしです。戻るならやはりわたしがお連れして戻りましょう」

曹瑜は曹操の遠い親戚で、親切なほかはこれといって取り柄がない。主に譙県の義勇兵を従えているが、官位が高い割にはこれまで戦ったこともない。この乱れた世で、万が一敵の警邏《けいら》にでも見つかればただでは済まないだろう。曹瑜だけではあまりに心許なく、曹操は許褚《きょちょ》と夏侯尚《かこうしょう》をつけることにした。「では、お願いしましょう。しかし、道中は長く何かとたいへんです。仲康《ちゅうこう》と伯仁《はくじん》にも兵を率いて同道させましょう」忠義に篤く勇敢な許褚と、縁戚で娘婿でもある夏侯尚が一緒なら、曹操も安心して送り出せる。

このとき、曹植が後ろのほうからおずおずと声を上げた。「軍には宋仲子《そうちゅうし》先生や邯鄲子淑《かんたんししゅく》先生がいらっしゃいます。先生方もご一緒にお連れしてはいかがでしょう」

「おお、そうだな。よく気がついた」

「お許しいただけるならわたしも譙県に戻り、先生方のお世話をしたいと思います」世話をするというのは建前で、本心では宋忠《そうちゅう》や邯鄲淳《かんたんじゅん》らと交際を深めたいと考えていた。

曹操は曹植の腹の内を知りながら気づかぬふりをした。「それもよかろう。道中はしっかり弟たちの面倒を見るのだぞ」

だが、当の曹沖は少々ご機嫌ななめである。小さな手で父親の大きな手を握り締めた。「父上は僕を連れて戦場を駆け回るって、敵を打ち破るって仰ったのに……」

曹操は息子の頭をなでながら優しくなだめた。「馬鹿だな。本当にお前を連れて戦場に出ると思ったのか？　父についてきたからには、お前が無事に帰ることが何より大切なのだ……」そのとき、曹操の脳裡に嫌な思い出が蘇った。かつて宛城《えん》［河南省南西部］で討ち死にした曹昂《そうこう》のことである。あのころ自分はどれほど曹昂を大切に思っていたことか。もし嫡子の曹昂がいまも生きていたら、後継の座は曹沖に回ってこなかったに違いない。大切な命を戦で失ったつらい記憶が、いままた曹沖を失うかもしれないという不安を抱かせるのだろうか。小さく弱々しい体が棺のなかに横たわる、そんな姿まで浮かんできた……曹操は慌ててかぶりを振ると、曹沖に言い渡した。「もう決めたことだ。すぐに出立しなさい。故郷に戻ってゆっくり静養するがいい」

曹沖は口を尖らせた。「でも……」

曹操は表情を険しくして、厳しくたしなめた。「孝行したいと思うなら父の言うことを聞くんだ。お前のものは何があろうとお前のものだ。安心して発ちなさい」

そばで聞いていた曹丕と曹植が揃って俯《うつむ》いた——お前のものは何があろうとお前のものとは、いったい誰に聞かせているのか……

恐ろしい幻影がまだ頭から離れないのか、曹操は曹沖をたしなめると、すぐに立ち上がって幕舎を出た。いくら利口とはいえ曹沖はまだ子供である。曹操が出ていったあとも、「父上と一緒に敵をやっつけるんだ」などと駄々をこねていた。だが、いまは曹操自身も心穏やかでいられる状況ではない。傷寒の流行はおそらくこのまま続くであろう。いまの勢いで蔓延すれば、この余裕の勝ち戦まで厳しいものになるかもしれない。みなの前で認めるわけにはいかないが、華佗を誅し、張機を追放したことが手痛い失策となってしまった。曹操は内心で自分の判断に疑念を抱きはじめた——軍を長江に進めて江東《こうとう》を脅かす、この一手が間違いだったのかもしれぬ——胸中を蝕《むしば》む不安と向き合いながら、曹操は軍門のそばで静かにたたずんだ。

曹操が一人物思いに沈んでいると、中領軍《ちゅうりょうぐん》の史渙《しかん》と中軍の校尉《こうい》の鄧展《とうてん》が興奮した面持ちで目の前に現れた。「わが君、ご報告がございます」

「何だ」曹操はほとんど無意識のうちに反応した。

史渙は意味ありげな様子で曹操の耳元に近づきささやいた。「漁師のなりをした者が軍中にやって来ました。江東の老将黄蓋《こうがい》の使いだと申しております」

「密使か！」暗く沈んでいた曹操の目が輝きを取り戻した。

「誰にも気取られぬよう、われら二人でこっそりと本営に連れて来ました。その者によると、江東軍には動揺が広がっており、黄蓋が投降を望んでいるとか。書簡も持参したそうですが、それは自分の手で丞相に渡すと言って聞きません。真偽のほどは測りかねますが、いかが対処いたしましょう」

「そうか」曹操の顔から笑みがこぼれた。「わしがこの目で確かめよう。軍師《ぐんし》も呼んでまいれ」

弾むような心の声が曹操に訴えた——やはり江東は持ちこたえられなかった。長江を挟んで持久戦に持ち込んだのは正しかったのだ。この曹操が判断を誤るはずがない！——実は話の途中でもう信じ込んでいたのかもしれない。

官渡《かんと》以来、戦場において曹操が自らの過ちを認めることはなかったし、実際、失策を犯したこともなかった。曹操は確かめるように自分に言い聞かせた——柳城《りゅうじょう》［遼寧《りょうねい》省西部］では大多数の反対を押し切った結果、見事に勝利をつかんだではないか。これまで何度も危機が好機に転じたのは、この曹操が天の加護を受けている証しだ。官渡の戦い然《しか》り、鄴《ぎょう》城の戦いもまた然り、柳城の戦いもやはりそうであった。そしていま、流行り病が転じて好機が訪れたのだ。さっきまでの不安は杞憂に過ぎぬ。この曹孟徳《もうとく》が間違うはずなどありえんのだ！——

黄蓋《こうがい》からの書簡

曹操は荀攸《じゅんゆう》を呼び寄せ、江東《こうとう》から来たという密使に会うといささか落胆した——その姿は将軍の腹心というより、どう見てもその辺にいる年老いた漁師である。年は七十近いだろうか、痩せて皺《しわ》が刻まれた顔は胡桃の殻さながらで、あごには胸まで届く山羊髭《やぎひげ》を蓄えている。傷んだ笠にぼろぼろの蓑《みの》、藁縄《わらなわ》を腰に巻いて草鞋《わらじ》履きである。天下の丞相《じょうしょう》と大軍師が幕舎《ばくしゃ》に入ってきたというのに、老人は拱手《きょうしゅ》するでも叩頭するでもなく、腰掛けに座ってうたた寝していた。これほどの年寄りが自ら舟を漕いで長江を渡ってきたのだ。相当に疲れているのもやむをえない。

「おい、起きんか。ここをどこだと思っておる」史渙《しかん》は笑い出しそうになるのをこらえながら軽く爪先で小突いた。さすがに年寄り相手では手加減せねば気の毒である。

「うん……」老人はゆっくりと目を開いた。しばしぼんやり寝ぼけていたが、状況を呑み込むと笠を取って床に跪《ひざまず》いた。「これは旦那さま方、お初にお目にかかります」

こんな老いぼれが本当に黄蓋の使者なのか？　曹操は思わず眉をひそめた。「立つがいい」

「はっ」老人はよく通る声で返事をした。さっと跪き、きびきびと起ち上がるその様子はまるで兵士のようである。

曹操は席につき、じろじろと老人を睨《ね》め回した。「おぬしは本当に黄蓋の使者なのか？」

老人は垂れ下がった眉を少し持ち上げた。「老いぼれがほらを吹いているとでも仰るんですかい」

その返事を聞いて荀攸が耳聡《ざと》く指摘した。「おぬしの訛《なま》りは呉《ご》ではないようだな」

「はあ、旦那さまに申し上げます。老いぼれは荊《けい》州は零陵《れいりょう》の生まれでして、二十歳になる前に黄家に仕え、うちの将軍さまの護衛を務めてもう四十年になりますか。実際、外では将軍さまと呼びますが、二人のときは将軍のほうが老いぼれを兄貴と呼んでおりますわい」老人はそう話しながら得意げに髭をしごいた。

そういうことなら、こんな年寄りが来たのもわからなくはない。将軍の家ともなると、長年仕える老兵が何人かはいるものだ。そのほとんどが半生を主人とともに戦場で過ごしながら、才に恵まれないため出世できず、最後には個人的な部下として将軍の身近で老いていく。この歳にもなれば、もとは兵士とはいえ実質的には家僕と変わらない。黄蓋の故郷は零陵であり、彼に仕える老兵なら零陵の出というのも納得がいく。曹操の屋敷にいる同じような老兵もみな譙《しょう》県の出身である。史渙が曹操に耳打ちした。「先ほどわたしもこの者に江東《こうとう》のことを尋ねましたが、答えはすべてはっきりとしており、嘘を申しているようには思えませんでした」

曹操はうなずきながら男に尋ねた。「交戦中の相手のことゆえ、怪しむべき点も少なくない。黄将軍がそなたを遣わした理由は何だ？」

老兵は再び跪いた。「うちの将軍さまは、丞相さまに投降を許してもらえるよう、わたしを遣わしたのです」

これには荀攸が笑いだした。「江東にはほかに人がいないのか。そんな大事をどうしておぬしのような老い先短い者に託すのだ」

「正直に申しますと、投降したいのはうちの将軍さまで、周瑜《しゅうゆ》ではありません。赤壁《せきへき》の陣には見回りの兵も多いし、江上には赤馬《せきば》もうようよしています。わたしのような老いぼれが漁師のなりでもしなければ、到底ここまでたどり着けませんでした」

老人の話は筋が通っているが、曹操は重ねて尋ねた。「言葉だけでは信用できぬ。黄将軍からの書簡は持参したか」

「もちろんです。ただ……」老兵は疑わしげな目を向けた。「これは重大事です。曹丞相でなければ書簡はお見せできません」

「わしがその曹孟徳《もうとく》だ」

「ええ!? 本当ですかい?」老兵はまだ信じられない様子である。

史渙が怒鳴りつけた。「何が本当ですかいだ。こちらが天下の曹丞相であらせられるぞ!」

驚いた老兵は地べたに突っ伏して身を震わせた。「あわわ、やっちまった。丞相さまはおっかねえ人だと周瑜が常々脅していたもんで……じかにお目にかかってみりゃ、たいそう慈悲深そうなお方じゃないか。まるでお役所にいる人の好いお役人さまだ」

史渙や鄧展《とうてん》は口を覆って笑いを噛み殺した――老兵の世渡りとはよく言ったもので、この男のごますりときたら実に堂に入っている。

曹操も思わず笑いだした。「無駄話はいいから早く書簡を出せ」

「へえ」老兵はそう答えると、袖口を探るでも懐をまさぐるでもなく、まず蓑を、ついで羽織り物を、ついにはなかに着ている麻の衣まで脱いだ。一同の目に老兵の痩せて浮いたあばらが飛び込んでくる。老兵がさらに帯に手をかけたため、鄧展は剣の柄《つか》を握って身構えた。老兵が手練《てだ》れの刺客で、密かに匕首《あいくち》でも仕込んでいるのではないかと警戒したのだ。だが、老兵は刀どころか身に寸鉄も帯びていなかった。裳《も》まで脱ぐと、皺だらけの太ももに布が何重にも巻かれてある。それを丹念にほどくと、なかからようやく薄い帛書《はくしょ》が姿を現した――こうやって太ももに巻きつけておけば、見回りの兵に捕まっても見つかりにくいし、長江を渡るときにも落とす心配がない。

鄧展が帛書を受け取って曹操に手渡すと、曹操は封を開いて荀攸とともに中身を検《あらた》めた。わずかな湿り気に汗の臭いがいくぶん混じっていたが、墨跡ははっきりと残っている。

蓋 孫氏の厚恩を受け、常に将帥為《た》りて遇せらるること薄からず。然《しか》れども天下の事を顧みるに大勢有り、江東六郡 山越《さんえつ》の人を用《もっ》て、以て中国百万の衆に当たるも、衆寡敵せざること、海内《かいだい》の共に見る所なり。東方の将吏《しょうり》、愚と智と有る無く、皆其の不可なるを知る。惟《た》だ周瑜、魯粛《ろしゅく》のみ偏《ひとえ》に浅戇《せんとう》を懐《いだ》き、意 未だ解せざるのみ。今日 帰命《きめい》するは、是《こ》れ其の計を実にするなり。瑜の督領《とくりょう》する所、自ずから摧破《さいは》し易し。交鋒《こうほう》の日、蓋 前部と為《な》り、当《まさ》に事に因りて変化すべし。命を効《いた》すは近きに在り。

「わたくし黄蓋は孫氏から厚恩を賜り、常に一軍の将を任されるという厚遇を受けてきました。しかし、天下を見渡せば何ごとも形勢があり、江東六郡と山越の者が中原の百万の軍勢を相手にしても、まさに衆寡敵せず、これは天下の者たちが誰しも抱く見方です。江東の武官も文官も賢愚に関わりなく、みな無謀だと承知していますが、周瑜と魯粛だけは浅はかで認めようとしません。いま帰順しようとするのも、われらの考えを証明するためでございます。周瑜が率いる軍が容易に敗れるのは必然です。両軍が干戈《かんか》を交える日、わたくしは先鋒を務め、戦況を見極めて帰順する所存。丞相のために命を捧げる日も遠くありません」

曹操は帛書を幾度となく繰り返し読み、史渙に手渡すと声を落として命じた。「軍内で黄蓋の筆跡を知る者を探せ。これが本人のものか確かめるのだ」そう命じると、やにわに老人のほうを向き、総帥の卓を叩いて激怒してみせた。「愚か者め！　これが投降を装う黄蓋の策であることは明白だ。わが軍に潜り込むつもりだろうが、おぬしのような老いぼれを遣わして、このわしを騙《だま》せるとでも思ったか！」

老兵は裸のままで叩頭した。「と、とんでもない。わしがどんなに命知らずでも丞相さまを騙すなんて滅相もありません。うちの将軍さまは誠心誠意、心から投降したいと思っているんです。その手紙も将軍さまが直々に書いているのをこの目でしっかりと見ました……ですが、いったい何と書いてあるんですか？」この老兵は字を読めないらしい。

「おぬしが知る必要はない」荀攸は冷たく笑った。「ではおぬしに尋ねるが、黄将軍は孫氏の何人の主《あるじ》に仕えてきた？」

「先々代の破虜《はりょ》将軍［孫堅《そんけん》］、その跡を継がれた討逆《とうぎゃく》将軍［孫策《そんさく》］、そしていまの孫仲謀《ちゅうぼう》［孫権《そんけん》］さまと、三人の主に仕えてこられました」

「そのとおり。黄蓋は孫氏三人のために戦場を駆け回り、命がけで尽くしてきた。それほどの腹心が主を裏切るなど、策でないなら何だと言うのだ⁉」ついに荀攸が問題の核心を衝《つ》いた。

老兵は一つため息をついて答えた。「老いぼれも腹を割って話しましょう。たしかにうちの将軍さまは孫家の老臣、簡単に主を裏切るはずがありません。けれど、こたびはやむをえなかったのです。ほかにどうしようもなく……」

「何があったんだ?」曹操と荀攸はどんな些細な変化も見逃すまいと、老兵を凝視した。

老兵は再び大きなため息をついて嘆いた。「うちの将軍さまは若いころから先々代について戦場を駆け回り、それはそれは数々の手柄を上げてきました。官職は都尉《とい》でありますが、身分の上下など関係ないくらい、主家の父子とは強く結ばれていたのです。歳をとると昔のことをよく思い出すんですが、あれは老いぼれが十九のころでしたかな、将軍さまについて……」

「おぬしのことなどどうでもいい！　黄蓋のことを話さぬか」曹操が眉をひそめた。

「へ、へい。うちの将軍さまは零陵の出ですが、江東での扱いは悪くありませんでした。少なくとも先々代と先代に仕えていたときまでは……ところが、周瑜や魯粛といった若造どもがあれこれ仕切りだしてからは、途端に粗略な扱いを受けるようになりました。こたびの戦《いくさ》だって、本当なら程《てい》将軍と周瑜が左右の都督《ととく》を分担しているはずなんです。それなのに周瑜は、孫仲謀さまと近しい間柄なのをいいことに、程都督を軽んじて何でもかんでも勝手に決めています。ましてやうちの将軍さまへの扱いときたら……後軍を率いて樊口《はんこう》から出兵したときだって、たった二、三日遅れただけで、みなの面前で周瑜に叱責されたのです。魯粛ら悪人に至っては、やれ死に損ないだの、やれ耄碌《もうろく》じじいだの、役立たずの年寄りだなどと罵る始末。六十にもなってそんな悪口を言われた日には、これが怒らずにいられますか！」

話におかしなところはないが、荀攸はまだ半信半疑であった。「そんな些細なことが原因なのか」

「些細ですと!?」老兵は眉をつり上げていよいよ興奮してきた。「そりゃ、最初は二言三言の悪口でしたが、それからというもの古参の将はますます軽んじられて、周瑜の腹心どもといったらひどいもんです。董襲《とうしゅう》、陳武《ちんぶ》、潘璋《はんしょう》、宋謙《そうけん》といったまだ乳臭い青二才連中などは、毎日酒を飲んで肉を食らっているくせに、わしらの部隊の飯の配分までごまかすんですよ。一昨日なんか、わしが飯の催促に行ったら、魯粛の護衛どもに髭を引っ張られて絡まれて……まったく、あのろくでなしどもめ！」やはり自分のことを語らずにはいられないらしい。「だいたいこの戦だって、戦う前からみんなの気持ちはばらばらでした。張子布《ちょうしふ》［張昭《ちょうしょう》］さまや秦文表《しんぶんひょう》［秦松《しんしょう》］さまなんか、すごい剣幕で戦に反対していたんですが、孫仲謀さまが頑として折れないんです。まあ、戦うなら戦うでもいいんですが、実際はこんなありさまですよ。挙げ句、だらだらと赤壁に駐屯するばかり……ほら、あれ、何でしたっけ……ああ、そうそう、兵は神速《しんそく》を尊《たっと》ぶってやつです。それが一月《ひとつき》もじっとしたままじゃ、たとえ天界の将兵だってやる気がなくなるってもんです」

同じような話は曹操の耳にも入っている。曹操は老兵をいくらか信じるようになった。「それで、いまの対岸の様子は？」

「駄目ですな……」老兵はかぶりを振った。「兵は四万以上いますが、うち一万は劉備の兵です。それに、ここ何日かは病が流行り、みんな大騒ぎしています。周瑜は無策でわしらに当たり散らすばかりで、不満を抱く者も多くなってきました。程都督は右北平《ゆうほくへい》の出で、韓将軍は遼西《りょうせい》の出身、張子布さまと秦文表さまは徐《じょ》州の人です。みな先代の顔を立ててこらえていますが、本音では故郷に帰りたがっています。何年か前、朝廷は大勢の名士を招聘されました。ですから、ほとんどの者も帰順したいと願っているのです。孫仲謀さまは二十七、周瑜は三十四、魯粛は三十七歳です。ほかの青二才どもは言うまでもありませんが、こんな若いのばかりで戦に勝てるとは思えません。うちの陣では、春になったら逃げ出して家に帰ろうって言っているやつも数え切れません。誰が周瑜なんかのために命がけで戦うもんですかい」

周瑜の軍が一枚岩ではなく士気も下がっているという話は、曹操の当初の見立てどおりである。このとき史渙が戻ってきて、曹操の耳元でささやいた。「劉巴《りゅうは》が零陵の出で、黄蓋の筆跡を目にしたことがありました。本人が記したもので間違いないそうです」

「うむ」曹操は満足げにうなずいた。「このことは外に漏らさぬよう、くれぐれも劉巴に申しておくように」

「はっ。すでに言い含めてあります」長年中軍にいる史渙は秘密の扱いも心得ていた。

老兵の言葉を半ば信じはじめていた曹操は、書簡が本物だと聞いて、投降は七割がた間違いないと、さらに信を深めた。「黄将軍は『当《まさ》に事に因りて変化すべし』と書いているが、つまるところいつ投降してくるのだ」

「それは何とも言えません」老兵は少し口を尖らせた。「主を裏切るというのです。あらかじめ期日を取り決めるなんてできません。もし期日を決めて、いざというときに不測の事態で決行できなければ、事は周囲に漏れてしまうでしょう。その書簡だって、数日前に将軍さまが書いたのに、検問が厳しく、今日になってやっと長江を渡って来られたんです」

「それも一理あるな」曹操は俯《うつむ》いて考え込んだ。

「ですが、まあ十日かそこらではないでしょうか？　いまの様子ですと、周瑜が浮き足立つのは時間の問題です。兵の気持ちはとうに離れていますし、もう数日もすれば金子《きんす》を握らせて検問を抱き込めるかもしれません。将軍さまは腹を括《くく》ったようでして、時が来たら兵を挙げ、火を放って合図すると。丞相さまはそれに合わせて攻め込んでください。もし攪乱《かくらん》がうまくいかなかったら、そのままこちらに投降するとも申していました。将軍さまは江東ではひとかどの人物です。将軍を失えば江東軍の士気はさらに衰えましょう」

曹操は老兵の話に納得し、もう一度書簡に目を通すと、ついに投降を受け入れた。「そうだな、将軍の決起が成就することを願おう。だが返書は書かぬぞ。道中には検問が多いうえ、おぬしは黄将軍の信頼も厚いようだからな。黄将軍にこう伝えてくれ。もし決起が不首尾に終わった場合は、誤射を避けるため船首に青竜の旗を立てて江を渡ってくるようにとな」

「お待ちを！」曹操が老兵を黄蓋のもとへ返そうとしたので、荀攸は慌てて止めた。「むやみに黄蓋の話を信じるべきではありません。この者は人質として拘束しましょう」

だが、曹操は異議を一蹴した。「たかが老兵一人では人質にもなるまい。それより言伝《ことづて》を託して黄蓋を安心させたほうがよかろう」

察しのいい老兵はすぐに礼を述べた。「丞相さま、ありがとうございます。暗くなる前に急いで戻れば、この老いぼれも将軍さまに心配をかけずに済みます」

「では、疲れているところ悪いが頼んだぞ」曹操は史渙を呼んで命じた。「この者に金子と絹帛《けんぱく》を取らせよ」

老兵はかぶりを振った。「そんなものは必要ありません。この年まで兵士をやって息子も娘もおりませんから、どのみち軍を離れては生きていけません。金子があったところで使い道もなく、ろくでなしの青二才どもに取られるのがおちです。この戦が一日でも早く終わり、うちの将軍さまが一日でも長く平穏に過ごせれば、老いぼれもそれで憂いなく暮らせるというものです」

「そうか……」曹操はこの老兵がしだいに気の毒に思えてきた。

「ですが……」老兵は恥ずかしそうに言葉を続けた。「丞相さまが褒美をくださると仰るなら、飯をたらふく食わせてくださいませんか？」

「飯だと？」曹操は目を丸くした。

「ここまで駆けつけて来て腹が減りました……それにあっちの陣では兵糧も足りず、満足に食えやしません。丞相さまは天下の半分を治め、食糧も山ほどお持ちと聞きました。わたしらのあんなちっぽけな土地じゃ、十分に兵糧も集められず、それなのに劉備にも回さなきゃならないんです。新しく開墾した土地は山越を追い出して手に入れたもの。盧江《ろこう》や江夏《こうか》から連れて来た民に耕させていますが、どうもうまくいきません。本音を言えば、本当は戻りたくもありませんが、将軍さまのために我慢しているんです」

曹操はこれを聞いて内心喜んだ。「史渙、この者を連れていって飯を食わせてやれ。あと暖かい服もやるようにな」

荀攸がすかさず言い添えた。「まっすぐ炊事場へ連れていくのだぞ。みだりにほかの場所へ行くことは許さん」荀攸はまだ疑念を抱いており、この老兵に軍の内情を探られることを恐れた。とりわけ陣の奥にいる重病の兵士たちの姿は、決して目に触れさせたくなかった。

老兵が去ると、曹操は黄蓋の書状を袖にしまい込んだ。「やはり敵はそう長くは保《も》ちそうにないな。

江東には湿地が多く、穀物の取れ高も見込めぬ。周瑜は傲慢で人心は離れ、孫権の麾下《きか》には故郷に戻りたがっている名士も少なくない。これだけ敗因が揃《そろ》っていては周瑜に勝ち目はあるまい」

荀攸はどうしても不安をぬぐえなかった。「しかし、やはり用心するに越したことはないかと」

「安心せい」曹操は自信満々である。「黄蓋が兵を挙げるのは向こう岸だ。こちらには何の影響もない。たとえ投降が偽りでも、軍を進めるに際して用心すれば済むことだ」

「もし黄蓋が決起にしくじったと偽って近づき、そのままわが軍を奇襲してきたらどうなさいます？」

曹操は思わず笑ってしまった。「そんな小細工でわが大軍を打ち破れると思うか。周瑜が南岸の兵馬を残らず率いて襲ってこようとも、どうすることもできん」

曹操の言葉をかき消すように、鄧展が笑いながら幕舎に入ってきた。荀攸は鄧展に尋ねた。「そなたは黄蓋のこたびの投降に裏はないと思うか？」

鄧展は笑みを浮かべて答えた。「裏があるかどうかわかりませんが、あの老兵は餓鬼の生まれ変わりに違いありません。あんな年寄りなのに餅子《ビンズ》［粟《あわ》粉などを焼いた常食物］を四、五枚も平らげたうえ、料理番の目を盗んで干し肉を懐に押し込むんですから。いままで腹いっぱい食ったことがないのでしょう」

「はっはっは。これで周瑜たちの兵糧不足が証明されたな」曹操はもう完全に老兵の言葉を信じ込んでいた。「ほとんどの者は本音と建前を使い分ける。弁が立つ者ならなおさらだ。だが、あの老兵のように馬鹿正直に洗いざらいしゃべる者に嘘はつけぬ」

荀攸はすこぶる不安だったが、その根拠を挙げることはできなかった。ただ何となく、事はそう簡単ではない、何か謀《はかりごと》があるかもしれないと感じるだけで、それが何かは自分でも具体的に説明できなかった。杞憂に終わるかも知れないこの不安を曹操に説くすべもなく、荀攸はただ将兵たちに警戒を怠らぬよう命じた……

槊《ほこ》を横たえて詩を賦《ふ》す

黄蓋《こうがい》が投降を願い出てきた件は極秘事項である。曹操は側近の数人を除いて誰にも知らせなかった。だが、曹操の機嫌が良くなったのは誰の目にも明らかである。何かというと詩を吟じ、ときには一人長江のほとりで何やら小躍りしていた。病で臥せっていた兵士らはそれを目にし、戦《いくさ》の終わりは近いに違いないと期待した。

気づけばもうまもなく冬至である。また一年でもっとも寒い季節がやってきた。本当に天の加護でもあったのか、あれほど猖獗《しょうけつ》を極めていた傷寒《しょうかん》が少しずつ治まってきた。陣中の病人はまだ数千人からおり、命を落とす者も少なくなかったが、幸いなことにそれ以上は広がりを見せなかった。ただ、厳しい寒さとともに長江にも渇水期が訪れた。烏林《うりん》に陣を敷いた当初より水位は何丈も下がり、船が浅瀬に乗り上げないよう移動させる必要が生じた。それに伴って陸の陣も長江のほうに移動させ、新たに見張り小屋を設けた。将兵たちは陣の移動にてんてこ舞いだったが、曹操は興奮冷めやらぬ様子で、冬至の儀式について計画を練った。

儀礼に則れば、冬至の前後、君子は体を休め、朝廷の百官は朝議を行わず、神楽を奉納する儀式を執り行う。だが、戦地にあっては簡略化するしかない。とはいえ曹操は気分がすこぶる良いので、なんとしても酒宴を開きたがった。荀攸《じゅんゆう》と蒯越《かいえつ》もさすがにこれにはあきれた――将を集めて酒宴を開き、万一敵の奇襲に遭ったらどうするのか――必死に諫《いさ》めたものの曹操は頑として聞かず、すったもんだの末、最後は酒宴の場を旗艦の楼船《ろうせん》上に設けること、十数隻の戦船《いくさぶね》が周囲を警護することで話がついた。

酒宴当日は、天気晴朗にして波穏やかな日となった。曹操はわざわざ真新しい鎧兜に身を包み、夕方、旗艦の楼船に乗り込んだ。幕僚や掾属《えんぞく》は残らず出席し、陸の陣からも多くの将がやって来た。楼船の長さは十六丈［約三十七メートル］、楼閣のなかも広くゆったりとしている。曹操は夏侯尚《かこうしょう》と卞秉《べんぺい》に命じ、広々とした船首の甲板に酒宴の席を設けさせた。文官や配下の者たちと酒を酌《く》み交わしながら、景色でも愛でようというのだ。華やかな服を着た使用人が百人近く、行ったり来たりして忙しく酒や肴を運んでいる。鎧兜を身につけ、槊や戟《げき》を持った中軍の護衛兵が甲板の両端に並び、十歩［約十四メートル］ごとに松明《たいまつ》を掲げ持ち、船上を真昼のように明るく照らしていた。

むろん上座には曹操が堂々と座り、左側には荀攸、許攸《きょゆう》、劉勲《りゅうくん》といった腹心や宿将《しゅくしょう》が、右側には蒯越、蔡瑁《さいぼう》、傅巽《ふそん》ら荊《けい》州の者たちが腰を下ろし、談笑しつつ酒を酌み交わした。風こそ止んでいるが、冬の船上で暖を取るのは難しい。そこで、川岸に大きな竈《かまど》を十数個ほど作らせて陶製の鍋で湯を沸かし、そこに銅製の甕《かめ》をつけて燗《かん》をした。使用人らが運んできた燗酒《かんざけ》は、みなの体をぽかぽかと温めた。豪勢な酒肴とはいかないが、肉も魚も揃《そろ》っている。なかでも、ある点心《てんしん》が曹操の興味を惹《ひ》いた。白い皮のなかに挽《ひ》き肉を詰めたもので、茹《ゆ》でてから器に盛ると、ほんのり赤く透けて見える。形は耳に似ており、ひと口噛むと、口のなかいっぱいに肉の脂が広がる。だが、少しもしつこさはなく、曹操はいくつも口に運んだ。その都度うまいと称賛し、たまらず尋ねた。「これは何だ。わしははじめて食べるが」

蒯越が立ち上がって答えた。「申し上げます。これは『嬌耳《きょうじ》』(1)と申しまして、南陽《なんよう》の張仲景《ちょうちゅうけい》［張機《ちょうき》］が考えたものです。もとは小麦の皮のなかに薬を詰めて茹で、病人に食べさせていました。のちに荊州の民が肉や野菜などいろいろな具材を詰めはじめ、それからは点心として出すようになりました。とりわけ真冬に羊の肉を詰めて食しますと、美味なだけでなく寒気《かんき》を除く効果もあります。滋養によろしく、この地方では立冬にこれを食べるのです。丞相《じょうしょう》にもこの土地ならではのものを味わっていただこうと思い、料理番に命じて作らせました」

「ほう……」曹操はちらりと蒯越の顔を見た。「異度《いど》はよく気が利くな。だが、わざわざ嬌耳を用意させたのは、わしの舌を満足させるためだけではなかろう?」

蒯越は意図を先に見抜かれたので、隠し立てせず訴えた。「張仲景は民に幸せをもたらす有能な人材です。野に捨て置くのはもったいないと存じます。どうかご再考ください」

近ごろでは曹操も、華佗《かだ》や張機《ちょうき》に対する処分が厳しすぎたと感じていた。なかでも軍中に傷寒が蔓延したとき、軍医たちは張仲景の医書に記されていた処方に則り、大きな竈で一日じゅう麻黄《まおう》や柴胡《さいこ》を煎じた。そして、病でない者を含め、全軍の将兵に残らず飲ませた。疫病の蔓延が収まったのは張仲景の医書のおかげである。先だって曹沖《そうちゅう》が少し体調を崩したときも、華佗がそばにいて鍼《はり》で治療をしていれば、ああまで心配する必要はなかった。天下に智謀の士や猛将は山ほどいるが、神医《しんい》と呼べる者はこの二人しかいない。華佗を殺してしまった以上、張仲景まで追放したままでいることもあるまい。酒と点心で気分もよくなっていた曹操は、渡りに船とばかりに蒯越の言を容れることにした。「異度の申すことはもっともだ。じきに長沙《ちょうさ》へ人を遣って張仲景の居所を調べさせよう。そして見つかれば官に復させる。ただ、太守《たいしゅ》の位は高すぎるゆえ、朝廷の医官に任ずればそれで十分であろう。張仲景が華佗より物分かりがよいといいがな」

「寛大なご配慮に感謝いたします」蒯越は荊州の人々を守るため、さまざまに心を砕いて全力で事に当たった。周りの者たちも今日は曹操の機嫌がいいと見て、しだいに酒量が増え、羽根を伸ばしはじめた。

夕焼けに照らされていた緑の山々や深く澄んだ川も、酒宴が進むうちにいつしか闇に沈んでいった。川面はうっすら靄《もや》がかり、あたりには幻想的な光景が広がっている。日が暮れたとはいえ、誰ももっと歓《かん》を尽くしたいと思っていた。曹操の用意は周到であった。振り返ってひと声かけると、準備していた数十人の楽人《がくじん》が登場し、琴や瑟《しつ》といった弦楽器、金鐘《きんしょう》や石磬《せっけい》、編鐘《へんしょう》といった打楽器などが運ばれてきた。楽人の頭《かしら》は五十過ぎ、ほっそりとした色白の顔に建華冠《けんかかん》を載せ、広袖のゆったりとした服を着て、雲履《うんり》［先が雲の形をした履き物］を履いている。一同に拱手《きょうしゅ》の礼をしてから挨拶した。

この男は名を杜夔《とき》、字《あざな》を公良《こうりょう》といい、河南尹《かなんいん》の出である。幼いころから並外れた鋭い耳の持ち主で、八音《はちいん》(2)に通じている。かつては朝廷で雅楽郎《ががくろう》を務めていたが、やはり北方の戦乱を逃れて荊州に避難し、風雅を愛する劉表《りゅうひょう》に召し抱えられていた。いまは曹操の幕下に移って軍謀祭酒《ぐんぼうさいしゅ》に任ぜられ、太楽《たいがく》［朝廷で儀式の際などに奏でる音楽」を司っている。

曹操は微笑んで命じた。「公良、今日は古い楽府《がふ》は演奏せずともよい。そなたが新しく作った曲を聞かせてくれ」

「御意」杜夔は小さく返事をした。そして数十人からなる楽人たちのほうを振り返って両手を上げると、すぐに演奏がはじまった。簫《しょう》や笙《しょう》が吹かれ、瑟の弦がかき鳴らされ、杜夔自らも小さな桴《ばち》を手に編鐘を打ち鳴らして拍子をとった。その楽曲は、ときに滔々《とうとう》と流れる長江のように力強く、ときにさらさらと流れる小川のようにかすかに響く――さすが宮廷の音楽はありふれた俗謡に比べて風雅なことこのうえない。靄が立ちこめるなかの玄妙な調べは、船上の人々を仙境へと誘《いざな》った。

一同は曲に酔い痴れながら杯《さかずき》を重ねた。記室の陳琳《ちんりん》、阮瑀《げんう》、劉楨《りゅうてい》といった、平素から風流を解する者は口々に絶賛した。「この曲は強いて悲しみを催すでもなく、盛り上げようというのでもない。実に古風かつ独創的、まさに『礼記《らいき》』にいう、『夫《そ》れ敬して以て和す、何事か行われざらん［慎みと和らぎにより何ごともなせる］』ですな。杜公良殿こそまことの名手！」

蒯越が曹操に説明した。「世に公良ほど雅楽に打ち込んでいる者はおりますまい。かつて劉景升《けいしょう》は公良に命じて金鐘を造らせました。職人らが鐘を鋳造したあと、公良は自ら打ち鳴らして確かめました。われらの耳には何の問題もなく思えましたが、公良は駄目だと申し、大鎚《おおつち》で鐘を叩き壊してしまいました。それから幾度も鋳造しては壊し、完璧のうえにも完璧を求め、三年かかってようやく満足できる金鐘が一揃い出来上がったのです」

劉楨も笑みを浮かべながら曹操の機嫌を取った。「丞相も詩作に際しては完璧を求められます。昨年詠まれた『滄海を観る』や『神亀《しんき》寿なりと雖《いえど》も』などは、すべて楽府の調べに則ったもの。ひとつ演奏させてはいかがでしょう？」

だが曹操は遠慮した。「よせ。太楽を扱うほどの者にわしの詩歌などを演奏させては、それこその無駄遣いというものだ」とはいえ、内心はまんざらでもなかった。

「父上」曹丕《そうひ》も興を添えようと願い出た。「こたびの従軍にはわたしも感慨深いものがありました。昨晩も眠れぬままに詩賦《しふ》を一篇ひねりましたので、父上やみなさま方のご教示を仰げれば幸いです」そして懐から竹簡を取り出した。

ほろ酔い機嫌の曹操は、船上にいる者たちを指さしながら曹丕をたしなめた。「ほう、ご列席の名手らの前で、若造のくせに腕をひけらかす気か？」曹丕は両手で竹簡を捧げ持つと、頭《こうべ》を垂れて釈明した。「とんでもありません。恥を忍んで拙作を披露し、父上やみなさま方の酒の肴にでもなればと思った次第です。われらが官軍の威風を述べ、父上が戦火を鎮めて一日も早く天下を統一なさることを願い、『述征賦《じゅつせいふ》』なる一篇を作りました」

「よかろう」曹丕の言葉は曹操の胸に響いた。「では、この場で披露し、みなに聞いていただくがよい」

「御意」曹丕は唾をごくりと飲み込むと、竹簡を広げて大きな声で力強く読み上げた。

建安《けんあん》十三年、荊楚《けいそ》傲《おご》りて臣たらず。元司《げんし》に命じ以て旅《りょ》を簡《えら》ばしむれば、予《われ》も武を南鄴《なんぎょう》に奮わんことを願う。霊鼓《れいこ》の硼隠《ほういん》たるを伐《う》ち、長旗《ちょうき》の飄颻《ひょうよう》たるを建て、甲卒《こうそつ》の皓旰《こうかん》たるを耀かし、万騎の瀏々《りゅうりゅう》たるを馳せん。凱悌《がいてい》たる豊恵《ほうけい》を揚げ、乾威《けんい》の霊武《れいぶ》たるを仰がん。伊《こ》れ皇衢《こうく》の遐通《かつう》なり、維《こ》れ天綱《てんこう》の畢挙《ひっきょ》なり……

［建安《けんあん》十三年（西暦二〇八年）、荊楚［長江中流一帯］を地盤とする劉表は思い上がって朝廷の臣下とならなかった。丞相は命を受けて兵を選び抜き、わたしは南方で武勇を振るいたいと願う。立派な陣太鼓は激しい音を響かせ、長い軍旗は風に翻り、兵士は鎧を光り輝かせ、万に上る騎兵はものすごい勢いで疾駆する。十全の大いなる恵みを誇示し、天の威光にも匹敵する武勇を仰ぎ見る。これぞ天子のはるか進む道、これぞ天下を統一する最後の一挙……］

この「述征賦」は曹操軍の威風と武勇を誉めそやした歌である。そして、曹丕の作でもある。賞賛しない者がいるだろうか。しばらくのあいだ誰もが拍手喝采し、一同は杯を掲げて敬意を表した。ただ、曹操だけは髭をしごきながらにやりと笑った。「愚息の賦はたしかに巧みではあるが、美辞麗句を並べたうわべだけの巧みさ。至美ではあるが至善とは言えん」

許攸が酒の力を借りて曹操を煽った。「阿瞞《あまん》殿、ご子息の才がまだまだと仰るからには、父として至善をも尽くした詩賦を作れるのでしょうな」

「わしを見くびるでないぞ。即興で作ってみなに聞かせてやろう」曹操は杯に残っていた酒を一気に飲み干すと、勢いよく立ち上がって呼びかけた。「諸君……」

そのひと声で場は水を打ったように静まり返った。拍子をとっていた杜夔も演奏をやめるよう、すかさず楽人たちに合図を送る。甲板を静寂が包み込み、曹操の高揚した声だけが響いた。「わしは義兵を挙げてこのかた、お国のために非道な謀反人を成敗してきた。そして、四海を清めて天下を平定すると誓ったのだ。いまその大半は成就し、残すは江東《こうとう》の一角のみとなった。十万の兵と数百隻の戦船、江表《こうひょう》［長江の南岸一帯］に攻め入る軍旗は陽の光をも遮るほどである。天の時に従い、神のご加護を受け、さらには誰もが命がけで戦ってくれている。わが軍の勝利は疑うべくもない。周瑜《しゅうゆ》めは情勢を見誤った。蟻《あり》や螻蛄《けら》に泰山を揺るがせると思うか！　加えて麾下《きか》の将が密かに投降しようとしていることさえ知らぬ。それでどうして勝てるというのだ！」

荀攸は驚きのあまり杯を落としそうになった。「丞相！　軍の機密を軽々しく口にしてはなりません。敵に漏れたらなんとなさいます！」

酔った勢いか自惚《うぬぼ》れか、曹操は荀攸の言葉をまるで意に介さなかった。「ここにいるのは残らずわが腹心、わが股肱《ここう》の臣である。これくらい差し障りはあるまい。はっはっは……」

荀攸は力なくうなだれてかぶりを振った。

「子遠《しえん》よ、さっきはわしを挑発したな」曹操はふざけて許攸を指さした。「ならばここで一首ひねってみせよう。胸中の喜びを吐露し、もって一同の酒の肴とせん」

「拝聴いたします」みなが腰をかがめて拱手するなか、許攸はうまくいったという顔で、いまかいまかと待ち望んだ。

曹操は狐裘《こきゅう》の前をぐいっと合わせ、護衛兵の手から長さ一丈八尺［約四メートル］もある長柄の槊《ほこ》を取ると、おもむろに前口上を述べた。「黄巾《こうきん》の賊を平らげてより、天下を駆けめぐること十九年。勝敗は兵家の常ゆえ百戦百勝とはゆかぬものの、思うに軍略でわしに敵う者は四海におるまい。いざ、今宵はこの槊を手に歌い舞うとしよう……」そう言うと、夜空を仰いで詩句を練った――このとき不思議なことに、先ほどまで長江に立ちこめていた靄が晴れ、雲は淡く風は清らかに、そして皓々《こうこう》と輝く月がぽっかりと顔を見せた。その刹那、鋭い鳥の鳴き声が夜空をつんざき、一羽の鴉《からす》が長江のほとりから楼船をかすめるように飛び去った。明月を見て夜が明けたと勘違いしたのだろうか……ひらめくように詩想が湧いてきた。曹操は長柄の槊を横たえ、詩を吟じながら舞いはじめた。

酒に対《む》かいては当《まさ》に歌うべし、人生幾何《いくばく》ぞ。
譬《たと》えば朝露の如し、去りゆく日は苦《はなは》だ多し。
慨《がい》して当《まさ》に以《もっ》て慷《こう》すべし、憂思《ゆうし》忘れ難し。
何を以《もっ》てか憂いを解かん、唯《た》だ杜康《とこう》有るのみ。
青青《せいせい》たる子《きみ》が衿《えり》、悠悠たる我が心。
但《た》だ君の為の故に、沈吟《ちんぎん》して今に至る。
呦呦《ゆうゆう》と鹿は鳴き、野の苹《へい》を食む。
我に嘉賓《かひん》有れば、瑟《しつ》を鼓《こ》し笙《しょう》を吹かん。
明明《めいめい》として月の如し、何《いず》れの時にか掇《ひろ》う可《べ》き。
憂いは中《うち》より来《きた》り、断絶す可《べ》からず。
陌《はく》を越え阡《せん》を度《わた》り、枉《ま》げて用《も》って相存《あいそん》す。
契濶談讌《けいかつだんえん》し、心に旧恩《きゅうおん》を念《おも》う。

月明らかに星稀《まれ》に、烏鵲《うじゃく》南に飛ぶ。
樹を繞《めぐ》ること三匝《さんそう》、何《いず》れの枝にか依《よ》る可《べ》き。
山は高きを厭《いと》わず、海は深きを厭わず。
周公《しゅうこう》哺《ほ》を吐《は》きて、天下心を帰《き》す。
「酒を前にしては大いにうたおう、人生は短いのだ。
朝露のように儚《はかな》く、過去へと流れ去る日ばかりが積み重なってゆく。
それを思えば悲憤慷慨し、憂いが消えることはない。
この憂いをいかで払おうか、ただ酒あるのみ。
青い襟の若き賢才たち、いつまでも君を望むわが思い。
ただ君を求めんがため、これまで詩を静かに口ずさんできた。
鹿はくうくうと鳴き、連れ立って野の草を食べる。
賓客があれば、瑟を弾き、笙を吹いてもてなそう。
明月の光のように、胸の思いを摘み取ることはむずかしい。
この憂いは深いところから生じて、断ち切ることもできない。
だが、野を越え山を越え、わざわざ会いに来てくれる人がいる。
久しぶりに語り合い、旧交を温めようではないか。
月が明るく星がまばらな夜に、鵲《かささぎ》が南へと飛んでゆく。
木の周りを何度も旋回して、どの枝に宿ろうか迷っているようだ。

山は高さを厭うことなく土塊《つちくれ》を、海は深さを厭うことなく川の流れを受け入れる。周公旦《しゅうこうたん》［周の政治家］は賢才が来ると口の中のものを吐き出してまで会った、だからこそ天下の者たちが心を寄せたのだ」

長江の岸辺には明々ととともる灯《あか》りがどこまでも続いている。楼船の上ではしわぶき一つ聞こえない。誰もが曹操の詩に心を奪われ、勇壮な舞い姿に見入っていた。低く力強い歌声は滔々と流れる大江の流れとともにはるか遠くへと漂っていく……豪放な歌い手に聞く者は酔い痴れ、その声は長江の水面にこだまする。切々とした詩に一同は打ち震え、曹操自身、この「短歌行《たんかこう》」は最高の傑作だと感じた。

しかし、会心の作ができた満足感とは裏腹に、我ながら腑に落ちないところがあった――かくもめでたい日に、なぜ悲しみを帯びている……人生を朝露に譬《たと》えるなど、わしが過ぎゆく時を嘆いて往事にとらわれているというのか……だが、どうやら詩にはうまく作用したようだな。悲しみから立ち上がって最後は喜びで結ぶ。はからずも抑揚が効いて、即興ながら傑作ができた……

曹操が吟じ終えたあとも、船上はしばしのあいだ静寂に支配されていた。そしてはじめはあちこちからぽつぽつと称賛の声が上がり、それはしだいに大喝采となっていった。楊脩《ようしゅう》が立ち上がって褒め称えた。「その昔、周公は洗髪や食事を何度中断しようとも来客をもてなし、天下の賢才を逃さぬよう心がけました。『山は高きを厭わず、海は深きを厭わず。周公哺を吐きて、天下心を帰す』、丞相のこの句には、古《いにしえ》の聖賢以上に才を重んじ士を遇するお心が溢《あふ》れております」

「それは褒めすぎだ」曹操は笑みをたたえつつ手を振って否定したが、内心ではますます楊脩のことを気に入った。

王粲《おうさん》も詩句を味わいながらうなずいた。「『呦呦と鹿は鳴き』のところは、『詩経《しきょう》』の『小雅《しょうが》』から採ったものですね。まるで丞相自らが生み出した詩句のように、見事に溶け込んでいます。実に素晴らしい！」

王粲はかつて蔡邕《さいよう》に目をかけられたほどの人物である。詩文の名手が高い評価を与えると、ほかの者らはよりいっそう称賛の声を投げかけた。曹操は髭をしごきながらしばし悦に入った。すると突然、許攸の甲高い声が聞こえた。「駄目ですな！　これはとんでもなく縁起が悪い詩ですぞ……」

最高潮にあった場の雰囲気をぶち壊すような言葉である。刺すような視線が方々から許攸に向けられた。だが、曹操は許攸の性格をよく知っている。まともに取り合うことはせず、むしろ笑い声を上げた。「まったく興醒めなやつよ。おぬしのつむじ曲がりは相変わらずだな。詩の評ならやむをえん、どこが縁起が悪いのか聞いてやる」

許攸は手酌で酒を呷《あお》ると、ぐいと口元をぬぐった。「今日のようなめでたい席で、口を開くや六句にわたる嘆きのことば。しかも、『譬えば朝露の如し、去りゆく日は苦だ多し』と来れば、縁起が悪いことこのうえないでしょう」

曹操は気にも留めずに言い返した。「わしが詩に込めた意味をわかっておらんな。詩賦には比興《ひきょう》［ほかのものに譬える修辞法］の手法があることくらい知っておろうに、興を削ぐだけの的外れな評は勘弁してほしいものだな」

「わたしが申しているのはまさにその比興についてです。出だしの悲嘆はまあよいでしょう。しかし、賢才を求める意を持ちながら、『樹を繞ること三匝、何れの枝にか依る可き』と自らうたうとは、これいかに？　まさか曹阿瞞ほどの大樹《たいじゅ》でも頼りにならぬというのですか。実に不吉な句だ」

曹操の顔色がさっと変わった——天下の才人を招聘して帝位を手に入れる、それはいま曹操が何より気にかけていることである。許攸の興醒めな発言は曹操の神経を逆なでした。

だが、許攸は何も気づかず、にやにやと笑いながら批評を続けた。「それに、いまわが軍は北にいて周瑜は南にいるのに、なぜ『烏鵲南に飛ぶ』とうたうのです？　自分という木は頼りにならないので、才ある者を南の孫氏のもとへ追いやると取れますぞ。両軍が対峙して将兵が命がけで戦おうというときに、これは縁起がよろしくない」

蔡瑁は曹操の顔色が変わったことにいち早く気づき、その場を取りなそうと慌てて怒鳴りつけた。

「許子遠、いい加減黙ったらどうだ。飲み過ぎだぞ！」みなも気まずい雰囲気であったから、そのひと言をきっかけに酒壺を手にし、「さあさあ、どうぞ……」と隣同士で誰彼かまわずに献杯しはじめた。そこでいきなりまた演奏がはじまった。杜夔が楽人たちに楽器を奏で、うたうよう指示したのである。しかも、それは曹操がたったいま作った詩であった。「酒に対かいては当に歌うべし、人生幾何ぞ。譬えば朝露の如し、去りゆく日は苦だ多し……」

「ほう、たいしたものだ。こんな短い時間でもう演奏できるとは」

「やはり丞相の詩がよろしいのですな。みなで丞相に乾杯しましょう。さあ、丞相に乾杯！」一同はなんとか話題を変え、必死に曹操の気をそらせようとした。

曹操は長柄の槊を手に立ち尽くしていたが、最後には苦笑いを浮かべて席に戻った。全身に冷や汗をかいた蔡瑁は冷たい風を感じ、そこで、ふとあることを思い出した——そういえば、このあたりは冬至の前後だけ何日か南東の風が吹いたな……戦船は揺れを抑えるために鎖でつながれている……いかん、丞相に報告だ。火攻めを用心せねば——そう思って曹操の席に目を遣ると、そこはいつの間にかもぬけの殻だった。

「異度殿、丞相はどこに行かれた？」

「風も出てきたし、手洗いにでも立たれたのではないかな。丞相が戻られたら、貴殿からもそろそろお開きにするよう勧めてくれ。こっそり退席した者も少なくない。それにこの季節だ、風にあたってまた病が流行ったらたいへんなことになる」

「そうですな。ちょうど丞相に話したいことがあるので、ついでに散会を促しましょう」そう言うと蔡瑁はすぐに立ち上がり、楼閣のなかに入っていった。

この楼船の楼閣は三層からなっている。一階では軍議が行われ、二階から上には将の部屋と弓弩《きゅうど》を保管している部屋がある。いまは甲板で宴会が開かれているので、兵士や使用人らはみな外に出ており、曹操も普段はここに泊まらないので、楼閣内には誰の姿もない。失火を防ぐため、ともっているのは小さな灯りだけで、楼閣のなかはほの暗かった。蔡瑁は一階を二度見て回ったが、曹操はどこにもいない。そこで上に登ろうとしたとき、東の窓側から声が聞こえてきた。蔡瑁は声のするほうへ近づいてのぞき見ると、思わず笑みを漏らした——船べりの狭い通路に十数人の護衛兵がふた手に分かれて立ち、その真ん中で天下の丞相が裳《も》をずり下げ、長江に向かって小用を足している。

蔡瑁は声をかけようとしたが、用を足している最中に驚かせてはまずい。ひとまず見なかったことにして、窓の内側で曹操が戻るのを待った。曹操の話し声が聞こえてくる。「思ったことをずけずけと申す大物かと思いきや、酒を呷って小便をする点では同じだな」

誰と話しているのだろう？　蔡瑁が訝《いぶか》っていると、甲高い声が聞こえてきた。「阿瞞殿も似たり寄ったりでしょう」

蔡瑁は好奇心に負け、こっそりと首を伸ばして見た――やはり許攸だ。曹操と並んで裳をずり下げている。

どちらもいい年をした大人だが、とくに許攸は生まれついてのおしゃべりで、小便の最中も話をやめなかった。「それにしても、二人とも年を取りましたな。体もがたが来て、一晩に二度も三度も起きる始末です」

「わしの体はおぬしと違ってまだまだ丈夫だ。見ろ、おぬしのなには軟らかい枝のようではないか。小便にそんなに時間がかかっては鵲だって宿れんな。さっきはよくもまあ、ああまで言ってくれたものだ」

蔡瑁は笑い声が漏れないように必死に口を押さえた。二人の様子を見ているうちに、蔡瑁の不安は霧消した――何だかんだ言っても長い付き合いだ。さっきはあれほどぶつかっていたのに、もう仲良くふざけあっている。

許攸も笑いながら言い返した。「阿瞞殿も了見が狭いですな。さっきのことを根に持って、小便のときまでいじめてくるなんて」

「わしがいじめるだと？　おぬしこそわしの顔を立てたことがあるか？」

「官渡《かんと》の戦いのときわたしがいなかったら……」

曹操は許攸の言葉を遮った。「わかった、わかった。いつまでも同じ話を持ち出すな。いったい何年その話をすれば気が済むんだ。その様子だと寝言でも言っていそうだな」

「立てた功を忘れろと言うのですか？」

「わしとてずいぶんとおぬしを優遇してきたではないか。かなりの銭をくれてやり、富貴の身にしてやった。おぬしの家僕が民をゆすり財産や田畑を奪ったときも見逃してやったではないか」

許攸がくすくすと笑った。「墨子も、『財に拠《よ》り以《もっ》て人に分かつ能《あた》わざる者、与《とも》に友とするに足らず［財がありながら出し惜しみする者は、友とするに足らず］』と言っています。それに、昔から金銀財宝は智勇でもって手に入れるもの。わたしの功績からすれば、阿瞞殿が報酬を与えるのは当然のことでしょうに」

「当然のこと？　ああ、そうだ、そうだな。おぬしが正しい、おぬしが正しい……」曹操は笑いながら袞の紐を締めると、不意に前方を指さした。「子遠、見てみろ！　白く光る魚だ！」

「どこですか？」許攸にはその魚が見当たらず、袞を下ろしたまま、船べりから身を乗り出してあたりを見回した。だが、真っ黒な川面が見えるばかりで、白く光る魚はどこにも見つからない。きょろきょろ見回していると、突然腰に鈍い痛みが走り、体勢を崩して川のなかへ真っ逆さまに落ちてしまった。

厳冬の季節とあって、長江の水は肌を刺すほどに冷たい。許攸は手足をばたばたさせて必死に叫んだ。「わたしは泳げないんだ。早く引き上げてくれ！」

「はっはっは……」曹操は腹を抱えて笑っている。「許子遠ともあろう者が、この世にできぬことなどあるわけがない。わしは信じぬぞ！」

「本当なんだ。本当に泳げな……」許攸は叫んでいる途中で川の水を飲んでしまい、あっぷあっぷしながらも叫び続けた。「ごほっ、ごほっ……助けてくれ……」

「助けてくれだと？」曹操の顔からさっと笑みが消え、たちまち恐ろしい形相が現れた。「樹を繞ること三匝、何れの枝にか依る可きだ。頼りにならんこのわしに、おぬしを助けてやることはできんな。この際はっきり言ってやる。わしはこれまでずっと我慢してきたのだ！」

「阿瞞……」許攸はようやく悟った。曹操が自分を川に突き落としたのだ。許攸は必死になってもがきながら叫んだ。「阿瞞……曹丞相！　お願いだ！　長い付き合い……」だが、叫んでいる途中でまたも川のなかへ沈んだ。

「昔なじみのよしみで許してくれとでも？」曹操は冷たい笑みを浮かべた。「なんたる愚か者だ。死の間際になってもまだわからんのか。おぬしが友だからこそ、手柄を鼻にかけてあれこれ口出ししてくることが許せんのだ。少しばかり手柄を立てたからといって、何でも好き勝手にできると思ったら大間違いだ。おぬしのすべてはわしが与えてやったもの。地位や財産をやるのもわしなら、刑を与えるのもこのわしだ！　我に順《したが》う者は昌《さか》え、我に逆らう者は亡《ほろ》ぶだ！」

「わ、わたしが間違って……どうか、お願いです……」許攸はもがき続けたが、しだいに力がなくなってきた。

「もう遅い」曹操はかぶりを振った。「『天の作《な》せる孽《わざわい》は猶《な》お違《さ》く可《べ》きも、自ら作したる孽は逭《のが》る可からず「よしんば天の起こす禍《わざわい》は避けられたとしても、自ら招いた禍は逃れられない」』。おぬしを許すことはできぬ。だがな、昔なじみのよしみで、せめて苦しまずに死なせてやろう」そう言うや否や、護衛兵の手から長柄の槊をひったくり、逆さに持ち替えると水面に向かって投げ下ろした。

曹操の放った槊は許攸の肩を突き刺した。痛みを感じるどころではないのか、許攸はなおもばしゃばしゃとあがきながら何ごとか喚《わめ》き続けた。それは救いを求める声だったのか、曹操を罵倒する声だったのか、それともただの泣き声か、誰にも聞き分けられなかった。ただ、その声はどんどん小さく、弱々しくなっていった……曹操の胸が傷むことはなかった。まるで泥人形のように、表情も心も動くことはなく、あたりが静まり返るまで、ただ黙って川面を見つめていた。やがて、また静かな果てしない闇が戻った。護衛兵たちは何もなかったかのように口を引き結んでいた。

窓の後ろに身を隠してのぞいていた蔡瑁は腰を抜かすほど驚き、南東の風について伝えようとしていたことさえ忘れてしまった。蔡瑁は全身を丸めて窓の下にうずくまり、必死に鼻と口を押さえた。少しでも物音を立てたらどんなひどい目に遭うかわからない。心が千々に乱れた――ああ天よ！これが曹操と友になった者の末路なのか！

（1）嬌耳とは、いまの餃子のこと。医聖と称えられた張機が考案したもので、立冬に餃子を食べるのはのちに中国人の一般的な風習となった。

（2）八音とは、古代における八種類の異なる材質の楽器のこと。金《きん》［鐘《しょう》］、石《せき》［磬《けい》］、糸《し》［弦楽器］、竹《ちく》［管楽器］、匏《ほう》［笙《しょう》］、土《ど》［壎《けん》］、革《かく》［鼓《こ》］、木《もく》［敔《ぎょ》］の八種。

第十四章　赤壁《せきへき》の戦い

戦船《いくさぶね》を焼く

建安《けんあん》十三年十一月甲子《こうし》（西暦二〇八年十二月七日）、日暮れどきの空は雲一つなく、風はそよぎ、長江も穏やかに流れている。皓々《こうこう》と輝く月の光が透き通るような水面に降り注ぎ、静寂の美を醸しだしていた。だが、北岸には曹操軍、南岸には周瑜《しゅうゆ》軍が陣取り、長江を挟んで対峙している。灯火《ともしび》を明々とともした北岸烏林《うりん》の要塞は薄闇のなかにも壮観で、遠目には蜃気楼が浮かんでいるようである。その一方で、南岸の赤壁は暗く沈んで活気がなく、不気味なほどに静まり返っていた。

北方から来た曹操軍は慣れない船上の生活と風土がたたり、多くの兵が病に倒れた。曹操自身もいまは陸の本陣に陣取っている。そのため、水軍の指揮は基本的に荆州《けい》の将が担い、水上の要塞の一番外側は、近ごろ曹操の覚えもめでたい張允《ちょういん》が守っていた。曹操の楼船よりは小ぶりだが、張允も三層の楼閣を備えた船に乗り込んでいる。船上には威勢よく軍旗を掲げ、鎧をまとった兵士をずらりと並べていた。その周囲を固める蒙衝《もうしょう》や闘艦《とうかん》に至っては数え切れないほどである。張允の副官は河北《かほく》の将の馬延《ばえん》と張顗《ちょうぎ》が務めた。二人とも袁尚《えんしょう》の部下であったが、曹操に帰順してからは忠誠心を前面に押し出して仕え、出陣しては勇猛果敢に戦い、玄武池《げんぶち》での調練にも熱心に取り組んだ。ただ、早くに帰順したがその降り方がまずかったことで、勇猛な河北の将でありながら、いまは張允の命《めい》に服している。

今宵も何ごともなく過ぎそうだ——張允は馬延と張顗に警備を任せて楼閣の上に登ると、茹でた魚と燗酒《かんざけ》を護衛兵に用意させ、夜の景色を肴に飲み食いしはじめた。このところ張允はかなり有頂天になっていた。劉表《りゅうひょう》の甥で降伏した身分でありながら、それを問われることもなく重用され、とりわけ冬至の酒宴後に蔡瑁《さいぼう》が急病で倒れてからは、水軍都督《すいぐんととく》の職を引き継いだ文聘《ぶんぺい》に次いで、張允は事実上の副都督に収まっていた。水上の要塞にあって、大小百隻を超える戦船を指揮している。親族の劉表のもとにいたときよりも意気揚々で、輝かしい前途を思うとたまらなくうれしかった。

張允は上機嫌で飲み食いするうちに酔っぱらい、覚えず知らず戦袍《せんぽう》にくるまってうたた寝した……どのくらい経ったのだろうか、誰かが自分の体を揺すっている。「将軍……将軍、起きてください」

「この野郎！」張允はいきなり目を見開いて、護衛兵に平手打ちを食らわせた。「せっかくいい夢を見ていたのに、よくも邪魔しやがったな！」

兵は頬を押さえながら不満そうに報告した。「敵船が近づいてきます」

「何だと！」張允は足に力が入らず、じたばたしながら窓に這《は》い寄って外を見渡した——見ればすっかり夜も更け、風が強まってきている。その闇夜に沈んだ水面を、二十艘ほどの蒙衝が横一列になってこちらに向かっていた。どの船も船首に青竜の大旆《たいはい》を立てている。こちらからもよく見えるよう、舳先に松明《たいまつ》をともして大旆を照らしていた。だが、その船団の後方や対岸の赤壁の要塞は依然として静かで、何の動きも見られない。

「将軍、敵の蒙衝です。矢を射かけて追い払いましょう！」

「矢を射るだと、馬鹿者め！」張允は冷や汗をぬぐいながら部下の提案を一蹴した。「お前ごときに何がわかる。あれはな、黄蓋《こうがい》が投降してきたのだ。まったく老いぼれ野郎がびっくりさせやがって。決起して周瑜を血祭りに上げるなどと大風呂敷を広げたくせに、結局はのこのこと投降して来たか。黄蓋の野郎、明日は丞相《じょうしょう》の前で思い切りとっちめてやる。とりあえず矢を射《う》つ必要はない。そばまで近づけてかまわん」

「投降のことは聞いております。ですが……風向きが変わったようです。やはり何かの罠ということはありませんか？」兵はなおも注意を促した。

「風が変わった⁉」張允が再び窓の外に顔を出すと、たしかに南東の風が吹きつけるのを感じた。しかも、目を開けていられないほど強い。「まあ、冬至も過ぎたことだしな、南東の風が吹いてもおかしくあるまい。とにかく心配は無用だ」

張允にそう言われ、兵士もほかの将兵らに事情を伝えて回った。すると、たちまちのうちに楼船のあちらこちらから歓声が湧き上がった——疲労と病に苦しんでいた曹操軍の兵士らは、戦《いくさ》が一日も早く終わることを望んでいたのである。敵が投降して来たと聞くや、まるで身内の者でも迎えるかのように喜んだ。多くの兵が直に黄蓋の船隊を見ようと押し寄せたので、船の前方が少し沈んだほどであった。黄蓋の兵もまだ遠くから親しげに旗や手を振り、もっと早く会いたかったとばかりに、双方が船の上で喜びを露わにした。張允は黄蓋の船隊を迎え入れるため、守備に当たっている艨衝や冒突《もうとつ》に進路を開けるよう命を下した。

敵将の投降である。出迎える必要はなくとも、本来なら近くまで行って検分すべきである。だが、張允は曹操軍の宿将《しゅくしょう》であるかのような態度で頑なに楼上に居座り、黄蓋のほうから謁見に来るのを待った。偉そうに座っていると、黄蓋の船はますます近づいてくる。そしてじっと見ているうちに、あることに気がついた――いやに軽そうだな？

二十艘ほどの黄蓋の蒙衝はどれもさほど大きくないが、少なくとも数十人は乗り込めそうだ。だが、それだけの兵が乗っていれば、当然船脚は遅くなり喫水《きっすい》も深くなる。それなのに黄蓋の船はどれも喫水が浅く、順風を受けて船脚が異様に早い。大きな波にぶつかればひっくり返りそうなほどである。これには張允も疑念を抱かざるをえなかった――黄蓋は決起に失敗して、空船《からぶね》を率いて慌ててやって来たのか？　いや、対岸の赤壁は暗く静まったままだ。何か騒ぎが起きたようにも見えん。なぜこんな数の空船を……兵を乗せればこんなに軽やかには進まんはず……しまった！　まさか積んでいるのは柴草か⁉

張允は肝を冷やし、めいっぱい首を伸ばして大声で叫んだ。「罠かもしれん！　すぐに敵船を止めろ！」

経験豊かな荊州兵たちのなかには敵船の船脚を不審に思う者もいた。張顗がすかさず小舟に飛び乗り、腕を振って命を下すと、巡視に当たっていた十数艘の赤馬《せきば》が一斉に漕ぎ出した。このとき、両軍の距離はすでにわずか二、三里［約一キロメートル］ほど、張顗は船の舳先に立って声を嗄《か》らして叫んだ。「そこの船、近づくな！　すぐに止まるんだ！」だが、何度叫んでも敵船からの応答はなく、それどころか整然と列をなして全速力で突進してきた。

二十艘ほどの敵の蒙衝はどんどん近づき、船脚の速さはいっそうはっきりした。しかも舳先には、曹操軍の船に衝突したときにしっかり食い込むよう、五尺［約一メートル］ほどもある大きな鉄の釘《くぎ》がびっしりと据え付けられている。甲板を見れば赤い帳《とばり》がかけられ、先ほどまで親しげに手を振っていた兵の姿はない。張顗はわけがわからずうろたえた。すると、いきなり「ぼっ」という音がして、黄蓋の旗艦が火の玉のごとく炎に包まれた。それに続いてほかの船も一斉に燃え上がり、その燃え盛る船が曹操軍の船に牙をむいて襲いかかった。

赤い帳の下には柴や枯れ草が積まれ、さらには魚油《ぎょゆ》までまき散らしてある。炎が上がった途端、帳は跡形もなく焼け失せた。柴に移った炎は折からの南東の風にまき上げられ、無数の火の粉が赤い蛾のように曹操軍の船に降り注いだ。張顗は目に激しい刺激を覚え、火の粉と煙で目を開けていられなかった。船を漕いでいた兵は機転を利かせ、必死に櫂を漕いで船の方向を変えた。なんとか二艘の火《か》船《せん》のあいだを抜け、間一髪で逃げ切ろうとした。ところが、火船の後ろにはさらに別の船が括《く》りつけてあった。闇夜のなかとて遠目には気づかなかったが、先ほど旗を振っていた兵士らはこの後続の船に乗り移っていたのである。そしてその手には弓弩《きゅうど》がしっかと握られていた――張顗と麾《き》下《か》の兵たちは、なす術もなく全身に矢を浴びて絶命した。

燃え上がった船の炎は数里先までをも明るく照らした。楼船の上にいた張允にははっきりと見えた――二十艘どころじゃない！――火船の後方には大小無数の敵艦が音もなく潜んでいた。張允は謀《はか》られたと確信したが、時すでに遅しである。張顗は討ち取られ、巡視に当たっていた小舟はあちらを見れば転覆し、こちらを見れば早くも逃走している。突っ込んでくる二十艘ほどの火船に対し、曹操軍の最前列にある闘艦は整然と一列に並んでいた。近くの船から火の手が上がれば、その場を離れるのが当然である。しかし、曹操軍の戦船は鉄の鎖でつながれていた！　波風による揺れを抑えるため、小舟なら十艘で一列、大きい戦船は五隻で一列、離脱はおろか向きを変えることさえできない。そのため多くの戦船が炎に呑み込まれ、張允の楼船にも火の手が回ってきた。

そのとき、突然大きな喊声が上がった。黄蓋率いる江東《こうとう》の精鋭たちが、火と煙をものともせず曹操軍の船に襲いかかってきたのである。人影と見れば斬りかかる江東兵の勢いに曹操軍は圧倒され、武器を捨てて逃げ出すか、長江に落ちて死ぬかといったありさまであった。さらに黄蓋軍の背後からは、周瑜が自ら大軍を率いて近づいてきた。周瑜はこの一戦のために数十隻の戦船を新しく造らせており、楼閣に代えて設けた三、四階建ての簡易的な櫓《やぐら》には、すでに何十名もの精鋭の弓手《きゅうしゅ》が手ぐすね引いて狙いを定めていた。そして、黄蓋軍を迎え撃つため甲板に出てきた兵士らを遠くから射かけ、次から次へと針ねずみにした。ほかにも巨大な弩車《どしゃ》［台車つきの弩］を積み込んだ船がどんどん迫ってきた。弩車の上には先を尖らせた木の幹が置かれ、松の油が浸された先端は激しく燃えている。弦《つる》をぎりぎりと引き絞って放つと、巨大な火矢《ひや》は一丈［約二・三メートル］あまり飛び、曹操軍の船腹に穴を開けると同時に、火をさらに燃え広がらせた。

張允は大きな音とともに足元が揺れるのを感じた。自身の楼船にも命中したに違いない。窓から下をのぞくと、黄蓋が兵を率いて楼船に乗り移っていた。小隊の長や護衛兵さえすでにやけどを負うか矢を浴びており、死傷する者は数知れず、馬延の姿も見当たらなかった。威勢よく水軍の副都督を自任していた張允であったが、この期に及んで腰砕けになり、楼閣を駆け降りて血路を開くどころか、部屋の片隅に身を潜めて耳を塞《ふさ》いだ。階下から響いてくる殺し合いの声が聞こえないように……

どれくらいそうしていたのかわからないが、喊声はしだいに遠ざかっていった。張允が意を決して顔を上げると、楼閣のなかには煙が充満し、周りには誰の姿もなかった。下に降りて逃げようにも、すでに階段が焼け落ちている。張允は手探りで窓辺まで近づいた。火の手は三階まで高く上っており、黒煙がもうもうと立ち上っている。それでも新鮮な空気を吸おうと、張允は窓から顔を突き出した——その先に広がっていたのは、まさに地獄絵図であった。

曹操軍の水塞は一面が火の海である。容赦なく吹きつける南東の風にあおられて炎はなお勢いよく燃え広がり、火の手はずっと奥のほうにまで及んでいた。視界は赤一色で染められ、劫火《ごうか》に身を焼かれた将兵たちの阿鼻叫喚が耳をつんざく。誰もが泣き叫びながら長江へと飛び込んでいた。延々数十里にも及ぶ水上の要塞は、いまや劫火が燃え盛る地獄にほかならない。しかも、すぐそばには無数の江東の戦船がびっしりと江上を埋め尽くしている。鎧兜は炎に照らされてきらりと光り、武器は冷たく白い輝きを放ち、陣太鼓の音が天地をどよもす。紅蓮の炎と黒煙と、泣き叫ぶ声と陣太鼓とが綯《な》い交ぜになり、天地がひっくり返ったような騒ぎである。

「ごほっ……ごほっごほっ……」張允はもうもうと立ち上る煙にむせ、下を向いて咳き込んだ。その途端、今度は噴き上がってきた炎に頰を焼かれ、慌てて後ずさった。楼閣全体が大きく揺れ、ぱちぱちと木材の爆《は》ぜる音がひっきりなしに聞こえる。足元から立ち上ってくる熱さはもはや耐えがたい——楼船は炎に呑み込まれ、いままさに崩れようとしていた。

「助けてくれ！　助けてくれ！」張允は望みが薄いと知りつつも大声で叫んだ。そのとき何かにつまずいて転び、その拍子に焼けてもろくなった床板が抜け、一気に船倉まで落ちた。全身に激痛が走る。それでも起き上がろうとしたとき、猛り狂った激しい炎に包まれた……その恐怖は敵と出合ったときの比ではなかった……

「丞相、蔡公、お助けを！　ああ、おじ上、わたしが悪うございました……」あの世に旅立つ前の幻覚か、張允は燃え盛る炎のなかに劉表の姿を見た気がした。松明を振り翳《かざ》してどんどんこちらに迫ってくる。張允は必死で逃げようとした。だが、燃えた部材がひっきりなしに頭上から降ってきて身動きが取れない。そのうち戦袍に火がついた。髪が燃え、両手両足も炎に包まれた。息が苦しい。視界がおぼろげになっていく。戦袍は熱せられた焼き鏝《ごて》となって体に焦げつき、張允をどす黒い血の塊に変えていった……

大勢決す

曹操が知らせを受けて幕舎《ばくしゃ》から飛び出たとき、ほとんどの兵はまだ深い眠りのなかにいた。中軍の陣は静寂に包まれていたが、水塞のほうからかすかに喊声が聞こえてくる。長江の方角を望むと、きらきらと輝く赤い火の玉が川面に浮かんでいた。まるで闇夜に焚かれた篝火《かがりび》のようである。

南東からの強い風が頰に吹きつけ、曹操は思わず身震いした。その刹那、曹操は天下統一の甘美な夢から一気に現実に引き戻された。何十年も戦場で駆け引きを繰り返してきた経験がある。曹操は瞬時にすべてを悟った――そもそも江東《こうとう》に内部の対立などなかった……周瑜《しゅうゆ》の軍も兵糧は足りていた……ならば黄蓋《こうがい》は、黄蓋の投降は罠だ！

軍師《ぐんし》の荀攸《じゅんゆう》、中領軍《ちゅうりょうぐん》の史渙《しかん》、中護軍《ちゅうごぐん》の韓浩《かんこう》、息子の曹丕《そうひ》らが続々と集まってきた。みな一様に異変を聞いて愕然とし、しだいに陣中も騒がしくなりはじめた。兵士らは興味本位で何が起こったのかを尋ね回り、なかには陣の柵や櫓《やぐら》によじ登って長江の方角を眺める者もいる。このときはまだ誰もがただの野次馬で、この火の玉が何を意味するのか知る由もなかった。

しかし、曹操と荀攸ははっきりと理解していた。南東よりの強風が吹きつけるなか、鎖につながれた戦船《いくさぶね》に火がつけば打つ手はない。水軍は残らず火の海に沈む。ひいては陸上の部隊もただでは済まないだろう。つまり、十数万の大軍が全滅する危険さえある。とはいえ、まずは何とかして水軍を助けたい、それが曹操の思いであった。曹操は、兵士らをしっかり監督して動揺を鎮めるよう各陣営の将に命じ、自らは直ちに幕僚らを率いて長江のほとりへと向かった。

だが、不安に駆られはじめた兵士たちは、互いによからぬ噂《うわさ》を流していよいよ浮足立った。もとより深刻な疫病に対する恐怖を抱えていた兵士たちである。その心を落ち着かせろというのはやはり難しかった。しかし、事は急を要する。曹操は護衛兵を伴い、大急ぎで駆けるようにして岸辺にやって来た。見れば岸に近い戦船は無傷だが、二里［約八百メートル］ほど向こうは赤一色に染まっている。眩しいほどの炎と、もうもうと立ち上る黒煙にすっぽり覆われ、焼けた臭いが南東の風に乗ってきて鼻をついた。燃え盛る火の勢いもしだいにこちらへ近づいてくる。

曹操は目眩《めまい》を覚えたが、気持ちを奮い立たせて大声で叫んだ。「慌てるな！　それぞれ鎖を断ち切って逃げるように伝えろ！　陸の兵は川岸に土塁を築いて塹壕《ざんごう》を掘れ！　大旆《たいはい》も持ってこい。ここでわし自ら敵軍を食い止めてやる！」

もう水軍は持ちこたえられない、そう判断した曹操は陸の陣を守り抜くために手を打った。なんとしても敵軍が攻め寄せる前に防衛戦を築き、敵の上陸を食い止める必要がある。しかし、浮き足立った兵士たちには曹操の軍令も届かなかった。命《めい》に応じて土塁や塹壕を作りはじめたのは中軍の忠実な将兵だけで、大半の兵卒らは動揺して騒ぎ立てるばかりである。鉄の鎖を断ち切れなどと言われても、大多数は我先に船を乗り捨てて逃げており、わずかに残った生真面目な兵だけが鎖に向かっていたずらに武器を振り下ろしていた。

船を捨てた兵士らは、鎧兜も投げ捨てて必死に逃げた。「早く逃げろ！　火が回ってくるぞ！」など叫びながら、慌てるあまり曹操の目の前に飛び出した者もいた。曹操はすかさず剣を引き抜くと、有無を言わさずその兵を斬り捨てて叫んだ。「騒ぐな！　逃げずに土塁を築け！　命に背く者は斬るぞ！」だが、見せしめの効果もなく、逃亡する兵は増える一方であった——兵卒にすれば命あっての物種である。この期に及んで軍令などにかまっている暇はない。

このとき、敗軍の兵を乗せた小舟が逃げ帰ってきた。鎧兜をまともに身に着けている者はおらず、顔は煤《すす》だらけで真っ黒である。命からがら危機を脱してきたようで、そのほとんどが重傷を負っていた。そこへまた一艘、炎のなかからゆらゆらと小舟が戻ってきた。だが船上は残らず焼けており、兵らはとっくに川に飛び込んで無人であった。そんななか、一人の将らしき男が懸命にもがきながら岸に這い上がってきた。体に火がまとわりつき、苦しそうにのたうち回っている。そうこうするうちにも、火は少しずつ体を覆うように燃え広がっていった。男は泣き叫びながら曹操たちのほうへ這い寄り、もだえ苦しみ、助けを求めた。

目の前で火だるまになっていく男から目が離せない。だが恐怖で身がすくみ、手を差し伸べる者は誰もいなかった。一帯は耳をつんざくような断末魔の叫び声と戦船の爆《は》ぜる音が続いていたが、そのなかで曹操は瀕死の男のあえぎが嫌にはっきりと聞こえた気がした。男の肩には矢が突き立っている。兜はとうにどこかで落としたのか、髪の毛も黒焦げである。体じゅうに負ったやけどのほかにも負傷しているようで、這った跡にはどす黒い血痕が残っていた。それでもその男は死に物狂いで前へと這っている。その必死な姿はまるで四つん這いで進む赤子のようですらあった。むやみやたらと両腕を伸ばして進もうとするが、四肢はしだいに焼け焦げていびつにゆがみ、実際は体をくねらせるだけでほとんど進んでいなかった。その体軀《たいく》と身なりからすると、もとはきっと威風堂々とたくましい男だったに違いない。だが、いまはその大きな体格がかえってあだとなっていた。その男が顔を上げ、曹操たちの姿を視界に捉えた。すると、急に全身を震わせて泣きはじめた。ついに救いの神を見つけたのに、それが遅すぎたこともわかっている。もはや助けを求める声さえ出せず、ただむせび泣いた。

幕僚たちは恐れや驚き、戸惑いの表情を浮かべるばかりで、しばしそのまま駆け寄る者もいなかった。その変わり果てた姿はまるで冥土から這い上がってきた化け物のように思われた。真っ先に動いたのは韓浩だった。痛々しいほどの悲しい泣き声を聞くや、慌てて両手を差し伸べ、おろおろしながら叫んだ。「馬延《ばえん》だ。馬将軍だ！　誰か、早く助けてやってくれ！」

呆然としていた護衛兵たちはそのひと声で我に返ると、すぐさま自身の戦袍《せんぽう》を脱いで馬延に駆け寄った。火をはたいて消そうとしたが、何着もの戦袍を無駄に燃やすばかりである。そこで一人の兵がしゃがんで砂をつかみ、まるで埋葬するかのように馬延の体にかけた。曹操らは目の前の光景に戦火を忘れ、息苦しいばかりの恐怖を覚えた。そして思わず戦袍を脱いだ。だが、それは決して馬延を救うためではなかった。何か不吉なものを払いのけようと遠くへ放り投げたのである。戦袍は風やほこり除けのためだけにあるのではない。言うまでもなく、軍中における身分の証しでもある。それさえもいまは炎を招き寄せる死神でしかなかった。

のどの奥まで焦がすような黒煙が風に乗って流れ、馬延の身を包んでいた火もようやく消えた。だが、その姿は正視に耐えない。筋骨隆々だった馬延の四肢は焼け焦げて丸く縮こまり、護衛兵たちは思わず顔を背けた。平静を失っていた曹操だったが、馬延のもとに駆け寄ってその肩に手を置いた。しかし、思わずその手を引っ込めた——馬延の鎧は炎に焼かれて燃えるように熱く、すぐに手を離したものの軽いやけどを負った。

韓浩や史渙らは馬延を取り囲み、そっと体を仰向けにした。すでに息も絶え絶えである。四肢はすっかり丸焦げで激しく痙攣《けいれん》しており、時折り不規則に大きく体を震わせた。焼けて顔立ちもはっきりしない。両目も見えないらしく、ずっと唇を震わせて何ごとかつぶやいている。曹操は手をやけどしたことも忘れ、馬延の頭を抱きかかえた。「馬将軍、前線はどうなっているのだ？」

「ごほっ……ごほっ……」馬延が咳込むと、その口からは煙と焦げた臭いが立ち上った。「て、敵は……全軍で攻め寄せ……も、もうおしまい……です」途切れながらもなんとかそう答えたところで、馬延の首はがっくりと垂れた。皮膚はいまもただれ落ち、四肢がゆっくりと硬直していく。喧騒《けんそう》のなか、すでに魂は抜けたというのに、体からは耳障りなぎしぎしときしむような音が聞こえた。

「馬将軍！　馬将軍！」一同は大声で叫んだ。

「馬将軍は死んだ」曹操は馬延の頭をそっと下ろすと、呆然となった。そしてふと、両手に血糊《ちのり》がべったりとついていることに気がついた。曹操は不快な臭いと感触を忘れ、顔を上げてぼんやりと長江を眺めた。また数艘の小舟が逃げ帰ってくる。まともに鎧兜を着けている兵などいない。なかには服まで脱ぎ捨てている者もいる。そして岸に着くなり、必死に後方へ走り去っていった。見れば岸辺には自力で泳ぎ着いた兵が倒れ込み、ずぶ濡れのままぜいぜいと息を荒らげている。その先にはそれ以上に多くの兵が、水面から顔を出して足をばたつかせていた。たまたま浮いていた板をつかんだ者は死んでも放すまいと抱え込み、声の限りに助けを呼んでいる。とはいえ、助かる者はごく一部であった。逃げ戻ってくる小舟は足の踏み場もないほどで、ぐらぐらと揺れていまにも転覆しそうである。水中でもがく兵が船べりに手をかけようものなら、すぐに刀で指を断って落とされた。この期に及んでは、もとは仲間の兵であっても、血を流していようが、もがいていようが、罵られようが喚《わめ》かれようが、すべておかまいなしである——誰もが等しく一つの命、生きようとする本能もまた、みな同じであった……

このときには、すでに総帥の纛旗《とうき》［大旆《たいはい》］も岸辺に運ばれてきており、中軍の兵士らがいまも急いで土塁を積み上げていた。だが、怯《おび》えて逃げ腰の者や戦意を喪失した者に加え、病み上がりで力が出ない者も少なくない。軍令に従う兵の数は見る見るうちに減っていった。江上で激しく燃える炎の恐怖に直面し、大半がまともな判断力を失っている。炎に包まれる心配のない岸近くの水軍の兵でさえ、早くも船を乗り捨てていた。腹立たしいのは、そうした連中が押し寄せて、いくらか積み上げた土塁を踏み潰していくことである。曹純《そうじゅん》や鄧展《とうてん》が見せしめのために刀を振るっていたが、それしきでは奔流のごとく逃げる逃亡兵を食い止めることはできない。ことに荊州《けいしゅう》の兵士らは軍令にまったく耳を貸さず、群れを成して一目散に逃げていった。いよいよ混乱が極まるなか、逃亡兵らに道を選んでいる余裕はない。一部は中軍にもなだれ込んできて、虎豹騎《こひょうき》の部隊でさえも押し戻されるようなありさまであった。そのとき、誰かが纛旗を挟んで支えていた石をひっくり返したらしく、巨大な旗が大きな音を立てて倒れた。

荀攸は危うく纛旗の下敷きになるところだったが、身を投げるようにしてそれを避けた。そして地面をつかんで立ち上がると、曹操にすがりついて進言した。「わが君、われらはもう駄目です！　すぐに退《ひ》きましょう！」

しかし、曹操はまだどこか呆然としたままで、荀攸の言葉に何も反応しなかった。目の前の炎はますます高く赤くなり、上空の雲を深紅に染めた。心胆《しんたん》を寒からしめる鬨《とき》の声もしだいにはっきりとしてくる。曹操は燃え盛る炎をじっと見やりながら、なぜだかふと気が楽になって訥々と語りはじめた。「『六韜《りくとう》』に、『外乱れて内整い、饑《き》を示して実《じつ》は飽き、内精にして外鈍く……其の謀を陰《おお》い、其の機を密にし、其の塁を高くし、其の鋭を伏す。士寂《せき》として声無きが若《ごと》く、敵我が備うる所を知らず［態勢を整えながら陣内が混乱をきたしているように見せかけ、兵が腹いっぱい食べていながら飢えているように見せかけ、将兵の士気が高いのに低いように見せかけ……謀《はかりごと》を隠し、機密を漏らさず、砦を高くし、精鋭の兵を伏兵として配する。陣内に活気がないように見せていれば敵はわがほうがどれだけの備えをしているかわからない］』とある……周瑜の用兵がまさにそれだ。これで勝たぬわけがない。やつを見くびったのはわしの過ちだな……」

逃亡する兵士らはなおも激流のように押し寄せてくる。曹丕もさすがに危機を感じ取り、曹操に声をかけた。「父上、われらも参りましょう」曹丕はこのようなときでも強気を失わず、「逃げる」と言うのを憚った。幕僚や護衛兵たちも口を揃《そろ》えて促した。「若君の仰るとおりです。ひとまずは敵の攻撃を避けて他日を期しましょう！」

このときばかりは周りが説得するまでもなかった。曹操の頑強な意志もすでに挫け、撤退を考えはじめていた。曹操は一同を見回すと、いかにももっともらしく語った。「敵ながら周瑜は才気煥発《かんぱつ》、かような男に敗れたのなら何も恥ずかしがることはない。いさぎよく退こう」

いま逃げなければ、敵の上陸とともに一巻の終わりである。曹操の軍令を今や遅しと待っていた護衛兵らは、その言葉を聞くなり曹操の周りを囲み、ほとんど抱えるような勢いで撤退をはじめた。だが、曹操は護衛兵らの手を振りほどいて命じた。「待て、火を放つのだ！」

「火を放つ？」誰もがその意味を理解しかねた。

曹操は歯がみしながらもう一度命じた。「まだ燃えていない船をすべて燃やすのだ！」

一同もようやく曹操の苦衷を察するに至った。戦局は明らかに劣勢で、水軍はほぼ壊滅と言っていい。だが、使える船を残しても敵に奪われるだけであり、何も江東の水軍を増強してやることはない。それに、敵はいま火を放ちつつ攻め寄せ、ほどなくして陸に上がってくる。そうなってからでは万全の撤退は難しい。しかし、付近の船が残らず炎に包まれていれば、それが壁となってしばらくは敵を足止めできる。追撃を完全に食い止められずとも、いくらか時間を稼ぐことはできるはずだ。

軍令が伝わると、松明《たいまつ》を手にした兵が岸辺に集結した。はじめはこっそりと小舟を漕ぎ出し、沖合側の船から火をつけて回っていた者もいたが、みなすぐに面倒になり、接岸してある巨大な戦船のなかに向かって一斉に松明を放り投げはじめた。まるで真っ暗な夜空に無数の流れ星が流れていくようである。また、陸の陣への延焼を防ぐために設けていた岸沿いの柵も取り壊し、薪よろしくどんどん投げ入れた。一部の気骨ある荊州の将は、目に涙を浮かべながら投げ込んだ。十数年ものあいだ、粉骨砕身して劉表《りゅうひょう》のために水軍を作り上げてきた。それがいま、灰燼《かいじん》に帰そうとしているのである。北方の諸将はおのおの陣に戻って人馬を点呼すると、輜重《しちょう》をまとめて撤退の準備にかかった。水上の要塞から逃げ戻れない兵士は退路を断たれることになった。兵は置き去りにしてでも総帥を守る、それが軍の基本である。一兵卒の命にいちいちかまっていられない。

大半の船は鉄の鎖でつながれて離れることがない。そこへわざわざ火をかけたのである。当然ながらたいした時間もかからずに火は燃え広がり、とくに曹操ご自慢の旗艦は、あたかも激しい怒りに打ち震える巨大な炎の化け物と化した。紅蓮の炎は岸辺を真昼のように明るく照らし、真っ黒な煙が空の果てまで流れていく。南東の風はなお強く、陸の陣を襲う猛烈な熱波に頭がくらくらする。曹操は護衛兵に守られて本営に戻ってきた。兵馬が慌ただしく逃げ惑うなか、こらえられずに振り返った。すると、まばゆい火の海と揺らめく火焔が目に飛び込んでくる。曹操は自嘲し、思わずため息をもらした。「なんとも美しい炎だな……」

陸の陣は先ほどまでの静寂とは打って変わって、上を下への大騒ぎとなっていた。どの天幕からも兵士たちが飛び出し、方角もわからぬまま逃げ惑っている。軍中に兄弟がいる者は探し回り、身内がいない者は一人でさっさと逃げ出している。各部隊の兵長が軍旗を振り回し、声を嗄《か》らして叫んでも、兵士たちの逃げ足が鈍ることはない。水軍はほぼ全滅、敵が迫っているというのに、他人のことなど気にかけていられない。韓浩と史渙が混乱を鎮めるべく命を下し、陣太鼓を打ち鳴らして兵を集めようとした。しかし、ほかの兵長もこれに倣《なら》って陣太鼓や退き鉦《ひがね》を鳴らしたので、音が四方八方から響き、兵士らはさらに混乱しはじめた。敵の陣太鼓と勘違いし、血相を変えて逃げ出す兵士も数多い。こうして柵は押し倒され、輜重車がひっくり返り、天幕も踏まれて倒された。天幕内で病床に伏していた将兵は、起き上がる間もなく踏み殺された。少し頭の回る者は火に背中を向けて走り、陣の柵を乗り越えてまっすぐ北側の山によじ登っていった。いずれにしても多くの者が陣を放り出し、いずこかへと落ちていった。

長江を覆う炎が陣中を明々と照らす。曹操は目の前の光景に苛立ちを覚えたが、かと言って打つ手もない。荊州兵が火の海から抜け出て次々に逃げ出すと、土地勘のない北方の兵たちはただ闇雲に荊州兵のあとを追った。疫病で動けない者は槍や矛を杖にして呆然と立ち尽くすか、陣の隅のほうに座り込んで死を待つしかなかった。ここに来て、曹操陣営の抱えていた不安要素が一気に表面化し、まさに壊滅状態に陥った。

曹操はやっとのことで中軍の陣まで戻ってきたが、すでに護衛兵の多くは散り散りになっていた。それればかりか、残っていた蒯越《かいえつ》と王粲《おうさん》、それに病床に臥せっていたはずの蔡瑁《さいぼう》の姿まで見えなかった。あるいはこちらを探しているうちに行き違ったのか、それとも形勢不利と見て逃げたのか……こうなっては全軍を率いて退却することは不可能である。敵に攻め込まれる前から、曹操軍はすでにそれを食い止める力を失っていた。曹操は喧騒に包まれた中軍の幕舎で、残っている一部の将や幕僚と最後の軍議を開いた。だが、意見の一致をみるのに時間はかからなかった――まだ軍令の届く部隊を率い、西の陣門を出て江陵《こうりょう》に退く――

こうして、八十万とも百万とも称していた曹操軍は、周瑜率いる江東軍の前に脆くも崩れ去ったのである。

決死の逃走

陣を離れると、混乱は輪をかけてひどいものであった。烏林《うりん》の北は完全に山林に覆われ、長江沿いをゆく一本道は十分な広さもない。当然その道は逃げ惑う兵士でごった返し、山の斜面まで人で溢《あふ》れていた。また、すぐ横の江上では天を衝《つ》くような炎が上がり、喊声がかまびすしい。大小何隻かの船が右往左往しているが、敵味方の見分けもつかず、近づくたびに矢を打ち合っている。弓を見ただけで怯《おび》える鳥さながらである。曹操と中軍の将兵たちも敗残兵の波に紛れ込んでいた。そのため、総帥の纛旗《とうき》を掲げることはもちろん、陣太鼓を鳴らして兵を集めることも憚られた。敵の戦船《いくさぶね》がどこかで弓弩《きゅうど》を構えているはずであり、そんなことをすれば敵に自分の居場所を教えてしまう。江上の敵に対して味方は山を背にした川沿いの一本道、狙い撃ちされれば一巻の終わりだ。

押し合いへし合いしながらも、なんとか二、三里［約一キロメートル］ほど進んだところで、今度はなんと前方から鬨《とき》の声が聞こえてきた――曹操軍がこの道を通って逃げることを見越し、周瑜《しゅうゆ》があらかじめ兵を伏せていたのである。いまごろは陸の陣も敵の手に落ちているであろう。陣から逃げ出せただけでも御の字である。武器も持たずに逃げてきた兵士らは、とうに戦う気力を失っていた――敵が襲って来たぞ！――誰かのそのひと声でさらなる大混乱に陥った。前に逃げようとする者、後ろに戻ろうとする者、山によじ登ろうとする者……みなが好き勝手に動くので、おびただしい数の兵が味方に踏みしだかれて命を落とした。曹操と荀攸《じゅんゆう》は中軍の数千人を統率するのに手いっぱいで、それさえまだ十分に落ち着けられずにいた。そんななか、また前方から砂塵を巻き上げて迫ってくる部隊が見えた――もはや死ぬ気で戦うしかない。

曹操は押し合いへし合いするなかでいつの間にやら部隊の最前列に出ていた。身を隠すこともできずどうしたものかと焦っていると、前方の部隊がゆっくりと動きを止めた。部隊を率いる背丈の低い将が馬を駆って飛び出てきた。「丞相《じょうしょう》！　丞相ではありませんか！」

前からやって来たのは楽進《がくしん》であった。曹操は馬から落ちそうになるほど大仰に喜んだ。このような状況であるから、楽進も礼儀は無視して馬のまま曹操に近づき、その腕をしっかりとつかんだ。「まこと丞相、ありがたや、ありがたや。天地の神々に感謝します。わが君さえご無事なら、われらは……」負けず嫌いの将軍は、そう話すそばから涙で目を潤ませた。

曹操はなんとか気を奮い立たせて言葉をかけようとしたが、そこでようやく楽進が血だるまであるのに気がついた。「この先はどうなっている？」

楽進は涙をぬぐうと、平素の威厳を取り戻して答えた。「丞相のお姿が見えなかったので、まずは敵の包囲を破ろうとしましたが、敵の伏兵に出くわしました。いまはようやくやつらを退けましたので、急いでついて来てください。それがしが道を切り開きます」

「文謙《ぶんけん》、苦労をかけるな」そう言葉をかけながら、曹操はいましがたの敵襲を振り返って思わず身震いした――周瑜の兵は三、四万に過ぎない。船を燃やして陣を攻めるとなれば、伏兵にはさほど割けなかったはず……もし互角の兵力で戦っていたら、この命はなかったかもしれんな……

考えれば考えるほど窮地であったと思わずにはいられなかった。中軍には急ぎ楽進の部隊について進むよう命じた。この勇猛な武人は先頭に立つと、道を塞《ふさ》ぐ敗残兵や敵船の矢を物ともせず、馬に鞭をくれて蹴飛ばされたほうが悪いとばかりに遮二無二突き進んだ。逃避行はこうしてようやく順調に進みはじめた。敵の襲撃を防ぐために松明《たいまつ》をともすことはできない。虎豹騎《こひょうき》は長江からの火の光だけを頼りに、曹操や荀攸を守りながら駆けた。命あっての物種、当然、あまたの歩兵ははるか後方に置き去りである。

そうして四、五里［約二キロメートル］ほど進むと、喊声はほとんど聞こえなくなり、道もかなり暗くなってきた。江上にも船の姿はまったくない。一同はようやく馬を止めてしばし休むことにした。すでに子《ね》の刻［午前零時ごろ］を過ぎ、高い山の向こうには月が寂しげに浮かんでいる。風は冷たく夜もしだいに深まってきた。長江は真っ暗な底なし沼のように静かに水をたたえ、鬱蒼とした山林は南東の風に吹かれてざわざわと音を立てている。歌っているのか嘆いているのか、それとも笑っているのか……あるいは孫権《そんけん》と劉備《りゅうび》の歓声のようにも聞こえた。曹操は松明に火をつけるよう命じ、後方に目を遣った。彼方の長江では、依然として混乱が続いているようだ。燃え盛る炎も戦船も、ぼやけて一緒くたに見える。陸上の敗残兵たちは軍の体《てい》をなしておらず、三々五々、長江沿いの曲がりくねった道で長蛇の列となっていた。どこまで続いているかもよく見えない。多くの兵が戦って死に、焼けて死に、そして病で死んだ。逃げ出した兵は数知れず、十数万の大軍がいまはどれだけ残っているのやら……

そのとき、風に揺れる葦《あし》の茂みのなかから、魑魅魍魎《ちみもうりょう》のごとき黒い影がいきなり道に飛び出してきた。「何者だ⁉」護衛兵たちは鋭い声を上げ、すかさず弓を構えた。

「射《う》つな、味方だ！」影は両手を上げて叫んだ。そこに現れたのは曹仁麾下《そうじんきか》の部将、牛金《ぎゅうきん》であった。

曹仁は江陵《こうりょう》の守りだけでなく、兵糧の調達も任されていた。冬が深まるにつれて兵糧が乏しくなってくると、曹仁は屯田都尉《とんでんとい》の董祀《とうし》に豫《よ》州に戻って兵糧を調達してくるよう命じ、一方で牛金には、先に四十艘の船で兵糧を届けるよう命じていた。牛金は昼夜兼行で船を進め、この夜のうちに沙羡《さい》県の県境を越えて曹操軍の陣へ届けるつもりだった。だがその途中、遠く烏林の方角で天を衝くような炎が上がるのを目にした。これは自軍に不利があったに違いない、牛金はそう判断して救援に駆けつけようと考えた。しかし、率いているのは輸送用の船と千人ばかりの兵士である。軽率に動けば、かえって船ごと兵糧を奪われかねない。そこで牛金は船を岸辺の葦の茂みに入れ、明かりを消して隠したうえで救援に向かってきたのであった。

事情を知った曹操らはこのうえなく喜んだ——陸路の行軍では速く進めず、人馬ともに疲れがたまる。加えて江上から敵に狙い撃ちされるかもしれない。まさに四十艘の船は曹操らにとって救世主であった。船さえあれば、少なくとも曹操の身をすぐに避難させることができる。楽進と牛金はともに思い切りがいい。いまは兵糧が邪魔になると考え、各自持てる分だけの兵糧を袋に詰めさせると、残りはすべて長江に捨てるよう命じた。致し方ないとはいえ、荀攸はあまりのもったいなさに胸を痛めた。そして振り返れば、惨めな姿の敗残兵ばかりが目に入る。前も後ろも見るに堪えない光景で、荀攸は仕方なく対岸のほうに目を向けた。静まり返った長江の南岸、そびえ立つ山々や絶壁には明かり一つなく、まるで巨人が眠っているようだ。その様子を眺めているうちに、荀攸はある問題にふと気がついた。「丞相！　わが水軍が総崩れになったことで、周瑜は長江の天険を占拠するでしょう。江南の四郡はいかがいたしますか？」

　水軍がなければ長江の川筋は孫権に掌握され、荊《けい》州が北と南で分断されてしまう。そうなれば長沙《ちょうさ》、武陵《ぶりょう》、零陵《れいりょう》、桂陽《けいよう》の四郡が落とされるのも時間の問題であろう。曹操の心はもうすでに千々に乱れていた。心配事は山ほどある。頼みの軍師《ぐんし》でさえ打つ手が思い浮かばないのに、いまの曹操に打開できるはずもなかった。ただ、かつて桓階《かんかい》が長沙太守《たいしゅ》に進言し、劉表《りゅうひょう》に対して反旗を翻させたことがある。曹操はそのことを思い出すと、周囲を見回しながら大声を張り上げた。「桓伯緒《はくしょ》はいるか？」

　桓階はかろうじて一行について来ていたものの、その姿はいかにも意気消沈して惨めであった。すっかり息が上がってよろよろとふらつき、二人の護衛兵に両脇を支えられている。曹操はそんな桓階に厳かな声で命じた。「わが軍は潰走しており、長江の南の地が危うい。そこでだ、おぬしには兵を分け与えるゆえ、四郡を統《す》べて治めよ。わしが兵を整えて捲土重来《けんどちょうらい》してくるまで守り抜くのだ」

　桓階は耳を疑った――十数万の大軍が敗れて江陵さえ危ういのに、いったいいつ捲土重来してくるというのだ――桓階は自信がなかった。かといって辞退を申し出る勇気もない。ふと振り返ると、後ろに劉巴《りゅうは》がいるのに気づき、とっさに機転を利かせて逃げを打った。「ですが丞相、不才のこの身では任に堪えうるかどうか……零陵出身の劉子初《ししょ》殿なら才はわたくしに十倍します。ここは劉子初殿こそが適任ではないかと」

いきなり火中の栗を拾うよう仕向けられ、劉巴が唖然《あぜん》としていると、曹操もさっさとそれに応じた。

「それはよい。では、江南のことは劉子初に任せるとしよう」

劉巴は慌てふためいて曹操の前にひれ伏した。「丞相、何とぞご再考ください」

「なぜだ？」

「長らく荊州を狙っていた劉備が、いまは孫権の加勢を得ています。わが大軍が撤退すれば、敵は必ずやその隙《すき》を衝いて攻めてくるでしょう。長江の北側でさえ守り切れるかわかりませんのに、ましてや南の四郡となると……」

曹操は悲観的な見通しに機嫌を損ねた。「劉子初、よもや怖気づいたのではあるまいな？」

劉巴は慌ててぬかずいた。「け、決してそのようなことは……ですが、江を渡ってしまえば、もう丞相のおそばでお仕えできないのではないかと案じられまして……」

敗戦を喫しても曹操はまだあきらめていなかった。江陵や襄陽《じょうよう》には守兵を残しているし、敗残兵をまとめて于禁《うきん》らの七部隊を編成し直せば、捲土重来できると考えていた。曹操は笑顔を作って劉巴を勇気づけた。「大耳の賊が分不相応にも長江の南側を狙ってきたら、わしが全軍を率いておぬしを援護する。そなたは大船に乗った気で安心して行くがよい」

そう言われたところで安心できるはずもない。なんとなれば四郡の兵力は手薄で、しかも各太守は古くから劉表に仕えていた者と、新たに曹操に抜擢された者とで二分される。四郡を統べて治めようにも、人心を一つにすることさえ難しい。だが、自信満々の曹操にそこまで言われてはとても辞退できない。劉巴はすっくと立ち上がると、意を決して応じた。「やむをえません。丞相にお仕えすると決めた以上、この命を投げ出してでもご恩に報いる所存です」

曹操もこれでようやく気を良くした。だが、目下まともに使える兵はほとんどおらず、そればかりか船も足りない。なんとか江南出身の荊州兵四百人を揃《そろ》え、丞相の軍令旗とともに劉巴に与えた。兵士らにすれば救援というよりは帰郷である。いま長江を渡って四郡へ向かうのは江陵へ戻るよりも危険である。劉巴は牛金が兵糧を捨てて空いたばかりの輸送船を用意するとすぐに乗り込んで、夜陰に乗じて長江の南へと渡っていった。

劉巴たちが去ると、曹操らも再び退却の準備をはじめた。このときまでには三々五々逃れてきた兵士が合流し、合計で一万近くには達していたが、武器を手にする者は半数にも満たなかった。烏林では大小併せて千隻近い戦船を擁していたのに、いまはこの三十艘あまりのみ、しかもその大半は兵糧運搬用の船である。後方には運よく焼けずに残った船があったかもしれないが、この大戦《おおいくさ》のなかにあって周瑜の手から逃れられたかは知る由もない。

兵の数が増えれば当然敵の目にもつきやすくなる。楽進と牛金は急いで残りの輸送船の兵糧を捨てさせた。兵士らは我先に船に乗り込もうとざわついたが、大刀を手にした虎豹騎がまず乗船して舳先に陣取ると、それに威圧されてようやく静まった。いまこのときにあって肝要なのは、とにかく総帥の命を守ることである。曹操父子、さらには腹心の将、幕僚、掾属《えんぞく》［補佐官］たちが、まずはわずかに残っていた戦船に乗り込んだ。そして輸送船は軍馬を乗せるのに二艘使い、残りは中軍の将と虎豹騎で分けて乗ることになった。楽進は残る兵士たちと後続の敗残兵をまとめる役を買って出た。

将兵らが分かれて全員乗り込むと、船は棹《さお》さして岸を離れた。乗船したおのおのが船を漕いだり、警戒に当たったりした。内心不安だった曹操もやっといくらか落ち着きを取り戻し、岸辺に目を向けた。楽進らの姿が真っ暗な夜の闇にしだいに消えていく。完全に姿が見えなくなると、曹操は船べりに手をかけ、ゆっくりと腰を下ろして目を閉じた。これでまずは恐怖心から解放されたが、かといって明日のことを考える気にもならない。疲れ果てて癇癪《かんしゃく》を起こす気力もなく、ただぐっすりと眠りたかった——これはただの夢だ。目を覚ましたら敗戦などしておらず、すべてはこれからはじまるのだ——そんな妄想を抱くほどであった……

だが、目を閉じるなり誰かの叫び声が聞こえた。「敵襲だ！」

曹操は勢いよく立ち上がった——見れば後方から四、五艘の船が飛ぶように近づいてくる。どの船も明々と松明をともし、船上の兵士は刀や鉞《まさかり》を手にしている。そして先頭の船の舳先には、青竜の大旆《たいはい》がはっきりと見えた。

韓浩《かんこう》と史渙《しかん》はいくらか水軍を指揮した経験がある。速度を上げて敵の船を引き離すため、船の舳先に立って足を踏み鳴らした。だが、敵の船はさほど大きくないものの、恐ろしいほどの速さで距離を縮めてくる。こちらが多勢とはいえ、いざ戦えば勝負はどちらに転ぶかわからない。肝心なときに頼りになるのはやはり荀攸であった。「すぐに船を岸につけよ。後方にはわが軍の兵がいる！」

すでに夜は更けており、旗による命令の伝達はできない。みなが大声を上げることで、船隊はなんとか北岸に向かって方向を転じはじめた。ただ真っ暗で川筋もはっきりせず、転針するにも慎重にならざるをえない。そうこうしているうちにも敵の船はどんどん迫ってくる。そのとき、曹操らの乗っている船が突然大きく揺れた――冬場の渇水と不慣れな地形とが重なって、岸からまだ一丈［約二・三メートル］ほど離れたあたりで座礁したのである。

こうなっては手練れの水主《かこ》でもなす術なく、長江のなかに飛び込んで船を押すしかない。だが、敵の船はもうすぐそこまで近づいていた。相当に頭が切れるようで、追いかけながらもどの船に敵将が乗っているのか観察していたらしい。五艘の敵船が座礁した船をめがけて押し寄せてきた。そのうち先頭の一艘が早くも曹操らの船に接舷し、誰も反応ができないうちに敵兵が飛び移ってきた。何が起きたのか知る間もなく、何人かの護衛兵が首を斬って落とされた。

よく見れば、飛び移ってきたのは髭に白いものが交じる老将である。鋲《びょう》を打ちつけた兜に鎖帷子《くさりかたびら》、右手には巨大な環首刀《かんしゅとう》、左手には盾を持っている。年は耳順《じじゅん》くらいだろうが、がっしりとした体格で生気に溢れ、血色のいい顔に殺気をみなぎらせている。六十歳でこれほど猛々しいなら、若いころはいったいどれほど勇猛だったのだろうか。老将が体勢を整えたところ、続いて後ろから十数人の兵が次々と曹操の船に飛び移ってきた。みな刀と盾を手にし、すぐに曹操の護衛兵との斬り合いがはじまった。

この船の甲板はさほど広くないため、いきなり十数人もの荒々しい敵に乗り込まれては対応もままならず、たちまち半分近くが倒された。ほかの船の虎豹騎たちは助太刀に駆けつけようにも、すでに残り四艘の船に阻まれ、そちらとの交戦で手いっぱいになっている。曹操たちは真っ先に船倉に身を隠したが、敵に出入口を塞がれたら逃げることもできない。そこで思い切って剣を抜き、外へと飛び出した。韓浩、史渙、鄧展《とうてん》、曹純《そうじゅん》が曹操の周りを固める。老将は実に勇猛果敢で、また瞬く間に五、六人の護衛兵を斬って捨てた。温恢《おんかい》と桓階は恐れをなして長江に飛び込んだ。老将は曹操らが船倉から出てくるのをしっかり見ており、大刀を振り翳《かざ》して襲いかかってきた。史渙が慌てて剣を翳して受け止めたが、あまりの衝撃に手が痺れ、剣は弾き飛ばされて長江の川面へと消えた。今度は韓浩と鄧展が二人がかりで老将に挑む。鄧展は剣術の腕なら誰にも引けを取らないが、船上での身のこなしでは圧倒的にその老将のほうに分があった。あたかも勝手知ったる自分の庭のように、帆柱と船倉のあいだをぐるぐる回って二人の攻撃を躱《かわ》した。二人は老将に斬りかかるどころか、ぐるぐると回るうちに敵の包囲の輪のなかに引きずり込まれ、負けじと斬り結ぶも苦戦を強いられた。

曹丕は片手で父を支え、もう片方の手で荀攸を引っ張った。このあたりの水深がどれくらいあるのかわからない。飛び込むべきか迷っているうちに、またも目の前に敵の老将が現われた。眼前で大刀が振り上げられ、冷たく白い光が閃《ひらめ》く。曹丕の危機に史渙は肝をつぶし、そばにあった船の櫂を手に取るとその前に飛び出した。渾身の力で防いだが、大きな音とともに櫂は真っ二つに叩き折られた。勢い余った大刀はそのまま史渙の肩を斬りつけ、血が噴水のように噴き出した。

曹操の護衛兵たちは討ち死にするか、生き残っている者も負傷して起き上がれず、曹純も剣を振るいながら船倉まで追い詰められていた。韓浩と鄧展も衆寡敵せず、敵に足止めされ、目の前で史渙が重傷を負ったのを見ても助けに行けない。曹操、曹丕、荀攸の三人はいまさら長江に飛び込もうにも遅く、進み出て手中の武器を史渙に手渡す勇気もない。離れたところにいる韓浩らに身振り手振りで助けを求めるばかりであった。

老将がまたも大刀を振り上げた。狙いは曹操にしっかりと定められている。そのとき、横から矢が飛んできて、うち一本が老将の脇腹に刺さった。老将の二の腕が震えたかと思うと手から大刀が落ちた。史渙は重傷を負っているのにどこからそんな力が湧いてくるのか、老将に飛びかかって拳を一発お見舞いした。ちょうどこめかみに当たり、兜越しとはいえ老将がふらついた。そして、船べりに倒れかかると、そのまま大きく体を傾けて船から落ちた。

「黄将軍が川に落ちたぞ！」敵兵は混乱し、何人かがすぐさま助けに飛び込んだ。九死に一生を得た曹操は、矢が飛んできたほうに目を遣った――後方から近づいてきた一艘の小舟には、弓矢を手にした兵が七、八人乗っていた。どの顔も煙と炎に燻《いぶ》されて煤《すす》で真っ黒だったが、曹操にはひと目でわかった――文聘《ぶんぺい》である。

黄蓋《こうがい》の放った火が風に乗って燃え広がったとき、張允《ちょういん》は焼け死んだが、文聘は水軍の中央の楼船にとどまって応戦し続けた。最後には文聘の楼船にも火が燃え移ったため、やむをえず船を捨て、兵を十数艘の小舟に乗せて撤退した。だが、後方は一面火の海で西へ逃げるしかなく、長いあいだ火のなかをあちこち逃げ回り、ようやく抜け出せた。だが、ほとんどの兵は炎に焼かれたり敵の矢に射殺《いころ》されたりして、文聘の乗る一艘だけが運よく生き残った。このとき曹操軍はすでに総崩れで、周瑜は東側から回り込んで曹操軍の陣に攻め込んでいた。たった一艘では岸に上がるのもためらわれ、そのまま岸沿いを西へと進んでいたところ、青竜の大旆はためく戦船が見えた。ずっと前線で奮戦していた文聘には、それが江東の先鋒、黄蓋の乗る船だとわかった。その途端、激しい怒りがこみ上げてきた――荊州の水軍が崩れ去ったのは、何もかもあの老いぼれのせいだ――激怒した文聘は覚悟を決め、彼我の兵力差にかまうことなく、全力で舟を漕ぐよう命じた。必ずや黄蓋の船に追いつき、刺し違えてでも黄蓋を討つ、そう狙いを定めて追いかけていたのである。そこで思いも寄らず、絶体絶命の曹操の姿を見つけた。文聘はすぐ兵士らに矢を放たせると、それが見事黄蓋に命中したのであった。

大きな船は浅瀬には入れないが、文聘の小舟は難なく近づけた。文聘は水戦の経験が豊かで身のこなしも軽い。一本の長い棹を拾い上げて浅瀬に突き立て舟を寄せると、軽やかに小舟から曹操の船に乗り移った。勇敢な文聘の姿に江東の兵士たちもやや怯《ひる》んだ。しかも、黄蓋が矢に当たって川に落ちている。江東軍の戦意も薄れ、しだいに自分たちの船に戻っていった。このときには楽進も兵を率いて岸辺に駆けつけて来たので、ちょうどここが潮時と判断して引き返していった。

死体は次々と長江に投げ入れられ、新たに曹操の護衛兵が整えられた。楽進らは水のなかに入って座礁した船を押し戻した。文聘が自ら松明を手に水先案内に立ち、曹操を乗せた船はようやく逃走を再開した。

地獄に片足を踏み込んだ曹操と曹丕は甲板の上にへたり込んだ。冬の長江に飛び込んで逃げた桓階と温恢は、無事に船に引き上げられたが、寒さでがたがた震えて何度もくしゃみをしていた。史渙は肩に重傷を負っただけでなく、黄蓋の兜を素手で殴りつけたため、指の骨を三本も折って痛さに呻《うめ》いていた。一同は惨めな姿で車座になり、互いの顔を見合わせた。誰もが風に揺れる葦の音にも怯え、言葉を発する気力さえ残っていなかった……

第十五章　風声鶴唳《ふうせいかくれい》の華容道《かようどう》

悪路に迷う

戦《いくさ》に敗れた曹操は、このまま船で長江をさかのぼり、江陵《こうりょう》まで逃げるつもりであった。しかし、水軍が壊滅したということは、長江そのものが敵の領土になったと言ってよい。船での撤退は相当な危険を伴う。もし周瑜《しゅうゆ》が大船団で追撃してくれば、今度こそ命はない。そこで曹操は巴丘《はきゅう》［湖南省北東部］に着くと、上陸を命じ、船を残らず燃やし、陸路で北に撤退することにした。もとより安全を考えての決断であったが、それが全軍をさらなる窮地に陥れることになろうとはまだ知る由もなかった。

気づけば大寒が目前に迫り、空は一面どんよりとして寒々しい。巴丘から江陵に至る長江の北岸は、湿地や鬱蒼とした林が途切れなく続く。あの忌々《いまいま》しい南東の風は止んだものの、今度は重苦しい鈍色《にびいろ》の空が兵士を寒さで苦しめる。人跡も稀な湿地は枯れ枝と腐敗した葉が泥濘《ぬかるみ》を作り、その上には瘡蓋《かさぶた》のように氷が張っている。誤って足を踏み入れれば滑って氷を踏み抜いてしまい、容易には抜け出せないであろう。その先は、人の背丈ほどもある枯れた木々が延々と続き、魑魅魍魎《ちみもうりょう》のごとき奇岩と相まって怪しげな雰囲気を醸し出している。ここ数日は曇天が続き、雲間から陽光が差すどころか時折小雪もちらつく。まるで空に居座る分厚い雲に押し潰されそうだ。さらに気を滅入らせるのが、一日じゅう紗《しゃ》の帳《とばり》のようにあたりを覆う深い霧である。おかげで方向がまったくわからず、小鳥や獣の姿さえ見えない。

曹操は果てしなく広がる湿地帯を何日もさまよったが、鬱蒼とした林を抜け出すどころか、江陵へと向かう道すら見つけられないでいた。負け戦で散り散りになった兵士らもしだいに追いついてきたが、夜目《よめ》の利かない鳥さながら、行き当たりばったりに進むばかりで、どうしても一帯を抜け出せない。こうも迷い込んでしまっては文聘《ぶんぺい》にもなす術がない。ただ、その文聘によると、ここがかの有名な雲夢大沢《うんぼうだいたく》で、春秋時代に楚《そ》王が狩りを楽しんだ場所らしい。かつて司馬相如《しばしょうじょ》は「子虚賦《しきょふ》」を作り、雲夢大沢を「丹青《たんせい》 赭堊《しゃあく》、雌黄《しこう》 白坿《はくふ》、錫碧《せきへき》 金銀あり。衆色《しゅうしょく》 炫耀《げんよう》、照爛《しょうらん》として竜の鱗のごとし［丹砂《たんさ》、青雘《せいわく》、赤土、白土、石黄《しおう》、水晶、錫《すず》、碧玉《へきぎょく》、金、銀が掘り出され、いろいろな色が光り輝き、竜の鱗がきらめいているようである］」と詠んだ。むろん曹操もそれを覚えてはいるが、自らその場に身を置くと、文学の描写と現実は大違いである。雲夢大沢は周囲がおよそ九百里［約四百キロメートル］、東は江夏《こうか》から西は江陵まで、北は安陸《あんりく》から南は長江まで、どこもほとんど同じ眺めだ。山林と湿地が入り組んだ地形で、この季節には土地の者でさえ不用意に足を踏み入れない。

周瑜が追いついてくるのではないか、于禁《うきん》らの救援はいつになるのか、逃げ落ちた兵士らはどこへ行ったのか……いまの曹操にはそんなことを考える余裕もなかった。目下の懸念は病と兵糧不足である。疫病には開戦早々から悩まされたが、敗走中もじめじめとした湿地や鬱蒼とした林が続くなかで病にかかる者が後を絶たない。すでに二万ほどの敗残兵が集まっていたが、半数近くは病に侵され、日々この人気のない場所で誰かが命を落としている。兵糧の問題はもっと切迫していた。烏林《うりん》から逃走するにあたり大半の兵糧を長江に捨てたため、兵士らが携えているのは四、五日分しかなかった。切り詰めたところで焼け石に水である。真冬のこととて野の果実すら見当たらず、やむなく馬を殺して食べるしかなかった。

曹操は大きな黒い石の上に座り、生気のない表情で兵士らが馬を殺すのを見ていた――せっかく閻柔《えんじゅう》が幽州《ゆう》で心を込めて飼い慣らしたのに、戦で散るならまだしも、兵士の飢えをしのぐためだけに殺されるとはなんとももったいない……しかし、ほかに何を食えというのだ……人肉を食うか？　いや、人道はともかく病に冒された兵の肉など食えぬ。それに、今日をしのいだところで明日もまた同じこと……

「父上、お召し上がりください」曹丕《そうひ》が焼き上がったばかりの馬肉を持ってきた。ここまで兵士らとともに泥まみれで行軍してきた。普段の高貴な雰囲気は見る影もなく、白い狐裘《こきゅう》はすっかり土色に染まっている。

馬肉は旨くなかった。味つけもされておらずぱさぱさしており、どこか饐《す》えたような臭いがする。曹操は二口三口かじっただけで吐き気を催した。しかし、えずいただけで胃からは何も出てこない。

「丞相《じょうしょう》、ひと口お飲みください」がっしりとして上背のある若い男が水袋を曹操に差し出した。男の名は竇輔《とうほ》、先々帝の御代の大将軍《だい》、竇武《とうぶ》の孫である。数奇な運命を経たのち荊州《けい》に流れついて役人となり、先ごろ曹操に辟召《へきしょう》された。ここ数日、竇輔は片時も曹操のそばを離れず、曹丕とともに飲食の世話をしている。

曹操は水袋を受け取ると、訝《いぶか》しんで尋ねた。「ん？　なぜ熱い？」

賓輔は無邪気に答えた。「沸かしたばかりですから」

急な敗走で鍋などを持ち出す余裕はなかったはずだ。曹操はどうやって湯を沸かしたのかわからなかったが、賓輔の背後に小さな風呂敷包みが見えた。口がほどけ、なかから黒焦げになった兜がのぞいている。これで曹操にも謎が解けた。賓輔は兜をきれいに洗い、そこに水を入れて沸かしたのだ。

曹操はすっかり感心した。「気が利くな。この林を無事に抜け出せたら取り立ててやるぞ」湯を数口飲んだおかげで全身が温まり、もう一度馬肉にかじりつくと今度は旨みを感じた。そのとき大きな声が聞こえた。「風だ！　強い風が吹いてきたぞ！」つられるように周りの兵士らも歓声を上げた。まるで戦に勝ったかのようである。

雲夢大沢に迷い込んでからは、もう何日も陰鬱な天気しか目にしていなかった。太陽が出ないばかりに東西南北すらわからないでいる。強風そのものは珍しくもなんともないが、これで雲が吹き払われたら、曹操軍もこの苦境を脱することができるかもしれない。この強風はいまの曹操軍にとっては援軍と言っていい。曹操は半分食べただけの馬肉を放り出すと、太い枯れ枝を杖にして立ち上がり、風に向かって歩きだした。「北東だ！　こっちが北東に違いない。これで江陵に着けるぞ！」

風はひとたび吹きだすとどんどん強くなり、衣の裾がばたばたと音を立ててめくれた。だが、曹操軍の将兵は吹きつける強風にかえって大喜びである。曹操と曹丕が先頭に立ち、荀攸《じゅんゆう》、桓階《かんかい》、温恢《おんかい》らが互いに手を貸し合いながら続いた。兵士らも元気を取り戻し、曹操らに続いて北東に向かい歩きはじめた。ところが、まだいくらも進まないうちに頭上で雷鳴が轟いた。風はしだいに止み、入れ代わるように今度は冷たい霧雨が降りはじめた。雨を感じた兵士らは呆然と立ち尽くし、嗚咽の声が漏れ聞こえてきたかと思うと、誰も彼もが声を上げて泣きだした。

ともったばかりの小さな希望の灯があえなく雨に消えた。曹操はまるで谷底に突き落とされたような心境になり、冷たい雨のなかで立ち尽くした――風が止んでこの雨だ。兵糧は尽きて馬もほとんど残っていない。これでおしまいか……

このとき、涙をぬぐって大声で叫ぶ者がいた。「おい、あっちのほうに何かいるぞ！」

曹操の頭に真っ先に浮かんだのは周瑜の追っ手だった。いまの自軍に戦う力など残っていない。遭遇すれば死あるのみである。しかし、山林のなかで飢え死にするくらいなら、敵の餌食になったほうがまだましに思えた。すかさず曹純《そうじゅん》、韓浩《かんこう》、鄧展《とうてん》が剣を抜いて曹操の周りを固め、重傷を負って朦朧としていた史渙《しかん》さえ刀を杖代わりにして近寄ってきた。

雨のおかげで霧が晴れ、さっきまでとは違い林の奥まで視界が利く。右前方の枝が広い範囲でがさがさと揺れており、百人やそこらの小隊ではなさそうだ。一同は息を飲み、身じろぎもせず音のするほうを凝視した。戦になるのか、それとも救われるのか……

永遠にも思われたほんの寸刻ののち、樹々のあいだから馬に乗った男が姿を現した。年のころは五十ばかり、衣は破れているもののまだきれいなほうで、なんと士大夫の峨冠《がかん》を戴いている。曹操は驚いて呼びかけた。「蒯異度《かいいど》ではないか！　ど、どうして、こんなところにいるのだ？」

しかし、蒯越《かいえつ》の驚きぶりは曹操以上であった。「丞相こそ江陵に向かわれたはずでは？」そこでいったん言葉を切ると振り返って叫んだ。「みな早く来い！　丞相がおられるぞ！」すると大勢の者が続々と林のなかから現れた。王粲《おうさん》や傅巽《ふそん》といった荊州の官、将軍の張憙《ちょうき》、荷車の台に横たわる重病の蔡瑁《さいぼう》の姿もあった。兵士に至っては千人以上いる。しかも、武器や鎧だけでなく、その背中にはぱんぱんに膨れた兵糧袋を背負っていた。ほかにも荷車数台分の糧秣《りょうまつ》と宿舎用の天幕まで持ち運んでいる。

周瑜が火を放った夜、蒯越らは中軍で留守を預かっていた。陣営の混乱を知って外に出てみると、長江のほとりでは炎が天を衝《つ》く勢いで燃え盛っている。これでは曹操も撤退したに違いない、そう考えて陣の北門から逃げる準備をはじめたところ、ちょうど張熹率いる千人あまりの部隊と出くわした。蒯越らは荊州の地理に詳しかったので、張熹の部隊と一緒になって、長江沿いではなく北の山に分け入り間道伝いに逃げた。間道は外からわかりづらく安全だが、道は細く曲がりくねっている。当然、長江沿いを逃げる曹操たちに後れを取るはずだったが、曹操たちは雲夢大沢で道を見失った。その結果、偶然ここで出会ったのである。

蒯越は曹操たちが雲夢大沢で難儀したことを聞くと、つい笑みを漏らした。「丞相、もう心配はご無用です。雲夢大沢には荊楚《けいそ》［長江の中流一帯］の友としょっちゅう気晴らしに来ていましたから、よく道を承知しております。ここから北へ……」

「それで北はどっちだ?」その北が見当つかないから困っているのだ。

「丞相が来られた方向です」

なんと、ここまで真逆の方向に進んでいたのか……これには曹操も泣くに泣けなかった。

そんな曹操の気持ちも露知らず、蒯越は曹操の背後を指さした。「まっすぐ行って湿地を越えると狭い旧道があり、直接華容県に通じています。何しろ古い道で泥に覆われていますが、道は存じております。いまの季節はともかく、うららかな春の日や夏の盛りならこのあたりは素晴らしい景色で、巻狩りにも打ってつけです。機会がありましたら、ぜひまたご一緒しましょう」

曹操はかぶりを振った——二度と来るものか。

曹丕はこの僥倖《ぎょうこう》を喜んだ。「蒯大人《たいじん》、幸いここで合流できたのですから、出発を少し待っていただけませんか。こちらの兵はだいぶひもじい思いをしています。余分な兵糧があれば分けていただきたいのです。天幕を張って少し休み、持ち直してから先を急いでも遅くはないかと」

「兵糧も天幕もありますが、一刻も無駄にはできません」蒯越の表情が険しくなった。「昨日放った斥候《せっこう》によると、東のほうで劉備《りゅうび》の兵馬が出没しているようです」

「何⁉　劉備の兵馬だと？」曹操は驚いた。

「道中で土地の者に聞いた話では、劉備は周瑜と同盟を結んだ際、二千の精鋭を手元に残したのだとか。どうやら周瑜が火攻めを仕掛けた夜、劉備はその精鋭を率いて漢水《かんすい》を渡り、陸路からわが軍を襲うつもりだったようです。いつこの雲夢大沢まで追って来てもおかしくありません。われらも足を止めず、なるべく早くここを離れましょう」

曹操は周瑜の追撃を警戒していたが、まさか劉備が先に来るとは思ってもいなかった——大耳の賊め、なんと狡猾な。漁夫の利を狙おうというのか——胸の内でそう罵ってみても、この敗軍にもはや抵抗する力はない。ここで劉備に出くわせば一巻の終わりである。曹操はすぐに命《めい》を下した。「兵に干《ほ》し飯《いい》を配れ。食べながらでいい。このまま先へ進むのだ」

かくして、再び息詰まるような逃避行がはじまった。ただ、このたびは地理に通じた蒯越がいる。これまでよりはずいぶんと順調に進むことができた。曹丕と竇輔は疲れ切っていた曹操を蔡瑁の横たわる荷車に載せ、兵士らに押させた。

曹操が許攸《きょゆう》を殺害する現場を目撃して以来、蔡瑁はずっとびくびく怯《おび》えていた。水や食べ物に事欠いたわけではなかったが、鬱蒼とした林のなかをくぐり抜けてきたことで瘴気《しょうき》に当てられ、顔色は青白く、眼窩《がんか》も落ちくぼんでいた。見るに忍びない蔡瑁に対して、曹操はしきりに声をかけた。「もう少しの辛抱だ。江陵に戻ればゆっくりと療養できるぞ」

蔡瑁は南東の風について曹操にすぐ伝えなかったことを深く後悔し、自責の念に駆られていた。「水軍を任されながら、わたしが不覚を取ったばかりに……慚愧の念に堪えません」そう許しを請いながらも、曹操と目を合わせないよう虚空を見上げていた。曹操の顔を目にすると、あの日の恐ろしい光景が思い出されるような気がした。

曹操はため息を漏らしながら蔡瑁の胸をさすってやった。「突然、病になったのだ。務めを果たせずとも致し方あるまい。気にするな。わしらは昔なじみではないか」

蔡瑁を苦しめていたのは、実は体の具合よりも心の病であった。とりわけ曹操に「昔なじみ」と言われると激しく動揺し、思わず苦しげな呻《うめ》き声が漏れた。そんなこととは露知らず、曹操は話を続けた。「孫権の青二才と大耳の賊は一時的に勝ちを得たに過ぎん。わしを打ち負かすのはそうたやすくないぞ。江陵に戻ったら兵をまとめ、七軍の兵馬と編成し直し、必ずや一気に形勢を覆してやる」

曹操がそう息巻いていると、前方の部隊が急に止まった。

「何ごとだ？」曹操は荷車から飛び降りた。

「前方に湿地があります」韓浩が答えた。

曹操は兵士らのあいだを縫って最前列に出ると、その様子を自分の目で確かめた。目の前の地面が黒々とした泥濘になっており、足を踏み入れた何人かの兵がすでに腰まで泥に埋まっている。曹操は顔をしかめた。「ほかに道はないのか」

こればかりは蒯越とていかんともしがたい。「これが一番の近道になります。この道を抜けて西へ行けば華容の旧道です。ほかの道もあるにはありますが、北東に大きく迂回しなくてはなりません。それだけで半日は無駄にすることになります」

この逃避行にそんな余裕はない。ましてや劉備軍が近くに迫っているのだ。半日も余計に時間と体力を費やして、それで追いつかれでもしたらたいへんなことになる。とはいえ、この泥濘を強行突破するにしても、すべての兵が通り抜けるには一、二刻［約三、四時間］はかかるだろう。もはや一刻の猶予も許されない――どうすればいい？――曹操が頭を悩ませているところに後続の大隊が到着した。そのなかには病気で弱った兵士らが数多くいる。曹操の脳裡にある考えが閃《ひらめ》いた。

曹操は病と行軍でぐったりとした兵士たちの前に立つと、一つため息をついて話しかけた。「前方に湿地が広がっている。ここで足止めを食らっては敵に追いつかれるかもしれない。戦になってもおぬしらは病で戦えぬ。そこでだ。おのおの柴を背負って泥濘を埋めてくれぬか。かりに敵が追いついてきても、まだ戦える兵が後方で敵を食い止める。おぬしらは戦に加わらずともよいから、取り急ぎ泥濘を埋めてくれ。どうだ、やってくれるか？」

兵士らは互いに顔を見合わせてうなずいた――それくらいなら自分たちにもやれそうだ。病とはいえ、藁《わら》を背負って運ぶくらいはできる。ましてや雲の上の存在である天下の丞相が自ら相談を持ちかけてくれたのだ。断るなどという選択肢はない。そうと決まれば実行あるのみで、百人以上の傷病兵たちはすぐに枯れ草を集めはじめた。大半の馬は殺して食用にしたので飼い葉ももはや必要ない。曹操は彼らの手間を少しでも軽くしてやるために、迷うことなく張熹が運んできた飼い葉も渡してやった。それに枯れた小枝や落ち葉を加え、おのおの大きな束にして背負い、湿地に運んで泥濘を埋めていった。

曹操は傷病兵たちが作業に打ち込みはじめたのを見届けると、そっと韓浩と曹純のそばに行って小声で命じた。「残っている馬をすべてここに集めよ。虎豹騎《こひょうき》［曹操の親衛騎兵］を騎乗させて次の命を待つのだ」そう言うと、ゆっくりと蔡瑁が身を横たえる荷車に戻り、荷台の上であぐらをかいて兵士らの仕事ぶりを眺めた。

曹操の考えもわからぬままに韓浩と曹純は馬を残らず集め、虎豹騎たちも鞍に跨がり待機した。曹操は口を固く結び、瞬きもせず傷病兵たちの動きをじっと見つめている。もとより体力の落ちていた傷病兵たちである。泥のなかで必死になって足を動かし、なんとかして歩みを進めるようなありさまではあったが、それでも湿地の端からしだいに泥濘を埋めていった。そうして徐々に前へと進み、黒々とした湿地を埋めるように傷病兵らの列が伸びていった。

そのとき、突然曹操が荷車から飛び降り、虎豹騎に向かって叫んだ。「駆け抜けよ！」

韓浩と曹純は曹操の意図がわからず戸惑った。

「駆け抜けるのだ！」再び曹操が叫んだ。

二人はようやくその意味を理解したが、なおも信じられないと目を丸くしている。

曹操が大声で怒鳴った。「軍令に逆らう者は処刑だ！　さっさと駆け抜けろ！」

韓浩は動揺して頭のなかが真っ白になった。だが、曹操の命令は絶対である。両目をぎゅっとつぶると、心を鬼にして馬の尻に鞭をくれた。それを見た曹純も意を決してあとに続く。躊躇《ちゅうちょ》していた虎豹騎も、上官が駆けだしたとあっては後れを取るわけにいかない。瞬くうちに数百騎が傷病兵たちの体を橋にして駆け抜けた。あたりには踏みしだかれた者たちのこの世のものとは思えない阿鼻叫喚がこだまする——こうして泥濘を死人で埋めた道が出来上がった。

蒯越、荀攸、竇輔らは驚きのあまり言葉を失い、異様な眼差しで曹操を見た。だが、当の曹操はまた荷台に上がり、肩の荷を下ろしたようにほっとした表情を浮かべている。みなの視線に気がつくと、苦々しげに手を振って言い訳した。「そんな目でわしを見るな。わしとてやむをえなかったのだ。劉備に追いつかれたら百人では済まぬ。さあ、われらも……」

今度は曹操のすぐ後ろで悲鳴が聞こえた——目の前で起きた光景に蔡瑁は気が動転し、身を大きく震わせて荷車から転げ落ちたのである。

「徳珪《とくけい》、どうした?」慌てて曹操が抱き起した。

曹操を見るその目は、まるで何か化け物でも見るかのように大きく見開かれ、胸が裂けて漏れた空気を必死で取り込むかのように、口を大きく開けて激しくあえいでいた。その呼吸音は牛のように野太く、とても人間のものには思えない。

曹操は嫌な予感がし、蔡瑁の肩を支えながら耳元で叫んだ。「徳珪、しっかりしろ！」

だが、曹操の声は聞こえていないようだった。蔡瑁は相変わらず目を見開き、口を開け、喉から奇妙な音を出している。とうとう四肢が痙攣《けいれん》をはじめた。「徳珪、われらは昔なじみではないか！」曹操の悲痛な叫びを聞いてか聞かずか、蔡瑁の首ががっくりと垂れ、そのまま息を引き取った。

曹操は胸が裂けるような悲しみに耐えつつ、蔡瑁の瞼をそっと閉じてやった——三十年ぶりに昔なじみの友に再会できたのに、たった数か月で永遠に別れることになろうとは……だが、蔡瑁を死に至らしめたのがよもや自分であったとは、最後まで曹操は気づかぬままであった。

将兵たちは目の前で矢継ぎ早に起こった出来事にただ呆然としていた。ややあって、ようやく蒯越は涙をぬぐい曹操に声をかけた。「丞相、おつらいでしょうが、道を急ぎませんと。徳珪の亡骸は襄《じょう》陽《よう》に運んでから、きちんと葬ってやりましょう」蒯越にとっては半生をともにしてきた仲間である。そのつらさは曹操の比ではなかったが、いまはそう言って自分を慰めるしかなかった。

兵士が蔡瑁の遺体を荷台に戻した。みな気分は暗く沈んでいる。その気持ちをいっそう重くさせるのが目の前に伸びる死者の道である。曹操は蔡瑁と遊んだ幼少時代の思い出にどっぷりと浸《ひた》っているうちに渡り終えていたが、ほかの者はそうはいかない。必要以上に抜き足差し足になったり、そのせいでかえってよろめいたりしながらどうにか進んだ。王粲や阮瑀《げんう》、応瑒《おうとう》といった文人らはほとんど泣き出しそうになりながら、手を貸してもらって歩を進めた。長子の曹丕でさえ肝をつぶし、だいぶ後れを取ってから足を踏み出した。なかにはまだ息絶えていない者もいる。足を引っ張られるかもしれないと思うと気が気でなかった。半分ほど進んだとき、すぐそばに賈詡《かく》の姿を認めた。杖をついているが、まるで許都の大通りを歩くかのように落ち着き払って進んでいる。

「賈大人は豪胆でいらっしゃいますね」曹丕は思わず感心した。

賈詡はため息をついた。「若君はまだご存じないのかもしれません。目に見える道がすべてではない。この世には目に見えぬ道もある。富貴の道、名声の道、仕官の道……しかし、いったい死者の埋まっていない道などあるのでしょうか……」賈詡はこれでも話しすぎたと思ったのか、また俯《うつむ》いて歩を速めた。

かくして曹操軍は湿地を脱し、先頭のほうは華容の旧道に出ることができた。しばらく進むと日が沈みはじめたので、この日の逃避行はそこまでとなった。雲夢大沢を抜けるのも、夜は安心して休めるという利点がある。敵とて夜が更ければこの鬱蒼とした林や湿地を動くことはできない。しかし、今日ばかりは死者を踏みつけた昼間の感触がまだありありと残っており、熟睡できる者はいなかった。空が白みはじめると、曹操軍はまた行軍を再開した。さらに半日ほど進んで、ようやく全軍が雲夢大沢を抜け出た。

平らな駅路に出たことで、曹操軍もようやく難を逃れたと言える。一帯は曹操の支配地域であり、劉備の限られた兵力では、開けた場所で軽々しく打って出てくることはない。だが、いくらも進まないうちに、曹操軍の兵士らは背後に異変を感じた。振り返ると、通過してきたばかりの密林から黒い煙がもうもうと立ち上っている。

その光景にみなぞっとした。あと一歩遅ければ、全員が火の海で命を落としていたかもしれない。一同はこのときになってようやく曹操の意図を知った。死体で道を築いたのは行軍の時間を縮めるための窮余の一策だったのである。曹操も振り返り、火の手を眺めながら冷やか笑みを浮かべた。「さすがは劉備というところだが手遅れだったな。わしが見つからんのならもっと早くに火を放つべきだった。いまごろ火をかけても何の意味もない。見ておれよ。七軍と合流したら真っ先に片づけてやる！」

曹操軍は半月あまりの苦しい逃避行を経て虎口を脱したが、まだ油断はできない。急ぎ江陵に戻って兵馬を集める必要がある。そこで華容県には入らず、そのまま西に進路を取った。ところが、さほど進まないうちに、今度は前方から砂塵を舞き上げて小隊が近づいてきた。怯える兵士たちとは裏腹に、曹操は落ち着き払っている。「勝ちを得たばかりの周瑜がここまで深追いはせぬ。あれはきっとわが軍の兵だ」

曹操の見立てどおり、張遼《ちょうりょう》と許褚《きょちょ》が数百人ほどの小部隊を率いてやって来た。張遼は七軍を率いる将の一人で襄陽近くに駐屯しており、許褚は曹操の命を受けて曹沖《そうちゅう》らを譙県《しょう》［安徽《あんき》省北西部］に送り届けていた。二人は味方の敗北を知り、曹操を助けるために手勢を率いて駆けつけてきたのだった。

曹操の姿を見つけると、二人は馬から飛び下りて拝礼した。「驚きました。ですが、わが君がご無事で何よりです」二人の大男は安堵のため息をついた。

曹操はあくまで強気である。「勝敗は兵家の常だ、気にすることではない。再び兵を集めて孫権と劉備を血祭りに上げてやる！」

張遼と許褚は根っからの戦好きである。そう聞いて普段なら笑顔を弾けさせるところだが、いまはうなだれて元気がない。

「どうした？」曹操は二人の様子を見て問い詰めた。

許褚が答えた。「わが君、実は倉舒《そうじょ》さまの病が……」

「沖がどうした？」

「若君の病状が思わしくないのです。いまは盧洪《ろこう》が兗州《えん》に人を遣り、華佗《かだ》の一番弟子の李璫之《りとうし》を連れてきて治療させていますが、どうやら打つ手がないようで……しかし李璫之によると、華佗は『青囊書《せいのうしょ》』とかいう医書を残しており、獄中に持ち込んでいたそうです。それを手に入れることができれば治療の方法が見つかるかもしれません……わが君、どうかご心配なさいませぬように」

曹操は言葉が出なかった。これが心配せずにいられれようか。

張遼も口を開いた。「そ、それがしにも申し上げたきことが……」

「わかっておる」曹操はしばし息子への心配をかなぐり捨てて張遼に命じた。「おぬしはまず襄陽の七軍を江陵に移動させよ。孫権と劉備、二人の賊と戦わねばならん」

だが、張遼は暗く沈んだ面持ちでかぶりを振った。「それができぬのです。実は問題が……」

曹操は軽い目眩《めまい》を覚えたが、気持ちを奮い立たせて確かめた。「どうしたというのだ」

「実は数日前、孫権が十万の大軍を率いて長江を渡り、合肥《ごうひ》［安徽省中部］に攻め寄せて来ました。加えて、かつて袁術《えんじゅつ》の部下だった陳蘭《ちんらん》、雷薄《らいはく》、梅乾《ばいけん》らがこの機に乗じて反乱し、六安《りくあん》県［安徽省西部］が攻め取られました。ちょうど揚州《ようしゅう》刺史《しし》の劉馥《りゅうふく》が病死したばかりで、淮南《わいなん》［淮河《わいが》以南、長江以北の地域］の反乱はいっそう深刻なものに……乱の鎮圧には総護軍《そうごぐん》の趙儼《ちょうげん》が七軍の兵馬を引き連れて向かっております。それで、それがしだけがわが君のお迎えに参りました。合肥は包囲されたままで援軍も送れず……われらには……われらにはもう周瑜や劉備と戦うだけの兵が残っていないのです……」

泣き面《つら》に蜂

赤壁《せきへき》での敗戦は戦場での損失にとどまらず、曹操の予想をはるかに超えてあらゆる局面に大きく影響していた。赤壁で敵の火の手にさらされているあいだに、孫権《そんけん》は十万の大軍を率いて長江の北側にある合肥《ごうひ》を包囲した。「十万の大軍」が真実かどうかは措《お》くとしても、合肥が囲まれたことでまた別の問題が生じた。廬江《ろこう》や九江《きゅうこう》には、袁術《えんじゅつ》のかつての部下である陳蘭《ちんらん》、雷薄《らいはく》、梅乾《ばいけん》、雷緒《らいしょ》らがいた。彼らは匪賊同然に江淮《こうわい》［長江と淮河《わいが》の一帯］に勢力を築いており、孫氏と早くから関係を結んでいた。これまでは情勢に迫られて曹操に降っていたが、心から帰順していたわけではない。このたび曹操が敗北し、孫権が合肥に攻め寄せたと聞くと、ちょうど揚《よう》州刺史《しし》の劉馥《りゅうふく》が病死したこともあり、好機到来とばかりにとうとう反乱を起こした。すぐさま昔の部下をかき集めると、あっという間に氐《てい》、六安《りくあん》、潜山《せんざん》など六つの県城を占領し、反乱軍は五、六万人にも膨れ上がった。

曹操は七軍を呼び寄せて再び周瑜《しゅうゆ》と戦うつもりでいたが、いまやそれが不可能となった。そればかりか合肥への援軍にも事欠くありさまである。ともかくいまあるだけの馬や装備を集めて無傷の張憙《ちょうき》の部隊に与え、一千あまりを合肥に向かわせることにした。これとは別に汝南《じょなん》の李通《りつう》も救援に向かわせようと考えたが、ちょうどそこに早馬の知らせがもたらされた。聞けば李通は桃山《とうざん》の叛徒張赤《ちょうせき》を討伐して勝利を収めたものの、病に倒れて軍の指揮を執れないという。曹操は致し方なく張憙をまずは汝南に向かわせ、李通配下の三千の兵を組み入れてから合肥の救援に向かうよう指示した。

それからさらに二、三日、曹操軍はなおも苦しい行軍を続け、ついに江陵への撤退を完了した。ところが曹操は、ようやく着いた江陵には数日駐留しただけで、またすぐに北へ向かって行軍を再開した。それというのも、江淮で反乱が起こったからには、周瑜と劉備《りゅうび》が勝ちに乗じて攻め上がってくる恐れがあるからである。退却してきたばかりの兵にもはや戦う力はなく、どこかに腰を落ち着けて英気を養わねばならない。江淮にも荊《けい》州にも敵の手が及んでいる。戦《いくさ》に巻き込まれる危険がなく、全体を把握するに都合よく、さらには救援の兵を速《すみ》やかに送れる場所……すべての条件に適うのは故郷の譙《しょう》県しかない。

曹操は曹仁《そうじん》と曹洪《そうこう》に引き続き江陵と夷陵《いりょう》［湖北省南西部］を守るよう命じると、満寵《まんちょう》には当陽《とうよう》［湖北省中部］を、楽進《がくしん》には襄陽《じょうよう》を守らせることにした。また、徐晃《じょこう》の部隊を南下させ、敵を防ぎつつ散った兵士らを集めさせた。そして曹操自身は疲労困憊した敗残兵を率い、さらに北上していったのである。

建安《けんあん》十四年（西暦二〇九年）四月、曹操はやっとのことで譙県にたどり着いた。だが、馬を下りるや、精根尽き果てた曹操の耳に恐れていた知らせが舞い込んだ――最愛の息子曹沖《そうちゅう》がすでに病膏肓《こうこう》に入《い》り、手の施しようもないという。

許都《きょと》で探させたところ、華佗《かだ》の『青嚢書《せいのうしょ》』をとうとう見つけ出したが、それはすでに書冊の体《てい》をとどめておらず灰と化していた。曹操が荊州を手にしたのちに華佗が暇乞《いとまご》いを願い出たのは、実はこの医書を著すためであった。沛《はい》国の華佗と南陽《なんよう》の張機《ちょうき》、この二人は当世知らぬ者なき二大神医《しんい》であったが、張機には『傷寒雑病論《しょうかんざつびょうろん》』なる著作がある一方で、華佗はまだ己の医術を一書にまとめてはいなかった。荊州が曹操に帰順して二人の交流がはじまると、華佗は張機に負けていられないと考えた。そこで、妻が病だと偽り、故郷に戻って著作を完成させたのである。華佗としてはいよいよ張機と交流を深めて腕を磨くつもりであったが、思いもかけずこの帰郷が身を亡ぼす要因となった。投獄された華佗は死罪は免れぬと覚悟を決め、書き上げたばかりの『青嚢書』をある獄卒に託し、この書を究めれば人々を救えると言い残した。だが、華佗の死後、なんとこの獄卒は『青嚢書』を燃やしてしまった。盧洪《ろこう》と趙達《ちょうたつ》がなぜ燃やしたのかと問いただしたところ、獄卒は至極真っ当な返事をした。「華佗のような医術を身につけたとて獄中で横死《おうし》するなら、それこそ無用の長物ではありませんか」

李瑠之《りとうし》がどれだけ手を尽くしても、曹沖は見る間に薬湯さえ喉を通らなくなった。李瑠之は曹操の前に跪《ひざまず》き、床に額をこすりつけて許しを乞うた。

「この藪《やぶ》医者め！」曹操は李瑠之の鼻先に指を突きつけ、口汚く罵った。「早く沖を治せ！　もし治せなかったら、お前の家族を皆殺しにしてやる！」

朴訥《ぼくとつ》でお上を恐れる李瑠之は、自分の師である華佗を曹操に殺され、このたびも無理やり連れて来られて曹沖の治療に当たっている。怒りの収まらない曹操を前にして早くも縮み上がり、まともに言葉も出てこない。「丞相《じょうしょう》、か、家族はおろか一族をしょ、処刑されても……わ、わたしには……」

「知ったことか！　お前は沖を治せばいい、できねば八つ裂きにする。それだけのことだ！」曹操はそれ以上李瑠之にはかまわず、寝台に近づいて息子を見つめた。ほんの数か月前はまだ元気いっぱいだった。大人に負けず口達者で用事もこなせ、曹操の機嫌を取ることだってできた。それがいまや昏睡状態で身を横たえ、ぴくりとも動かない。体じゅうが熱を持ち汗で湿っている。人とはかくも脆いものなのである。

曹操は曹沖の額をなでながら、小声で呼びかけた。「沖や、倉舒《そうじょ》や、目を開けておくれ。わしと話をしておくれ。なあ、聞こえているか、沖、母が鄴城《ぎょう》でお前の帰りを待っているのだぞ。目を覚ましてくれ……ああ、天よ！　なぜかくも曹孟徳《もうとく》を苦しめるのか！」そのとき、曹操はふと宛城《えん》［河南省南西部］で壮絶な死を遂げた曹昂《そうこう》のことを思い出した。大事な跡継ぎを二度も亡くすことになるなど、天が自分をもてあそんでいるとしか思えなかった。息子を失う悲しみが一度では足りないというのか。この苦境にさらなる仕打ちを加えようというのか。胸を引き裂くような悲しみに曹操は打ちのめされた。

曹丕《そうひ》、曹植《そうしょく》、夏侯尚《かこうしょう》、曹瑜《そうゆ》といった親族も、曹沖の寝台のそばで見守っている。あまりにつらそうな曹操を見て慰めの言葉をかけた。「丞相、あまり悲しみ嘆かれますと、お体に障ります……」

これが曹操の悲しみを怒りに変えた。「悲しむなだと？　わしが何を悲しんでいるというのだ。沖はまだ死んでおらん。それとも何か、お前たちは沖が死ねばよいとでも思っているのか！」怒鳴られた一同は呆気にとられた。曹操は曹植を指さした。「お前はちゃんと弟の世話をしたのか？　さてはお前が沖を殺そうとしたのだろう、正直に言え！」

曹植は肝をつぶして慌てて跪いた。「わたしがどうしてそんな畜生にも劣る真似をいたしましょう」

「いいや、誰しも権力を握るためなら何だってする。もし沖が死ねばお前の将来もないものと思え！」曹操は曹植に向けていた指先を今度は曹丕に向けた。「お前もだ！　沖が死ねばうれしいだろう。違うか！」

曹丕はすぐに体を折り曲げ、這《は》いつくばるようにして何度も叩頭した。「とんでもございません……」

それを見て夏侯尚と曹瑜も跪き、曹丕と曹植をかばった。「すべてはわれらが至らなかったゆえ。若君らに罪はありません。どうか、どうか怒りをお鎮めください」

それしきで曹操の怒りが収まるはずもない。曹操は後ろ手を組みながらいらいらと部屋を行きつ戻りつしはじめた。「そうか、お前たちも沖に死んでほしいのだな？　さてはわしまで亡き者にしようと企んでおるな？　わしは絶対にお前らを許さん。孫権の小僧も、大耳の劉備もだ……」極度の悲しみと怒りが綯《な》い交ぜになり、曹操は完全に平静を失っていた。「わかったぞ、全員で沖を殺そうとしているんだな？　この曹孟徳、決してただでは済まさぬぞ。この曹孟徳が間違えることなどありえんのだ！」曹操はものすごい剣幕で叫んだかと思うと、突然くずおれて寝台のそばにかがみ込んだ。そして両手で頭を押さえ、激しく呻《うめ》きはじめた――一年あまり鳴りを潜めていた持病の頭風《とうふう》が再発したのである。

激しい痛みと目眩《めまい》に襲われ、曹操は瞼をきつく閉じた。もはや怒鳴り散らす気力もない。一同はたちまち大騒ぎになった。李瑠之は曹操のそばににじり寄り、しどろもどろに言った。「わ、わたしが頭風の薬をちょ、調合します。も、もしかしたら治るかも……」

「ええい、ぐだぐだ言わずにさっさと調合しろ！」曹瑜が地団駄を踏みながら命じた。

李瑠之はびくびく震えながら薬を調合し、夏侯尚に渡して煎じてくるように頼んだ。それから勇気を振り絞って曹操の頭部を指圧しはじめた。しばらくして薬湯が出来上がると、曹丕がそれを吹き冷ましながら一匙《さじ》ずつ曹操に飲ませた。曹操の呼吸がだんだんと穏やかになってくる。碗半分ほど薬湯を飲んだところで、曹操はゆっくりと目を開けた。「お前たちのせいにするなど、どうかしていた。嫌な思いをさせたな」突然激痛に襲われたことでかえって怒りが吹き飛んだのか、しだいに平静を取り戻した。

曹植が答えた。「育てのご恩を思えば、これしきのこと。父上、どうかあれこれ思い悩まず、安心して静養なさってください」

曹操は小さくうなずくと李瑢之に目を向けた。「おぬしもわしの頭風を治せるのか」

「わたくしは浅学非才ゆえ、薬の調合はできますが、鍼《はり》にはあまり通じておりません」李瑢之は正直に答えた。薬の成分や効能については師にも劣らない知識を持っているが、鍼となると遠く及ぶところではない。

曹操はため息をついた。「では、息子の病も治せぬのだな?」

「もともと虚弱気味であったところに、傷寒《しょうかん》［腸チフスの類い］を患いました。わたくしの力では手の施しようがありません。おそらく治せるのはわが師のみでしょう。あるいは……あるいは南陽の張仲景《ちゅうけい》殿ならもしかすると……」

曹操はかぶりを振った――華佗は自分が殺した。それに赤壁の敗戦で長江の南四郡には力が及ばないのに、どうやって張機を呼び寄せる？　密かに人を遣って探し出したところで張機が来るとも思えない。曹操はとうとう後悔の言葉を漏らした。「華佗を処刑するべきではなかったな……華佗がいてくれたら沖も助かったであろうに……」曹操の目には大粒の涙が浮かんでいた。

曹丕と曹植は父の涙にもらい泣きし、かたや李瑠之は、どうやら曹操が無実の罪で華佗を殺《あや》めたらしいと知り、激しくむせび泣いた。曹操は李瑠之の肩をぽんぽんと叩いた。「『死生《しせい》に命《めい》あり［人の生死は天命による］』だ。そなたは自分の力を尽くしてくれればよい。わしももう無理に治せとは言わん。そなたは治療に専念してくれ。わしは天地の神に祈っておる。沖がこの危機を乗り越えられるようにな」天命など信じない曹操が息子のために祈るということは、覚悟を決めたというに等しい。「これからはわしの頭風もおぬしが診てくれ」

李瑠之はまたもがくがくと震えだした。「わ、わたくしは薬に通じているだけで、効果が現れるまでひどく時間を要します。師の鍼のような即効性は期待できません」李瑠之の懸念はもっともである。華佗ほどの腕をもってしても曹操の頭風はなかなか完治せず、その挙げ句、時間がかかりすぎると文句を言って処刑したのだ。薬湯に頼るのみでは百度は死を賜わることになる。

だが、曹操は鷹揚《おうよう》に答えた。「気にするな。ゆっくり治してくれればよい。わしもそなたを咎めたりはせん」朱砂が足らねば赤土も尊し［朱色顔料の原料が足りなければ赤土でさえ貴重がられる］、二大神医がおらぬ以上、残るは薬に通じた李瑠之だけである。この者までぞんざいに扱うわけにはいかない。

そのとき、入り口の帳《とばり》が持ち上がり、婁圭《ろうけい》が苛立ちも露わに入ってきた――婁圭は曹操の命で王儁《しゅん》の棺を汝南に運び、これを葬って帰ってきたところであった。曹操のもとを去ってからわずか数か月、これほど状況が変わっていようとは思ってもみなかった。わからないことばかりであったが、とりわけ同門の許攸《きょゆう》が楼船《ろうせん》から落ち、原因不明の溺死を遂げたと聞いて、曹操を問いただざずにはいられなかった。そうして急ぎ曹操のもとを訪ねたところ、当の本人が寝台に体を横たえてぐったりしている。婁圭は喉まで出かかっていた詰問の言葉を呑み込んだ。「どうした、具合が悪いのか？」

曹操は目を伏せたままで答えた。「いつものことだ。たいしたことはない」

この様子に婁圭もすっかり毒気を抜かれた。「おぬしと王子文《しぶん》［王儁］、そして許子遠《しえん》は古い友人だ。子文の改葬は滞りなく済ませたが、子遠が急死したと聞いて驚いている。おぬしも体を大事にな」

子遠が急死した――その言葉に曹操の胸の動悸が激しくなった。むろん婁圭を恐れる必要はないのだが、万事には道理がある。積もり積もった腹立ちと酒の勢いで殺してしまったなどと婁圭に話せるはずがない。そのうえ王儁のことまで持ち出され、曹操はいっそういたたまれなくなった。かつて曹操が致仕《ちし》して故郷の草庵に引っ込んでいたとき、王儁がやって来て曹操にまた出仕するよう勧めたことがある。そのとき王儁に頼まれたのだ。「許子遠は財を好む嫌いがあり、婁子伯《しはく》は強情で妥協しないところがある。いずれおぬしの怒りに触れたときは、昔なじみのよしみでどうか大目に見てやってほしい」と。どうしてそれをいままで忘れていたのだろう。これでは九泉《きゅうせん》の下の王儁に顔向けできない。

曹操は顔色を変えて目を合わせようともしない。婁圭はそれを見ておおよそ察しがついたのか、長々とため息をつき、かぶりを振りながら去っていった。

心が乱されると頭痛までひどくなる。曹操は茶碗に半分ほど残っていた薬湯をひと息に飲み干した――自分の病は自分で引き受けねばな。苦しんだとて誰を恨むこともできぬ。耐えるんだ……

周瑜《しゅうゆ》説得を命ず

神頼みは所詮、神頼みである。李瑞之《りとうし》の努力も虚しく、曹沖《そうちゅう》はとうとう帰らぬ人となった。数か月前、曹操の脳裡をよぎった嫌な予感が現実のものとなったのである。曹沖の弱々しく小さな体は、あたかもそれが宿命であったかのように、棺のなかに横たわっていた。享年わずか十三であった。

世を去ってしまったからには、これ以上嘆いても仕方ない。曹操は悲しみを抑え込み、散々な目に遭った赤壁《せきへき》の戦いの事後処理に精を出した。だが、まだ戦《いくさ》が終わったわけではない。江陵《こうりょう》まで攻め上がってきた周瑜《しゅうゆ》と劉備《りゅうび》の先鋒部隊は、いまもなお曹仁《そうじん》や曹洪《そうこう》と合戦を繰り広げ、孫権《そんけん》の大軍は依然として合肥《ごうひ》を取り囲んでいる。袁術《えんじゅつ》のかつての部下による大反乱も、いまだ収束する気配を見せていない。曹操は反乱討伐の援軍に臧覇《ぞうは》率いる青州《せい》の部隊を南下させ、さらには夏侯淵《かこうえん》を領軍《りょうぐん》に任じて自身の名代とし、まだ戦えそうな兵を率いて盧江《ろこう》方面の討伐に向かわせた。そして、それ以外の兵には待機を命じた。

赤壁の戦いで失った兵は数万に及ぶが、とりわけ荊州《けい》で接収した兵はそのほとんどが姿をくらました。北方の兵も襄陽《じょうよう》や当陽《とうよう》、あるいは直接譙《しょう》県まで逃げ落ち、もはや散り散りになって軍の体《てい》をなしていなかった。こうした敗残兵を召集し、輜重《しちょう》を調達して新しい部隊を再編成するには、それなりの日数が必要である。いまは辛抱強く待つしかない。

これも運命のいたずらか、ちょうどこのとき曹操が前々から辟召《へきしょう》し、長年会いたいと望んでいた老賢人が目の前に現れた――河内《かだい》の張範《ちょうはん》である。

張範、字《あざな》は公儀《こうぎ》、名門の出で、祖父の張歆《ちょうきん》は司徒《しと》を、父の張延《ちょうえん》は先々帝の御代に太尉《たいい》を務めたが、宦官に濡れ衣を着せられて亡くなった。張範は祖父や父とは異なり、古希近くになるまで官職についたことがない。物静かで老荘《ろうそう》の道を楽しみ、善行を好むことでも知られていた。張範は若いころに袁氏一族と姻戚になるのを固辞したことがあり、この件で曹操の評価はますます高くなった。曹操が張範との接見を望んでからすでに十年近く経つが、その望みはこれまで叶うことはなかった。曹操が河内を手に入れたときには、張範は折悪しく揚《よう》州に避難しており、河北《かほく》を平定したときには、召し出したものの張範が途中の広陵《こうりょう》で病となり、弟の張承《ちょうしょう》が名代として遣わされてきた。いかんせん張範は年老いており、一年あまりに及ぶ養生の末、ようやく許都《きょと》に向かって出立したが、なんと今度は息子と甥が賊につかまってしまった。張範は自ら賊の根城まで赴き、賊を説得して息子たちを連れ戻した。これで心おきなく出発できると思ったら、またも途中の揚州で反乱に出くわした。だが、このたびの張範の決意は固かった。戦場を通過する危険を冒してでも、沛《はい》国にいる曹操に会いに行かねばならない。そうして数々の困難や変事を乗り越え、ついに曹操と対面したのである。乱世で起きた一つの奇跡と言っていい。

曹操は直ちに張範を議郎《ぎろう》、並びに参丞相軍事《さんじょうしょうぐんじ》に任じた。だが、今日のこの対面は曹操の思い描いていたものではなかった。本来なら功成り名を遂げて意気揚々、乱世の救世主として余裕綽々の接見をするつもりだった。ところが張範は、曹操が人生でもっとも落ちぶれて惨めなときにやって来たのである。本来なら天下の丞相が在野の士を厚くもてなすところ、すっかり立場が逆転し、経験豊かな博識の老人から敗者として慰められる格好になったのである。

「伝え聞くところでは、尭《ぎょう》が天下を治めていたころ大洪水があり、禹《う》に治水を任せて民を苦しみから救い、これにより夏《か》王朝がはじまったそうです。禹は大地を区分し、田畑を整備するため、土壌の違いによって天下の土地を九州に分け……」張範は卓に寄りかかって座り、手にした杖をもてあそびながら話している。この老人は痩せ細った体に粗布《あらぬの》で作った一重を羽織り、顔には幾重もの皺《しわ》が刻まれている。細く長い髭は雪のように真っ白で、ゆったりと落ち着いて話すそのさまは、いかにも鋭い洞察力をもった賢人のようだ。そのそばには、三十歳すぎの文人が控えている。江淮《こうわい》一帯では名の知られた男、蔣幹《しょうかん》、字は子翼《しよく》である。蔣幹は張範が沛国に行くと知り、わざわざ同道して仕えていた。

蔣幹はゆっくりと話す張範の言葉をありがたく拝聴し、曹操も瞼を閉じて聞いてはいたが、大きく息をつきながら心ここにあらずといった様子であった。張範とは向かい側の卓の端に座り、やはり卓に寄りかかりながら張範の理屈っぽい話を聞くともなく聞いている。しかし、実際曹操の頭の大部分を占めていたのは戦のこと、そして死んだ息子のことであった。いつもそれらのことを考えているうちに、いつしか曹操のなかでは赤壁で負けたから曹沖が夭折したように思えてきた。そうして息子の仇討ちの衝動に駆られては頭風《とうふう》の再発に昼となく夜となく苦しみ、頭のなかはいまも靄《もや》がかったような感覚であった。もちろん張範のほうも魂が抜けたかのような丞相の様子に気づいていたが、それを気にすることもなく話し続けた。「さて、この九州のなかでは揚州の地がとりわけ痩せています。土地が低いうえに湿気も多く、泥濘《でいねい》地が少なくないため下等と判定されたのです。かつて高祖《こうそ》と項羽《こうう》が天下を争いました。項羽は垓下《がいか》の戦いで敗れ、江東《こうとう》の父老たちに会わせる顔がないと言って長江のほとりで自刎《じふん》しました。このときの項羽は義《ぎ》帝を弑逆《しいぎゃく》し、江東の子弟でもある兵をことごとく失っていましたから、江東の者に対してたしかに羞《は》じるところがあったのでしょう。しかしそれ以上に、江東にはもういくらも兵がいなかったため、自ら命を絶ったのです。また、古人は呉越《ごえつ》の戦いについて闔《こう》閭《りょ》と勾践《こうせん》の英雄ぶりを称えますが、実際は数千人が繰り返した戦に過ぎません。中原の覇者には遠く及ばず、結局は一時の傑物でしかなかったのです。それから楚《そ》国、これも広大な土地を有する大国と見なされています。春秋の時代には郢《えい》［湖北省南部］に都城《とじょう》を置き、漢のはじめには下邳《かひ》に移りました。呉国の都も広陵にあります。これらはすべて長江の北側です。淮南《わいなん》王の劉長《りゅうちょう》が南海《なんかい》国を攻めたときも、長江を渡ったはいいものの、敵に遭遇する前から疫病で半数を超える死者を出しました。すべては高温多湿で土地が痩せ、山越《さんえつ》［南方の少数民族の通称］があちこちに勢力を築いていたためです。それゆえこの地に根を下ろして田畑を開こうという者はほとんどいませんでした。このころの江東には天下を争うだけの力などありませんでしたから、長江に船を出して江東を征伐しようという者もおりませんでした」

曹操はそこではっと頭を上げた。はじめは何やらご立派な道理でも語っているのだろうと思っていたが、話題はしだいに江東のことに移ってきた――これはきっとわしの敗北に関係する話だ――

張範は曹操の目の色が変わったのを見ると、笑みを浮かべて話し続けた。「王莽《おうもう》が帝位を簒奪すると、中原の情勢は雲行きが怪しくなりました。そこで、少なからぬ民が江東へと移り住み、田畑を開きはじめたのです。景《けい》帝の御代には、盧江太守《たいしゅ》の王景《おうけい》が芍陂《しゃくひ》の堤防を修復し、一万頃《けい》［約四百五十八平方キロメートル］に及ぶ土地を灌漑しました。順《じゅん》帝の御代には会稽《かいけい》太守の馬臻《ばしん》がはじめて鏡湖《きょうこ》に水利を施し、さらに九千頃［約四百十二平方キロメートル］の良田が生まれました。これにより会稽郡から呉郡《ごぐん》がわかれました。このころから江東の地が興ってきたのです。言ってみれば、江東の勃興はこ
こ何十年かの出来事に過ぎません」

曹操が長らく引っかかっていたのもまさにその点である。「先生の仰るとおりです。ただ、いまだに納得のいかないことがあります。江東はいまもって豊かとは言いがたく、まだまだ強大とまでは言えません。それなのに、孫権の青二才は江表《こうひょう》［長江の南岸一帯］に迫るわが十数万の大軍を前にして帰順を拒みました。これはいったい……」

「丞相に申し上げたかったのも、まさにそのことです」張範はそこで一つ息をついた。「数年前に南方へ避難したとき、老いぼれは江東にも行ってこの目で孫氏の政《まつりごと》を見てきました。孫策《そんさく》は戦によってのし上がったものの、江東を掌握してからは、見識のある者を礼遇して治政に励んでいました。また、江淮の民を移り住ませて人口を増やし、山越から奪った土地で作物をつくらせました。跡を継いだ孫権は中原に倣《なら》って屯田制を進め、戦のために穀物を備蓄しています。張昭《ちょうしょう》や張紘《ちょうこう》といった人望ある者や高潔の士が従い、程普《ていふ》や黄蓋《こうがい》といった忠誠無二の純臣《じゅんしん》から、文武に秀でた人中《じんちゅう》の獅子周公瑾《こうきん》まで、その陣容はなかなかのもの。上に英邁《えいまい》の主《あるじ》あり、下に忠勇の部下あり、田畑は日々に広まり軍資も溜まる一方。そう、いまの江東はもうかつてのような未開の地ではないのです」

この手の話を長々と聞かされて、以前の曹操なら怒鳴りつけていたに違いない。だが、いまはすべて認めるしかなかった。江東の地は高温多湿で地味《ちみ》が豊かではない、その思い込みから曹操は江東の勢力を見くびっていた。しかし、孫権が政に励んだ結果、江東の面目は一新されているという。意を

決して曹操と干戈《かんか》を交えたのも、ゆえなきことではなかったのである。張範の説には納得せざるをえなかったが、さりとて敗北は受け入れがたい。曹操は重々しい口調で尋ねた。「かりに江東が強くなったとしてもです、わたしとて北方の大部分の州を抑えています。恐れをなした関西《かんせい》［函谷関《かんこくかん》以西の地］の諸将は帰順し、遼東《りょうとう》と鮮卑《せんぴ》も朝見を欠かさず、西は蜀《しょく》の劉璋《りゅうしょう》さえも使者を遣わして貢ぎ物を送ってきます。かように天下の大部分を有していても、江東に勝利を収めるにはまだ足りぬというのでしょうか？」

張範はそれに答えるでもなく話題を転じた。「丞相は自ら河北を攻め取って以来、毎年のように戦を続けてこられました。三年前には青州を平定し、二年前には北方の辺地まで遠征して烏丸《うがん》と戦い、鄴城《ぎょう》に戻ってきてからも休む間もなく水軍を調練しました。そうして去年は襄陽を支配下に入れ、さらには江東へと食指を動かされたのです。将兵たちに疲れがないはずはありません。疫病が蔓延したのもそれがためでしょう。『強弩《きょうど》の末《すえ》魯縞《ろこう》を穿《うが》つ能《あた》わず』とか。国を治める者は民に、そして兵に、しかるべき休息を与えるべきかと存じます。『善《よ》く国を為《おさ》むる者は、民を馭《す》べること父母の子を愛するが如し［よく国を統治する者は、父母が子を愛するように民を治める］』、これを旨とすべきかと」

理屈はわかる。しかし、張範の言葉も曹操の胸に響くことはなかった。いまの曹操にあるのは激しい憎しみだけである。江東を討つ、それはもはや天下を統《す》べるためでなく、失った名声と威信を取り戻すための戦いであった――曹孟徳《もうとく》は間違えぬ。曹孟徳は負けぬ。わしが敗れるなどありえんのだ。わしの前で跪《ひざまず》かぬやつなどおらんのだ――曹操は突然立ち上がると、まだかすかに痛む頭を揉みながら広間のなかを行きつ戻りつした。

曹操がそわそわしはじめた。だが、張範も気後れせずに諌《いさ》め続けた。「どうか丞相、天下のことを第一に考え、民の力を養い、民に幸せをもたらしますように。戦を急ぐべきではございません」

だが、曹操は「戦を急ぐべき」という焦燥に支配されていた。こうなってはどんな忠告も耳に入らない。「先生のご意見は至極もっとも。ですが、天下はいまだ定まらず、ここで休んでは天下統一も夢のまた夢。やはり兵馬を整えて雌雄を決せねばなりません。赤壁で敗れはしたものの、逃げ延びた将兵と新しく募った兵で隊を整えれば数万の軍になります。たかが江東ごとき打ち破れぬとはどうしても思えんのです。孫権が合肥にいるのなら、わしが自ら兵を率いて勝負しましょう。そこで勝利を得たら、余勢を駆って江東も狙えるはずです」

張範と蔣幹は互いに顔を見合わせてあきらめの表情を浮かべた。いまの曹操はむやみに総動員の号令をかけそうなほど戦に固執している。こうなってはいくら理を説いても無駄である。

「子翼！」曹操は急に話の矛先を蔣幹に向けた。

「はっ」蔣幹は曹操の部下というわけでもないのに、威圧的な呼びかけに対して思わずかしこまって返事した。蔣幹はかつては官途について民を教化し、英明な天子を輔弼《ほひつ》することを夢見ていたが、この乱世ではそれもかなわぬとあきらめ、いまでは家にこもって学問する日々を望んでいた。

「聞けば、そなたは周瑜と昔から知り合いらしいが、それはまことか？」

不意の質問に蔣幹はどきりとしたが、かといってごまかすわけにもいかない。やむをえずありのままを答えた。「公瑾とはかつて江淮に遊学した際に付き合いがありました」

「よし。では、そなたを周瑜のもとに遣わすゆえ、投降を勧めてくれ」

るものではない。

投降を勧める？――蔣幹は耳を疑った。投降とは勝者が勧めるものであって、断じて敗者が勧め

だが、曹操はさも当たり前のように言葉を続けた。「そなたは友として周瑜に会い、理をもって説き、情に訴えればよい。これ以上無益なことをするなと勧めるのだ。江東ごときが中原に抗《あらが》ったところで結果は見えている。周瑜のように見所のある人物が朝廷に対して功なく散るのは忍びない。投降して北に来れば高位高官を約束する。孫権が恃《たの》みとするのは戦上手の周瑜のみ。もし周瑜が投降すれば江東の地を差し出すであろう。そうなれば劉備は孤立無援、大耳の賊などひと揉みで潰せる」

蔣幹は困り果てた。周瑜に降伏を勧めたところで恥をかかされるのは目に見えている。そこで曹操の前に跪いて許しを請うた。「浅学非才の身なれば、そのような大任はとても務まりません」

曹操も折れる様子はない。「うまくいかずとも罪には問わん。とにかく行けばよいのだ」

「処罰を恐れてお断りするのではございません。わたくしは公瑾の人となりをよく知っています。あれが膝を屈するとはどうしても考えられないのです。丞相、何とぞご再考ください」

「わしの命《めい》に従えぬというのか？」曹操の目に怒りの色が浮かんだ。

蔣幹は震え上がった――これ以上拒めばわが身に禍《わざわい》が降りかかる――

「いえ、参りましょう。ですが……」

「黙って行けばよい！」曹操は袖を払って蔣幹の話を断ち切った。「思うに周瑜は時務《じむ》に明るく、利害を見極められる男のはずだ。天下が一つになれば戦はなくなる。これはとりもなおさず民草のためなのだ。だが、備えは万全にしておかねばならん。わしはいまから陣を見回り、明日にはまた兵を集

めて調練する。そなたの説得が不調に終われば、武に訴えて白黒つけねばならんからな」曹操はそう言い残すと、一人胸を張って広間から出ていった。

難しい役目を引き受けることになった。蔣幹は大きなため息を漏らすと膝から崩れ落ち、しばらく立ち上がれずにいた。それを見た張範は、口を覆って忍び笑いを漏らしている。

「先生、よく笑っていられますね」

張範は杖を頼りにゆっくりと立ち上がった。「孔夫子《こうふし》も六十にして耳順《したが》うと言っておろう。わしくらいの年になればたいていのことは悟るものだ。成功も失敗も、ましてや損得など、すべては所詮、一時のこと。何も気に病むことはない」そう言うと、蔣幹に向かって手を差し出した。

蔣幹はその手をつかんで立ち上がったものの、かぶりを振ってまたため息をついた。「わたしが許都にいたころ、曹孟徳は公正かつ賢明といって差し支えありませんでした。それが一度の負け戦で、どうしてああも変わってしまったのでしょう?」

張範は杖をついて慎重に石段を下りながら嘆いた。「官渡《かんと》の戦いで勝利してから、曹操は順風満帆で負け知らず。許都を建設したころの、薄氷を踏むがごとき慎重さを失ってしまったのであろう。我に順《したが》う者は昌《さか》え、我に逆らう者は亡《ほろ》ぶ、そんな態度で天命がその身に下るのを夢み、欲に目がくらんだのだ。いまやすっかり天下の英雄を見くびっておる。それに、他人の忠告を受け入れぬどころか、最後まで聞こうとすらせんのだからな。大なる朝廷を差し置いて何もかも一存で決めておれば、つまずくのも自明であろう」

「わたしはどうしたらいいのでしょう?」蔣幹は張範の横に並び、その腕を支えた。

張範は笑いながら答えた。「合肥に行ってくればよいではないか。不首尾に終わっても罪には問われぬのだ。昔なじみに会ってくるのも悪くはあるまい」

だが、蔣幹の不安は募る一方である。「それにしても、今日の曹操の激昂ぶりは尋常ではありませんでした。わたしに当たり散らしてきたらどうしましょう？」

「さすがにそれはあるまい」張範はかぶりを振った。「曹孟徳は断じて凡庸な輩ではない。いまはいささか周りが見えておらぬが、じきに気づくであろう。みだりに戦に訴えるだけの輩なら、諸州を鎮めて今日《こんにち》の地位に昇るなどありえん」

「それはつまり……一度負けたとはいえ、いずれは天下を統一すると？」

「どうであろうな」張範は笑顔を引っ込めると、真っ青な空を見上げた。「人事を尽くして天命を待つ。だが、その天命がどう出るかは誰にもわからぬ。たしかに曹操の才は古《いにしえ》の名将にも比肩しうるが、古人焉《いずく》んぞ今人《きんじん》の事を知るや、これればかりはわしにもようわからん。果たして江東が一勢力として踏みとどまれるのかもな。思えば始皇帝《しこうてい》も高祖も世祖《せいそ》［光武帝《こうぶてい》］も、みな天下統一に際して長江の南のことまで考える必要はなかった。曹操は敵を侮って敗れたとはいえ、同情すべき点もある。何と言ってもはじめて長江に野望を打ち砕かれた人間なのだ。ああ、古より滅びぬ王朝はないが、母なる長江は豪傑たちを苦しめる。これから先も多くの英雄たちが大江を前に嘆息するのであろうな……」

第十六章　敗戦の処理と曹操の後悔

合肥《ごうひ》の戦いの終結

曹操はなおも赤壁《せきへき》の敗戦を受け入れられず、譙県《しょう》［安徽《あんき》省北西部］では数日のんびりしただけで、すぐにまた戦《いくさ》の準備に取りかかった。新たに兵を募るとともに、戦船《いくさぶね》を建造して水軍の操練もはじめた。命からがら逃げ帰ってきたばかりの敗残兵、その多くはまだ傷や病が癒えていないのに、息つく暇もなくまた次の戦に駆り出されることとなった。

広大な中原の地にはやはり計り知れない力がある。わずか二月《ふたつき》で六、七万もの兵を集め、新造された船は千艘近くに上った。とはいえ、曹操以外の幕僚や部将は悲観的であった。赤壁の記憶は生々しく、装備の充実した荊州《けい》の巨大な戦船をもってしても勝てなかったのである。この程度の急造の船で長江の天険を越えてゆけるとは思えない。しかし、曹操は気でも触れたかのように、江東《こうとう》を打ち負かして汚名を雪《そそ》ぐことに固執していた。異議は絶えず、怨嗟の声も上がるなか、曹操は出征を命じた。こうして大軍は譙県を出発し、淮水《わいすい》を下って合肥［安徽省中部］へと向かった。

多くの者が危惧していたとおり、このたびの遠征もまた甚大な損害を出すことになった。帰還したばかりの兵は疲れが抜けておらず、軍令を恐れて従軍しているに過ぎなかった。これでは士気が上がるはずもない。しかも、江淮《こうわい》［長江と淮水の一帯］の地はまだ疫病が終息しておらず、先の戦いで傷寒《しょうかん》［腸チフスの類い］にかかった兵の多くが治りきっていない。それで再度、船に揺られて危地に足を踏み入れようというのだから、兵士たちからすればみすみす死に行くようなものだ。出発からほどなくして病で命を落とす兵が出はじめた。状況はしだいに悪化し、船はあたかも淮水に死体を放り込むことで進んでいるかのようであった。季節は夏に近づいている。大軍が過ぎたあとには死体の腐臭が漂った。疲労と疫病に苛《さいな》まれた軍に戦う力が残っているはずもない。淮水の両岸の民は、曹操が若い男をつかまえて徴兵するのではないかと恐れ、次々とよその土地へ逃げていった。

建安《けんあん》十四年（西暦二〇九年）七月、曹操軍は一万人近い死者を出すという高い代償を払い、ついに合肥に到着した。ところが、このときすでに孫権《そんけん》は軍を率いて江東へ撤退していた。曹操にとっては無念と言うほかかない。

孫権軍は十万と号していたものの、実際は周瑜《しゅうゆ》に兵を分け与えたため二、三万しかおらず、これほど大ごとになったのは曹操軍が惨敗して浮き足立っていたからだ。また、陳蘭《ちんらん》や雷緒《らいしょ》が乱を起こし、江淮の者を不安に陥れて孫権の増長を許したためでもある。曹操は合肥が包囲されているという知らせを受けたとき、まず千騎あまりをかき集めて張熹《ちょうき》に率いさせ、三、四千ほどの汝南《じょなん》の兵を加えて救援に向かわせた。むろんこれだけの兵力で孫権を追い払えるはずもない。この危機に際し、揚《よう》州別駕《べつが》の蔣済《しょうさい》が奇策を思いついた。援軍の数を十倍に誇張して、四万の大軍が救援に駆けつけてくると各地で言いふらし、一方で偽の報告書を作らせて、それを携えた伝令を三隊に分けて合肥に送り、わざと孫権軍に捕まるよう仕向けたのである。蔣済の狙いどおり偽の報告書は孫権の手に渡り、援軍四万と聞いて江東軍も慌てふためいた。赤壁で敗れたとはいえやはり曹操の力は侮りがたい、そう考えた孫権は速《すみ》やかに兵を退《ひ》き、江東に戻ったのである。

合肥城が三月《みつき》ものあいだ持ちこたえたのは、官吏や将兵の尽力はもとより、いまは亡き揚州刺史《しし》の劉馥《りゅうふく》の功績が大きかった。かつて劉馥が赴任したとき、合肥城では前任の刺史厳象《げんしょう》が李術《りじゅつ》に殺害され、その李術も孫権に討たれるという騒乱のさなかで、大勢の民が江淮を離れ、ほとんど無人の城と言ってよかった。劉馥は合肥に入ると、百姓を集めて収穫高を回復させ、学校を建て、屯田を推し広めた。また、芍陂《しゃくひ》、茄陂《かひ》、七門《しちもん》、呉塘《ごとう》といった灌漑用水を修復し、合肥城の拡張と補強にも力を注いだ。病が悪化して亡くなる寸前にも、官兵に糧秣《りょうまつ》の備蓄を指示し、籠城に役立つ丸太や岩石を用意させた。そうして城の堀はより深く、城壁はより高く築き、合肥城の備えを強化した。劉馥の深謀遠慮と臨終間際までの尽力がなければ、合肥城はとっくに陥落の憂き目に遭っていたであろう。

すんでのところで危機を脱し、揚州別駕の蔣済、従事《じゅうじ》の劉曄《りゅうよう》をはじめとする官吏や将兵らは、誰もが劉馥の遺徳を偲んで涙した。苦難に見舞われながら救援に駆けつけた兵士たちも安堵のため息をもらした。だが、このような形での決着に曹操が納得できるはずもなかった。いまもなお孫権を追撃し、長江で干戈《かんか》を交えんと息巻いていた。

中軍の幕舎《ばくしゃ》は気味が悪いほど静まり返っていた。曹操とともに来た幕僚も部将も、揚州の官吏たちも、誰一人として口を開く者はいなかった。みな一様にやりきれないといった眼差しで、土人形さながらに曹操をじっと見つめている。軍師《ぐんし》の荀攸《じゅんゆう》や昔なじみの婁圭《ろうけい》でさえ口を閉ざして黙っていた。むろん異論がないのではない。言いたいことはあるが、ただ、己《おの》が一存で戦に固執するこの丞相《じょうしょう》を諫《いさ》めようという勇気のある者はいなかった。

実際、幕舎を一歩出れば、戦など無理なことは誰にでも見て取れる。兵士は疲れと病でつらそうに呻《うめ》き、人知れず涙をこぼすようなありさまである。士気はこのうえなく低い。恃《たの》むべき諸将について言えば、曹仁《そうじん》は孫劉連合軍の侵攻を食い止めるため江陵《こうりょう》から動けず、于禁《うきん》と張遼《ちょうりょう》はもと袁術《えんじゅつ》配下の反乱軍とぎりぎりの戦いを続け、夏侯淵《かこうえん》は廬江《ろこう》の反乱軍の包囲掃討に追われている。いまや江淮一帯はまるであちこちに穴の開いた難破船である。しかし、あいにく曹操にはこの現実が見えていなかった。あるいは重々承知していながらも、敗北の事実から目を背けているのかもしれない。

曹操はすべての憎しみを込めるかのように軍令用の小旗を固く握り締め、一同を刺すような目で見渡した――誰にも異議はない、いや、異議を抱く勇気すらなかった。曹操は勢いよく立ち上がると、いよいよ南下の命《めい》を下そうとした。

「報告します」そのとき一人の護衛兵が入ってきた。「蔣幹殿《しょうかん》がお目通りを願っています」

曹操ははやる気持ちを抑えてゆっくりと腰を下ろした。「連れてこい」

蔣幹は小走りに入って来た。「丞相にお目見えいたします。復命に上がりました」それだけ言うと、頭《こうべ》を垂れたまま跪《ひざまず》き、曹操の問いかけを待った。

その様子を見れば、尋ねるまでもなく周瑜に鼻先であしらわれたことがわかる。そもそも今回の説得が成功するとは曹操自身も思っておらず、現実から目を背けて命じていたことは否めない。それでも結果が気になり、軽く両目を閉じて深く息を吸い込むとひと言尋ねた。「周瑜は何と申した?」

「周瑜は来ようとしませぬ」蔣幹はじっと地べたを見つめたまま、瞼さえ上げずに答えた。

曹操は声を荒らげた。「周瑜が何と申したかを聞いておるのだ！」

蔣幹はごくりと唾を飲み込むと、思い切って答えた。「公瑾《こうきん》はわたしにこう申しました。『大丈夫として この世に生を享け、己を知る主《あるじ》に巡り会い、公にあっては君臣の交わり、私にあっては骨肉の恩で結ばれている。その信任は厚く、禍福をともにするからには、たとえ蘇秦《そしん》や張儀《ちょうぎ》［ともに戦国時代の縦横家《しょうおう》］、酈食其《れきいき》［劉邦に仕えた説客《ぜいかく》］が世に再び現れようとも、せいぜいその背をなでて慰撫してやるのみ。ましてやおぬしごとき若輩者にわたしを動かせると思ったか』と」

「ふん。蘇秦や張儀、酈食其が来ても翻意せんとは、大口を叩くにもほどがあるな」曹操はかっとなった。「天下統一はもう目の前に迫っておる。おぬし、知遇の恩や骨肉の情しか顧みず、万民のことを気にかけぬのかと問い詰めたか？　東南の辺鄙な土地だけでは一時の勝ちは得られても、広大な中原を相手にすれば早晩滅んでしまうと利を説いたのか？」

「もちろん申しました」蔣幹は額の冷や汗をぬぐいながら答えた。「公瑾はただひと言……」

「言え！」

「すべてはやり方次第だと」

「やり方次第か……」曹操は落ち着いて座ってなどおれず、焦りも露わに立ち上がった。「なぜだ？　なぜそうまでして刃向かおうとする？　なぜそんなに余裕があるのだ？」

蔣幹は答えに窮し、固く口を引き結んで押し黙った。

曹操はまた片意地を張りはじめた。自分がこれまで打ち立ててきた武功を頭のなかで数え上げるほどに、周瑜に対する怒りが五臓六腑を焼き尽くしてゆく。見開かれた両目は火が噴き出そうなほど血走っている。曹操は腹を空かせた狼よろしく呼吸を荒らげ、幕舎のなかをひどく苛立ちながら歩き回った。片手は剣の柄《つか》を握り締め、もう片手は神経質そうに震えている。こうして幕舎のなかを二、三周したところで、突然見境なく怒鳴り散らした。「この戦が終わったら、わしは朝廷を一新するつもりだった。民も兵も休ませるつもりだったのだ……それを孫権と周瑜の青二才が……それに大耳の賊も……邪《よこしま》な戦好きの連中どもめ！　やつらは合従連衡《がっしょうれんこう》して己の野心を満たすことばかり考えておる。天下を治める大道《だいどう》など知らんのだ。二十年あまりの戦乱で、いったいどれだけの民草が塗炭の苦しみをなめてきたことか。わしはこれまでの朝廷の腐敗ぶりを身をもって知っている。やつらは民の幸せなどこれっぽっちも考えておらん。この二十年、わしは悪人どもを懲らしめ除いてきた。戦火を一掃して民草を安んじることだけを考えて来たのだ！　悪人を誅殺し、恵みの雨のごとく民を慈しんできた。いったいわし以外の誰が天下統一を果たせるというのだ……おのれ、青二才の悪党ども、ろくでなしが徒党を組みおって！」

部将や幕僚たちは曹操の激しい怒りに思わず後ずさりした。これほど激怒する人間をはじめて目にし、腰を抜かす者もいる。誰もが俯《うつむ》いて声を発さず、幕舎のなかには曹操のしゃがれた怒鳴り声だけが響いた。

「この満天下、罪の有無はこのわしが決める。誰にも邪魔立てはさせぬ！　やつらは乱世をまだ続ける気か。いったい何を考えているのだ……万死に値する！　まったく忌々《いまいま》しい……」

そのとき、突然よく響き渡る声が上がった。「丞相、お尋ねしたきことがございます！」

こんなときに問いかけるやつは誰だ？——その場の全員が唖然《あぜん》とし、一斉に声のするほうへ顔を向けた。人群れをかき分けて進み出たのは、中年で醜い容貌の文人である。

当たり散らす相手を見つけたとばかりに、曹操は横目でじろりとその男を見た——声の主は和洽《かこう》、字《あざな》は陽士《ようし》であった。ときには醜い容貌が幸いすることもある。曹操は和洽の顔を見て毒気を抜かれたのか、厳しい口調ではあったが癇癪《かんしゃく》を起こすことなく促した。「申せ！」

「御意」自信満々の和洽はさらに数歩ゆっくりと進み出た。「では、単刀直入にお伺いします。もし丞相が孫権や劉備《りゅうび》であったならどうなさいますか？」

「何を申しておる」曹操は興奮で頭が混乱しており、まるで意味がわからなかった。

和洽はもう一度、今度は一言一句ゆっくりと話した。「かりに丞相が孫権や周瑜と入れ替わり、北方を占拠した強力な軍が攻めてきたとします。そこで誰かが丞相に、天下の大勢に鑑みて兜を脱いで降伏するよう勧めてきたら、丞相は聞き入れますか？」

曹操ははっとして目を見開いた。さっきまでの怒りは瞬く間に収まり、まだ血走った目でじっと和洽を見つめた——降るはずがない。乱世で一旗揚げようという者は等しく権力をその手に握ろうとし、みな天下に覇を唱える野望を胸に抱いている。四州を擁した袁紹《えんしょう》が、都を移して降伏するよう迫ったときに自分は何と答えた？　袁紹軍十万を向こうに回して、官渡《かんと》で一歩も退かずに戦ったではないか。孫権や劉備もそれと同じだ。いつの間にかわし自身がかつての袁紹になっていた……十数万の大軍で南下しながら尾羽打ち枯らして帰る羽目になるとは、まさに袁紹の二の舞ではないか……なんと情けない……あのときは思い上がって傲慢な袁紹をあざ笑ったが、それがそのまま自分に返ってきたということか……このわしがこんな惨めな状況に陥るとはな……

曹操は目が覚めた。このときになってようやく完全に目が覚めた。敗戦後は現実から目を背けていたが、ついにその妄想から抜け出したのだ。曹操は身震いしながら和洽の肩を軽く叩くと、突如気でも触れたかのように大笑いしはじめた。「はっはっは……いい問いかけだ！　はっはっは……」そうひと言い残し、笑い声を上げながらふらふらと幕舎を出ていった。

「丞相、丞相！」掾属《えんぞく》らは大声で呼びかけながら後を追おうとした。

和洽は両手を広げてそれを遮った。「追ってはなりません。ご機嫌を取ろうとすれば台無しになります。いまは丞相ご自身によくお考えいただきましょう」

曹操の笑い声は幕舎の外からまだ聞こえていた。己の愚かさと傲慢さを、情勢を見誤った迂闊さを、そして袁紹と同じくつける薬がないことを笑った。烏丸《うがん》征討で勝利してから自信過剰になり、天下の豪傑を見下すようになった。荊州が簡単に手に入ったことで、自身を当世無双の存在だと思い込み、その挙げ句に面目を失った。誰のせいでもない。すべては自分のせいだ。だが、気づくのが遅すぎた。いまとなっては天下統一の絶好の機会を失ってしまった……

曹操は声を上げて笑ううちに、しだいに冷静さを取り戻した。陣を見渡せば、多くの兵がぼんやりと自分に視線を送っている。傷を負い、病を患った憐れな兵士たち。そうでなくとも、半年あまりにわたる転戦でみな痩せ衰え、意気消沈している――これがかつて中原を震撼させた連戦連勝の軍なのか？――曹操の顔からとうとう笑みが消えた。生死の境をさまよってきた兵士たち、戦場で散った兵士たちの霊魂に対して恥ずかしい。それだけではない。いったいどの面《つら》下げて許都《きょと》へ戻ればいいのか。荀彧《じゅんいく》やあの傀儡《かいらい》の天子、それに、心を砕いて各地から招き寄せた名士たちに、どんな顔をして会えばいいのか……

曹操はすでに恐るべき一歩を踏み出している。いまやもう司空《しくう》ではない。光武《こうぶ》の中興以来、唯一無二の存在である丞相の地位についている。天子が主君であるとも自身が臣下であるとも言いがたい、ある種特別な存在である。そのような立場にあって、これからどうすべきか。当初の目論見どおり漢室に取って代わり皇帝を称するか。だが、そうすれば曹操は皇帝ではなく、国を掠《かす》め取った奸賊《かんぞく》に身を落とす。帝位を簒奪したとなれば、孫権や劉備が大漢を守る忠臣、正義の軍になってしまう。それでは国賊を除くという旗印をみすみす敵に送ることになる。袁術と同じ穴の貉《むじな》である。天下が統一されない限り、天下の大罪を犯すことは許されない。

だが、すでに一歩踏み出したからには後戻りもできない。この先、償うべき罪がどれだけ待っていようと、権力に群がる亡者をどれほど多く目にすることになろうと、自分から手を引くことはできない。この袋小路をどう歩むべきか、曹操は取るべき道に窮した。

そのとき、ふと「騎虎《きこ》の勢い」という言葉が脳裡に浮かんだ。それは北辺の山中で病に倒れた郭嘉《かくか》が最後に絞り出した言葉である。当時は真意を測りかねていたが、いまになってようやくわかった。しかし、時すでに遅し。曹操はすでに虎の背に乗って駆け出していた。

「ああ、郭奉孝《ほうこう》が生きておれば、ここまで落ちぶれることもなかったであろうに……」曹操は天を仰いで長いため息をついたが、諫めたのは何も郭嘉だけではない。荀攸は孫権と劉備をまとめて打ち破るなどとんでもないと注意を促し、程昱《ていいく》は敵を軽んじてはいけないと忠告したが、曹操は聞く耳を持たなかった。賈詡《かく》も、「古《いにしえ》の楚《そ》の富をもって官吏や兵をねぎらい、民を慰撫し、安心して暮らせるようにしてやれば、労せずして江東を降伏させることができましょう」と言っていた。あれは一歩一歩着実に進め、江夏《こうか》を安んじてから江東を鎮めるべきと遠回しに促していたのではないのか。

多くの者が陰に陽に諫めてきたのに、曹操は頑なに耳を貸そうとしなかった。ほかにも蒯越《かいえつ》ら荊州の旧臣がいる。彼らは江東との付き合いも長く、孫権や周瑜のことをよく知っていたものの、投降者という立場上、曹操に諫言できるはずもない……曹操は何もかも合点がいった。しかし、いまさら悔やんでも後の祭りである。かりに陸路を進んで江夏を落としてから江東に兵を進めていれば、結果はどうなっていたであろうか。事前に地理を調べ上げ、漢水《かんすい》沿いに軍を進めて、不用意に長江に足を踏み入れなければ敗北はなかったかもしれない。烏林《うりん》で対峙することになっていたとしても、敵を軽んずることなく慎重に動いていれば結果は違ったことだろう。

――いまさら悔やんで何になる……わしは負けたのだ。こたびの教訓、胸に刻んで二度と忘れぬぞ――膝からくずおれて地に伏せた曹操の目に涙が溢《あふ》れた……

建安十四年（西暦二〇九年）七月、曹操は全軍の将兵を慰撫する触れを出した。それはいわば罪己詔《ざいきのしょう》「君主が自らの過ちを反省する詔《みことのり》」であり、ここに至って曹操はついに事実を受け入れた。触れを見れば一目瞭然、この南征がいかに悲惨なものであったかがわかる。

頃《このごろ》より已来《いらい》、軍数《しばしば》征行し、或いは疫気《えきき》に遇う。吏士《りし》死亡して帰らず、家室は怨曠《えんこう》し、百姓流離《りゅうり》す。而《しか》るに仁者 豈《あ》に之《これ》を楽しまんや。已《や》むを得ざるなり。其れ死せしむる者の家に基業《ききょう》無く自ら在すること能《あた》わざる者、県官は稟《りん》するを絶つ勿《な》かれ、長吏《ちょうり》は存恤《そんじゅつ》し撫循《ぶじゅん》せよ。以て吾が意に称《かな》え。

［近ごろ軍はたびたび出征し、ときに疫病に悩まされた。将兵や役人が帰らぬ人となったため、その家人は独り身を悲しみ、民は流浪の憂き目に遭っている。情け深い者がこのようなことを望むであろうか。ただ、やむをえなかったのである。死者の出た家で財産がなく自活できない者に対しては、県の役人は食糧を絶やさず配給し、上級の官吏も民を憐れみ慰めるように。そうしてわが意向に沿うようにせよ］

それから数か月というもの、曹操は人心を取り戻すため治政に励んだ。合肥近辺に兵馬をとどめて傷病兵を休ませる一方、劉馥が修復した芍陂の拡張を進め、綏集都尉《すいしゅうとい》の倉慈《そうじ》に命じて大規模な開墾を行わせた。

ときに曹仁は江陵の戦線を守っていた。守備に明け暮れること半年あまり、曹仁の奮戦虚しく守勢を挽回するには至らなかった。周瑜の指示で甘寧《かんねい》が夷陵《いりょう》［湖北省南西部］から攻めているあいだに、劉備の部隊が回り道をして江陵の後方に出て糧道《りょうどう》を断ったため、曹仁はますます防戦一方になった。さらにこのときの曹仁にはつきもなかった。汝南を守っていた李通《りつう》が病を押して曹仁の救援に向かい、先頭に立って敵の逆茂木《さかもぎ》を除き戦線までたどり着いたものの、病が悪化して陣中で死んでしまった。大事な将を失ったことで曹操軍の士気にも深刻な影響が出た。万般いかんともしがたく、曹操はついに漢水以南の支配地域を放棄することにした。防衛の拠点を襄陽《じょうよう》と樊城《はんじょう》［湖北省北部］に置くことを決め、曹仁、曹洪《そうこう》、満寵《まんちょう》には大きく退くよう命じた。

異議を唱える部将や幕僚も多かったが、曹操は決定を覆さなかった。何と言っても曹操は百戦錬磨の総帥である。冷静でありさえすれば、たとえそれが退却であったとしても、曹操ほど機を見るに敏な人物はいない。漢水より南の広い地域をあきらめることになるが、一帯には守るに適した要衝がほとんどない。襄陽と樊城は漢水を隔てて向かい合っているので、南北で呼応して敵に当たることができる。つまり、漢水が敵に対する防波堤となるのである。ここをしっかり抑えておけば敵の勢いを食い止められる。さらに、襄陽の西には房陵《ぼうりょう》郡があるのも都合がよかった。

そもそも房陵は一つの県に過ぎなかった。史書に「縦横千里、山林四塞《しそく》す。其の固き高陵《こうりょう》は房屋《ぼうおく》有るが如し「千里四方に広く、山林が四方を塞《ふさ》ぎ、堅固な高い丘はまるで屋根があるかのよう」」とあることから、房陵と名づけられたという。もとは益《えき》州の管轄下にあったが、州牧《しゅうぼく》の劉璋《りゅうしょう》が無能であったため荊州の支配下に入った。劉表《りゅうひょう》は房陵県と近隣の一帯を合わせて郡に格上げし、蒯氏一族の蒯祺《かいき》を太守《たいしゅ》に据えた。曹操は当初、太守の首をすげ替えるつもりでいたが、赤壁の敗戦で情勢が不安定になったため、長年太守を務める実力者の蒯祺には軽々しく手を出せなくなった。しかも蒯祺は房陵でもっとも勢力がある豪族の申《しん》氏と良好な関係を結んでいる。それほどしっかりとした後ろ盾があるならばと、そのまま蒯祺や申氏に房陵の統治を委ねることにした。

そもそも曹操は諸葛亮《しょかつりょう》に会ったこともなければ、その隆中対《りゅうちゅうたい》「天下三分の計」を耳にしたこともなかった。だが、房陵が古《いにしえ》の蜀へと通ずる唯一の道であることはわかっていた。襄陽を押さえて房陵への道を遮断し、加えて蒯祺を重用しておけば、誰も蜀を手に入れようとは思わないだろうと考えた。体力と気力を回復するためにはそれなりの時間を要する。曹操はいまの自分に打てる手を打った。それでも思い至らない点があるとすれば、それはもう人知の及ぶところではない。

大々的に行われた南征は、こうして失敗に終わった。襄陽と樊城を除けば手に入れたものは何もない。それどころか十数万という軍の大半を失い、天下統一の絶好の機会までも逃した。それと同時に、天子の位につくという曹操の夢の実現も、はるか彼方まで先延ばしになってしまった。城市《じょうし》を放棄して引き上げ、将兵を慰撫して反乱を押さえ込み、またすべてが落ち着きを取り戻したかのように見えた。しかし、敗戦の影響がこれで収まったわけではなく、それと相反するように、今度は内部の問題が浮かび上がってくるのである……

敗戦の後始末

合肥《ごうひ》でせわしなく過ごしているうちに数か月が過ぎ、気がつけばまた冬になっていた。曹操は再三考えた挙げ句、ためらいを残しつつも譙《しょう》県で冬を越すことに決めた。ためらいの理由は、譙県が曹《そう》沖《ちゅう》を失った場所だからである。やはり息子が夭折した場所に戻りたくはない。しかし、疲れ果てた将兵たちのことを考えると、河北《かほく》までの長い道のりも現実的ではなかった。譙県は曹操のみならず、大勢いる腹心の将たちにとっても故郷である。故郷の家で冬を越させてやることは、彼らへのねぎらいの意味もあった。

曹仁《そうじん》が襄陽《じょうよう》に撤退すると敵の追撃の手もやんだが、それは戦《いくさ》の終焉を意味するものではなかった。孫権《そんけん》と劉備《りゅうび》は戦果の分配をはじめたほか、魯粛《ろしゅく》の仲立ちにより、二十歳を過ぎたばかりの孫権の妹が五十近い劉備に嫁いだ。これで両家は縁戚関係となったのである。さらに孫権は荊《けい》州の長江沿いにある諸県を劉備に貸し与え、劉備軍を駐屯させた。曹操が心底憎む大耳の賊、その劉備が今回の戦でもっとも利を得たと言える。その後、孫権は朝廷に伺いを立てることもなく、周瑜《しゅうゆ》を偏《へん》将軍兼南《なん》郡太《たい》守《しゅ》に、程普《ていふ》を江夏《こうか》太守に任じた。これは大漢の丞相《じょうしょう》たる曹操の顔に泥を塗る行為である。もっとも、程普を江夏太守にしたとはいえ、実際に統治するのは江夏郡の長江より南だけである。その大部分を占める長江以北は、これまでのように劉琦《りゅうき》が江夏太守として治めた。治所《ちしょ》も西陵《せいりょう》県［湖北省東部］のままである。ただ、曹操としては孫権の好き勝手を見過ごすわけにはいかない。北部にある石陽《せきよう》県［河南省南東部］に治所を設け、朝廷から詔書を出して正式に文聘《ぶんぺい》を江夏太守に任じた。こうして小さな郡に三人もの太守が出現し、それぞれ自分が正真正銘の太守だと称した。実に天下のお笑いぐさである。

長江以北の劉琦についてさえ曹操は見て見ぬふりをするしかなかった。それが長江以南の地となると、当然ながら力及ばず手の出しようがない。それを見透かしたかのように、南に兵を退《ひ》いた劉備は長江南岸の四郡に狙いを定めた。さしたる兵力も置いていない四郡の末路はあっけないものであった。長沙《ちょうさ》太守の韓玄《かんげん》と武陵《ぶりょう》太守の金旋《きんせん》は劉備軍に攻められて揃《そろ》って殺された。曹操は褒美のつもりで二人を太守に任じたが、そのせいでかえって命を落とす羽目になったのである。また、かつて劉表《りゅうひょう》の配下であった零陵《れいりょう》太守の劉度《りゅうど》と桂陽《けいよう》太守の趙範《ちょうはん》はすっかり捨て鉢になって、曹操に帰順したときのように今度は劉備に降伏した。こうして四郡はすべて失われた。赤壁《せきへき》で敗れたとき、曹操は劉巴《りゅうは》に四郡を統《す》べ治めるよう命じていた。だがその劉巴は、結局事態を何も収拾できないまま、あちこち逃げ惑った挙げ句に消息不明となってしまった。

唯一の朗報は、袁術の旧臣による乱が平定されたことであった。こちらの戦はきれいに方《かた》がつき、とりわけ見事だったのが天柱山《てんちゅうさん》の戦いである。天柱山は高く険しい要害の地で、山頂へは二十里あまり［約八キロメートル］の細く曲がりくねった山道があるだけである。張遼《ちょうりょう》は自ら兵を率いてそこを攻め上り、血みどろの奮戦の末に山頂を占領した。そして呉蘭《ごらん》と梅成《ばいせい》を斬り殺し、雷薄《らいはく》は乱戦のなかで命を落とした。残る廬江《ろこう》の賊の雷緒《らいしょ》も一人では難局を打開できず、夏侯淵《かこうえん》に追われてあちこち逃げ惑い、最後は劉備に身を寄せた。曹操は士気を高めて人心を奮い立たせるため、張遼に格別の褒賞を与えた。封邑《ほうゆう》を倍増するとともに、仮節《かせつ》の権［「節」とは皇帝より授けられた使者の印《しるし》である割り符で、仮節を授けられると、主に軍令違反者を上奏せずに処罰できる］まで授けたのである。しかし、このような反乱の平定くらいで舞い上がることはできない。赤壁の敗戦という暗い影はなお払拭しがたく、実際の損害に至ってはいつになれば回復するのか、まるで目処が立たなかった……

　夜も更けたというのに、曹操は寝台に腰掛けていた。悶々として心が落ち着かない。先ごろ張範《ちょうはん》が言っていたように、民や兵に休みを与えたところで、曹操自身にはほかにもすべきことがある。将兵をいたわるほかにも、朝廷に対する説明を考えなければならない。そんな曹操の目の前には、蓋の開いた大きな箱が置かれている。なかには詩文や書簡、上奏文などがぎっしりと詰まっていた——処刑した孔融《こうゆう》の屋敷から没収したものである。曹操の意を受けて御史大夫《ぎょしたいふ》の郗慮《ちりょ》が孔融を弾劾し、処刑された孔融の死体は許都《きょと》の城門にさらされた。その後、孔融の亡骸は太医令《たいいれい》の脂習《ししゅう》に持ち去られたが、そろそろこの件にもけりをつけなければならない。この問題は曹操と孔融の単なる私怨にはとどまらない。曹操はこの機会に自身の名誉を挽回する必要があった。

　曹操のそばにはほこりまみれの董昭《とうしょう》が立っていた。董昭はもともと鄴城《ぎょう》の留守を任されていたが、官軍の大敗を聞いて許都に駆けつけた。ところが、そこに曹操の指示が届いた。故郷で将兵たちと冬を越すことになったので、孔融の残した文書を持って、脂習を譙県まで護送して来いという。董昭は許都に入って息つく暇もなく、昼夜兼行で譙県に向かった。夜遅くになってようやく譙県にたどり着き、すぐに復命するため水も飲まずに曹操のもとを訪ずれたのである。

曹操は箱いっぱいの竹簡を目の前にして、興味を惹《ひ》かれつつも煩わしさを感じた――どれから読んだものか――すると、董昭が雑多な竹簡のなかから一巻を取り出した。「これは孔融が臨終の際に詠んだ詩で、獄吏が書き取ったものです」

「ほう。死の間際まで、呑気に詩作に耽《ふけ》っていたのか」曹操にはその心境が理解できなかったが、ともかくその詩を読みはじめた。

言《げん》多ければ事をして敗れしむ、器の漏るるは苦《はなは》だ密ならず。
河は蟻の孔《あな》の端より潰《つい》え、山壊《くず》るるは猿の穴に由《よ》る。
涓々《けんけん》たる江漢の流れ、天窓《てんそう》冥室《めいしつ》に通ず。
讒邪《ざんじゃ》公正を害《そこ》ない、浮雲《ふうん》白日を翳《おお》う。
辞として忠誠無きは靡《な》かりしに、華は繁なるも竟《つい》に実あらず。
人に両三《りょうさん》の心有り、安《いず》くんぞ能く合して一と為《な》らんや。
三人市虎《しこ》を成し、浸漬《しんし》膠漆《こうしつ》を解く。
生き存《ながら》えては慮《おもんぱか》る所多く、長く寝《い》ねて万事畢《おわ》る。

［口は禍《わざわい》の門《かど》、器の割れ目から水が漏れるのと同じである。

大河も蟻の巣ほどの小さな穴から決壊し、山も猿の掘った小さな穴から崩れる。

清らかに長江と漢水は流れ、天窓《てんまど》より入る光は暗い部屋を照らす。

それなのに、讒言《ざんげん》する邪《よこしま》な輩が世の公正さを損ない、浮き雲が日を覆い隠すように佞臣《ねいしん》が天子の御心を覆い隠す。

わたしの言葉はすべて忠心から出たものだが、華やかさばかりが目立って何の成果も挙げなかった。

人にはそれぞれ考え方があるので、それを一つに合わせるのは難しい。

だが、三人が同じことを言えばそれが事実とされ、膠《にかわ》と漆《うるし》のような親しい仲も引き裂かれる。

生き長らえても憂えるばかり、永い眠りにつけばすべてが終わる］

この詩を読む限り、孔融は死の間際になっても、まだ自分の過ちをわかっていなかったらしい。「言多ければ事をして敗れしめ」「讒邪 公正を害な」うとしか思っていなかった。漢室に取って代わるという曹操の企みは一字として記されていない。果たして孔融は疑うことを知らないのか、それとも曹操のことなど歯牙にもかけていなかったのか。しかも孔融は死を直前にしてなお平然と、「生き存えては慮る所多く、長く寝ねて万事畢る」と結んでいる。そこに悲しみや憤りは読み取れない。あるのはただ潔《いさぎよ》さだけである――曹操は詩を読み終わり、笑い飛ばすこともできなかった。

曹操はその詩を卓の上に投げ出すと、自ら箱の中味を物色した。王朗《おうろう》や王脩《おうしゅう》、邴原《へいげん》や張紘《ちょうこう》に宛てたものなど、書簡を書き写したものがかなりある。「曹公は政《まつりごと》を輔弼《ほひつ》し、賢人と協力したいと考えておる。策書《さくしょ》をたびたび下され、懇《ねんご》ろにおぬしの来訪を願っている」、「わしはおぬしの勲功と美徳を買って朝廷に推挙しているのだ。辞退すべきではなかろう」、「根矩《げんく》［邴原の字《あざな》］、根矩よ、早く来るがいい」——曹操は胸を打たれた。この十数年、孔融はずっと朝廷に賢人を呼び寄せていた。これは曹操を手助けしていたに等しい。孔融の声望は、清流の名士たちのあいだでは曹操よりはるかに高かった。数多くの者が孔融の顔を立てて許都へやって来た。そうして朝廷のために心魂を傾けてきたのに、狡兎《こうと》死して走狗《そうく》烹《に》らる、最後は妻子ともども処刑された。曹操は、天下の平定も近づいたいま、孔融の利用価値はなくなったと思っていた。あにはからんや、赤壁で手ひどい敗北を喫してしまったのである。そして孔融はもういない。これから先、いったい誰が曹操のために名士を集めてくれるのか？いったい誰が曹操のもとに駆けつけてくれるのか……

曹操はしきりに眉間のあたりを揉みほぐした。孔融を処刑したのは早計だったとの思いがいっそう募る。どうしたものかと悩んでいると、外から曹純《そうじゅん》の声が聞こえてきた。「わが君、若君たちがお見えです」そう言うと、曹操の返事も待たずに曹丕《そうひ》と曹植《そうしょく》を部屋に通した。二人の息子はそれぞれ料理の入った箱を捧げ持ちながら曹操の前に進み出た。「父上、夜遅くまでお疲れさまです。差し入れに参りました」

「そうか」曹操は疲れた様子で二人を見た。「だが、食欲がなくてな」

曹丕は満面に笑みを浮かべて箱を持ち上げた。「この鰒《あわび》の羹《あつもの》はわたしがとくに料理番に命じて作らせました。今宵は冷えますし、もう時間も遅いですから、食べ終わったら早めにお休みください」

曹植が差し出したものは曹丕と対照的であった。「これはわたしが童僕と一緒になって作った嬌耳《きょうじ》

「現在の餃子」です。なかには羊の肉を詰めましたから、体が温まります」

曹操はまったく異なる二人の料理に目を落とし、また顔を上げて二人の息子を見た。高慢でもなく卑屈でもなく、いやにかしこまっているように見える。曹沖が死んでからというもの、二人は毎日のように曹操のそばで世話を焼いていた。このように細やかな心遣いを見せるのは今日に限ったことではない――本当に親を思う気持ちだけか？――

「そこに置いておけ。気が向いたらもらうとしよう……さあ、部屋に戻るがよい」

二人ともなおいたわりの言葉をかけた。「どうかお体を大事になさってください。近ごろ父上がお痩せになるのを見ていると、わたしたちも胸が痛み……」

「父は仕事がある。早く出ていきなさい」曹操は手を振って退室を促した。

曹丕と曹植もそれ以上は何も言えず、一礼して出ていった。息子たちの後ろ姿を見ていると、曹操には二人が陰でほくそ笑んでいるように思えてならなかった。曹沖が夭折したのはそういう運命だったのであろう。しかし、それによって曹丕や曹植に機会がめぐってきたのもまた事実である――あやつらはやはり沖の死を喜んでいるのではないか？

これは一人曹操のみならず、董昭や曹純らにとっても当然ひとごとではない。曹沖が死に、曹丕と曹植に出番が回ってきた。かたや長子の身の上にあり、かたや抜群の才気を誇る。それぞれに腹心や友人がおり、二人が跡目争いを繰り広げれば、朝廷じゅうの者が身の振り方を考えねばならない。曹操の跡継ぎ――その座をめぐる争いの火蓋はすでに切られていた。

とはいえ、いまの曹操にあれこれ考える余裕はなく、また考えたくもなかった。曹操は気を紛らわせようとして、再び孔融の残した竹簡を繰った。そして、ふと竹簡のあいだに薄い絹帛《けんぱく》が挟まっているのを見つけた。董昭はそれを見ると慌てて絹帛を手に取った。「これは丞相とは関係のないものです」

いつもは控え目な董昭が無作法な振る舞いをしたため、曹操は大いに訝《いぶか》しんだ。「おぬしは読んだのか。何が書いてある？　よこせ……」

董昭は作り笑いを浮かべた。「取るに足らぬ詩です。お目を汚すだけでございます」

「かまわぬ、よこせ」

「丞相がご覧になる必要はありません」

「よこさぬか！」

曹操の目に凶悪な光が宿るのを見て、董昭は怖気づいた。びくびくしながら絹帛を曹操に手渡し、小声でこう言い添えた。「何年か前、孔融の側女《そばめ》が子を産みました。ちょうど孔融が友を送って遠出しているときでして、その子は一歳にもならずに亡くなり、孔融は子の顔すら拝めませんでした。それで、その子を悼む詩を書いたのです……やはり、ご覧にならないほうがよろしいかと」

絹帛を取り上げたのが董昭の好意であったとわかり、曹操も落ち着きを取り戻した。「わしがその詩を読んで胸を痛めると思ったのか……わしはそれほど柔《やわ》ではないぞ」そう言うと、絹帛を広げて目を落とした。

遠く新たに行く客を送り、歳暮《さいぼ》乃《すなわ》ち来《きた》りて帰る。

門に入り愛子《あいし》を望むに、妻妾 人に向かい悲しむ。
子の見る可《べ》からざるを聞けば、日は已《すで》に光輝《こうき》を潜む。
孤墳《こふん》 西北に在り、常に念《おも》う 君の来ること遅きを。
裳《も》を褰《かか》げて墟丘《きょきゅう》に上る、但《た》だ見る 蒿《こう》と薇《び》とを。
白骨 黄泉《こうせん》に帰し、肌体《きたい》 塵に乗りて飛ぶ。
生まれし時 父を識《し》らず、死して後 我の誰なるかを知らんや。
孤魂《ここん》 窮暮《きゅうぼ》に遊び、飄颻《ひょうよう》 安《いず》くにか依《よ》る所ぞ。
人生まれては嗣息《しそく》を図るに、爾《なんじ》死して我念い追う。
俛仰《ふぎょう》して内に心を傷《いた》め、覚えず涙は衣を霑《うるお》す。
人生自ずから命有り、但《た》だ恨む 生日《せいじつ》の希《まれ》なるを。

「新たに旅立つ人を遠くまで見送り、年の暮れになってようやく帰る。
門を入って愛《いと》し子を見ようとしたが、妻や側女はわたしに対して嘆き悲しむ。
子にはもう会えないと聞けば、日も没したように輝きを失った。
墓は西北にあり、ずっとあなたの帰りを待ちわびていました。
裳をからげて荒れた丘に登れば、目に映るのはよもぎと野えんどうだけ。
白骨は黄泉《よみ》の国に帰りゆき、肉体は塵とともに消えていった。
生まれたときさえ父の顔を見ていないのだ、まして死後にわたしが誰かわかるまい。
年の暮れというに魂は独り寂しくさまよい、ゆらゆらと落ち着くところもなかろう。

人は後継ぎを得たいと考えるもの、お前が死んでもわたしあきらめきれぬ。
胸を痛めてときに俯《うつむ》きときに天を仰ぎ、いつの間にか衣は涙に濡れている。
人の一生にはおのずと天命がある、ただ恨めしいのはお前の生きた日々が短いことだ」

「孤魂窮暮に遊び、飄颻安くにか依る所ぞ……俛仰して内に心を傷め、覚えず涙は衣を霑す……」
曹操はこの数句を反芻《はんすう》するうちに、いつしか放心していた。「沖……かわいそうなわが息子よ……人生自ずから命有り、但だ怨む生日の希なるを……」

曹操は孔融の詩に完全に打ちのめされた。このときの曹操は天下の丞相ではなく、どこにでもいるごく普通の父親だった。曹操は孔融の命を奪ったが、孔融に勝ったわけではなかった。鋭利な刃物を刺されたかのように、目の前の詩に深く胸をえぐられた。孔融の命を踏みにじっても、その傲慢で気高い精神までは抹殺できなかった。稀代の文才を否定することはできなかった。打ち負かされたのは曹操のほうである。それも完膚なきまでに打ちのめされた。曹操の衽《おくみ》がいつの間にか涙で濡れていた。

曹操は亡き息子を思って涙を流した。董昭と曹純は慰めるべき言葉もなく、ただ立ち尽くした。曹操はかなりのあいだ泣き濡れていたが、ようやく絹帛を箱のなかに戻すと、そのまま蓋を閉じた。ほかの書簡どころか、もう箱さえ目にしたくない。「脂習を連れてまいれ」

曹操の命令一下、すぐに兵士が太医令の脂習を引っ立ててきた——脂習、字は元升《げんしょう》、年は六十に近い。霊《れい》帝の御代、中平《ちゅうへい》年間［西暦一八四——一八九］に朝廷に出仕している。官位は高くないが老臣といっていい。だが、このときの脂習は、ざんばら髪で枷《かせ》を嵌《は》められていた。この格好のまま許都から譙県まで護送されてきたせいで、すでに疲れ果ててよろめいていた。だが、まだ頭ははっきりしていた。それというのも、盧洪《ろこう》が曹操の命《めい》を忠実に守り、拷問を加えず、水や食べ物も十分に与えてきたからである。あとは曹操自ら脂習をいたぶるのを待つばかりであった。

ところが、曹操の考えは昨日までとは打って変わっていた。「この者の罪を赦す。枷を外《はず》してやれ」

曹純は自ら脂習の縄をほどき、枷を外してやった。枷は十斤［約二キログラム］をゆうに越える。刑具ではないが、嵌めるだけでもかなり苦痛で、脂習の首や肩にはくっきりと跡が残っていた。脂習は晴れて自由の身になったのに床に突っ伏し、曹操に感謝するどころか涙ながらに訴えた。「丞相！　孔文挙《ぶんきょ》は無実です！　罪無くして士を殺せば則ち大夫《たいふ》以《もつ》て去る可《べ》し。罪無くして民を戮《りく》せば則ち士以て徙《うつ》る可し［主《あるじ》が無実の罪で役人を殺したら、上官も連座するから主のもとを去るほうがよい。主が無実の罪で民を殺したら、役人も連座するから他国へ去るほうがよい］。丞相は広く賢才を求めながら、どうしてその発言に腹を立てて死を賜ったのです。孔文挙は濡れ衣です……ううっ……」

曹操は呆然としたままうなずくしかなかった。「一令逆らえば則《すなわ》ち百令失われ、一悪施せば則ち百悪結ぶ［一つでも道義にもとる命を下せばほかの命も遂行されず、一つでも悪事をなせば悪事が相次ぐ］。わしは……」――孔融を殺し、華佗《かだ》を殺し、許攸《きょゆう》まで殺してしまった。この数年でいったいいくつ過ちを犯したのだ？――曹操は腰を落とし、生々しい傷痕のついた脂習の肩をやさしくなでた。「元升、そなたは情に厚く信義を重んじ、正義のために命を惜しまぬ。孔文挙がそなたを知己としたのもうなずける。つらい思いをさせたな」

脂習は曹操の言葉を聞いてますます激しくむせび泣いた。孔融が無実の罪を着せられたとき、漢の忠臣を自任する高官たちは黙り込んだのに、秩《ちつ》六百石《せき》の小官だけが、死を恐れず孔融の亡骸を持ち去った。なんという壮烈さであろうか。

「それで、文挙の遺体をどこに隠したのだ？」

盧洪のような手下がどんなに問いただしても、脂習はうんともすんとも言わなかった。だが、曹操自身に問われると、脂習は敏感に反応してぴたりと泣きやんだ。そして、警戒心を剝き出しにした眼差しで曹操を見た。「ど、どうなさるおつもりですか」

「わしは孔文挙をきちんと葬ってやりたいのだ」

「信じてよろしいのですか？」曹操の言葉を鵜呑みにするわけにはいかない。

曹操はその問いに言葉で答えず、目を閉じて、ゆっくりと何度かうなずいた。

脂習はその様子を見て信じることにした。「遺体は許都の城外、東土橋《とうどきょう》の下に埋めました」

曹操は思わず感心した——許都と目と鼻の先ではないか。たいした男だ。城外とはいえその近さが盲点になったか。いや待て、許都は激しく車馬の行き交う場所だ。誰にも見られなかったはずはない。そうか、みな孔融が無実だと知っていて黙っていたのか。わしと思いを同じくする者はいなかったのだ……——そう考えると曹操は寒気立ち、すぐに言い添えた。「元升、文挙の妻子はもうおらぬ。葬儀はそなたに任せよう。穀物百斛《こく》［約二千リットル］を与えるゆえ、人を雇って文挙の亡骸を郷里に運び、きちんと葬ってやってくれ」

脂習は何度も叩頭し、またこらえきれずに泣き出した。その泣き声はあまりに痛ましく、曹操はますます胸が苦しくなった。凄惨な嘆きが大音声となり、曹操の耳の奥でがんがんと響く——脂習だけではない。無実の罪で殺された者や、戦場で儚《はかな》く散っていった無数の兵士たちの亡霊が泣いているように聞こえた。「もう泣くな。葬儀には百斛もあれば充分だろう。余った分は返却せずともよい、そなたが受け取っておけ。いずれそなたを昇進させ、その義挙を表彰しよう。だからもう泣くな。泣いてくれるな……」最後はほとんど懇願に近かった。

董昭が曹純に目配せすると、曹純は急いで脂習を助け起こし、なだめすかしながら部屋の外に連れだした。曹操は長いため息をつき、ふらふらしながら寝台に戻ると、疲れ切った様子で背もたれに体を預けた。丞相には休息が必要だ――董昭はそう思ったが、まだ報告していないことがある。袖のなかに忍ばせた巻物を取り出すべきか迷っていると、またも外から声が聞こえた。「丞相に申し上げます。涼《りょう》州から密使が参りました」

曹操はすぐには答えず、目を閉じ、少し間を置いてから聞き返した。「涼州の誰からだ？ 公の使者か、誰かの部下か？」涼州一帯は十数の勢力に分かれており、韓遂《かんすい》と馬騰《ばとう》はそのなかで最大の勢力を有しているというに過ぎない。みな表向きは朝廷に帰順しているものの、ほとんどが独立した勢力である。ほかにも朝廷からは涼州刺史《しし》の邯鄲商《かんたんしょう》や郡県の官吏を遣わしている。かように入り乱れているため、涼州からの密使と言われただけでは誰の使いかもわからない。

「涼州は安定《あんてい》郡の騎都尉《きとい》、楊秋《ようしゅう》からの使者でございます」取り次ぎの声はひどくかすれて聞きづらかった。

楊秋は涼州に割拠する小勢力の一つに過ぎず、兵力もたいしたことはない。その楊秋がなぜ遠路はるばる使者を送ってきたのか。曹操は不審に思ったものの動くのも億劫で、横たわったまま命じた。

「通せ」

扉が開くと、若い布衣《ふい》の使者が頭《こうべ》を垂れながら恐る恐る入ってきた。取り次ぎは声がかすれていたので誰かわからなかったが、韓浩《かんこう》であった。使者のほうは部屋に入るやすぐさま跪《ひざまず》き、西北訛《なま》りで挨拶してきた。「お初にお目にかかります……」名を名乗らないのは正式な官職がないからであろう。

「何ごとだ。申せ」こうした身分の低い者には曹操も遠慮がない。横たわったまま続きを促した。

「申し上げます。武威《ぶい》太守の張猛《ちょうもう》が刺史の邯鄲商を殺害しました」

「何だと？」曹操は自分が疲れていたことさえ忘れて驚いた。張猛と邯鄲商はともに朝廷が任命した官であり、ともに任地に赴いた。なぜ味方同士でそんなことに……

使者が答えた。「張猛と邯鄲商は赴任して以来ずっと仲が悪く、朝廷の手前、しぶしぶ自重していたのです。二人が殺し合ったのはあくまで私怨によるもので、丞相に差し障りはないかと存じます」

そうは言っても官員殺しは謀反と同罪である。それも歴とした刺史を、恨みがあるからといって勝手に殺すなど言語道断である。曹操は腹を立ててはならないと繰り返し自分に言い聞かせたが、これはひどすぎる。おそらく張猛は、赤壁で敗れたばかりの朝廷に辺境の事件に関わる余裕はない、いまならうやむやにできると考えたのであろう。

だが、事はそれで終わりではなかった。「それに……それにですね……」

「ぐだぐだ言っていないで、さっさと言え！」

「はっ。張猛が朝廷の官を殺害したと聞いた韓遂が、涼州の十あまりの諸将を召集するために檄文を発しました。武威を攻めて邯鄲商の仇を討ち、朝廷のために悪臣を滅ぼすと言っております」

朝廷のために悪臣を滅ぼすとは、言うまでもなく表向きの名分である。韓遂にそんな殊勝な心がけがあるはずもなく、その狙いは糧秣《りょうまつ》を奪い、自身の支配地を広げることにあった。朝廷に伺いを立てず勝手に兵を起こし、あろうことか正義のためという錦の御旗を掲げて火事場泥棒を働こうというのだから始末に負えない。

それにしても、張猛はなぜ高官を殺すなどという大それたことをしたのだ？ 韓遂はなぜ随意に兵を起こしたのだ？——曹操は自身の権力が揺らぎ、威信が失墜しつつあるのを感じざるをえなかった。前線で敗れれば内地は動揺する。曹操の強大な兵力を恐れて臣従していた者たちが手のひらを返しはじめた。袁術の旧臣たちの反乱はそのはじまりに過ぎない。さらに大規模な動乱が、いままさに西涼《せいりょう》で起きはじめていた。この肝心なときに、曹操にはまったく打つ手がなかった。曹操軍は死傷者も多く、襄陽の応援に向かわせた部隊もまだ戻ってきていない。たとえ戻ってきたとしても戦力になるかどうかわからない。到底辺地の涼州をどうこうできるような状況ではなく、ただ成り行きに任せるしかなかった。

使者がさらに続けた。「韓遂の檄文はわが主の楊秋のもとにも届いております。われらは兵を出すべきでしょうか。出兵するにしても丞相の指示なく勝手には決められませんし、出兵しないと答えたにしても……おそらく……」

「おそらく何だ？　かまわぬから申せ！」

「おそらく韓遂に逆らうことはできません」そこで使者は愛想笑いを浮かべた。「要するに進退窮まりまして、とくに丞相のご指示を仰ぎにまいった次第です」

「ふふっ……」曹操は楊秋の意図を見抜いた——わしと韓遂をどちらも怒らせぬよう両天秤に掛けるつもりか、食えないやつめ。どうせ韓遂と手を組んで分け前にあずかるつもりのくせに、前もって使者にこんなことを言わせるとは。韓遂の命でやむなく出兵するという体《てい》を取る気だな——曹操は体を起こすと、不敵な笑みを浮かべて言い渡した。「わしに聞く必要はない。戻って楊秋に伝えよ。自分の胸に手を当てて決めるがよいとな」

曹操は一介の使者だと見くびっていたが、相手もなかなかしぶとい。「単刀直入に申します。わが主は首が飛ぶのが怖いのです。丞相から出兵の許可をいただければ、われらは韓遂軍に入り込み、今後は韓遂が何を企もうと密かにお知らせいたします。いかがでしょうか？」

「ふむ」これは曹操にとっても悪くない話である。「面《おもて》を上げて続けよ」

それに応えて使者が顔を上げると、曹操がいきなり叫んだ。「奉孝《ほうこう》！　奉孝ではないか！」

細く美しい眉につぶらな瞳は女のようで、鼻は高く口は小さい。とりわけ左目の下のほくろや細い口髭などは、たしかに郭嘉《かくか》そっくりである。だが、曹操はすぐに思い直した——いや、死んだ人間は生き返らぬ。かりに奉孝が生きていたとしても、この男よりはかなり年上だ。それに奉孝には西北の訛りなどないし、何より目が違う。奉孝はこんな媚《こ》びへつらった目をしない。この目は卑しい奴僕の目だ——曹操は郭嘉を懐かしく思うあまり一瞬見間違えたのだった。

使者もそれに気づき、慌てて名を名乗った。「わたくしは孔桂《こうけい》と申します」

郭嘉ではないとわかっても、曹操の表情は本人も気づかぬうちに和らいだ。「先ほどの提案は悪くないな。私怨で高官を殺した張猛は当然討つべきだが、わしは張猛ごときにかまっている暇はない。

兵を出すかどうかは好きにするがいい」これは出兵を許可したに等しい。

「丞相、ありがとうございます」孔桂は喜びに堪えないといった様子で暇乞《いとまご》いした。「ほかにお指図がないようでしたら、わたくしはこれにて……」役目を終えたら長居は無用である。

「待て。これからは涼州で見聞きしたことを細大漏らさず報告しろ、よいな」

「はい、もちろんでございます」孔桂はしきりにお辞儀した。

「それから……」曹操は護衛兵を呼び寄せた。「子桓《しかん》らが持ってきた料理を褒美にくれてやれ。今宵はゆっくり休めるように寝所を調え、明日出立する際には、とくに金子《きんす》二枚と絹帛二匹を与えてやるのだ」

董昭は驚いた――こんな小人《しょうじん》に丞相はなぜ褒美を取らせるのだ――だが、このときの董昭には思いも寄らなかった。のちにこの小人が朝廷で官職につき、晩年の曹操のそばを片時も離れぬ佞臣となることを……

孔桂を退《さ》がらせたあと、曹操はまた頭風《とうふう》がうずきだした。どうやら今夜は眠れそうにない。しかも、目を閉じれば郭嘉と曹沖の面影が浮かんでくる。曹操は心の乱れもそのままに立ち上がった。そして衣を羽織りはじめると、董昭は慌てて駆け寄り、腰帯を締めるのを手伝いながら言った。「丞相、もう夜も遅うございます」

「頭が少し痛むのでな。外で冷たい風にでも当たったら、いくらか和らぐかもしれん」薬湯を煎じることにかけては李瑠之《りとうし》も長じているが、即効性のある鍼《はり》には通じていない。華佗が死んだからには、曹操の頭痛をすぐに取り除いてくれる者はもういなかった。自業自得である。董昭は俯いて袖のなかの巻物に目を遣ると、悩んだ末にそれを引き出そうとした。

「わしに付き合う必要はないぞ。おぬしらも戻って寝るがよい。何かあれば明日話そう」

董昭は出かかった言葉を飲み込んだ。そしてただひと言、「御意」と答えて護衛兵らとともに退がっていった。

曹操は眉間のあたりを強く揉みながら部屋を出た。すると、すぐ前の庭に韓浩がぼんやりと立ち尽くしていた。「元嗣《げんし》か。どうした？」

韓浩は沈んだ声で答えた。「史渙《しかん》はまだ古傷が癒えていませんでした。この寒さがよくなかったのでしょう。半刻［一時間］ほど前に……息を引き取りました」韓浩の声はひどくかすれていた。無理もない。わずか一月《ひとつき》のあいだに兄の韓玄を失い、いままた親友の史渙を失ったのだ。韓浩の涙はとうに枯れていた。

曹操は何も答えなかった。あまりにも多くの者が死んだためか、悲しみを感じなかったのである。ただ、ひどく頭が痛む。曹操は韓浩の肩にそっと手を置くと、ため息をついただけでそのまま歩き出した。つき従おうとする門衛を制し、曹操はひっそりとした中庭を一人ぶらついた。ここは曹家の旧宅である。祖父曹騰《そうとう》、父曹嵩《そうすう》、それにおじたちが暮らしていたこの屋敷は、曹家のかつての栄光と屈辱をすべて見守ってきた。そしてまた、曹操が愛してやまなかった息子曹沖の死も……

いまはそれぞれの部屋が掾属《えんぞく》らの仮の仕事部屋としてあてがわれている。夜更けとあって、明かりのともっている部屋はない。この一年はとにかくたいへんな年であったが、ようやく急を要する件もあらかた片づき、みなおのおの宿舎に戻って眠っていた。がらんどうの冷え切った屋敷は、まるで曹操の胸の内を象徴しているようである。身を切るような北風が吹きつけると、どこかの窓枠の建てつけが悪いのか、かたかたと魑魅魍魎《ちみもうりょう》の泣き声のような音を立てた。

さらに奥の中庭に入ると、右手から明るい光が差し込んできた。目を向けると小さな一室があり、なかから人の気配がする。曹操はその小部屋に近づいてそっと扉を開けた。至る所に竹簡が積み上げられ、壁際の卓には黒い衣を着た属吏が突っ伏して眠っていた。右手には筆を握ったまま、寝台のそばの床には書きかけの竹簡が落ちている。

これほど職務に励む者は大いに顕彰してやらねば、そう思いながら曹操は静かに近づき、その属吏の顔をのぞき込んだ。そして思わず目を丸くした——刺奸令史《しかんれいし》の高柔《こうじゅう》である。

曹操はいつも高柔を八つ当たりのはけ口にしていた。しかし、高柔はそれを恨みに思うこともなく、与えられた仕事に打ち込んでいたのである。曹操は己の度量の狭さを恥じた。何気なく文書を手に取ってみると、細かい字でびっしりと指示が書き込まれている。刺奸令史は司法に携わるが、廷尉《ていい》らとは異なり百官の監視などを任務とする。だが、長々と書き込まれていたのは濡れ衣を着せられた者のための弁明で、高柔はなんとかしてその命を救おうとしていた。とはいえ、これらの案件はすべて曹操の命を受けた盧洪と趙達《ちょうたつ》の仕業であり、高柔がどんなに弁護したところで最後には覆される。高柔の努力が徒労に終わることは、曹操自身一番よくわかっていた。しかし、その心根の善良さは得がたいものがある。曹操は文書を置くと、羽織っていた狐裘《こきゅう》を脱いで、そっと高柔の背中にかけてやった。

「んん、あ……」高柔はそれに気づいて瞼を開け、目をしばたたかせた。「丞相？」

「横になって眠らんか」曹操は笑みを浮かべた。笑顔の裏には後ろめたさが透けて見える。

「お話がございます」高柔はすぐに椅子を下りて跪いた。「冤罪が多すぎます。どうかお時間を割き、これらの竹簡をご覧ください。なんとも哀れで気の毒なことばかり……盧洪と趙達は手段を選ばず毎日のように人を陥れていますが、二人が訴えてきた件はすべて濡れ衣です……」高柔はそう訴えると、まるで部屋じゅうの竹簡がそうであるかのように、そこかしこに積み上げられた竹簡を両手を広げて示した。

むろん、曹操がそれを知らないわけがない。盧洪と趙達は、曹操の意によって邪魔になる者を排除している。曹操に少しでも不満を漏らす者がいれば粛清するのであり、無実かどうかなど関係ない。高柔の訴えは至極もっともであるがゆえに、曹操は口をつぐむしかなかった。苦笑いでお茶を濁し、小部屋を出ようとしたところで振り向いた。「この数年、嫌な思いをさせてしまったな。倉曹属《そうそうぞく》［穀物の貯蔵を司る官職］に昇任させるゆえ、もうこんなつらい仕事はせんでもよい」

「ですが、これらの冤罪は……」

「くどい」曹操はそれだけ言うと、もう振り返ることなく部屋を出た――孔融の無実を認めたからといって、ほかの多くの者まで無罪にすることはできない。もしそんなことをすれば、建安《けんあん》になってからの体制を、つまりは曹操が権力を一手に握っているという現状を自ら否定することになる。敗戦の責めを負うのはいい。一部の者の名誉を回復することもできる。しかし、曹操自身が統治していることの正当性を否定するのは決して許されない。いまやこの身は丞相の位にある。いかなる他者にも、自分を糾弾する隙《すき》を与えるわけにはいかないのである。

曹操は庭を一回りしたが、その足取りが軽くなることはなかった。気分が晴れないばかりか、頭もいっそう痛みはじめた。そろそろ部屋に戻ろうと中庭の門をまた入ると、そこに黒い人影があった。

「元嗣、まだ寝ていなかったのか……」

「丞相、わたしです」声の主は董昭であった。

「公仁《こうじん》か……おぬしも眠れんのか」

「丞相にお伝えしたいことがありまして、どうしても寝つけませんでした」

「どうかしたのか？」ついそう応じたが、本音ではもう何も聞きたくなかった。

「なかでお話ししたく存じます」董昭はそう言って扉を開け、帳《とばり》を掲げた。曹操を通して自分も続いて入ると、さっそく袖のなかから巻物を取り出し、丁寧に卓上に広げた。

それは城郭の設計図であった。精緻な図面にいろいろと詳細が書き込まれている。城郭は東西七里［約三キロメートル］、南北五里［約二キロメートル］の広さがあり、全部で七つの城門を備えている。城内の通りは広く、配置は考え抜かれ、北東の角には庭園や池もある。北側の広大な敷地を占める宮邸は、大小の広間から庭に至るまで、とりわけ綿密に描かれていた。書き添えられた拡大図には、欄干や斗栱《ときょう》に施す図案も描かれ、ほとんど宮殿そのものである。目の前に置かれているのは一枚の図に過ぎないが、見ているだけで壮大な城郭の姿が立ち現れてくる。この建築が現実のものとなれば、どれほど壮観であろうか。小さな許都は言うに及ばず、往時の長安《ちょうあん》や洛陽《らくよう》を凌《しの》ぐと言っても過言ではない。

「鄴都《ぎょうと》か……」曹操は設計図を指でなぞりながら苦笑いした。「いまさらこれが何の役に立つ？」

董昭が再三差し出すのをためらっていた理由も、まさにその点であった。この一年あまり、董昭は鄴城で大勢の名工や五行の方士《ほうし》、高名な風水師などを集めて意見を聞き、新たな都の構想を練ってきた。繰り返し土地を測量して図を描き、そしてとうとう心血を注いだこの設計図を完成させたのである。当初は曹操が凱旋したらすぐにでも着工し、一年がかりで竣工に漕ぎ着けるつもりでいた。そのときこそ大々的に遷都を行い、曹操が新たな王朝を打ち立てる……だが、赤壁で惨敗を喫したいまとなっては、新王朝の都の建設には慎重にならざるをえない。

曹操は食い入るように図を見つめていた。だが、しだいに視界がぼやけ、城郭や宮殿の描線《びょうせん》がぐにゃぐにゃと大きくゆがみはじめた。顔を上げると董昭の姿さえ二重になって見える。耳のなかではがんがんと音が鳴り響き、頭が耐えがたいほどに痛くなってきた。全身の血がすべて頭に上ってきたような気がする――この感覚ははじめてではない。頭風の発作がとりわけひどいときの症状である。

しかし、もう神医《しんい》はおらず打つ手がない。曹操はそろりそろりと立ち上がり、苦痛に呻《うめ》きながら部屋のなかをふらついた。そのとき、部屋の隅に置かれた棚の上に、水の入った盥《たらい》があるのが見えた。曹操はよろめきながら近づくと、いきなり顔を盥のなかに突っ込んだ。真冬の凍てつく寒さのなかで、盥の水は氷のように冷たい。曹操はさらに深く頭まで突っ込むと、まるで全身を針で突き刺されたかのように、ぶるっと大きく身を震わせた。

「じょ、丞相、いかがなされました⁉」董昭もようやく曹操の発作に気がついた。

曹操はずぶ濡れの頭を持ち上げ、はあはあと荒く息をついた。寒さのせいで体は小刻みに震えていたが、幸い頭痛は和らいでいる。卓のそばに座り込んでじっと目を閉じ、冷たいしずくが頬を滑り落ちるに任せた。しばらくそのままじっとしていたが、やがておもむろに口を開いた。「公仁……」

「はい、ここに」董昭は曹操の様子に動揺していた。「どうしましょう？　軍医を呼んできましょうか……」

「いや、かまわぬ」曹操は一つ息をつき、大きく目を見開いた。「それよりも、鄴の普請《ふしん》を予定どおり進めよ」

「えっ!?」董昭は自分の耳を疑った。

曹操は繰り返した。「鄴城の普請はやらねばならん。そなたに任せるゆえ、いささかもゆるがせにするな。この図を凌ぐ城を造るのだ！」

董昭はしばし呆気にとられたが、最後には曹操の眼光に射すくめられたのか、「御意」とだけ消え入りそうな声で答えた。

冷水のなかに頭を浸《ひた》していたとき、曹操はあることを悟った──この世にはただ前進あるのみで、後戻りできないことがある。たとえばこの頭風も似たようなものと言えた。いつまで経っても治らないこの発作は、これからも頭を冷水に突っ込み、冷たさをこらえながら追い払っていくしかない。丞相という地位もまさにそうである。君主でも臣下でもない立場、この特殊な地位に昇ったときから、曹操に逃げ場はない。開国の君主となるにせよ、国を簒奪した逆賊となるにせよ、その一歩を踏み出したからには、どんな茨《いばら》の道であっても覚悟を決めて歩み続けるしかない。赤壁の戦いに敗れたとはいえ、二度と好機がないとは限らない。いまは英気を養い、力を蓄え、捲土重来《けんどちょうらい》を期するときである。かつて袁紹《えんしょう》は敗戦の衝撃から気が塞《ふさ》ぎ、結局は病を得て世を去った。だが曹操には、自ら葬った敵と同じ末路をたどる気などなかった――もう一度やり直すんだ。これが運命なら、自ら切り拓いていくしかない――

曹操はとうとう意を決した――どうせ面子《めんつ》はもう潰れている、それなら思い切って進むまでだ。負けてなるものか。大いに食らい、大いに呑んでやる。鄴に新都を建て、もう一歩のし上がってやる。そして朝廷をこの手にがっしりと握るのだ――曹操は扉を押し開けると、闇夜の空に向かって雄叫《おたけ》びを上げた。「大耳の賊め、孫権の青二才め、待っておれ！　借りは必ず返してやる！　わしを倒せると思うなよ。わしを倒せる者など天下に誰一人としておらんのだ！」

夜更けまであれこれ思い詰めたせいか、曹操は雄叫びを上げると息切れし、入り口の框《かまち》に手をついた。白いものが交じった髭が冷たい風に揺れる――齢《よわい》五十五、曹操は自分の年のことを深く考えていなかった。半生にわたる労苦、完治することのない病魔、かつての精力が戻ってくることは二度とない。しかも、赤壁の余波はやはり大きく、目の前の敵だけでなく、予期せぬ禍がすぐ背後に迫っていた。

孔子はかつて「五十にして天命を知る」と言った。果たして、次なる機会は曹操に訪れるのであろうか……

主な登場人物　（　）内は字《あざな》

曹操《そうそう》（孟徳《もうとく》）　幼名は阿瞞《あまん》。司空《しくう》など歴任
荀彧《じゅんいく》（文若《ぶんじゃく》）　尚書令《しょうしょれい》など歴任
荀攸《じゅんゆう》（公達《こうたつ》）　曹操軍の軍師《ぐんし》
郭嘉《かくか》（奉孝《ほうこう》）　曹操軍の軍師祭酒《ぐんしさいしゅ》
董昭《とうしょう》（公仁《こうじん》）　諫議大夫《かんぎたいふ》など歴任
許攸《きょゆう》（子遠《しえん》）　曹操軍の幕僚
婁圭《ろうけい》（子伯《しはく》）　曹操軍の幕僚
賈詡《かく》（文和《ぶんわ》）　曹操軍の幕僚
曹仁《そうじん》（子孝《しこう》）　曹操配下の将
曹洪《そうこう》（子廉《しれん》）　曹操配下の将
曹純《そうじゅん》（子和《しわ》）　曹操の親衛騎兵の虎豹騎《こひょうき》を率いる
夏侯惇《かこうとん》（元譲《げんじょう》）　曹操配下の将、建武《けんぶ》将軍など歴任
夏侯淵《かこうえん》（妙才《みょうさい》）　曹操配下の将
于禁《うきん》（文則《ぶんそく》）　曹操配下の将、偏《へん》将軍など歴任

楽進《がくしん》（文謙《ぶんけん》）　曹操配下の将
朱霊《しゅれい》（文博《ぶんはく》）　曹操配下の将
張繡《ちょうしゅう》（不詳）　曹操配下の将、破羌《はきょう》将軍など歴任
張遼《ちょうりょう》（文遠《ぶんえん》）　曹操配下の将
張郃《ちょうこう》（儁乂《しゅんがい》）　曹操配下の将、偏将軍など歴任
劉勲《りゅうくん》（子台《しだい》）　曹操配下の将、征虜《せいりょ》将軍など歴任
李典《りてん》（曼成《まんせい》）　曹操配下の将、裨《ひ》将軍など歴任
荀衍《じゅんえん》（休若《きゅうじゃく》）　監軍校尉《かんぐんこうい》など歴任
崔琰《さいえん》（季珪《きけい》）　冀《き》州の長史《ちょうし》〔次官〕
仲長統《ちゅうちょうとう》（公理《こうり》）　司空府の参軍《さんぐん》〔幕僚〕
毛玠《もうかい》（孝先《こうせん》）　司空府の東曹掾《とうそうえん》など歴任
劉岱《りゅうたい》（公山《こうざん》）　司空府の長史
王必《おうひつ》（不詳）　司空府の主簿《しゅぼ》など歴任
史渙《しかん》（公劉《こうりゅう》）　曹操配下で中軍の将

韓浩《かんこう》（元嗣《げんし》）　曹操配下で中軍の将
許褚《きょちょ》（仲康《ちゅうこう》）　校尉として曹操を護衛
鄧展《とうてん》（不詳）
段煨《だんわい》（忠明《ちゅうめい》）　安南《あんなん》将軍など歴任
馬延《ばえん》（不詳）　曹操配下の将で、河北《かほく》の故将
張顗《ちょうぎ》（不詳）　曹操配下の将で、河北の故将
鮮《せん》于《う》輔《ほ》（不詳）　度遼《どりょう》将軍
閻柔《えんじゅう》（不詳）　護烏丸校尉《ごうがんこうい》
袁敏《えんびん》（不詳）　治水や漕運を司る河隄謁者《かていえっしゃ》
陳琳《ちんりん》（孔璋《こうしょう》）　司空府の記室《きしつ》
劉楨《りゅうてい》（公幹《こうかん》）　司空府の記室
阮《げん》瑀《う》（元瑜《げんゆ》）　司空府の記室
高柔《こうじゅう》（文恵《ぶんけい》）　高幹《こうかん》の一族。のちに刺奸令史《しかんれいし》
趙達《ちょうたつ》（不詳）　百官の言動を監視する校事《こうじ》
盧洪《ろこう》（不詳）　百官の言動を監視する校事
袁尚《えんしょう》（顕甫《けんほ》）　袁紹《えんしょう》の三男。烏丸《うがん》に身を寄せる
袁熙《えんき》（顕雍《けんよう》）　袁紹の次子。烏丸に身を寄せる
劉表《りゅうひょう》（景升《けいしょう》）　荊《けい》州牧《ぼく》など歴任

蔡瑁《さいぼう》（徳珪《とくけい》）　荊州の豪族で、劉表の配下
蒯越《かいえつ》（異度《いど》）　荊州の豪族で、劉表の配下。かつて何進《かしん》の大《だい》将軍府で東曹掾《とうそうえん》
劉先《りゅうせん》（始宗《しそう》）　武陵太守《ぶりょうたいしゅ》など歴任
張機《ちょうき》（仲景《ちゅうけい》）　長沙《ちょうさ》太守。『傷寒雑病論《しょうかんざつびょうろん》』を著すなど医術に精通
劉琦《りゅうき》（不詳）　劉表の長子
劉琮《りゅうそう》（不詳）　劉表の次子
文聘《ぶんぺい》（仲業《ちゅうぎょう》）　劉表配下の将
張允《ちょういん》（不詳）　劉表の甥で、劉表配下の将
宋忠《そうちゅう》（仲子《ちゅうし》）　経学者
邯鄲淳《かんたんじゅん》（子淑《ししゅく》）　文人
杜夔《とき》（公良《こうりょう》）　音律の名手。かつて朝廷で雅楽郎《ががくろう》
梁鵠《りょうこく》（孟皇《もうこう》）　書家。選部《せんぶ》尚書など歴任
伊籍《いせき》（機伯《きはく》）　劉表配下の従事《じゅうじ》
孫権《そんけん》（仲謀《ちゅうぼう》）　孫策《そんさく》の跡を継いで江東《こうとう》を支配。討《とう》虜《りょ》将軍
周瑜《しゅうゆ》（公瑾《こうきん》）　中護軍《ちゅうごぐん》など歴任

張昭《ちょうしょう》（子布《しふ》）　討虜将軍府の長史として孫権を補佐
張紘《ちょうこう》（子綱《しこう》）　会稽《かいけい》郡の東部都尉《とうぶとい》。孫権を補佐
程普《ていふ》（徳謀《とくぼう》）　盪寇《とうこう》中郎将など歴任
魯粛《ろしゅく》（子敬《しけい》）　孫権配下の幕僚
黄蓋《こうがい》（公覆《こうふく》）　丹陽都尉《たんようとい》など歴任
秦松《しんしょう》（文表《ぶんひょう》）　孫権配下の幕僚
劉備《りゅうび》（玄徳《げんとく》）　劉表のもとに身を寄せ、新野《しんや》〔河南省南西部〕に駐屯
諸葛亮《しょかつりょう》（孔明《こうめい》）　劉備の配下
関羽《かんう》（雲長《うんちょう》）　劉備配下の将
張飛《ちょうひ》（益徳《えきとく》）　劉備配下の将
徐庶《じょしょ》（元直《げんちょく》）　劉備の配下
献《けん》帝　劉協《りゅうきょう》　皇帝〔西暦一八九～二二〇年在位〕
趙温《ちょうおん》（子柔《しじゅう》）　司徒《しと》など歴任
郗慮《ちりょ》（鴻豫《こうよ》）　光禄勲《こうろくくん》など歴任
丁沖《ていちゅう》（幼陽《ようよう》）　司隷校尉《しれいこうい》など歴任
孔融《こうゆう》（文挙《ぶんきょ》）　太中大夫《たいちゅうたいふ》など歴任
陳羣《ちんぐん》（長文《ちょうぶん》）　侍御史《じぎょし》など歴任

臧覇《ぞうは》（宣高《せんこう》）　徐《じょ》州刺史《しし》など歴任
公孫康《こうそんこう》（不詳）　公孫度《こうそんたく》の息子。遼東《りょうとう》太守
田疇《でんちゅう》（子泰《したい》）　徐無山《じょむさん》に隠棲。かつての幽《ゆう》州従事《じゅうじ》
邢顒《けいぎょう》（子昂《しこう》）　徐無山に隠棲
和洽《かこう》（陽士《ようし》）　荊州に身を寄せる士人《しじん》
桓階《かんかい》（伯緒《はくしょ》）　かつて長沙太守の張羨《ちょうせん》の部下
劉巴《りゅうは》（子初《ししょ》）　荊州零陵《れいりょう》郡の士人
楊脩《ようしゅう》（徳祖《とくそ》）　楊彪《ようひょう》の息子
蹋頓《とうとん》（不詳）　遼西《りょうせい》、遼東、右北平《ゆうほくへい》の烏丸《うがん》の実質的首領
曹丕《そうひ》（子桓《しかん》）　曹操の息子
曹彰《そうしょう》（子文《しぶん》）　曹操の息子
曹植《そうしょく》（子建《しけん》）　曹操の息子
曹沖《そうちゅう》（倉舒《そうじょ》）　曹操の息子
夏侯尚《かこうしょう》（伯仁《はくじん》）　夏侯淵の甥
朱鑠《しゅしゃく》（彦才《げんさい》）　譙《しょう》県の生まれで、王忠《おうちゅう》の部下
華佗《かだ》（元化《げんか》）　曹操つきの医師
卞《べん》氏　曹操の妻

主な官職

中央官

大《だい》将軍　非常設の最高位の将軍
丞相《じょうしょう》　皇帝を輔弼《ほひつ》して万機《ばんき》を統《す》べる
御史大夫《ぎょしたいふ》　副丞相格で百官を監察する

三公《さんこう》
太尉《たいい》　軍事の最高責任者で、三公の筆頭
司徒《しと》　民生全般の最高責任者
司空《しくう》　土木造営などの最高責任者

九卿《きゅうけい》
太常《たいじょう》　祭祀などを取り仕切る
光禄勲《こうろくくん》　皇帝を護衛し、宮殿禁門のことを司る
騎都尉《きとい》　もとは羽林の騎兵を監督、のち叛逆者の討伐に当たる

光禄大夫《こうろくたいふ》　皇帝の諮詢に対して意見を述べる
太中大夫《たいちゅうたいふ》　皇帝の諮詢に対して意見を述べる
諫議大夫《かんぎたいふ》　皇帝の諮詢に対して意見を述べるとともに、皇帝を諫《いさ》める
奉車都尉《ほうしゃとい》　皇帝の車馬を司る
議郎《ぎろう》　皇帝の諮詢に対して意見を述べる
衛尉《えいい》　宮門の警衛《けいえい》などを司る
太僕《たいぼく》　皇帝の車馬や牧場などを司る
廷尉《ていい》　裁判などを司る
大鴻臚《だいこうろ》　諸侯王と帰服した周辺民族を管轄する
宗正《そうせい》　帝室と宗室《そうしつ》の事務、および領地を与えて諸侯王に封ずることを司る
大司農《だいしのう》　租税と国家財政を司る
少府《しょうふ》　帝室の財政、御物などを司る
執金吾《しつきんご》　近衛兵を率いて皇宮《こうぐう》と都を警備する
侍中《じちゅう》　皇帝のそばに仕え、諮詢に対して意見を述べる
黄門侍郎《こうもんじろう》　皇帝のそばに仕え、尚書の事務を司る士人《しじん》
録尚書事《ろくしょうしょじ》　尚書《しょうしょ》を束ねて万機を統べる。国政の最高責任者が兼務する
尚書令《しょうしょれい》　尚書台の長官

尚書《しょうしょ》　上奏の取り扱い、詔書の作成から官吏の任免まで、行政の実務を担う
御史中丞《ぎょしちゅうじょう》　官吏の監察、弾劾を司る
侍御史《じぎょし》　官吏を監察、弾劾する

武官

驃騎《ひょうき》将軍　大将軍に次ぐ将軍位
車騎《しゃき》将軍　驃騎将軍に次ぐ将軍位
北軍中候《ほくぐんちゅうこう》　北軍《ほくぐん》の五営《ごえい》を監督する
長水校尉《ちょうすいこうい》　長水と宣曲《せんきょく》の胡騎《こき》を指揮する
度遼《どりょう》将軍　周辺民族との戦いを統轄する
護烏丸校尉《ごうがんこうい》　烏丸や鮮卑《せんぴ》を管領する軍政務官
別部司馬《べつぶしば》　非主力部隊である別部の指揮官
司馬《しば》　将軍の属官

地方官

司隷校尉《しれいこうい》　京畿地方の治安維持、同地方と中央の百官を監察する
州牧《しゅうぼく》　州の長官。郡県官吏の監察はもとより、軍事、財政、司法の権限も有する
刺史《しし》　州の長官。もとは郡県官吏の監察官

治中従事《ちちゅうじゅうじ》　州の官吏の選任などを司る属官
別駕従事《べつがじゅうじ》　刺史の巡察に随行する属官
従事《じゅうじ》　刺史の属官
河南尹《かなんいん》　洛陽《らくよう》を含む郡の長官
国相《こくしょう》　諸侯王の国における実務責任者
太守《たいしゅ》　郡の長官。郡守ともいわれる
都尉《とい》　属国《ぞっこく》などの治安維持を司る武官
県令《けんれい》　県の長官
県長《けんちょう》　一万戸以下の小県の長官
功曹《こうそう》　郡や県の属官で、郡吏や県吏の任免賞罰などを司る

赤《せき》壁《へき》の戦いの地図

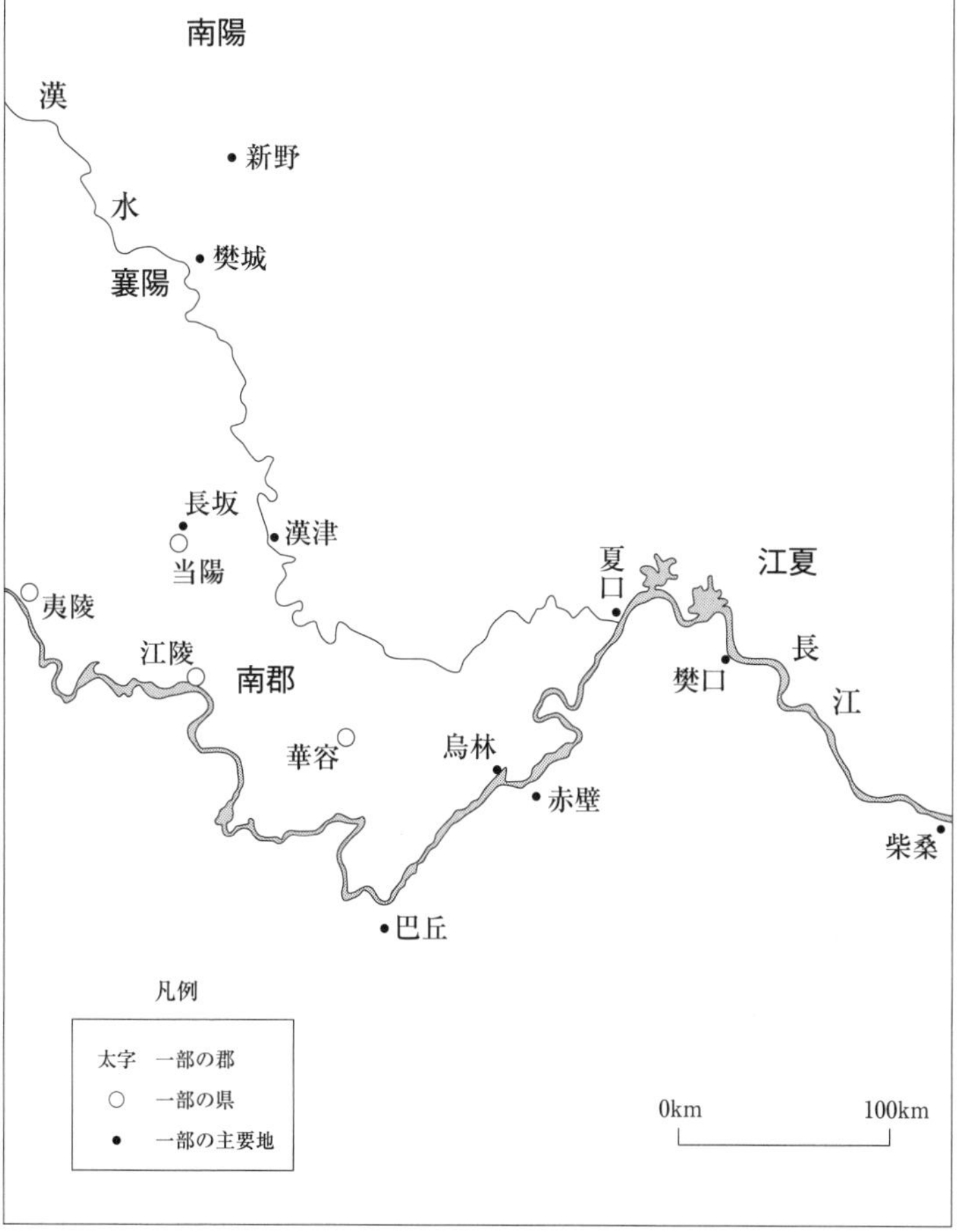

の地図
烏桓
鮮卑
玄菟
遼東属国
遼東
柳城
遼西
幽
州
上谷
漁陽
代郡
右北平
広陽
涿郡
楽浪
五原
雲中
朔方
定襄
黄河
并
州
雁門
冀
州
青州
上郡
太原
涼
州
武威
北地
西河
上党
司
隷
鄴城
兗州
金城
安定
洛陽
官渡
徐
州
渭水
隴西
漢陽
許都
長安
武都
豫州
九江
南陽
淮河
呉郡
漢中
穣県
広漢属国
房陵
襄陽
荊
州
盧江
丹陽
江夏
広漢
益
州
南郡
会稽
蜀郡
長江
揚
州
犍為
巴郡
赤壁
蜀郡属国
武陵
豫章
長沙
越巂
犍為属国
牂柯
零陵
桂陽
夷
洲
益州
交
州
蒼梧
南海
鬱林
合浦
交趾
朱崖洲
九真
0km
630km
日南

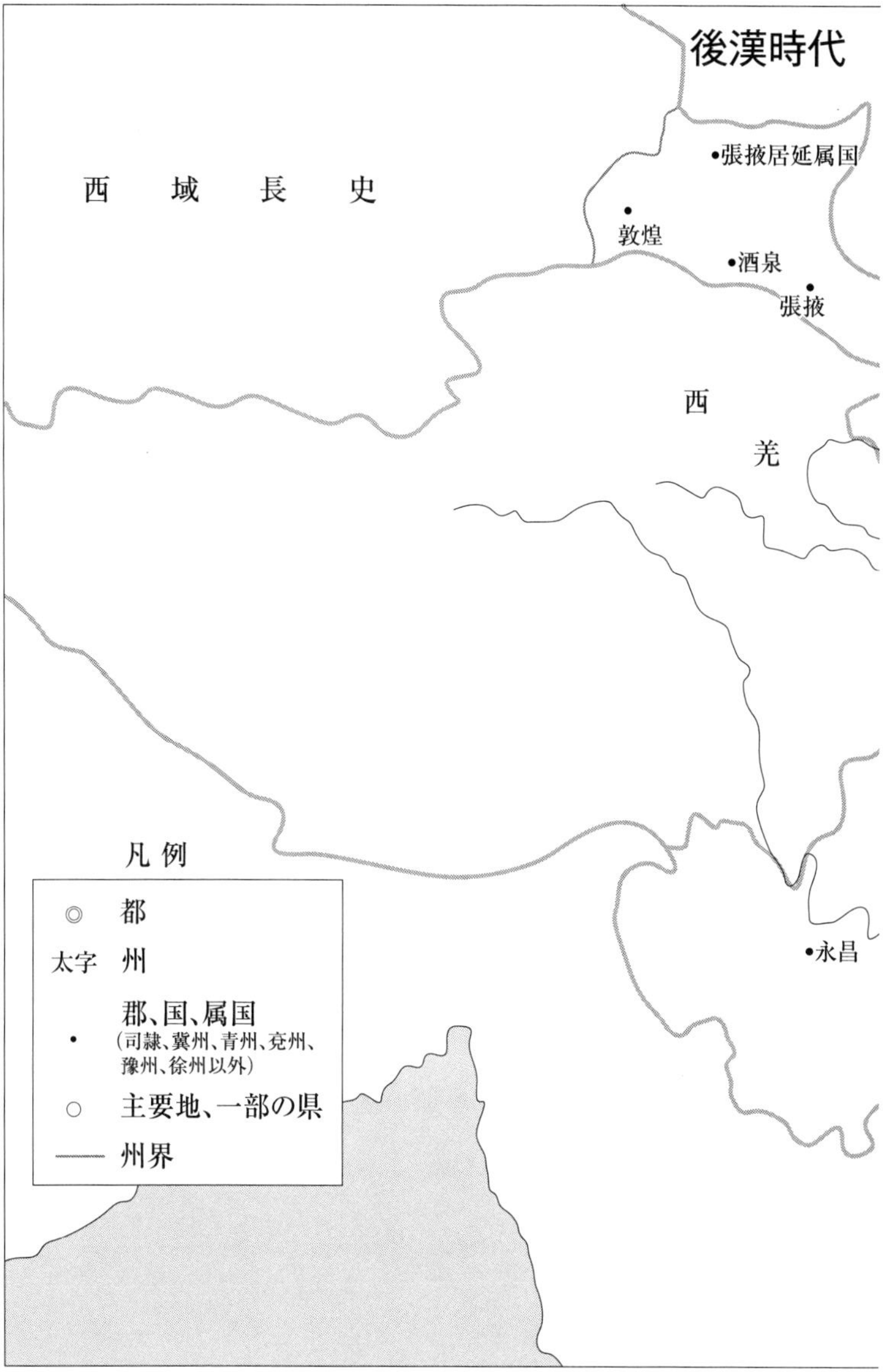
後漢時代
張掖居延属国
西　域　長　史
敦煌
酒泉
張掖
西
羌
永昌
凡例
都
太字　州
郡、国、属国
(司隷、冀州、青州、兗州、豫州、徐州以外)
主要地、一部の県
州界

後漢時代の司隷《しれい》の地図

後漢時代の冀《き》州、青《せい》州、兗《えん》州、豫《よ》州、徐《じょ》州の地図

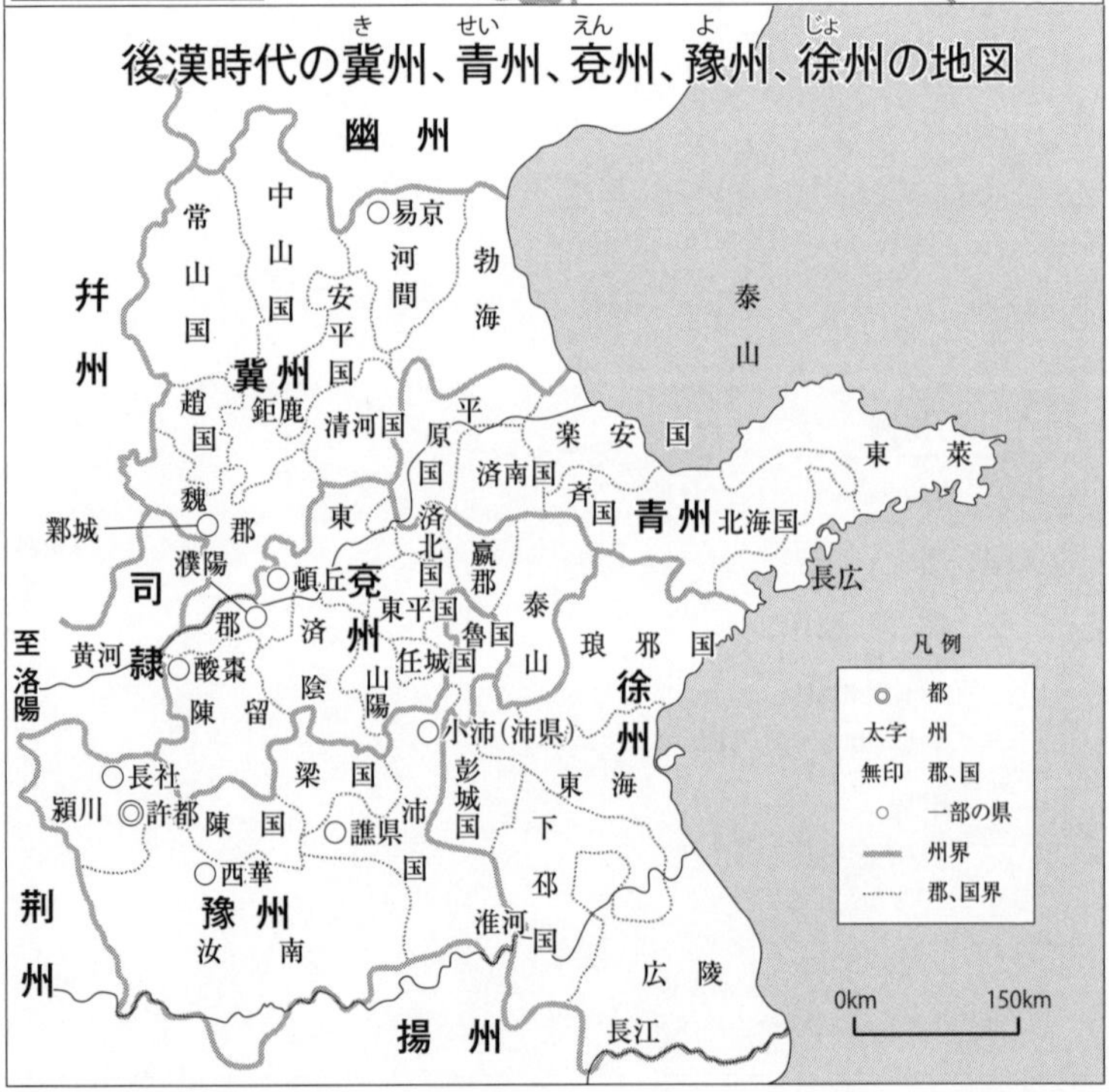

●著者

王 暁磊（おう ぎょうらい）

歴史作家。中国在住。『後漢書』、『正史 三国志』、『資治通鑑』はもちろんのこと、曹操に関するあらゆる史料を10年以上にわたり、まさに眼光紙《がんこうし》背《はい》に徹するまで読み込み、本書を完成させた。曹操の21世紀の代弁者を自任する。著書にはほかに『武則天』（全6巻）などがある。

●監訳者

後藤 裕也（ごとう ゆうや）

1974年生まれ。関西大学大学院文学研究科中国文学専攻博士課程後期課程修了。博士（文学）。目白大学外国語学部中国語学科准教授。著書に『語り物「三国志」の研究』（汲古書院、2013年）、『武将で読む 三国志演義読本』（共著、勉誠出版、2014年）、訳書に『中国古典名劇選』シリーズ（共編訳、東方書店）、『中国文学史新著（増訂本）中巻』（共訳、関西大学出版部、2013年）、論文に「元雑劇「両軍師隔江闘智」と孫夫人」（『狩野直禎先生追悼 三国志論集』、汲古書院、2019年）などがある。

●訳者

濵名 晋一（はまな しんいち）

1967年生まれ、慶応義塾大学文学部文学科中国文学専攻卒業。1987年から2年間、北京語言学院と北京大学歴史系で学ぶ。現在は全国紙の記者として勤務。

川合 章子（かわい しょうこ）

1988年、佛教大学文学部東洋史科卒業。郵便局勤務を経て、武漢大学と北京文科大学に留学（公費留学生）。1994年より翻訳者、歴史ライター。著書に『陰陽師の解剖図鑑』（エクスナレッジ、2021年）、『時代を切り開いた世界の10人 第4巻』（学研、2014年）、『あらすじでわかる中国古典「超」入門』（講談社、2006年）、訳書に『泡沫の夏3』（新書館、2014年）、『原典抄訳「三国志」（上、下）』(講談社＋α文庫、2009年)、『封神演義 中国原典抄訳版』（講談社＋α文庫、1998年）などがある。

曹操　卑劣なる聖人　第七巻
2023 年 7 月 18 日　初版第 1 刷　発行

著者　王 暁磊
監訳者　後藤 裕也
訳者　濵名晋一　川合章子
装丁者　大谷 昌稔
装画者　菊馳 さしみ
地図作成　閏月社
発行者　大戸 毅
発行所　合同会社 曹操社
〒 344 − 0016　埼玉県春日部市本田町 2 − 155
電話 048（716）5493　FAX048（716）6359
発売所　株式会社 はる書房
〒 101 − 0051　東京都千代田区神田神保町 1 − 44 駿河台ビル
電話 03（3293）8549　FAX03（3293）8558
印刷・製本　中央精版印刷株式会社

ISBN 978-4-910112-06-0